BASTEI
LÜBBE

Hedwig

Courths-Mahler

Verkaufte Seelen

Da sah er eine blonde Frau

BASTEI LÜBBE

BASTEI LÜBBE TASCHENBUCH
Band 14593

1. Auflage: August 2001

Vollständige Taschenbuchausgabe

Bastei Lübbe Taschenbücher ist ein Imprint
der Verlagsgruppe Lübbe

Umschlaggestaltung: Martinez Produktions-Agentur, Köln
Titelfoto: G. Sachs, Archiv Martinez
Satz: hanseatenSatz-bremen, Bremen
Druck und Verarbeitung: AIT Trondheim, AS
Printed in Norway
ISBN 3-404-14593-3

Sie finden uns im Internet unter
http://www.luebbe.de

Der Preis dieses Bandes versteht sich einschließlich
der gesetzlichen Mehrwertsteuer.

Hedwig Courths-Mahler

Verkaufte Seelen

BASTEI LÜBBE

1

Rose Rietberg war zwölf Jahre alt, als ihr Vater starb. Ihre Mutter hatte sie schon zwei Jahre früher verloren. Sie war bei der Geburt eines Sohnes gestorben, den sie nach dreizehnjähriger Ehe ihrem Mann schenkte. Er hatte sich diesen Sohn mit einer so zähen Inbrunst gewünscht, daß er sich auf dem Gipfel seines Glückes wähnte, als er erfuhr, daß ihm ein Sohn geboren sei. Glückstrahlend war er an das Lager seiner Frau, die er über alles liebte, geeilt und hatte ihre Hände mit Küssen bedeckt. Matt hatte sie zu ihm aufgesehen und leise gelächelt.

»Nun bist du restlos glücklich, mein Albert, nicht wahr?« hatte sie gefragt.

»Unsagbar glücklich«, hatte er geantwortet.

Und dann war er gegangen, als man ihn wieder aus dem Zimmer trieb, nachdem er seinen kleinen Sohn ans Herz gedrückt hatte. Dann war er zu seinem Töchterchen Rose gegangen und hatte ihm gesagt, daß es ein Brüderchen bekommen habe.

Rose hatte sich nach Kinderart über das Brüderchen gefreut, ahnungslos, wie teuer sie diese kurze Freude würde bezahlen müssen. Auch ihr Vater hatte nicht geahnt, wie bald seine Freude in bitteres Leid umschlagen würde.

Schon am Abend desselben Tages starb seine Frau, und am nächsten Morgen folgte ihr der kleine Sohn in die Ewigkeit nach. Vielleicht hatte er geahnt, daß der Vater ihn bitter hassen würde, weil er, der so heißersehnte, der geliebten

Frau das Leben gekostet hatte; vielleicht auch fühlte das Neugeborene, daß es ohne Mutterliebe traurig und trübe auf der Welt wäre. Kurzum, es folgte seiner Mutter in den Tod nach.

Rose Rietberg stand diesen Ereignissen fassungslos gegenüber. Sie war noch zu jung, um die ganze Größe ihres Verlustes zu ermessen, aber doch schon alt genug, um ihn als einen tiefen Schmerz und ein großes Unglück zu erfassen. Denn dem Tod von Mutter und Bruder folgte der seelische Zusammenbruch ihres Vaters und erschütterte sie noch mehr.

Das damals erst zehnjährige, aber sehr sensible Kind reifte in jenen Tagen merkwürdig schnell.

Sie fühlte instinktiv, daß sie dem seelisch zusammengebrochenen Vater viel sein müsse, damit er das Leben weiter zu tragen vermöge. Sie verstand zwar nicht, warum er sich in den leidenschaftlichsten Tönen anklagte, schuld an dem Tod der geliebten Frau zu sein, weil er unbedingt vom Schicksal einen Sohn hatte ertrotzen wollen. Das Schicksal, so sagte er, habe seinen Wunsch erfüllt, um ihn zu strafen, weil er sich nicht mit dem Glück, ein geliebtes Weib und eine geliebte Tochter zu besitzen, hatte begnügen wollen.

Diese leidenschaftlichen Anklagen, die so gar nicht für das Ohr des zehnjährigen Mädchens geeignet waren, ließen Rose erzittern vor den Mysterien des Lebens, die sie doch nicht begreifen, nicht einmal ahnen konnte. Aber sie schloß tapfer die Augen vor dem Furchtbaren, das ihr kleines Herz erzittern ließ in unverstandenem Schmerz. Sie suchte den Vater in ihrer kindlichen Art zu trösten, obwohl ihr selbst das Herz weh tat.

Froh wurde der Vater nie mehr nach jenem Schicksalsschlag. Rose reifte in den zwei Jahren, die der Vater noch lebte. Sie wurde ein mutiges und opferfreudiges Mädchen. Ihr im Grunde sonniges und heiteres Temperament kämpfte sich immer wieder durch Herzensnot und Jammer hindurch. Und jedes arme Lächeln, das sie dem Vater abnötigte, war ihr ein herrlicher Lohn für all ihre Mühe, ein wenig Freude in sein lichtloses Dasein zu bringen.

Zwei Jahre nach dem Tod seiner Frau, genau an dem Tage, da sie ihm einen Sohn geschenkt hatte, erlitt Albert Rietberg auf dem Weg zur Universität, wo er als Professor wirkte, einen schweren Autounfall. Er war Professor der Philologie, ein bekannter Sprachforscher, der vor seiner Verheiratung viele Länder bereist hatte und als ein Sprachgenie galt.

Der schwere Unfall, der ihn traf, brachte ihm den Tod. Es blieb ihm nur noch Zeit, sein Testament zu machen, in dem er seine Tochter zur Universalerbin seines recht beträchtlichen Vermögens einsetzte, und zu bestimmen, daß sein Vetter Herbert Rietberg Roses Vormund werden sollte. Dieser Vetter, schnell herbeigerufen, versprach ihm, seine Tochter treu zu behüten. Albert Rietberg traf noch einige Bestimmungen, Roses ferneres Leben betreffend. Er kannte seinen Vetter nicht sehr genau, hielt ihn aber für einen Ehrenmann, der zwar nicht mit Glücksgütern gesegnet war, sich aber in einer guten Stellung befand und in gesicherten Verhältnissen lebte. Da er sein einziger Verwandter war, hielt er ihn am geeignetsten, Roses Vormund und Beschützer zu werden.

Rose saß mit großen starren Augen am Lager ihres Vaters und hatte für nichts weiter Sinn als für ihn. Sie fühlte jedoch mit atemloser Angst, daß der Tod abermals seine Hände ausstreckte nach einem Menschen, der ihr teuer war – nach dem einzigen, der noch zu ihr gehörte. Ihr war, als müsse sie laut weinen vor Angst, aber die Furcht, den geliebten Vater zu erschrecken, schloß ihr den Mund. Die Hand seiner

Tochter in der seinen, hauchte Albert Rietberg sein Leben aus. Als es geschehen war, und man ihr mitleidig sagte, daß der Vater gestorben sei, brach sie ohne einen Laut, wie aller Kraft beraubt, an seiner Bahre zusammen und blickte mit großen, angstvollen Augen in das stille Gesicht.

Sie weinte und schrie nicht nach Kinderart – nein – sie brach nur stumm zusammen durch den furchtbaren Schmerz, den sie mit der ganzen Schwere und Innerlichkeit ihres leidgewohnten Kinderherzens empfand. Eine furchtbare Angst vor dem unbarmherzigen Schicksal, das alles vernichtet hatte, was ihr lieb gewesen war, ließ sie erstarren. Sie wollte die Hand des Vaters nicht aus der ihren lassen – bis die Kälte dieser Hand sie erschauern ließ.

Dann erst ließ sie sich willenlos fortführen.

Auch jetzt war sie noch tränenlos; und man nannte sie ein merkwürdiges Kind.

Der Vetter ihres Vaters, der nun ihr Vormund war, brachte sie zu seiner Frau. Diese nahm sie erst mit wenig Freude auf und schalt ihren Mann, daß er sich eine solche Last hatte aufbürden lassen. Rose hörte das, und es traf sie wie ein Dolchstoß. Der Onkel übergab sie einer Dienerin und führte seine Frau in ein anderes Zimmer. Hier hatte das Paar eine lange Unterredung, und als sie wieder zum Vorschein kamen, war die Tante völlig verändert. Sie kam Rose jetzt plötzlich mit einer überschwenglichen Freundlichkeit und Zärtlichkeit entgegen, aber das Kind empfand dieses so plötzlich veränderte Wesen als unecht und unwahr. Rose konnte kein Herz fassen zu dieser Frau, auch nicht zu dem Onkel; und nicht nur, weil sie bisher mit diesen beiden Menschen nur selten zusammengetroffen war und sie ihr ziemlich fremd waren. Nein, sie empfand instinktiv, daß diese Liebenswürdigkeit ohne Wärme, diese scheinbare Güte ohne Wahrheit war, und sie verschloß ihr Herz scheu vor diesen Menschen. Und das wurde nie anders, wenn sie sich auch still und gefügig zeigte. In ihr Inneres konnten Onkel und Tante nicht dringen; das hielt sie vor ihnen verschlossen, obwohl sie nicht gehört hatte, was Onkel Herbert an jenem Tage mit seiner Frau gesprochen hatte.

Dieses Gespräch war folgendermaßen verlaufen:

Helene Rietberg hatte ihren Mann zunächst mit Vorwürfen überhäuft, daß er ihr die Last der Pflege und Erziehung für das Kind Albert Rietbergs aufbürden wollte. Darauf hatte Herbert erwidert:

»Hör mich doch erst einmal ruhig an, Helene, dann wirst du ganz anders denken. Rose ist die Universalerbin ihres Vaters, und er hinterläßt ihr viel mehr, als ich je für möglich gehalten habe bei seinem bescheidenen Auftreten. Er hat testamentarisch bestimmt, daß für Roses Erziehung nicht gespart werden soll. Sie soll ihr Leben fortsetzen wie bisher, soll jeden Sommer eine Erholungsreise machen und alle Annehmlichkeiten haben, die ihr die Zinsen ihres Vermögens erlauben. Die Zinsen ihres Vermögens können jedes Jahr aufgebraucht werden für die Erziehungs- und Verpflegungskosten. Daß wir arm sind und nur auf mein Gehalt angewiesen, hat Albert gewußt und deshalb hat er alles getan, um uns keine Unkosten aufzubürden. Wir werden es gut so einrichten können, daß auch wir in Zukunft von diesen Zinsen leben können und zwar bedeutend besser als bisher. Verstehst du nun, was für einen Vorteil wir davon haben, daß Rose unter unserer Obhut leben soll? Alles Gute, was sie genießt, können wir auf ihre Kosten mitgenießen. Wir können mit ihr auf Reisen gehen und uns das Leben angenehm machen. Sie kann jährlich eine ungeheuer hohe Summe an Zinsen verzehren, und da sie jetzt zwölf Jahre ist, werden wir neun Jahre, bis zu ihrer Mündigkeit, mit diesen Zinsen rechnen können. Mein Gehalt werden wir in dieser Zeit sparen können und haben es dann zu etwas gebracht. Das Vermögen ist in mündelsicheren Papieren angelegt und soll auch so angelegt bleiben. Albert hat mir vor seinem Tod selbst den Vorschlag gemacht, daß wir mit Rose seine Wohnung beibehalten, sie soll sich nicht in anderer Umgebung zurechtfinden müssen. Das wird dir doch gefallen? Eine schöne Siebenzimmer-Wohnung in der Prinzregentenstraße mit allem Komfort der Neuzeit und dieser schönen Ausstattung – du kennst ja die Wohnung, wenn wir auch nur selten dort waren. Die Miete wird selbstverständlich von den Zinsen bezahlt. Unsere Möbel können wir in die große Speicherkammer stellen, bis wir sie mal wieder brauchen. Begreifst du nun, daß es keine Last ist, wenn wir uns Roses annehmen? Eine solche Gelegenheit, unsere bescheidene Lage zu verbessern, kommt nicht wieder, da muß man zufassen. Wir haben keine Kinder, Rose ist ein gefügiges, gutartiges Mädel, das leicht zu leiten ist, und im übrigen wird sie dir schon deshalb keine Mühe machen, weil wir ja einen Angestellten für sie halten können. Also – was sagst du nun zu dieser Angelegenheit?«

Atemlos hatte Frau Helene zugehört, und in ihre kalten Augen trat ein begehrliches Flimmern.

»Das viele Silberzeug und das Porzellan und Kristall können wir auch in Gebrauch nehmen?«

Er nickte. »Natürlich, gewiß, neun Jahre lang sind wir unumschränkte Herren in der Wohnung.«

Sie atmete befriedigt auf.

»Dann freilich, dann ist das etwas ganz anderes, das dürfen wir freilich nicht von der Hand weisen. Nun komm schnell, wir wollen zu dem Kind gehen und es trösten.«

Das war geschehen, und die feinfühlige Rose hatte sehr wohl bemerkt, daß das veränderte Wesen dieser Frau einen besonderen Grund haben müsse und daß ihre Freundlichkeit und Liebenswürdigkeit unecht waren.

Sie setzte dieser unechten Güte eine stille Passivität entgegen und zog sich in sich selbst zurück. Aber das empfanden die beiden eigennützigen Menschen nur als angenehm. Gleich nach der Beerdigung Albert Rietbergs zog sein Vetter mit seiner Frau in die bisherige Wohnung des Verstorbenen. Rose behielt ihr Zimmer, in den übrigen machte sich Frau Helene breit.

Rose war froh, wenn sie in ihrem Zimmer allein sein konnte. Es tat ihr weh, als sie bemerkte, wie Onkel und Tante sich in den Zimmern breitmachten, die bisher ihre Eltern benutzt hatten. Onkel Herbert saß jetzt an Vaters Schreibtisch, lag auf dem Diwan, auf dem der Vater sein Schläfchen gehalten hatte und benutzte das Glas, aus dem der Vater getrunken hatte. Und Tante Helene benutzte den Toilettentisch der Mutter. Sie saß auch an Mutters Nähtisch, pflegte ihre Blumen und kramte in ihrem Wäscheschrank. Bei Tisch saßen ihr die beiden auf den Plätzen gegenüber, wo früher die Eltern gesessen hatten.

Das alles erschien Rose wie eine Entweihung ihrer Kindheitserinnerungen. Sie litt seelisch sehr darunter und wurde immer blasser und stiller. Oft saß sie in ihrem Zimmer und weinte sich aus. Dabei erschien sie sich undankbar und kleinlich, denn Onkel und Tante überschütteten sie mit Liebkosungen und Freundlichkeiten. Aber sie konnte kein Herz zu ihnen fassen. Seit des Vaters Tod war sie einsam geblieben im Herzen, und wenn sie von Tante und Onkel umschmeichelt wurde, war ihr oft, als müsse sie sie von sich stoßen und davonlaufen, so weit sie ihre Füße trugen.

Daß sie pekuniär ungeheuer ausgenutzt wurde, erschien ihr weniger wichtig, denn sie hatte noch keinen Begriff von Geld und Geldeswert. Sie hätte es kaum bemerkt, wenn nicht die Angestellte, die noch von ihren Eltern her im Hause war, in ihrer Gegenwart darüber gesprochen hätte. Untergebene sind scharfe Beobachter ihrer Herrschaften, und dieses kluge Berliner Mädel sah den Dingen auf den Grund und mokierte sich zuweilen in Roses Gegenwart. Rose lief dann davon, sie wollte das nicht hören, aber die Angestellte sprach immer wieder davon, daß Onkel und Tante es sich auf ihre Kosten wohl sein ließen, mit ihr reisten, Gesellschaften gaben und Theater und Konzerte besuchten – alles von ihrem Geld.

Rose bewertete das alles viel geringer als die Tatsache, daß sie so pietätlos die Gegenstände der Eltern benutzten. Sie hätte ihnen gern alle anderen Vorteile gegönnt. Sie fragte nie, was dies und jenes koste, ob dies oder das nötig sei – nur einmal wurde sie energisch, als nämlich Tante Helene ihre Sprach- und Musikstunden absagen wollte, weil »sie unnötiges Geld kosteten«.

»Du hast es doch gar nicht nötig, dich damit herumzuplagen, Rose, wir wollen diese Stunden aufgeben«, hatte sie gesagt.

Da hatte sich Rose kampfbereit aufgerichtet und mit seltener Entschlossenheit geantwortet:

»Das wäre ganz bestimmt nicht in Vaters Sinne, er wollte, daß ich mein Sprachtalent, das ich von ihm geerbt habe, fördere. Die Sprachstunden halte ich bei, bis ich die vier Sprachen beherrsche, deren Studium ich begonnen habe. Und auch die Musikstunden setze ich fort, wie Vater es gewollt hat.«

Frau Helene hatte eingesehen, daß Rose in dieser Frage nicht umzustimmen war. Eigentlich war sie es überhaupt nicht, aber weil sie meistens zu allen Anordnungen von Onkel und Tante schwieg, glaubten diese, daß sie sich füge. Jedenfalls nahm Rose ihre Stunden weiter, und es wäre auch schade gewesen, wenn sie es nicht getan hätte, da sie wirklich von ihrem Vater ein großes Sprachtalent geerbt hatte und sich mit diesem schon immer abwechselnd in der französischen, englischen, spanischen und italienischen Sprache unterhalten hatte. Und sie war in all diesen Sprachen schon so weit, daß sie die von dem Vater hinterlassenen fremdsprachigen Bücher fließend lesen konnte. Und da Sprachkundige zumeist auch musikalisch sind, war Rose trotz ihrer Jugend schon eine sehr gute Klavierspielerin und hatte außerdem einen angenehmen Mezzosopran.

Immer zum Jahresschluß teilte ihr Onkel Herbert mit, daß die Zinsen ihres Vermögens gerade ausgereicht hätten für alle Unkosten. Rose nahm diese Mitteilungen ziemlich interesselos auf.

Zum Glück hatte Roses Vater testamentarisch bestimmt, daß Roses Vermögen nie angegriffen oder anders angelegt werden dürfe, sonst hätte Herbert Rietberg in seiner Habgier vielleicht auch noch das Kapital angegriffen.

Es sollte übrigens mit diesem Kapital später nicht anders gehen als mit so vielen Vermögen während der Inflationszeit. Und früher, als sie glaubten, sollte das habgierige Ehepaar, das so gewissenlos alle eignen Ausgaben auf die Mündelgelder buchte, auf die Annehmlichkeiten verzichten müssen, die sie sich erschlichen hatten.

Der Erste Weltkrieg war zu Ende gegangen, und mit der zunehmenden Teuerung mußte Herbert Rietberg sparsamer wirtschaften. Er konnte jetzt nicht mehr sein Gehalt sparen, was ihm auch nichts genützt hätte, da auch seine Ersparnisse von der Inflation verschlungen wurden, wie Roses Vermögen auch, das mehr und mehr zusammenschmolz. Er mußte noch froh sein, daß sein Gehalt mit der Inflation stieg.

Rose hatte inzwischen die Schule bis zur Oberstufe besucht und füllte ihre Zeit mit ihren Sprachstudien, die sie immer mehr erweiterte. Sie vergrub sich mehr und mehr in die vom Vater hinterlassenen Bücher.

Aber dann wurden ihr die Sprachstunden gestrichen, als ihre Zinsen weniger und weniger galten. Die Freundlichkeit und Zärtlichkeit, die Onkel und Tante ihr entgegengebracht hatten, kühlten sich mehr und mehr mit dem Hinschwinden ihrer Einkünfte ab. Sie wurde oft rauh und hart angefahren, und als man endlich die Angestellte entlassen mußte, wurden Rose all die Arbeiten aufgebürdet, die sonst diese geleistet hatte. Es wurde aus dem Besitz von Roses Eltern ein Stück nach dem andern verkauft, das Silber verschwand, die kostbaren Teppiche und teilweise auch die Möbel, die durch die Möbel von Onkel und Tante ersetzt wurden. Herbert Rietberg und seine Frau hatten sich so sehr an das gute Leben gewöhnt, daß sie nicht davon lassen wollten – bis alle Quellen erschöpft waren.

Und die arme Rose bekam nun täglich harte Vorwürfe, wie sehr man sich verrechnet habe und welch eine Last sie für Onkel und Tante sei.

Nur zu gut begriff Rose jetzt, wie recht die Angestellte gehabt hatte. Sie wußte nun gewiß, daß alle Freundlichkeit und Liebe nur ihrem Geld gegolten hatten.

Mit bangen Augen sah sie in die harten, unfreundlichen Gesichter der Verwandten. Tante Helene klagte über die teure Wohnung, die ihnen aufgehalst worden sei, und über die viele Arbeit, die sie habe. Dabei schob sie alle grobe und schwere Arbeit Rose zu, die jetzt von früh bis spät sich plagen mußte und dafür nur Schelte erntete.

Ohne Murren fügte Rose sich in die veränderten Verhältnisse, sah sie doch, daß es anderen Leuten auch nicht anders ging. Aber in ihrem jungen Herzen wurde es immer kälter und leerer.

Herbert Rietberg hatte viele unliebsame Szenen mit seiner Frau. Und er ließ seinen Ärger darüber selbstverständlich an Rose aus.

Diese hörte alle Streitereien zwischen Onkel und Tante, die ihrer Person galten, mit tiefer Beschämung an und hätte viel darum gegeben, hätte sie ihnen nicht länger zur Last fallen müssen. Daß sie sich ihr Brot reichlich verdiente durch ihre schwere Arbeit, kam ihr nicht einmal zum Bewußtsein. Aber sie arbeitete immer fleißiger, um nur etwas zu tun, was ihr eine Daseinsberechtigung gab.

Es kamen schlimme, sehr schlimme Zeiten für die arme Rose. Sie galt jetzt bei ihren Verwandten nicht mehr als eine Last.

Die Inflation hatte ihren Höhepunkt erreicht. Roses mündelsichere Papiere hatten nur noch Makulaturwert, und sie war jetzt ganz auf die Gnade oder vielmehr Ungnade ihrer Verwandten angewiesen.

Trotz aller Not war Rose zu einem schönen Mädchen herangewachsen. Sie hatte eine schlanke Gestalt, wundervolles blondes Haar mit einem satten Goldton, und einen blütenzarten Teint. Ihre grauen Augen leuchteten mit einer intensiven Klarheit aus dem lieblichen Gesicht, und ihre Bewegungen waren voll Anmut und Vornehmheit. Aber all diese Lieblichkeit war von einer stillen Trauer überschattet. Nur selten sah man ein Lächeln auf ihrem Gesicht. Sie, die ein so heiteres und schelmisches Kind gewesen war, schien in Leid und Unglück gleichsam erstarrt zu sein. Wieder und wieder zuckte sie schmerzhaft zusammen, wenn Onkel und Tante mit unverdienten Vorwürfen über sie herfielen. Sie hatte nie ein Wort der Erwiderung darauf.

Aber eines Tages, als man ihr wieder vorhielt, welche Last sie sei, raffte sie sich aus ihrer Erstarrung auf und sagte heiser und rauh vor Erregung:

»Laßt mich fort! Ich will mir eine Stellung suchen. Ich habe mancherlei gelernt und hoffe, mir mein Brot verdienen zu können.«

Da fiel die Tante mit Schmähreden über sie her. Ob sie denn glaube, daß sie mit ihren fremden Sprachen eine Stellung ausfüllen könne. Dazu gehöre mehr! Rose nahm alle Kraft zusammen. »Ich kann ja noch lernen, was nötig ist, und irgendwie muß ich doch diese Kenntnisse verwenden können.«

Tante Helene blitzte sie mit bösen Augen an. »Ah, das ist der Dank für all die Opfer, die wir dir gebracht haben! Jetzt willst du uns den Stuhl vor die Tür stellen. Jetzt, wo wir uns kein Mädchen halten können und mit der großen Wohnung dasitzen, willst du mir alle Arbeit allein aufbürden. Schämst du dich nicht deiner Undankbarkeit?«

Rose war fassungslos diesem Ausfall gegenüber, aber sie wagte doch zu erwidern:

»Ihr sagt mir doch immer, daß ich euch eine Last sei, und davon wollte ich euch befreien. Wenn ihr mich braucht, dann will ich gewiß nicht fortgehen.«

Und so blieb sie und arbeitete noch mehr als bisher, außer der Hausarbeit, die sie zum großen Teil selbst erledigte, frischte sie auch ihre und der Tante Garderobe auf. Neues konnte nicht angeschafft werden, aber aus dem großen Vorrat von Garderobe aus besseren Zeiten schuf sie Neues mit ihren geschickten Händen. Aber Vorwürfe bekam sie immer wieder zu hören. Nur härmte sie sich jetzt nicht mehr so sehr darüber, denn es war ihr klar geworden, daß sie keine Last war, sondern sehr nötig gebraucht wurde.

In ihrer Herzenseinsamkeit berührte es sie seltsam, als sie eines Tages Onkel und Tante von einer Kusine Herbert Rietbergs sprechen hörte. Erst dadurch erinnerte sie sich daran, daß auch ihr Vater einmal von dieser Kusine erzählt hatte. Sie lebte in Argentinien, und es fiel Rose auf, daß Onkel und Tante sehr abfällig über diese Josephine redeten, während ihr Vater lieb und gut über sie gesprochen hatte. Und es war Rose ein ganz seltsames Gefühl, daß diese Josephine eine Tante von ihr war.

Irgendwo also lebte doch noch ein Mensch auf der Welt, der durch Blutsbande zu ihr gehörte, wenn sie diese Tante Josephine auch nie kennengelernt hatte. Der Vater dieser Tante war der Bruder ihres Großvaters gewesen, während Herbert Rietbergs Vater nur ein Vetter dieser beiden Brüder war. Also war diese Tante Josephine ihr näher verwandt als Onkel Herbert und Tante Helene.

Diese Erkenntnis überkam Rose in der Verlassenheit ihres Herzens wie ein leiser Trost. Wenn sie diese Tante Josephine auch nicht kannte, nie gesehen hatte und sie vielleicht nie sehen würde, so war sie doch auf der Welt – und ihr Vater hatte stets gut von ihr gesprochen. Freilich, ihr lieber Vater hatte fast von allen Menschen nur Gutes geglaubt, denn er traute allen nur das Beste zu, bis sie ihn vom Gegenteil überzeugt hatten. Deshalb hatte er auch Onkel Herbert vertraut und ihm sein Kind ans Herz gelegt. Aber diese Tante Josephine war vielleicht doch ein lieber, guter Mensch, und Rose schuf sich von ihr im Herzen eine Idealgestalt, stattete sie mit allen Vorzügen aus, nur um jemand zu haben, an den sich ihr einsames Herz klammern konnte.

Zu allem Unglück kam noch ein neues – ihr Onkel verlor seine Stellung. Er wurde abgebaut, und das wäre zu einer Katastrophe geworden, wenn er nicht zufällig einen Jugendfreund getroffen hätte, der in der Inflation ungeheure Reichtümer zusammengerafft hatte. Dieser Jugendfreund, ein Herr Brückner, besaß eine große Automobilfabrik und war nach Berlin gekommen, um hier eine Filiale und einen Verkaufspavillon für seine Autos einzurichten. Er stellte Herbert Rietberg als Leiter dieser Filiale an, mit einem noch besseren Gehalt als er bisher bezogen hatte.

Er tat das freilich erst, als er Herbert Rietberg in seiner Wohnung besucht und dabei Rose gesehen hatte – und diese hatte sofort einen tiefen Eindruck auf ihn gemacht. Er war ein Mann in der Mitte der Vierzig, klein, untersetzt, mit einem gewöhnlichen Gesicht, dicken, wulstigen Lippen und kleinen, aber scharfblickenden Augen, die Rose als besonders unangenehm auffielen. Alfred Brückner wurde von einer wilden Leidenschaft für Rose befallen. Er, der im Leben niemals Zeit gehabt hatte, sich mit Frauen zu befassen, weil er nur mit nimmersatter Gier nach Besitz und Reichtum gestrebt hatte, wurde jetzt, nachdem er sein Ziel erreicht hatte, plötzlich von einer so jähen Leidenschaft für dieses schöne Mädchen erfaßt, daß er alles andere darüber vernachlässigte. Dieses feine, stille Mädchen mit den traurigen Augen erschien ihm das schönste und begehrenswerteste Geschöpf unter der Sonne.

Er machte Herbert Rietberg gegenüber bald kein Hehl daraus, daß er sein Herz an Rose verloren habe. Gerade weil sie in ihren schlichten Kleidern so stolz und vornehm wirkte, gefiel sie ihm, der die Personifizierung des Gewöhnlichen war. Er malte sich aus, wie schön sie erst sein würde, wenn er sie mit Schmuck und schönen Kleidern behängen und wenn sie erst durch die Räume seiner mit allem Komfort ausgestatteten Villa schreiten würde.

Er kam wieder und wieder, und nun begann eine Leidenszeit für Rose, die alles bisherige übertraf.

Onkel und Tante drangen in sie, sie solle Herrn Brückner freundlich und liebenswürdig begegnen. Sie sei es ihnen schuldig, da Herr Brückner den Onkel angestellt und sie alle aus großer Not befreit habe. So ein Glück werde ihr nie wieder geboten. Mit einem Schlag könne sie wieder reich, viel reicher als zuvor sein, und sie könne alles von ihm erlangen, was sie wolle, und werde hoffentlich ihren Einfluß auch für sie, ihre »Wohltäter«, geltend machen.

Rose hörte das alles mit Entsetzen an. Als ihr der Onkel mit heuchlerischer Liebenswürdigkeit zum ersten Male davon sprach, daß sie einen großen Eindruck auf Herrn Brückner gemacht, und daß er sich auf den ersten Blick in sie verliebt habe, sagte sie, ihn mit großen Augen erstaunt ansehend:

»Du mußt dich irren, Onkel Herbert, Herr Brückner ist doch so alt wie du, er wird sich doch nicht in ein so junges Ding, wie ich es bin, verlieben.«

»Was willst du? Brückner ist in den besten Mannesjahren, und vor allen Dingen ist er reich, sehr reich und kann seiner Frau alles bieten, was ihr Herz begehrt.«

»Reichtum kann nie erfüllen, was das Herz begehrt, Onkel Herbert. Du darfst mir nicht von Herrn Brückners Wünschen sprechen. Es peinigt mich, wenn dieser entsetzliche Mensch mich mit begehrlichen Blicken ansieht.«

»Einen entsetzlichen Menschen nennst du den, der mir Lohn und Brot gegeben hat und dadurch auch zu deinem Wohltäter wurde? Er hat uns alle vor dem Verhungern geschützt, das vergiß nicht!«

Rose wurde blaß.

»Du hast recht, ich hätte das nicht sagen sollen, wir müssen ihm dankbar sein. Aber er darf nicht daran denken, mich zu seiner Frau machen zu wollen. Lieber will ich auf der Stelle sterben, als diesen Mann heiraten!«

»Du bist überspannt, das habe ich schon immer gesagt«, schrie Tante Helene. »Was bildest du dir denn ein? Du solltest Gott auf den Knien danken, daß so ein gediegener, gesetzter Mann dir seinen Reichtum zu Füßen legen will.«

Rose drückte die Hände an das Herz.

»Nein, Tante Helene, nie, niemals werde ich diesen Mann heiraten. Alles in mir setzt sich dagegen zur Wehr.«

»So? Und was soll aus uns werden? Er wird Onkel wieder entlassen, wenn du ihn abweisest.«

Erschrocken sah Rose in ihr Gesicht.

»Das wird er doch nicht tun? Er kann es Onkel doch nicht entgelten lassen, daß ich ihn nicht heiraten will?«

»Ganz gewiß wird er das tun.«

Rose überlegte, dann antwortete sie:

»Dann ist er kein guter Mensch, dann hat er eine niedrige Gesinnung.«

»Rede nicht solchen Unsinn, sei endlich vernünftig und denke daran, was du uns schuldig bist. Jahrelang haben wir dich hier durchgeschleppt. Das hast du anscheinend vergessen.«

Frau Helene dachte selbstverständlich nicht daran, daß sie es sich jahrelang hatte wohl sein lassen von Roses Erbe.

»Du wirst doch nicht verlangen, daß ich mich an einen Mann verkaufe, der mir widerlich ist, nur weil ich euch meine Dankbarkeit beweisen soll?«

»Ich sage dir noch einmal, laß diese überspannten Reden! Du wirst Herrn Brückner dein Jawort geben, Onkel als dein Vormund hat ja da zum Glück ein Machtwort zu sprechen.«

»Alles will ich tun, arbeiten will ich für euch von früh bis spät, aber nur das nicht, nur das nicht!«

Herbert Rietberg ermannte sich auf einen Wink seiner Frau.

»Du mußt schon gestatten, daß ich als dein Vormund nicht zugebe, daß du eine solche Partie ausschlägst. Du wirst dich fügen, wenn ich dir sage, daß ich Herrn Brückner in deinem Namen dein Jawort gebe. Es ist zu deinem Besten, und wenn junge Menschen so unvernünftig sind, muß man sie zu ihrem Glück zwingen. Das alles kommt dir nur ein wenig überraschend, und ich werde dafür sorgen, daß du Zeit hast, dich an den Gedanken zu gewöhnen. Noch heute sage ich Herrn Brückner, daß es dir eine hohe Ehre sein wird, seine Gattin zu werden, daß du ihn aber bitten läßt, dir vier Wochen Zeit zu lassen, bis du dich im Herzen würdig auf diese Ehre vorbereitet hast. Also richte dich danach, in vier Wochen feiern wir deine Verlobung, und die Hochzeit wird bald folgen.«

Rose wollte etwas erwidern, aber er fuhr sie an:

»Schweig jetzt, ich bin es müde, deine Torheiten anzuhören.«

Da preßte sie die Lippen zusammen und ging hinaus an ihre Arbeit. Niemand wußte, wie verzweifelt und unglücklich sie war. Aber eines wußte sie gewiß – lieber suchte sie den Tod, als daß sie diesem Manne angehören würde. Sie wußte nur, daß es keinen Zweck mehr hatte, zu widersprechen.

Herbert Rietberg sagte zu seinem neuen Chef, als er später mit ihm zusammentraf:

»Ich habe mein Mündel von Ihrer Bewerbung in Kenntnis gesetzt. Sie ist ganz benommen vor Glück. Das hat sie sich nicht träumen lassen, und sie ist noch ganz fassungslos.

Sie ist überhaupt so ein wenig sensibel – Sie müssen ihr wohl etwas Zeit lassen, sich mit dem Gedanken vertraut zu machen.«

Herrn Brückners begehrliche Augen funkelten. Er strich sich den Bart.

»Na ja, kann mir schon denken, daß ein solcher Glücksumstand ihr den Atem benimmt. Soll mit einem Male klotzig reich werden! Was ich in jahrelangem Ringen erreicht habe, soll ihr nur so in den Schoß fallen. Das ist schon was für so ein armes Mädel. Aber es gefällt mir, daß sie sich ein wenig sperrt, andere Weiber werfen sich einem an den Hals, sie ist eine Aparte – ein wenig wehren, spornt das Begehren. Wie lange soll ich denn auf den ersten Kuß warten?«

»Sagen wir – vier Wochen, lieber Herr Brückner.«

»Vier Wochen? Ist ein bißchen lange für meine Sehnsucht, aber gut, es soll sein, ich reise noch heute wieder ab, denn hier halte ich es nicht so lange aus. Heute in vier Wochen feiern wir Verlobung.«

»So soll es sein, Herr Brückner.«

»Unsinn, warum nennen Sie mich immer Herr Brückner? Wir sind doch Jugendfreunde. Na – und nun werden wir Verwandte. Schwiegeronkelchen! Na, dein Schaden soll es nicht sein, die Verwandten meiner Frau sollen es gut haben. Weißt doch, ich bin ein guter Kerl!«

Herbert Rietberg hätte zwar auf Herrn Brückners Güte keine Häuser gebaut, aber ihm genügte es, daß Brückner ihm versicherte, daß es sein Schaden nicht sein solle. Er war durchaus willens, den Brücknerschen Reichtum auch auf sich ausstrahlen zu lassen.

Und es stand fest bei ihm, daß er in den vier Wochen Roses Widerstand brechen würde, irgendwie würde er sie schon zur Räson bringen. Noch war er ja ihr Vormund, wenn auch nur noch kurze Zeit. Dann war sie mündig. Aber vorher würde er sie so weit bringen, daß sie Brückner ihr Jawort gab.

2

Rose saß im Dunkeln in ihrem Zimmer und starrte mit großen Augen vor sich hin. Tante Helene pflegte des Abends das elektrische Licht abzudrehen, damit es nicht unnütz verschwendet wurde. In der Inflationszeit hatten auch weniger sparsame Leute gelernt, das teure Licht zu sparen, und jetzt, da die Inflationszeit vorüber war, galt es doppelt zu sparen.

Onkel und Tante waren längst zu Bett gegangen und glaubten das von Rose auch. Aber so müde sie auch war, so fand sie doch keine Ruhe. Sie saß schon eine Stunde so im Dunkeln, und die Gedanken jagten angstvoll hinter ihrer Stirn. Sie hatte am Abend noch einen Auftritt mit Onkel Herbert gehabt. Er hatte ihr kurz und bündig erklärt, Herr Brückner habe sein Wort, und in vier Wochen sei Verlobung. Sie hatte noch einmal versucht, ihre Einwände geltend zu machen, aber er hatte sie kaum zu Wort kommen lassen, und so hatte sie geschwiegen.

Während Rose nun im Dunkeln saß und sich frierend in ein Tuch wickelte, vor Erregung zitternd, suchte sie angstvoll nach einem Ausweg. Es war ihr klar, daß sie niemals in diese Verbindung willigen würde. Lieber ging sie in den Tod. Aber sie war jung und liebte trotz allem das Leben, das ihr seit dem Tod ihrer Eltern soviel Leid gebracht hatte. Ja, sie liebte das Leben und hoffte wie jeder junge Mensch, daß auch für sie ein Glück erblühen würde.

Aber was konnte sie tun? Einfach davonlaufen? Wohin? Sie rief die Geister ihrer Eltern um Schutz und Hilfe an, denn auf der ganzen weiten Welt hatte sie ja keinen Menschen, zu dem sie hätte fliehen können. Freilich – sie hatte noch eine Tante in Argentinien – der Gedanke an diese fremde Tante überfiel sie wie ein leiser Hoffnungsfunke. Aber dieser Funke erlosch sofort wieder. Wie sollte sie zu dieser Tante gelangen? Und selbst, wenn das der Fall wäre, würde sie bei ihr Hilfe finden? Sie kannte diese Tante nicht, wußte über sie nur, was sie von Onkel und Tante und von ihrem Vater gehört hatte, und das widersprach sich. Ihr Vater hatte diese Tante Josephine ein tapferes, unverzagtes Geschöpf genannt, das fiel ihr jetzt ein in ihrer Herzensnot. Wie hatte doch der Vater von ihr gesagt?

Sie saß und sann, und dann war ihr, als höre sie wieder deutlich die Stimme ihres Vaters.

Er hatte ihr erzählt, wie lieb er die Mutter gehabt habe, wie sie sein alles gewesen sei. Außer der Mutter habe er nun keinen Menschen mehr, der zu ihm gehöre, außer seiner kleinen Rose, die ihm nun alles ersetzen müsse.

Und da hatte ihn Rose gefragt:

»Haben wir gar keine Verwandten mehr, außer Onkel Herbert und Tante Helene, lieber Vater?«

Er hatte vor sich hin gesehen.

»Eine Cousine lebt wohl noch von mir, irgendwo in der Welt, wahrscheinlich in Argentinien. Sie ist direkter mit mir verwandt als Onkel Herbert, denn mein Vater und der ihre waren Brüder. Sie hieß Josephine und war ein sehr schönes Mädchen. Ich habe sie immer gern gehabt, hatte aber mit meinem eignen Glück so viel zu tun, daß ich mich damals wenig um sie kümmerte. Und dann habe ich gehört, daß sie in die weite Welt gegangen ist mit dem Mann, den sie liebhatte, weil man sie zwingen wollte, einen reichen, ungeliebten Mann zu heiraten. Ein liebes, tapferes Geschöpf, sie hat recht getan, man muß seinem Herzen treu bleiben, sonst verliert man sich selbst.«

Rose war es plötzlich, als streiche wie damals des Vaters Hand über ihr Haar. Ihr Herzschlag setzte aus. War das nicht, als spräche der Vater jetzt diese Worte noch einmal zu ihr und eindringlicher als damals?

Sie hat recht getan, man muß seinem Herzen treu bleiben, sonst verliert man sich selbst!

»Ja, Vater, lieber Vater, ich weiß, weshalb mir diese deine Worte gerade jetzt wieder ins Gedächtnis kommen; du willst mich mahnen, mir selbst treu zu bleiben. Du bist bei mir in meiner Not und willst mir sagen, daß auch ich wie jene unbekannte Tante lieber hinaus in die weite Welt gehen soll, als meinem Herzen untreu zu werden. Hilf mir, lieber Vater, hilf mir, meine süße Mutter, ihr werdet doch euer Kind nicht aus den Augen lassen. Ich danke dir für diesen Fingerzeig, lieber Vater: Lieber hinaus in die fremde Welt, als diesem schrecklichen Mann angehören!«

Wenn sie nur wüßte, wie sie zu der fremden Tante gelangen könnte ...

Es fiel ihr nun auch wieder ein, was Tante Helene über jene Tante Josephine gesagt hatte. Sie sei durchgebrannt, das leichtfertige Geschöpf, mit einem armen Ingenieur, trotzdem ihr Onkel Herbert einen reichen Freier vorgestellt habe, der sie hatte zu seiner Frau machen wollen. Mit ihrem Herzliebsten sei sie davongelaufen, der auch nicht mehr gehabt habe als sie selbst. Onkel Herbert habe es so gut mit ihr gemeint, habe alles versucht, sie zur Vernunft zu bringen, aber sie habe nicht auf ihn gehört. Ihr Herzliebster habe eine Stelle in Argentinien angenommen, und sie sei mit ihm gegangen. Und erst von Buenos Aires habe sie dann ihre Vermählungsanzeige geschickt. Bis dorthin sei sie als seine Geliebte mitgegangen. Sie sei eben eine ganz leichtfertige Person gewesen ...

Gerade diese Vermählungsanzeige war es, die das Gespräch auf jene Tante Josephine gebracht hatte. Tante Helene hatte im Schreibtisch unter alten Papieren gekramt, und da war diese Vermählungsanzeige herausgefallen. Mit einem seltsamen Gefühl hatte Rose damals auf diese Anzeige geblickt. Mit einem Johannes Wörth hatte sich diese Tante Josephine verheiratet, hieß also jetzt Josephine Wörth. Josephine Wörth in Buenos Aires? Das war alles, was sie über diese fremde Tante wußte. Sie sagte es noch einmal vor sich hin: Josephine Wörth aus Buenos Aires. Und ihr war, als grüße sie plötzlich etwas Vertrautes aus diesem Namen. Hatte das Schicksal Tante Josephines nicht Ähnlichkeit mit ihrem eigenen?

Entschlossen hob sie den Kopf. Ja, sie wollte auch lieber in die weite Welt gehen, als sich an einen ungeliebten Mann verschachern zu lassen. Irgendwo würde sie schon ein Unterkommen finden. Sie war jung und gesund und konnte arbeiten. Daß es schwer war, eine Tätigkeit zu finden, wußte sie aus jener Zeit, da der Onkel abgebaut worden war und nach einer neuen Existenz suchte. Da hatte man in ihrer Gegenwart viel davon gesprochen, wie groß das Angebot an Stellungsuchenden und wie klein das an Stellungen war. Und Tante hatte dann oft gesagt:

»Nur Hausangestellte finden immer sofort ein neues Unterkommen, an ihnen ist immer Mangel, die sind nie zu haben, wenn sie gebraucht werden.«

Nun gut, so wollte Rose sich eine Stelle als Haushilfe suchen, bis sich etwas anderes für sie fand. Schlimmer als hier konnte sie es bei fremden Leuten auch nicht haben. Nur fort mußte sie aus diesem Haus, möglichst bald mußte sie etwas finden, ehe die vier Wochen um waren, damit man sie nicht zwingen konnte, Alfred Brückner zu heiraten. Onkel und Tante durften selbstverständlich keine Ahnung haben, wohin sie sich wandte, wenigstens nicht eher, als bis sie mündig war. Denn so lange, das hatte man ihr gesagt, hatte der Onkel Gewalt über sie. Nur sechs Wochen noch mußte sie sich vor ihm verbergen, dann konnte er ihr nichts mehr anhaben. In sechs Wochen war ihr einundzwanzigster Geburtstag, dann erlosch seine Macht als Vormund.

Wieder sann sie lange vor sich hin. Es fiel ihr ein, daß sie ganz in der Nähe an einem mit einem grauen Vorhang verhängten Schaufenster ein Schild gesehen hatte mit der Aufschrift: *Stellennachweis für Hausangestellte.* Da kam sie jeden Tag vorbei, wenn sie für die täglichen Mahlzeiten einkaufen mußte. Gleich morgen wollte sie sich ein Herz fassen und da hineingehen, um zu fragen, ob man ihr eine Stellung verschaffen könne.

Nachdem sie diesen Entschluß gefaßt hatte, wurde sie etwas ruhiger und ging endlich zu Bett. Sie war so müde, daß sie trotz ihrer Sorgen sofort einschlief.

Am anderen Morgen, nachdem sie ihre Einkäufe besorgt hatte, trat sie zaghaften Schrittes in das Lokal, in dem sich der Stellennachweis befand. Eine ältliche Frau, mit einer Brille auf der Nase, sah von einem Buch auf, in das sie Eintragungen machte. Es war Frau Siebenberg, die Inhaberin des Nachweises.

»Sie wünschen?« fragte sie, über die Brille hinweg nach Rose sehend.

»Verzeihen Sie, ich wollte nur fragen, ob Sie mir eine Stellung verschaffen können.«

Interessiert richtete sich die Frau auf.

»Was soll denn das für eine Stellung sein?«

»Das ist mir ganz gleich, irgendeine Stellung in einem Haushalt, wenn nichts anderes zu haben ist, nur sehr bald müßte es sein«, erwiderte Rose, heiser vor Erregung.

Frau Siebenberg begann nun ein wahres Kreuzverhör mit Rose über ihre Fähigkeiten. Rose hob alles hervor, was sie im Haushalt leisten konnte, weil sie meinte, daß ihr das am ersten zu einer Stellung verhelfen könne. Daß sie musikalisch war und vier Sprachen leidlich beherrschte in Wort und Schrift, erwähnte sie gar nicht, fürchtend, daß dies zu angeberisch klingen würde.

Frau Siebenberg nickte und fragte dann nach Zeugnissen. Ehe Rose Auskunft geben konnte, traten ein Herr und eine Dame in das Lokal und stellten sich neben Rose auf.

»Zeugnisse habe ich leider nicht – ich – ich war noch nie in Stellung.«

»Wo wohnen Sie jetzt?« fragte Frau Siebenberg weiter, die beiden Eingetretenen nur mit einem Kopfneigen begrüßend. Sie sah auf den ersten Blick, daß diese Leute Hauspersonal brauchten, und an solchen mangelte es in Frau Siebenbergs Kundenkreis nicht.

»Ich wohne bei meinem Onkel und meiner Tante, da ich keine Eltern mehr habe. Aber – sie dürfen nicht erfahren, daß ich mich um eine Stellung bewerbe – sie – sie wollen es nicht. Aber – ich falle ihnen nur zur Last und möchte mich selbständig machen.«

»Ja, Ihre Adresse muß ich doch aber haben, wenn Sie eine Stellung haben wollen.«

Der Herr und die Dame wechselten einen verstohlenen Blick und lauschten weiter auf die Auseinandersetzung.

»Ach, bitte, gestatten Sie mir, daß ich jeden Tag wiederkomme und nachfrage, ob Sie etwas für mich gefunden haben.«

»Nun gut, aber schwer wird es halten, so ganz ohne Zeugnisse. Ich will mich aber bemühen. Sie müssen jedoch erst Einschreibegebühr zahlen.«

Rose erschrak. Sie besaß kein Geld.

»Oh, wieviel muß ich bezahlen?«

Frau Siebenberg nannte den Betrag. Rose atmete zitternd auf. Wie sollte sie das Geld beschaffen? Sie hatte noch einige Schmucksachen von ihrer Mutter, die ihr so lieb und teuer waren, daß sie sie vor Tante und Onkel versteckt hatte. Großen Wert hatten sie wohl nicht, vielleicht einige hundert Mark. Rose konnte das nicht beurteilen. Es würde ihr schwerfallen, sich davon zu trennen.

Aber nun würde sie sich von dem einen oder anderen trennen müssen. Ja, die Brosche mit dem Brillanten in der Mitte wollte sie verkaufen, damit hatte sich die Mutter einmal in den Finger gestochen und darauf gescholten – ja – von dieser Brosche würde sie sich am leichtesten trennen können.

»Ich bringe Ihnen das Geld morgen – ich habe jetzt nichts bei mir.«

In diesem Augenblick trat die Dame, die mit dem Herrn eingetreten war, dicht an Rose heran, nachdem sie sich mit dem Herrn durch einen Blick verständigt hatte. Mit einem aufmunternden Augenzwinkern hatte der Herr sie vorgeschoben, nachdem sie beide Rose genau betrachtet hatten. Die Dame wandte sich nun an Rose:

»Würden Sie mit ins Ausland gehen, Fräulein?«

Frau Siebenberg sah sie mit einem strafenden Blick an. »In meinem Lokal gehen Verhandlungen nur durch mich, meine Dame. Das Fräulein ist eingeschrieben.«

Die Dame lachte ein wenig.

»Ich denke, das sollte erst morgen geschehen? Aber machen Sie nur kein finsteres Gesicht. Sie sollen Ihre Vermittlungsgebühr bekommen, wenn wir mit dem Fräulein einig werden.«

Frau Siebenberg beruhigte sich. »Na, dann ist es gut.«

Nun wandte sich die Dame, die sehr gut angezogen war und einen wohlhabenden Eindruck machte, wieder an Rose: »Also, wie ist es, Fräulein, würden Sie mit ins Ausland gehen?«

Rose klopfte das Herz bis zum Halse hinauf. In die weite Welt! So sang und klang es in ihrem Innern. Ihr war plötzlich, als müsse da draußen in der Welt ein Glück auf sie warten.

»Gewiß – je weiter, desto besser!« rief sie impulsiv.

Nun trat auch der Herr heran, der Rose nicht aus den Augen gelassen hatte. Er wie seine Begleiterin hatten sehr wohl bemerkt, daß Rose sehr schön war. Trotz ihrer einfachen Kleidung merkte man, daß sie gebildet war. Und vor allen Dingen war sie blond – von jenem Blond, das wie Gold leuchtete. Dazu hatte sie einen blütenfrischen Teint und wundervolle Augen. In dem etwas verlebten Gesicht des Herrn zuckte es seltsam. Aber er zwang ein biederes Lächeln auf seine Züge und sagte mit scheinbarer Gutmütigkeit:

»Nun, was das anbetrifft, da können wir dienen – es soll nach Argentinien gehen.«

Rose zuckte zusammen. Nach Argentinien? Dorthin, wohin Tante Josephine auch gegangen war, als man sie an einen ungeliebten Mann verkaufen wollte? Wie seltsam sich das traf.

»Nach Argentinien?« stammelte sie.

Der Herr lachte gemütlich. »Na, nun ist es doch wohl ein bißchen zu weit?«

Hastig schüttelte Rose den Kopf. »Nein, nein, das ist es nicht! Aber – ich habe keine Zeugnisse und weiß nicht, ob ich leisten kann, was Sie verlangen.«

Seltsam glimmte es auf in dem Blick dieses Mannes, und das hätte Rose warnen müssen, wenn sie weniger unerfahren gewesen wäre – und wenn sie sich nicht so brennend gewünscht hätte, gerade von diesen Leuten engagiert zu werden, die sie so weit fortbringen wollten – nach Argentinien! Ihr war, als seien diese Menschen vom Himmel geschickt worden, ihr zu helfen. Der Blick des Mannes war prüfend über sie dahingeglitten, und dann sagte er langsam:

»Nun, das werden Sie schon leisten können. Wir – wir suchen nämlich für die Mutter meiner Frau, die, wie wir auch, in Argentinien lebt, sich aber sehr einsam fühlt, ein junges Mädchen, das sie pflegen und ihr Gesellschaft leisten kann, wenn sie allein ist. Können Sie ein bißchen musizieren?«

»Oh, ja, ich spiele geläufig vom Blatt und singe auch ein wenig, und ich würde sehr gern eine alte Dame pflegen. Ich bin gesund, jung und kräftig. Jede Arbeit würde ich gern verrichten.«

Vielleicht war es Roses Schutzengel, der sie auch jetzt davor bewahrte, etwas von ihren Sprachkenntnissen zu verraten. Jedenfalls sollte ihr dieser Umstand eines Tages von großem Nutzen sein.

Der Herr gab seiner Begleiterin einen Wink, und diese sagte freundlich lächelnd zu Rose:

»Sie gefallen uns sehr, Fräulein, und meine Mutter wird sich gewiß schnell an Sie gewöhnen. Meine Mutter ist deutsch, wie auch wir. Sie werden ganz in deutsche Verhältnisse kommen und sich nicht fremd fühlen. Meine Mutter will gern alle Angestellten aus Deutschland haben, deshalb wollen wir ihr auch noch ein deutsches Hausmädchen engagieren. Da wir zu Besuch bei Verwandten sind, wollten wir ihr gern den Wunsch erfüllen und kamen hierher. Es ist ein günstiger Zufall, daß wir Sie trafen. Aber, werden denn Ihre Verwandten damit einverstanden sein, daß Sie mit nach Argentinien gehen?«

»Ich habe nur noch einen Onkel und eine Tante, bei denen ich jetzt lebe. Sie dürfen nicht erfahren, daß ich in Stellung gehe, sie wollen es nicht. Mein Onkel ist zugleich mein Vormund und könnte mich hindern.«

»Ach – Sie sind noch nicht mündig?« fragte der Herr, sichtlich unangenehm berührt.

»Ich werde es nach Ablauf von sechs Wochen sein«, erwiderte Rose schnell.

»Hm! Nur sechs Wochen noch? Nun, man müßte sehen, daß Sie das Visum bekommen – es geht vielleicht, da wir Verbindungen haben. Einen Reisepaß haben Sie hoffentlich?«

Rose wurde rot. »Ich habe ihn aber nicht bei mir – aber – ich weiß, wo meine Papiere sind und könnte sie mir nehmen, ohne daß es mein Onkel merkt.«

»Nun gut, der Paß wird wohl erneuert werden müssen, und das Visum müssen wir zu beschaffen suchen. Aber dazu brauchen wir Ihre Papiere – Sie müßten auch mit auf das Paßbüro kommen, das wird wohl nötig sein. Wird das gehen?«

»Vielleicht morgen vormittag um dieselbe Zeit – ich werde mich frei machen und die Papiere mitbringen.«

»Gestatten Sie, mein Herr«, warf hier Frau Siebenberg gewichtig ins Gespräch, »wenn ich hier in die Verhandlung eingreife. Es wird allgemein davor gewarnt, daß junge Mädchen ohne genügende Sicherheit ins Ausland gehen. Es ist meine Pflicht, das junge Mädchen darauf aufmerksam zu machen.«

Der Herr und die Dame lachten recht harmlos.

»Recht haben Sie, verehrte Frau. Aber bei uns können Sie unbesorgt sein. Wir geben Ihnen Referenzen auf. Erkundigen Sie sich bitte bei Herrn Regierungsrat Horst, Telefon Steinplatz 9694, und bei Herrn Professor Jade, Telefon Uhland 3935, nach Herrn und Frau Petri – hier sind unsere Pässe –, also nach Herrn und Frau Petri aus Buenos Aires in Argentinien.«

Frau Siebenberg war schon beruhigt, als sie hörte, daß ein Regierungsrat und ein Professor als Referenz angegeben wurden. Die Pässe sah sie ordnungsgemäß an und wollte sich die Telefonnummern notieren.

»Wie waren doch die Nummern?« fragte sie.

»Sie können ja gleich anfragen, verehrte Frau Siebenberg, und brauchen nicht erst zu notieren. Also Steinplatz 9694. Verlangen Sie Herrn Regierungsrat Horst.«

Arglos ging Frau Siebenberg auf seinen Wunsch ein. Als die Verbindung mit dieser Nummer hergestellt war, fragte sie: »Kann ich Herrn Regierungsrat Horst einen Augenblick sprechen?«

»Gewiß! Herr Regierungsrat, Sie werden gewünscht«, hörte sie eine Stimme – die eines Mannes.

Gleich darauf meldete sich eine andere Männerstimme: »Hier Regierungsrat Horst! Wer dort?«

»Hier Frau Siebenberg, Stellenvermittlung. Herr Regierungsrat, in meinem Büro befinden sich Herr und Frau Petri aus Buenos Aires, um Personal für Argentinien zu engagieren. Ich wollte Sie bitten, mir über die Herrschaften Auskunft zu geben, da Sie von ihnen als Referenz angegeben wurden. Es ist meine Pflicht, mich zu erkundigen, ob man unbesorgt weibliche Angestellte mit ihnen gehen lassen kann.«

»Aber selbstverständlich, die Herrschaften gehören einer angesehenen Familie an, haben drüben ein großes Geschäft, und die Mutter von Frau Petri ist eine reiche, angesehene Dame. Die Leute werden es gut haben. Sie können unbesorgt sein. Wollen Sie sonst noch etwas wissen?«

»Nein, ich danke, Herr Regierungsrat, das genügt.« Frau Siebenberg war nunmehr überzeugt, daß sie es mit ehrbaren Menschen zu tun habe, und sagte fast entschuldigend:

»Nur weil es meine Pflicht ist, sicherzugehen!«

Frau Siebenberg wiederholte Rose die Auskunft und wurde dann eine Weile von Herrn Petri so angeregt ins Gespräch gezogen, daß sie inzwischen die beiden Telefonnummern und Namen vergessen hatte.

Petris engagierten Rose nun vom Fleck weg und wurden einig mit ihr über die Gehaltsfrage und sonstigen Bedingungen. Auf drei Jahre müsse sich Rose verpflichten, damit sich die Reisekosten lohnten. Aber nach drei Jahren werde sie die Rückreise bezahlt bekommen, falls sie nicht drüben bleiben wolle.

»Aber Sie werden sicher nicht zurückverlangen, wenn Sie nicht liebe Angehörige hier zurücklassen«, meinte Herr Petri lächelnd.

Rose atmete teils froh, teils beklommen auf.

»Nein, nein, liebe Angehörige lasse ich nicht zurück, ich will es Ihnen jetzt ganz offen sagen, weshalb ich fort will. Mein Vormund will mich an einen Mann verheiraten, der mir widerlich ist. Deshalb will ich am liebsten weit weg.«

Sie wollte noch sagen, daß sie in Argentinien eine Tante habe, aber sie sprach es nicht aus, weil sie meinte, sie dürfe der Herrschaft nicht mit ihren Privatverhältnissen lästig fallen.

»Ah, so! Das ist also Ihr Grund? Nun, Sie haben ganz recht, das brauchen Sie sich nicht gefallen zu lassen. Wer weiß, vielleicht machen Sie drüben Ihr Glück. Wie war doch Ihr Name?«

»Rose Rietberg!«

»Also gut, Fräulein Rietberg, das Engagement ist abgeschlossen. Morgen besorgen wir das Nötige beim Paßamt. Da Sie feste Stellung bei uns haben, macht die Einreise keine Schwierigkeiten. Wir haben dann noch eine kleine Reise vor und kommen in acht Tagen nach Berlin zurück, um Sie abzuholen. Dann erreichen wir den Dampfer gerade zur rechten Zeit. Wir besprechen das morgen alles noch. Sie halten sich dann zur Zeit bereit.«

Das versprach Rose. Frau Petri besprach inzwischen mit Frau Siebenberg noch das Engagement einer deutschen Haushilfe. Und da sie Frau Siebenberg ein anständiges Honorar im voraus zahlte, war diese sehr willig.

»Möglichst ein hübsches, blondes Mädel, verehrte Frau, meine Mutter liebt alles, was blond und deutsch ist, deshalb hat uns Fräulein Rietberg gleich so gut gefallen. Und selbstverständlich muß sie Lust haben, mit nach Argentinien zu gehen.«

Frau Siebenberg dachte nach und schlug in ihren Büchern nach.

»Hm! Da wäre vielleicht Martha Preller. Sie ist blond, ein sehr hübsches, ansehnliches Mädel. Unternehmungslustig ist sie auch – eine Waise. Hat sehr gute Zeugnisse und ist tüchtig, ganz erstklassig«, sagte sie.

Frau Petri nickte lachend.

»Nun, auf Zeugnisse gebe ich nicht viel, auf die kann man

sich nicht verlassen. Wir verlassen uns lieber auf unsere Menschenkenntnis.«

Frau Siebenberg lachte gleichfalls.

»Nun ja, aber meistens werden doch Zeugnisse verlangt. Ich werde also Fräulein Preller morgen herbestellen, die wird Ihnen schon gefallen, und sie wird auch mit nach Argentinien gehen, wenn mich nicht alles täuscht.«

Herr Petri hatte Rose inzwischen allerlei Ratschläge gegeben, bezüglich des Gepäcks und dergleichen. Und dann sagte er:

»Selbstverständlich können wir Ihnen nur Reise zweiter Klasse bewilligen, denn die Überfahrt ist teuer. Meine Frau und ich fahren ebenfalls zweiter Klasse, man wird da sehr gut verpflegt auf den großen Dampfern, es ist alles recht komfortabel.«

»Aber bitte, Herr Petri, ich bin mit allem zufrieden und möchte Ihnen so wenig Kosten wie möglich verursachen. Sie müssen ganz nach Ihrem Gutdünken verfügen.«

Rose war froh, daß sie den Entschluß gefaßt hatte, sich auf eigene Füße zu stellen. Nun brauchte sie Herrn Brückner nicht zu heiraten, und auch ohnedies sagte sie sich, daß sie das Leben in Onkel Herberts Haus kaum noch länger ertragen hätte. Sie glaubte ein sehr gutes Engagement gefunden zu haben und pries im stillen ihr Glück. Die Auskunft, die Frau Siebenberg bei dem Regierungsrat über Herrn und Frau Petri eingeholt hatte, war ja sehr gut.

Wie hätte Rose ahnen können, auf welche Art diese Auskunft zustande gekommen war! Ein guter Freund von Herrn Petri hatte sich in einen Zigarrenladen begeben und dort den Inhaber gebeten, einen Telefonanruf abwarten zu dürfen. So war Frau Siebenberg getäuscht worden und mit ihr auch Rose.

Sie war ja noch viel vertrauensseliger als Frau Siebenberg und ahnte nicht, daß Herr Petri und seine Frau durchaus keine einwandfreien Menschen waren.

Am Abend desselben Tages gingen Onkel Herbert und Tante Helene ins Theater. Herr Brückner hatte ihnen Karten geschenkt, die er nicht selbst benutzen konnte, da er abreisen wollte. So konnte Rose ungestört im Schreibtisch nach ihren Papieren suchen. Mit dem Gefühl eines schlechten Gewissens nahm sie die Papiere an sich. Zufällig fiel ihr dabei die Vermählungsanzeige von Tante Josephine in die Hände. Sie betrachtete sie lange. Ob Tante Josephine jenseits des Großen Ozeans ihr Glück gefunden hatte?

Und – was würde ihr das Schicksal in diesem fremden Land bringen? Aber danach durfte sie jetzt nicht fragen, die Hauptsache war, daß sie Herrn Brückner nicht zu heiraten brauchte. Hoffentlich ging alles gut mit ihrem Paß. Sie mußte dafür sorgen, daß sie morgen früh einige Stunden frei hatte, damit die Paßangelegenheit erledigt werden konnte. Wenn sie nur fort kam – das war die Hauptsache. Mochte die Tante dann schelten, wenn sie zu lange ausgeblieben war.

Zu ihrer Erleichterung vernahm sie am anderen Morgen, daß Tante Helene mit ihrem Mann eine Probefahrt in einem der Brücknerschen Autos unternehmen wollte. Sie würde erst kurz vor Tisch wiederkommen.

So brach die Tante noch vor ihr auf, und Rose hatte fast bis Mittag Zeit. In fliegender Eile verrichtete sie die nötigsten Hausarbeiten und begab sich dann, da es höchste Zeit war, zu dem Büro der Frau Siebenberg. Sie fand dort Herrn und Frau Petri bereits im Einverständnis mit Martha Preller, einem hübschen, frischen, blonden Mädchen, der die Augen vergnügt und abenteuerlustig aus dem Gesicht lachten. Sie war sofort bereit gewesen, mit nach Argentinien zu gehen, als sie von Frau Siebenberg gehört hatte, daß die neue Herrschaft sehr honette und noble Leute waren.

Als man sie mit Rose bekannt machte, sah sie diese lachend an.

»Na, da werden wir eine feine Reise zusammen machen, Fräulein Rietberg, das habe ich mir schon immer gewünscht! Wenn wir bloß nicht die Seekrankheit kriegen. Davor ist mir ein bißchen bange, das ist so eine eklige Geschichte. Aber das ist das einzige, was ich fürchte. Sonst freue ich mich bloß. Sie sich auch?«

Rose war, als würde ihr plötzlich viel leichter ums Herz. Martha Prellers lachende Augen ließen ihr die ganze Angelegenheit viel leichter erscheinen.

»Ja, ich freue mich auch, und mit der Seekrankheit wird es auf einem so großen Dampfer nicht schlimm werden.«

»Das hat mir die gnädige Frau auch schon gesagt«, erwiderte Martha Preller.

»Sie brauchen wirklich keine Angst zu haben«, warf hier Frau Petri ins Gespräch.

Martha Preller lachte. »Ach – Angst – das ist viel zuviel gesagt, Angst habe ich nicht, nur ein bißchen ekeln tue ich mich vor der ollen Spuckerei. Na, Fräulein Rietberg, wir wollen recht zusammenhalten. Sie sind auch eine Waise, wie mir Frau Petri sagte. Vielleicht machen wir drüben unser Glück – hier ist ja doch nicht viel los jetzt.«

Petris fuhren nun mit den beiden jungen Mädchen nach dem Paßamt, wo alles ohne große Schwierigkeiten erledigt wurde. Herr Petri schien in solchen Dingen große Routine zu besitzen.

Dann verabredeten Petris mit den beiden jungen Mädchen, daß diese sie in acht Tagen zu einer bestimmten Zeit im

Hotel abholen sollten, und in bester Stimmung trennte man sich.

Rose war froh, daß sie zur Zeit nach Hause kam und das Essen noch richten konnte, ehe Tante Helene eintraf.

Heimlich setzte sie in den nächsten Tagen ihre Sachen instand und packte sie in zwei flache Koffer, die von einer Mittelmeerreise, die sie mit ihrem Vater einst gemacht hatte, noch auf dem Speicher standen. Die kamen ihr jetzt sehr zustatten, immer wenn die Tante ausgegangen war, trug sie wieder einen Teil ihrer Sachen auf den Speicher hinauf, bis sie alles verpackt hatte. Sie nahm kleine Andenken an ihre Eltern mit, außer ihren Kleidern und ihrer Wäsche, auch die Photographie ihrer Eltern. Was sie nicht in diese beiden Koffer hineinbekam, mußte sie zurücklassen, mehr Gepäck durfte sie nicht mitnehmen. Klugerweise widersprach Rose in diesen Tagen nicht, wenn von Brückner gesprochen wurde. So glaubten Onkel und Tante, daß sie sich mit dem Gedanken an diese Heirat abgefunden hätte, und begegneten ihr wieder mit der früheren falschen Liebenswürdigkeit. Rose würde ja ihrer Ansicht nach in Zukunft wieder viel Annehmlichkeiten zu vergeben haben.

Eines Nachmittags, als Rose mit Tante Helene im Wohnzimmer saß und Wäsche ausbesserte, brachte sie geschickt die Rede auf Tante Josephine. Sie hätte gern Näheres über sie erfahren.

»Nicht wahr, Tante Helene, Tante Josephine hat in Buenos Aires gelebt?«

»Ja«, erwiderte die Tante einsilbig.

»Ob sie wohl noch da lebt – ob sie überhaupt noch am Leben ist?«

Frau Helenes Gesicht bekam einen gehässigen Ausdruck.

»Selbstverständlich lebt sie noch, und sie ist auch noch in

Argentinien, aber nicht mehr in Buenos Aires, sondern in Rosario.«

»Oh, ihr habt wieder einmal von ihr gehört?«

»Wir hatten ihr geschrieben, als es uns so schlecht ging, weil wir hofften, ihre Verhältnisse könnten sich gebessert haben, und weil man doch so gern einige Devisen gehabt hätte. Wir haben ihr unsere schreckliche Lage geschildert und den Brief auf gut Glück an Frau Josephine Wörth in Buenos Aires an ihre alte Adresse, die sie uns mit ihrer Vermählungsanzeige schickte, gerichtet. Und erstaunlicherweise ist der Brief in ihre Hände gekommen, obwohl sie inzwischen nach Rosario übergesiedelt war, wie wir dann aus ihrer Antwort entnahmen. Wir hatten ihr auch mitgeteilt, daß wir unseres Vetters Albert Tochter zu uns genommen und für sie zu sorgen hätten. Aber diese hartherzige Person schrieb uns, daß sie wohl in der Lage wäre, etwas für uns tun zu können, aber sie habe noch nicht vergessen, daß Onkel Herbert es gewesen sei, der sie aus der Heimat vertrieben habe. Undankbares Geschöpf! Onkel wollte ihr doch nur einen reichen Freier verschaffen. Sie hat das selbstverständlich nur als Vorwand benutzt, um unsere Bitte nicht erfüllen zu brauchen. Ich habe mich sehr geärgert, daß ich Onkel Herbert zugeredet hatte, ihr zu schreiben. Sie hätte doch auch etwas für dich tun können, wie wir das auch in all den Jahren getan haben. Aber sie ist eben eine ganz gefühllose Person.«

Rose hatte mit atemloser Spannung zugehört, und sie konnte nicht anders, als bei sich denken, daß Onkel Herbert doch vielleicht einige Schuld daran haben könnte, daß Tante Josephine in die weite Welt gegangen sei. War er doch auch schuld daran, daß sie nun aus der Heimat floh. Aber – sehr gutmütig konnte diese fremde Tante Josephine auch nicht sein, und es war gut, sich nicht viel von ihr zu versprechen.

Sie wollte ihr ja auch keinesfalls lästig fallen, nur das Gefühl haben, daß sie da drüben in Argentinien nicht ganz allein sein würde, nur in der allerschlimmsten Not, wenn sie sich einmal gar nicht zu helfen wußte, würde sie sich an sie wenden. Das nahm sich Rose fest vor.

»Rosario kann doch nicht sehr weit von Buenos Aires liegen?« fragte sie.

»Onkel Herbert sagt, höchstens so weit wie Berlin von Hamburg. Na, gottlob brauchen wir nun ihre Hilfe nicht mehr. Du wirst wieder sehr reich werden und deine Dankesschuld an uns abtragen. Und Onkel wird bei deinem künftigen Gatten eine ausgezeichnete Position haben. Nicht wahr, Rose, du wirst vernünftig sein?«

Und mit einem heuchlerisch liebenswürdigen Lächeln sah Tante Helene in Roses Gesicht. Diese zögerte eine Weile, sagte aber dann diplomatisch:

»Laß mir nur noch ein Weilchen Zeit, Tante Helene.«

»Aber ja doch, Kind, du hast ja noch reichlich drei Wochen Zeit, um dich an den Gedanken zu gewöhnen. Sieh mal, Herr Brückner ist freilich kein Adonis, aber er ist doch ein ganz netter Mann, und wenn du es klug anfängst, kannst du ihn um den Finger wickeln. Er ist ja wahnsinnig in dich verliebt, und du wirst an uns denken. Manche kleine Annehmlichkeit wirst du uns verschaffen können. Du wirst doch nicht vergessen, was für Opfer wir dir gebracht haben und daß du es auch nur Onkel Herbert zu danken hast, daß Brückner dich kennenlernte.«

Rose wurde das Herz schwer. Es quälte sie nicht wenig, mit Heimlichkeiten und Fluchtgedanken Tante Helene gegenüberzusitzen. Ihr wahrhaftes Empfinden sträubte sich dagegen, aber sie sagte sich, daß es sein müsse. Sie biß die Zähne zusammen und schwieg.

Wenn sie zuweilen ein Bangen überkommen wollte, daß sie mit wildfremden Menschen in die Welt hinausgehen wollte, dann sagte sie sich dennoch zum Trost, daß sie eine Verwandte in Argentinien habe. Von Buenos Aires wollte sie einmal an sie schreiben und ihr auch ganz offen mitteilen, weshalb sie die Heimat verlassen habe, und dann würde sie ihr doch vielleicht einige verwandtschaftliche Sympathie entgegenbringen. Sie mußte es doch am besten verstehen, daß sie sich nicht hatte verkaufen lassen wollen.

Kurzum, trotz der Schmähreden Tante Helenes gegen Tante Josephine blieb Rose eine leise Hoffnung, bei dieser ein wenig verwandtschaftliche Zuneigung finden zu können. So hartherzig würde sie doch nicht sein, da ihr Rose nie etwas zuleide getan hatte.

Die acht Tage vergingen nur zu schnell. Am Tag bevor sie sich heimlich entfernen wollte, brachte Rose, wie Petris ihr geraten hatten, ihre Koffer in Tante Helenes Abwesenheit auf den Lehrter Bahnhof und gab sie in der Aufbewahrungsstelle ab.

Die ganze Zeit hatte Rose davor gezittert, daß der Onkel das Fehlen ihrer Papiere entdecken könne. Aber es geschah nicht. Nichts trat Roses Vorhaben hindernd in den Weg. Am letzten Abend schrieb sie einen Brief an Onkel und Tante:

Lieber Onkel, liebe Tante!

Verzeiht mir, daß ich Euren Wunsch, Herrn Brückners Frau zu werden, nicht erfüllen kann. Ich habe Euch gesagt, daß ich viel lieber sterben würde, als ihm anzugehören, und das war mein Ernst. Es ist mir unmöglich. Und da Ihr mich dazu zwingen wollt, bleibt mir keine andere Wahl, als Euch heimlich zu verlassen. Ich will Euch auch nicht mehr zur Last fallen und habe mir eine Stellung gesucht. Sobald ich mein einundzwanzigstes Jahr erreicht habe, werdet Ihr von mir hören, wo ich mich befinde. Ihr braucht nicht in Sorge um mich sein, ich habe eine sehr gut bezahlte Stellung als Pflegerin einer alten Dame erhalten und hoffe, mich durchs Leben zu bringen und Euch nie mehr lästig zu fallen. Falls ich Euch noch etwas schuldig sein sollte, so bitte ich Euch, alles, was noch aus dem Nachlaß meiner Eltern vorhanden ist, als Euer Eigentum zu betrachten. Ich hoffe, damit meine Schuld beglichen zu haben. Seid mir nicht böse und bittet auch Herrn Brückner, mir nicht zu zürnen, daß ich seinen ehrenvollen Antrag nicht annehmen kann. Er soll es Euch nicht entgelten lassen. Ich danke Euch für alle Sorgen und Mühen, die Ihr meinetwegen gehabt habt, und grüße Euch in Dankbarkeit.

Eure Nichte Rose.

Sie atmete auf, als sie diesen Brief beendet hatte und schämte sich von neuem, daß sie heimlich davongehen wollte. Aber anders hätte man sie nicht fortgelassen, das wußte sie.

Viel Schlaf fand sie nicht in dieser letzten Nacht in dem Haus, das sie einst als glückliches Kind mit ihren Eltern bewohnt hatte.

Sehr zeitig stand sie am anderen Morgen auf, schaffte schnell noch in allen Zimmern ein wenig Ordnung und streichelte dabei immer wieder, wie Abschied nehmend, über dies oder jenes Möbelstück, an dem noch liebe Erinnerungen hingen. Vom Schreibtisch steckte sie heimlich das Petschaft ihres Vaters zu sich, das dort noch immer in einer Onyxschale lag. Der Vater hatte es oft in der Hand gehabt. Und aus dem Nähtisch nahm sie den kleinen goldenen Fingerhut, den ihre Mutter immer benutzt hatte.

Dann war es halb neun Uhr geworden – die Zeit, wo sie alltäglich ausging, um für das Mittagessen einzukaufen. Ein

Zittern überlief sie, als sie daran dachte, daß gerade heute Tante Helene sie hindern könne auszugehen. Geistesabwesend besprach sie mit der Tante, was sie einkaufen solle, und dann war auch das überstanden. Schnell eilte Rose in ihr Zimmer und warf ihr bestes Kostüm, was sie noch besaß, über. Das wollte sie auf der Reise tragen. Immer war sie in Angst, daß ihr die Tante noch in den Weg laufen und sie fragen konnte, weshalb sie zum Einholen das gute Kostüm angezogen habe.

Aber es geschah nichts. Tante Helene saß im Wohnzimmer und las die Zeitung.

Schnell drückte Rose das hübsche Hütchen auf ihr blondes Haar. Ganz elegant sah sie nun aus, denn sie gehörte zu den wenigen Frauen, die auch in den schlichtesten Kleidern vornehm wirken. Dann verließ sie die Wohnung, in der sie ihre sonnige Kindheit und ihre trostlose Jugend verbracht hatte. Mit zitternden Knien schritt sie die Treppe hinab, und ihr war, als müßten Vater und Mutter auch jetzt bei ihr sein. Sie flehte um ihren Segen zu ihrem Tun und eilte davon.

Den Brief an Onkel und Tante hatte sie in ihrem Zimmer mitten auf den Tisch gelegt. Immer in Furcht, daß man sie noch zurückhalten könne, eilte sie zur Untergrundbahn, deren Station ganz in der Nähe lag, und löste eine Fahrkarte. Sie hatte in diesen Tagen die Brosche ihrer Mutter verkauft, um etwas Bargeld in den Händen zu haben. Die anderen Schmucksachen ihrer Mutter, die sie noch besaß, hatte sie mit dem Geld für die Brosche in einem ledernen Beutelchen unter ihren Kleidern versteckt, nur etwas von dem Geld trug sie in einer alten Banknotentasche bei sich zum handlichen Gebrauch. Von den anderen Schmucksachen, die immerhin noch einige hundert Mark wert sein würden, hoffte sie sich nicht trennen zu müssen. Nur im allerschlimmsten Fall sollten sie ihr einen Notgroschen schaffen. Hundertfünfzig Mark hatte sie für die Brosche bekommen, wobei sie der Händler allerdings sehr übervorteilt hatte. Dreißig Mark hatte sie davon schon ausgegeben, weil sie einige Kleinigkeiten zum Auffrischen ihrer nicht sehr umfangreichen Garderobe gebraucht hatte.

Die Untergrundbahn brachte sie schnell zu dem Hotel, in dem Petris sie erwarteten. Sie wurde sehr freundlich von ihnen begrüßt, und gleich darauf fand sich auch Martha Preller ein. Die beiden Mädchen mußten mit Herrn und Frau Petri frühstücken, und dabei händigte Herr Petri ihnen Pässe und Fahrkarten nach Hamburg aus.

»Sie können mit meiner Frau gleich mit dem nächsten Zug nach Hamburg reisen und sich auf den Dampfer begeben, ich werde noch bis heute abend hier festgehalten in einer geschäftlichen Angelegenheit und reise mit dem Nachtzug. Deshalb werde ich erst morgen früh auf dem Dampfer eintreffen, er geht morgen mittag ab. Ich denke mir, Fräulein Rietberg, daß es Ihnen sehr lieb sein wird, so bald wie möglich Berlin zu verlassen.«

Rose neigte dankend den Kopf. »Das ist mir allerdings lieb, aber ich will nicht schuld sein, daß Sie sich von Ihrer Frau Gemahlin trennen müssen.«

»Darüber machen Sie sich keine Sorgen, es ist auch uns ganz lieb so, da ich meine Frau bei meinen letzten Geschäften hier nicht brauchen kann.«

Und so fuhr Frau Petri mit den beiden Mädchen nach dem Lehrter Bahnhof, wo man die Koffer für die Reise aufgab.

Ahnungslos, in welche Hände sie geraten waren, bestiegen die beiden mit Frau Petri den Zug. Rose wäre doch vielleicht sehr bange zumute gewesen, wenn nicht Martha Preller durch ihren gesunden Berliner Mutterwitz dafür gesorgt hätte, daß sich zuweilen ein befreiendes Lachen über ihre Lippen drängte.

Die Reise verlief angenehm. Der Zug war nicht stark besetzt, und Martha Preller kostete die Reise jedenfalls jetzt schon gründlich aus.

Ihr Gemüt wurde von nichts beschwert. Dieses tapfere Waisenmädchen hatte auch da den Humor nicht verloren, als sie elternlos in der Welt herumgestoßen worden war.

In Hamburg angekommen, begab sich Frau Petri mit den beiden Mädchen gleich an Bord des großen Dampfers. Es waren allerlei Formalitäten zu erfüllen, die Zollrevision mußte vorgenommen werden, aber alles ging glatt vonstatten. Frau Petri schien große Routine zu haben in solchen Dingen, und ein Trinkgeld hier und da machte auch schwierige Situationen leichter. Sie atmete aber doch erlöst auf, als sie nach ihren Kabinen geführt wurden.

Rose und Martha erhielten eine sehr enge, kleine Kabine. Diese lag keineswegs günstig, hatte kein Fenster ins Freie, sondern nur nach dem Kabinengang, aber Frau Petri sagte ihnen, das sei immer noch besser, als wenn sie die Kabine noch mit mehreren Passagieren hätten teilen müssen. Dieser Raum sei ja auch nur zum Schlafen, sonst ständen ihnen alle Räume der zweiten Klasse zum Aufenthalt zur Verfügung.

Rose fand sich ohne Murren in diese Situation, während Martha Preller ein wenig maulte und behauptete, so einen primitiven Schlafraum noch nie benutzt zu haben.

»Det ist ja der reine Affenkasten«, sagte sie in ihrem Berliner Dialekt ziemlich drastisch.

Rose redete ihr jedoch gut zu. Sie machte ihr klar, wie teuer selbst eine solche Kabine für eine so lange Reise sei. Da lachte Martha Preller gutmütig und meinte:

»Na schön, Fräulein Rietberg, wenn Sie nicht mucksen, dann will ich auch nichts gesagt haben. Sie sind doch sicher viel Besseres gewohnt gewesen und fügen sich auch.«

So gut es ging, richteten sich die beiden Mädchen in der Kabine ein. Sie losten mit Papierschnitzeln, wer das obere und wer das untere Bett benutzen solle, und Rose bekam zu ihrer Erleichterung das obere Bett.

Sie gedachte dabei der Mittelmeerreise, die sie mit ihrem Vater im Jahr vor seinem Tod gemacht hatte, weil ihm die Ärzte wegen seiner Nervendepression eine Seereise verordnet hatten und er sich von Rose nicht trennen wollte. Damals war Rose freilich erster Klasse auf dem Dampfer gereist. Aber diese Zeiten waren nun einmal vorbei, und man mußte sich bescheiden. Jedenfalls war sie froh, auf dem Dampfer in Sicherheit zu sein vor den möglichen Nachforschungen ihres Vormundes.

Nachdem die beiden sich eingerichtet hatten, was nicht ohne allerlei drastische Witze von seiten Martha Prellers abging, schritten sie erst einmal durch die Räume, die den Passagieren zweiter Klasse zugänglich waren. Und da stellte sich, selbst zu Marthas Zufriedenheit, heraus, daß es sich ganz angenehm an Bord dieses Dampfers würde leben lassen.

Da gab es ein Unterhaltungszimmer mit hübschen Sesseln und Bänken aus hellen Holzgestellen mit einfachen Velvetpolstern. Viereckige Tische standen inmitten der Gruppen von Sitzmöbeln. An der einen Längswand waren Schränke mit Zeichnungen, Büchern und allerlei Spielen angebracht. Vier große Fenster spendeten reichlich Licht und gaben außerdem den Blick ins Weite frei. An der Decke waren elektrische Lampen angeschraubt.

Neben diesem Raum befand sich ein ebenso hübsch ausgestattetes Rauchzimmer, in dem einige Schreibpulte Aufnahme gefunden hatten. Auch einige Spieltische waren hier vorhanden. Und ein Ventilator war angebracht, der den Rauch vertreiben sollte und für frische Luft sorgte.

An das Rauchzimmer stieß das Damenzimmer. Darin befanden sich zwei große Ecksofas, Sesselgruppen mit runden Tischen in der Mitte, die mit hellen Decken belegt waren und auf denen Vasen mit Blumen standen. An der Schmalseite dieses Raumes stand ein Stützflügel mit einer Sitzbank davor. Einige hübsche Bilder an den Wänden gaben dem Raum etwas Wohnliches.

Von hier aus führte eine Tür ins Freie auf das kleine Promenadendeck, wo man sich in Liegestühle oder Klappsessel setzen konnte und wo auch Raum war für eine kurze Promenade. Wenn es auch nicht annähernd den Umfang des Promenadendecks der ersten Klasse hatte, so genügte es doch, um sich im Freien aufzuhalten, wenn das Wetter es erlaubte. Da man Mitte März die Reise antrat, war vorläufig noch mit kühlem Wetter zu rechnen, das einen langen Aufenthalt im Freien nicht ratsam erscheinen ließ. Der schönste und größte Raum der zweiten Klasse war der Speisesaal, mit einer langen Tafel in der Mitte. Rechts und links in den durch Säulen abgetrennten Nischen waren kleine Tische aufgestellt, an denen Familien separat speisen konnten. Die Tafeln waren schon alle gedeckt und sahen festlich aus, wenn auch die Tafeltücher hier etwas gröber waren als in der ersten Klasse und die Bestecke etwas weniger luxuriös. Vor jedem Platz stand ein Stuhl, und an den Decken waren zahlreiche elektrische Lampen angebracht. Der Raum mochte für etwa hundertfünfzig Menschen berechnet sein, aber es befanden sich auch noch einige Nebenräume an der Längsseite des Speisesaals, in dem ebenfalls kleinere Tafeln gedeckt waren.

Rose mußte feststellen, daß auf diesem großen Dampfer die zweite Klasse fast ebenso bequem eingerichtet war wie auf dem kleinen Mittelmeerdampfer die erste Klasse, und das schilderte sie auch Martha Preller, die nun ganz zufrieden war. Sie sah Rose ein wenig nachdenklich an, als diese von ihrer Mittelmeerreise mit ihrem Vater sprach, und sagte dann:

»Ich habe es mir gleich gedacht, daß Sie mal bessere Tage gesehen haben. Sie haben so was an sich.« Rose brachte schnell das Gespräch auf ein anderes Thema, und Martha ging darauf ein. Nach einer Weile sagte sie, über den Speisesaal hinwegsehend:

»Hoffentlich sind auch ein paar nette junge Herren auf dem Dampfer, damit man sich ein bißchen amüsieren kann.«

Rose sah aufseufzend in das frische, lebensprühende Gesicht der blonden Martha. Wie beneidenswert war diese doch mit ihrem unbekümmerten Herzen und mit ihrem heiteren Naturell.

Als sie wieder hinaustraten aus dem Speisesaal, lief ihnen Frau Petri über den Weg und fragte lachend:

»Nun, Sie haben wohl schon inspiziert? Ist doch sehr nett auf diesem Dampfer, nicht wahr?«

Rose beeilte sich zu versichern, daß sie sehr erstaunt sei, so viel Bequemlichkeit in der zweiten Klasse zu finden. Frau Petri nickte.

»Man tut immer besser, einen großen Dampfer zu wählen. Auf kleineren Fahrzeugen ist meist die erste Klasse mangelhafter als hier die zweite. Wir haben auf kleineren Dampfern Überfahrten gemacht, die sehr unangenehm waren, und machen das jetzt nicht mehr.«

»Sie haben wohl schon öfter die Überfahrt gemacht, gnädige Frau?« fragte Rose harmlos.

Frau Petri biß sich auf die Lippen – dann sagte sie hastig:

»Vor Jahren einmal, mit meiner Mutter.« Und dann ging sie schnell auf ein anderes Thema über.

Als die beiden Mädchen allein waren, meinte Martha:

»Na, so freundlich wie jetzt wird Frau Petri wohl nicht immer mit uns sein, darauf machen Sie sich nur gefaßt, Fräulein Rietberg.«

Fragend sah Rose in ihr Gesicht.

»Glauben Sie, daß sie ihr Benehmen uns gegenüber ändern wird?«

Martha lachte.

»Na, ich müßte die Madames nicht kennen! Erst sind sie immer wie Zucker und Honig. Das kenne ich. Ich habe schon acht verschiedene Stellen gehabt, und überall war es dasselbe. Und wenn eine Gesellschafterin oder eine Erzieherin im Hause ist, die haben noch mehr unter den Launen der gnädigen Frau zu leiden, an uns getrauen sie sich nicht so leicht ran, weil wir einfach türmen, wenn es uns zu dumm wird. Wir kriegen ja immer wieder Stellungen. Aber die armen Gesellschafterinnen, die müssen alle Launen ausbaden. Ich will Ihnen ja nicht bange machen, Fräulein Rietberg, aber ich möchte Sie von meinen Erfahrungen profitieren lassen. Sie sind ja das erste Mal in Stellung. Und was die Frau Petri ist – die hat so ein gewisses Etwas –, ich weiß nicht, wie ich das nennen soll – aber ich kenne mich aus – mit der großen Freundlichkeit wird es bald Essig sein. Aber wenn schon, ich lasse mir nichts gefallen, ich tue meine Arbeit, lasse mich aber nicht schikanieren. Da bin ich gewappnet, und das müssen Sie auch so machen, nur nicht bange machen lassen! Gleich beim ersten Mal, wenn die Petris Ihnen an die Wimpern klimpern wollen, müssen Sie eine Lippe riskieren, sonst sind Sie drunter durch!«

Rose wurde das Herz schwer.

»So etwas liegt mir gar nicht. Und vielleicht wird man dann am Ende entlassen, Fräulein Preller!«

Martha lachte. »Nur keine Bange, wenn die uns nicht nötig brauchten, würden sie uns nicht die weite Reise bezahlen. Und wenn sie uns entlassen würden, dann würden wir auch eine andere Stelle drüben finden. Wer arbeiten kann und will, der findet überall ein Unterkommen. Da verlassen Sie sich man auf meine Praxis. Sie machen mir nämlich ganz so den Eindruck, als wenn Sie sich alles gefallen ließen, deshalb pulvere ich Sie ein bißchen auf. Nur nicht dämlich sein – verstehen Sie, Fräulein Rietberg?«

Es erging Rose seltsam – mit einem Mal kam auch ihr zum Bewußtsein, daß Frau Petris Freundlichkeit etwas gezwungen, etwas unecht war. Aber die Bangigkeit, die in ihr aufsteigen wollte, verflog bald wieder vor Martha Prellers forscher Zuversicht, die einen wohltätigen Einfluß auf sie ausübte. Sie fühlte, daß Marthas energische Lebensbejahung ansteckend auf sie wirkte und sie aufheiterte. So lustig wie heute war sie lange nicht gewesen, Martha brachte sie immer wieder zum Lachen. Wenn diese auch in geistiger Beziehung und in der Bildungssphäre unter ihr stand, so ging von ihrem frischen, resoluten Wesen doch etwas Befreiendes aus und löste den Bann, der auf Roses Seele lag. Gewissermaßen nahm Martha Preller Rose unter ihren Schutz, und Rose dankte es ihr von Herzen.

Die beiden Mädchen erzählten sich mancherlei aus ihrem bisherigen Leben, und Rose erfuhr, daß Marthas Eltern bei einem Brand ums Leben gekommen waren, als Martha noch nicht drei Jahre alt war. Sie war ins Waisenhaus gekommen und dann, als sie konfirmiert worden war, in Stellung gegangen. Nie hatte sie ein Familienleben kennengelernt. Ganz allein stand sie in der Welt, und immer hatte sie in Abhängigkeit gelebt. Aber nichts hatte dies lebensfrische Geschöpf unterkriegen können. Immer hatte sich ihr gesunder Humor durchgesetzt, wenn es ihr einmal schlechtgegangen war.

Rose fühlte sich ganz beschämt ihr gegenüber. Sie hatte wenigstens bis zu ihrem zwölften Jahr Elternliebe und Elternfürsorge erfahren und hatte eine sonnige, wohlbehütete Kindheit gehabt.

Sie erzählte nun Martha auch mancherlei aus ihrem Leben, aber von ihrer Tante Josephine in Rosario sagte sie kein Wort.

Diese war ja auch für sie mehr eine Phantasiegestalt, und sie wußte nicht, ob diese Tante Josephine sich je zu ihr bekennen würde. Sie fürchtete vielleicht, Martha würde sie ein wenig verspotten mit dieser Tante, die ihr so fremd geblieben war. Auch Petris gegenüber hatte Rose diese Tante mit keinem Wort erwähnt, wie sie auch weder zu Martha noch zu Petris etwas über ihre Sprachkenntnisse verlauten ließ, vielleicht, weil sie sich in ihrer bescheidenen Art nicht damit wichtig tun wollte.

Nach und nach trafen immer mehr Gäste auf dem Dampfer ein, und Martha und Rose standen an der Reling und sahen zu, wie wieder neue Passagiere an Bord kamen. Darunter fiel ihnen ein Herr etwa in der Mitte der Dreißig auf, dessen Äußeres gleich beim ersten Sehen einen großen Eindruck auf sie machte. Er sah nicht aus, als sei er ein Passagier der zweiten Klasse. Seine hohe, gebietende Erscheinung hob ihn über die Mittelmäßigkeit hinaus, trotzdem er nur einen schlichten Reiseanzug trug.

Er wurde von dem Steward in eine Kabine gewiesen, die sich auf demselben Gang befand, auf dem auch Roses und Marthas Kabine lag, nur lag die seine nach der andern Seite hinaus, also dem offenen Meer zu. Als er an Rose und Martha vorüberkam, stutzte er einen Moment und sah Rose mit seinen tiefliegenden stahlblauen Augen an. Dann ging er weiter. Martha sah ihm ebenso interessiert nach wie Rose.

»Der hat sich wohl verlaufen? Was will ein so vornehmer Herr in der zweiten Klasse? Aber großartig hat er ausgesehen! Und angesehen hat er Sie, Fräulein Rietberg – na – es kann interessant werden. Das sehe ich schon.«

Rose war das Blut schon unter dem Blick des Fremden in die Wangen gestiegen, und bei Marthas Worten wurde das noch schlimmer, aber sie zog es vor, kein Wort darauf zu erwidern, sondern Martha auf etwas anderes aufmerksam zu machen.

Bald darauf gingen die beiden Mädchen das erste Mal auf dem Dampfer zu Bett. Das ging bei Marthas Veranlagung nicht ab, ohne verschiedene Heiterkeitsausbrüche auszulösen. Auch Rose mußte so lachen über das drollige Gebaren Marthas, wie sie seit Jahren nicht gelacht hatte. Und es dauerte ziemlich lange, bis sie zur Ruhe kamen.

3

Am anderen Morgen sehr zeitig traf Herr Petri auf dem Dampfer ein, zugleich mit einer großen Anzahl anderer Passagiere. Rose sah ihn zufällig kommen und bemerkte in seiner Gesellschaft etwas verwundert noch zwei Mädchen. Etwas später sah sie ihn mit zwei Herren sprechen, die in Gesellschaft von mehreren jungen Damen gekommen waren.

Herr Petri bekümmerte sich vorläufig gar nicht um seine Frau, er schien erst die jungen Damen in seiner Gesellschaft unterbringen zu wollen. In diesem Augenblick trat Frau Petri an Rose heran; diese sagte:

»Ihr Herr Gemahl ist eben angekommen, gnädige Frau, da drüben geht er mit zwei jungen Damen.«

Frau Petri hörte wohl die leise Befremdung durch Roses Worte klingen und sagte ganz harmlos:

»Ja, deshalb blieb mein Mann noch in Berlin zurück, um das Engagement mit diesen beiden Damen perfekt zu machen, es sind zwei Stenotypistinnen, die wir für unser Engrosgeschäft brauchen. Drüben ist in allen Branchen ein großer Personalmangel. Wir haben uns reiflich überlegt, ob wir die hohen Reisespesen dransetzen sollen, aber wir brauchen tüchtige Leute, und da sie sich, gleich Ihnen, auf Jahre hinaus verpflichten müssen, kommt man doch auf die Kosten.«

Interessiert betrachtete Rose die beiden Damen in Herrn Petris Gesellschaft. Sie waren beide sehr hübsch und recht elegant angezogen.

»Da müssen Sie freilich viel Reisegeld zahlen, gnädige Frau«, bemerkte Rose harmlos.

»Ja, das ist nun mal nicht anders. Aber jetzt will ich gehen und meinen Mann begrüßen.«

Während sie davonging, trat Martha zu Rose.

»Was sagen Sie dazu, Fräulein Rietberg, jetzt bringt ja Herr Petri noch ein paar Mädchen mit an Bord?«

Rose gab ihr die von Frau Petri erhaltene Auskunft, und Martha fand nun so wenig etwas dabei wie Rose. Sie sagte nur triumphierend:

»Na, sehen Sie wohl, so rar ist drüben gutes Personal, da brauchen wir nicht bange zu sein. Und wenn wir nicht gut behandelt werden, dann suchen wir uns eben etwas anderes.«

»Aber Sie vergessen, Fräulein Preller, daß wir uns auf drei Jahre verpflichtet haben.«

»Na schön, Petris haben sich aber auch zu guter Behandlung verpflichtet, und wenn sie ihr Versprechen halten, dann halte ich meins auch.«

Und Martha wandte ihr Interesse nun den anderen Ankommenden zu und stellte mit Vergnügen fest, daß mehr Herren als Damen an Bord kamen. An jungen Mädchen schien es zu fehlen. Außer Rose und Martha und den beiden Büroangestellten waren nur noch die jungen Damen an Bord, die mit dem einen Herrn in Petris Gesellschaft gekommen waren.

»Oje, die sehen aus, als wären sie vom Tingeltangel, sie sind ja am frühen Morgen schon geschminkt«, sagte Martha ein wenig verächtlich, aber noch viel stärker interessiert.

Auch Rose sah, trotzdem sie wenig Erfahrung hatte, daß diese Damen etwas Auffallendes hatten.

Als Rose später mit Frau Petri einmal über diese Damen sprach und Marthas Ausspruch wiedergab, sagte Frau Petri mit einem seltsamen Lächeln:

»Fräulein Preller scheint sehr scharfsinnig zu sein, diese Damen sind zwar nicht vom Tingeltangel, aber vom Theater, sie sind für ein Ensemblegastspiel für drüben engagiert. Die Herren, in deren Gesellschaft sie sind, kennen wir zufällig, es sind Theaterdirektoren und ganz gut mit uns befreundet. Immerhin ist es gut, wenn Sie sich mit diesen Damen nicht näher einlassen, das ist keine Gesellschaft für Sie und Fräulein Preller. Halten Sie sich an diese. Wenn sie auch nur ein einfaches Mädchen ist, so ist sie doch eine sehr anständige Person. Auch für die beiden Stenotypistinnen kann ich meine Hand nicht ins Feuer legen, halten Sie sich auch von diesen möglichst fern. Keine Intimitäten, hören Sie?«

Rose war sehr dankbar für diese Fürsorge – denn dafür hielt sie Frau Petris Worte. Und sie wiederholte sie dann auch Martha, die lachend versicherte, daß sie selbst Augen im Kopf habe ...

Es gab so viel auf dem Dampfer zu sehen und zu hören, daß Rose davon müde wurde. Sie hatte in der Nacht so gut wie nicht geschlafen. Ihre unruhigen Gedanken und die ungewohnten Geräusche auf dem Dampfer hatten sie wach gehalten. Unter ihr hatte Martha Preller tief und fest geschlafen, und Rose hatte sie beneidet. Und als sie Martha dann am Morgen gesagt hatte, daß sie fast nicht geschlafen habe, weil sie so viel habe nachdenken müssen, hatte Martha erwidert:

»Das viele Denken müssen Sie sich abgewöhnen, das überlassen Sie ruhig den Herrschaften, die weiter nichts zu tun haben. Unsereiner braucht seine Kräfte zur Arbeit, und wenn man nicht gut schläft, ist man schlapp. Ich schlafe immer wie ein Murmeltier, kaum daß ich in der Klappe liege.«

Rose hatte gelächelt.

»Sie haben so recht, Fräulein Preller, das Denken müßte man sich abgewöhnen – wenn es nur so leicht ginge!«

Nun waren schon längst die letzten Passagiere an Bord gestiegen, und jetzt begann oben auf dem Promenadendeck der ersten Klasse die Musikkapelle zu spielen: »Muß i denn, muß i denn zum Städtle hinaus.« Ein schweres Stampfen und Dröhnen ging durch den Schiffskoloß, langsam setzte sich der Dampfer in Bewegung.

Rose starrte mit brennenden Augen vor sich hin, während Martha vergnügt mit der Musik sang. Dieses arme Waisenmädchen hatte einen Vorzug vor anderen Menschen, ihr Gemüt war nicht beschwert von Heimatgefühlen oder Abschiedsweh. Für sie gab es keine Heimat, keine Trennungsschmerzen.

Aber Rose ließ zwei geliebte Gräber zurück und eine in Licht und Sonne getauchte Kindheit. Dahinter verblaßten die Leiden und Sorgen, die nachher gekommen waren und die sie nun aus der Heimat trieben.

Aber ehe sie sich recht in ihr Abschiedsweh vertiefen konnte, erschien Frau Petri neben ihnen.

»Also nun sind wir unterwegs. Wir werden uns auf der Überfahrt nicht viel um Sie kümmern können, mein Mann und ich, weil wir Bekannte an Bord haben. Amüsieren Sie sich, so gut es geht, und richten Sie sich ganz ein, wie es Ihnen gefällt. Haben wir unser Reiseziel erreicht, dann kümmern wir uns schon wieder um Sie. Bis dahin sollen Sie ganz frei über sich verfügen.«

Damit nickte Frau Petri den beiden jungen Mädchen zu und ging davon. Martha Preller sah ihr lachend nach.

»Na, das ist anständig, das muß ich sagen, daß sie uns nicht schon auf der Reise mit allerlei Dienstleistungen in Anspruch nimmt. Das sind bezahlte Ferien mit voller Pension und freier Fahrt. So gut habe ich es lange nicht gehabt. Ist doch fein, Fräulein Rietberg, jetzt sind wir Frei-Frauen! Das habe ich mir schon immer mal gewünscht.«

Rose fand das auch sehr angenehm, und sie fand so wenig wie Martha etwas daran, daß Petris sich ihnen während der ganzen Reise ziemlich fernhielten. Herr Petri sprach während der ganzen Überfahrt nicht ein einziges Wort mit ihnen, und Frau Petri nur selten im Vorübergehen.

Im übrigen machten weder die beiden Büroangestellten noch die Theaterdamen während der Reise irgendwelche Anstrengungen, sich mit Rose und Martha in Verbindung zu setzen. Diese hatten also nicht nötig, sich ihnen fernzuhalten. Daß Frau Petri auch dafür gesorgt hatte, daß die Steno- und Theaterdamen sich von Rose und Martha fernhielten, ahnten sie nicht. So erreichten Petris, daß die jungen Mädchen nicht miteinander intim wurden, was sich freilich vielleicht auch ohne Frau Petris Zutun gefügt hätte.

Martha Preller erwies sich übrigens als ein rechter Sorgenbrecher für Rose, und wenn auch ein großer Unterschied in der Bildungsstufe dieser beiden Mädchen war, so wußten sie doch beide bald voneinander, daß sie anständige, ehrenhafte Geschöpfe waren. Einmal sagte Martha zu Rose:

»Wissen Sie, Fräulein Rietberg, ich habe so eine Ahnung, daß wir beide drüben unser Glück machen werden. Eine Kartenlegerin hat mir vor meiner Abreise gesagt, daß mein Glück über einen weiten Weg liegt, und daß ich mit einer blonden Dame eine weite Reise machen werde. Das ist nun schon mal eingetroffen. Sie sind die blonde Dame – na –, und eine weite Reise mach' ich auch, dann wird ja das mit dem Glück über den weiten Weg auch eintreffen. Und einen Brünetten werde ich heiraten in einer guten, festen Position. Was will man mehr. Brünette Männer sind nun schon mal meine Leidenschaft, vielleicht, weil ich selber blond bin. Wie ist denn das mit Ihnen – mögen Sie lieber die Blonden, die Brünetten oder die Schwarzen?«

Rose mußte lachen.

»Darüber habe ich noch nicht nachgedacht«, sagte sie. Aber dann wurde sie plötzlich nachdenklich. Sie mußte an den Fremden denken, der sie bei seiner Ankunft auf dem Dampfer so seltsam angesehen hatte. Sie hatte ihn noch nicht wiedergesehen.

Martha Preller aber machte ein verschmitztes Gesicht. »Noch nicht mal drüber nachgedacht? Na, wissen Sie, an so was denkt doch jedes Mädchen. Aber Sie wollen vielleicht nicht davon sprechen. Sie haben wahrscheinlich schon was fürs Herz? Aber nee, nee, so dämlich von mir – das ist doch ausgeschlossen, dann würden Sie doch nicht mit nach Argentinien gehen.«

»Sehen Sie wohl, Fräulein Preller, Sie kommen von selbst darauf.«

»Na, das kann aber nur an Ihnen liegen! So ein schönes Mädchen, wie Sie sind, die kann doch an jedem Finger zehn Männer haben.«

»Sie sind doch auch ein sehr hübsches Mädchen, so frisch und rosig und so lustig – da müßten Sie doch auch an jedem Finger zehn haben.«

Martha zuckte mit den Schultern.

»Könnte ich schon – aber keinen zum Heiraten. Davon wollen sie alle nichts hören. Und mich bloß so als Spielzeug an einen Mann wegwerfen – nee –, da mache ich nicht mit. Was hat denn unsereiner, wenn man nicht auf sich hält? Vater und Mutter sind nicht da, um ein Auge auf einen zu haben. Da muß man schon selbst die Ohren steifhalten. Da mache ich nicht mit, so bloß zum Amüsement. Aber – drüben in Argentinien, da soll es an tüchtigen Frauen fehlen, hat mir Frau Petri gesagt, und da kann man leichter einen Mann finden, deshalb bin ich hauptsächlich mitgegangen, das sage ich ganz offen, denn ich möchte furchtbar gern heiraten. Wenn man immer so allein auf der Welt ist, dann sehnt man sich nach einem Menschen, zu dem man gehört. Und Kinder möchte ich auch gern haben, dicke, dralle Kinderchen, die man so an sich drücken kann, wenn einem das Herz voll ist. Ich habe ja nie einen Menschen gehabt, den ich von ganzem Herzen liebhaben konnte. Aber jetzt höre ich auf mit solchen Sentimentalitäten, das tut nicht gut. Also Mut! Nun schwimmen wir ja schon auf dem Wasser, und vielleicht wartet drüben schon einer auf mich. Fein ist es hier auf dem Dampfer, nicht? Jetzt können wir uns ein paar Wochen ausruhen, ehe es wieder an die Arbeit geht. Sagen Sie mal, Fräulein Rietberg, Sie haben doch mal bessere Tage gesehen. Sie haben so was Apartes – na, eben – wie eine richtige Dame?«

»Ich bin aber nichts als ein ganz armes Mädchen, genau wie Sie, das sich sein Brot verdienen muß. Früher – ja –, früher war das einmal anders – aber davon will ich nicht sprechen, am liebsten nicht mehr daran denken. Jetzt heißt es vorwärts – mit zusammengebissenen Zähnen.«

»Hm! Das imponiert mir! Sie gefallen mir überhaupt, wenn ich auch merke, daß ich gar nicht zu Ihnen passe. Sie dürfen es nicht übelnehmen, wenn ich ein bißchen tapsig bin, ich meine es nicht böse.«

Rose lächelte ihr zu.

»Das weiß ich, soweit kenne ich Sie nun schon. Und ich wünsche Ihnen, daß Sie das Glück jenseits des Ozeans finden – wenn ich auch nicht an Kartenlegerinnen glaube.«

»Na, manche wissen doch was, ist denn nicht schon viel eingetroffen?«

»So soll alles andere Gute auch noch eintreffen.«

Bei der ersten Mittagsmahlzeit war nun zum ersten Mal der Speisesaal ganz gefüllt. Rose sah Petris mit den beiden Herren, die Frau Petri für Theaterdirektoren ausgegeben hatte, an einem Tisch. Was hätte wohl Rose für Augen gemacht, wenn sie gewußt hätte, daß einer der beiden Herren es gewesen war, der Frau Siebenberg am Telefon die gute Auskunft über Petris gegeben hatte? Sie wußte es nicht und fand nur, daß diese beiden Herren nicht sehr sympathische Gesichter hatten. Und zum ersten Mal fiel ihr auf, daß auch Herr Petri ein unangenehmes Gesicht hatte. Es kamen aber jetzt so viele neue Eindrücke für Rose, daß sie nicht weiter auf Petris achtete. Sie sah nur, daß die beiden Bürodamen an einem kleinen Pfeilertisch allein saßen und an einer anderen Stelle des Saales die Damen vom Theater.

Rose und Martha wurden von dem Steward an der großen Mitteltafel Plätze angewiesen, die sie nun bei jeder Mahlzeit einnehmen sollten. Der Platz neben Rose war noch nicht besetzt. Nach einer Weile merkte sie aber, daß sich ein Herr neben ihr niederließ, der ebenfalls vom Steward geführt worden war. Rose wandte den Kopf, als der Herr sich vor ihr verneigte, und sah ihn an, und da stieg auch schon eine leise Röte in ihr Gesicht – es war der Fremde, der ihr gleich bei seinem Eintreffen aufgefallen war! Es war ein schlanker, sehniger Mann mit einem markanten Gesicht. Man hätte dies Gesicht eher häßlich als schön nennen können, wenn es nicht so bedeutend und männlich gewesen wäre. Unter einer mächtigen, gedankenvollen Stirn lagen die stahlblauen Augen tief gebettet.

Diese Augen schienen fest und unbeirrbar auf ein Ziel gerichtet zu sein. Es lag eine intensive Willenskraft darin, und doch konnten sie auch warm und gütig blicken, was sein Gesicht seltsam verschönte. Um den schmallippigen Mund mit den festen weißen Zähnen lag ein herber, fast harter Zug, der von vielen Kämpfen sprach, und wenn dieser Mund sich fest zusammenpreßte, dann sah es aus, als halte er damit seine ganze Persönlichkeit im Zaum. Er war auch jetzt, der Gelegenheit entsprechend, gut gekleidet, aber nicht nach der letzten Mode. Man merkte ihm sofort an, daß er ein Mann von Bildung war. Seine Haltung hatte etwas Ungezwungenes, und der interessante Kopf saß frei und stolz auf den breiten Schultern. Tief gebräunt war sein Gesicht, und die Hände waren kraftvoll wie die ganze Persönlichkeit. Jedenfalls war Roses Tischnachbar ein interessanter Mann, und da er voraussichtlich während der ganzen Reise neben ihr sitzen würde bei den Mahlzeiten, konnte sie zufrieden sein. Eine angenehmere Nachbarschaft hätte sie nicht haben können.

Gleich nachdem Rose einen Blick auf ihn geworfen und er in ihr die junge Dame wiedererkannt hatte, die ihm schon bei Betreten des Dampfers aufgefallen war, hatte er sich vor ihr verneigt und vorgestellt.

»Soviel ich vom Schiffsbrauch verstehe, mein gnädiges Fräulein, werden wir für die Dauer unserer Reise Tischnachbarn sein. Gestatten Sie, daß ich mich vorstelle, ich heiße Wendland.«

Rose errötete von neuem, weil seine Augen dabei so intensiv in die ihren leuchteten. Sie neigte leise den Kopf, ahnungslos, daß sie sich ihm schon durch dieses Kopfneigen als Dame dokumentierte, und sagte ruhig:

»Ich heiße Rietberg und bitte Sie, mich nicht anders zu nennen als Fräulein Rietberg. Das gnädige Fräulein kommt mir nicht zu, da ich im Begriff bin, ein Engagement in abhängiger Stellung anzutreten.«

Wieder traf ein aufleuchtender, forschender Blick ihre Augen.

»Wie Sie wünschen, Fräulein Rietberg. Man kann Sie nur als Dame einschätzen, wenn man Sie ansieht.«

»Sollte Sie nicht der Umstand eines andern belehrt haben, daß ich auf dem Dampfer in der zweiten Klasse reise?« fragte sie mit einem leisen Lächeln.

»Ich bin überzeugt, daß in der zweiten Klasse manche Dame erster Klasse reist und in der ersten Klasse manche Dame zweiter Klasse. Sie machen einen durchaus erstklassigen Eindruck.«

»Ich bin nichts als ein armes Mädel, das sein Brot verdienen muß.«

»Aber das sind Sie noch nicht lange, wenn ich einige Menschenkenntnis habe.«

»Alles andere ist vorbei. Ich bin in einer dienenden Stellung, das ist das Wesentliche.«

»Und in ein fremdes Land wollen Sie gehen, um Ihr Brot zu verdienen?« fragte er, teilnahmsvoll ihr reizendes Gesicht betrachtend.

Sie seufzte leise.

»Man ließ mir keine andere Wahl.«

Etwas in diesen resignierten Worten rührte an sein Herz, das schon durch Roses Anblick ergriffen gewesen war. Sein Interesse für sie, das so schnell erweckt worden war, wurde stärker.

»Gehen Sie auch nach Argentinien?« fragte er.

»Ja, nach Buenos Aires.«

»Ich gehe nach Rosario«, erwiderte er. Sie zuckte leise zusammen. In Rosario lebte ihre Tante Josephine, aber sie sprach nicht davon.

»Rosario liegt nicht weit von Buenos Aires.«

»Nein, einige Stunden Bahnfahrt. Doch kann man auch mit dem Dampfer fahren, wenn man länger Zeit hat.«

»Sie sind aber Deutscher?«

Er neigte das Haupt.

»Ja, aber ich habe mich entschlossen, in Argentinien ein Engagement als Ingenieur anzunehmen in einem großen Werk für landwirtschaftliche Maschinen. Ich weiß nicht, ob Sie je von den Argro-Werken gehört haben.«

»Nein«, sagte sie, »davon habe ich nie gehört, das stand meinem Interessenkreise bisher auch ganz fern.«

»Der Name Argro-Werke ist aus den beiden ersten Silben der Worte Argentinien und Rosario gebildet.«

»Ah, so. Es ist also jedenfalls ein großes Werk.«

»Nach meinen Informationen, ja.«

»Da werden Sie ein interessantes Arbeitsfeld finden.«

»Ich hoffe sehr, mein gnädiges Fräulein – nein –, entschuldigen Sie – Fräulein Rietberg.«

»Haben Sie die Hochschule in Charlottenburg besucht?«

»Ja, ich habe da meinen Diplomingenieur und auch meinen Doktor gemacht.«

»Oh, da habe ich Ihnen den Ihnen gebührenden Titel vorenthalten, Herr Doktor.«

»Ich lege nur so weit Wert auf diesen Titel, als er mir zu einem besseren Fortkommen verhelfen soll. In Gesellschaft ist er überflüssig.«

Sie lächelte fein.

»Ehre, wem Ehre gebührt. Nun ich weiß, daß Sie darauf Anspruch haben, werde ich ihn auch gebrauchen.«

»Es steht in Ihrem Belieben, Fräulein Rietberg.«

»Wie schade, daß Sie Ihre Kenntnisse nicht in Deutschland verwerten können«, sagte sie, um die Unterhaltung fortzusetzen.

»Sagen Sie das, weil Sie dann während dieser Überfahrt nicht meine Tischnachbarin hätten zu sein brauchen?« fragte er mit einem Lächeln, das sehr sympathisch wirkte.

Auch um ihren Mund flog ein leises Lächeln.

»Ich hoffe. Sie halten mich nicht für unhöflich, daß Sie annehmen könnten, ich würde diese Frage bejahen.«

»Das haben Sie mir gut gegeben. Ich bitte um Verzeihung. Und ich will Ihnen nun ernsthaft antworten. Ich fand in Deutschland bis jetzt kein befriedigendes Tätigkeitsfeld, und da ich ganz allein im Leben stehe, so daß mich nichts zurückhielt, nahm ich das sehr günstige Engagement in Rosario an. Für einen Mann ist es nichts Besonderes, wenn er ins Ausland geht, um seine Kräfte besser regen zu können.

Aber Sie, mein gnädiges Fräulein – Sie sind doch sicher nicht leichten Herzens abgereist?«

Rose sah mit einem Blick zu ihm auf, der ihn bis ins Herz traf, weil er so traurig war.

»Ich habe auch nichts zurückgelassen, was mir den Abschied schwer machte, nichts als zwei Gräber – die meiner Eltern.«

»Immerhin ist es doch für eine Dame ein schwerwiegender Entschluß, ins Ausland zu gehen. Reisen Sie ganz allein?«

»Nein, die Herrschaften, die mich engagiert haben als Pflegerin ihrer alten Mutter, sind mit an Bord. Auch Fräulein Preller, das junge Mädchen neben mir, geht mit nach Buenos Aires als Dienerin für dieselbe Dame.«

Werner Wendland sah einen Moment zu Martha Preller hinüber, die sich angeregt und vergnügt mit einem jungen Mann unterhielt, der an ihrer Seite saß.

»Fräulein Preller scheint sehr wenig bedrückt zu sein durch die Trennung von der alten Heimat«, bemerkte er lächelnd.

»Sie ist Waise wie ich und ließ niemand Liebes zurück. Außerdem ist sie sehr lustig und macht sich das Leben nicht unnötig schwer.«

»Aber sie ist nicht die rechte Gesellschaft für Sie«, sagte er bestimmt.

Rose lächelte.

»Sagen Sie das nicht. Ich bin sehr froh, daß ich sie zur Kabinengenossin habe, denn sie heitert mich auf mit ihrer unbekümmerten Lebensfrische. Sie hilft mir, mich in meiner neuen Lage zurechtzufinden und mir klarzumachen, daß ich in Zukunft nichts weiter sein werde als ein hoffentlich brauchbarer Dienstbote.«

Es blitzte in seinen Augen auf.

»Brauchbar? Daran zweifle ich nicht. Sie scheinen zu den Frauen zu gehören, die sich mit erstaunlicher Energie in Lagen zurechtfinden, die schon einem Mann schwerfallen. Aber – für einen Dienstboten wird Sie nie ein Mensch halten.«

»Es würde mich nicht beschämen. Gerade Fräulein Preller hat mir gezeigt, was für wertvolle Menschenkinder auch unter den Dienstboten zu finden sind.«

Wieder sah er sie an, mit einem Blick, der immer wärmer und intensiver wurde.

»Nein, nicht beschämen und nicht erniedrigen; das glaube ich. Man kann auch dienen, ohne sich zu erniedrigen, wenn man die Arbeit, die man leistet, hochhält und seine Pflicht erfüllt.«

Ein dankbarer Blick aus ihren Augen lohnte ihm diese Worte.

»Das habe ich mir auch gesagt, als ich mich entschloß, eine Stellung anzunehmen. Ich hätte auch die eines Dienstmädchens angenommen, wenn ich nichts anderes gefunden hätte.«

»Es ist sicher Ihre erste Stellung?«

Sie wurde durch seine Fragen nicht verletzt, sie schienen ihr nicht neugierig und zudringlich. In seiner ganzen Art lag ein warmes, freundliches Interesse, das ihr wohltat und sie mit Dankbarkeit erfüllte.

»Ja, es ist meine erste Stellung, und ich war sehr froh, daß man mich engagierte, ohne daß ich Zeugnisse aufzuweisen hatte.«

Er lächelte; und es war ein Lächeln, das sich ihr ins Herz schmeichelte, weil es so gut war und sein Gesicht seltsam verschönte.

»Für einen Menschenkenner bedarf es keiner Zeugnisse, wenn er Sie ansieht.«

Jetzt wurde ihre Unterhaltung durch den servierenden Steward unterbrochen, und nun wandte sich Martha Preller an Rose.

»Fein, was, wenn man so bedient wird beim Essen. Ich wollte, die Reise nähme gar kein Ende. So gut ist es mir noch nie gegangen. Und der junge Mann an meiner Seite ist ein netter Mensch. Er hat seine Mutter in Deutschland besucht und reist jetzt wieder nach Argentinien zurück. Er ist Landwirt und auf einer großen Farm angestellt. Es soll sich drüben sehr gut leben, wenn man nur arbeiten will. Und stolz ist er gar nicht, trotzdem ich ihm gesagt habe, daß ich nur eine Hausgehilfin bin. Er sagte, ein tüchtiges braves Mädchen wird auch mal eine tüchtige, brave Frau.«

»Damit hat er auch recht, Fräulein Preller«, sagte Rose lächelnd.

Martha Preller wandte sich nun ihrem Nachbarn wieder zu und war bald in ein eifriges Gespräch mit ihm vertieft. Fröhliches Lachen klang von den beiden herüber. Nach einer Pause wandte sich Doktor Wendland wieder an Rose:

»Ist dies Ihre erste Seereise?«

Sie schüttelte den Kopf. »Nein, ich habe vor Jahren – damals war ich freilich noch ein Kind – mit meinem Vater eine Mittelmeerreise gemacht, aber der Dampfer war bedeutend kleiner als dieser und nicht so komfortabel.«

»Sie dürfen nicht vergessen, daß wir uns hier auf einem der größten und neuesten Dampfer befinden. Hatten Sie damals gutes Wetter auf Ihrer Mittelmeerreise?«

»Bis auf einen ziemlich tollen Sturmtag, ja.«

»Seekrank gewesen?« fragte er lächelnd.

Sie schüttelte lächelnd den Kopf.

»Nein, obgleich viele Seekranke an Bord waren, darunter auch leider mein Vater. Er war freilich damals nicht sehr widerstandsfähig, denn wir machten die Reise zu seiner Erholung, weil er unter einer seelischen Depression litt, da meiner Mutter Tod ihn so schwer getroffen hatte. Mich hatte die Seekrankheit verschont, und ich hoffe, daß ich auch diesmal verschont bleibe – denn es ist wirklich eine scheußliche Sache.«

»Es ist wohl anzunehmen, daß Sie verschont bleiben, wenn Sie den Schlingerbewegungen eines so kleinen Dampfers getrotzt haben. Es müßte schon sehr schlimm kommen, wenn wir auf diesem großen, seetüchtigen Dampfer etwas davon spüren würden. Allerdings reisen wir in einer Zeit, in der es viele Stürme zu geben pflegt; aber vielleicht werden wir doch verschont.«

Wieder wurden sie durch den Steward gestört, der eine Platte mit Fleisch herumreichte. Rose langte zu, und in der ganzen Art, wie sie das tat und wie sie aß, verriet sie die Dame aus guter Gesellschaft. Wie auch Doktor Wendland durch seine Manieren dokumentierte, daß er eine gute Erziehung genossen hatte.

Martha Preller und ihr Tischnachbar luden sich die Teller ordentlich voll und schmausten mit großem Behagen.

Als Martha sah, wie wenig Rose nahm, sagte sie:

»Nehmen Sie sich man ordentlich, Fräulein Rietberg, das kostet alles nur ein Geld, hat mir mein Tischnachbar gesagt.«

Sie war jedenfalls gewillt, alle Genüsse dieser Reise bis zur Neige auszukosten.

Werner Wendland hatte diesen Zuruf Marthas gehört, und als Rose ihn jetzt ansah, mußten sie beide lachen.

Und Doktor Wendland sagte:

»Sie hat recht! Ihre Begleiterin weiß das Leben von der angenehmen Seite zu nehmen, man sollte von ihr lernen.«

4

Von diesem Tag an hatte Rose ein köstliches Gefühl im Herzen. Ihr war, als sei sie nicht mehr so allein auf der Welt. Werner Wendland umgab sie mit vielen Aufmerksamkeiten. Es geschah aber in einer bescheidenen Weise, daß es nicht auffallen konnte. Denn nirgends treibt der Klatsch so üppige Blüten wie an Bord eines Dampfers, wo die Menschen so viel Zeit haben, sich um ihren lieben Nächsten zu kümmern.

Das kluge Fräulein Preller allerdings merkte mit hellen Augen sehr wohl, daß »der schneidige Herr Doktor«, wie sie Werner Wendland nannte, sich sehr viel um Rose bekümmerte und ihre Gesellschaft suchte. Sie neckte Rose einmal ein wenig damit, aber Rose bat sie ernst und dringend, das nicht wieder zu tun.

»Ich necke Sie ja auch nicht damit, daß Ihr Tischnachbar sich viel mit Ihnen beschäftigt.«

Martha lachte.

»Na, haben Sie sich man nicht, Fräulein Rietberg, ich meine es doch nicht bös. Wir Mädels wollen doch alle ein bißchen was fürs Herz haben. Und der Herr Doktor, der paßt so famos zu Ihnen; die beiden Bürodamen schielen immer ganz neidisch zu uns herüber bei den Mahlzeiten. Schön ist er ja nach meinem Geschmack nicht, aber er sieht so vornehm und gediegen aus. Sie und er. Sie sind beide die vornehmsten Erscheinungen in der zweiten Klasse, da habe ich ja nun ein Auge dafür! Und er sieht einen immer so an, als wäre er gewöhnt zu befehlen. Man möchte sich in ein Mauseloch verkriechen, wenn er einen so mit seinen blauen Augen anblitzt, für unsereinen wäre das nichts – ich lobe mir Herrn Weißkant, meinen Tischherrn, das ist eine vergnügte Nudel. Und er spricht genau wie ich, wie ihm der Schnabel gewachsen ist.«

»Aber er ist doch blond, Fräulein Preller, durchaus nicht brünett! Wo bleibt denn da die Wahrsagung der Kartenlegerin?«

Martha lachte unbekümmert.

»Lassen Sie nur, er wird wahrscheinlich noch kommen, der Brünette. Mit diesem Herrn Weißkant wird es doch nichts Ernstes, er hat mir schon ganz offen gesagt, daß er eine Frau sucht, die ein bißchen Vermögen hat, weil er sich drüben eine Farm kaufen will. Immer in Stellung, sagt er, ist nichts für einen Landwirt, der muß in die eigene Tasche wirtschaften. Na ja, das kann ich verstehen, und es ist anständig, daß er das gleich sagt. Darum keine Feindschaft! Wenn wir vom Dampfer runter sind, ist es doch aus. Wir amüsieren uns und lassen den lieben Gott einen frommen Mann sein. Nee, nee, ich werde schon noch auf den Brünetten warten müssen. Vielleicht wird es ein Spanier? In Argentinien sollen nämlich eine Menge Spanier leben, und die wären wie toll hinter den blonden Mädels her, sagt Weißkant.«

Und Martha Preller wollte sich ausschütten vor Lachen bei dem Gedanken, daß sie mal einen Spanier heiraten könne.

»Er redet dann spanisch und ich deutsch, das wird eine hübsche Unterhaltung«, sagte sie, sich die Lachtränen abwischend.

Rose beneidete Martha Preller wieder einmal um ihre lebensfrohe Unbekümmertheit. Sie selbst war durchaus nicht so freien Herzens, wie sie es sich einreden wollte. Werner Wendland hatte einen tiefen Eindruck auf sie gemacht, und ihr Herz schlug immer bis zum Hals hinauf, wenn er an ihrer Seite auftauchte. Und das geschah sehr oft und nicht nur bei den Mahlzeiten. Immer wußte er sie zu finden und sich scheinbar zufällig in ihrer Nähe aufzuhalten. Sie fanden beide ein inniges Gefallen an ihrer Unterhaltung, und was sie dabei nicht aussprachen, das verrieten ihre Augen, die immer tiefer und beredter ineinanderblickten.

Herr und Frau Petri hielten sich während der ganzen Zeit vollständig fern von Rose und Martha Preller, und auch die beiden Stenotypistinnen sah man nie in ihrer Gesellschaft. Wenn Rose nicht ganz ahnungslos gewesen wäre, hätte ihr das vielleicht auffallen müssen. Werner Wendland hatte überdies noch nicht in Erfahrung gebracht, wer Rose Rietbergs neue Herrschaft war.

Eines Tages saß Rose, in eine Decke gehüllt, auf dem Deck in einem Liegestuhl. Tief und wohlig atmete sie die herbe, klare Seeluft ein. Es befanden sich noch mehrere Herren und Damen hier draußen, denn jetzt nach Tisch war es am wärmsten im Sonnenschein.

Wie von ungefähr fand sich auch bald Werner Wendland in Roses Nähe ein. Er trug nur seinen Reiseanzug, keinen Mantel und keinen Hut. Seine breite Brust dehnte sich kraftvoll, und der Wind spielte mit seinem dichten braunen Haar.

Roses Herz klopfte laut und stark – wie stolz schritt er einher in seiner aufrechten Haltung. Noch nie war ihr ein Mann begegnet, der ihr so sehr gefallen, der ihr so imponiert hatte.

Er zog sich einen Klappsessel an ihre Seite und sah sie lächelnd an.

»Sind Sie auch warm genug eingepackt, Fräulein Rietberg?« fragte er fürsorglich.

Sie nickte lächelnd.

»O ja, es ist wundervoll hier draußen, man kann gar nicht tief genug atmen.«

»Rote Wangen hat Ihnen der Wind geblasen, und die zarten blonden Löckchen, die unter Ihrer Kappe hervorlugen, tanzen so vergnügt über Ihre weiße Stirn. Man kann es Ihnen auch nicht verdenken«, sagte er, wie in Andacht versunken neben ihr sitzend und sich in ihre reizenden Züge vertiefend.

Röter als der Wind färbten seine Worte Roses Wangen. Schnell sprach sie von etwas anderem, und eine Weile saßen sie plaudernd beisammen. Aber dann erblickte Rose plötzlich Herrn und Frau Petri, die mit ihren Freunden vorbeigingen. Sie sahen Rose nicht, aber diese richtete sich unwillkürlich auf und sah ein wenig beklommen nach ihnen hinüber. Dann erhob sie sich schnell.

»Was ist Ihnen, Fräulein Rietberg?« fragte Wendland, zu ihr aufsehend.

Sie strich die losen Härchen unter ihre Kappe. »Oh, nichts – nur –, da geht meine Herrschaft.«

Werner Wendland sah den vier Personen nach. »Diese Menschen haben Sie engagiert?« fragte er.

Sie nickte.

»Herr und Frau Petri mit ihren Freunden, zwei Theaterdirektoren.«

Er konnte die Gesichter der vier Personen nicht sehen, da sie schon vorüber waren. Auch schenkte er ihnen jetzt nicht viel Aufmerksamkeit. Aber er empfand es als eine Dissonanz, daß Rose diese Menschen als ihre Herrschaft bezeichnet hatte. Ein großes Mitleid mit ihr überkam ihn. Auch er erhob sich nun und folgte ihr in das Unterhaltungszimmer; sie hatten plötzlich beide die Lust verloren, im Freien zu sitzen.

Das Unterhaltungszimmer war fast leer, nur eine alte Dame saß an dem einen Fenster und war in ein Buch vertieft. Rose nahm die kleidsame Kappe vom Kopf und strich sich das zerzauste blonde Haar zurück.

»Ich muß mir erst in meiner Kabine das Haar ordnen, Herr Doktor.«

»Sie kommen aber hoffentlich wieder hierher?« bat er dringend.

Mit einem jäh aufsteigenden Rot im Gesicht nickte sie ihm zu und ging davon.

Werner Wendland wollte die Zeit ihrer Abwesenheit benutzen, um sich draußen ein wenig auszulaufen. Und als er hinaustrat, begegnete er Petris mit ihren Bekannten. Scharf blickte er in die vier Gesichter, als wolle er sie auf Herz und Nieren prüfen. Und ein Unbehagen beschlich ihn. Ein besserer Menschenkenner als Rose, der er war, spürte er sofort in all diesen Gesichtern einen merkwürdig verschlagenen Ausdruck. Frau Petri machte durchaus keinen guten Eindruck auf ihn, und die drei Männer noch weniger, welcher von den Dreien Herr Petri war, wußte er nicht, aber keiner von den Dreien flößte ihm Vertrauen oder Sympathie ein.

Aber sie waren zu rasch an ihm vorüber, als daß er sich hätte in ihre Züge vertiefen können. Auch war er zu sehr mit seinen eigenen Gedanken beschäftigt. Während er sich vom Wind zausen ließ und sich seine Brust in tiefen Atemzügen dehnte, starrte er versonnen ins Weite.

Welche Torheit von ihm, so tief in Rose Rietbergs graue

Augen hineinzusehen! Dieses feine, liebreizende Geschöpf nistete sich immer fester in sein Herz hinein. Das durfte nicht sein. Er hatte bisher den Frauen noch kein anderes Recht eingeräumt, als zuweilen eine Stunde in einem flüchtigen Rausch mit ihnen zu vertändeln. Lieb und teuer war ihm noch keine geworden. Der harte Lebenskampf hatte ihm dazu keine Zeit gelassen. Er hatte sich, nachdem er im Krieg an der Front vier kostbare Jahre verloren hatte, durch sein Studium hungern müssen, das er bei Kriegsbeginn hatte unterbrechen müssen. Sein Vater war inzwischen gestorben, die Mutter hatte er schon früher verloren, und Vermögen hatte der Vater nie besessen. Von seinem Einkommen als Prokurist einer kaufmännischen Firma hatte er gerade nur so viel erübrigen können, um seinen Sohn durch das Studium zu bringen – er hatte wenigstens gehofft, es schaffen zu können. Der Krieg hatte auch ihm einen Strich durch die Rechnung gemacht, und als sein Sohn das letzte Jahr im Feld war, starb er. Werner Wendland hatte seinen Sold als Offizier zusammengehalten und, was er davon erübrigen konnte, wie einen kostbaren Schatz gehütet.

Als der Krieg dann ein Ende gefunden – jenes niederdrückende Ende, das solcher ungeheuren Opfer nicht wert gewesen war, begann Werner sein Studium von neuem. Er kargte mit jedem Sparpfennig wie ein Geizhals, um damit auszukommen; er biß die Zähne zusammen und hungerte sich durch. Schließlich gab er einige Stunden des Tages dran, um auf die eine oder andere Weise noch etwas Geld zu verdienen – er war nicht wählerisch –, was sich ihm bot an Verdienstmöglichkeiten, nahm er an. Über starke Körperkräfte verfügte er, und das nutzte er aus.

Und schließlich hatte er es geschafft. Seinen Doktor machte er erst, als er schon eine Anstellung gefunden hatte.

Aber die Stellungen der Ingenieure waren in Deutschland schlecht dotiert, und er sah bei dem wirtschaftlichen Tiefstand keine Möglichkeit, sich so emporzuarbeiten, wie er es sich wünschte. Er arbeitete in seinen Freistunden, nachdem er seinen Doktor gemacht hatte, an einer Erfindung, aber er sah schon ein, ehe sie fertig war, daß er sie kaum in Deutschland würde verwerten können.

Und so hatte er schon immer sein Augenmerk auf das Ausland gelenkt. Und dann hatte ihm sein Professor von der Hochschule, der große Stücke auf ihn hielt, das Engagement an den Argro-Werken vermittelt. Da wurden landwirtschaftliche Maschinen gebaut, die ganz Südamerika versorgten. Dies Werk brauchte immer wieder tüchtige Ingenieure und wandte sich deshalb von Zeit zu Zeit an die Hochschule in Berlin-Charlottenburg. Da Werner Wendland gerade in dieser Branche Betätigung suchte, wurde das Engagement perfekt, und zwar unter sehr günstigen Bedingungen. Dort gab es freies Feld für tüchtige Leute ...

»Sie können dort ihr Glück machen, Doktor, das ist etwas für solche Prachtkerle, wie Sie einer sind«, hatte der Professor gesagt.

Und nun war Werner Wendland auf dem Weg dorthin, und eigentlich konnte er gar keine Ablenkung gebrauchen. Vorwärts kommen wollte er – Herrgott –, er wollte mit seinen kräftigen Armen und seinem hellen Kopf am liebsten die Welt aus den Angeln heben. Wenn man so viel ungehobene Kräfte in sich fühlt und eine Möglichkeit sieht, sie in Taten umzusetzen, dann darf man doch an nichts anderes denken! Nein – dabei konnte man keine Frau an seiner Seite gebrauchen, bei solchen Kämpfen mußte man allein sein. Bewegungsfreiheit brauchte man dazu, und man durfte nicht weich werden durch den Anblick von so einem lieben, feinen Frauchen, das liebzuhaben eine Lust sein müßte.

Ja – eine Lust – nicht zum Ausmalen schön! Aber nein, nein, nicht solche Wünsche in sich aufkommen lassen, solche Wünsche nach der Zusammengehörigkeit mit einem lieben, süßen Weggenossen! Das durfte nicht sein – noch lange nicht. Erst mußte er vorwärtskommen, erst einmal festen Boden unter den Füßen haben, ehe man so eine liebe Frau neben sich stellen und festhalten durfte.

Trotz all dieser Erwägungen stand Dr. Wendland dann doch wieder im Unterhaltungszimmer und wartete auf Rose, und als sie kam und vor ihm stand, mit der feinen Röte einer heimlichen Erregung auf den Wangen, und ihm mit den seltsam hell leuchtenden Augen bis ins Herz hineinblickte, wurde es so wohlig warm in seinem Herzen, wie es nur bei einsamen Menschen sein kann, wenn sie die langersehnte Ergänzung ihres eignen Ichs gefunden haben.

Er vergaß alle starren, strengen Vorsätze und nahm neben ihr Platz, und während er mit ihr von allerlei belanglosen Dingen plauderte, fühlte er sich unvernünftig glücklich – weil er in ihren Augen las, daß sie ihm mit ähnlichen Gefühlen gegenübersaß.

Wohl eine Stunde verging völlig ungestört, und sie gerieten nach und nach in die tieferen Gründe ihres Wesens und erschlossen sie einander. Aber dann füllte sich das Unterhaltungszimmer. Auch Martha Preller kam herein mit Herrn Weißkant, und diese beiden Menschen scherzten und lachten miteinander, als wenn es keine Probleme auf der Welt zu lösen gäbe.

Martha sah Rose und Wendland sitzen und nickte ihnen lachend zu. Es war eine stillschweigende Übereinkunft zwischen den beiden jungen Mädchen, daß sie sich nur umeinander kümmerten, wenn sie allein waren oder bei den Mahlzeiten saßen.

Martha und Herr Weißkant nahmen an einem der anderen Fenster Platz, und bald waren fast alle Plätze besetzt. Auch die beiden Büroangestellten waren hereingekommen und unterhielten sich mit einigen Herren und Damen, nahmen aber weder von Rose noch von Martha Notiz. Drüben im Damenzimmer wurde Klavier gespielt – die neuesten Tänze –, und das nutzten einige junge Leute, um vorn an der Tür, wo Platz war, zu tanzen. Sie fanden bald Nachahmung, zumal da oben auf dem Promenadendeck der ersten Klasse das Konzert begann und dabei auch verschiedene Tänze gespielt wurden, auch Martha und Herr Weißkant drehten sich vergnügt im Tanz.

Rose sah mit ernsten Augen diesem fröhlichen Treiben zu. Aber Werner Wendland tat es leid, daß ihre Unterhaltung gestört worden war.

»Wollen wir nicht lieber in das Rauchzimmer hinübergehen, da ist es jetzt sicher nicht so trubulös wie hier.«

Sie sah ihn lächelnd an.

»Und außerdem gelüstet es Sie nach einer Zigarette.«

»Auch das, wenn Sie gestatten. Aber hier versteht man sein eigenes Wort nicht mehr. Oder – wollen Sie sich lieber am Tanz beteiligen?«

»Nein, nein, mir ist nicht danach zumute.«

Sie begaben sich ins Rauchzimmer, wo nur einige Herren beim Schachspiel saßen, und eine ältere Dame, eine Zigarette rauchend, am Schreibtisch saß und schrieb.

Rose und Werner Wendland nahmen am Fenster Platz, das geöffnet war. Vom Promenadendeck klang eine Schumannmelodie herüber. Sie saßen eine Weile schweigend da und lauschten der Musik. Aber dann kamen sie wieder ins Plaudern, und Rose legte ein Buch vor sich auf den Tisch, der zwischen ihnen stand, das sie vorhin mit aus ihrer Kabine gebracht hatte. Er nahm es auf.

»Darf man sehen, was Sie lesen?«

»Bitte!«

Er schlug den Deckel auf und las den Titel. Erstaunt sah er dann empor in Roses Gesicht.

»Calderón – Der standhafte Prinz – und in spanischer Sprache? Beherrschen Sie etwa die spanische Sprache?«

Sie mußte über sein fassungsloses Staunen ein wenig lachen.

»Leider beherrsche ich sie noch nicht so, wie ich möchte, ich mußte das Studium dieser Sprache vorzeitig abbrechen. Aber da ich mir sage, daß ich sie drüben vielleicht gut gebrauchen kann, will ich die Zeit der Überfahrt nützen, um das bereits Gelernte aufzufrischen. Es wird wenigstens genügen, um mich zu verständigen. Gerade im Spanischen bin ich leider nicht ganz firm.«

»Gerade im Spanischen? Sie sprechen also noch andere Sprachen?«

»Englisch und Französisch ganz geläufig. Italienisch noch etwas besser als Spanisch.«

»Alle Hochachtung – wie kamen Sie dazu, so viele Sprachen zu erlernen?«

»Mein Vater war Professor der Philologie, und ich lernte das alles schon als Kind ziemlich mühelos, denn meine Mutter beherrschte auch diese vier Sprachen, und wir unterhielten uns zu Hause abwechselnd in den vier verschiedenen Sprachen.«

Er schüttelte den Kopf.

»Und bei diesen Sprachkenntnissen – ganz abgesehen

von den übrigen Kenntnissen, die ich während unserer Unterhaltung bei Ihnen feststellen konnte – gab es für Sie keine Möglichkeit, Ihr Brot in Deutschland zu verdienen?«

Sie seufzte leise.

»Ich habe es gar nicht versucht, das auszuprobieren, und nahm das erste beste an, was sich mir bot – weil ich ganz schnell etwas finden mußte.«

»So groß war die Not?« fragte er mit versagender Stimme und sah sie mitleidig an.

Rose wurde blaß, und nach kurzem Zögern sagte sie, ihm tapfer in die Augen sehend:

»Ich bin meinem Onkel und meiner Tante, in deren Haus ich seit dem Tod meiner Eltern lebte, davongelaufen.«

Er zuckte leise zusammen, sah sie aber dann mit einem guten, warmen Lächeln an.

»Das klingt so abenteuerlich, daß ich es mit Ihnen nicht in Einklang bringen kann.«

»Es ist aber so«, beharrte sie fast schroff, weil eine heiße Angst in ihr war, daß er sich nun von ihr wenden könne.

»Dann hatten Sie schwerwiegende Gründe«, erwiderte er ruhig und bestimmt.

Ihre Augen feuchteten sich vor verhaltener Erregung. »Ja! Mein Onkel ist zugleich mein Vormund – ich bin noch nicht mündig –, und er wollte mich zwingen, kraft seiner Macht als Vormund, mich mit einem Menschen, der mir widerlich war, zu verheiraten, weil er reich ist.«

Seine Augen leuchteten intensiv in die ihren.

»Deshalb also liefen Sie davon?«

Sie nickte.

»Es blieb mir keine andere Wahl, das können Sie mir glauben.«

Eine Weile blieb es still zwischen ihnen, dann sagte er ernst:

»Ich danke Ihnen, daß Sie mir das anvertrauten. Und nachdem Sie mir so viel von sich gesagt haben – darf ich nicht noch mehr von Ihrem Schicksal wissen?«

Sie sah ihm eine Weile stumm ins Gesicht. Seine Augen verrieten warme Teilnahme, keine Neugier, und ihr Vertrauen zu diesem Mann war in diesen Tagen so groß geworden, daß sie fühlte, daß sie ihm alles sagen könne. Sie fühlte, er würde es nie mißbrauchen.

Und so erzählte sie ihm in kurzen, schlichten Worten vom Tod ihrer Eltern; davon, daß sie dann mit Onkel und Tante in derselben Wohnung gelebt hatte und wie qualvoll es ihr gewesen war, diese beiden Menschen, denen sie im Herzen fremd gegenüberstand, an Stelle ihrer Eltern in diesen Räumen schalten und walten zu sehen. Offen berichtete sie ihm, wie Tante und Onkel mit ihr von den Zinsen gelebt hatten, die das von ihren Eltern ererbte Kapital abgeworfen hatte, bis die Inflation dieses Vermögen hinweggespült hatte. Seinen teilnahmsvollen Augen gegenüber drängte sich mehr von ihrer Herzenseinsamkeit über ihre Lippen als je einem anderen Menschen gegenüber. Sie wußte selbst nicht, wie es kam, daß sie, die sonst über ihr inneres Erleben so verschlossen und zurückhaltend war, ihm gegenüber das alles aussprechen konnte. Sie berichtete dann von der schlimmen Zeit, als Onkel Herbert arbeitslos geworden war, und wie man sie mit Vorwürfen überhäuft hatte, daß sie Onkel und Tante eine Last war, ohne ihr zu gestatten, daß sie sich eine Stellung suchte, und wie dann Onkel bei Herrn Brückner eine Anstellung gefunden und wie dieser sie zur Frau begehrt hatte …

»Und als mich Onkel zwingen wollte, diesem Menschen mein Jawort zu geben, weil er sich Vorteile auch für sich davon versprach, da wußte ich, daß ich fortmußte, so schnell wie möglich, jedenfalls ehe die vierwöchige Frist um war, die man mir gegeben hatte, und ich hatte Glück, daß ich sogleich beim ersten Versuch diese Stellung fand. Man engagierte mich sofort, als ich mich bereit erklärte, nach Argentinien zu gehen.«

Er sah sie besorgt an.

»Das war ein großes Wagnis, Fräulein Rietberg, ein größeres, als Sie vielleicht ahnen. Sie wußten doch so wenig von diesen Leuten«, sagte er, an die unangenehmen Gesichter von Petris und ihren Freunden denkend.

»Oh, Frau Siebenberg, die Vermittlerin, hat sogleich Erkundigungen über die Herrschaften eingezogen und die besten Auskünfte erhalten«, sagte Rose.

Das beruhigte ihn einigermaßen. Er ahnte so wenig wie Rose, wie diese Auskunft erteilt worden war.

Aber er sagte dennoch:

»Immerhin war es ein Wagnis von Ihnen, diese Fahrt ins Ungewisse anzutreten.«

Ein leises Lächeln stahl sich um ihren Mund.

»Vielleicht wäre es auch mir gefährlicher erschienen, wenn nicht schon vor langen Jahren eine Tante von mir dies Wagnis unternommen hätte, auch weil man sie mit einem ungeliebten Mann verheiraten wollte. Der Gedanke, daß diese Tante in Argentinien lebt, hat mir, wenn sie mir auch vollständig fremd geblieben ist, Mut gegeben. Ich meinte, daß ich doch nicht so ganz allein drüben sein würde. Wenn sie auch alle Beziehungen zu ihrer Familie gelöst hat, so hat doch mein Vater sie mir einmal als ein tapferes, liebes Geschöpf gerühmt. Und deshalb hoffe ich, mit ihr in Verbindung treten zu können, so daß ich doch vielleicht im Notfall bei ihr Schutz und Hilfe finden könnte.«

Werner Wendland atmete auf. »Das ist wenigstens ein Trost. Darf ich fragen, wo Ihre Tante in Argentinien lebt?«

Sie errötete leicht, weil sie daran dachte, daß der Ort, wo ihre Tante lebte, sein Reiseziel sei.

»In Rosario«, sagte sie leise.

Überrascht blickte er auf.

»In Rosario?«

»Ja.«

»Das ist ja mein Reiseziel!«

»So sagten Sie mir.«

Er atmete tief auf.

»Dann sehen wir uns vielleicht einmal wieder.«

Das Blut schoß ihr verräterisch ins Gesicht.

»Wie es das Schicksal will«, sagte sie leise.

Er neigte sich vor und sah sie mit brennenden Augen an. »Würden Sie sich freuen, wenn wir einander dort begegnen würden?« fragte er, allen vernünftigen Grundsätzen zum Trotz.

Sie zögerte eine Weile, dann sagte sie mit bebender Stimme: »Seit meiner Eltern Tod hat kein Mensch so gut und freundlich zu mir gesprochen wie Sie. Sie können kaum verstehen, wie wohl mir ein wenig Güte tut. Wie sollte ich mich da nicht freuen, wenn ich Sie wiedersehen würde!«

Er sprang auf und trat, wie auf der Flucht vor sich selbst, von ihr fort an das andere Fenster, weil er fühlte, daß er eine Torheit begehen würde, wenn er sich nicht von ihr entfernte. Sein ganzes Fühlen drängte dazu, sie in seine Arme zu nehmen, und ihr zu sagen: Ich lasse dich nicht von mir gehen!

Erschrocken sah sie ihm nach. Er hatte ihr den Rücken zugekehrt, um sie seine Erregung nicht merken zu lassen. Erst nach einer ganzen Weile kam er zurück und setzte sich wieder zu ihr.

»Ich will Ihr Vertrauen mit dem meinen vergelten, Fräulein Rietberg, will Ihnen auch meine Geschichte erzählen«, sagte er, sich zur Ruhe zwingend. Sie sah erwartungsvoll in sein blasses, zuckendes Gesicht.

Und er berichtete ihr von seiner arbeitsreichen, harten Jugend, von der früh verstorbenen gütigen Mutter, seit deren Tod er auch kein liebes Wort mehr von einem Menschen gehört hatte, denn der Vater war kalt und streng gewesen, vielleicht nur, weil er das für pädagogisch gehalten hatte. Über die Kriegsjahre ging er hinweg wie über etwas, das man am liebsten vergessen möchte. Und dann sprach er von seinem unter Hunger und Not durchgeführten Studium und der bescheidenen Anstellung, die er dann endlich gefunden hatte.

»Und nun lockt mich eine Aufgabe, an der ich meine Kräfte zu messen hoffe. Es wird wieder ein heißer Kampf um Erfolg werden – und – in diesem Kampf muß ich allein bleiben«, sagte er zum Schluß mit rauher Stimme.

Dabei sah er Rose an mit einem Blick, der ihr in die Seele schnitt und doch zugleich alle Saiten in ihrem Innern zum Klingen brachte.

Impulsiv reichte sie ihm die Hand.

»Darf ich Ihnen wünschen, daß Sie drüben alles erreichen, was Sie sich ersehnen?«

Ganz behutsam, wie etwas Köstliches, Zerbrechliches faßte er ihre Hand mit der seinen.

»Ob Sie dürfen? Ich danke Ihnen dafür! Das Schicksal hat uns hier auf diesem Dampfer zusammengeführt, zwei einsame Menschen, die noch nicht viel Glück genossen haben. Lassen Sie mich Ihnen sagen, daß ich nie unsere Begegnung vergessen werde – und daß ich nie bitterer empfunden habe, daß ich ein armer Schlucker bin, als jetzt. Und wenn ich mir etwas Liebes vom Schicksal wünschen darf, so ist es ein Wiedersehen mit Ihnen, später, wenn ich mein Ziel erreicht habe.«

Ihre Hand bebte leise in der seinen, und sie zog sie rasch und erschrocken zurück, als er sie an seine Lippen gezogen hatte, denn in demselben Augenblick sah sie draußen Frau Petri vorübergehen, die sie aber zum Glück nicht bemerkte.

Der Zauber dieser stillen Stunde war vorüber, und nun war es Zeit, den Tee einzunehmen, der jetzt serviert wurde. Rose sah mit müden Augen zu Werner Wendland auf.

»Ich muß jetzt Fräulein Preller suchen, wir nehmen den Tee zusammen.«

»Daran möchte ich Sie nicht hindern – aber –, wir sehen uns wieder. Ich freue mich immer, mit Ihnen plaudern zu dürfen.«

Sie nahm das Buch, neigte leicht den Kopf und ging hinaus. Er sah ihr nach mit einem brennenden Blick. Wie eine junge Königin schritt sie dahin, so stolz und frei, und war doch nur ein armes, einsames Geschöpf, ein loses Blatt im Wind – eine Dienende.

Wie gern hätte er sie in seine Arme genommen, um sie zu beschützen und zu behüten vor aller Not und Sorge! Und daß er vorläufig dazu nicht imstande war, quälte ihn unsagbar. Aber er war froh, daß er ihr nun gesagt hatte, daß er allein bleiben müßte in dem Daseinskampf, der ihm noch bevorstand. Er hatte geglaubt, ihr das schuldig zu sein, denn er hatte sehr wohl bemerkt, daß sie ihm durchaus nicht gleichgültig gegenüberstand.

Langsam erhob auch er sich nun, um hinüberzugehen und Tee zu trinken.

Die Schiffskapelle spielte gerade eine Melodie aus der Operette »Der Bettelstudent«: »Nur das eine bitt' ich dich, liebe mich!« Es wirkte wie eine bittere Ironie auf seine Stimmung. Er biß die Zähne zusammen.

Ja – ja – ja – er liebte Rose Rietberg, liebte sie mit allen Fasern seines Seins und fühlte seine Ohnmacht, ihr jetzt ein ruhiges, sorgloses Leben an seiner Seite zu schaffen, wie einen Schmerz, wie eine Qual ohnegleichen. Vermochte es etwas Schlimmeres für einen Mann zu geben, als die Frau, die er liebte, nicht an sich binden zu dürfen?

5

Rose hatte Martha Preller in der gemeinsamen Kabine gefunden, damit beschäftigt, ihr einfaches Kleid mit einem weißen Kragen zu schmücken. Rose zwang sich zu einem leichten Ton:

»Nun, Fräulein Preller, haben Sie tüchtig getanzt?«

Martha zog ein Mäulchen.

»Es geht an, Weißkant ist kein berühmter Tänzer, da bin ich verwöhnt von Berlin her. Er hat mir ein paarmal ordentlich auf die Füße getreten. Aber es ist ja keine große Auswahl an Tänzern hier, da muß man zufrieden sein, wenn man überhaupt einen hat.«

»Aber sonst haben Sie sich hoffentlich gut unterhalten? Ich habe Sie einige Male herzhaft lachen hören.«

»Na ja, wir treiben allerhand Ulk, der Weißkant und ich, von so ernsthaften Dingen, wie Sie mit dem Herrn Doktor, reden wir nicht. Das wäre mir zu anstrengend! Ich bewundere Sie, daß Sie das aushalten. Der Weißkant ist schon ein netter, lustiger Kerl – schade ist es doch, daß er eine reiche

Frau braucht. Aber man muß vernünftig sein, was nicht geht, das geht nicht.«

Und Martha Preller summte vergnügt vor sich hin.

Rose aber sah versonnen in den kleinen Spiegel, vor dem sie sich zurechtmachte, und dachte, daß sie auch beherzigen müsse, was Martha Preller eben gesagt hatte – man muß vernünftig sein!

Wenn es nur nicht so schwer gewesen wäre, dies Vernünftigsein. Ein Seufzer entfloh ihren Lippen.

Martha Preller sah sich lachend nach ihr um.

»Wo flog denn der hin?«

Rose erschrak. »Wer denn?«

»Nun, der meterlange Seufzer! Nun machen Sie bloß keine Dummheiten, Fräulein Rietberg, und verknallen Sie sich nicht rettungslos in den Doktor. Der sucht natürlich auch eine reiche Frau, da müssen Sie sich drüber klar sein, sonst gibt es Herzweh beim Abschied.«

Rose zwang sich zu einem Lächeln.

»Da können Sie unbesorgt sein, an so was denke ich nicht. Mein Seufzer flog ganz woanders hin.«

»Na, aber hier gibt es doch wahrhaftig nichts zu seufzen. Wir leben doch wie der liebe Gott in Frankreich. Jetzt ziehen wir uns, ganz wie feine Damen, die nichts anderes zu tun haben, zum Tee um. Wer mir das vor vier Wochen vorausgesagt hätte, den hätte ich ausgelacht. Sie sind so was vielleicht schon mal gewohnt gewesen, deshalb macht das nicht so viel Eindruck auf Sie, aber ich – so was erlebe ich nicht noch mal, und deshalb koste ich jede Minute mit Wonne aus, und auch Weißkant mit seiner reichen Frau kann mir das nicht vergraulen. Es ist doch hier wie im Schlaraffenland – man setzt sich hin, und das schönste Essen wird einem vor die Nase hingesetzt, ohne daß man nur einen Finger zu rühren braucht. Ich muß mich manchmal in die Ohren zwicken, ob ich nicht bloß träume, und was die Frau Petri ist, die kann meinetwegen vier Wochen schlechte Laune haben, ich halte geduldig still, weil sie mir doch dieses große Vergnügen verschafft hat.«

Rose sah lächelnd in Marthas strahlendes Gesicht.

»Es freut mich, daß Ihnen das alles soviel Vergnügen macht.«

»Ihnen vielleicht nicht? Aber nee, nee, Sie sind ja so was schon mal gewohnt gewesen. Aber wissen Sie, ein famoses Mädel sind Sie doch, alles was wahr ist. Nicht ein bißchen hochmütig und stolz gegen unsereinen. Daran könnten sich die beiden Bürodamen ein Beispiel nehmen. Die tun so, als wenn unsereins Luft wäre, und gucken vornehm an der Nase lang, wenn man vorbeigeht. Und dabei steckt sicher nicht viel dahinter. Sie sind da ein ganz anderer Mensch, so wie eine richtig vornehme Dame und doch so einfach und natürlich! Und dabei sind Sie doch auch in der neuen Stellung was Besseres als ich. Sie lassen einen das aber nie fühlen – man merkt es bloß von selbst. Ich kann Sie sehr gut leiden.«

Rose reichte ihr freundlich die Hand.

»Ich Sie auch, Fräulein Preller, und Ihre fröhliche Art tut mir so wohl, sie hält mich davon ab, den Kopf hängen zu lassen und gibt mir immer wieder Mut.«

»Wahrhaftig? Das freut mich aber. Sie haben wohl viel Schweres erlebt, nicht?«

»Schweres? Vielleicht nichts Schwereres als Sie, ich habe Vater und Mutter verloren und das Vermögen, das sie mir hinterließen. Sonst – sonst habe ich nichts Schweres erlebt.«

Und Rose wollte mit einem Mal scheinen, als sei das, was sie bisher erlebt hatte, wirklich nicht so schwer gewesen im Vergleich zu dem, was ihr noch bevorstand – die Trennung von Werner Wendland.

Martha Preller sah Rose forschend an.

»Na, ich weiß nicht, mir ist immer, als wenn Sie irgendeine schwere Last mit sich rumschleppen.«

»Das scheint Ihnen nur so, weil ich nicht so heiter veranlagt bin wie Sie. Ich ärgere mich über mich selber, möchte gern auch so froh und frisch sein wie Sie. Als Kind war ich ein richtiger Übermut, aber jetzt nehme ich alles viel zu schwer.«

»Na, das wird schon wieder kommen, wenn es mal in dem Menschen drinsteckt, kommt es auch wieder zum Vorschein. Und was ich dazu tun kann, Sie aufzurappeln, das will ich tun. Aber nun kommen Sie zum Tee, sonst futtern uns die anderen die ganzen guten Happen weg. Ich freue mich schon darauf. Eine feine Verpflegung hier auf dem Dampfer – und ewig hat man doch noch Hunger.«

»Das macht die Seeluft.«

Die beiden Mädchen gingen hinauf und nahmen zusammen den Tee ein. Martha Preller versorgte sich ausgiebig mit »guten Happen« und schalt Rose aus, daß sie es nicht auch tat. Energisch legte sie ihr noch allerlei vor.

»Hier brauchen Sie nicht auf schlanke Taille zu halten, Seewind zehrt, sagt Weißkant, man muß ordentlich essen, wenn man bei Kräften bleiben soll.«

Und Rose aß gehorsam, was ihr Martha auf den Teller legte. Es schmeckte auch sehr gut, sie war jung und gesund und die frische Luft machte wirklich Appetit. Während die beiden ihren Tee tranken, kam Frau Petri vorbei und blieb an ihrem Tisch stehen.

»Nun, haben Sie alles, was Sie brauchen?« fragte sie mit ihrer unechten Freundlichkeit.

»Danke vielmals, gnädige Frau, wir sind gut versorgt«, sagte Rose, artig aufstehend.

Martha blieb gemütsruhig sitzen und aß weiter.

»Ich habe Fräulein Rietberg gesagt, sie soll ordentlich essen, daß sie bei Kräften bleibt. Sonst können wir doch nicht ordentlich arbeiten, und daran kann Ihnen doch nichts gelegen sein, gnädige Frau«, sagte sie in behaglicher Ruhe.

Mit einem seltsam abwägenden Blick sah Frau Petri auf die beiden herab.

»Sie haben ganz recht, essen Sie nur, solange es Ihnen schmeckt, es muß sowieso alles bezahlt werden, gleichviel, ob Sie viel oder wenig essen.«

»Sehen Sie wohl, Fräulein Rietberg, das habe ich Ihnen auch gesagt.«

Frau Petri wandte sich jetzt mit einer ernsten Miene an Rose.

»Ich habe Sie schon verschiedene Male in Gesellschaft eines jungen Herrn gesehen, der auch bei Tisch neben Ihnen sitzt. Wer ist das?«

Rose errötete.

»Ein junger Ingenieur, der nach Rosario in Stellung geht. Wir unterhalten uns zuweilen.«

Ein scharfer, forschender Blick aus Frau Petris Augen glitt über Rose hin.

»Nun, Sie brauchen nicht rot zu werden, wenn die Sache harmlos ist. Ich gönne Ihnen ein bißchen Unterhaltung. Aber so einen unbekannten Menschen nicht zu dicht an sich heranlassen, ein junges Mädchen muß auf sich halten.«

Rose richtete sich hoch auf.

»Gnädige Frau, das brauchen Sie mir nicht zu sagen. Doktor Wendland und ich verkehren rein freundschaftlich miteinander. Unsere Wege werden sich trennen, sobald der Dampfer in Buenos Aires einläuft«, sagte sie fest und ruhig.

Frau Petri nickte.

»Es war nur gut gemeint von mir. Ich wollte Sie nur warnen. Reisebekanntschaften sind nie von langer Dauer. Und Sie, Fräulein Preller, können das auch beherzigen. Wie ist das mit Ihrem ständigen Begleiter, mit dem sie soviel lachen?«

Martha vergaß, einen Bissen in den Mund zu stecken.

»Ist auch eine ganz harmlose Sache, gnädige Frau, da können Sie ruhig schlafen. Der heiratet mal eine reiche Frau und kann so ein armes Mädel, wie ich bin, nicht gebrauchen. Aber vergnügt werden wir wohl miteinander sein dürfen. Die Bürodamen haben ja auch Bekanntschaften gemacht, mit denen sie sich amüsieren«, erwiderte Martha ziemlich kampfbereit.

»Ja doch, das verwehrt Ihnen auch kein Mensch. Nützen Sie die Zeit der Überfahrt, nachher geht ja der Ernst des Lebens los. Und vergessen Sie vor allen Dingen nicht, daß Sie uns drei Jahre verpflichtet sind. Wir können die teure Überfahrt nicht umsonst für Sie bezahlen.«

»Nee, nee, ich habe Fräulein Rietberg schon gesagt, das müssen wir alles abarbeiten – geschenkt wird uns nichts.«

Frau Petri lächelte sehr freundlich.

»Ich sehe. Sie sind vernünftig, alle beide, und das ist mir lieb. Und nun lasse ich Sie wieder allein.«

Damit ging sie davon.

Martha sah mit einem unbeschreiblichen Blick hinter ihr her.

»Sehen Sie wohl, Fräulein Rietberg, das war so eine kleine Mahnung, daß die Bäume nicht in den Himmel wachsen dürfen. Na, Madame Petri, haben Sie sich man nicht so, wir lassen uns nicht lumpen und bezahlen mit unserer Arbeit. Hat die eine Angst, daß wir vergessen, was die Überfahrt für uns kostet! Es muß drüben sehr wenig anständige Dienstboten geben, sonst hätte die Madame nicht das viele Geld für uns ausgegeben.«

Rose seufzte leise.

»Ich habe mir auch schon Gedanken darüber gemacht, daß Petris so viel Geld für uns ausgeben.«

»Na, das lassen Sie man ruhig deren Sorge sein. Gedanken muß man sich darüber nicht machen, geschenkt wird uns nichts, das steht fest.«

Und Martha ließ sich die Teetasse nochmals füllen und lud sich, während sie mit dem Steward Witze machte, den Teller noch mal voll guter Bissen. Sie wollte auch Rose noch einmal damit versorgen, aber diese wehrte energisch ab.

Ihr war der Appetit vergangen durch Frau Petris Worte. Für ihr empfindliches Gemüt waren diese Worte reichlich beleidigend gewesen, und so bescheiden sie sonst war, sagte sie sich doch, daß ihre Privatverhältnisse Frau Petri eigentlich nichts angingen. Aber dann schalt sie sich, ruhiger werdend, undankbar. Frau Petri hatte es sicher gut gemeint, wenn sie sich auch im Ton etwas vergriffen hatte, und beleidigen hatte sie sicher weder sie noch Fräulein Preller wollen.

Immerhin blieb von diesen Worten ein Stachel in ihrer Brust zurück. Es wurde ihr klar, wie ohnmächtig sie in ihrer Stellung ähnlichen Übergriffen gegenüberstehen würde. Es half auch nicht viel, daß sie sich sagte, Onkel und Tante würden in einem solchen Falle noch viel ausfallender gewesen sein.

Wochenlang war man nun schon auf See und hatte den Äquator bereits passiert. Es sollte nun nur noch Tage dauern, bis man das Reiseziel erreicht hatte. Aber bald nachdem man den Äquator hinter sich gelassen hatte, brach plötzlich ein heftiger Sturm los, und es gab viele Seekranke an Bord. Unter anderen hatte es auch Martha Preller erwischt; während Rose verschont blieb und fast den ganzen Tag mit Doktor Wendland im Freien war.

Werner Wendland freute sich des tapferen Ausharrens Roses. Sie war seinem Herzen von Tag zu Tag teurer geworden. Er sah es schon gar nicht mehr als unbedingt nötig an, daß er auf eine gemeinsame Zukunft mit ihr verzichtete. Wenn sie nur einige Jahre auf ihn warten würde – und er glaubte, daß sie das tun würde –, dann konnte er doch vielleicht so weit sein, ihr ein sorgenloses, wenn auch bescheidenes Los an seiner Seite zu bieten. Und wenn gar seine Erfindung gut einschlug, dann ...

Er wagte sich das nicht weiter auszumalen, und immerhin hatte er sich genug in der Gewalt, um nicht davon zu sprechen. Er hielt es nicht für ehrenhaft, Rose jetzt schon an sich zu binden, so gern er es auch getan hätte. Solange er nicht die Gewißheit hatte, ihr eine einigermaßen sichere Existenz bieten zu können, durfte er sie nicht an sich fesseln.

Aber er sagte sich immer wieder zum Trost, daß Buenos Aires nicht weit von Rosario sei, und daß er, wenn er die Trennung von ihr gar nicht ertrug, sie zuweilen wiedersehen könne.

In den Sturmtagen mußte er Rose zuweilen an Martha Preller abtreten, denn diese sonst so resolute und zuversichtliche Person hatte bei der Seekrankheit allen Mut verloren und war ein armseliges Menschenbündel geworden. Sie klammerte sich an Rose wie an ihren letzten Halt.

Rose vergaß nicht, wie oft Martha ihr neuen Lebensmut geschenkt hatte in diesen Wochen, und war froh, nun auch einmal die Starke, Gebende sein zu können. Sie pflegte Martha und sprach ihr Mut zu, und jetzt war sie es, die Martha zuweilen ein Lächeln abnötigte, immer wieder versicherte Martha dann, daß sie Rose das nie vergessen würde.

Nach knapp drei Tagen war der Sturm überstanden und die Seekrankheit auch. Martha hatte ihren Lebensmut wiedergefunden und aß und trank nun für zwei, um das Versäumte schnell nachzuholen.

Rose hatte wieder mehr Zeit für Werner Wendland, und die beiden jungen Menschen kosteten jede Minute dieser Tage der gemeinsamen Reise mit Inbrunst aus. Sie waren fast unzertrennlich, aber da sich unter den Passagieren allerlei mehr oder minder zarte Beziehungen während der Reise angeknüpft hatten, war so ziemlich jeder mit sich selbst beschäftigt, und man belästigte einander nicht mit unangebrachter Neugier. So kam der letzte Tag der Reise heran.

Am nächsten Morgen sollte der Dampfer in den Rio de la Plata einlaufen und zunächst in Montevideo vor Anker gehen, ehe er den letzten Teil der Reise bis Buenos Aires fortsetzte, der nur noch Stunden in Anspruch nehmen würde.

Werner und Rose saßen in Liegestühlen auf Deck. Die Sonne schien sehr warm herab, und sie hatten sich ein schattiges Fleckchen ausgesucht, wo sie auch ein wenig isoliert waren. Sie hatten in den letzten Wochen abwechselnd Englisch und Französisch gesprochen, um in Übung zu bleiben. Diese zwei Sprachen beherrschte Werner ebenfalls. Aber Rose hatte ihm während dieser Zeit auch, so gut es ging, Unterricht in der spanischen Sprache gegeben. Er hatte ihr sehr dafür gedankt, denn er sagte sich, daß er das sehr gut würde brauchen können.

Gleich am Tag nach jenem, an dem Werner Wendland Calderóns Werk »Der standhafte Prinz« in Roses Besitz gesehen hatte, waren sie darauf gekommen.

»Sie werden doch auf den Argro-Werken auch mit den

Arbeitern verkehren müssen, Herr Doktor; werden Sie da mit Ihren Sprachkenntnissen auskommen?«

»Ja, darüber habe ich mich schon informiert. Der Gründer der Argro-Werke soll ein Deutscher gewesen sein, und seine Witwe, ebenfalls eine Deutsche, soll noch an der Spitze der Werke stehen. Viele Deutsche haben dort ihr Brot gefunden, aber auch Engländer und selbstverständlich auch Spanier. Aber mir wurde mitgeteilt, daß ich mit deutscher und englischer Sprache völlig auskäme. Trotzdem werde ich mich aber gleich an das Studium der spanischen Sprache machen, denn es wird auf alle Fälle gut sein, wenn ich mich wenigstens zur Not darin verständigen kann.«

Da hatte Rose lächelnd zu ihm aufgesehen.

»Wie wäre es, Herr Doktor, wenn Sie dazu die freie Zeit auf dem Dampfer benutzten? Ich würde gern, soweit meine Kenntnisse ausreichen, Ihnen Unterricht geben.«

Seine Augen hatten in die ihren geleuchtet.

»Das wollten Sie tun?«

»Aber sehr gern – wir können damit manche Stunde ausfüllen, und mir ist es sehr lieb, wenn ich auf diese Weise selbst noch ein wenig sicherer werde.«

Und so hatten sie sich beide eifrig ans Werk gemacht, und wenn Rose eine gute Lehrerin war, so war Werner Wendland ein noch besserer Schüler. Daß er dabei mehr als nötig in Roses Augen sah, hinderte ihn nicht, seine Sprachstudien zu treiben.

Auch heute waren sie wieder damit beschäftigt; aber sie waren beide nicht so recht bei der Sache, sie mußten zu viel an die Trennung denken, die ihnen bevorstand. Daran, daß Wendland das Herz so weh tat in Gedanken an diese Trennung, merkte er, wie sehr er Rose liebte.

Und Rose war sehr blaß heute. Auch sie kämpfte vergeblich gegen den Trennungsschmerz an. In diesem wochenlangen täglichen Beisammensein hatten beide sich besser kennengelernt, als sonst bei flüchtigem Verkehr in Jahren möglich ist. Einer konnte in der Seele des andern lesen, einer wußte genau vom andern, was für Qualitäten er hatte, und sie hatten beide niemand auf der Welt, der ihnen teurer und lieber gewesen wäre. Sie fürchteten sich beide maßlos vor der Scheidestunde.

Sie waren still geworden und wagten nicht mehr, sich anzusehen. Aber endlich raffte sich Werner auf und sagte, seiner Stimme Festigkeit gebend:

»Sie werden mir zuweilen Nachricht von sich geben, Fräulein Rietberg, darauf kann ich mich verlassen?«

Rose zwang sich gleichfalls zur Festigkeit.

»Wenn Sie mir Ihre Adresse geben, will ich es gern tun.«

»Es genügt, wenn Sie an meinen Namen nach den Argro-Werken adressieren, nach Rosario. Und darf ich Sie bitten, daß auch Sie mir Ihre Adresse geben?«

Sie sah zu ihm auf.

»Leider kann ich das nicht, Petris haben mir noch nicht gesagt, wo sie wohnen, und auch nicht, wo Frau Petris Mutter wohnt.«

»Dann fragen Sie doch bitte danach, ehe wir uns trennen müssen.«

»Das möchte ich nicht. Frau Petri würde sofort merken, daß ich Ihnen die Adresse geben möchte, und ich möchte ihr nicht Anlaß geben zu – taktlosen Bemerkungen.«

»Dann müssen Sie mir aber sofort nach Ihrer Ankunft brieflich Ihre Adresse nach Rosario schicken. Es ist mir ein quälender Gedanke, daß ich von Ihnen gehen muß, ohne zu wissen, wo ich Sie suchen soll.«

Sie errötete jäh, sagte aber, tapfer ihre Erregung meisternd: »Ich werde sie Ihnen mitteilen, sobald ich Zeit zum Schreiben habe. In den ersten Tagen wird es vielleicht nicht gehen, aber sobald ich kann, tue ich es.«

»Das versprechen Sie mir ganz fest«, bat er dringend.

»Ich gebe Ihnen mein Wort«, sagte sie leise.

Er zog rasch ihre Hand an seine Lippen.

»Ich danke Ihnen.«

Verwirrt zog sie ihre Hand zurück und suchte mit einem Scherz ihre Festigkeit zurückzugewinnen.

»Handküsse gehören in eine andere Schiffs- und Gesellschaftsklasse, Herr Doktor, nicht in die zweite.«

Mit einem ernsten Blick sah er sie an.

»Sie werden immer in die erste Gesellschaftsklasse gehören, wo Sie sich auch befinden. Aber – nun müssen Sie mir noch etwas versprechen.«

»Was soll das sein?«

»Daß Sie mich sofort rufen werden, wenn Sie einmal Schutz und Hilfe brauchen.«

Rose strich sich über die Stirn.

»Hoffentlich werde ich immer in der Lage sein, mich selbst zu schützen – aber –, wenn ich mir einmal keinen Rat und keine Hilfe weiß und bei meiner Tante nicht Schutz und Hilfe finde – dann –, ja, dann will ich mich vertrauensvoll an Sie wenden.«

»Und Sie werden mich immer wissen lassen, wo Sie sich befinden – falls sich Ihr Domizil einmal ändern sollte?«

»Auch das verspreche ich Ihnen.«

»Ich danke Ihnen – ich danke Ihnen.«

»Nein, nein. Sie müssen mir nicht danken. Ich muß das tun, weil Sie sich meiner so angenommen haben. Nie – nie vergesse ich Ihnen das.«

Seine Augen strahlten.

»Nein, vergessen Sie das nie, denn dann werden Sie auch mich nicht vergessen, und das macht mich froh. Schade, daß die schönen Tage unserer gemeinsamen Reise so bald zu Ende sein werden. Morgen noch werden wir bis fast zum Abend beisammen sein, dann ist alles aus. Mein Herz wird mir schwer, das können Sie mir glauben, wenn ich nun wieder allein meine Straße ziehen muß. Sie allein lassen muß im fremden Land! Das bedrückt mich mehr, als ich Ihnen sagen kann. Überhaupt, so vieles kann und darf ich Ihnen nicht sagen, was ich gern sagen möchte. Ich bin ja selbst noch ein armer, heimatloser Mensch. Sonst – sonst, Rose Rietberg – ließe ich Sie nicht von mir.«

Die letzten Worte stieß er in tiefster Erregung hervor. Sie erbebte vor der verhaltenen Leidenschaft, die aus diesen Worten brach. Es war ihr nicht möglich, zu antworten, kein einziges Wort wollte über ihre zitternden Lippen. Sie krampfte die Hände zusammen und rang mit den aufsteigenden Tränen. Mit brennendem Blick sah er sie an.

»Nun, sind Sie mir böse, daß ich mich so schlecht beherrschen kann?«

»Nein, ach nein, mir hat ja nie ein Mensch soviel Liebes und Gutes gesagt wie Sie. Ich will Ihre Worte alle treu in der Erinnerung behalten, und es wird mir immer wohltun, daran denken zu dürfen. Und wenn wir uns auch morgen trennen müssen und uns vielleicht nie wiedersehen, die Erinnerung daran wird wie ein helles Licht über allem stehen, was ich noch erleben werde«, sagte sie mit bebenden Lippen.

Er faßte ihre Hand und legte seine Stirn darauf.

»Rose! Liebe Rose – wir werden uns wiedersehen!«

Sie erzitterte unter dem mächtigen Gefühl, das aus diesen Worten brach. Es war das erste Mal, daß er sie bei ihrem Vornamen nannte, und sie wollte und konnte es ihm nicht verwehren. Als er sich aufrichtete, sah sie ihn an, und er las in ihrem Blick, daß er geliebt wurde, daß sie mit jeder Faser ihres Seins sein eigen war. Wie gern hätte er sie bei der Hand genommen und ihr gesagt: Wir gehen *einen* Weg zusammen, meine Rose, ich lasse nicht mehr von dir, was auch kommen mag. Aber er sagte sich, daß es ein Verbrechen gewesen wäre, wenn er sie mit sich gerissen hätte in ein Leben voll Sorgen und Kämpfe, und deshalb fand er die Kraft, seinen Wunsch zu besiegen.

Lange saßen sie stumm nebeneinander. Aber es war kein Schweigen, was zwischen ihnen herrschte, die Stille war mit tausend Liebkosungen und Zärtlichkeiten gefüllt. Rose wußte sich geliebt von diesem Mann, zu dem sie aufsah wie zu einem Wesen, dem sie vertrauen konnte, wie nie zuvor einem Menschen. Sie wußte, fühlte, daß er sie nur nicht an sein Herz, in seine Arme nahm, weil er ihr kein sorgloses Dasein bieten konnte.

Ach, wie gern wäre sie mit ihm in Not und Tod gegangen, wenn sie nur hätte bei ihm bleiben dürfen. Aber sie durfte ihm das Scheiden nicht noch schwerer machen, und deshalb richtete sie sich nach einer Weile auf und fragte mit einem erzwungenen Lächeln:

»Wollen wir jetzt nicht noch ein wenig Spanisch miteinander reden?«

Er wollte sich nicht von ihr beschämen lassen und bezwang nun auch seine Erregung.

»Wie Sie wünschen. Es ist so rührend von Ihnen, daß Sie sich mit mir abquälen.«

»Oh, mein fleißiger Schüler macht mir viel Freude.« Und sie beschäftigten sich eine Stunde mit ihrem Sprachstudium.

Sie trennten sich an diesem Tag kaum, es war ihnen beiden, als müßten sie mit jeder Minute geizen, und Rose erlaubte es Werner, daß er mit seiner Kleinbildkamera einige Aufnahmen von ihr machte. Und er gab ihr eine Photographie von sich selbst, die er kurz vor seiner Abreise für seinen Paß hatte machen lassen und die er auch nach Rosario an die Argro-Werke hatte einsenden müssen.

Nur sein Kopf war darauf zu sehen, dieser festgefügte, charakteristische Kopf mit den harten Linien, die von schweren Kämpfen sprachen, und mit den guten, klugen Augen. Roses Hand bebte, als sie nach dem Bildchen faßte. Am liebsten hätte sie es an das Herz gedrückt, aber sie barg es nur sorglich in ihrer kleinen Handtasche. Ihr war zumute, als könne sie nun nie mehr ganz allein und verlassen sein, da sie dieses Bild besaß.

Er erzählte dann von seinen Arbeitsplänen, sagte ihr, daß er eine Erfindung gemacht habe, die er den Argro-Werken zum Kauf anbieten wolle.

»Vielleicht glückt es mir, und wenn alles glattgeht, dann kann ich vielleicht schneller vorankommen, als ich jetzt annehme. Aber nein, ich will keine Hoffnungen aufkommen lassen. Zuviel hängt jetzt für mich an diesen Hoffnungen – seit ich Sie kenne! Und eine Enttäuschung wäre darum doppelt schwer zu ertragen. Trotzdem – mir ist, als müßte ich Berge versetzen können, um Sie bald in meiner Nähe haben zu können, weiß ich doch, wie ohnmächtig auch der stärkste Mensch dem Schicksal gegenüber ist. Nein, nein, ich will gar nicht Hoffnungen erwecken für uns beide, die sich vielleicht nie erfüllen lassen.«

Mit feuchten Augen sah sie ihn an.

»Gönnen Sie es mir doch, Sie von diesen Hoffnungen reden zu hören – ich werde deshalb nicht den Boden unter den Füßen verlieren. Es ist doch schön, hoffen zu dürfen, auch wenn es nie in Erfüllung geht. Ist die Hoffnung nicht oft schöner als die Erfüllung?«

Sein Gefühl ging bei ihren lieben Worten wieder einmal mit ihm durch. Er faßte ihre Hände.

»Rose, Sie wissen, was ich hoffe und ersehne – sagen Sie mir, daß Sie es wissen?«

»Ja, Werner Wendland, ich weiß es und es macht mich glücklich, trotzdem ich nicht an eine Erfüllung glaube.«

Wie im Krampf umschloß seine Hand die ihre.

»Süße Rose – wenn ich dich doch in meinen Garten pflanzen und hegen und pflegen könnte!« stieß er mit verhaltener Stimme hervor, und dann sprang er auf und ging fort von ihr, lief mit großen Schritten auf und ab und hätte weit, weit davonstürmen mögen, um wieder zur Ruhe zu kommen. Hart und fest preßte sich sein Mund zusammen, und das breite Kinn schien wie aus Stein gemeißelt.

Sie sah ihm mit umflorten Augen nach, ließ ihre Blicke an ihm hängen, an der hohen, kraftvollen Gestalt, an den derben, kantigen Zügen, die sich ihr ins Herz gegraben hatten. Sie wußte nur zu gut, was ihn von ihr forttrieb, und sie mußte die Hände zusammenkrampfen und die Zähne zusammenbeißen, um nicht aufzuschreien vor Herzeleid und vor Glück, daß sie so geliebt wurde.

Nach einer Weile kam er zu ihr zurück und setzte sich nun anscheinend ruhig wieder zu ihr. Sie begann sogleich ein belangloses Gespräch.

Nach einer Weile kam Martha Preller vorüber.

»Es ist Zeit, zu Tisch zu gehen, Fräulein Rietberg«, rief sie Rose zu.

Diese erhob sich und reichte Werner die Hand.

»Auf Wiedersehen also bei Tisch, Herr Doktor!«

»Auf Wiedersehen, Fräulein Rietberg.«

Rose folgte Martha Preller nach der Kabine. Martha seufzte steinerweichend, während sie ihr Haar in Ordnung brachte.

»Nun ist es bald aus mit unserem Herrenleben, Fräulein Rietberg. Morgen um diese Zeit sind wir schon bald in Buenos Aires. Wenn sich der Name dieser Stadt bloß nicht so schwer aussprechen ließe! Warum er überhaupt aus zwei Wörtern besteht, eins ist doch genug, größer als Berlin ist diese Stadt doch sicher nicht, da braucht sie doch auch nicht so einen langen Namen. Buenos wäre doch gerade umständlich genug.«

»Aber das hätte keinen Sinn. Buenos Aires heißt: Gute Lüfte, und die Stadt heißt so, weil sie besonders gute Luft hat.«

»Was Sie nicht alles wissen! Von Ihnen kann man eine Menge lernen. Sagen Sie mal, habe ich recht gehört, als ich vorhin bei Ihnen und dem Doktor vorüberging – haben Sie in einer fremden Sprache zusammen gesprochen?«

»Ja, Sie haben recht gehört.«

»Was war denn das für eine Sprache?«

»Ich weiß nicht, ob Sie gehört haben, wie wir französisch, englisch oder spanisch gesprochen haben?«

Martha Preller riß die Augen vor Erstaunen weit auf. »Sie wollen doch nicht sagen, daß Sie diese Sprachen alle verstehen?«

»Doch, ich verstehe sie sehr gut, am besten Englisch und Französisch, die ich fließend spreche. Aber auch in Spanisch und Italienisch kann ich mich ganz gut unterhalten.«

Martha schlug die Hände zusammen.

»Nee, nee – müssen Sie gebildet sein! Sie können das so richtig flott daherreden – so – wie wir uns jetzt deutsch unterhalten?«

»Gewiß.«

»Aber wo haben Sie denn das gelernt?«

»Mein Vater war Sprachgelehrter, und in unserm Haus wurden immer mehrere Sprachen gesprochen, damit ich sie von meinen Eltern lernte. Wenn man das von Kind auf übt, dann ist es gar nicht so schwer.«

»Na, ich habe es doch immer gewußt, daß Sie was ganz Feines sind. Wenn ich das könnte! Dann sollten Sie mal was erleben. Ich quasselte mich tot in allen Sprachen.«

Rose mußte lachen.

»Wie gut ist es dann, daß Sie nur deutsch reden können. Es wäre doch schade um Ihr junges Leben.«

Martha lachte mit. Aber dann sagte sie seufzend:

»Jetzt lachen wir, und morgen wird es Trübsal geben. Bei Ihnen natürlich nicht zu knapp.«

»Wie meinen Sie das?«

»Ach, Sie verstehen mich schon. Ihnen wird der Abschied vom Herrn Doktor auch nicht leicht werden. Und ihm – na –, wie der Sie manchmal ansieht, heiß und kalt kann einem dabei werden. Und Weißkant – ich glaube, Fräulein Rietberg, der hat sich mächtig in mich verknallt. Er stöhnt und klönt immerfort, daß es nun ans Scheiden geht, es ist schon kaum noch zum Anhören.«

»Und Sie, Fräulein Preller? Wird Ihnen der Abschied gar nicht schwer werden?«

Martha legte den Kamm sorglich in ihren Kammkasten und schnippte ein Fädchen von ihrem Kleid, und dann sagte sie mit einem tiefen Seufzer:

»Was hilft es denn? Wenn Weißkant durchaus eine reiche Frau haben will, dann soll er stöhnen. Aber so sind die Männer, den nötigen Mut, ein armes Mädel zu heiraten, haben sie nicht, aber wenn sie dann darüber nicht wehklagt und jammert, das paßt ihnen auch nicht, dann heißt es, man ist herzlos. Er nimmt es schrecklich übel, daß ich nicht um die Trennung jammere. Nee – ich werde ihm doch nicht auch noch zeigen, daß mir auch nicht gerade zum Totlachen ist, man hat doch sein bißchen Stolz. Wenn er unbedingt eine reiche Frau haben muß, damit er sich eine Farm kaufen kann, dann soll er sich man an seine Farm klammern. Ich habe nun mal nichts als meine beiden Hände und sauer ersparte hundertfünfzig Mark, mit denen er nichts anfangen kann.«

Mitleidig sah Rose in Marthas Gesicht. Es imponierte ihr, wie diese mit einer Enttäuschung fertig wurde. »Vielleicht überlegt er es sich noch, wenn es morgen ans Scheiden geht, er scheint Sie doch wirklich sehr gern zu haben. Und ein gutes Auskommen muß er doch auch haben, wenn er eine Reise nach Deutschland machen kann.«

»Hat er auch! Er hat eine gute Stelle als Vorsteher auf einer großen Farm mit einer eigenen Wohnung und alles frei.«

»Schade – an Ihnen würde er eine tüchtige Frau haben. Das wird ihm vielleicht noch einleuchten.«

»Er hat gesagt, er will mal nach Buenos Aires kommen, von da muß er nämlich noch neun Stunden mit der Bahn fahren. Meine Adresse soll ich ihm schreiben. Oder wissen Sie vielleicht, wo Frau Petris Mutter wohnt, daß ich sie ihm gleich geben kann?«

»Nein, ich weiß es auch nicht und fragen möchte ich Frau Petri nicht.«

»Selbstverständlich nicht, die denkt doch gleich, man will sich treffen oder so. Davor scheint sie eine große Angst zu haben. Ein paarmal hat sie mir gesagt, ich soll mich mit Weißkant nicht verplempern, ich könnte später drüben noch eine ganz andere Partie machen, von mir aus – ich wäre ganz gern Frau Weißkant geworden. Aber sie hat bloß Angst, daß wir unsere drei Jahre nicht aushalten, wir sollen erst die Reisekosten abarbeiten, verstehen Sie?«

»Ich verstehe schon«, sagte Rose seufzend.

Aber da lachte Martha plötzlich laut auf.

»Wir sind ja schöne Trantüten, Fräulein Rietberg! Das sind die Männer gar nicht wert, daß wir uns das Herz schwermachen, sie sind doch alle gleich. Ich habe meine Erfahrungen, kann ich Ihnen sagen. Sie haben wohl nie eine Liebe hinter sich gebracht?«

»Nein«, sagte Rose leise.

»Das merkt man Ihnen an! Das erstemal, da ist es am schwersten. Wenn man da das Herz losreißen muß, das tut weh. Mit der Zeit wird man klug und hängt sich nicht mehr so fest. Und jetzt wollen wir zum Essen gehen, heute tu ich mir noch mal sämtliche Gänge ausgiebig an, denn morgen ist es aus mit dem Herrenleben. Wer weiß, wie bei Frau Petris Mutter die Verpflegung ist, da müssen wir uns vielleicht an spanischem Pfeffer satt essen.«

Dieser Gedanke belustigte Martha sehr, und sie wurde wieder ganz vergnügt, die Liebe zu Herrn Weißkant schien wirklich nicht allzu tief zu sitzen. Sie speiste dann auch mit gutem Appetit und fand dabei noch Zeit, sich mit ihrem etwas elegisch dreinschauenden Tischnachbarn zu unterhalten. Er schien wirklich ein wenig beleidigt zu sein, daß Martha so vergnügt war, und sah immer wieder unschlüssig in ihr hübsches, rosiges Gesicht, als kämpfe er mit einem Entschluß. Er überlegte wohl, ob er auf das lustige und tüchtige Mädel verzichten sollte – oder auf eine eigene Farm. Aber Martha hatte ihren Stolz und tat nichts, um ihn zu beeinflussen.

6

Der Dampfer hatte in Montevideo angelegt und fuhr nun den Rio de la Plata entlang. Die meisten Passagiere befanden sich in ihren Kabinen, um ihre Koffer zu pakken. Rose hatte das schon am frühen Morgen besorgt und hatte nun Zeit, hinab in den Riesenstrom und nach seinen Ufern hinüber zu sehen. Sie wartete dabei sehnsüchtig auf Werner Wendland. Plötzlich stand er neben ihr.

»Da liegt nun das Land unserer Zukunft, Fräulein Rietberg«, sagte er, tief aufatmend.

Rose sah zu ihm auf.

»Möge es Ihnen eine schöne und reiche Zukunft schenken, Herr Doktor«, sagte sie innig.

»Ich weiß, wie ich mir eine schöne und reiche Zukunft erträume. Nein, nicht träumen will ich davon, ich will mit allen Kräften danach streben, sie zu verwirklichen. Und will gar nicht wieder weich werden, ich weiß, ich fühle es, daß diese Zukunft sich erfüllen muß. Sagen Sie mir ein Glückauf dazu, Rose Rietberg, das wird ein Segensspruch sein.«

Sie reichte ihm impulsiv die Hand.

»Glückauf in der neuen Heimat«, sagte sie mit verhaltener Stimme.

»Die ich mit Ihnen teilen will, Rose Rietberg. Werden Sie warten, bis ich das verwirklichen kann? Zwei – drei Jahre können freilich darüber hingehen. Wird Ihnen das zu lange dauern? Nein – antworten Sie mir nicht. Sie sollen sich in keiner Weise an so einen armen Schlucker binden, aber Sie sollen wissen, daß jeder Gedanke, die Arbeit jeder Stunde nur dem einen Ziel gelten wird – Sie zu besitzen –, Ihnen ein sorgloses Dasein zu schaffen. Das wollte, das mußte ich Ihnen sagen, und ich will gar keine Antwort darauf haben.«

Ihre Augen strahlten in feuchtem Glanz zu ihm auf. »Sie sollen aber doch eine Antwort haben. Werner Wendland, ich danke Ihnen, daß Sie mir das gesagt haben, und ich werde warten. Wenn es für mich dennoch eine Zukunft geben soll, in der es Licht und Wärme gibt, dann kann sie mir nur an Ihrer Seite zuteil werden, das weiß ich gewiß, aber ich weiß auch, daß das ein Glück wäre, wie es sich nur alle hundert Jahre einmal auf der Welt findet.«

Er legte wieder seine Stirn auf ihre Hand, die vor ihm auf der Reling lag. Und dann richtete er sich auf und sah sie mit einem zärtlichen Blick an.

»Rose, schöne, liebe, stolze Rose, wirst du nur leben für mich? Habe Dank für deine lieben Worte – ich will sie nicht vergessen, sie sollen mir Mut und Kraft geben.«

So standen sie eine Weile und sahen sich in die Augen.

Endlich ließ die Erregung in seinen Zügen nach, und er sagte nun ganz ruhig, um auch ihr die Haltung wiederzugeben: »Sie vergessen nicht, mir so bald wie möglich Nachricht zu geben, wo meine Briefe Sie erreichen können, denn das müssen Sie mir versprechen, daß wir im Briefwechsel bleiben.«

»Ich verspreche es Ihnen.«

»Und wir wollen beide nicht traurig sein, wollen uns auch jetzt schon Lebewohl sagen – nein – nicht Lebewohl, sondern auf Wiedersehen. Denn Sie werden vielleicht die letzten Stunden von Ihrer – von den Leuten, denen Sie verpflichtet sind, in Anspruch genommen werden. Hoffentlich stellt man Ihnen nicht zu schwere Aufgaben. Ich fürchte, man wird Sie gehörig ausnützen, denn einen vornehmen Eindruck machen diese Menschen nicht.«

»Ich habe mich auf drei Jahre verpflichten müssen, aber nach drei Jahren soll mir die Rückreise in die Heimat bezahlt werden, wenn ich nicht drüben bleiben will.«

»Drei Jahre? Nun, so Gott will, gehen Sie nach drei Jahren nicht wieder zurück, oder – nicht allein.«

»Wie Gott will.«

In diesem Augenblick tauchte Frau Petri neben ihnen auf.

»Haben Sie schon gepackt, Fräulein Rietberg?«

»Ja, gnädige Frau.«

»Nun, so können Sie mir ein wenig zur Hand gehen. Rufen Sie, bitte, Fräulein Preller, sie soll auch mitkommen.«

Rose konnte sich nur noch mit einem stummen Händedruck von Werner verabschieden. Sie waren beide froh, daß sie schon Abschied voneinander genommen hatten. Frau Petri ließ dann auch weder Rose noch Martha von dieser Stunde an aus den Augen. Sie mußten beide in ihrer Nähe bleiben, und Frau Petri vereitelte jeden Versuch Werners, noch einmal in Roses Nähe zu kommen.

Auch Herr Weißkant kam nicht mehr dazu, noch ein Wort mit Martha zu sprechen, und so legte der Dampfer in Buenos Aires an, ohne daß die beiden Mädchen noch einmal mit ihren Verehrern hatten sprechen können.

Werner Wendland versuchte es auf alle mögliche Art, wenigstens beim Verlassen des Dampfers noch einmal an Roses Seite zu gelangen, aber Frau Petri stand wie eine Mauer neben ihr. So konnte er nur den Hut ziehen und noch einen Blick mit Rose wechseln. Es war freilich ein Blick, der ihnen beiden den ganzen Jammer dieser Trennung enthüllte.

Der Trubel, der bei der Ausschiffung entstand, trennte sie vollends, und Werner konnte nur noch von weitem Roses schlanke Gestalt verfolgen. Es kam in diesem Moment eine vage Angst um sie über ihn, als drohe ihr irgendeine Gefahr, und er suchte mit aller Gewandtheit, ihr zu folgen, damit er gleich ihre Adresse erfahren konnte. Aber als er sich endlich durch die Menge gerungen hatte und die Dampferstation verließ, war Rose nirgends mehr zu sehen; sie war schon im Auto davongefahren.

Er stand eine Weile unschlüssig, aber dann sah er ein, daß er jetzt nichts weiter tun konnte, und da er sein Reiseziel baldigst erreichen wollte, fuhr er zu dem Bahnhof und erkundigte sich, wann der nächste Zug nach Rosario ging. Es wurde ihm der Bescheid, daß dies in einer halben Stunde geschehen würde, gegeben. Mit einem Dampfer hätte er die Reise auch fortsetzen können, aber der ging erst am nächsten Morgen ab. Mit der Bahn konnte er aber heute noch Rosario erreichen und dann schon morgen früh auf den Argro-Werken antreten. Fern von Rose hatte er nun nur den einen Gedanken, sein Ziel so schnell wie möglich zu erreichen.

Es hielt ihn nichts in Buenos Aires. Sich die Stadt anzusehen, hatte er in seiner Abschiedsstimmung keine Lust – vielleicht konnte er das später einmal mit Rose zusammen tun, so sagte er sich. Er mußte sich an die Hoffnung klammern, sie bald einmal wiederzusehen. Seine Gedanken umkreisten sie unablässig. Zum Glück für seine Seelenruhe wußte er nicht, wie nötig Rose seinen Schutz hätte brauchen können, sonst wäre er sicherlich nicht nach Rosario abgereist. Wenn ihm auch Petris und ihre Freunde durchaus nicht gefallen hatten, so war er doch weit davon entfernt, zu ahnen, in was für Hände Rose gefallen war.

Spät abends erreichte Werner sein Reiseziel und fand in einem sauberen, kleinen Hotel Unterkunft für die Nacht. Am nächsten Morgen begab er sich nach den vor der Stadt am Flußufer liegenden Argro-Werken, einem Fabrikgelände von riesiger Ausdehnung. Am Eingangstor stand ein Pförtnerhaus, und der Pförtner gab ihm Auskunft, wohin er sich zu wenden hatte. Das große Direktionsgebäude lag nicht weit vom Eingang entfernt. Breite Straßen durchzogen das Werk, das wie eine kleine Stadt für sich wirkte – wie eine Stadt der Arbeit und des Fleißes.

Werner ließ seinen Blick darüber hinschweifen, und seine Brust hob sich in einem tiefen Atemzug, seine Augen grüßten diese Stätte seiner künftigen Tätigkeit, und er suchte zu ergründen, in welchem der vielen Gebäude er wohl seinen Arbeitsplatz finden würde.

Dann wandte er sich schnell dem Direktionsgebäude zu, einem massiven, gut gegliederten Steinbau mit einer ruhigen Fassade. Als er in die hochgewölbte Halle trat, kam ihm ein Bürodiener entgegen, und diesen fragte er, ob er ihn Herrn Direktor Hartmann melden könne.

»Bitte mir zu folgen, Herr Doktor, Sie werden erwartet, wenn auch heute noch nicht«, sagte der Diener höflich und führte Werner zum Fahrstuhl, der sie beide in die erste Etage brachte. Daß eine breite Steintreppe ebenfalls im Haus emporführte, sah Werner.

Oben angelangt, führte ihn der Diener in ein Vorzimmer und bat zu warten. Es dauerte aber nur wenige Minuten, da kam er wieder heraus und ließ den Besucher in ein hohes, weites Zimmer eintreten, in dem an einem Schreibtisch am Fenster ein grauhaariger, bartloser Herr mit einem prägnanten Kopf saß. Er erhob sich bei Werners Eintritt.

Dieser konnte schnell feststellen, daß dieses Direktionszimmer sehr vornehm und gediegen mit Klubmöbeln, kostbaren Teppichen und hohen Bücherregalen ausgestattet war. Mit einem freundlichen Lächeln kam der alte Herr, der schon ein Sechziger zu sein schien, sich aber noch aufrecht und ungezwungen hielt, auf Werner zu und reichte ihm die Hand.

»Willkommen in den Argro-Werken, Doktor Wendland; Sie treffen pünktlicher ein, als wir dachten«, sagte er, scharf und forschend in Werners Gesicht sehend.

Werner wunderte sich, daß Direktor Hartmann – er wußte aus der Korrespondenz, daß er der erste Direktor der Werke war – gleich so ganz über ihn orientiert zu sein schien. Aber er wußte eben noch nicht, daß auf den Argro-Werken alles und jedes Beachtung fand und als Glied einer harmonischen Gemeinschaft eingefügt wurde.

Er verneigte sich, gleich beim ersten Blick eine hochachtungsvolle Sympathie für diesen Herrn empfindend.

»Ich bin gestern in Buenos Aires mit dem Dampfer angekommen und dann gleich mit der Bahn weitergefahren, Herr Direktor.«

Ein Lächeln flog über die Züge des Direktors.

»Ohne sich erst ein wenig in Buenos Aires umzusehen? Man kann viel Amüsement dort finden.«

»Ich bin gekommen, um zu arbeiten, nicht, um mich zu amüsieren«, erwiderte Werner ruhig.

Direktor Hartmanns Augen ruhten wohlgefällig auf seinem Gesicht.

»Bravo, das gefällt mir! Auf dieser Grundlage werden wir uns bald verständigen. Bitte, nehmen Sie Platz, ich möchte einiges mit Ihnen besprechen, ehe ich Sie in Ihren Wirkungskreis einführen lasse.«

Werner nahm Platz, und Direktor Hartmann – übrigens ein Deutscher, der schon seit dreißig Jahren in Argentinien lebte und seit zwei Jahrzehnten den Argro-Werken angehörte – gab schnell noch einige telefonische Anweisungen weiter. Dann wandte er sich wieder an seinen Gast:

»Seien Sie uns willkommen, Doktor. Daß ich, der erste Direktor, ein Deutscher bin, wissen Sie bereits. Außer mir hat das Werk noch zwei andere Direktoren, einen Deutschen und einen Engländer. Auch die meisten an der Spitze stehenden Beamten sind deutsch und ebenso eine Anzahl Ingenieure. Unter diesen befinden sich jedoch auch mehrere Engländer, zwei Schweden und drei Spanier. Die Argro-Werke sind von Johannes Wörth gegründet worden. Er war auch ein deutscher Ingenieur und kam nach Argentinien, um in einer anderen Maschinenfabrik als Ingenieur zu arbeiten. Da er ein sehr intelligenter und betriebsamer Mensch war, erkannte er bald, daß hier eine Fabrik für landwirtschaftliche Maschinen fehlte und wußte einige Geldleute für seinen Plan, eine solche zu gründen, zu interessieren. Er kam damit einem längst fühlbar gewordenen Bedürfnis entgegen. Die Fabrik blühte erstaunlich rasch auf. Die kaufmännische Leitung nahm zu Anfang die Gattin von Johannes Wörth, eine überaus tüchtige und intelligente Frau, in die Hände, und sie, die ihren Gatten überlebte, ist jetzt die Hauptaktionärin der Werke und hat noch immer den ersten Sitz und die erste Stimme im Betrieb und wohnt allen wichtigen Konferenzen bei. Auch Sie werden Frau Wörth des öfteren zu sehen bekommen. Es ist nichts Seltenes, daß sie Inspizierungsgänge durch die Werke macht, und ihren hellen, scharfen Augen entgeht kein Mißstand und keine Sache von Wichtigkeit. Dabei ist sie so schlicht in ihrem Wesen, daß man ihr die außerordentliche Tüchtigkeit erst anmerkt, wenn man sie näher kennt. Sie hat ganz gewiß nicht wenig zum Gelingen des Ganzen beigetragen. Vor allen Dingen hält sie hier im fremden Land noch heute ihr Deutschtum hoch, und hat viel dazu getan, daß die Stimmung gegen die Deutschen nicht zu feindselig wurde. Sie werden merken, welch hervorragender Geist hier im Betrieb herrscht. Es ist eine feststehende Sitte, daß Frau Wörth jeden neuen Angestellten sogleich nach seinem Antritt bei sich empfängt, und Sie werden guttun, sich nachher von mir aus zu ihr zu begeben. Ihr Bild und das Empfehlungsschreiben Ihres Hochschulprofessors, der Ihnen eine begeisterte Lobrede gehalten hat, haben ihr vorgelegen, ehe wir Sie engagierten. Ich selbst legte ihr beides vor, und nachdem sie eine Weile auf ihr Bild herabgesehen hatte, sagte sie lächelnd: Den holen wir uns herüber, das ist einer, den wir hier gut brauchen können. Nun – ich war ihrer Ansicht und hoffe, daß Sie unsere Menschenkenntnis nicht enttäuschen. So, alles weitere wird sich später finden. Wo haben Sie diese Nacht gewohnt?«

Die ganze Art Direktor Hartmanns flößte Werner große Hochachtung ein, und er fühlte mit Befriedigung, daß hier der Mensch gewertet wurde.

Er nannte das Hotel, in dem er gewohnt hatte, und der Direktor nickte.

»Gut, ich werde Auftrag geben, daß Ihr Gepäck sogleich geholt wird. Unsere unverheirateten Ingenieure und Beamten wohnen drüben im Ingenieurshaus. Frau Wörth hat das alles wunderbar organisiert. Für jeden der Herren sind zwei Zimmer zum persönlichen Gebrauch reserviert, außerdem befinden sich im Haus Gesellschaftszimmer, Speisesaal, Lesezimmer und Spielzimmer. Die Küche liegt im Untergeschoß, es wird für alle unverheirateten Herren gekocht – und nicht schlecht. Sie kommen dadurch sehr billig zu einer guten Verpflegung und haben viele Annehmlichkeiten, die Ihnen sonst ein Klub bieten würde. Das ist schon deshalb besonders angenehm, weil das Werk doch immerhin ein gutes Stück Wegs von der Stadt entfernt liegt. Also, ich lasse Ihre Sachen holen und auf die für Sie bestimmten Zimmer schaffen. Sie tun am besten, Frau Wörth jetzt gleich aufzusuchen und begeben sich dann in das Ingenieurshaus – Sie sehen es da drüben liegen. Es wird Sie dort ein Führer erwarten, der Sie in die Werke und in Ihr Arbeitsgebiet einführt. Wünschen Sie sonst noch eine Auskunft?«

Werner Wendland verneigte sich.

»Sie haben mir in erschöpfender Weise alles mitgeteilt, was ich zunächst wissen muß, und ich danke Ihnen sehr.«

»Keine Ursache. Ich tat, was meines Amtes ist.«

»Darf ich Sie nur noch bitten, mir zu sagen, wo ich Frau Wörth finden werde?«

»Sie gehen durch die Eingangspforte hinaus und halten sich immer links, bis Sie durch den Wald an das Ufer des Paraná kommen. Dort biegen Sie rechts ab und gelangen nach etwa fünf Minuten an den Eingang des Parks, der zu Frau Wörths Villa führt. Sie bewohnt diese mit ihrer verwitweten Schwägerin, der Witwe des Bruders ihres Gatten, der auch Ingenieur und bis zu seinem Tod in den Argro-Werken angestellt war. Herr Johann Wörth ließ seinen Bruder mit seiner Frau aus Deutschland herüberkommen, als seine hiesige Fabrik vergrößert werden mußte. Nun sind die beiden Brüder tot, und nur ihre Frauen leben noch. Wenn Sie das Parktor passiert haben, gehen Sie auf dem breiten Wege geradeaus bis zum Portal der Villa. Im ganzen haben Sie eine Viertelstunde Weg. Am Portal wird Sie ein Diener empfangen und zu Frau Wörth führen. Es sind fast nur deutsche Bedienstete in ihrem Haus angestellt. Ich werde Sie gleich telefonisch anmelden.«

Wendland erhob sich, dankte für die liebenswürdige Auskunft, und dann verabschiedete er sich.

Tief aufatmend trat er einige Minuten später ins Freie. Sein Blick flog zum Ingenieurshaus hinüber, das ihm Direktor Hartmann durch das Fenster gezeigt hatte. Es war ein großer Sandsteinbau, und an fast allen Fenstern sah man hübsche, saubere Stores hängen. Es machte einen wohnlichen Eindruck, und Werner war sehr froh, daß er hier wohnen konnte. So war er vor allen Dingen der Notwendigkeit enthoben, sich eine Wohnung suchen zu müssen. Es schien sich gut auf den Argro-Werken leben zu lassen.

Der Weisung des Direktors folgend, schlug er nun den Weg durch den Wald zu dem Fluß ein und hatte ihn bald erreicht. Breit und majestätisch rauschte der Strom dahin, auf seinem Wasser allerhand große und kleine Fahrzeuge tragend. Bis nach Rosario konnten sogar Seedampfer, wenn auch nicht die größten, auf dem Strom fahren, dies hier war jedoch nur einer der vielen Arme des Paraná, die später mit noch anderen Flüssen den La Plata bilden.

Dieser breite Arm des Paraná floß an den Argro-Werken entlang, und etwa in der Mitte des Werkes war der große Landungssteg, wo die Frachtschiffe anlegen konnten, die alle Rohstoffe zu den Werken brachten und die fertigen Maschinen abholten, um sie in verschiedene Länder Südamerikas zu transportieren.

Werner Wendland blieb eine Weile stehen und blickte über das hübsche Bild hinweg. Dann setzte er seinen Weg fort, wie ihn der Direktor beschrieben hatte.

Durch den prächtigen alten Park gelangte er bis an eine schöne, große Villa, die, in einem gemäßigten Barock gehalten, den Eindruck eines Schlößchens machte. An dem offenen Portal erwartete ihn bereits ein Diener in einer schlichten, aber vornehm wirkenden Livree.

Werner stieg die breite Sandsteintreppe zu dem Portal empor und sagte: »Wollen Sie mich, bitte, der gnädigen Frau melden.«

Damit gab er dem Diener seine Karte.

Dieser verneigte sich.

»Frau Wörth erwartet Sie schon, Herr Doktor.«

Es fiel Dr. Wendland auf, daß der Diener die Bezeichnung *»Frau Wörth«* etwas betonte, als wolle er andeuten, daß dies die Anredeform für die Herrin des Hauses sei. Einige Augenblicke später stand Werner in einem gediegen ausgestatteten Empfangszimmer, dessen Fenster über den Park hinweg einen Ausblick nach dem Paraná frei ließen.

Gleich darauf kam durch die gegenüberliegende Tür eine noch sehr stattliche Dame in den fünfziger Jahren, deren Gesicht noch Spuren einstiger Schönheit trug. Das Haar, schlicht aus der Stirn gestrichen, war wohl einst blond gewesen, war aber mit der Zeit nachgedunkelt und zeigte an den Schläfen einige graue Streifen. Es war aber in noch sehr stattlichen Flechten am Hinterkopf aufgesteckt. Sie trug ein ganz schlichtes schwarzes Kleid aus weicher, mattglänzender Seide, das nur am Halsausschnitt mit einer Spitzenkrause geschmückt war. Eine schöne Nadel, mit drei Perlen verziert, schloß diese zusammen. Große blaue Augen sahen klug und klar aus dem sympathischen Gesicht auf Werner. Es war ein forschender, abwägender Blick, der ihn traf und ihn bis in sein Innerstes zu prüfen schien. Aber dann flog ein gutes Lächeln über ihr Gesicht, und sie reichte Werner die Hand.

»Willkommen in fremdem Land, Herr Doktor! Ich hoffe, daß es Ihnen nicht lange fremd bleiben und Ihnen die Heimat ersetzen wird.«

»Ich danke Ihnen für dies Willkommen, gnädige Frau, das mir das Herz warm macht durch die Art, wie es geboten wird«, erwiderte Werner, sympathisch berührt.

Sie nickte lächelnd.

»So soll es auch sein. Ich weiß, wie bedrückend es ist, wenn man in fremdem Land in kalte Gesichter blickt. Einst habe ich das selbst durchgemacht, und seither ist es immer mein Bestreben gewesen, dies Gefühl in den Menschen nicht groß werden zu lassen, die aus weiter Ferne zu uns gekommen sind. Aber bitte, reden Sie mich nicht mit gnädige Frau an, man nennt mich allerseits schlichtweg Frau Wörth, und dieser Name, der meines verstorbenen Mannes, ist mir so lieb, daß ich am liebsten darauf höre.«

»Ich danke Ihnen für die Erlaubnis, Sie so nennen zu dürfen und werde davon Gebrauch machen, Frau Wörth.«

»Recht so und nehmen Sie bitte Platz, Herr Doktor. Direktor Hartmann sagte mir schon am Telefon, daß Sie gestern am Spätnachmittag in Buenos Aires angekommen und gleich nach Rosario weitergereist seien. Wir wußten zwar um den Termin des Eintreffens Ihres Dampfers, glaubten aber, daß Sie sich erst noch eine Weile in Buenos Aires aufhalten würden.«

»Mir eilte es, in meinen neuen Wirkungskreis zu kommen. Das war mir wichtiger, Frau Wörth.«

Lächelnd sah sie ihn an.

»Direktor Hartmann sagte mir schon, daß Sie nicht zum Amüsement, sondern zur Arbeit hergekommen seien, das gefällt uns, und an Arbeit wird es Ihnen nicht fehlen. Aber Sie sollen auch Ruhe und Erholung finden, wenn Sie gearbeitet haben. Ich wünsche, daß unsere Angestellten ein lebenswertes Leben führen und nicht nur bis auf die letzte Kraft ausgenutzt werden. Erst selbstverständlich die Pflicht, die halten wir alle hier hoch.«

»Das werde auch ich tun, Frau Wörth.«

»Sie sind uns von Ihrem Professor als strebsamer Mensch geschildert worden. Ich liebe fleißige, zielbewußte Menschen und habe selbst mein Lebtag die Hände nicht müßig in den Schoß gelegt.«

»Direktor Hartmann hat mir Ihre außerordentliche Tüchtigkeit bereits gerühmt.«

»Nun, nun, man schätzt mein Verdienst wohl ein wenig zu hoch ein, weil hierzulande die Frauen durchaus nicht für die Arbeit sind und sich nur um Putz und Vergnügen kümmern. Da fällt so eine Arbeitsbiene, wie ich bin, auf. Drüben in Deutschland habe ich viele arbeitsame Frauen gekannt.«

»Die Frau in der Heimat ist heute, aus der Not eine Tugend machend, noch arbeitsamer geworden. Sie mußte im Krieg und nach dem Krieg ihren Mann stehen und hat sich bewährt.«

»Das hört man gern. Wie sieht es jetzt drüben in Deutschland aus? Immer noch Parteigezänk und hängen am Kleinkram?«

»Es gärt noch immer, die junge Republik hat noch kein klares Fahrwasser.«

Sie seufzte. »Wird es nie anders sein da drüben? Heine sagte einst von Deutschland: Es liegt und schläft in guter Hut von sechsunddreißig Monarchen. Jetzt ruht es nicht mehr, aber es läßt sich zerreißen von sechsunddreißig Parteien – oder sind es noch mehr?«

»Sie haben leider zu recht.«

»Warum findet man sich nicht endlich zu großen Zielen zusammen und vergißt das Parteigezänk, über das man im Ausland lacht?«

»Warum? Wenn man darauf die rechte Antwort finden könnte, hätte man vielleicht auch schon die Hilfe gefunden, die man zur Gesundung unserer Verhältnisse braucht.«

»Sie sind auch einer von denen, die aus der Heimat geflohen sind, weil sich große Ziele dort nicht mehr bieten?«

»Nicht mit leichtem Herzen, Frau Wörth. Ich kam mit dem festen Wunsch und Willen, fern der Heimat ein ganzer Mann sein zu dürfen, der nicht von tausend Nöten gefesselt ist. Ich bin Ihnen so dankbar, daß Sie mich engagierten, und hoffe, hier eine Lebensaufgabe zu finden, in die ich alle meine Kräfte einsetzen kann.«

Sie reichte ihm impulsiv die Hand.

»Gut, gut, wir werden uns verstehen; was Sie mir sagen, berührt verwandte Saiten in meinem Innern. Und jetzt will ich Sie nicht länger aufhalten. Sie sollen so rasch wie möglich eintreten in die neuen Verhältnisse. Ich wollte Sie nur erst kennenlernen, wie alle unsere Leute. Ich bin so eng mit den Argro-Werken verwachsen, daß mich jeder Mitarbeiter interessiert, und ich mache mir von jedem gern selbst ein Bild. Wo Sie ein Unterkommen finden, hat Ihnen Direktor Hartmann gesagt.«

»Ja, Frau Wörth!«

»Dann hoffe ich, daß Sie sich bei uns wohl fühlen werden. Gelegentlich sehe ich danach, wie Sie untergebracht sind. Wir werden uns auch in den Werken begegnen, und zuweilen sehe ich die Herren zu einer kleinen Feier bei mir. Nur habe ich augenblicklich nicht so recht die Stimmung, Feste zu feiern. Meine Schwägerin, die meine Hausgenossin ist, seit wir beide verwitwet sind, ist schwer erkrankt und mußte in ein Sanatorium in Córdoba gebracht werden, wo sie sich wahrscheinlich einer Operation unterziehen muß. – Das bedrückt mich. Aber gelegentlich hoffe ich auch ohnedies von Ihrer Unterhaltung zu profitieren, ich werde Sie noch viel über deutsche Verhältnisse ausfragen. Durch die hiesigen Zeitungen erhält man nur gefärbte Berichte, und Sie scheinen mir ganz der Mann zu sein, mit klaren Augen um sich zu sehen. Sie kommen ja auch aus

Berlin – ich bin geborene Berlinerin. Ich werde sehr neugierig sein.«

»Und ich werde Ihnen mit Vergnügen alles berichten, was Sie interessieren kann.«

»Dann – auf Wiedersehen, Herr Doktor!«

»Auf Wiedersehen, Frau Wörth!«

Ihre Hand ehrerbietig an die Lippen führend, zog sich Werner Wendland zurück. Mit einem Gefühl grenzenloser Hochachtung vor dieser schlichten und doch so bedeutenden Frau ging er ins Werk zurück.

Frau Wörth sah ihm durch das Fenster nach und freute sich an seinem stolzen, freien Gang. Der Gang eines Menschen verriet dieser großen Menschenkennerin mindestens so viel wie seine Gesichtszüge. Lächelnd nickte sie.

Der paßt zu uns, das weiß ich schon jetzt, sagte sie vor sich hin, und dann ging sie in ihr Arbeitszimmer zurück, wo sie am Schreibtisch gesessen hatte, als man ihr Doktor Wendland meldete. Sie war dabei gewesen, einen Brief an ihre Schwägerin zu schreiben.

Frau Wörth hatte ihre Schwägerin nach dem Tod ihres Mannes zu sich ins Haus genommen, um nicht ganz allein zu sein. Ihre Schwägerin war ziemlich vermögenslos, wurde aber von ihr wie ein lieber Gast gehalten. Es war selbstverständlich bei ihrem Charakter, daß sie, als sich die Krankheit ihrer Schwägerin, ein Frauenleiden, bemerkbar machte, darauf drang, daß sie die besten Ärzte bekam, und das Sanatorium, das in Córdoba an einem Bergabhang lag, hatte einen bedeutenden Ruf. Frau Wörth hatte ihre Schwägerin selbst dahin gebracht. Sie sollte sich gründlich auskurieren, und wenn es monatelang dauerte. Selbstverständlich kam sie für alle Kosten auf. Die Trennung war den beiden Frauen gleich schwer geworden, denn sie hatten sich in ihrer Herzenseinsamkeit fest aneinandergeschlossen. Sie waren gewöhnt, alles, was sie bewegte, miteinander zu besprechen, wenn Frau Wörth auch ihre weniger bedeutende Schwägerin an Geistesgaben weit überragte.

So hatte sie auch heute ihrer Schwägerin brieflich alles Wissenswerte berichtet und schloß nun ihr Schreiben mit folgenden Worten:

»Soeben war der neue deutsche Ingenieur bei mir, den wir engagiert haben. Doktor Wendland hat auf mich einen außerordentlich günstigen Eindruck gemacht. Etwas in seiner Art erinnert mich an meinen Johannes, er ist auch eine so aufrechte, kraftvolle Erscheinung, wie Johannes es in seiner Jugend war, und er sieht aus, als habe er auch genau so einen Eisenkopf, wie mein Johannes ihn hatte. Es liegt etwas in seinem nicht schönen, aber sehr sympathischen Gesicht, was mir sehr gefällt, ein Ausdruck von fester Entschlossenheit und unbeugsamer Willensstärke. Dabei hat er manchmal in seinen Augen einen guten, warmen Blick und eine ehrliche Offenheit. Wir werden nicht bereuen, ihn engagiert zu haben, das weiß ich schon jetzt. Er ist ein ganzer Mann, und solche können wir hier gebrauchen. Und nun will ich Dir noch etwas erzählen, ich habe heute einen Brief bekommen von der Auskunftei in Berlin. Es ist schon so, wie ich annahm, Herbert Rietberg lebt in ganz geordneten Verhältnissen, er hat eine gute Anstellung als Leiter einer Filiale einer Automobilfabrik gefunden. Ich brauche mir also keine Sorge zu machen, daß er durch meine Ablehnung seines Unterstützungsgesuchs in Not geraten ist, was mir selbstverständlich Rose Rietbergs wegen Kummer gemacht hätte. Herbert Rietberg und seine Frau trugen damals die größte Schuld, daß meine Familie sich von mir abwandte. Er hatte mir den ältlichen, reichen Freier nur gebracht, weil er für sich davon profitieren wollte. Du weißt, dieser hatte ihm versprochen, ihm eine Summe auf Jahre zinslos vorzustrecken, damit Herbert sich selbständig machen könne, sobald ich ihm meine Hand gereicht hätte. Deshalb allein betrieb er mit allen Künsten der Intrige meine Verbindung mit jenem Menschen und hätte mir meinen Johann fast entfremdet, indem er ihm vorspiegelte, ich bedauere es, Johann mein Wort gegeben zu haben. Damals konnte ich meinen Eisenkopf nur davon überzeugen, daß ich nur ihn allein liebe und nicht von ihm lassen würde, indem ich ihm nach Hamburg nachreiste und ihm sagte: Ich gehe mit dir bis ans Ende der Welt, wenn es sein muß. Ach, meine Julia, das waren Zeiten!

Die arme Rose wird nicht auf Rosen gebettet sein. Wenn ich wüßte, wes Geistes Kind sie ist, würde ich sie gern zu mir nehmen, wenn Herbert nicht mehr ihr Vormund ist und sie nicht daran hindern könnte, zu mir zu kommen. Aber weiß man denn, was seine und seiner Frau Erziehung aus dem Kind gemacht haben! Jedenfalls lebt sie noch in seinem Haus und ist also vorläufig auch vor Not geschützt. Ich will sie jedoch im Auge behalten lassen, vielleicht komme ich später einmal mit ihr zusammen und kann prüfen, ob sie von der Art ihres guten, warmherzigen Vaters ist, oder ob Herberts und Helenes Einfluß auf sie abgefärbt haben.

Aber nun will ich diesen Brief an Dich beenden. Du fehlst mir sehr. Aber Deine Gesundheit geht vor. Du mußt alles tun, um wieder gesund zu werden. Erhole Dich gut, und wenn eine Operation nötig sein sollte, teile es mir sofort mit. Ich komme dann sogleich zu Dir, um Dir in den schlimmen Tagen zur Seite zu stehen, laß es Dir an nichts fehlen, liebe Julia, Deine Gesundheit liegt mir sehr am Herzen. Sobald Du kannst, schreibe mir bitte, wie es Dir geht, und sei von Herzen gegrüßt von Deiner treuen Schwägerin Josephine.«

Als Frau Wörth diesen Brief beendet hatte, sah sie eine Weile starr vor sich hin. Der Chefarzt des Sanatoriums hatte ihr nicht verhehlt, daß der Zustand ihrer Schwägerin bedenklich sei und daß es bei einer Operation auf Tod und Leben gehen würde. Man wollte deshalb erst noch ein anderes Verfahren versuchen, das freilich sehr teuer sei. Sie hatte ihm hastig erklärt, daß es darauf nicht ankomme, man möge nur ihrer Schwägerin nie etwas davon sagen, daß es eine teure Kur sei, weil diese in ihrer Bescheidenheit sich darüber Kopfschmerzen machen würde.

Immerhin mußte Josephine Wörth darauf gefaßt sein, daß ihr auch dieser liebgewordene Mensch noch genommen wurde, und das bedrückte sie sehr. Sie würde dann ganz allein sein und niemanden mehr haben, der zu ihr gehörte. Zwar hatte sie genug Menschen in den Argro-Werken, denen sie ihre mütterliche Sorge zuwenden konnte, aber das war wenig für diese Frau, deren heißgeliebter Gatte sie schon seit Jahren allein gelassen hatte und deren einziges Kind ihr im zarten Alter genommen worden war.

Sie richtete sich auf und strich sich über die Stirn. Dann vertiefte sie sich in die Arbeit – und lernte wieder einmal, wie so oft, den Segen der Arbeit kennen. – Vergessen für alles Leid.

7

Rose Rietberg und Martha Preller hatten beim Verlassen des Dampfers Frau Petri ihre Pässe aushändigen müssen und hatten das arglos getan. Herr Petri war seltsamerweise nicht an der Seite seiner Gattin, als diese mit den beiden jungen Mädchen ein Auto bestieg. Sie sagte dabei dem Chauffeur die Adresse so leise, daß die jungen Mädchen sie nicht verstehen konnten. Aber Rose sah erstaunt, als das Auto sich in Bewegung setzte, daß soeben Herr Petri mit den beiden Stenotypistinnen nach der entgegengesetzten Seite davonfuhr.

»Fährt Ihr Herr Gemahl nicht mit uns, gnädige Frau?« fragte sie.

»Nein«, antwortete Frau Petri scheinbar ruhig, »ich fahre sogleich mit Ihnen zu meiner Mutter, und mein Mann fährt mit den beiden jungen Damen gleich in unsere Wohnung, die bei unserem Geschäft in einer anderen Stadtgegend liegt.«

Diese Erklärung erschien Rose einleuchtend. Martha Preller aber hatte sich gar nicht um Herrn Petri gekümmert, sie ließ ihre Augen umherschweifen, ob sie nicht vielleicht Herrn Weißkant noch einmal zu Gesicht bekäme. Aber er war verschwunden, ebenso wie Doktor Wendland.

Und nun wurde es auch dunkel, überall in den belebten Straßen, durch die man fuhr, glänzten die Lichter in den Schaufenstern auf. Ab und zu kam man wieder für eine Weile an die Hafenkais heran, und die beiden Mädchen sahen den Rio de la Plata erglänzen im Schein der aufflammenden elektrischen Lampen. Sie fuhren anscheinend eine ganze Weile am Ufer des Stroms entlang, aber entgegen seinem Lauf.

Dann kam man in stillere Gegenden, anscheinend in einen Vorort. Die Beleuchtung wurde immer mangelhafter. Rose sah aufmerksam um sich. Sie war es gewöhnt, sich immer zu orientieren, wohin sie auch kam, und so war es ganz unwillkürlich, daß sie sich auch jetzt ein Bild zu machen suchte von dem Weg, den der Wagen fuhr. Schließlich mußte sie es aber in der zunehmenden Dunkelheit aufgeben. Sie sah nur noch ein weißes Marmordenkmal auf einem kleinen Platz aus dunklen Anlagen leuchten.

Der Wagen bog von diesem Platz scharf um eine Ecke und in eine Straße ein, in der anscheinend nur ein einziges Haus inmitten eines kleinen Gartens lag. Vor der Pforte dieses Gartens hielt der Wagen an.

Frau Petri entlohnte den Chauffeur, der die Koffer ablud und auf die Straße stellte. Sie forderte Rose und Martha auf, auszusteigen und zog an einer Glocke. Daß Frau Petris Gepäck nicht mit auf dem Wagen war, fiel den beiden Mädchen nicht auf, da sie ja wußten, daß diese sie nur zu ihrer Mutter bringen wollte. Zwei Dienerinnen kamen aus dem Haus, aus dessen Flur der matte Schein einer rot verhüllten Lampe fiel. Sonst war das ganze Haus dunkel, an allen Fenstern schienen dicht schließende Läden zu sein.

Rose überkam plötzlich eine unbestimmte Bangigkeit. Den kurzen Weg bis zum Hauseingang zurücklegend, sah Rose noch einmal die Straße entlang, woher sie gekommen waren, und das einzige, was sie sah in dieser nächtlich stillen Gegend, war das weiße Marmordenkmal auf dem kleinen Platz am Anfang der Straße. Eine einzige elektrische Straßenlampe warf ihr Licht auf den weißen Marmorleib der Frauengestalt, deren hoch erhobene Hand Rose zu winken schien.

Sie zögerte unwillkürlich, das Haus zu betreten, aber Frau Petri schob sie hastig hinein. »Schnell, schnell, es zieht drinnen, wenn die Tür so lange aufsteht.«

So trat Rose hinter Martha ein, und hinter ihnen warf Frau Petri schnell die Tür ins Schloß.

Der roterleuchtete Hausflur war mit Spiegeln und Garderobeanlagen ausgestattet. Die beiden Dienerinnen trugen die Koffer eine teppichbelegte Treppe hinauf. Sie stiegen die erste und dann die zweite Treppe hinauf. In der zweiten Etage angelangt, schob Frau Petri Martha in ein offenstehendes Zimmer, in das die eine Dienerin Marthas Koffer gebracht hatte. Die Dienerinnen waren beide blasse, verblühte Gestalten mit einem seltsam leeren, ausdruckslosen Gesicht.

»Dies ist Ihr Zimmer, Fräulein Preller, machen Sie es sich bequem, ich lasse Sie rufen, wenn meine Mutter Sie sehen will.«

Martha Preller trat harmlos ein, und Frau Petri warf wieder mit der seltsam hastigen Bewegung die Tür ins Schloß. Rose fiel auf, in der dunklen Benommenheit, die sie befallen hatte, daß die Tür keine Klinke hatte.

Und nun nahm Frau Petri Rose am Arm und führte sie einen Gang hinab, bis zu einer anderen Tür, durch die die Dienerinnen jetzt Roses Koffer in ein Zimmer schoben.

»So, Fräulein Rietberg, auch Sie können es sich nun bequem machen und den Reisestaub abschütteln. Dies ist Ihr Zimmer. Ihre Koffer sind ja zur Stelle. Ich gehe jetzt zu meiner Mutter und lasse auch Sie rufen, wenn meine Mutter Sie sehen will, oder ich bringe sie zu Ihnen.«

Nur zögernd betrat Rose das Zimmer, und unwillkürlich wollte sie die Tür offen halten, ehe sie von Frau Petri geschlossen wurde, aber schon hatte diese die Tür mit einem Ruck ins Schloß geworfen. Und dabei verzerrte sich ihr Gesicht recht seltsam ...

Erschrocken über den Gesichtsausdruck Frau Petris und über das schnelle Zuwerfen der Tür wollte Rose nach der Türklinke fassen und die Tür wieder öffnen, aber sie sah zu ihrer Bestürzung, daß auch an dieser Tür Schloß und Klinke fehlten. Es war nur eine kleine kreisrunde Öffnung an Stelle des Schlosses zu sehen, in deren Mitte ein vierkantiger Haspen zu sehen war. In diese Öffnung mochte eine Art Schraubenschlüssel oder Drücker hineinpassen, der die Tür öffnen konnte. Vergeblich klopfte Rose an die Tür und versuchte sie zu öffnen – es ging nicht, und nichts rührte sich draußen.

Rose stand totenblaß, mit auf die Brust gepreßten Händen da und sah sich im Zimmer um. Eine lähmende Angst hatte sie plötzlich erfaßt. Vor ihren geistigen Augen sah sie noch immer Frau Petris unheimlich verzerrtes Gesicht, als sie die Tür zuwarf. Was sollte das alles heißen? Warum hatte man sie hier eingeschlossen? Und Martha Preller auch – ja –, auch die war hinter einer solchen Tür ohne Schloß und Klinke gefangen.

Gefangen?

Sie stand mit wild klopfendem Herzen und sah sich um. Das Zimmer war sehr elegant ausgestattet – zu elegant für das Zimmer einer Hausangestellten, wie es Rose scheinen wollte. Ein breites Bett mit spitzenbesetzten Bezügen und einer rosaseidenen Steppdecke stand an der Hauptwand des Zimmers, mit dem Kopfende nach dieser Wand. Daneben befand sich auf der einen Seite ein Nachtschränkchen, auf der andern Seite ein großer Waschtisch mit Wasseranschluß. Quer vor dem Fußende des Bettes stand ein Diwan mit einer Decke aus rosa Seidenplüsch bedeckt. Und zwischen den beiden Fenstern befand sich ein reizender Toilettentisch mit rosa Dekoration. In einer Zimmerecke stand ein großer Kleiderschrank mit einer Spiegeltür, und in der anderen Zimmerecke ein kleiner Tisch mit zwei Sesseln rechts und links, die auch mit rosa Plüsch bezogen waren. Das alles sah so friedlich und harmlos aus, nur viel zu luxuriös für Roses Begriffe.

Ihre Angst ließ etwas nach. Warum war sie nur so erschrocken, als die Tür ins Schloß fiel. Vielleicht war diese

Art des Türverschlusses hierzulande üblich, und man hatte wohl nur vergessen, ihr den Drücker, der zum Öffnen dieser Tür nötig war, auszuhändigen.

So suchte sie sich Mut einzureden. Sie nahm langsam ihren Hut vom Kopf und legte ihre Kostümjacke ab. Dann trat sie vor den Spiegel zwischen den Fenstern und strich sich mechanisch das Haar aus der Stirn. Ein blasses, ängstliches Gesicht sah ihr entgegen, und sie wurde nun ernstlich böse auf sich selbst. Sich zusammenraffend, trat sie an eines der Fenster und wollte es öffnen, aber da merkte sie, daß keine Handgriffe daran waren, sondern ebenfalls nur runde Öffnungen, in die ein Drücker hineinpaßte. Also war es doch wohl Landessitte, daß Fenster und Türen hier nur mit einem besonderen Schlüssel geöffnet werden konnten. Wahrscheinlich bekam jeder Hausbewohner den dazugehörigen Drücker ausgehändigt.

Sie preßte das Gesicht an die Scheiben und wollte hinaussehen, merkte aber, daß die Fenster mit dichten Holzläden verschlossen waren. Auch das andere Fenster war so gesichert. Rose wehrte den erneuten Angstanfall ab.

Es war doch erklärlich, sagte sie sich, daß in dieser abgelegenen Gegend die Fenster gesichert würden. Das war doch nichts Besorgniserregendes. Aber so sehr sie sich auch zu beherrschen suchte, ganz ruhig konnte sie nicht werden. Sie fiel ganz kraftlos in einen Sessel.

Es war ihr nicht möglich,. ihren Koffer aufzuschließen und auszupacken oder sich umzukleiden. Wie in einer atemlosen Beklemmung blieb sie sitzen, bis sie endlich draußen Schritte und Stimmen vernahm – Frau Petris Stimme und die einer anderen Frau.

Rose sprang auf und wollte an die Tür klopfen, aber in demselben Moment merkte sie, daß ein Drücker von draußen die Tür öffnete. Frau Petri erschien mit einer alten Dame, die sehr klein und korpulent war und sehr brünett. Ihr Teint war fast bronzefarbig, und über der Lippe hatte sie einen ganz deutlichen Anflug von einem Bärtchen. Sie machte den Eindruck einer Kreolin. Auf den ersten Blick sah Rose, daß dies keine Deutsche war, also konnte es nicht Frau Petris Mutter sein. Rose stand den beiden Frauen bleich bis in die Lippen, aber hochaufgerichtet gegenüber.

»Nun, Fräulein Rietberg, Sie haben ja noch gar nicht angefangen, sich umzukleiden. Wir glaubten, Sie bei der Toilette zu überraschen«, sagte Frau Petri mit einer unangenehmen Freundlichkeit.

Rose dachte bei sich, daß die Damen dann erst recht hätten anklopfen müssen, ehe sie ihr Zimmer betraten. Sie sagte aber statt jeder Antwort:

»Warum wurde das Zimmer hinter mir zugeschlossen?«

Frau Petri lachte laut.

»Das Zimmer zugeschlossen?«

»Ja, ich konnte es nicht öffnen.«

Wieder lachte Frau Petri so unangenehm.

»Ach, deshalb haben Sie sich aufgeregt? Das war unnütz. Hier werden die Türen und Fenster alle mit einem Drücker geöffnet, aber im Augenblick ist keiner für Sie da. Sie brauchen aber nur zu klingeln, wenn die Tür geöffnet werden soll.«

Rose wollte befreit aufatmen, aber sie vermochte es nicht, der Anblick der alten Dame flößte ihr ein neues Angstgefühl ein, ohne daß sie wußte, warum.

»Ich will Sie jetzt Ihrer neuen Herrin vorstellen, Fräulein Rietberg – Señora Morbida.«

Damit deutete sie auf die alte Dame, die ein ziemlich auffallendes Kleid mit weiten Ärmeln trug.

Betroffen sah Rose auf.

»Meine neue Herrin? Das ist doch Ihre Frau Mutter, wie Sie mir bei dem Engagement in Deutschland sagten.«

Wieder lachte Frau Petri dies häßliche, unechte Lachen.

»Das hat sich geändert, meine Mutter hat inzwischen schon eine andere junge Dame als Pflegerin engagiert und hat Sie Señora Morbida abgetreten, in deren Haus Sie sich nun befinden.«

»Aber Sie sagten mir doch, in diesem Haus wohne Ihre Mutter?«

»Habe ich das gesagt? Da habe ich mich wohl falsch ausgedrückt. Indessen brauchen Sie nichts zu bedauern, Sie können mit diesem Tausch sehr zufrieden sein. Hier bei Señora Morbida werden Sie mehr Zerstreuung und Unterhaltung haben als bei meiner Mutter, die sehr einsam lebt. Hier haben Sie jeden Tag eine heitere Geselligkeit und viel Unterhaltung, da die Señora viele Gäste bei sich sieht.«

Señora Morbida hatte inzwischen Rose mit scharfen, kritischen Blicken von oben bis unten gemustert. Nun sagte sie in spanischer Sprache zu Frau Petri:

»Laß das, Kamilla, das hat jetzt keinen Zweck mehr, wir haben sie ja in sicherem Gewahrsam.«

Sie ahnte nicht, daß Rose jedes Wort verstand, und dieser klopfte das Herz in wilder Angst. Irgend etwas stimmte da nicht, das wurde ihr klar. Und daß es klug sein würde, wenn sie nicht verriet, daß sie diese spanischen Worte verstanden hatte, sagte sie sich auch.

Mein Gott, wo bin ich hingeraten? Dachte sie immer wieder.

Wie aus weiter Ferne hörte sie die Stimme der Señora Morbida:

»Gut, Kamilla, du hast einen guten Fang gemacht. Nun

wollen wir uns die andere ansehen und dann rechnen wir ab«, sagte sie in spanischer Sprache zu Frau Petri, und dann verließen die beiden Frauen schnell das Zimmer. Die Tür fiel wieder ins Schloß, ehe Rose es hindern konnte.

Sie sank kraftlos in einen Sessel.

Sie sann den Worten der Señora nach. Wie hatte doch die abscheuliche Frau gesagt? Du hast einen guten Fang getan? Sollte sie selbst damit gemeint sein?

Endlich wurde wieder die Tür aufgetan und herein trat die Dienerin mit den verhärmten Zügen, die mit der andern Dienerin Roses Koffer heraufgetragen hatte. Sie trug über dem Arm eine elegante, flitterbesetzte Robe und seidene Wäsche. Rose war aufgesprungen und wollte an ihr vorüber zur Tür hinausstürmen, aber die Dienerin hatte schnell geschlossen. Sie trug, wie Rose jetzt bemerkte, den Drücker an einer Nickelkette um den Hals.

Rose hob flehend die Hände zu der Dienerin empor.

»Ich bitte Sie, erbarmen Sie sich, lassen Sie mich hinaus«, sagte sie mit bebender Stimme.

Die Dienerin sah sie mitleidig an, schüttelte aber den Kopf und sagte in englischer Sprache:

»Ich verstehe nicht deutsch.«

Verzweifelt faßte Rose ihre Hand.

»Aber ich verstehe englisch. Ich bitte Sie, ich beschwöre Sie, lassen Sie mich hinaus! Ich weiß nicht, wo ich mich befinde, weiß nur, daß man mich unter falschen Angaben hierhergelockt hat. Ich will fort – ich will fort!« sagte sie in englischer Sprache.

Das blasse, feine Gesicht der Dienerin rötete sich leise. Mit unsicheren Augen sah sie auf Rose, die in ihrer Verzweiflung ein rührendes Bild bot. Und dann sagte sie leise:

»Man weiß nicht, daß Sie Englisch sprechen, sonst hätte

man mich nicht zu Ihnen geschickt, sondern eine von den spanischen Dienerinnen. Sprechen Sie nicht so laut, daß man nicht hört, daß wir englisch zusammen sprechen. Sie sind eine Deutsche, nicht wahr?«

»Ja, ja, aber ich flehe Sie an – sagen Sie mir doch wenigstens, wo ich hingeraten bin.«

Die Dienerin legte die elegante Toilette und die seidene Wäsche sorgsam auf das Bett. Dann richtete sie sich auf und sagte leise:

»Seien Sie still, sprechen Sie ganz leise – und ich will Ihnen helfen, soviel ich kann. Lassen Sie mich nur nachdenken, wie es geschehen kann. Wo Sie sich befinden? Armes Kind – in einem schlechten, schlechten Haus.«

Halb ohnmächtig sank Rose in einen Sessel. »Allmächtiger Gott!« Und dann sprang sie wieder auf und warf sich gegen die Tür.

»Ich will hinaus! Ich will hinaus oder ich schreie laut um Hilfe!«

Die Dienerin legte beschwörend den Finger auf den Mund und zog Rose ans Fenster.

»Das nützt Ihnen gar nichts«, flüsterte sie, »niemand wird Ihren Hilferuf hören. Auch ich habe einstmals hier um Hilfe geschrien, bis ich heiser war. Niemand hat meinen Ruf gehört. Die Polizei verschließt die Ohren absichtlich hier, denn Señora zahlt gut. Vor acht Jahren stand ich eines Tages auch so hier wie Sie und habe keine Hilfe gefunden. Und wohl viele vor und nach mir auch nicht. Man versteht es hier, die Opfer Kamillas still und gefügig zu machen.«

Rose sank in die Knie und hob die Hände zu der Dienerin empor.

»Helfen Sie mir doch, haben Sie Erbarmen. Wenn Sie

selbst ein Opfer dieser Menschen sind und unglücklich wurden, so helfen Sie mir, daß ich es nicht auch werde.«

Mit zuckendem Gesicht sah die Dienerin auf Rose herab und hob sie auf. In ihren Augen lag tiefes Mitleid. Sie stand wie gebannt und blickte auf den blonden Mädchenkopf herab. Dieses schöne, liebreizende Geschöpf sollte entehrt werden wie sie selbst! Wie so oft stieg ein brennender Haß gegen Señora Morbida und ihre gewissenlosen Helfershelfer in ihr auf, die sie und so manches andere arme Geschöpf elend gemacht hatten und die sie, nachdem sie häßlich geworden und verblüht waren, zu ihren Dienerinnen machten. Sie mußte ja noch froh sein, daß man sie als Dienerin behalten hatte, damit sie ihr elendes Brot fand. Es blieb ihr ja nichts übrig, denn Señora erstickte jeden Versuch, sich frei zu machen, mit einer langen Rechnung. Es war unbegreiflich, was man der Señora nach ihren Angaben alles schuldete. Das konnte man nie, niemals abarbeiten, und deshalb blieb man immer Señoras Schuldnerin, und an dieser Schuld hielt sie einen fest, bis man den letzten Tropfen Blut für sie hingegeben hatte. Und nun wollte sie dieses liebliche Mädchen auch so elend machen, wie sie selber geworden war, und sie sollte dabei noch helfen.

Nein – so unglücklich und schlecht sie auch in diesem Haus geworden war, darin sollte sich Señora verrechnet haben, dazu gab sie ihre Hand nicht her. Bisher war sie nie in die Lage gekommen, die Klagen eines dieser Opfer anzuhören. Es war das erste Mal, daß man sie zu persönlichen Dienstleistungen bei einem der neuen Opfer kommandierte. Vielleicht hielt man sie endlich für abgestumpft genug. Auch hatte man damit gerechnet, daß sie sich nicht mit diesem armen Mädchen verständigen könnte.

Sie richtete sich hoch auf, und in ihren trüben Augen strahlte ein heller Glanz auf.

»Ich werde Ihnen helfen. Wenn Sie alles tun, was ich Ihnen sage, verspreche ich Ihnen, daß Sie noch heute dies Haus verlassen können, ehe man Ihnen etwas zuleide tun kann«, sagte sie fest und ruhig.

Rose küßte ihr die Hand.

»Nie – nie werde ich Ihnen das vergessen. Was soll ich tun?«

Bessie Hollwood, das Dienstmädchen, schlich zur Tür und lauschte hinaus. Dann kam sie zu Rose zurück und flüsterte ihr zu:

»Lassen Sie sich jetzt wenigstens das Kleid überstreifen. Die Wäsche werde ich Ihnen gar nicht anziehen. Wir werden sie zerknüllen, als hätten Sie sie angehabt. So! Damit ich nicht gescholten werde, weil ich sie Ihnen nicht angezogen habe.«

Mit grimmiger Gebärde knüllte Bessie Hollwood die seidene Wäsche eng zusammen und warf sie unter die seidene Steppdecke. Dann half sie Rose ihren Rock und ihre Hemdbluse ablegen und ordnete ihr das Haar. Dabei flüsterte sie ihr zu:

»Sie müssen nachher in den Salon hinuntergehen, um mit den anderen zu Abend zu essen. Auch die Señora wird dabeisein. Gäste kommen erst später. Geben Sie sich den Anschein, als hätten Sie sich in Ihr Schicksal ergeben. Aber – trinken Sie nichts bei Tisch, nicht einen Tropfen von dem Wein, den man Ihnen hinstellen wird. Er enthält ein Betäubungsmittel, das Sie allen Willens berauben würde. Sie müssen sich aber den Anschein geben, als wenn Sie den Wein trinken. Und gleich nachdem Sie das Glas angeblich geleert haben, geben Sie sich den Anschein, als wenn Sie sehr müde würden und sich kaum mehr aufrecht halten könnten. Bitten Sie, daß Sie sich ein wenig niederlegen dürfen. Man wird mir dann den Auftrag geben, Sie in Ihr Zimmer zu führen und Sie zur Ruhe zu bringen. Geben Sie sich den Anschein, als taumelten Sie, wenn ich Sie hinausführe. Alles andere dann später, wenn Sie wieder auf Ihrem Zimmer sind. Befolgen Sie genau meine Ratschläge, dann hoffe ich Sie retten zu können. Und nun Mut!«

Damit warf Bessie Rose das elegante Flitterkleid über. Ein Schauder flog über Rose dahin, als sie sich dann in dem Spiegel sah. Das Kleid war tief ausgeschnitten und ließ fast den ganzen Rücken frei. Rose warf plötzlich die Arme um Bessie und schluchzte außer sich:

»Verlassen Sie mich nicht, ich flehe Sie an!«

Bessie strich ihr sanft das Haar aus dem Gesicht.

»Ruhe – Ruhe! Sie werden Ihre Kraft noch brauchen. Und lassen Sie nur niemand merken, daß Sie Englisch sprechen.«

Rose raffte sich auf und biß die Zähne zusammen.

Bessie legte Roses abgelegte Kleidungsstücke ordentlich zusammen und nickte dann Rose beruhigend zu.

»Sie müssen nun hier warten, bis man zum Essen geht. Ich werde Sie abholen und nach dem Salon führen, wo zu Abend gespeist wird.«

Rose nickte und drückte in ihrer Dankbarkeit der armen Bessie die Hand, die mit zuckendem Gesicht hinausging.

Rose überdachte, was das Mädchen ihr gesagt hatte, und da fiel ihr Martha Preller ein. Wenn sie gerettet wurde, dann wollte sie versuchen, auch Martha zu retten. Auf jeden Fall wollte sie Martha davor bewahren, daß sie den Wein mit dem Betäubungsmittel trank. Aber wie sollte sie das machen? Sie sann darüber nach, und dann nahm sie aus ihrer Handtasche ihr Notizbuch, eilig beschrieb sie ein Blatt desselben und riß es heraus. Sie wollte versuchen, es Martha zu-

zustecken. Und nun saß sie wartend da und starrte vor sich hin.

Sie mußte an Werner Wendland denken. Wenn er wüßte, wohin man sie verschleppt hatte. Wie im Frost schauerte sie zusammen. Das Kleid, das sie notgedrungen tragen mußte, brannte auf ihrem Körper wie ein Brandmal. Sie hätte es am liebsten herabgerissen, aber Bessies Mahnung hielt sie davon ab. Sie wollte genau befolgen, was diese ihr geraten hatte und wiederholte sich alles.

Wohl eine Viertelstunde hatte Rose so gesessen und auf Bessie gewartet, bis diese endlich kam und sie hinunter in die erste Etage führte. Rose sah auf die Zimmertür, hinter der Martha verschwunden war, und fragte sich, ob sie diese beim Abendessen sehen würde. Sie wurde von Bessie bis zu der Tür des Salons geführt. Rose trat ein. Es war ein großer Raum, mit überladenem Rokokozierat ausgestattet, mit vielen vergoldeten Spiegeln über Marmorkonsolen. Kleine Marmortischchen standen ringsum, und in der Mitte war eine lange Tafel gedeckt, an der eine Anzahl mehr oder minder schöner junger Damen in auffallenden und ebenfalls sehr tief ausgeschnittenen Kleidern saßen. Sie waren fast alle stark geschminkt. Aber Rose achtete kaum auf sie, wie sie auch von ihnen kaum beachtet wurde.

Señora Morbida saß am oberen Ende der Tafel, und in ihrer Nähe sah Rose Martha Preller. Dieses sonst so muntere und resolute Mädchen sah Rose mit bangen Augen an und rief ihr zu:

»Fräulein Rietberg, verstehen Sie das alles? Was sollen wir denn hier? Das ist doch alles anders, als man uns gesagt hat.«

Roses Augen wurden feucht. Sie eilte auf Martha zu und faßte sie um den Hals. Dabei ließ sie ihr das Zettelchen in den Ausschnitt ihres Kleides gleiten und sagte laut:

»Wir müssen uns fügen, Fräulein Preller, es hilft nichts, wenn wir revoltieren.«

Leise aber flüsterte sie ihr zu, dicht an ihrem Ohr:

»Nichts trinken. Alles genau wie ich tun. Zettel lesen, wenn Sie allein.«

»Ruhe! Auf ihre Plätze!« kommandierte jetzt die Señora und sah die beiden jungen Mädchen drohend an.

Rose ließ Martha los.

»Verzeihen Sie, Señora. Wo soll ich sitzen?« sagte sie, scheinbar resigniert.

Das schien die alte Frau etwas zu besänftigen. Sie zeigte auf einen leeren Platz an der Tafel, Martha Preller gegenüber.

Rose und Martha sahen sich mit großen bangen Augen an, während die Suppe serviert wurde. Vor Rose und Martha wurde je ein mit weißem Wein gefülltes Glas hingestellt, während man den anderen Damen die Weingläser erst aus Flaschen füllte. Rose nahm als sicher an, daß auch in Marthas Wein ein Betäubungsmittel war und hypnotisierte sie förmlich mit ihren Blicken. Dann nahm sie ihr Glas auf, sah Martha beschwörend an und nahm einen Schluck. Sie behielt ihn eine Weile im Mund, aber sobald Señora Morbida nicht zu ihr hinübersah, hielt sie sich das Taschentuch vor den Mund und spuckte den Wein wieder aus.

Martha hatte Rose gespannt beobachtet, und das kluge Berliner Mädel kapierte, daß mit dem Wein etwas nicht geheuer war. Sie ahmte Rose das scheinbare Trinken nach und ließ den Wein gleichfalls in ihr Taschentuch laufen.

Die Señora hatte nur achtgegeben, bis die beiden Mädchen das Glas zum Mund geführt hatten, dann achtete sie nicht mehr auf sie. Nur zuweilen warf sie noch einen kontrollierenden Blick auf die beiden Weingläser und stellte befriedigt fest, daß sowohl Rose als auch Martha die Gläser sehr schnell leerten. Denn Martha wiederholte das Manöver ebenso oft wie Rose.

Kaum hatte Rose den letzten Schluck getan, als sie wie schläfrig mit dem Kopf hin und her nickte. Ein Blick von ihr hatte Martha verständigt. Folgsam Rose alles nachahmend, markierte auch Martha, schnell begreifend, Roses große Müdigkeit. Als Rose einmal wie aus dem Halbschlaf aufschreckend in das Gesicht der Señora sah, bemerkte sie ein widerlich zufriedenes Lächeln. Rose tat, als raffe sie alle Kraft zusammen und sagte:

»Verzeihen Sie, Señora Morbida, aber ich bin von einer so schrecklichen Müdigkeit befallen, ich fürchte, hier am Tisch einzuschlafen. Bitte, lassen Sie mich ein wenig auf meinem Zimmer ruhen.«

»Mir geht es genau wie Fräulein Rietberg, auch ich kann die Augen kaum aufhalten und möchte schlafen«, sagte nun Martha Preller getreu ihrer Weisung.

»Ist ja kein Wunder, Sie sind von der Reise müde. Ziehen Sie sich ruhig auf einige Stunden in Ihre Zimmer zurück.«

Die Señora lächelte huldvoll. Sie drückte auf einen Klingelknopf, und gleich darauf erschienen Bessie und die andere Dienerin. Jede umfaßte auf einen Wink ihrer Herrin eines der Mädchen. Bessie hatte keine Ahnung, daß es Rose gelungen war, Martha zu verständigen. Sie glaubte, Martha sei wirklich ein Opfer des Betäubungsmittels.

Señora Morbida sah den beiden Opfern, die sie nun sicher aufgehoben wähnte, befriedigt nach und gab sich nun erst mit Behagen den Genüssen der Tafel hin. Denn man war noch beim ersten Gang, und es wurden mehrere Gänge serviert bei dieser Hauptmahlzeit des Tages. Die Señora wußte, daß die beiden jungen Deutschen jetzt einige Stunden fest schlafen und ihr dann keine Schwierigkeiten mehr machen würden. Auf diese teuflische Weise hatte sie die widerspenstigsten Opfer zahm gemacht.

Draußen, als Rose von Bessie über den Korridor und die Treppe geführt wurde, gefolgt von Martha und der diese stützenden Dienerin, sagte Rose laut zu Bessie:

»Ich kann mich nicht erst auskleiden, ich lege mich gleich so wie ich bin nieder zum Schlafen.«

Die kluge Martha hörte das und merkte, daß ihr Rose damit eine Verhaltensmaßregel geben wollte. Sie beschloß also, sich ebenfalls gleich in der eleganten Toilette niederzulegen. Dann würde man sie ja endlich allein lassen, damit sie Roses Zettel lesen konnte.

8

Rose hatte mit Bessie ihr Zimmer betreten. Dort richtete sich Rose sehr munter aus Bessies Armen auf, und diese half ihr nun erst einmal schnell aus der Flittertoilette und warf ihr die Reisekleider in fliegender Hast über.

Bessies Hände zitterten vor Erregung nicht weniger als die Roses.

»Schnell, schnell, wir müssen die Zeit nützen, solange man bei Tisch sitzt, was höchstens noch eine halbe Stunde dauert. Das ist die einzige günstige Zeit. Alles ist jetzt beim Essen, auch die Türhüterin. Hier haben Sie den Drücker, er öffnet alle Türen, auch die Haustür und die Gartenpforte von innen.«

Rose faßte nach dem Drücker und wollte davonstürmen, aber Bessie hielt sie fest. »Warten Sie noch!«

Sie zog eine kleine Wäscheleine unter ihrem Kleid hervor.

»Daran wollte ich mich einmal aufhängen – ich hatte sie mir verschafft, aber dann fehlte mir der Mut. Nun soll sie uns helfen. Binden Sie mir damit Hände und Füße zusammen und stecken Sie mir einen Knebel in den Mund, es muß ja nicht sehr tief sein, damit ich noch atmen kann, nur, damit man mich nicht bestraft. Es muß so aussehen, als wenn Sie mich überfallen und überwältigt hätten. Dann eilen Sie die Treppe hinab, aber leise, und öffnen Sie die Haustür. Und dann fort, so schnell Sie können. Ihre Sachen müssen Sie schon im Stich lassen, die bringen Sie jetzt nicht mit fort. Und gehen Sie nicht zur Polizeiwache, da sitzen bezahlte Subjekte der Señora, die werden Ihnen nicht helfen, sondern Sie zurückbringen.«

Rose nickte hastig, während sie den Strick um Bessies Hände und Füße band. Sie drückte dabei Bessies Hände immer wieder in inbrünstiger Dankbarkeit.

»Haben Sie etwas Geld?« fragte Bessie.

Rose nickte mit fieberhaft glänzenden Augen und drückte das Ledertäschchen, das sie unter ihren Sachen hatte und in dem sich ihre kleine Barschaft und die Schmuckstücke ihrer Mutter befanden, fest an sich.

»Fürs erste reicht es«, antwortete sie.

»Das ist gut! Ich hätte Ihnen nichts geben können, hier im Haus wird dafür gesorgt, daß man nie einen Penny hat, sondern immer nur Schulden, die einen festhalten.«

Rose zuckte betroffen zusammen.

»Aber ich habe keinen Paß! Den hat mir Frau Petri abgenommen.«

Bessie zuckte mit den Schultern.

»Dazu kann ich Ihnen nicht verhelfen. Den hat sicher die Señora in Verwahrung genommen. Aber – gehen Sie, sobald es Tag ist, zu dem deutschen Konsul, Sie werden ihn finden. Sagen Sie ihm alles, dann wird er Ihnen helfen, Ihre Pässe und Ihre Sachen wiederzubekommen. So – sind Sie fertig? Da höre ich meine Kollegin hinuntergehen, das andere junge Mädchen wird schon schlafen. Warten Sie noch einen Moment, bis die andere Dienerin unten in der Küche ist. Sie wird nun auch zu Abend essen und glauben, daß ich mit Ihnen noch nicht fertig bin. Nun schnell, schnell, stecken Sie mir das Taschentuch in den Mund, und dann beeilen Sie sich, wenn man vom Tisch aufsteht, müssen Sie schon aus der Nähe des Hauses sein.«

»Sagen Sie mir noch, wie Sie heißen, damit ich nie den Namen meiner Retterin vergesse«, bat Rose.

»Beten Sie für die arme Bessie Hollwood.«

Das waren Bessies letzte Worte. Rose schob ihr so sanft wie möglich das Taschentuch in den Mund, drückte ihr noch einmal die Hände und setzte sich rasch ihr Reisehütchen auf den Kopf.

»Danke, heißen Dank, nie werde ich Sie vergessen«, flüsterte sie.

Bessie nickte ihr zu, und Rose öffnete leise die Tür, um hinauszuschlüpfen. Sie war nicht willens, Martha Preller im Stich zu lassen.

Martha Preller hatte sich, Roses Weisung folgend, gleich, nachdem sie ihr Zimmer betreten hatte, wie todmüde auf den Diwan fallen lassen und stellte sich schlafend, als die Dienerin sich um sie mühte. Diese verließ dann Marthas Zimmer, um sich zu ihrem Abendessen zu begeben und zog die Tür hinter sich ins Schloß.

Als Martha allein war, richtete sie sich schnell auf und zog Roses Zettel aus dem Ausschnitt ihres Kleides und las:

»Wir sind Mädchenhändlern in die Hände gefallen, die uns an dieses schreckliche Haus verkauft haben. Ich hoffe, uns retten zu können. Halten Sie sich bereit in Ihrem Reiseanzug und stellen Sie sich schlafend, bis Sie Weiteres hören. Auf keinen Fall etwas trinken. Zu sich stecken, was Sie an Geld und Wertsachen haben, und was leicht zu tragen ist.«

Martha Preller sah sich entsetzt um.

So eine gemeine Bande! Und die Madame Petri ist eine Kanaille, dachte ich mir's doch. Na, an mir sollten die was erleben, ich schreie das ganze Haus zusammen, wenn mir ein Mensch zu nahe kommt, dachte sie, ahnungslos, mit welchen Mitteln man hier Widerspenstige zähmte.

Aber es war ihr doch sehr bange zumute, und eilig kleidete sie sich um. Sie steckte ihre Spargroschen zu sich und schloß ihren Koffer wieder ab, die Schlüssel zu sich steckend. Alles das tat sie so leise, daß man sie draußen nicht hören konnte. Und als sie fertig war, legte sie sich wieder auf den Diwan, zog die Decke bis zum Hals herauf über sich, damit man nicht sehen konnte, daß sie sich umgekleidet hatte, falls man noch einmal nach ihr sah, und dann lag sie, atemlos lauschend.

Nach einer Weile wurde leise ihre Tür geöffnet. Martha blinzelte ein wenig, und als sie Rose auf der Schwelle stehen sah, sprang sie auf. Rose winkte ihr zu, half ihr in ihren Mantel und drückte ihr selbst den Hut auf den Kopf.

»Schnell, schnell und ganz leise, sonst sind wir verloren«, flüsterte Rose und zog Martha mit sich hinaus.

Willenlos folgte ihr die sonst so resolute Martha. Leise schlichen sich die Mädchen die teppichbelegte Treppe hinab. Aus dem Salon hörten sie Stimmengewirr und Gelächter, und unten aus der Küche, wo die Angestellten wohl speisten, hörten sie auch verschiedene Frauenstimmen. Schnell waren sie unten und huschten, immer in Angst, entdeckt zu werden, zur Haustür.

Rose fand in ihrer zitternden Angst mit dem Drücker kaum das Schloß. Aber endlich war es gelungen. Die Tür tat sich geräuschlos auf und ebenso geräuschlos zog sie Rose hinter sich zu. Die frische Luft strömte ihnen entgegen. Eilig liefen sie zur Gartenpforte, die Rose nun ebenfalls öffnete. Den Drücker ließ sie innen stecken und zog die Tür hinter sich zu. Nun standen sie im Freien.

»Gerettet! Gerettet!« jubelte Rose und zog Martha weinend vor Freude mit sich fort. Sie rannten dorthin, wo Rose die weiße Marmorfigur aus den Anlagen leuchten sah. Weit und breit war kein Mensch zu sehen. So weit sich Rose orientieren konnte, führte sie Martha in der Richtung fort, woher sie mit dem Auto gekommen waren, stumm liefen sie weiter und weiter und kamen nun in belebtere Gegenden. Freilich waren auch hier um diese Zeit nur wenige Menschen zu sehen. Sie waren auch an einer Polizeiwache vorübergekommen, aber Rose zog Martha, Bessies Weisung gehorchend, scheu daran vorüber, als hätten sie ein böses Gewissen.

Wohl eine halbe Stunde lang waren sie so gelaufen, so schnell sie konnten, ohne aufzufallen. Und nun standen sie plötzlich an der Kaimauer. Drüben rauschte majestätisch der Rio de la Plata.

Rose stand aufatmend still und hob die Hände zum Himmel empor.

»Ich danke dir, Vater im Himmel, hilf nun auch weiter«, sagte sie inbrünstig, während ihr die Tränen über die Wangen liefen und der verhaltenen Erregung Luft machten.

Jetzt fand auch Martha endlich die Sprache wieder. Auch sie schluckte krampfhaft, um die Tränen zu unterdrücken.

»Nun sagen Sie bloß, Fräulein Rietberg, wie sind Sie zu dem Schlüssel gekommen, daß wir türmen konnten?« fragte sie in ihrer drastischen Art, sich ihrer Weichheit schämend.

Rose erzählte ihr, was sie in spanischer Sprache erlauscht und wie sie sich dann auf englisch mit Bessie Hollwood verständigt hatte.

»Ohne Bessie Hollwoods Hilfe wären wir verloren gewesen, Fräulein Preller.«

»So eine Schwefelbande! Und unsere Sachen haben wir auch nicht mitnehmen können.«

»Das ist noch nicht das Schlimmste, aber wir haben auch keinen Paß.«

»Daran habe ich noch nicht mal gedacht! Was soll aus uns werden in diesem schrecklichen Land?«

»Vorläufig weiß ich auch nicht Rat – ich weiß nur, daß wir einer furchtbaren Gefahr glücklich entronnen sind, und der liebe Gott wird uns schon weiterhelfen. Wir können hier nicht stehenbleiben, man darf nicht auf uns aufmerksam werden. Wir wollen weitergehen, hier müssen wir nach dem Stadtinnern kommen, denn da drüben sind viele Lichter. Das Haus der Señora muß in einem Vorort von Buenos Aires liegen. Wie wir diese Nacht verbringen, das weiß Gott. Wir dürfen uns ohne Papiere nicht einmal in ein Hotel wagen. Zum Glück ist die Nacht nicht kalt. Bevor wir nicht auf dem Konsulat gewesen sind, getraue ich mich in keine menschliche Behausung. Kommen Sie, Martha, wir wollen weitergehen. Das Schlimmste, was uns jetzt begegnen könnte, ist, daß ein Polizist auf uns aufmerksam wird und uns festnimmt, da wir keinen Paß haben.«

Sie schritten weiter, immer den vielen Lichtern zu, und so kamen sie aus der Vorstadt Belgrano, wo sich das Haus der Señora Morbida befand, in die City. Nachdem sie lange gewandert und todmüde waren, standen sie plötzlich vor dem Bahnhof.

Rose atmete tief auf.

»Gottlob, jetzt finden wir eine Unterkunft, Fräulein Martha. Hier ist der Bahnhof, und in einer der Wartehallen können wir unangefochten den Rest der Nacht verbringen. Da läuft eben ein Zug ein, und wir werden uns den Anschein geben, daß wir mit diesem Zug angekommen sind. Dann wird es nicht auffallen, wenn wir in der Wartehalle auf den Anschluß an einen Morgenzug warten.«

Martha faßte dankbar Roses Hand.

»Da habe ich mich nun immer für viel resoluter und praktischer gehalten als Sie, und nun sind Sie es, die für alles Rat weiß, während ich mir wie verraten und verloren vorkomme und ohne Sie vollkommen hilflos wäre.«

Sie suchten nun nach der Wartehalle und setzten sich dort, müde zum Umfallen von dem weiten Weg und allem, was sie erlebt hatten, an einen Tisch. Und sie waren sehr froh, vorläufig ein Dach über ihren Köpfen zu haben und in Sicherheit zu sein. Sie bestellten sich bei dem Kellner einen Kaffee. Rose sprach spanisch mit ihm und fragte ihn, ob sie sich hier in der Wartehalle bis zum Morgen aufhalten könnten, sie wollten am Morgen weiterreisen und die Ausgabe für das Hotel sparen.

Der Kellner nickte.

»Hier wird die ganze Nacht nicht geschlossen. Aber setzen Sie sich doch lieber da drüben an den Sofatisch, Señoritas. Da sitzen sie bequemer und können ein wenig ruhen«, sagte der Kellner.

Und er brachte ihnen ihren Kaffee an den bezeichneten Tisch.

Diese kleine, fürsorgliche Beihilfe des gutmütigen Kellners trieb den beiden Mädchen die Tränen in die Augen – erst jetzt fühlten sie die ungeheure Anspannung ihrer Nerven.

Den Kaffee tranken sie, um sich zu erwärmen, so wenig er ihnen auch mundete. Und dann saßen sie Hand in Hand, wie zwei sturmverschlagene Wandervögel, die nicht wußten, was für ein Schicksal ihrer noch in dem fremden Lande harrte. Sie schliefen sogar noch einige Stunden, nun sie sich in Sicherheit wußten. Und sie waren nicht die einzigen, die in der Wartehalle die Nacht verbrachten.

An verschiedenen Tischen saßen noch, schlafend oder vor sich hin starrend, andere Gäste. Es roch nach kaltem Rauch und Speiseresten in dem weiten Raum. Niemand achtete auf die beiden deutschen Mädchen, die in ihrer Blondheit und ihrer anständigen Kleidung doch unbedingt hätten auffallen müssen. In der Mehrzahl befanden sich Männer in dem Raum; eine alte Frau mit einem etwa zwölfjährigen Mädchen und eine dicke, etwas schlampig angezogene Frau von etwa fünfzig Jahren waren außer Rose und Martha die einzigen weiblichen Gäste in dieser Wartehalle. Und fast alle waren etwas abenteuerliche Gestalten. Und doch, wenn die beiden zuweilen aus dem Halbschlaf aufschreckten und in dem matt erleuchteten Raum auf all diese Menschen sahen und den verschlafen am Büfett lehnenden Kellner betrachteten, dann kamen sie sich sicher und geborgen vor nach allem Erlebten. Sie waren gerettet, gerettet vor viel Schlimmerem, als was ihnen hier geschehen konnte.

Die Nacht verging. Der erste Frühzug wurde angekündigt, und in die lastende Stille des Warteraums rief ein Beamter unter anderem Namen den einen: Rosario! Rose schrak zusammen und ermunterte sich.

Rosario? Dort war doch jetzt Werner Wendland, ahnungslos, was ihr geschehen war. Wenn er es gewußt hätte – er wäre eilends herbeigekommen, um ihr zu helfen, das wußte sie. Und dort in Rosario lebte ja auch ihre Tante. War es nicht das klügste, wenn sie sich gleich auf den Weg dahin machte, gleich mit diesem Zug, um Schutz zu suchen bei ihrer Tante?

Und bei Werner Wendland?

Nein, nein! Sie schüttelte sich wie in jähem Erschrecken. Nein, sie konnte um keinen Preis Werner Wendland um Hilfe angehen, konnte ihm nicht sagen, wo man sie hingeschleppt hatte, von wo sie geflohen war. Freilich war sie nur einige Stunden im Haus der Señora gewesen, aber daß sie dort geweilt hatte, nein, das konnte sie Werner Wendland nicht sagen. Auch durfte sie sich um keinen Preis wie eine Last an ihn hängen, er hatte genug jetzt mit sich selbst zu tun.

Nein – auch zu der ihr fremden Tante konnte sie sich nicht flüchten nach diesem schrecklichen Erlebnis. Sie ermunterte sich vollends und sah auf die noch schlafende Gefährtin. Nein – sie durfte auch Martha Preller jetzt nicht allein lassen. Diese würde sich nicht zurechtfinden. Sie mußte auch um Marthas willen den Kopf oben behalten.

Mit ihr zusammen wollte sie den deutschen Konsul aufsuchen und um seinen Schutz und seine Hilfe bitten. Er mußte ihr vor allen Dingen dazu verhelfen, daß sie ihre Sachen und ihre Pässe wiederbekamen.

Sie rüttelte Martha an der Schulter.

»Wachen Sie auf, Fräulein Martha, wir müssen jetzt diesen Raum verlassen. Man muß glauben, daß wir einen der Morgenzüge benutzen.«

Martha richtete sich schlaftrunken auf. Sie hatte zuletzt ganz fest geschlafen.

»Wir wollen uns jetzt eine Tasse heißen Kaffee bestellen

und etwas dazu essen, Fräulein Martha, denn wir müssen bei Kräften bleiben. Nachher suchen wir einen Waschraum auf und bringen uns ein wenig in Ordnung, damit wir auf den Konsul einen anständigen Eindruck machen. Es hängt sehr viel für uns davon ab.«

Martha war mit allem einverstanden, und bald stand frischer, dampfender Kaffee vor ihnen. Er schmeckte abscheulich, aber die beiden jungen Mädchen warfen den Zucker hinein und aßen Gebäck dazu. Sie schluckten mit Todesverachtung das Gebräu hinunter.

Nach diesem Frühstück gingen sie hinaus, um einen Waschraum aufzusuchen. In dem Augenblick jedoch, als sie in die Bahnhofshalle treten wollten, stieß Rose Martha schnell wieder in den Warteraum zurück und schloß die Tür. Martha sah erschrocken in Roses bleich gewordenes Gesicht.

»Was ist denn los, Fräulein Rose?«

»Petris – alle beide – mit den beiden anderen Herren, die mit ihnen auf dem Dampfer immer zusammen waren. Sie gingen gerade hier an der Tür vorüber und riefen dem Schaffner zu: Wo steht der Zug nach Santa Fe? Gottlob, daß sie uns nicht gesehen haben! Lassen Sie uns noch einige Augenblicke warten, bis sie auf dem Bahnsteig sind. Also nach Santa Fe wollen sie reisen? Das ist gut, daß wir das wissen, wir werden es dem Konsul sagen. Er muß dafür sorgen, daß diese verbrecherischen Menschen festgenommen werden, damit sie nicht noch mehr Mädchen ins Unglück stürzen können. Erinnern Sie sich, Fräulein Martha, daß dieser Herr Petri angeblich zwei Stenotypistinnen engagiert hatte? Zweifelsohne sind auch die unter falschen Angaben hierher verschleppt worden. Und die beiden anderen Männer, die in Petris Gesellschaft waren, sind wahrscheinlich auch keine

Theaterdirektoren. Welch ein Glück, daß Petris uns nicht bemerkt haben, wer weiß, was sie angestellt hätten, um uns wieder einzufangen – ich mag gar nicht daran denken.«

»Aber schöne Augen würden sie gemacht haben, wenn sie uns hier in Freiheit gesehen hätten. Diese gemeine Bande – wenn ich mit denen mal abrechnen könnte, die sollten was erleben!«

Und Marthas Augen blitzten vor Entrüstung und Kampfeslust. Rose öffnete nun wieder die Tür und sah behutsam hinaus in die Halle. Von Petris war nichts mehr zu sehen. Vorsichtig um sich blickend gingen die beiden Mädchen nun zu dem Waschraum und erfrischten sich dort so gut es ging. Sie ließen sich Zeit dabei, denn so sehr früh durften sie nicht darauf rechnen, den Konsul anzutreffen.

Nachdem Rose und Martha den Waschraum wieder verlassen hatten, fragte Rose:

»Wieviel Geld haben Sie noch bei sich, Fräulein Martha?«

»Ungefähr hundertundfünfzig Mark. Ein Glück, daß uns die Señora das nicht abgenommen hat. Sie hätte es sicherlich getan, hätte sie gewußt, daß wir Geld bei uns hatten – wieviel haben Sie denn noch?«

»Etwas über hundert Mark, aber ich habe noch ein paar Schmuckstücke von meiner Mutter, die ich allerdings nicht gern verkaufen möchte. Einige Zeit können wir uns also über Wasser halten und dann werden wir hoffentlich ein anderes Unterkommen gefunden haben.«

Martha seufzte.

»Gern gebe ich meine paar Dreier nicht aus, ich habe so lange daran gespart. Aber wir werden schon Arbeit finden, damit wir etwas verdienen können, wenn wir nur erst unsere Sachen und unsere Pässe zurückhaben.«

Rose sah sorgenvoll vor sich hin. Sie wollte Marthas Hoffnung nicht zerstören.

Auf den Platz vor dem Bahnhof hinaustretend, erkundigte Rose sich bei einem Beamten, der am Portal stand, wo das deutsche Konsulat sei. Der wußte es nicht, verwies sie aber an die Chauffeure, die mit ihren Autos auf dem Platz hielten.

Rose ging nun mit Martha an einen dieser Männer heran und fragte ihn. Er gab bereitwillig den hübschen, blonden Mädchen Auskunft und fragte sie lachend, ob er sie nicht hinfahren solle. Rose sagte aber freundlich, daß sie zu arm dazu wären, sich ein Auto zu mieten. Sie mußten noch einige Male fragen, um das Konsulat zu erreichen, aber da sie noch viel Zeit hatten, machte ihnen das nichts aus. Sie gingen langsam durch die schönen Geschäftsstraßen mit den luxuriösen Geschäften, vor deren Auslagen sie hier und da stehenblieben, um die Zeit zu verbringen. Und wenn Martha die Leute um sich her immer wieder in einer ihr fremden Sprache reden hörte, faßte sie beklommen Roses Hand und sagte ganz verzagt:

»Was hätte ich hier bloß allein anfangen sollen! Das ist doch gerade, als wenn man plötzlich taubstumm geworden wäre, kein Wort versteht man, und wenn man das sagt, sehen einen die Leute an und verstehen einen nicht. Wie froh bin ich, daß Sie bei mir sind. Wissen Sie, auf dem Schiff, da habe ich manchmal gedacht, ich bin wunder wie gescheit gegen Sie. Jetzt sehe ich aber, daß ich viel dümmer bin.«

»Das sind Sie durchaus nicht. Sie verstehen nur eben die fremde Sprache nicht. Aber wenn Sie lange genug hier sind, dann lernen Sie das auch noch.«

Und wieder gingen sie weiter und beobachteten staunend das ihnen fremde Straßenleben.

Endlich standen sie vor dem deutschen Konsulat und gingen hinein. Mit bangen Gefühlen fragten sie nach dem Herrn Konsul und erhielten den Bescheid, daß dieser erst in einer halben Stunde zu sprechen sei.

Ob sie warten dürften, bis er käme.

»Ja, aber sie könnten ihr Anliegen auch einem der anderen Herren vortragen.«

Rose sah sich die zumeist jungen Herren an und sagte dann errötend, sie müsse den Herrn Konsul selbst sprechen, in einer sehr dringenden Angelegenheit.

Schön, dann müsse sie warten.

Man wies ihnen im Vorzimmer Sessel an. Da saßen sie nun voll Unruhe und warteten mehr als eine Stunde lang. Endlich kam der Konsul, und sie wurden zu ihm geführt. Er blickte mit scharfen, forschenden Augen die beiden Mädchen an und wandte sich dann, wie selbstverständlich, mit einer Verbeugung an Rose.

»Womit kann ich Ihnen dienen?«

Rose nahm allen Mut zusammen.

»Herr Konsul, ich werde Ihre Zeit etwas lange in Anspruch nehmen müssen und bitte um Entschuldigung. Aber ich muß Ihnen alles sagen, damit Sie alles verstehen. Wir beiden deutschen Mädchen stehen ganz verlassen und verloren hier im fremden Land. Wenn wir auch noch etwas Geld besitzen, um uns eine Zeit über Wasser zu halten, so hat man uns doch unsere Pässe abgenommen, und auch unsere Sachen haben wir nicht mitnehmen können auf unserer Flucht.«

Der Konsul hatte voll Interesse in Roses blasses Gesicht gesehen, in dem eine tiefe Erregung zuckte. Nun richtete er sich betroffen auf.

»Auf der Flucht? Sie haben keine Pässe? Wie soll ich das verstehen?«

»Man hat uns unter falschen Vorspiegelungen nach Argentinien gelockt, Herr Konsul, wir sind von Mädchenhändlern verschleppt worden, und nur eine sofortige Flucht aus dem Haus, wohin man uns brachte, hat uns vor dem Schlimmsten bewahrt, was eine Frau treffen kann. Ich bitte Sie, mich anzuhören.«

Roses ganze Art, ihr durchaus damenhaftes Auftreten und ihre klaren, reinen Augen machten den besten Eindruck auf den Konsul. Er bot den beiden Mädchen Sessel an und setzte sich selbst.

»Also bitte, berichten Sie, es ist ja mein Amt, Sie anzuhören und Ihnen, wenn möglich, zu helfen.«

Rose berichtete nun in klaren, knappen Worten möglichst genau, wie sie und Martha von Petris engagiert worden seien, wie sich die Stellenvermittlerin telefonisch nach den Herrschaften erkundigt habe bei einem Regierungsrat. Sie gab ihrem jetzt erwachten Verdacht Ausdruck, daß diese Auskunft wohl nur ein schwindelhaftes Manöver gewesen sei. Jedenfalls habe sowohl sie als auch die Vermittlerin an diese günstige Referenz geglaubt. Dann berichtete sie von den Beobachtungen, die sie auf der Reise gemacht hatte, und die erst jetzt ein anderes Gesicht für sie bekommen hätten.

Dann schilderte sie die Ankunft in Buenos Aires, wie sie verwundert, aber immer noch ahnungslos gewesen sei, als Herr Petri mit den Büroangestellten nach der entgegengesetzten Seite davongefahren sei.

»Wir fuhren davon. Ich weiß nicht, in welcher Gegend das Haus liegt, in das man uns brachte. Es muß in einem Vorort gelegen sein, denn die Fahrt dauerte ziemlich lange, und es wurde immer stiller und die Straßen schlechter beleuchtet. Ich sah nur einige Male den Rio de la Plata und bemerkte, daß wir seinem Lauf entgegenfuhren. Schließlich hielten wir vor einem Haus, das ganz allein in einer Straße lag.«

Rose schilderte den kleinen Platz mit den Anlagen, aus dem die Marmorstatue herausgeleuchtet hatte.

Aufmerksam hatte der Konsul zugehört und sagte jetzt: »Es ist zweifellos. Sie waren in Belgrano. Ich bin selbst schon einige Male auf Ausfahrten an diesem Platz vorübergekommen. Doch bitte, sprechen Sie weiter.«

Rose berichtete nun genau, zuweilen blaß und rot werdend vor Scham und Erregung, was sie und Martha in dem Haus der Señora Morbida erlebt hatten. Als Rose zum erstenmal den Namen der Spanierin nannte, zuckte es in den Augen des Konsuls auf. Rose sprach weiter, berichtete alles ganz genau bis zu dem Moment, wo sie mit Martha glücklich diesem Haus entronnen war. Als sie zu Ende war, sah der Konsul eine Weile mitleidig auf die beiden Mädchen und sagte ernst: »Da können Sie Gott danken und der Dienerin, die Ihnen zur Flucht verhalf.«

Roses Augen wurden feucht. »Sie können sich denken, Herr Konsul, daß ich Bessie Hollwood nie vergessen werde, was sie für mich getan hat. Und dem lieben Gott haben wir von Herzen gedankt, als wir heute nacht wieder in Freiheit waren, wenn auch heimatlos und hilflos im fremden Land.«

Mitleidig sah der Konsul in das feine, blasse Mädchengesicht.

»Sie sehen, wie gewagt es für eine Dame ist, mit so wenig Sicherheit außer Landes zu gehen.«

Rose atmete tief auf.

»Mir blieb keine Wahl, Herr Konsul, ich hatte bestimmte Gründe, die Heimat zu verlassen. Und schlimmsten Falles hoffte ich bei meiner Tante Schutz zu finden, die seit langen Jahren in Argentinien lebt und in Rosario wohnt. Sie ist mir allerdings ganz fremd geblieben, ich habe sie nie persönlich gekannt, aber es war mir doch ein tröstlicher Gedanke, sie hier zu wissen. Freilich möchte ich ihr ohne Not nicht lästig fallen – ich möchte viel lieber bei fremden Leuten mein Brot verdienen und bin bereit, jede Arbeit zu leisten.«

»Was haben Sie für Kenntnisse?«

»Ich beherrsche die englische und französische Sprache vollkommen und leidlich Spanisch und Italienisch. Dann spiele ich vom Blatt Klavier und habe sonst gelernt, was man in einer guten Schule lernen kann. Alle Hausarbeit kann ich tun, auch bügeln und nähen, kochen und backen; und wenn ich nichts anderes finde, nehme ich eine Stelle als Haushilfe an. Und Fräulein Preller ist ein tüchtiges, fleißiges Hausmädchen. Sie hat gute Zeugnisse, die mir freilich fehlen, weil ich noch nie in Stellung war. Vielleicht, Herr Konsul, können Sie uns behilflich sein, irgendwelche Arbeit zu erhalten, die uns ermöglicht, unser Brot zu verdienen.«

Der Konsul sah Rose sinnend an. Was war das für ein tapferes Mädchen!

»Sie sind vermögenslos?« fragte er.

»Das Vermögen, das mir meine Eltern hinterließen und von dessen Zinsen ich sorgenfrei mit meinem Vormund und seiner Frau lebte, ist durch die Inflation verlorengegangen – und ich bin ganz arm, besitze nur hundert Mark und einigen Schmuck aus besseren Zeiten, der einige hundert Mark wert sein dürfte. Doch möchte ich ihn nicht gern verkaufen, weil ihn meine Mutter getragen hat.«

»Das Geld und den Schmuck haben Sie bei sich – oder befindet er sich bei Ihren Sachen?«

»Nein, das habe ich immer bei mir getragen. Und Fräulein Preller besitzt auch noch hundertundfünfzig Mark, ihre ganzen Ersparnisse. Wenn Sie uns doch helfen könnten, Herr Konsul.«

Er sah in ihre bittenden Augen. »Nun, das wird sich alles finden. Erst müssen wir einmal sehen, Ihre Pässe zu bekommen. Das dürfte noch das leichteste sein. Die Sachen herauszubekommen, wird schwieriger sein bei Señora Morbidas Geschäftsgebaren. Sie wird sich für die Reisekosten, die sie sicherlich für Sie bezahlt hat, schadlos halten wollen.«

Erschrocken sahen ihn die beiden Mädchen an. Er lächelte beruhigend.

»Nun, wir werden versuchen, sie mit ihren eigenen Waffen zu schlagen. Diese Señora Morbida ist mir dem Namen nach schon bekannt, man ist ihr schon einige Male auf die Schliche gekommen, hat sie aber nie überführen können. Das wird mir jetzt sehr erklärlich, nach dem Ausspruch dieser Bessie Hollwood, daß die Señora bezahlte Subjekte bei der Polizei hat. Diesmal soll sie überführt werden, und ihre Helfershelfer werden wir hoffentlich auch dingfest machen können.«

»Diese sind nach Santa Fe gereist, Herr Konsul«, sagte Rose und berichtete ihm, wie sie das in Erfahrung gebracht hatte.

»Ah, das ist gut! Ich werde sofort alle Maßnahmen treffen, um möglichst die ganze Bande unschädlich zu machen. Und was ich für Sie tun kann, das soll geschehen. Ihr Schicksal interessiert mich. Ich werde alles tun, was in meiner Kraft steht, um Ihre Sache zu einem guten Ende zu bringen. Vorerst müssen Sie ein geschütztes Unterkommen finden, und dann werde ich mich auch bemühen, Ihnen Stellungen zu verschaffen. Ob das sehr bald möglich sein wird, weiß ich allerdings nicht, aber da Sie sich vor keiner Arbeit scheuen, wird sich schon etwas finden. Ich werde Sie jetzt einmal mit einem Empfehlungsschreiben zu einer deutschen Dame schicken, die hier eine saubere, einfache Pension unterhält. Dort werden Sie für billiges Geld Unterkunft und Verpflegung finden. Und dort erwarten Sie weitere Nachrichten von mir.«

Jetzt verlor Rose ihre Fassung, und die Tränen stürzten ihr aus den Augen. Sie atmete befreit auf.

»Ich danke Ihnen, oh, ich danke Ihnen von Herzen, Herr Konsul!«

»Nichts zu danken, Fräulein Rietberg, ich tue nur, was meines Amtes ist. Daß ich es in diesem Fall besonders gern tue, daran ist Ihre sympathische Persönlichkeit schuld. In meinem Amt lernt man die Menschen unterscheiden. Und daß Sie Ihre Begleiterin nicht im Stich ließen, als Ihnen die Freiheit winkte, spricht besonders für Sie.«

»Aber, Herr Konsul, das war doch selbstverständlich!«

»Eben, daß es Ihnen selbstverständlich war, gefällt mir«, erwiderte er lächelnd.

Und dann bat er Rose, sich eine Weile zu gedulden, bis er für sie und Martha Preller einen Ausweis hatte ausstellen lassen, den sie vorläufig als Legitimation benutzen konnten, und ein Empfehlungsschreiben an die Pensionsinhaberin.

»Dann kann Sie der Konsulatsdiener zu der Pension begleiten«, sagte er.

Bis das geschehen war, gab er Rose und Martha noch genaue Anweisung, wie sie sich in den nächsten Tagen verhalten sollten.

»Am besten ist es, Sie gehen nicht eher aus, als bis ich Ihnen Nachricht habe zukommen lassen. Auf keinen Fall folgen Sie irgendeinem fremden Menschen, wohin es auch sei.

In der Pension sind Sie in guter Hut, da können Sie ganz unbesorgt sein. Und verlieren Sie den Mut nicht, falls ich einige Tage nichts von mir hören lasse, ich vergesse Sie nicht und bringe Ihre Sache sogleich in Fluß, zumal es mich selber gelüstet, Señora Morbida das Handwerk zu legen. Also Kopf hoch, es wird schon alles gut werden!«

Rose und Martha dankten dem Konsul mit feuchten Augen. Sie kamen sich nun schon nicht mehr so verlassen vor und folgten dann dem Konsulatsdiener.

Die Empfehlung des Konsuls war für Frau Stübbe, die Besitzerin der Pension, maßgebend, und sie nahm die beiden sturmverschlagenen deutschen Mädchen sehr freundlich auf. Sie wies ihnen ein kleines, aber sauberes Zimmerchen an, das sie gemeinsam benutzen sollten, und quälte sie nicht mit neugierigen Fragen.

Als Rose und Martha in ihrem Zimmer allein waren, fielen sie sich aufschluchzend in die Arme.

Dann meldete sich die Müdigkeit. Zu ihrer Beruhigung gab es in diesem Haus richtige Klinken und Schlösser an den Türen. Sie konnten sich einschließen und sorglos ihrem Schlaf überlassen.

Als sie einige Stunden geschlafen hatten, gingen sie hinunter in das Speisezimmer der Pension, und dort wurde ihnen ein einfaches, aber kräftig und gut zubereitetes Mahl vorgesetzt. Die Pension hatten sie, wie es in diesem Haus üblich war, für drei Tage im voraus bezahlt, und Frau Stübbe hatte deutsches Geld in Zahlung genommen. Sie rechneten aus, daß sie mit ihrer Barschaft auf diese Weise fast einen Monat auskommen würden. Martha blutete freilich das Herz, daß sie ihr Erspartes ausgeben mußte, aber das war wohl nicht zu umgehen, wenn sie nicht sehr schnell eine Stellung fanden.

»Aber wir werden schon schnell etwas finden, Fräulein Rose, nicht wahr?«, sagte sie.

Rose war freilich nicht so fest davon überzeugt. Martha war gewohnt, daß sie immer gleich eine neue Stellung bekommen hatte, wenn sie aus einem Dienst fortzog. Aber ob das hier auch so sein würde?

Sie gingen nach dem Essen wieder in ihr Zimmer und sahen durch das Fenster auf die ziemlich belebte Straße hinunter. Auf diese Weise machten sie ihre Studien in der fremden Stadt. Martha stieß immer wieder erstaunte Rufe aus, wenn sie etwas sah, was sie von Berlin her nicht gewohnt war, da gab es so viele fremdartige Erscheinungen, so viele Straßengebräuche, die ihr seltsam erschienen. Sie wurde dabei ganz heiter und vergnügt. Dieses einfache Geschöpf war innerlich schon ziemlich fertig mit den Erlebnissen dieser Nacht. Aber in Rose zitterten noch all die Stürme und Ängste der Vergangenheit nach. Sie war phantasiebegabter als die schlichte Martha und mußte sich immer wieder die Schrecknisse ausmalen, denen sie entgangen war.

Schließlich begann sich Martha doch zu langweilen, und sie sagte plötzlich:

»Wissen Sie, was ich jetzt tue, Fräulein Rose?«

»Nun?«

»Ich lasse mir Feder und Tinte und Papier von dem Boy heraufbringen und schreibe Herrn Weißkant, was uns passiert ist. Der wird Augen machen!«

Da wurde in Rose das Verlangen wach, auch Werner Wendland mitzuteilen, was geschehen war. Hatte sie nicht versprochen, ihm, sobald es ihr möglich war, Nachricht zu geben? Und jetzt war es ihr möglich.

So entschloß auch sie sich zu schreiben. Sie ließen sich Papier, Tinte und Federhalter holen und außerdem für jede einen Kamm, eine Zahnbürste und ein Stück Seife. Als der Boy dann alles brachte, was er besorgen sollte, setzten sie sich am Tisch einander gegenüber und schrieben.

9

Dr. Werner Wendland« – stand an der Tür zu Werners Zimmern im Ingenieurshaus zu lesen. Er hatte die ersten zwei Arbeitstage hinter sich in seinem neuen Wirkungskreis und befand sich jetzt nach Feierabend in seinem Zimmer. Er hatte sich schon ganz wohnlich eingerichtet und fühlte sich sehr behaglich in den beiden hübschen und praktisch eingerichteten Räumen. Von den Fenstern aus sah er über die Argro-Werke hinweg nach dem Paraná hinüber, auf dem unablässig Schiffe jeder Art vorüberfuhren.

Werner hatte einige ihm liebe Fotos und Kunstgegenstände, die er mitgebracht hatte, aufgestellt. Auf seinem Schreibtisch stand in einem Rahmen die am besten gelungene Aufnahme von Rose Rietberg, die er auf dem Dampfer gemacht hatte, und jetzt saß er, eine Zigarette rauchend, in dem Sessel vor dem Schreibtisch und hielt das Bild von Rose in der Hand. Mit sehnsüchtigen Augen sah er darauf nieder. Während des Tages, bei der Arbeit, gestattete er seinen Gedanken nicht, sich mit Rose zu beschäftigen. Die Tage gehörten ganz der Arbeit. Aber jetzt, nach Feierabend, flogen sie um so sehnsüchtiger zu ihr. Er freute sich, daß er ein so gutes Bild von ihr besaß. Wo mochte sie weilen? Wie war sie wohl aufgenommen worden in ihrer neuen Stellung? Würde man gut und freundlich zu ihr sein?

Wenn er nur erst Nachricht von ihr hätte! Die erste Nacht hatte er kaum schlafen können vor Sorge und Unruhe um sie. Es war dieselbe Nacht gewesen, in der Rose obdachlos in Buenos Aires herumgeirrt war. Wenn er das gewußt hätte! Es schien ihm schon eine Ewigkeit her zu sein, seit er sie nicht gesehen hatte.

Er drückte ihr Bild an seine Lippen und seufzte tief auf.

Ganz vertieft in seine Zukunftspläne und Zukunftshoffnungen, fuhr er auf, als der Gong durch das Haus schallte, der zum Essen rief.

Werner erhob sich, warf den Rest seiner Zigarette in den Aschenbecher und begab sich in das Schlafzimmer, um die Hände zu waschen und ein anderes Jackett anzuziehen. Dann ging er hinunter in den Speisesaal, wo er schon eine Anzahl der Hausbewohner vorfand.

Man nahm an einer langen Tafel Platz und sogleich begann das Essen.

Später zogen sich die Herren je nach Wunsch und Gefallen in die anderen Gesellschaftsräume oder in ihre eigenen Zimmer zurück. Es wurde musiziert, gelesen, Schach gespielt, politisiert und »gefachsimpelt«, wie man die Unterhaltung über die Arbeit in den Werken nannte.

Um 23 Uhr und sonnabends um Mitternacht wurden die Gesellschaftsräume geschlossen, wenn nicht irgendeine besondere Festlichkeit vorlag.

Große Sportplätze, ein Schwimmbad im Paraná, einige Ruder- und Segelboote, sowie Warmbäder im Haus standen allen Herren zur Verfügung, auch für die Verheirateten, die in hübschen kleinen Häusern, die am Flußufer standen, ihre Wohnungen hatten, und nach Norden breitete sich hinter den Werken eine Kolonie von Arbeiterhäusern aus, mit kleinen Gärten davor, mit Spielplätzen für die Kinder, Sportplätzen und Sonnenbädern für die Erwachsenen.

Werner Wendland hatte das Gefühl, sehr gut aufgehoben zu sein, und mit sehnsüchtigen Blicken hatte er die reizenden kleinen Häuser für verheiratete Angestellte betrachtet und sich gefragt, ob er wohl eines Tages Rose Rietberg in ein solch hübsches Häuschen würde führen dürfen. Hinter allem stand bei ihm der Gedanke an Rose, über deren Schicksal er jetzt so wenig beruhigt sein konnte.

Heute blieb er noch ein Stündchen mit einigen Ingenieuren zusammen und unterhielt sich mit ihnen über das Leben und Treiben in den Werken. Es freute ihn, angenehme Kollegen gefunden zu haben, die ihm offen und freundlich entgegenkamen, am meisten gefiel Werner ein junger Schwede, Sven Laarsen, auf den auch er einen großen Eindruck machte. Und als Werner sich dann erhob, um noch einen Spaziergang zu machen, schloß sich ihm Sven Laarsen an.

Während sie nach dem Fluß hinüber und am Ufer entlang schritten, sprach Werner davon, wie sehr er Frau Wörth bewundere. Der junge Schwede nickte.

»Wir bewundern sie alle, sie ist eine seltene Frau, und es freut mich, daß Sie sie gleich so richtig eingeschätzt haben. Ich habe es nicht anders von Ihnen erwartet.«

Werner sah den jungen Schweden fragend an. »Sie haben es nicht anders von mir erwartet?«

»Nein, man merkt sofort, wenn man in Ihre Augen sieht, wes Geistes Kind Sie sind.«

Werner lächelte. »Oh, ich bin gespannt, wie Sie mich eingeschätzt haben.«

»Das will ich Ihnen sagen. Sie sind ein Mensch, der nicht viele Worte macht, aber jedes Wort mit seiner ganzen Persönlichkeit vertritt, wenn er es einmal ausgesprochen hat. Da Sie Deutscher sind, brauche ich nicht viel Scharfsinn dazu, um zu wissen, daß der Krieg Ihnen viel Schweres brachte. Auf den ersten Blick wirken Sie hart, unnahbar und stolz. Aber wenn man ein wenig tiefer in Ihren Augen liest, dann entdeckt man eine verhaltene Wärme, die nur darauf wartet, Liebe oder Freundschaft verströmen zu dürfen. Das verrät sich auch in Ihrem Lächeln. Aber nun sagen Sie mir zur Revanche, wie Sie mich einschätzen.«

Werner sah den blonden Hünen forschend an und sagte:

»Daß Sie sehr impulsiv und warmherzig sind, merkt man ohne große Menschenkenntnis. Und daß Sie ein ehrlicher, offener Charakter sind, liest man in Ihren Augen. Da Sie schon über ein Jahr bei den Argro-Werken sind, wie sie mir sagten, und Frau Wörth mit Ihnen ebenso zufrieden ist wie Ihre anderen Vorgesetzten, nehme ich an, daß Sie sehr tüchtig sind. Etwas in Ihren Augen verrät aber zugleich, daß Sie sehr übermütig sind und gern ein wenig Allotria treiben, wenn es sein kann. Stimmt es?«

»So ziemlich! Rechnen Sie zu dem Übermut noch ein wenig Abenteuerlust, die immer gebändigt werden muß, dann haben Sie von meiner Mutter Sohn ein ziemlich getreues Konterfei.«

»Sie haben Ihre Mutter noch?«

»Ja, gottlob – und was für eine! Wenn mir die Abenteuerlust nicht so tief im Blut säße, dann hätte ich diese gütigste aller Mütter nie verlassen. Aber die Heimat wurde mir zu eng – ich mußte hinaus in die Welt!«

»Ich beneide Sie, daß Sie noch eine Mutter haben. Ich verlor die meine, als ich sie noch recht nötig hätte brauchen können. Mein Vater war streng, vielleicht mehr im Bestreben, mich abzuhärten, als aus Veranlagung. Dadurch wird man beeinflußt. Aber das Erbe meiner gütigen Mutter ist doch nicht ganz in mir zu unterdrücken. Es wirkt sich aus in der Sehnsucht, jemanden verwöhnen zu dürfen.«

»Ja, so ist es. Vater und Mutter streiten sich oft im Wesen der Kinder. Sehen Sie, mein Vater war Kapitän, und meine Mutter war gewohnt, von ihm viel allein gelassen zu werden, nun wollte sie nicht, daß auch ich aufs Wasser ginge. Ich sollte seßhaft werden. Aber etwas in mir treibt ins Weite, das läßt mich nicht los, und Mutter ist nun doch allein.«

»Sie werden aber einmal wieder heimfinden und die Mutter dann hoffentlich noch antreffen.«

»Das hoffe ich. Nächstes Jahr fahre ich nach Schweden, und ich habe es Mutter geschrieben, damit sie etwas zum Freuen hat. Jeden Tag streicht sie im Kalender mit Befriedigung aus – und wartet. Unsere schwedischen Frauen haben nicht selten eine Solvejgnatur. Das liegt ihnen wohl im Blut. Wir mögen darum auch keine anderen Frauen. Solvejg ist unser Ideal.«

Gedankenvoll sah Werner ins Weite. Er dachte an Rose Rietberg. Sie war auch eine Solvejgnatur, das wußte er. Sie würde warten auf ihn.

»Selig der Mann, auf den ein solches Weib wartet«, sagte er vor sich hin.

Sven Laarsen blickte ihn scharf an. »Das klingt, als dächten Sie dabei an eine bestimmte Frau.«

»Ja – ich denke an eine.«

Sven Laarsen atmete tief auf. »Ich habe daheim auch ein süßes, blondes Mädel, sie war noch sehr jung, als ich fortging, aber ich weiß, sie wartet auf mich.«

»Das ist schön, wenn man so fest daran glauben kann. Ich glaube auch fest daran, daß die eine, die ich meine, auf mich warten wird.«

Sie schwiegen nun beide und hingen ihren Gedanken nach. Inzwischen waren sie am Flußufer am Bootshaus und den Sport- und Badeplätzen angekommen. Die beiden blieben stehen, sahen in den rauschenden Fluß und schickten mit ihm ihre sehnsüchtigen Gedanken in die Ferne. Dann warf Sven Laarsen den Kopf zurück. Von der Uhr, die von dem Direktionsgebäude aus das ganze Werk beherrschte, schlug es elfmal.

»Es wird Zeit, zu Bett zu gehen, Herr Doktor!«

Sie gingen zum Ingenieurshaus zurück, reichten sich zum Abschied die Hände und suchten ihre Zimmer auf.

Werner Wendland stand noch eine Weile am Fenster seines Wohnzimmers, dann wandte er sich um und nahm aus dem großen, eingebauten Wandschrank einen kleinen Koffer. Er öffnete ihn behutsam. In dem Koffer befanden sich das Miniaturmodell der von ihm erfundenen landwirtschaftlichen Maschine und die dazugehörigen Pläne und Zeichnungen. Sorgsam stellte er das Modell auf den Tisch und setzte es langsam in Bewegung. Seine Augen leuchteten auf. Er breitete die Pläne aus und verglich sie mit dem Modell. Mit kritischen Blicken sah er alles an und nickte dann befriedigt mit dem Kopf.

Seine Erfindung war fertig, brauchte nur etwaigen Interessenten vorgeführt zu werden. Und er war Fachmann und wußte, was für einen großen Vorteil dieses Modell bot bei der Bewirtschaftung großer Güter. Und in Südamerika gab es unzählige solcher großen Güter. Diese Zuversicht überkam ihn gerade hier so stark, daß er an einen großen Erfolg glaubte. Er zweifelte fast nicht mehr daran, daß die Argro-Werke seine Erfindung kaufen würden. Er wollte sie baldigst Frau Wörth und dem Direktorium vorführen. Und wenn seine Hoffnungen sich verwirklichten, dann war er der Erfüllung seiner Sehnsucht, Rose Rietberg als seine Gattin heimführen zu dürfen, viel näher gerückt.

Sorgsam packte er sein Modell und die Pläne ein und verschloß den Koffer wieder in dem Wandschrank. Dann betrachtete er sich Roses Bildchen noch eine Weile und begab sich endlich zur Ruhe.

Am nächsten Morgen hatte Direktor Hartmann den Teil der eingelaufenen Post, der für die Ingenieure und Beamten bestimmt war, auf seinem Schreibtisch liegen. Hier holte sie täglich ein Bote ab und verteilte sie an die Adressaten.

Direktor Hartmann schob den hohen Briefstoß zur Seite. Dabei fiel der oberste Brief herunter, und als sich der alte Herr danach bückte, las er auf der Rückseite dieses Briefes:

Absender: Rose Rietberg, Buenos Aires, Pension Stübbe. Langsam hob er den Brief auf, ohne seinen Blick von dem Namen zu lassen, und drehte ihn dann um, nach der Adresse sehend.

Herrn Dr. Werner Wendland, Argro-Werke, Rosario. Sein Gesicht hatte einen nachdenklichen Ausdruck bekommen. Dann legte er den Brief abseits von dem Briefstoß wieder hin und faßte nach dem Telefonhörer. Er ließ sich mit Frau Wörth verbinden, und als diese sich meldete, sagte er:

»Verzeihen Sie, wenn ich so früh störe, Frau Wörth, aber ich halte es doch für meine Pflicht, Ihnen mitzuteilen, daß ich soeben unter der eingelaufenen Post für unsere Ingenieure einen Brief an Doktor Wendland entdeckt habe, auf dessen Rückseite als Absender eine Rose Rietberg angegeben ist. Und dieser Brief kommt aus Buenos Aires.«

Es blieb eine Weile stumm am Apparat, dann erwiderte Frau Wörth ziemlich erregt:

»Lieber Herr Direktor, ich danke Ihnen für diese Mitteilung, die mich, wie Sie sich ja denken können, etwas befremdet. Bitte, halten Sie doch den Brief zurück, bis ich zu Ihnen hinüberkomme. Ich war ohnedies im Begriff Sie aufzusuchen. Es wird Doktor Wendland wohl nicht viel ausmachen, wenn er diesen Brief etwas später erhält.«

»Es ist gut, ich halte ihn zurück.«

»Gut! Ich bin in einer halben Stunde spätestens bei Ihnen und ich danke Ihnen für Ihre Umsicht, mir das mitzuteilen.«

»Das war selbstverständlich, da Sie mich der Ehre teilhaftig werden ließen, mich in Ihre Familienangelegenheiten einzuweihen.«

Der Direktor legte den Hörer hin, und gleich darauf trat der Bote ein, der die Briefe abholte. Den für Doktor Wendland bestimmten behielt der Direktor unbemerkt zurück.

Noch bevor die halbe Stunde um war, erschien schon Frau Wörth im Direktionszimmer.

»Sie sehen mich ein wenig erregt. Bitte, zeigen Sie mir den Brief.«

Mit einer Verbeugung reichte er ihn ihr, und sie sah auf das schlichte, weiße Kuvert und auf den Namen Rose Rietberg. »Wahrhaftig, es ist ein Brief von Rose Rietberg an Doktor Wendland. Rose Rietberg in Buenos Aires – und sie scheint mit Doktor Wendland gut bekannt zu sein.«

»So scheint es, und da Sie mir Auftrag gegeben haben, eine Auskunftei in Deutschland damit zu betrauen, daß man Ihre Nichte Rose Rietberg im Auge behält und Ihnen von Zeit zu Zeit Nachricht über sie gibt, vor allen Dingen aber Sie immer gleich benachrichtigt, wenn sie ihr Domizil ändert, so fiel es mir selbstverständlich auf, daß plötzlich eine Rose Rietberg in Buenos Aires wohnt und mit einem unserer Ingenieure korrespondiert. Es ist ja freilich nicht erwiesen, daß diese Rose Rietberg identisch mit Ihrer Nichte ist.«

»Sie könnte allerdings erst seit ganz kurzer Zeit in Argentinien sein. Immerhin ist es möglich, daß es wirklich meine Nichte ist, und dann interessiert mich das sehr.«

»Das dachte ich mir.«

Frau Wörth betrachtete den Brief von neuem. Sie überlegte, dann sagte sie, etwas weiter ausholend:

»Sie wissen, Herr Direktor, daß ich meinem Vetter Herbert, bei dem sich meine Nichte seit Jahren aufgehalten hat, sehr reserviert gegenüberstehe, wissen auch, aus welchem Grund. Sie werden verstehen, daß mich ein leises Mißtrauen überkommt, wenn ich annehmen müßte, daß meine Nichte Rose Rietberg sich bemühen würde, in meine Nähe zu kommen. Ich müßte mich fragen: Was will sie hier? Kam sie aus eigener Initiative oder wurde sie von Herbert Rietberg und seiner Frau mit bestimmten Aufträgen geschickt? Möglich ist es immerhin, daß Herbert Rietberg endlich herausbekommen hat, daß ich die Besitzerin der Argro-Werke bin. Will man vielleicht durch Rose Rietberg etwas aus mir herauslocken? Oder ist Herbert Rietbergs Erziehung so einflußreich auf meine Nichte gewesen, daß sie aus eigener Berechnung die reiche Tante aufsuchen möchte, um im trüben zu fischen? Will sie die Erbtante heimsuchen aus berechnenden Gründen? Oder tue ich ihr damit Unrecht? Warum käme sie aber sonst? Ihr Vater war ein anständiger Charakter, ihre Mutter habe ich wenig gekannt. Aber sie stand lange unter Herbert Rietbergs Einfluß.«

»Ich kann mir denken, welche Zweifel in Ihnen aufsteigen, Frau Wörth. Auch weiß man nicht, wie Doktor Wendland zu dem allen steht. Ich müßte mich freilich sehr schlecht auf Menschen verstehen, wenn er mit unlauteren Absichten hierhergekommen wäre. Das kann ich nicht glauben.«

»Ich auch nicht! Aber wir nehmen nun schon als sicher an, daß diese Rose Rietberg in Buenos Aires meine Nichte ist.«

Direktor Hartmann sah nachdenklich vor sich hin. Dann sagte er ernst:

»Ich kann Sie verstehen, und es würde mir sehr leid tun, wenn Ihr Mißtrauen berechtigt wäre. Man müßte jedenfalls zu ergründen suchen, ob diese Rose Rietberg Ihre Nichte ist und – dann könnte man sie ja erst einmal auf die Probe stellen.«

»Wie soll ich das machen?«

»Indem Sie mit Ihrer völlig vermögenslosen Schwägerin, die ja auch Frau Wörth heißt, die Rollen tauschen. Ihren Vornamen Josephine weiß kaum ein Mensch außer mir. Sie unterzeichnen immer nur J. Wörth. Und Ihre Schwägerin heißt Julia. Könnte also die Besitzerin der Argro-Werke nicht für eine Weile Julia Wörth heißen, während die arme Schwägerin Josephine heißt? Sie müßten Doktor Wendland und durch ihn dieser Rose Rietberg die Überzeugung beibringen, daß Ihre Nichte Rose Rietberg die Nichte dieser armen Schwägerin ist, und daß die Herrin der Argro-Werke gar nichts mit ihr zu tun hat.«

»Das ist eine gute Idee, mein lieber Direktor. Außer Ihnen und meiner Schwägerin Julia kennt mich kein Mensch bei meinem Vornamen, und meine Schwägerin werde ich selbstverständlich einweihen, damit sie sich in eine Josephine Wörth verwandelt, sobald es nötig ist. Ja, je mehr ich das betrachte, desto einleuchtender ist mir Ihr Vorschlag. Und – ich werde sogleich einmal Doktor Wendland auf den Zahn fühlen und ihm, wenn ich es für nötig halte, eine kleine Komödie vorspielen. Dann werden wir ja sehen, wie sich die Dinge weiter entwickeln.«

»Sehr richtig. Sie werden dann wenigstens das peinliche Gefühl los, daß sich Ihre Nichte Ihnen nur Ihres Reichtums wegen nähert. Sie können ungestört sondieren, und vielleicht finden Sie dann doch heraus, daß Ihre Nichte ein liebenswertes Menschenkind ist. Ihre Frau Schwägerin ist, wie Sie mir sagen, so krank, daß Sie fürchten müssen, daß Sie Ihnen genommen wird. Und dann würden Sie ganz allein im Leben stehen. Das ist nichts für Ihr liebevolles Herz, Frau Wörth. Eine Frau wie Sie muß abgeben können von ihrem Liebesreichtum – damit sie nicht daran erstickt.«

»Was wollen Sie – ich habe so viele Menschen, für deren Wohl und Wehe ich mütterlich sorgen kann.«

»Sie brauchen etwas anderes. Einen Ersatz für Ihr verlorenes Kind – das ist es, was Sie brauchen.«

»Sie ahnen gar nicht, wie recht Sie haben. Aber was kann man in meinem Falle anderes tun, als sich mit Surrogaten zu begnügen. Also – geben Sie mir den Brief, mich verlangt danach, zu erfahren, was Doktor Wendland von dieser Rose Rietberg weiß. Ich werde ihm den Brief selbst überbringen.«

Sie steckte den Brief in ihre lederne Handtasche, die sie immer bei sich hatte und nickte dem alten Herrn freundlich zu. Dann ging Frau Wörth den breiten Hauptweg durch die Werke hinab und betrat ein großes Gebäude, in dem die Arbeitsräume für die Ingenieure, die Modell-Werkstätten und die große Fachbibliothek untergebracht waren. Wenige Minuten später stand sie Werner Wendland in seinem Arbeitsraum gegenüber.

Er stand an einer großen Zeichentafel, als die Herrin der Argro-Werke bei ihm eintrat. Mit einer Verbeugung begrüßte er sie.

»Guten Morgen, Herr Doktor, ich will doch einmal sehen, wie Sie untergebracht sind und was Sie schon geschaffen haben.«

Sie betrachtete die Zeichnung, an der er arbeitete, und sprach sachlich einige Worte mit ihm darüber.

Werner dankte ihr für ihr freundliches Interesse, und sie sah ihn scharf an und fragte:

»Haben Sie von Julia Wörth etwas anderes erwartet als ein lebhaftes Interesse für alles, was zu den Argro-Werken gehört? Meine Schwägerin Josephine sagt immer, daß ich jedem meiner Angestellten wie eine Mutter gegenüberstehe.«

Sie mußte feststellen, daß die beiden Vornamen gar keinen Eindruck auf ihn machten. Er erwiderte nur mit einem aufleuchtenden Blick: »Das sagt nicht nur Ihre Frau Schwägerin, ich habe es schon von verschiedenen Seiten gehört und auch selbst schon das Empfinden gehabt.«

»Und wie gefällt es Ihnen in den Argro-Werken?«

»Außerordentlich gut. Es kann ja nicht anders sein. Und ich freue mich sehr, Frau Wörth, daß ich Sie heute schon sprechen kann und möchte diese Gelegenheit nicht vorübergehen lassen, ohne Ihnen eine Bitte auszusprechen, von der ich freilich nicht weiß, ob ich sie nicht lieber Direktor Hartmann vortragen soll.«

»Nun, augenblicklich bin ich ja die Nächste dazu. Was haben Sie auf dem Herzen?«

Er strich sich über seine heiß gewordene Stirn.

»Ich habe eine Maschine erfunden, habe das vollständig fertige Modell und die Pläne mit herübergebracht, weil ich drüben keine Interessenten finden konnte, die jetzt über das nötige Kapital zur Ausführung verfügen. Wenn meine Maschine auf den Argro-Werken hergestellt würde, glaube ich für einen großen Absatz garantieren zu können. Sie käme hauptsächlich für große landwirtschaftliche Betriebe in Betracht, an denen es hier in Südamerika nicht fehlt. Aber – es glauben wohl alle Erfinder an den Erfolg ihrer Erfindung. Es steht Ihnen und Ihren Herren Direktoren frei, sich ein eigenes Bild darüber zu bilden. Ich wollte nur bitten, daß ich Ihnen mein Modell gelegentlich vorführen darf.«

»Aber selbstverständlich! Wir haben jederzeit Interesse für Neuheiten. Verständigen Sie sich, bitte, mit Direktor Hartmann, wann Sie uns Ihr Modell vorführen können. An Interesse dafür soll es nicht fehlen. Ich werde mich freuen, wenn Sie uns Neues und Brauchbares bringen. Aber – jetzt fällt mir erst wieder ein, daß ich Ihnen einen Brief bringen wollte, der unter die Geschäftspost geraten war.«

Sie entnahm ihrer Handtasche den Brief und überreichte ihm denselben scheinbar ganz harmlos, aber mit einem forschenden Blick.

Er las die Anschrift, wandte ihn dann um und las den Absender, und sie bemerkte, wie seine Augen strahlten.

»Anscheinend freut Sie dieser Brief«, sagte sie lächelnd.

»Sehr! Ich habe ihn mit großer Sorge erwartet.«

»Hoffentlich befreit er Sie von dieser Sorge. Übrigens behielt ich mir die persönliche Bestellung dieses Briefes an Sie vor, weil ich zufällig auf der Rückseite den Absender las. Der Name Rose Rietberg ist mir nicht ganz fremd.«

Er sah mit so unverhohlenem Erstaunen in ihr Gesicht, daß sofort alle ihre Zweifel schwanden, daß er eine Ahnung haben könne, daß Rose Rietberg mit ihr verwandt sei.

»Dieser Name ist Ihnen bekannt?« fragte er erstaunt.

»Ja. Sie wissen wohl, daß ich meine Schwägerin ins Haus genommen habe, weil sie nach dem Tod ihres Mannes völlig mittellos im Leben stand. Diese Schwägerin ist eine geborene Rietberg, und sie besitzt in Deutschland einen Vetter und außerdem eine Nichte, die Tochter eines anderen Vetters. Und diese Nichte heißt zufällig auch Rose Rietberg.«

»Ah, das ist ein seltsames Zusammentreffen. Fräulein Rietberg, die ich auf der Überfahrt auf dem Dampfer kennenlernte, und mit der ich mich sehr viel unterhalten habe, sagte mir einmal, daß sie eine Tante in Rosario habe, die ihr aber völlig fremd geblieben sei. Auf keinen Fall hatte sie eine Ahnung, daß diese ihre Tante mit den Argro-Werken zu tun hatte, denn sie wußte, daß ich dort engagiert bin. Sie hätte sicherlich davon gesprochen.«

Josephine Wörth war überzeugt, daß Werner Wendland die Wahrheit sprach.

»So, so. Ich muß gestehen, es überrascht mich, daß Rose Rietberg in Argentinien ist. Meine Schwägerin hat gewiß nichts davon gewußt, sonst hätte sie wohl davon gesprochen. Soviel ich weiß, lebte Rose Rietberg im Haus ihres Onkels und Vormundes, eben jenes Vetters meiner Schwägerin.«

»Ganz recht, das hat sie mir auch erzählt. Und ihr Entschluß, nach Argentinien zu gehen, ist sehr plötzlich gekommen. Wie sie mir anvertraute, ist sie ohne Wissen und Willen ihres Vormundes abgereist, um eine Stellung als Pflegerin und Gesellschafterin einer alten Dame in Buenos Aires anzutreten.«

»Eine Stellung? Sie hat eine Stellung angenommen?«

»Ja, heimlich hat sie diese Stellung angenommen und heimlich ist sie abgereist. Aber Sie dürfen darum keine falschen Schlüsse ziehen, mir ist nie ein reineres, stolzeres und vornehmer denkendes Geschöpf begegnet als sie, bei aller Bescheidenheit ihres Wesens. Ihr Vormund hat sie, kraft seiner Macht als solcher, zwingen wollen, einen reichen Mann, den Besitzer einer Automobilfabrik, bei dem er angestellt ist, zu heiraten. Und weil sie diesen Mann verabscheute und sich nicht anders zu helfen wußte, entfloh sie ins Ausland und zog es vor, sich ihr Brot zu verdienen.«

Frau Josephine Wörth hatte sich in einen Sessel fallen lassen. Was sie hörte, erregte sie sehr. »Das also – das hat sie übers Meer getrieben?«

»Ja, Frau Wörth. Und ich muß gestehen, ich hatte große Sorge um das Schicksal der jungen Dame. Die Menschen, die sie engagiert hatten, waren ebenfalls mit auf dem Dampfer – und sie machten mir keinen sympathischen Eindruck. Ihnen gegenüber will ich ganz offen sein, Frau Wörth, ich habe Rose Rietberg so innig ins Herz geschlossen, daß ich sie gebeten habe, auf mich zu warten, da ich leider jetzt noch nicht imstande bin, einer Frau ein leidlich sorgloses Leben zu bieten. Wir haben uns von Herzen liebgewonnen, und sie hat mir versprochen, auf mich zu warten. Es können Jahre vergehen, bis wir uns angehören können, zumal sie in ihrer Stellung auf drei Jahre vertraglich verpflichtet ist. Ich wollte sie auch nicht binden, aber ich konnte sie nicht von mir gehen lassen, ohne sie zu fragen, ob sie auf mich warten will. Es ist nicht einmal ein Wort von Liebe zwischen uns gefallen, aber dessen bedurfte es auch nicht zwischen uns. Sie sagte mir nur, sie wolle mir keine Last sein und auch mich nicht binden, aber wir wissen, daß wir nie voneinander lassen werden. Dies alles fühle ich mich verpflichtet. Ihnen zu sagen, da Sie mit ihrer Tante verwandt sind.«

Josephine Wörth mußte gewaltsam ihre Erregung unterdrücken. »Also, sie erzählte Ihnen, daß sie eine Tante in Rosario habe?«

»Ja, als ich ihr einmal vorhielt, welch ein Wagnis es für sie sei, im fremden Land eine Stellung anzunehmen, obwohl die Vermittlerin sich nach den Leuten, die sie engagierten, erkundigt hatte, sagte sie mir, der Gedanke, daß hier eine Tante von ihr lebe, habe ihr dazu Mut gemacht. Sie wolle dieser Tante allerdings nicht lästig fallen, da sie sie nicht einmal kenne, aber es sei doch ein Gefühl der Sicherheit dadurch über sie gekommen. Sie hoffe, den Schutz dieser Tante nie zu brauchen, aber es sei ihr eben keine andere Wahl geblieben, da sie schnell fortmußte, um nicht zwangsweise verheiratet zu werden.«

Wieder sah Frau Wörth nachdenklich vor sich hin, aber dann hob sie den Blick und sagte mit erzwungener Ruhe:

»Wie ich Ihnen schon sagte, ist meine Schwägerin jetzt krank und in einem Sanatorium in Córdoba. Ich möchte sie mit dieser Angelegenheit nicht beunruhigen, fühle mich aber deshalb verpflichtet, selber ein wachsames Auge auf ihre Nichte zu haben, da ich zufällig durch Sie von ihrer Anwesenheit in Argentinien hörte. Und deshalb, Herr Doktor, möchte ich Sie bitten, jetzt gleich den Brief der jungen Dame zu lesen und mir mitzuteilen, ob sie in ihrer Stellung gut aufgehoben ist.«

Werner Wendland öffnete sofort den Brief, zog ihn aus dem Kuvert und reichte ihn ungelesen Frau Wörth hinüber. Es waren mehrere engbeschriebene Bogen.

»Ich bitte Sie dringend, Frau Wörth, den Brief zuerst zu lesen. Ich werde meine Sehnsucht, von Fräulein Rietberg zu hören, bezwingen, denn ich halte es im Interesse der jungen Dame für wichtig, daß Sie sich überzeugen können, daß all meine Angaben über unser Verhältnis zueinander stimmen.«

Sie sah ihn mit großen Augen an.

»Das glaube ich Ihnen ohnedies.«

»Trotzdem bitte ich, meinen Wunsch zu erfüllen. Ich weiß, daß Fräulein Rietbergs Unantastbarkeit über jeden

Zweifel erhaben ist, möchte aber auch Ihnen, als Vertreterin Ihrer Frau Tante, diese Überzeugung vermitteln. Zugleich werden Sie dann erfahren, wie sie in ihrer Stellung untergebracht ist. Ich bat sie um sofortige Nachricht darüber.«

Noch einen Augenblick zögerte Frau Wörth. Aber der Wunsch, mit einem Blick die Wesensart ihrer Nichte zu durchdringen, war zu stark.

»Gut, ich werde den Brief lesen, wenn Sie es nicht für indiskret halten.«

»Ganz gewiß nicht! Obwohl wir beide wissen, daß wir unlösbar aneinandergebunden sind, haben wir nicht die geringste Vertraulichkeit getauscht. Ich lege Wert darauf, daß Sie sich davon überzeugen, daß die Nichte Ihrer Frau Schwägerin nicht der leiseste Tadel trifft.«

Frau Wörth entfaltete den Brief und las:

»Lieber Herr Doktor!

Wie schwer es mir wird, diesen Brief an Sie zu schreiben, werden Sie verstehen, wenn Sie ihn zu Ende gelesen haben. Ich versprach Ihnen, Nachricht von mir zu geben, sobald ich dazu imstande sein würde, und mein Wort will ich halten, weiß ich doch, daß Sie sich um mich sorgen. Wie sehr Sie mit dieser Sorge recht hatten, wage ich kaum niederzuschreiben. Wir, Fräulein Preller und ich, sitzen jetzt in dem Zimmer der kleinen Pension Stübbe, in die uns der deutsche Konsul hat führen lassen, und sind jetzt wenigstens in Sicherheit. So schwer es niederzuschreiben ist – ich muß es doch tun –, wir waren in die Hände von verbrecherischen Menschen gefallen, die uns verkauften an ein furchtbares Haus, und nur der Umstand, daß ich mich mit einer englischsprechenden Dienerin verständigen und deren Mitleid erflehen konnte, hat uns noch an demselben Abend zur Flucht verholfen.«

Hier ließ Frau Wörth mit blassem Gesicht den Brief sinken und sah Werner bestürzt an.

»Um Gottes willen!« rief sie entsetzt.

Werner Wendland sah sie erschrocken an.

»Was ist geschehen – Fräulein Rietberg ist doch hoffentlich kein Unglück geschehen?«

Frau Wörth faßte sich.

»Lassen Sie mich erst weiterlesen. Nur so viel zu Ihrer Beruhigung: Fräulein Rietberg ist in Sicherheit.«

Er atmete auf, sah aber unruhig in ihr Gesicht, als könne er daraus lesen, was geschehen war. Frau Wörth las weiter. Rose schilderte in schlichten Worten, was sie im Hause der Señora Morbida erlebt hatte, wie sie sich und Martha Preller rettete, wie und wo sie die folgende Nacht verbracht hatten und was auf dem Konsulat geschehen war. Dann hieß es in ihrem Brief weiter:

»Sie können sich denken, lieber Herr Doktor, daß wir nun, da wir endlich wieder in leidlicher Sicherheit sind und unter dem Schutz des deutschen Konsulats stehen, erst zur Besinnung kommen. Mir ist zumute wie dem Reiter über dem Bodensee. Trotzdem unsere Lage keineswegs rosig ist, danke ich dem lieben Gott, daß er uns in seinen Schutz genommen hat. Die größte Sorge ist jetzt, daß wir unsere Pässe und unsere Koffer wiederbekommen. Was dann aus uns wird, weiß Gott allein. Der Konsul hat uns aber fest versprochen, unsere Sache zu vertreten und uns zu helfen, daß wir Stellungen bekommen. Ich selbst würde vielleicht den Mut aufbringen, meine Tante, die, wie Sie wissen, mir ganz fremd ist, in Rosario aufzusuchen und sie zu bitten, mich unter ihren Schutz zu nehmen, bis ich eine passende Stellung gefunden habe, aber ich kann es nicht über mich gewinnen, die ohne mich hier ganz hilflose Martha Preller allein zu lassen. Sie

hat mir durch ihre resolute Munterkeit geholfen, meine Trübsal über meine Flucht aus der Heimat zu bezwingen, und nun will ich ihr das vergelten, indem ich ihr durch meine Sprachkenntnisse beistehe und sie nicht allein lasse in diesem Elend. Zweitens weiß ich von meiner Tante sehr wenig. Sie wurde mir von Onkel und Tante als gefühllos, hartherzig und geizig geschildert, was ich aber nicht glauben kann, denn sie ist vor vielen Jahren auch aus der Heimat geflohen, weil man sie an einen reichen, ungeliebten Mann verkaufen wollte. Sie wollte dem Mann ihrer Liebe treu bleiben, und das spricht doch dafür, daß sie weder gefühllos noch hartherzig ist. Und wenn sie geizig wäre, würde mich das nicht treffen, denn ich will ja nichts von ihr. Mein Vater aber, dem ich mehr glaube als meinem Onkel, hat mir einmal von dieser Tante gesagt: ›Sie war ein liebes, tapferes Geschöpf, und sie hat recht getan, man muß seinem Herzen treu bleiben.‹ Diese Worte meines Vaters haben auch mir Mut gemacht, mich gegen die Verbindung mit einem mir widerwärtigen Mann zu sträuben, und ich stehe dieser fremden Tante, trotzdem ich sie nicht kenne, schon deshalb sympathisch gegenüber, weil sie sich nicht verkaufen ließ. Immerhin ist sie mir aber so fremd, daß ich mich in meiner jetzigen Lage ohne die allergrößte Not nicht an sie wenden möchte. Ich hoffe, der deutsche Konsul wird mir helfen, eine Stellung zu bekommen, wo ich mein Brot verdienen kann, und erst wenn es mir besser geht und ich der Tante nicht lästig zu fallen brauche, will ich an sie schreiben und versuchen, sie kennenzulernen. Immerhin ist sie, nun ich mich mit Onkel und Tante überworfen habe, der einzige Mensch auf der Welt, der durch Blutsbande noch zu mir gehört. Und deshalb, lieber Herr Doktor, bitte ich Sie, sich gelegentlich nach der Wohnung meiner Tante zu erkundigen, ich wäre Ihnen sehr dankbar. Ich weiß von ihr nichts weiter, als daß sie in Rosario wohnt. Im Adreßbuch wird ja wohl ihre Wohnung zu ermitteln sein. Sie heißt Frau Josephine Wörth, und ihr Mann ist Ingenieur gewesen, ob er es jetzt noch ist oder drüben einen anderen Beruf ergriffen hat, weiß ich nicht. Wenn Sie die Adresse gefunden haben, teilen Sie mir bitte dieselbe mit.

Sobald ich eine andere Wohnung gefunden habe, schreibe ich es Ihnen, bis auf weiteres bin ich in der Pension Stübbe. Beunruhigen Sie sich nicht über mein Schicksal. Der liebe Gott hat mich vor dem Ärgsten bewahrt, was einer Frau geschehen kann, er wird mich auch weiter unter seinen Schutz nehmen. Ich bin ja jung und gesund und scheue keine Arbeit und werde mir auch hier im fremden Land mein Brot verdienen können. Ich verspreche Ihnen ganz freiwillig, da ich weiß, wie sehr Sie sich um mich sorgen, daß ich Ihnen immer über mich Nachricht geben werde und daß ich, wenn ich mir gar keinen Rat weiß, mich an Sie um Rat und Hilfe wenden will. Schwereres und Schlimmeres, als ich Ihnen heute berichten mußte, um mein Wort zu halten, was mir wirklich sehr schwerfiel, werde ich Ihnen ja hoffentlich nie mehr zu berichten haben.

Die schönen Tage, die wir gemeinsam auf dem Dampfer verlebten und in denen ich zum ersten Mal nach dem Tod meiner Eltern ein wenig Liebe und Güte von einem Menschen erfuhr, werden mir unvergeßlich sein. Man muß schon vom Schicksal wieder ein wenig hart und fest angefaßt werden nach so einer glücklichen Zeit, damit die Bäume nicht in den Himmel wachsen. Ich bin auch wieder ganz tapfer und unverzagt, wenn auch gestern nacht meine Nerven einige Male versagten. Das soll nicht mehr geschehen, ich werde auf alles gefaßt sein und tapfer bleiben. Eine Frau, die von einem Mann wie Sie sind, so viel Liebe und Güte erfuhr, muß das zu verdienen suchen. Ob uns je im Leben ein Wiedersehen beschert ist, oder ob wir immer nur von der Erinnerung an die schönen Tage zehren dürfen – sie waren doch der Sonnenschein, der meinem ganzen ferneren Leben Licht und Wärme spenden wird. Ich danke Ihnen dafür und wünsche Ihnen von Herzen alles Gute in Ihrer neuen Stellung und daß Sie dort für Ihren starken Betätigungsdrang volle Befriedigung finden werden. Mit herzlichen Grüßen Ihre Rose Rietberg.«

Es war feucht aufgestiegen in Frau Wörths Augen. Sie rang mühsam nach Fassung, und als sie jetzt Werner Wendland den Brief hinüberreichte, stieß sie heiser hervor:

»Lesen Sie! Lesen Sie!«

Er nahm hastig den Brief aus ihren Händen und trat an das Fenster, um ihn zu lesen.

Sie beobachtete das scharfe Profil dieses charakteristischen Männerkopfes und sah, wie es bei der Lektüre dieses Briefes in dem Gesicht zuckte und arbeitete. Als er zu Ende war, ließ er den Brief sinken und wandte ihr sein blasses Gesicht zu. Mit fast versagender Stimme stieß er hervor: »Ich bitte dringend um einige Tage Urlaub, Frau Wörth, ich muß sofort nach Buenos Aires. Es ist mir unmöglich, die junge Dame, die meinem Herzen so teuer ist, in dieser Situation allein zu lassen. Keine Minute hätte ich Ruhe, und ich wäre Ihnen ein schlechter Arbeiter.«

Frau Josephine Wörth erhob sich mit einem Ruck.

»Ich fahre mit Ihnen, Herr Doktor, das bin ich – meiner Schwägerin schuldig.«

Die letzten Worte brachte sie zögernd hervor. Am liebsten hätte sie ihm schon jetzt gesagt, daß sie in unbestimmtem Mißtrauen mit ihrer Schwägerin die Rollen getauscht habe, aber dazu war später immer noch Zeit. Es gelüstete sie doch zu sehr, ihrer Nichte gegenüber noch ein Weilchen die Maske vorzubehalten, um sie noch besser kennenzulernen. Der Brief hatte sie freilich einen tiefen Blick in Roses Seelenleben tun lassen, so daß sie schon jetzt überzeugt war, daß sie ihres Vaters Tochter und von Herbert Rietbergs schlechten Charaktereigenschaften nicht beeinflußt war.

Werner Wendland hatte sie freudig erstaunt angesehen und nahm nun ihre Hand, um sie an seine Lippen zu ziehen.

»Ich danke Ihnen, ich danke Ihnen von ganzem Herzen. Ihr Schutz wird jetzt für Fräulein Rietberg noch viel wirksamer sein als der meine. Ich allein könnte sie vielleicht nur in ein schiefes Licht bringen. Wollen Sie wirklich mit mir nach Buenos Aires fahren?«

»Ja, das will ich.«

»Dann werde ich mich gleich nach dem nächsten Zug erkundigen, denn mir scheint, Eile tut not.«

»Dessen bedarf es nicht, wir fahren mit meinem Wagen. Wir brechen sogleich auf – diesen elenden Mädchenhändlern muß das Handwerk gründlich gelegt werden. Dafür will ich meinen ganzen Einfluß geltend machen. Man kennt mich zur Genüge in Buenos Aires – ich habe daselbst Beziehungen zu den Behörden und werde sie ausnutzen. Kommen Sie, Doktor, begleiten Sie mich erst zu Direktor Hartmann, mit dem ich noch einiges zu besprechen habe. Über Ihre Erfindung sprechen wir nach unserer Rückkehr.«

»Das ist jetzt ganz unwichtig, es eilte mir nur damit, weil ich hoffte, meinem Ziel, mich mit Rose Rietberg verbinden zu können, dadurch näher kommen zu können. Jetzt geht ihre Sicherheit vor«, sagte er hastig.

Ein schwaches Lächeln huschte um Frau Wörths Mund, das hätte ihr Johannes im gleichen Fall auch gesagt. Wie sehr Werner Wendland sie an den geliebten Verstorbenen erinnerte! Glückliche Rose, trotz allem. So geliebt zu werden, war nur wenigen Frauen beschieden. Sie verließen eilig Werners Arbeitsraum und eilten zu Direktor Hartmann hinüber. Ohne weiteres reichte Frau Wörth diesem Roses Brief.

»Sie gestatten doch, Herr Doktor? Herr Direktor, bitte, lesen Sie diesen Brief, er war wirklich von der Nichte Josephine Wörths.«

Direktor Hartmann sah Frau Wörth fragend an und las dann den Brief, der auch ihn erregte.

Frau Wörth telefonierte inzwischen mit ihrem Stubenmädchen, es möge sofort einen Koffer für einige Tage für sie packen und dem Chauffeur sagen, er solle sich sogleich für eine Fahrt nach Buenos Aires rüsten. In einer halben Stunde wolle sie abfahren.

»Sie wollen nach Buenos Aires, Frau Wörth?«

»Das werden Sie nach diesem Brief begreifen. – Herr Doktor Wendland begleitet mich. Lieber Doktor, machen Sie sich, bitte, reisefertig, in einer guten halben Stunde hole ich sie ab.« Werner verabschiedete sich und lief hinüber zu dem Ingenieurshaus. Frau Wörth sah den Direktor an, als Sie allein waren.

»Was sagen Sie zu dem Brief?«

»Ich freue mich, daß Sie eine so tapfere Nichte besitzen – und – eine so vornehm empfindende. Aber, wie kam es, daß sie nach Argentinien ging?«

Sie berichtete hastig.

»Blut von Ihrem Blut, Frau Wörth, das freut mich für Sie. Aber Sie haben Doktor Wendland nicht gesagt, daß Sie Josephine Wörth sind?«

»Nein, erst habe ich ihm vorgelogen, ich sei Julia Wörth, weil der Mißtrauensteufel in mir spukte, und nachher – habe ich mich einfach geschämt, mein Mißtrauen einzugestehen.

Das verschiebe ich noch ein wenig, es kann nichts schaden. Jetzt will ich eilends mit Doktor Wendland nach Buenos Aires, um meine Nichte unter meinen Schutz zu nehmen. Also, auf Wiedersehen, lieber Herr Direktor.«

»Glückauf zur Fahrt, Frau Wörth, kommen Sie gesund wieder.«

Sie reichten sich die Hände, und Frau Wörth eilte davon.

10

Der deutsche Konsul hatte sofort, nachdem ihn Rose und ihre Begleiterin verlassen hatten, die nötigen Schritte unternommen, um Señora Morbida und ihre Helfershelfer zur Anzeige zu bringen und Petris und ihre Genossen nach Santa Fe verfolgen zu lassen. Aber Señora Morbida war gewappnet gewesen.

Als die Flucht der beiden jungen Mädchen entdeckt worden war, hatte sie zunächst versucht, sie noch einholen und wieder gefangennehmen zu lassen. Sie waren aber nicht mehr zu sehen. Señora Morbida war nun selbstverständlich in Sorge, daß diese Angelegenheit ihr den Hals brechen könne, denn sie wußte sehr wohl, daß sie schon viel auf dem Kerbholz hatte. Eine kleine Hoffnung blieb ihr noch, daß die beiden Entflohenen die nächste Polizeiwache aufgesucht haben könnten. Denn Bessie Hollwood hatte begreiflicherweise nicht verraten, daß sie Rose Rietberg davor gewarnt hatte. Sie hatte, nachdem man sie von Knebeln und Stricken befreit, ausgesagt, daß Rose sie plötzlich überfallen, gefesselt und geknebelt und ihr den Drücker abgenommen habe.

Daß auch Martha Preller mit verschwunden war, hatte auch Bessie in ehrliches Erstaunen versetzt, aber sie hatte sich innerlich ebenso darüber gefreut, wie über Roses gelungene Flucht, und die arme unglückliche Bessie ging mit einem Gefühl umher, als habe die gute Tat, die sie begangen, einen Teil ihrer Sünden, die doch nur die Sünden ihrer Sklavenhalter waren, abgewaschen.

Señora Morbida zeterte unaufhörlich in den grellsten Tönen über das viele Geld, das sie durch die beiden Ausreißerinnen verloren habe. Sie seien ihr das ganze Reisegeld und den Betrag für die Toiletten und die seidene Wäsche schuldig, die sie ruiniert hatten. Daß das Betäubungsmittel, das sie so sicher gemacht, nicht gewirkt hatte, konnte sie sich gar nicht erklären, und Bessie hütete sich, ihr darüber Aufschluß zu geben.

Auf Bessie fiel kein Verdacht. Die Señora schalt die Entflohenen ausgefeimte Verbrecherinnen, die ihre Dienerin überfallen und geknebelt hätten, aber sie werde schon dafür sorgen, daß sie wieder eingeliefert würden, und dann könnten sie etwas erleben. Und so ging es weiter und wurde immer schlimmer, je weiter die Nacht vorschritt, ohne daß ihr die Flüchtlinge von den ihr ergebenen Polizeibeamten wiedergebracht wurden.

Señora Morbida hatte sich eine ganze Liste von Anschuldigungen gegen die beiden Flüchtlinge zurechtgelegt, als sie endlich am andern Morgen den Stier bei den Hörnern zu fassen beschloß und zur Polizei ging, um die Flucht der beiden Mädchen zu melden. Sie war in denkbar schlechter Laune, denn ihre Gäste hatten gestern nacht enttäuscht ihr Haus verlassen, als sie gehört hatten, daß die angekündigten neuen Damen entflohen seien. Man fürchtete eine Razzia in Señoras gastlichem Haus und zog es vor, nicht dort angetroffen zu werden. Das hatte die Spanierin noch mehr erbost, und zugleich war ihr selbst nicht ganz wohl zumute.

Als die Señora auf die Polizeidirektion kam, wußte man dort nichts von der Flucht der beiden Mädchen. Die Señora sorgte nun gründlich dafür, daß der polizeiliche Bericht in ihrem Sinn abgefaßt würde.

Sie erstattete einfach Anzeige, daß zwei Verbrecherinnen ihre Dienerin überfallen und geknebelt hätten und mit Hinterlassung einer großen Schuldenlast – auf dies Konto schrieb die geschäftstüchtige Señora auch die neuerlichen Bestechungsgelder für die ihr ergebenen Polizeibeamten – entflohen seien.

So sah die Angelegenheit nach Angabe der Señora aus. Zunächst stieß der Konsul daher auf allerlei Schwierigkeiten, und er mußte energisch auftreten, damit man die beiden jungen Mädchen nicht einfach zu Señora Morbida zurückbrachte. Es wurde zuerst bei der Polizeidienststelle recherchiert, bei der die Señora zuständig war, und da war man schon durch diese in ihrem Sinne informiert worden.

Die Auskunft über die Aussagen der Morbida erhielt auch der Konsul, und man gab ihm zu bedenken, daß es unsinnig sei, in ein Wespennest zu stechen wegen einiger davongelaufener deutscher Mädchen, deren Moralität doch sicherlich fragwürdig sei, da sie doch mit zu Señora Morbida gegangen seien. Hätte Rose Rietberg nun nicht einen so einwandfreien Eindruck auf den Konsul gemacht, hätte die Sache der beiden Mädchen schlimm gestanden. So aber blieb er bei seinem Vorsatz, diese Angelegenheit gründlich zu untersuchen, und verlangte vor allen Dingen energisch die Herausgabe der Pässe und der Koffer.

Er sandte den Konsulatsdiener zur Pension und ließ die beiden Mädchen noch einmal zu sich kommen. Er verhehlte ihnen nicht die Schwierigkeiten, die er zu bewältigen habe und teilte ihnen mit, was die Señora gegen sie ausgesagt hatte.

»Ihre Sache steht sehr ernst«, sagte er zum Schluß seines Berichtes.

Die beiden erblaßten und flehten ihn an, sie nicht zu verlassen. Er beruhigte sie und sagte ihnen, daß ihm selbst sehr viel daran liege, ihre Sache zu einem guten Ende zu führen. Sie möchten ihm noch einmal genau alles berichten, was geschehen sei, seit sie von den Petris engagiert worden seien.

Rose war wieder die Wortführerin, und Martha bestätigte alles.

Der Konsul entließ die beiden Mädchen, nachdem er ihnen noch einmal eingeschärft hatte, nicht auszugehen, wenn er ihnen nicht den Diener schickte.

Kaum hatten sie aber das Konsulat wieder verlassen, als sich dem Konsul Frau Wörth, die Herrin der Argro-Werke, und Doktor Wendland melden ließen.

Der Konsul ließ die ihm bekannte Dame mit ihrem Begleiter sofort vor und erstaunte nicht wenig, als sich ihm Frau Wörth als eine Verwandte Rose Rietbergs vorstellte.

»Ach, das hätte mir Fräulein Rietberg sagen sollen, daß ihre Tante, von der sie mir ganz flüchtig sprach, eine so prominente Persönlichkeit ist, dann wäre mir vieles leichter gewesen.«

Josephine Wörth stellte nicht in Abrede, daß sie Roses Tante sei. Sie hatte unterwegs leichthin zu Werner gesagt: »Ich werde dem Konsul und der Polizei nicht erst große Erklärungen über meinen Verwandtschaftsgrad zu Rose Rietberg geben. Sie ist eben meine Nichte.«

So war Werner gar nicht erstaunt, als sie dem Konsul antwortete:

»Meine Nichte hat keine Ahnung von den Verhältnissen, in denen ich lebe. Im übrigen müßte doch auch Gerechtigkeit für jemand zu finden sein, der nicht das Glück hat, einflußreiche Verwandte zu besitzen.«

»Sie wissen aber, daß alles glatter geht, wenn man einen Fürsprecher bei den Behörden hat«, erwiderte der Konsul.

»Also – jedenfalls bin ich da, um die Sache meiner Nichte zu vertreten. Ich erfuhr ihre Notlage nur zufällig durch Doktor Wendland, der mit Fräulein Rietberg bekannt ist und dem sie brieflich ihre peinliche Lage schilderte. Herr Doktor Wendland ist seit kurzem als Ingenieur in den Argro-Werken angestellt und hat auf demselben Dampfer wie die junge Dame die Überfahrt zurückgelegt. Weil ihm die Begleiter von Fräulein Rietberg keinen guten Eindruck machten, war er in Sorge um sie und bat sie, ihm auf jeden Fall sofort eine Nachricht zu geben, wie sie hier untergebracht sei. Heute morgen kam nun dieser Brief von Fräulein Rietberg an – ich bitte Sie, ihn zu lesen, Herr Konsul, und uns dann zu sagen, was bisher in dieser Sache geschehen ist.«

Der Konsul las Roses Brief und gab ihn dann zurück.

»Das Schreiben deckt sich mit der Aussage Fräulein Rietbergs, nur hat sie in diesem Schreiben einiges nicht erwähnt, weil es ihr wohl peinlich war, dieses an einen jungen Herrn zu schreiben.«

Und er vervollkommnete nun Roses Bericht, was Werner Wendland das Blut der Empörung in die Stirn trieb und auch Frau Wörth stark entrüstete, diese Entrüstung wuchs noch viel mehr, als der Konsul berichtete, was Señora Morbida ausgesagt und welchen Bescheid er selbst von der Polizei bekommen hatte.

»Das wäre freilich nicht geschehen, wenn ich bei der Polizei hätte angeben können, daß sich so einwandfreie Fürsprecher für die junge Dame melden würden. Ich muß Ihnen gestehen, daß ich sehr froh bin. Sie jetzt ins Treffen führen zu können, denn die Sache der beiden Mädchen stand verteufelt schlecht. Diese Morbida ist ein Satan und scheut vor nichts zurück. Immer schlüpft sie wieder durch, wenn man sie schon zu haben glaubt, und das liegt, wie ich nun weiß, an der Bestechlichkeit verschiedener Subjekte bei der Polizei. Dagegen werden wir beide unsern Einfluß geltend machen, sehr verehrte Frau Wörth, und ich hoffe. Ihre Fürsprache für Fräulein Rietberg wird wirkungsvoller sein als Señora Morbidas unerhörte Frechheit. Ich hatte mir gerade, ehe Sie kamen, die beiden Damen noch einmal herbestellt und mir noch einmal alles genau schildern lassen, und dabei ist mir dann der Gedanke gekommen, daß man diese Bessie Hollwood verhören müßte. Mir scheint, dieses arme Geschöpf weiß mehr über Señora Morbida, als ihr lieb sein kann. Vor allen Dingen aber muß sie der Wahrheit gemäß aussagen, daß sie nicht überfallen worden ist von den beiden Mädchen, sondern denselben aus Mitleid zur Flucht verholten hat. Das wird schwer halten, denn sie hat sicherlich große Angst vor der Señora, diese Sklavenhalterinnen haben ja eine unerhörte Gewalt über die armen Dinger.«

»Man muß Bessie Hollwood die Angst vor dieser Bestie von Frau nehmen. Bitte, Herr Konsul, veranlassen Sie, daß Bessie Hollwood vernommen wird. Man soll ihr sagen, daß die Morbida ihr nichts mehr anhaben darf. Ich selbst werde für die Ärmste in irgendeiner Weise sorgen. Ich werde am besten sofort zum Polizeipräsidenten fahren und ihm die Sache vortragen.«

»Das ist ein ausgezeichneter Gedanke, ich werde Sie begleiten. Er muß auch dafür sorgen, daß die von mir veranlaßte Verfolgung des Ehepaares Petri und der anderen beiden Herren schärfer betrieben wird, denn mir scheint, nach Fräulein Rietbergs Bericht, daß sie und Fräulein Preller nicht die einzigen Opfer waren, die über das Meer gelockt worden sind.«

Man besprach noch alles Nötige, und dann fuhr Frau Wörth mit den beiden Herren zum Polizeipräsidium. Es gelang ihnen, den Präsidenten sogleich zu sprechen und ihn für die Sache zu interessieren. Der Konsul sprach ganz offen seinen Verdacht aus, daß die Señora Polizeibeamte bestochen habe und nur deshalb nie zu fassen gewesen sei. Das veranlaßte den Präsidenten, mit aller Schärfe vorzugehen. Er gab sogleich, noch im Beisein seiner Besucher, verschiedene Befehle, vor allen Dingen auch den, Bessie Hollwood vorläufig einmal in Schutzhaft zu nehmen.

Nun war die ganze Angelegenheit freilich in ein anderes Fahrwasser gekommen, und beruhigt konnte sich Frau Wörth mit den beiden Herren vorläufig wieder entfernen.

Frau Wörth teilte dem Konsul, während sie ihn in ihrem Wagen zum Konsulat zurückbrachte, mit, daß sie ihre Nichte und deren Begleiterin mit in ihr Hotel nehmen würde, damit sie beide unter ihren Schutz nehmen könne.

Als sie sich dann von dem Konsul verabschiedet hatte, sah sie in Werners blasses, gespanntes Gesicht. Ein Lächeln huschte um ihren Mund.

»Ich muß gestehen, daß ich furchtbaren Hunger habe und Verlangen nach einer kräftigen Mahlzeit, denn ich bin heute morgen schon beim Frühstück gestört worden und habe seither nichts gegessen. Sie werden mich aber für grausam halten, wenn ich Sie nicht endlich zu Rose Rietberg bringe. Ich sehe, Sie fiebern vor Unruhe, sie wiederzusehen. Und auch ich bin sehr gespannt, diesem jungen Geschöpf nun endlich ins Angesicht zu sehen. Also fahren wir zunächst zur Pension Stübbe. Ich werde ja noch eine Weile meinen Hunger bezwingen können.«

Rose und Martha saßen niedergeschlagen in ihrem Pensionszimmerchen. Martha, die allen Mut verlor, hatte stundenlang herzbrechend geweint und behauptet, wenn ihr Leben auch nie schön und sorglos gewesen sei und sie im Waisenhaus manchmal der Jammer erfaßt habe, so sei sie doch noch nie so verzagt gewesen wie jetzt.

Rose, der das Herz selbst sehr schwer in der Brust lag, hatte sie nach Kräften getröstet, und als Martha nun endlich etwas ruhiger geworden war, brach sie selbst ziemlich mutlos in einem Sessel zusammen und starrte verzagt vor sich hin. Eins wußte sie: Wenn man versuchen würde, sie zur Señora zurückzubringen, so sprang sie lieber in den Rio de la Plata.

Als sie nun beide in stummer Verzweiflung vor sich hin starrten, klopfte es an die Tür. Erschrocken fuhren sie beide empor und sahen sich angstvoll in die blassen Gesichter.

Endlich rief Rose zaghaft »Herein«.

Der Boy der Pension trat ein und meldete, ein Herr und eine Dame wünschten Fräulein Rietberg zu sprechen.

Rose sah Martha angstvoll an, und diese sagte entsetzt: »Gehen Sie bloß nicht hinüber ins Sprechzimmer, das sind sicher Petris, die uns wieder einfangen wollen.«

Unschlüssig sah Rose den Boy an.

»Haben die Herrschaften ihren Namen nicht gesagt?«

»Nur diese Karte haben sie abgegeben«, sagte der Boy, die Karte aus seiner Mütze nehmend.

Rose faßte mit bebender Hand nach der Karte und sah darauf nieder, dann preßte sie erschrocken die Hand auf das Herz.

»Mein Gott!«

»Was ist denn nun wieder los, Fräulein Rose?«

Rose richtete sich auf und strich das Haar aus der Stirn.

Dann antwortete sie verlegen:

»Nichts Schlimmes, beruhigen Sie sich, nur etwas, das mich sehr aus der Fassung bringt – Doktor Wendland ist hier.«

Martha stieß einen erlösten Seufzer aus.

»Gott, hab' ich mich erschrocken, und nun ist es gar nicht mal nötig. Wenn es der Herr Doktor ist, denn gehen Sie ruhig. Das ist ein Mann! Da kann sich Weißkant ein Beispiel nehmen. Kaum hat er Ihren Brief, da ist er schon selbst da. Gehen Sie man hinüber, er will Ihnen gewiß helfen. Warten Sie mal, erst noch mal schnell mit dem Kamm über das Haar. Sie müssen doch adrett aussehen.«

Und eifrig putzte Martha in ihrer Gutherzigkeit an Rose herum und schob sie aus der Tür.

Rose war zumute, als hätten ihre Füße keinen festen Halt, als schwanke der Boden unter ihr. Mit zitternder Hand öffnete sie die Tür zu dem kleinen Sprechzimmer und zog sie, eintretend, hinter sich zu. Leichenblaß wurde sie, als sie den heißgeliebten Mann vor sich sah. Sie lehnte sich taumelnd an die Tür und sah mit großen bangen Augen zu ihm hinüber.

»Sie, Herr Doktor? Mein Gott, Sie sind doch nicht meinetwegen nach Buenos Aires gekommen?«

Werner Wendland sah mit brennenden Augen in ihr blasses Gesicht, trat auf Rose zu und faßte mit krampfhaftem Druck ihre Hände.

»Haben Sie einen Moment daran gezweifelt, daß ich kommen würde, nachdem ich Ihren Brief erhalten habe?«

Sie sah ihn mit einem Blick an, der nicht nur ihn, sondern auch Frau Wörth erschütterte.

»Wie hätte ich das glauben können. Sie haben doch Ihre Arbeit. Ihre Zeit gehört Ihnen doch nicht. Mein Gott, wenn Sie sich nur nicht Unannehmlichkeiten meinetwegen zugezogen haben.«

»Freuen Sie sich nicht ein wenig, daß ich bei Ihnen bin?« stieß er heiser hervor.

Sie erbebte und schloß einen Moment die Augen.

»Ich wage es noch nicht zu glauben, ich denke, daß ich träume. Furchtbar waren diese Tage – und nun eine so große Freude! Aber wenn Ihnen nur keine Unannehmlichkeiten erwachsen, weil Sie so schnell Urlaub nahmen.«

»Darüber müssen Sie sich beruhigen. Sie sollen sich um nichts, um gar nichts sorgen. Ich bin gekommen, um Sie von allen Sorgen und Ängsten zu befreien. Wie hätte ich Sie allein lassen können?«

Da schlug Rose, aller Kraft beraubt, die Hände vors Gesicht und weinte – lautlos – unfähig, sich länger zu beherrschen.

Ratlos, gequält durch Roses Tränen, sah Werner Wendland Frau Wörth an. Sie las den brennenden Wunsch in seinen Augen, Rose in seine Arme zu nehmen und ihre Tränen fortzuküssen. Um ihm einen weiteren Kampf zu ersparen und auch von ihrem eigenen Herzen getrieben, trat Josephine Wörth jetzt an das weinende Mädchen heran und legte ihre Arme um sie.

»Weinen Sie sich aus, armes Kind, das tut wohl, wenn man so lange hat tapfer sein müssen.«

Rose ließ die Hände sinken und sah sie unter Tränen an.

»Sie sprechen deutsch, gnädige Frau? Verzeihen Sie, daß ich mich in Ihrer Gegenwart so gehenließ. Meine Nerven versagten einen Augenblick. Darf ich wissen, mit wem ich die Ehre habe?«

»Ich heiße Wörth und bin die Schwägerin – ach nein, fort mit aller Verstellung, ich bin deine Tante Josephine.«

Wie im Traum sah Rose zu ihr auf und merkte nicht, daß Wendland erstaunt auf Frau Josephine Wörth blickte.

»Tante Josephine? Sie – meine Tante? Und Sie kommen zu mir und sind so gut zu mir – das ist zu schön, um wahr zu sein.«

»Es ist aber wahr, liebe Rose! Ein Zufall hat mir den Brief in die Hände gespielt, den du an Doktor Wendland geschrieben hast. Und da habe ich mich gleich mit ihm aufgemacht, um dir zu Hilfe zu kommen und dir zu beweisen, daß ich nicht so hartherzig und gefühllos bin, wie man mich dir geschildert hat. Wenn ich auch Menschen wie deinem Onkel Herbert ablehnend gegenüberstehe, so glaube ich doch, ein warmes Herz in der Brust zu haben. Ich hatte freilich ein wenig Angst, daß du unter den Einfluß dieser Menschen geraten wärest. Und als ich nun heute morgen deinen Brief in der Hand hielt, der an Doktor Wendland adressiert war, und auf der Rückseite deinen Namen als den der Absenderin las, da kamen wieder Zweifel über mich. Ich fürchtete, du seiest von deinem Vormund hierher gesandt worden, um – nun ja – um ein wenig die Erbschleicherin zu spielen. Reiche Leute werden oft mißbraucht; das ist der Fluch des Reichtums. Das Mißtrauen gegen Doktor Wendland, daß er der Verbündete einer Erbschleicherin sein könnte, fiel freilich schnell in sich zusammen, und nachdem ich deinen Brief gelesen hatte, auch das gegen dich. Aber – ich hatte ihm nun einmal vorgespielt, daß nur meine arme Schwägerin deine Tante sei, und nachher schämte ich mich so sehr meines Mißtrauens, daß ich den Mut zu einem Bekenntnis nicht fand. Sieh nur, deshalb sieht er mich so erstaunt an, nun ich mich dir als deine Tante Josephine zu erkennen gab. Es soll nun genug sein mit der Maskerade. Ich müßte ein sehr schlechter Menschenkenner sein, wenn du Talent zur Erbschleicherin hättest.«

»Wie sollte ich denn? Ich habe doch nicht gewußt, daß du, liebe Tante, eine reiche Frau bist. Und, sei mir nicht böse, das erscheint mir jetzt auch gar nicht wichtig. Viel wertvoller ist es mir, daß du gut zu mir bist, daß du hier bist, daß ich nicht mehr so grenzenlos einsam und verlassen in dieser fürchterlichen Stadt bin.«

Und die beiden Frauen küßten sich herzlich und sahen sich mit feucht schimmernden Augen an.

Wohlig und warm stieg es in Josephine Wörth empor, als sie fühlte, wie innig sich Rose an sie anschmiegte, wie sie vertrauensvoll zu ihr aufsah. Um ihre Rührung zu meistern und Rose die Fassung wiederzugeben, zwang sie sich zu einem Scherz.

»Schilt mir Buenos Aires nicht, das ist keine fürchterliche, sondern eine sehr schöne Stadt, was auch du hoffentlich noch erkennen wirst. Und sie wird dir gleich etwas freundlicher erscheinen, wenn ich dir sage, daß du von dieser Stunde an unter meinem Schutz stehst und selbstverständlich auch unter dem des Herrn Doktor, der sonst neidisch auf mich wird. Wir lassen dich nicht mehr allein. Aber das können wir uns alles später erzählen. Wir werden uns noch viel zu sagen haben, und wenn ich jetzt nicht bald etwas zu essen bekomme, dann wird mir flau. Ich habe seit heute morgen nichts genossen, und jetzt ist Abend geworden. Du begleitest uns in das Hotel, wo ich immer abzusteigen pflege, da sind wir gut aufgehoben, und wir speisen zusammen zu Abend.«

Rose küßte ihr die Hand und sah mit aufleuchtendem Blick zu Werner hinüber, der nun herantrat und erst Frau Wörth und dann ihr die Hände küßte, ohne daß er ein Wort herausbrachte. Aber Rose sagte dann zaghaft: »Es ist so lieb von dir, Tante Josephine, daß du mich mitnehmen willst – aber – ich habe dem Herrn Konsul versprochen, dies Haus ohne seine Erlaubnis nicht zu verlassen.«

»Nun wohl, diese Erlaubnis bringe ich dir. Wir haben bereits in deiner Sache mit dem Konsul und auch mit dem Polizeipräsidenten verhandelt. Und er weiß, daß ich dich unter meinen Schutz nehme und billigt es.«

»Ich habe aber nichts anzuziehen als diesen Reiseanzug.«

Frau Wörth lachte.

»Mir kommt es mehr darauf an, was in den Sachen steckt, und ich glaube, Doktor Wendland wird auch auf ein festliches Abendkleid verzichten. Hast du nun noch mehr Einwände, mit denen du mich dem Hungertod preisgeben willst?«

Rose preßte die Hände zusammen.

»Du mußt nicht böse sein, daß ich dich noch aufhalte. Wenn du meinen Brief gelesen hast, dann weißt du auch, daß ich eine Gefährtin in meinem Elend hatte. Fräulein Preller und ich waren im Unglück unzertrennlich. Soll ich sie jetzt in ihrem Elend allein lassen?«

Josephine Wörth sah Rose tief gerührt in ihre bittenden Augen. Sie strich ihr lächelnd über das Haar.

»Nein, du hast wirklich kein Talent zur Erbschleicherin, du liebes, tapferes Kerlchen! Selbstverständlich lassen wir Fräulein Preller, die alles so treulich mit dir getragen hat, nicht allein. Wir nehmen sie mit ins Hotel, da kann sie in ihrem Zimmer speisen und sich die Zeit vertreiben, bis wir uns ausgesprochen haben. Du kannst ja dann nach ihr sehen. Sage ihr nur, daß auch sie unter meinem Schutz steht. Und nun tummle dich, Kind, mir wird wirklich vor Hunger ganz flau.«

Rose fiel der Tante stürmisch um den Hals.

»Du Liebe, Gute, wie dankbar bin ich dem Himmel, daß ich dich gefunden habe. Und Martha Preller wird Augen machen! Nur fünf Minuten gedulde dich, liebe Tante, dann werden wir fertig sein.«

»Gut, gut! Lauf zu, mein Mädelchen. Aber erst gib Herrn Wendland noch die Hand, er hat es wirklich nicht verdient, daß er die ganze Zeit von uns nur als Nebenperson behandelt wurde.«

Rose wandte sich errötend zu Werner und reichte ihm beide Hände.

»Sie lieber, treuer Freund – ich bin Ihnen so vielen Dank schuldig. Sie wissen, daß ich das nicht vergesse.«

Er zog ihre Hand an seine Lippen, sah ihr tief in die Augen und sagte aufatmend:

»Ich bin glücklich, weil ich Sie froh und glücklich sehe.«

Ihre Augen hielten einander eine Weile fest, dann riß sich Rose los und lief davon.

11

Im kleinen Pensionszimmer fiel Rose der Gefährtin Martha, die ihr neugierig entgegensah, um den Hals und küßte sie stürmisch. Irgendwohin mußte sie mit ihrer Freude.

»Schnell, Fräulein Martha, schnell, machen Sie sich zum Ausgehen fertig. Meine Tante ist hier und nimmt uns beide mit in ihr Hotel. Schnell, sie wartet.«

Martha sah Rose fassungslos an.

»Ihre Tante? Ich denke, Doktor Wendland ist hier?«

»Ja doch, er auch.«

»Gotte doch, wie kommt er denn so plötzlich zu einer Tante von Ihnen? Das kann doch kein Mensch verstehen.«

Rose ordnete ihr Kostüm in fliegender Eile.

»Ich verstehe es ja selbst noch nicht, Fräulein Martha, und was ich davon verstehe, muß ich Ihnen später erzählen. Ich habe Ihnen gar nicht mitgeteilt, daß ich eine Tante in Argentinien habe, deshalb sind Sie noch viel erstaunter als ich. Aber so beeilen Sie sich doch, meine Tante hat Hunger, und wir dürfen sie nicht warten lassen.«

»Wir dürfen aber doch nicht fort, der Konsul hat es verboten.«

»Nein, nein, er hat meiner Tante die Erlaubnis gegeben, uns mitzunehmen. So beeilen Sie sich doch, wir wollen in das Hotel meiner Tante und dort speisen.«

»Ich auch?«

»Ja doch, ich werde Sie doch nicht allein lassen.«

»Sagen Sie mal, Fräulein Rose, da unten vor dem Haus steht ein feines Auto mit einem bildhübschen Chauffeur – der hat nicht schlecht zu mir heraufgeblinzelt, wie ich am Fenster stand – das Auto wird doch nicht etwa Ihre Tante gebracht haben?«

»Das weiß ich nicht. Ich weiß nur, daß sie reich ist, das hat sie mir gesagt, und daß sie mit dem Konsul und mit dem Polizeipräsidenten verhandelt hat und uns unter ihren Schutz nimmt, mehr weiß ich selbst nicht.«

»Gotte doch, wenn das ihr Chauffeur wäre, so ein bildhübscher Mensch – und brünett ist er auch –, ein ganz braunes Gesicht hat er.«

Rose mußte lachen. Sie stülpte Martha in großer Eile den Hut auf und half ihr in den Mantel.

»Und Herr Weißkant, Fräulein Martha?« neckte sie.

»Ach der, der läßt mich doch in meiner Not sitzen, das

weiß ich schon, der ist froh, daß er von mir losgekommen ist. Der Chauffeur, der würde mir zehnmal besser gefallen.«

Martha half Rose in ihren Mantel, dann standen sie sich fertig gegenüber. Martha wickelte schnell die beiden Kämme, die Zahnbürste und die Seife in ein Stück Papier.

»Das kann man doch nicht hierlassen, es war so teuer«, sagte sie.

Dann sahen sich die beiden Mädchen noch einmal in dem Zimmerchen um, wie Abschied nehmend, und verließen diesen Zufluchtsort mit dankbaren Herzen.

Gleich darauf standen sie vor Frau Wörth und Doktor Wendland. »Das ist Martha Preller, meine Leidensgenossin, liebe Tante.«

Josephine Wörth sah forschend und prüfend über Martha Prellers hübsche, adrette Erscheinung und reichte ihr dann mit ihrem gütigen Lächeln die Hand.

»Es freut mich, Fräulein Preller, daß Sie so tapfer mit meiner Nichte einer gefährlichen Situation entflohen sind.«

»Gotte doch, gnädige Frau, eigentlich ist nur Fräulein Rietberg schuld daran, daß alles so gut abgelaufen ist. Ich hätte mir doch nicht zu helfen gewußt, unsereins kann doch nur deutsch sprechen und verstehen. Wenn Fräulein Rietberg nicht englisch und spanisch verstanden hätte, wären wir nicht aus der Spelunke herausgekommen. Nie vergesse ich das Fräulein Rietberg.«

»Das ist hübsch von Ihnen! Und nun sorgen Sie sich nicht mehr. Sie stehen unter meinem Schutz. Ich bin selbst eine Deutsche und werde ein braves deutsches Mädchen nicht im Stich lassen. Aber nun wollen wir gehen.«

Rose gab der Pensionsinhaberin Bescheid, daß sie über das Zimmerchen verfügen könne, und dann verließ man das Haus. Vor diesem stand ein elegantes Auto. Josephine Wörth stieg ein, von Doktor Wendland unterstützt, der dann Rose beim Einsteigen half. Martha Preller stand verlegen und sah mit großen Augen auf das feine Auto und auf den hübschen Chauffeur, der das blonde Mädchen wiedererkannte, dem er vorhin zum Fenster hinauf wohlgefällige Blicke zugeworfen hatte.

Der Chauffeur in seinem braunen Lederanzug und seinem ebenso braungebrannten Gesicht machte einen noch viel stärkeren Eindruck auf Martha als das schöne Auto. Und als man sie nun zum Einsteigen aufforderte, wurde sie dunkelrot und hätte am liebsten laut gejauchzt.

Im Hotel angekommen – es war zu Marthas steigender Verwunderung ein sehr vornehmes Hotel –, wurde Frau Wörth sehr höflich empfangen. Sie verlangte die nötigen Zimmer und wandte sich dann an Martha:

»Würden Sie bitte in Ihrem Zimmer speisen, Fräulein Preller? Ich habe mit meiner Nichte allerlei zu besprechen. Sie wird später nach Ihnen sehen. Und Sie können ganz unbesorgt sein, hier sind Sie in Sicherheit. Ich werde Ihnen deutsche Zeitungen schicken lassen, damit Sie Unterhaltung haben. Also, auf Wiedersehen.«

Rose überzeugte sich, daß Martha gut aufgehoben war. Dann begab sie sich mit ihrer Tante und Doktor Wendland in ein kleines Séparée, das Frau Wörth bestellt hatte, und wo ihnen das Abendessen aufgetragen wurde. Sie konnten hier ungestört miteinander plaudern, und das war gut, denn sie hatten sich viel zu sagen.

Rose mußte ihrer Tante genau berichten, wie es ihr im Haus des Onkels in Berlin ergangen war, und wenn Rose auch schonend in ihrem Bericht mit Onkel und Tante umging, so las Josephine Wörth doch zwischen den Worten, was für ein Martyrium Rose durchgemacht hatte. Sie wußte ganz genau, wie sich diese beiden Menschen an ihrem Vermögen bereichert und wie sie diese dann lieblos behandelt hatten, als es wertlos geworden war. Sie nickte.

»Armes Ding, ich kann mir gut ausmalen, was du erduldet hast. Du hast eine bittere, schwere Jugend gehabt. Aber das soll besser werden. Die Reise nach Argentinien, die du in deiner Angst vor dem widerwärtigen Freier angetreten hast und die dir beinahe zum Unheil ausgeschlagen wäre, soll dir Glück bringen! Denn ich werde dich nicht mehr von mir lassen. Du kommst mit mir nach Rosario, sobald deine Angelegenheit hier geregelt ist. In meinem Haus ist Platz genug, und es wird mir wohltun, ein so liebes Mädchen um mich zu haben.«

Rose küßte ihr dankbar die Hand und sah zu Werner hinüber. Was sie in seinen Augen las, trieb ihr die helle Röte ins Gesicht. Wußte sie doch, daß Werner auch in Rosario sein würde. Noch immer ahnte Rose nicht, daß Tante Josephine die Herrin der Argro-Werke war.

Das erfuhr sie erst nach Tisch. Frau Wörth bat Werner, dem Portier zwei Telegramme aufzugeben. »Bitte, notieren Sie sich, Herr Doktor!«

Werner zog sein Notizbuch hervor und sah sie erwartungsvoll an.

»Also zuerst an Herbert Rietberg, Berlin, Prinzregentenstraße 92. Rose bei mir eingetroffen, bleibt hier. Josephine Wörth. Und dann an Direktor Hartmann, Argro-Werke. Hier einige Tage festgehalten, bringe Nichte mit. J. Wörth. – Bitte, besorgen Sie das gleich.«

Werner erhob sich, verneigte sich und verließ das Zimmer. Als Tante und Nichte allein waren, sagte Frau Wörth:

»Ein prachtvoller Mensch, dieser Doktor Wendland. Ich bin sehr froh, daß ich ihn engagiert habe.«

»Du hast ihn engagiert, Tante? Wie soll ich das verstehen? Er ist doch auf den Argro-Werken als Ingenieur angestellt.«

Nun stutzte Frau Josephine, und dann lachte sie plötzlich.

»Ich habe dir wohl noch gar nicht gesagt, daß ich die Chefin der Argro-Werke bin, die ich vor etwa fünfundzwanzig Jahren mit meinem leider verstorbenen Mann gegründet habe.«

Rose schüttelte fassungslos den Kopf.

»Nein – davon hast du mir nichts gesagt. Nun verstehe ich erst, wie es gekommen ist, daß Doktor Wendland dich so schnell ausfindig gemacht hat und daß er so bald schon Urlaub bekam, um mich hier aufsuchen zu können.«

Josephine Wörth lachte.

»Nun, was den Urlaub betrifft – den hätte er sich um jeden Preis verschafft, und wenn er seine Stelle deswegen verloren hätte. Und ausfindig hat er mich nicht gemacht, es kam ganz zufällig, daß ich erfuhr, daß er mit dir bekannt sei, und – weil er nicht wollte, daß ich den Verdacht bekäme, du habest ihm einen Liebesbrief geschrieben, drang er darauf, daß ich deine Zeilen las. Er hat mir freilich nicht verschwiegen, daß er die Absicht hat, dich zu seiner Frau zu machen.«

Roses Gesicht war wie in Glut getaucht.

»Oh, Tante Josephine, soweit sind wir noch lange nicht«, sagte sie leise.

Ein humorvolles Lächeln zuckte um Frau Josephines Mund.

»Mir eilt es auch gar nicht, dich so schnell wieder hergeben zu müssen, aber ihm scheint es sehr zu eilen.«

»Nein, nein, liebe Tante, er hat mir ja gesagt, als wir auf dem Dampfer Abschied nahmen, zwei bis drei Jahre wird es dauern, ehe er eine Frau heimführen könnte. Aber – daß er mich liebt wie ich ihn, das wissen wir beide, und – da wird mir das Warten nicht schwer.«

Mit einem Gefühl der Rührung zog Frau Josephine Rose in ihre Arme. Wie sehr hatte sie sich geirrt, als sie annahm, Rose könnte als Erbschleicherin zu ihr gekommen sein! Es kam ihr jetzt nicht einmal der Gedanke, daß die reiche Tante etwas tun könne, um diese lange Wartezeit abzukürzen. »Nun, meine kleine Rose, alles andere wird sich finden.«

Werner Wendland blieb absichtlich etwas länger fort als nötig war, er wollte Tante und Nichte Gelegenheit geben, sich allein auszusprechen. Er war sehr glücklich, daß er Rose in Sicherheit wußte und daß ihr nichts Schlimmeres geschehen war. Unter dem Schutz ihrer Tante konnte man ihr nichts mehr anhaben. Und Frau Wörth hatte allerlei mit Rose zu besprechen.

»Du wirst also in Zukunft in meinem Haus leben, Rose, das ist selbstverständlich. Und ich hoffe, daß es dir dort besser gefallen wird als im Haus deines Vormundes. Zum Aschenputtel sollst du gewiß nicht gemacht werden.«

»Oh, ich habe gern gearbeitet, liebe Tante, und ich möchte auch bei dir einen Wirkungskreis haben, in dem ich mich nützlich machen kann.«

»So, so! Du bist anscheinend ebenso versessen auf Arbeit wie Doktor Wendland. Aber sei ruhig, es wird sich auch für dich etwas finden. Ich kann zum Beispiel recht gut eine Sekretärin gebrauchen. Meine Schwägerin hat mir in den letzten Jahren in dieser Beziehung viel geholfen, und ich spüre nur zu sehr, wie sie mir fehlt. Sie wird diesen Posten kaum jemals wieder ausfüllen können, und es steht dir frei, ihn anzutreten. Was dir dazu noch fehlt, wirst du mit gutem Willen bald lernen.«

»Am guten Willen soll es gewiß nicht mangeln, Tante Josephine.«

Rose küßte ihr die Hand, und ein Leuchten lag auf ihren Zügen, worüber sich ihre Tante freute. Aber dann sah diese plötzlich einen Schatten über diese leuchtenden Züge gleiten und sie fragte:

»Was ging dir jetzt durch den Kopf, Rose? Irgend etwas belastet dich.«

»Es war nur der Gedanke an Martha Preller. Für mich ist alles nun so gut geworden, und die Ärmste weiß nicht, was aus ihr wird.«

Ein Lächeln flog über das Gesicht der alten Dame.

»Bist doch ein echtes sentimentales Gemüt aus Deutschland! Möchtest dir nun am liebsten die Verantwortung für dieses Mädchen aufbürden, weil du es vor einem schweren Schicksal bewahren konntest, das dir selber drohte.«

Mit ernsten Augen sah Rose ihre Tante an.

»Sie mußte im Waisenhaus aufwachsen und hatte eine noch viel traurigere Jugend als ich. Dabei ist sie immer brav und tüchtig geblieben. Sie hat so viele gute Eigenschaften. Kannst du nicht verstehen, liebe Tante, daß ich mich um ihr Fortkommen sorge, da es der liebe Gott mit mir selbst so gut gemeint hat?«

Josephine Wörth nahm ihre Nichte beim Kopf und küßte sie herzlich.

»Wenn ich jetzt nein sage, dann fällst du flugs in deinen alten Fehler zurück und glaubst, daß deine Tante eine hartherzige, gefühllose Person ist.«

»Nein, nein, das tue ich gewiß nicht, ich weiß es besser.«

»Ich will es aber doch lieber nicht darauf ankommen lassen. Zu deiner Beruhigung, Rose, ich habe schon darüber nachgedacht, was aus Martha Preller werden soll. Sie gefällt mir und soll, wenn sie will, mit nach Rosario kommen. Du kannst sie als deine persönliche Dienerin anlernen. Eine perfekte Zofe wirst du ja nicht brauchen.«

»Ich eine Zofe? Ach, Tante Josephine! Und eine persönliche Dienerin? Ich soll eine Dienerin bekommen? Ach du lieber Himmel – du treibst wohl Scherz mit mir?«

Lachend schüttelte Josephine Wörth den Kopf.

»Nein, nein, mein liebes Kind, das ist mein Ernst. Wenn ich meine Nichte in mein Haus nehme, dann ist es selbstverständlich, daß sie ein Leben führt, wie es in den Rahmen meiner Häuslichkeit und meiner Verhältnisse paßt. Und da alle meine Angestellten schon ihre bestimmten Arbeitsgebiete haben, so müssen wir für dich eine Dienerin einstellen. Sie wird schon nicht vor Langeweile umkommen, auch wenn du ihr nicht viel zu tun gibst. In meinem Haus gibt es genug Arbeit. Also, die Sache ist abgemacht, wenn Martha Preller will, kann sie in meinem Haus eine Stellung finden.«

Rose sah ihre Tante an, als müsse sie erst ergründen, ob das alles ernst gemeint sei, und dann fiel sie ihr lachend und weinend um den Hals.

Unter Tränen sagte sie:

»Du Gute, Liebe, nun bin ich erst ganz froh und glücklich. Ich hätte mich ja meines Glückes gar nicht freuen können, wenn die arme Martha nicht auch ein gutes Unterkommen gefunden hätte. Dafür muß ich dir einen Kuß geben.«

Und sie drückte ihre Lippen auf die der Tante und küßte auch ihre Hände. Frau Josephine hielt mit einem warmen, wohligen Gefühl still. Ihr war so froh und glücklich zumute, weil sie nun für die starke Mütterlichkeit ihres Wesens Bestätigung fand. Rose wurde ihr von Minute zu Minute lieber, und sie freute sich, sie in ihr einsames Haus aufnehmen zu können.

Als nach einer Weile Werner Wendland zurückkam, berichtete ihm Rose glückstrahlend, daß Martha Preller im Haus ihrer Tante Stellung finden würde als ihre Dienerin. Er freute sich über ihr glückstrahlendes Gesicht, aber dann wurde er sehr ernst und still. Es kam ihm jetzt erst zum Bewußtsein, daß sein Verhältnis zu Rose plötzlich ein ganz anderes geworden war. Bisher war sie für ihn nur ein armes Mädchen gewesen, dem er durch seine Arbeit, durch das Anspannen all seiner Kräfte ein sorgloses, bescheidenes Dasein schaffen wollte. Jetzt nahm ihm Frau Wörth diese Sorge ab. Rose würde eine Heimat haben, würde ein sorgloses, glänzendes Leben führen und vielleicht gar eines Tages Erbin ihrer Tante werden. Wie er geartet war, war das für ihn eine Enttäuschung und kein Gewinn. Er blieb der arme Ingenieur. Durfte er als solcher überhaupt hoffen, die Nichte der Herrin der Argro-Werke als seine Gattin heimführen zu können?

Josephine Wörth merkte sehr wohl, wie still und nachdenklich Werner geworden war, und als kluge Frau vermochte sie in seinem Innern zu lesen. Ein gütiges Lächeln huschte um ihren Mund.

Je heiterer und glückstrahlender Rose wurde, desto ernster und stiller wurde Werner Wendland. Rose merkte das nicht in ihrer freudigen Erregung, aber Frau Wörth entging es nicht.

Nach einer Weile faßte Rose die Hand ihrer Tante und sagte bittend: »Darf ich hinauf zu Martha Preller, liebe Tante, und ihr sagen, daß sie in deinem Haus eine Anstellung finden wird? Sie hat ja noch keine Ahnung davon und sitzt sicher mit einem Herzen voll Sorge allein.«

Lächelnd nickte die alte Dame.

»Lauf nur Rose, du hast ja doch nicht eher Ruhe.«

Froh lief Rose davon. Als Frau Josephine mit Werner Wendland allein war, sagte sie, ihn forschend ansehend: »Sie sind so auffallend still geworden, Herr Doktor.«

»Verzeihen Sie mir, ich kam auf ernsthafte Gedanken, die ich nicht verscheuchen konnte.«

Sie nickte mit einem feinen Lächeln.

»Ich weiß schon, was das für garstige, törichte Gedanken waren.«

»Garstig und töricht? O nein, nur traurig.«

»Und doch waren sie töricht und garstig. Sie mißgönnten der armen kinderlosen Tante, die mit einem Schlag ihr ganzes Herz an ihre junge Nichte gehängt hat, daß sie dieser das Leben ein wenig leichter und sonniger gestalten kann. Von einem garstigen Neid sind Sie zerfressen, weil Sie das alles allein tun möchten, weil Sie überhaupt niemandem gönnen, etwas Liebes für Rose zu tun. Oh, welch ein egoistischer Mensch Sie sind.«

Eine Weile sah er sie ganz betroffen an, sah aber dann die schelmischen Lichter in ihren Augen aufblitzen und faßte plötzlich ihre Hand. Nachdem er die Hand geküßt hatte, sagte er aufatmend:

»Ja, ja – ich bekenne mich zu diesem garstigen Neid –, es war nicht schwer für Sie, ihn zu erkennen. Ich habe Sie ja in mein Herz sehen lassen, ehe ich wußte, wie Sie zu Rose Rietberg standen. Und Sie, die Gütige, alles Verstehende, müssen begreifen, daß mein Herz voll Trauer ist. Rose Rietberg ist mir plötzlich so fern gerückt, sie ist nicht mehr das arme, heimatlose Mädchen, der ich ein sorgloses, wenn auch bescheidenes Dasein mit meiner Arbeit schaffen wollte. Sie paßt nicht mehr zu dem armen Ingenieur – und das quält mich.«

Mit einem schelmischen Lächeln sah sie ihn an. »Wenn

Rose das gehört hätte, ei – würde sie mir schnell alle Güte, die ich ihr erweisen möchte, vor die Füße werfen und sich schleunigst wieder in die arme, heimatlose Rose Rietberg verwandeln. Was soll ich tun, um diese garstigen Gedanken aus Ihrem Kopf wegzuscheuchen? Aus diesem Kopf, der aussieht, als sei er von Eisen. Jetzt, da ich glaube, das alles in schönster Ordnung ist, machen Sie mir solche Schwierigkeiten. Als Rose ein armes, heimatloses Mädchen war, hatte sie einen sehnsüchtigen Freier, der die Zeit nicht erwarten konnte, ihr ein warmes Nest zu bauen. Jetzt ist dieser sehnsüchtige Freier plötzlich ein garstiger Neidhammel geworden, der einer alten einsamen Frau ein bißchen Mutterglück nicht gönnen will.«

Wieder faßte er ihre Hand.

»Nein, nein, so müssen Sie das nicht auffassen. Sie tun es auch nicht im Ernst, Sie wollen sich nur ein wenig über mich lustig machen. Aber verstehen Sie mich doch! Bisher hatte ich ein Ziel, Rose Rietberg eine Heimat zu schaffen. Das ist mir nun plötzlich aus der Hand geglitten. Sie braucht mich nicht mehr, sie ist mir unerreichbar geworden.«

Josephine Wörth nickte und sagte drastisch:

»Dacht' ich's doch, daß solch ein Unsinn herauskommen würde! Nehmen wir doch einmal das schrecklichste an, was Ihnen jetzt anscheinend passieren könnte – daß ich in meiner Nichte meine Erbin sehe – wird sie deshalb unerreichbar für einen Mann wie Sie?«

Er stutzte, sah sie betroffen an und sagte dann rauh: »Sie würden in diesem Fall für Ihre Nichte höchstwahrscheinlich einen andern Mann aussuchen.«

Jetzt lachte sie hell auf.

»Soll Rose noch einmal vor einem ungeliebten Freier davonlaufen? Das trauen Sie mir zu, nachdem ich mich weißglühend erbost habe gegen meinen Vetter, weil er das Kind zu einer Ehe zwingen wollte? Das trauen Sie mir zu, nachdem Sie wissen, daß ich vor Jahren selbst auf und davon gegangen bin, um dem Mann meiner Liebe treu zu bleiben? Herr Doktor, was für eine schlechte Meinung haben Sie von mir! Da ist die meine über Sie bedeutend besser, trotzdem ich Sie heute morgen auch ein klein wenig mit Mißtrauen gekränkt habe.«

Werner sah in ihre gütigen, lachenden Augen und faßte wieder ihre Hand. »Sie halten mich nicht für unwert, daß ich mich eines Tages um Ihre Nichte bewerbe?«

»Da ich Sie dessen nicht für unwert hielt, als Rose noch ein armes heimatloses Mädchen war, wie soll ich Sie für unwert halten, es jetzt zu tun? Ist Rose eine andere geworden? Sind Sie ein anderer geworden? Ach, gehen Sie, Herr Doktor, zu all diesem Unverstand hat Sie nur Ihr garstiger Neid verführt; geben Sie ihn schnell wieder auf, und Sie werden wieder klare Augen bekommen.«

Strahlend sah er sie an. »Er ist schon ausgemerzt, mit Stumpf und Stiel – und Sie sind die anbetungswürdigste Frau unter der Sonne.«

Sie nickte ihm lächelnd zu und strich ihm mit einer mütterlichen Gebärde über das Haar. »Wenn Rose das hört!«

Er atmete tief auf.

»Ach Rose – Rose würde es mir nicht wehren ...«

»Ich danke, für Anbetung habe ich gar keine Verwendung. Mir haben stets die armen Heiligen Leid getan, die sich immer anbeten lassen, so hübsch aus der Ferne, man durfte ihnen nicht zu nahe kommen. Nein, nein, dafür muß ich danken. Ich hoffe, mit der Zeit etwas wärmere Gefühle bei Rose und auch bei Ihnen für mich auszulösen. Ich möchte ganz gern, daß Rose mich wie eine Mutter betrachtet und – auch für einen Sohn hätte ich Verwendung. Und Sie, lieber Doktor, Sie können mir, glaube ich, sehr wohl einen Sohn ersetzen, denn Sie haben eine große Ähnlichkeit in Ihrem ganzen Wesen mit meinem verstorbenen Mann. Ich habe Sie gleich ins Herz geschlossen. So eine alte Frau, wie ich bin, darf Ihnen eine solche Liebeserklärung machen. Ich verstehe Rose sehr gut, daß sie ihr Herz an Sie verloren hat.«

»Liebe, teure gnädige Frau – wenn Sie mir in das Herz sehen könnten –«, sagte er ergriffen.

Mit ihren gütigen Augen sah sie ihn an. »Ich denke schon, daß ich es kann, und – was ich darin sehe, macht mir Freude.«

Werner Wendland strahlte.

»Eine Weile müssen Sie mir Rose aber lassen«, sagte sie dann, »ich möchte sie gern erst ein wenig für mich behalten. Aber Sie dürfen uns besuchen, so oft Sie wollen. Und nun reden wir gar nicht mehr von alledem, das wird sich alles finden. Es ist ein bißchen viel heute auf mich eingestürmt. Und morgen und die nächsten Tage wird es auch nicht an Aufregungen fehlen. Der Kampf mit diesen elenden Mädchenhändlern wird Nerven kosten.«

Und sie besprachen, was sie in dieser Angelegenheit noch tun könnten.

Rose war inzwischen in Marthas Zimmer geeilt. Diese saß gemütlich in einem weichgepolsterten Sessel, hatte die Reste eines guten Abendessens vor sich stehen und blätterte in deutschen illustrierten Zeitungen. Als Rose bei ihr eintrat, sagte sie behaglich:

»Gotte doch, Fräulein Rose, nun lebe ich schon wieder wie im Schlaraffenland. Ich hab' hier so herrlich gegessen wie auf dem Dampfer. Sehen Sie bloß – ich habe beim besten

Willen nicht alles aufessen können. Ihre Tante ist eine feine Dame. Sie werden es wohl nun alle Tage so gut haben, denn Sie bleiben doch sicherlich bei Ihrer Tante?«

Rose merkte sehr wohl, daß eine heimliche Unruhe in Marthas Wesen lag, die sie nur tapfer vor ihr verbergen wollte.

»Ja, Fräulein Martha, ich gehe mit meiner Tante nach Rosario, sobald sich alles hier geregelt hat mit unseren Pässen und allem sonst, was damit zusammenhängt.«

»Na ja, und eines schönen Tages werden Sie Hochzeit machen, mit Doktor Wendland. Na – Sie haben es verdient, und ich wünsche Ihnen von ganzem Herzen Glück dazu. Das ist doch ein Mann, der Doktor. Der Weißkant kann mir gestohlen bleiben. Der Chauffeur von Ihrer Tante, das ist ein Prachtkerl, in den könnte ich mich gleich verlieben. Herrgott, hat der Augen im Kopf! Und angesehen hat er mich, daß mir ganz flau geworden ist. Wenn ich nur bald eine Stelle bekäme ...«

»Ist schon gefunden – ist schon gefunden, Fräulein Martha«, sagte Rose, und setzte sich Martha gegenüber.

»Nanu! Wieso denn?«

»Sie sollen mit nach Rosario kommen, Sie sollen im Haus meiner Tante eine Stellung erhalten, wenn Sie nur wollen.«

Martha sprang auf. Mit großen Augen sah sie Rose an.

»Sie machen wohl Witze mit mir?«

»Nein, nein, wie würde ich mit so etwas scherzen, ich weiß doch, wie sehr Sie in Sorge sind. Es ist mein Ernst, ich kam herauf, um Ihnen das zu sagen.«

Martha rannte einige Male stumm im Zimmer auf und ab, aber sie konnte ihre Fassung nicht wiedergewinnen. Schließlich stürzten ihr die Tränen aus den Augen.

»Das ist ja viel zu schön. Ich soll bei Ihnen bleiben, nicht so ganz mutterseelenallein in diesem gräßlichen Land sein? Gotte doch, Fräulein Rose, was habe ich für eine Angst gehabt, daß es mir noch schlechter gehen könnte. Und nun soll mit einem Male alles gut sein. Was mache ich bloß vor Freude? Entschuldigen Sie nur, Fräulein Rietberg. Jetzt darf ich doch nicht mehr Fräulein Rose zu Ihnen sagen?«

Rose nahm, selbst sehr erregt und gerührt, ihre Hand.

»Fragen Sie doch nicht so töricht, Fräulein Martha.«

»Na, schön, aber dann müssen Sie das Fräulein vor meinem Namen weglassen, ein Unterschied muß sein. Gotte doch – und der hübsche Chauffeur, in dessen Nähe bleibe ich nun auch. Und die Wahrsagerin hat mir doch einen Brünetten prophezeit. Von der Morbida hat sie mir freilich nichts vorausgesagt, was doch so nötig gewesen wäre. Wenn ich bloß Ihrer gnädigen Frau Tante Dank sagen könnte.«

So schwatzte Martha aufgeregt, und Rose mußte über sie lachen.

»Ich werde es meiner Tante bestellen, Martha.«

»Ja, das tun Sie! Und – nun erzählen Sie mir doch bloß ein bißchen, wieso Sie mit einem Mal so eine reiche Tante haben, und wie die mit dem Doktor zusammenkam, um uns aus unserer Not zu retten. Das ist doch gerade wie im Weihnachtsmärchen, das ich mal im Theater gesehen habe, wo auch so eine gute Fee kam, gerade als es brenzlig wurde.«

Rose erzählte ihr in kurzen Worten, wie wunderbar sich alles gefügt hatte. Aber dann reichte sie Martha die Hand.

»Jetzt muß ich wieder zur Tante hinunter, Martha, und Sie gehen wohl nun auch zu Bett, damit Sie morgen frisch sind.«

»Mache ich, mache ich! Und heute werde ich nicht wieder stundenlang wach liegen und grübeln, was aus uns wird. Zum Glück habe ich noch nicht viel von meinen hundertfünfzig Mark aufgebraucht. Das Hotel hier wird doch Ihre Tante bezahlen?«

»Selbstverständlich, Martha.«

»Gott sei Dank, und – was kriege ich denn eigentlich für Lohn?«

Rose mußte lachen über Marthas praktischen Sinn.

»Das müssen Sie morgen mit meiner Tante ausmachen. Wie ich sie kenne, wird sie Ihnen einen anständigen Lohn zahlen.«

Martha schwatzte in ihrer Freude und ihrem wiedergewonnenen Lebensmut noch allerlei drolliges Zeug. Der hübsche Chauffeur wurde noch einige Male erwähnt, aber dann wurde Martha plötzlich sehr kleinlaut.

»Vielleicht hat er schon eine Frau. Dann wäre es aber eine Gemeinheit, wenn er mir solche Augen andreht. Aber die Männer sind nun mal so. Fräulein Rose, bitte, fragen Sie doch mal Ihre Tante so hinten herum, ob der Chauffeur verheiratet ist.«

Rose verabschiedete sich nun energisch und ging wieder hinunter. Sie fand die Tante und Werner Wendland noch im Gespräch. Lächelnd berichtete sie über Marthas Freude.

Frau Wörth blieb noch ein halbes Stündchen mit Rose und Doktor Wendland zusammen. Werner war jetzt nicht mehr so still und ernst, seine Augen leuchteten froh und glücklich in die Roses.

Als man dann zur Ruhe ging, war Rose ihrer Tante behilflich. Ihr Zimmer lag direkt neben dem der alten Dame. Sie umgab sie mit töchterlicher Fürsorge, und Frau Josephine ließ sich in ein ihr unbekanntes, wohliges Behagen einspinnen. Es war doch schön, so ein liebes junges Ding um sich zu haben, das so herzliche, zärtliche Worte fand, die wie ein warmer Quell aus dem Innern kamen. Die kleine Rose verstand gut, was alten Leuten wohl tat. Sonst hatte Frau Josephine ja nur bezahlte Leute um sich, und wenn diese ihr auch treu ergeben waren – mit Rose war es doch etwas anderes.

Als Tante Josephine in ihrem Bett ruhte, kniete Rose daneben nieder und faßte ihre Hand.

»Laß mich dir noch einmal danken, Tante Josephine, daß du so lieb und gut zu mir bist, daß du gleich herbeikamst, um mir zu helfen. Du weißt ja nicht, wie glücklich es mich macht, daß ich deine Liebe und Güte spüre. Ich habe so gefroren im Herzen all die Jahre, war so namenlos einsam und verlassen, nicht nur hier in Buenos Aires – o nein, auch in Berlin bei Onkel und Tante. Ich habe es gespürt, daß ich sie nicht liebhaben konnte, wenn sie auch früher, als ich noch nicht verarmt war, immer sehr freundlich mit mir taten. Damals schämte ich mich zuweilen, daß ich ihnen im Herzen so kalt gegenüberstand und an ihre Freundlichkeit nicht glauben konnte. Glaubst du, daß es mir nachher viel lieber war, wenn sie mich schalten und rauh anfuhren? Das war wenigstens echt und nicht erlogen wie ihre Freundlichkeit.«

»Mein armes kleines Mädchen, wenn ich gewußt hätte, wie du dich gequält hast, dann hätte ich dich schon früher zu mir geholt. Da sind wir nun viele Jahre so einsam gewesen und hätten uns doch so viel sein können.«

»Onkel Herbert hätte mich doch nicht fortgelassen, solange ich nicht mündig war, ich hätte dann entfliehen müssen, wie ich es jetzt getan habe.«

»Wie alt bist du denn, Rose?«

»Es fehlen noch sieben Tage an meinem einundzwanzigsten Geburtstag.«

»Noch sieben Tage? Nun, hoffentlich können wir deinen Geburtstag in meinem Haus feiern. Ich denke, bis dahin haben wir deine Angelegenheit ins reine gebracht. Und nun geh zu Bett und schlafe dich aus; auch ich bin müde.«

Am nächsten Morgen fuhr Frau Wörth erst einmal, die beiden Mädchen unter Doktor Wendlands Schutz lassend, zum englischen Konsulat, um den Konsul für das Schicksal Bessie Hollwoods zu interessieren. Da es Bessie zu danken war, daß ihre Nichte aus Señora Morbidas Haus entfliehen konnte, wollte sie für die Unglückliche tun, was in ihren Kräften stand. Der englische Konsul hörte sie voll Interesse an und versprach ihr, Bessie Hollwoods Sache zu vertreten und ebenfalls gegen Señora Morbida vorzugehen.

Josephine Wörth fuhr dann wieder zu dem Hotel zurück und holte Rose ab, um ihr einige notwendige Sachen zu kaufen, falls sich die Angelegenheit mit den Koffern noch verzögerte.

»Du mußt ohnedies neu ausgestattet werden, Rose, und damit können wir hier in Buenos Aires die Zeit ausfüllen. Was du in deinen Koffern hast, wird nicht für deine neuen Verhältnisse passen, und was du da an Kleidern ablegen kannst, wird Martha zugute kommen, die ja so ziemlich die Figur hat wie du«, sagte sie.

Am Nachmittag suchte Frau Wörth den deutschen Konsul wiederum auf und berichtete ihm, daß sie den englischen Konsul für Bessie Hollwoods Sache interessiert hatte.

»Der englische Kollege hatte sich schon mit mir in Verbindung gesetzt. Sie haben da einen sehr guten Einfall gehabt. Jetzt kommt der richtige Zug in die Sache. Bessie Hollwood ist bereits aus dem Haus der Señora Morbida entfernt und in einem Hospiz untergebracht worden. Was sie aussagte, nachdem man ihr die Angst vor der Morbida genommen und ihr versichert hat, daß sie nicht zu ihr zurückzukehren brauchte, und daß man für ihre Zukunft sorgen würde, hat so viel Material gegen die Spanierin geliefert, daß diese sofort verhaftet worden ist. Es wird jetzt Haussuchung bei ihr gehalten, und ich habe schon eine telefonische Nachricht, daß allerlei stark belastendes Material, auch gegen ihre Helfershelfer, gefunden worden ist. Die Pässe von Fräulein Rietberg und Fräulein Preller sind auch gefunden worden und dürften Ihnen, ebenso wie die Koffer, spätestens morgen ausgeliefert werden.«

Sehr befriedigt fuhr Frau Wörth zu dem Hotel zurück und berichtete den jungen Mädchen und dem Doktor, was sie erfahren hatte.

Das Verfahren gegen Señora Morbida nahm einen schnellen Verlauf, nun, da alle Hebel in Bewegung gesetzt worden waren. Es half ihr nicht, daß sie die unmöglichsten Forderungen an Rose Rietberg und Martha Preller stellte. Frau Wörth erklärte energisch, daß sie dieser Verbrecherin nicht einen Heller auszahlen würde. Sie würde lieber eine Summe für die arme Bessie Hollwood anweisen lassen, damit diese sich eine neue Existenz gründen könne.

Das Haus der Morbida wurde für alle Zeit polizeilich geschlossen, und die bestochenen Polizeibeamten, die von der Señora in ihrer Wut verraten wurden, entließ man aus ihrem Amt und bestrafte sie entsprechend.

Von Santa Fé traf Nachricht ein, daß man die vier Personen, nach denen gefahndet worden war, im Hotel verhaftet habe. Sie wurden nach Buenos Aires transportiert und in ein scharfes Kreuzverhör genommen. Man brachte dadurch in Erfahrung, wohin die andern Mädchen gebracht worden waren. Der Untersuchungsrichter wußte sie durch geschickt gestellte Fragen in die Enge zu treiben, so daß sie sich erst widersprachen und dann endlich beichteten.

Die beiden Stenotypistinnen konnten befreit werden und

wurden auf ihren Wunsch nach Deutschland zurückgeschickt, die sogenannten Theaterdamen aber, die man auch ausfindig machte, wurden befreit und bekamen Anstellung in einem Kabarett.

So kam man einem wohlorganisierten Mädchenhandel auf die Spur, und es wurden noch verschiedene Personen, die darin verwickelt waren, hinter Schloß und Riegel gebracht. Frau Wörth schüttelte sich vor Grauen, als sie Einblick in all diese Dinge gewann. So gut es ging, hielt sie Rose und Martha von all diesen Verhandlungen fern.

Diese mußten jedoch ihre Aussage vor Gericht wiederholen. Immer wieder zog Frau Wörth ihre Nichte in die Arme, als müsse sie sie jetzt noch schützen vor den Gefahren, die sie bedroht hatten. Auch Werner Wendland hatte das seine getan, um Licht in die Angelegenheit zu bringen, und auch er war von einer schweren Last befreit, als er mit den Damen von Buenos Aires abreisen konnte.

Martha Preller hatte keine Zeile als Antwort auf ihren Brief an Herrn Weißkant bekommen, aber sie war es ganz zufrieden, denn ihr Herz hatte inzwischen einen anderen Gegenstand gefunden, für den es ernstlich schwärmte – das war der Chauffeur von Frau Wörth.

Und als das Auto, zur Abfahrt nach Rosario bereit, vor dem Hotel stand, hatte Martha nur Augen für ihn. Sie erklärte resolut, es schicke sich nicht, daß sie im Wagen mit den Herrschaften reise, sie gehöre zu dem Chauffeur. Damit waren alle einverstanden – am meisten der Chauffeur, der schmunzelnd in Marthas rosiges Gesicht sah.

Frau Wörth hatte Rose in diesen Tagen vollständig neu ausgestattet, und ihre alten Sachen waren an wohltätige Institutionen verschenkt worden.

Bessie Hollwood hatte sich mit dem kleinen Kapital, das

ihr Frau Wörth zur Verfügung stellte, ein Hutgeschäft eingerichtet, denn sie hatte früher den Beruf einer Putzmacherin ausgeübt. Da sich ihr Schicksal in Buenos Aires herumgesprochen hatte, fehlte es ihr nicht an Kunden, die erst die Neugier zu ihr trieb, die aber später dank Bessies geschickter Arbeiten ihre dauernden Kundinnen wurden. Rose war sehr froh, daß so auch der armen Bessie geholfen worden war.

Die Fahrt von Buenos Aires nach Rosario war für Martha Preller, das erklärte sie später Rose, das schönste Ereignis ihres Lebens. Amor hatte zwischen ihr und dem Chauffeur gesessen und hatte die beiden jungen Herzen in Liebe zueinander entbrennen lassen. Daß der kleine Liebesgott auch drinnen im Wagen als Passagier mitfuhr, war selbstverständlich, auch für Rose und Werner Wendland wurde diese Fahrt ein glückliches Erlebnis, und Josephine Wörth sah mit ihren gütigen, mütterlichen Augen in die beiden glückstrahlenden jungen Gesichter und dachte wehmütig an die Zeit zurück, da sie mit ihrem Johannes so glücklich gewesen war wie jetzt die jungen Leute.

In Rosario angelangt, fuhr das Auto in den schönen alten Park ein, der Frau Wörths Villa umgab. Mit staunenden Augen betrachtete Rose das große, vornehme Gebäude, das mehr einem Schloß glich als einer Villa. Von weitem hatte sie die Argro-Werke liegen sehen, und es war ihr nun erst so recht klar geworden, eine wie reiche Frau die Tante war.

12

Dr. Wendland hatte Direktor Hartmann Bericht erstattet, und dieser hatte sehr aufmerksam zugehört. Als Werner zu Ende war, sagte der alte Herr:

»Ich gönne Frau Wörth von Herzen, daß sie nun ihre Nichte um sich haben wird; sie wäre wohl sehr einsam geworden. Denn ich habe leider einen telefonischen Anruf von dem Sanatorium in Córdoba erhalten, wo ihre Schwägerin sich aufhält. Man hat mir mitgeteilt, daß eine Operation der letzte Versuch ist, das Leben der Patientin zu verlängern, daß man aber auch von dieser Operation höchstens ein Hinausschieben der Katastrophe erwartet. Man hat mich gebeten, Frau Wörth schonend vorzubereiten, daß es nötig ist, die Operation sofort vorzunehmen. Selbstverständlich muß ich Frau Wörth davon Mitteilung machen, und wie sie geartet ist, fürchte ich, daß sie sich die nötige Ruhe nicht gönnen, sondern sogleich nach Córdoba aufbrechen wird. Es tut mir leid, daß ich sie nach den Anstrengungen dieser Tage in neue Aufregungen stürzen muß.«

Werner bedauerte ebenfalls, daß die von ihm so hochverehrte Dame eine so schlimme Nachricht erwartete. Er verabschiedete sich von dem Direktor, um sich zu seiner Wohnung zu begeben, wo er sich umkleiden wollte. Danach wollte er seine Arbeitsstätte aufsuchen.

Direktor Hartmann ließ sich mit Frau Wörth verbinden. Er berichtete ihr, was man ihm gesagt hatte, so schonungsvoll wie möglich, aber sie war selbstverständlich tief betroffen. »Ich fahre sofort nach Córdoba, lieber Direktor. Hoffentlich treffe ich meine arme Schwägerin noch lebend an. Warum hat man nicht früher gemeldet, daß eine Operation nötig sei?«

»Der Chefarzt hat es mir erklärt, Frau Wörth. Man hat leider schon gewußt, daß selbst eine Operation nur ein Hinausschieben des unvermeidlichen Endes bedeutet. Man wollte die Patientin nicht unnötig quälen. Diese hat aber verlangt, der Eingriff solle unverzüglich geschehen. Ihnen aber solle erst hinterher Meldung erstattet werden. Der Arzt war jedoch der Ansicht, sich an das Ihnen gegebene Versprechen halten zu müssen.«

»Nun wohl, jedenfalls fahre ich nach Córdoba.«

»Das wird nach der eben überstandenen Strapaze jedenfalls eine große Aufregung für Sie sein.«

»Danach frage ich jetzt nicht. Wenn ich es verhindern kann, soll meine arme Schwägerin nicht allein sterben. Ich breche sofort auf.«

Rose war von ihrer Tante, als sie angekommen waren, in ihre Zimmer geführt worden. Man hatte auf Frau Wörths telegrafische Nachricht sogleich einige der Gastzimmer für die Nichte hergerichtet. Rose sah sich in den reizenden Zimmern um und fiel der Tante um den Hals. »Hier soll ich wohnen, Tante Josephine?«

»Nur für die ersten Tage, Kind. Dies sind nur Gastzimmer. Du sollst es hübscher haben.«

»Noch hübscher? Ach, Tantchen, du verwöhnst mich viel zu sehr.«

»Das hast du mir nun schon so oft gesagt, daß ich es wirklich nicht mehr hören mag. Ich wiederhole dir noch einmal, es macht mir Freude, dir das Leben ein wenig angenehmer zu machen, als du es bisher kennengelernt hast. Jetzt schicke ich dir deine Martha, die dir helfen kann, deine Koffer auszupacken.«

Rose begleitete ihre Tante hinunter, um ihr bei ihren erneuten Reisevorbereitungen behilflich zu sein. Aber schon als sie die Treppe hinuntergingen, wurde wieder angeläutet, und diesmal meldete sich das Sanatorium in Córdoba selbst. Man teilte Frau Wörth mit, daß ihre Schwägerin gleich nach der Operation verschieden sei, ohne das Bewußtsein wiedererlangt zu haben.

Tief erschüttert vernahm Frau Wörth diese Kunde und gab sofort Weisung, daß die Leiche ihrer Schwägerin nach Rosario übergeführt werden solle, damit sie an der Seite ihres Gatten beigesetzt werden könne.

Dann hängte sie den Hörer an und fiel Rose weinend um den Hals.

»Wenn ich dich jetzt nicht hätte, Rose, wie einsam hätte mich dieser Verlust gemacht.«

Die Reise nach Córdoba hatte nun keinen Sinn mehr, und Frau Wörth konnte sich ein wenig Ruhe gönnen. Rose blieb bei ihr, bis sie eingeschlafen war, und schlich sich dann leise aus dem Zimmer. Sie suchte ihr Zimmer wieder auf, und dort fand sie Martha dabei, die Koffer auszupacken. Strahlend betrachtete Martha jedes Kleid, jedes Wäschestück, das Frau Wörth ihrer Nichte gekauft hatte.

»Diese Kleider passen freilich besser für Sie, Fräulein Rose. Und Ihre gnädige Frau Tante, alles, was wahr ist, die ist nobel. Von allem das Beste war gerade gut genug für Sie, und ich habe nun auch so viele schöne Sachen von Ihnen bekommen – da brauche ich mir lange nichts Neues anzuschaffen und kann tüchtig sparen.«

»Das konnte ich Ihnen auch nur schenken, weil Tante so großmütig zu mir war.«

»Na ja – Ihnen muß man ja auch gut sein, das kann ich der Frau Tante schon nachfühlen. Aber sie soll zu allen Menschen sehr gut sein. Eine Seele von einem Menschen, so hat sie der Chauffeur genannt. Er hat mir unterwegs erzählt, was sie alles für ihre Leute tut. Wer zu den Werken gehört, zu dem ist sie wie eine gute Mutter. – Und wer von ihren Leuten mal Sorgen oder Kummer hat und allein nicht aus und ein weiß, der geht zu ihr, und jeder findet Beistand und Hilfe. Der Chauffeur ist ein ganz famoser Mensch, Fräulein Rose, was der für vernünftige und solide Ansichten hat! Und dabei ist er so lustig und vergnügt, er meint, es sei ja auch eine Schande, wenn er das nicht wäre, denn es ginge ihm jetzt so gut hier, und er hätte sein gutes Auskommen. Und wissen Sie, Fräulein Rose, was er noch zu mir gesagt hat?«

»Nun?«

»Er hat gesagt, ich wäre ein frisches, vernünftiges Mädel, und ich könnte ihm gut gefallen. Und von meinem blonden Haar, da hat er ein Aufhebens gemacht – na, das kann ich gar nicht wiedersagen, wie er davon geschwärmt hat. Und eine blonde Frau, die möchte er gern haben, das wäre immer sein Ideal gewesen. Er hat gesagt, wie ein reifes Weizenfeld sähen meine Haare aus, und meine Augen, das wären die Kornblumen darin! Und da soll man nicht eitel werden, wenn einem so etwas gesagt wird.«

»Aber man hört es doch gern, nicht wahr?« fragte Rose.

»Na, das Mädel möchte ich sehen, das so was von einem so hübschen Menschen nicht gern hört. Wissen Sie, was er noch gesagt hat?«

»Was denn, Martha?«

»Er hat gesagt, daß er schon lange nach einer Frau sucht, aber es hat ihm noch keine so recht gefallen. Und auch Frau Wörth möchte ganz gern, daß er heiratet, sie hat gesagt, ein Chauffeur müsse eigentlich verheiratet sein, weil er dann noch achtsamer wäre. Und eine Deutsche will er bloß heiraten, und blond müsse sie sein, dann passe sie besser zu ihm, weil er so ein schwarzer Rüpel sei. Da habe ich ihm aber gesagt, er sei kein schwarzer Rüpel, sondern ein sehr hübscher, reputierlicher brünetter Mann – und da hat er mich wieder mit seinen dunklen Augen angesehen, daß mir heiß und kalt geworden ist. Gotte doch, Fräulein Rose, wenn die Kartenlegerin rechtbehalten würde ...«

Rose mußte lachen und ließ Martina ruhig weiterschwatzen:

»Ein feines Haus ist das hier, das muß man sagen! Die Marmortreppe und das goldene Geländer und die schönen Teppiche überall. Ich habe ja nur erst ein paar Zimmer gesehen, aber die sind fein. Und ich habe auch so ein hübsches Stübchen oben in der zweiten Etage, wo die andere Dienerschaft auch wohnt. Weiße Möbel drin und ganz weiße Bettwäsche. Und vom Fenster aus kann ich gerade durch die Bäume nach der Garage hinübersehen. Der Chauffeur hat über der Garage seine Wohnung. Drei Zimmer hat er, und alle drei hübsch eingerichtet. Und die gnädige Frau Tante hat zu ihm gesagt, als sie ihm die Wohnung gezeigt hat: ›Da ist auch Platz für eine Frau Steinbeck.‹ – Er heißt nämlich Georg Steinbeck, und er ist auch ein Waisenkind, aber er ist nicht im Waisenhaus aufgewachsen, sondern bei einer Tante, die aber schon gestorben ist. Er hat auch keinen Menschen mehr auf der Welt, aber eine gute, liebe Frau möchte er haben, hat er gesagt.«

»Da hat er Ihnen ja schon viel erzählt, Martha.«

»Ja doch, noch eine ganze Menge mehr. Und keinen Ton hat er gesagt, daß er eine Frau mit Geld haben will, wie der dämliche Weißkant. Ich bin bloß froh, daß es mit dem nichts geworden ist. Steinbeck ist auch ein viel hübscherer Name, finden Sie nicht auch, Fräulein Rose?«

»Ganz gewiß, Martha, und ich wünsche Ihnen von Herzen, daß Sie Frau Steinbeck werden.«

»Ich hätte nichts dagegen, aber – so leicht mache ich es ihm nicht. Ein anständiges Mädel muß auf sich halten. Da nehme ich mir ein Beispiel an Ihnen – Sie machen es dem Herrn Doktor auch nicht leicht. Aber Frau Doktor werden Sie darum doch, der läßt nicht locker.«

Rose errötete jäh, sagte aber scheinbar gleichmütig:

»Davon wollen wir nicht sprechen, Martha.«

»Na ja doch, ich weiß schon, vornehme Damen dürfen so was nicht zugeben, die müssen immer tun, als läge ihnen gar nichts am Heiraten. Und es schickt sich auch nicht für mich, daß ich mit Ihnen über so was rede. Sie sind ja jetzt meine Herrschaft. Aber das weiß ich doch, daß Sie sehr glücklich sein werden, wenn Sie mal Frau Wendland sind. Und er – was der Doktor ist –, na, der läßt ja die Augen nicht mehr von Ihnen. Die gnädige Frau Tante wird hoffentlich nichts dagegen haben, daß Sie den Doktor heiraten, weil er doch ihr Angestellter ist?«

Rose stutzte ein wenig. Die Tante etwas dagegen haben? Sie lauschte diesen Worten nach und blickte versonnen vor sich hin. Aber dann schüttelte sie den Kopf. Nein, nein – ganz gewiß würde die Tante nichts dagegen haben.

Monate waren vergangen, seit Rose im Haus ihrer Tante lebte. Sie hatte sich schnell in das veränderte Leben gefunden und fühlte sich so wohl und glücklich, wie nie seit dem Tod ihrer Eltern. Das Verhältnis zwischen ihr und der Tante war sehr innig geworden, sie hingen aneinander wie Mutter und Tochter. Und da Josephine Wörth selbst eine Frau war, zu deren Wohlbefinden ein gerütteltes Maß an Arbeit gehörte, hatte sie auch Sorge dafür getragen, daß Roses Tage mit Arbeit und Pflichten gefüllt waren. Rose war Sekretärin der Tante geworden und konnte in diesem Amt ihre Sprachkenntnisse gut verwerten. Auch übernahm sie allerlei Pflichten in den großzügigen Wohlfahrtsbestrebungen der Tante für die Arbeiter und Angestellten der Argro-Werke. Sie besuchte die Kranken, kümmerte sich um die Spielschulen der Arbeiterkinder und half der Tante in allem, was sie zu tun hatte. So bekam sie einen tiefen Einblick in den ganzen Betrieb der Werke und führte ein befriedigtes Dasein.

Doktor Wendland war ein gerngesehener Gast in der Villa Wörth. Er kam jedoch nur, wenn er aufgefordert wurde. Daß er dann freudig und gern kam, daran konnte niemand zweifeln.

Er hatte sich mit Energie und Tatkraft in seinen neuen Wirkungskreis eingearbeitet und kraft seiner Intelligenz und Schaffenskraft ragte er bald über seine Kollegen empor.

Inzwischen war seine Erfindung von den Direktoren, den maßgebenden anderen Beamten und von Frau Wörth geprüft worden. Absichtlich hatte Frau Wörth ihre Meinung darüber zurückgehalten, bis die anderen sich geäußert hatten. Aber sie freute sich sehr, als man ihr allseitig dringend zuredete, die Erfindung für die Argro-Werke anzukaufen. Es bestand für die Herren kein Zweifel, daß diese Maschine einen reißenden Absatz finden würde, da sie den Betrieb der großen Farmen und Güter bedeutend vereinfachte. Man konferierte mit Werner, der seine Ansprüche formulieren sollte. Er sah mit leuchtenden Augen seine Chefin an und sagte ruhig und bestimmt, er überlasse es Frau Wörth, den Wert abzuschätzen, den seine Erfindung für sie haben würde.

Diese besprach sich sachlich mit dem Direktorium, und

Werner wurde eine bedeutende Summe geboten, und er sollte außerdem mit einem prozentualen Anteil am Gewinn beteiligt werden. Die Verhandlungen und Konferenzen hatten einige Monate gedauert, und nun war gestern der Vertrag unterzeichnet worden.

Werner war sehr glücklich, denn jetzt war er imstande, sich ein eigenes Heim zu gründen, in das er Rose Rietberg führen konnte. Freilich, für die Nichte der Herrin der Argro-Werke würde es immerhin ein sehr bescheidenes Los sein, was er zu bieten hatte, und er fragte sich, ob er Rose vor die Entscheidung stellen dürfe, Glanz und Wohlleben im Haus ihrer Tante mit einem so bescheidenen Dasein zu vertauschen. Wohl hoffte er, daß er in Zukunft außer seinem Gehalt noch eine recht ansehnliche Einnahme aus den Tantiemen für seine Maschine haben würde, und vor Monaten wäre er sich wie ein Krösus Rose gegenüber vorgekommen mit einem solchen Einkommen.

Aber inzwischen hatten sich eben ihre Verhältnisse ganz anders gestaltet. Auch würden die Tantiemen erst fällig sein, wenn die Maschinen geliefert werden konnten. Aber schon auf die ersten Prospekte, die hinausgegangen waren, kamen viele Bestellungen. Werner sagte sich, daß seine Verhältnisse sich von Jahr zu Jahr bessern würden – aber –, es war schwer für ihn, Rose häufig zu sehen und eine Vereinigung mit ihr auf Jahre hinausschieben zu müssen.

Konnte er Rose auch nicht täglich im Haus ihrer Tante sehen, so trafen sie doch sonst immer wieder zusammen. Sie spielten Tennis nach Feierabend oder an Sonntagen, ruderten und segelten miteinander und sahen sich sonst bei vielen Gelegenheiten in den Werken. Und immer strahlten ihre Augen glückselig ineinander – aber auch sehnsüchtig.

Josephine Wörth merkte sehr wohl, daß Werner lieber

heute als morgen um Rose angehalten hätte, aber sie machte es ihm nicht leicht, sie gab sich den Anschein, als habe sie völlig vergessen, daß sie um die Liebe dieser beiden wußte.

Am Tag, da Werner den Vertrag mit den Werken abgeschlossen hatte, einem Sonnabend, lud sie Werner ein, am nächsten Tag das Mittagessen in der Villa Wörth einzunehmen, wie es sonst jeden Sonntag geschah.

Es war allgemein bekannt, daß Doktor Wendland oft durch solche Einladungen von Frau Wörth ausgezeichnet wurde, aber niemand mißgönnte ihm das.

Werner Wendland hatte es verstanden, sich bei seinen Kollegen beliebt zu machen, trotzdem, oder gerade, weil er sich nicht darum bemühte. Man fühlte, daß er ein bedeutender Mensch war, und die Kunde von seiner genialen Erfindung hatte sich bald herumgesprochen. Sein Erfolg war dann auch an diesem Sonnabend im Kasino gründlich gefeiert worden. Er hatte seine Kollegen zu einer Bowle eingeladen, und es war ausnahmsweise an diesem Abend sehr spät geworden. Da der nächste Tag ein Sonntag zum Ausschlafen war, war das nicht schlimm.

Werner hatte ziemlich lange geschlafen, und es war gerade noch Zeit, sich fertigzumachen, um zu Tisch zu gehen. Er fand die beiden Damen seiner wartend und begrüßte sie mit einem Handkuß.

»Nun, lieber Herr Doktor, ich habe schon gehört, daß es diese Nacht wider die Hausregel im Ingenieurkasino sehr spät geworden ist. Ihr Erfolg ist gründlich gefeiert worden. Hoffentlich haben Sie nun ausgeschlafen.«

»Die Stimmung war so gut, daß niemand zeitiger zu Bett gehen wollte. Die Kollegen haben sich anläßlich dieser kleinen Feier von der besten Seite gezeigt. Es war übrigens eine Doppelfeier.«

»Ah, richtig – es war wohl noch eine Abschiedsfeier von Doktor Laarsen?«

»Ja, er tritt morgen seinen Urlaub an. Er freut sich sehr auf seine Heimreise.«

»Das glaube ich. Ein prächtiger Mensch! Er will seine alte Mutter wiedersehen – und – wie er mir gesagt hat, wird er nicht allein wiederkommen. Im Hause der Unverheirateten wird er jedenfalls nicht mehr wohnen, er hat mich gebeten, ihm eine Wohnung zu reservieren, in die er seine künftige Frau nach seiner Rückkehr einführen kann.«

Werner seufzte tief auf und sah Rose mit einem sehnsüchtigen Blick an. »Ja, er hat mich gebeten. Ihnen seine Bitte noch einmal in Erinnerung zu bringen.«

»Ich vergesse nichts. Doktor Laarsen wird zu gegebener Zeit eine hübsche Wohnung vorfinden. Es sind ja noch einige Häuser im Bau, die fertig werden, bis er zurückkommt.«

»Der Glückliche!« entfuhr es Werners Lippen.

In demselben Augenblick schlug der Gong an. »Wir wollen zu Tisch gehen«, sagte Frau Wörth scheinbar gleichmütig.

Werner reichte mit einer Verbeugung den beiden Damen den Arm und führte sie in das schöne, große Speisezimmer. Wie immer herrschte bei Tisch eine angeregte Unterhaltung. Frau Wörth besprach gern mit Rose und Werner die geschäftlichen Angelegenheiten, für die beide großes Interesse zeigten.

Heute sagte die alte Dame lächelnd:

»Sie haben gewiß auf einen Glückwunsch von meiner Nichte gewartet, Herr Doktor, aber sie weiß noch nicht, welcher Erfolg gestern gefeiert worden ist. Ich habe ihr von dem vollendeten Abschluß noch nichts gesagt, das wollte ich Ihnen überlassen.«

Rose schoß das Blut ins Gesicht. Sie sah Werner fragend an. »Wirklich? Ist die Sache mit Ihrer Erfindung zum Abschluß gekommen?«

»Ja, Fräulein Rietberg, wie Sie mich hier sehen, bin ich ein angehender Millionär«, scherzte er.

Sie reichte ihm impulsiv die Hand.

»Dann darf ich Ihnen von Herzen Glück wünschen. Wenn es wohl auch zum Millionär noch weite Wege hat, so ist der Anfang doch gemacht. Ich habe gar nicht daran gezweifelt, daß Ihre Erfindung von den Argro-Werken angenommen würde, seit ich das Modell selbst gesehen habe. Also, nochmals meinen herzlichen Glückwunsch!«

»Ich danke Ihnen, Fräulein Rietberg. Es hat mich sehr glücklich gemacht, daß ich diesen Erfolg hatte. Vor einem halben Jahr hätte er mich freilich noch viel glücklicher gemacht.«

»Und jetzt weniger? Warum?« fragte sie, ihn mit ernsten Augen ansehend.

»Das kann ich Ihnen nicht erklären,« sagte er heiser.

Josephine Wörth sah mit einem feinen Lächeln zu ihm hinüber. »Vielleicht wäre Herr Doktor Wendland dann nicht nach Argentinien gekommen.«

»Sie irren, Frau Wörth, vor einem halben Jahr war ich bereits auf dem Weg hierher.«

Rose sah errötend auf ihren Teller. »Kennen wir uns wirklich schon ein halbes Jahr, Herr Doktor?«

»Ja, Fräulein Rietberg, ein halbes Jahr und sieben Tage genau ist es her, daß ich auf dem Dampfer Ihre Bekanntschaft machte. Mir scheint es schon Jahre her zu sein.«

Frau Wörth griff jetzt schnell ein anderes Thema auf.

Als nach Tisch der Mokka serviert worden war, schickte Frau Wörth Rose mit einem Auftrag fort. Als sie mit Werner allein war, sagte sie lächelnd: »Sie nannten vorhin Herrn Doktor Laarsen einen Glücklichen. Was hindert Sie daran, im gleichen Sinn glücklich zu werden?«

Seine Augen hefteten sich mit einem dunklen Blick in die ihren. »Das wissen Sie doch sehr gut, Frau Wörth. Ich darf nicht so undankbar sein, Ihnen Ihre Nichte zu entführen. Und außerdem – ein gleich glänzendes Los, wie Sie ihr bereitet haben, kann ich ihr leider nicht bieten.«

»Nun, was mich anbetrifft, ich habe auch kein Herz von Stein. Und was Rose betrifft – möchten Sie genau wissen, wie sie über das bescheidene Los denkt, das Sie ihr zu bieten hätten?«

»Das können Sie sich denken, ich möchte sehr gern wissen, ob es ihr nicht schwerfallen wird, das glänzende Leben in Ihrem Haus aufzugeben.«

»Nun, das sollen Sie gleich erfahren. Bitte, treten Sie hinter diesen Türvorhang und verraten Sie Ihre Anwesenheit nicht, was hier auch gesprochen wird, wenn Rose zurückkommt. Ich muß gestehen, daß ich mich auch sehr gern über diesen Punkt informieren möchte. Das soll gleich geschehen.«

Er sah sie forschend an, führte ihre Hand an seine Lippen und sagte: »Ich tue vertrauensvoll, was Sie vorschlagen.«

»Also schnell hinter den Vorhang – und keinen Laut, bevor ich Sie rufe!«

Er trat hinter den Vorhang, den sie sorglich so ordnete, daß er gänzlich dahinter verborgen war. Dann setzte sie sich wieder hin und rührte unbefangen in ihrer Mokkatasse. Nach einigen Minuten trat Rose wieder ein und sah sich erstaunt im Zimmer um.

»Wo ist denn Doktor Wendland, Tante?«

Frau Wörth stellte ihre Tasse hin und sagte:

»Ach, das ist eine recht ärgerliche Geschichte, er ist plötzlich fortgelaufen.«

»Fortgelaufen? So plötzlich – und ohne sich von mir zu verabschieden?«

»Ja, Kind. Denke dir, er benutzte die Gelegenheit deiner Abwesenheit, um mir zu sagen, daß er sich nun, da er dir ein bescheidenes Los zu bieten vermag, um deine Hand bewerben möchte. Natürlich mußte ich ihm sagen, daß daraus nichts werden kann.«

Rose wurde sehr bleich.

»Daß nichts daraus werden kann? Warum kann nichts daraus werden. Tante Josephine?«

»Aber Kind, das ist wohl ganz einfach. Ich muß dir sagen, daß ich die Absicht habe, dich in meinem Testament zu meiner Universalerbin einzusetzen, und es ist selbstverständlich unmöglich, daß die künftige Chefin der Argro-Werke die Frau eines einfachen Ingenieurs wird.«

Rose drückte die Hände auf das wild klopfende Herz.

»Und das hast du ihm gesagt? Ach, Tante, ich hätte nicht geglaubt, daß du so grausam sein könntest.«

»Grausam? Aber Kind, das ist schließlich nur vernünftig. Du kannst doch unter diesen Umständen nicht ernstlich daran denken, die Frau eines deiner Angestellten zu werden.«

Rose richtete sich mit einem Ruck zu ihrer vollen Größe empor. »Doch, Tante – doch! Ach, mein Gott, ich denke ja an nichts anderes – ich liebe ihn –, ich liebe ihn, und er liebt mich auch, wenn er es mir auch noch nicht mit Worten gesagt hat.«

»Ja, Kind, dann tut es mir leid. Niemals werde ich dich zu meiner Erbin machen, wenn du darauf bestehst, diesen armen Schlucker zu heiraten.«

Rose kniete vor der Tante nieder.

»Liebe, gute Tante, sei mir nicht böse, aber deine Erbin zu sein, danach gelüstet mich gar nicht. Bewahre mir nur deine Liebe, wenn ich dir sage, daß nichts auf der Welt mir das Glück ersetzen kann, Werner Wendlands Frau zu werden. Lasse mich zu ihm gehen und ihm das sagen, du wirst ihn durch deine Worte sehr unglücklich gemacht haben.«

»Sei nicht so leichtsinnig, Rose! Bedenke wohl, ich habe dir Glanz und Reichtum zu bieten, du kannst dir als meine Erbin jeden Wunsch erfüllen.«

»Nur den einen nicht, der mir das alles tausendfach aufwiegt. Was nützt mir dein Reichtum, wenn ich ihn und mich unglücklich mache!«

»Also so gering achtest du das reiche Erbe, das ich dir zugedacht hatte?«

»Ich achte es nicht gering, weil es mir zeigt, wie lieb du mich gewonnen hast. Ich danke dir für deinen guten Willen, aber ich kann Werner Wendland nicht aufgeben um Geld und Geldeswert.«

»Schade, schade! Ich hatte ganz andere Pläne mit dir. Ich habe die Absicht, einen jungen Kompagnon in die Argro-Werke einzustellen, einen sehr tüchtigen, vornehm denkenden Mann. Er sollte dein Mann werden. Das wäre dann eine ganz andere Partie für dich, bedenke das.«

»Ich kann nichts bedenken,« sagte Rose leidenschaftlich erregt, »ich weiß nur, daß ich nie einem anderen Manne angehören werde als Werner Wendland, laß mich zu ihm gehen und ihn aus seiner Pein erlösen.«

»Du könntest dir nun wenigstens erst einmal meinen neuen Kompagnon ansehen ...«

»Und wenn dein Kompagnon Adonis in Person wäre, ich könnte ihn niemals lieben. Mein Herz gehört Werner Wendland, und er weiß es, wie ich weiß, daß mir das seine gehört. Wenn du nur wüßtest, wie schwer es ihm gefallen ist, mir die ganze Zeit über so formell begegnen zu müssen. Er hat darunter ebensosehr gelitten wie ich selbst.«

»So – und ich glaubte, du seiest restlos glücklich in meinem Hause?«

»Oh, ich war dir so dankbar, Tante Josephine, und habe mich so glücklich gefühlt. Wie eine zweite Mutter bist du mir geworden, und es schmerzt mich sehr, daß ich deinen Wunsch nicht erfüllen kann. Denke bitte daran zurück, daß du einst deiner ganzen Familie zum Trotz mit dem Mann deiner Liebe in die weite Welt gegangen bist, weil man dich von ihm trennen wollte.«

»Soll das heißen, daß auch du das tun würdest, wenn ich euch trennen wollte?«

»So grausam wirst du nicht sein! Bedenke doch, wie böse du auf Onkel Herbert warst, daß er mich zu einer Heirat mit einem ungeliebten Mann zwingen wollte. Und damals war mein Herz noch frei. Jetzt liebe ich, und nichts, nichts auf der ganzen Welt kann mich zwingen, meiner Liebe untreu zu werden. Halte mich nicht länger – ich muß zu ihm.« Und Rose wollte einfach davonlaufen.

Ihre Tante sprang auf und vertrat ihr den Weg.

»Du Ausreißerin, ich glaube, du gehst mir einfach auf und davon. Aber daraus wird nichts, du bleibst hier und heiratest meinen Kompagnon – damit basta. Halt, du wildes Mädel, nicht ausreißen, sieh ihn dir doch erst einmal an. Herr Doktor, bitte kommen Sie hervor und halten Sie mir dies widerspenstige Mädchen fest.«

Werner sprang hervor und umfaßte Rose mit seinen Armen.

»Lauf nicht davon, meine süße Rose, mein treues, tapferes

»Ist das wirklich Ihr Ernst?«

»Sicher, mit dem Scherz ist es jetzt vorbei. Ich habe Ihnen schon einmal gesagt, Rose soll mir eine Tochter sein und – für einen Sohn hätte ich auch Verwendung.«

Da beugte sich Werner wortlos über ihre Hand. Erst nach einer Weile sagte er ergriffen: »Ich kann Ihnen nicht anders danken, als dadurch, daß ich meinem Herzen folge und Sie wie ein Sohn liebe und verehre.«

Sie sah mit feuchten Augen zu ihm auf.

»Einen Sohn, wie Sie, und eine Tochter, wie Rose, das habe ich mir immer gewünscht. Laßt mich eure Mutter sein, da ihr beide keine Mutter mehr habt.«

Die beiden jungen, glücklichen Menschen umarmten sie zu gleicher Zeit. So standen sie alle drei innig umschlungen und sahen sich in die Augen.

»Wie hell scheint uns nun die Sonne, lieber, lieber Werner, liebe gute Tante«, sagte Rose tief bewegt.

»Aber, jetzt fort mit allen Gefühlen, wir wollen vernünftig sein und diese schöne Stunde genießen. Und – wenn es möglich wäre, Rose – eine frische Tasse Mokka wäre mir jetzt erwünscht, damit ich mein seelisches Gleichgewicht wiederfinde. Es ist immerhin etwas Neues für mich, einen Sohn und eine Tochter zu haben.«

Damit suchte Frau Josephine sich selbst und dem Liebespaar über die bewegte Stimmung hinwegzuhelfen. Rose beeilte sich, frischen Mokka auf der Maschine zu bereiten.

Frau Wörth sah Werner humorvoll an.

»Du bekommst übrigens eine sehr unvernünftige Frau, lieber Werner. Hast du gehört, wie sie mir meinen Reichtum vor die Füße warf?«

Werner zog Roses Hand an die Lippen. »Alles habe ich gehört – alles –, und das Herz ist mir dabei fast zersprungen vor Freude. Ich wußte freilich, daß du Rose nur auf die Probe stellen wolltest. Meine arme Rose hat dabei einen schweren Kampf um ihre Liebe kämpfen müssen. Und – mir ist es sehr, sehr lieb, daß ich in diesem Sinn eine so unvernünftige Frau bekomme, weiß ich doch, daß sie sonst in allen Dingen eine sehr vernünftige Frau werden wird.«

Die Hochzeit des jungen Paares wurde sehr bald gefeiert. Doktor Wendland wurde schon vorher als Teilhaber Frau Wörths eingesetzt. Alles, was zu den Argro-Werken gehörte, nahm teil an der Hochzeitsfeier.

Frau Wörth hatte dem jungen Paar das zweite Stockwerk ihrer Villa einrichten lassen, während sie nach wie vor das erste bewohnte. Die Gesellschaftsräume im Erdgeschoß blieben zur gemeinsamen Benutzung bei Mahlzeiten und Festlichkeiten.

Rose sollte auch nach der Hochzeit in den Stunden, da ihr Mann in den Werken war, als Sekretärin ihrer Tante mit dieser arbeiten, denn Frau Wörth war der Ansicht, daß Rose als künftige Erbin der Argro-Werke über den Betrieb immer informiert bleiben müsse.

»Es ist sehr wertvoll für dich, Rose, wenn du dich mit ganzer Seele in den Betrieb vertiefst, denn ich weiß aus eigener Erfahrung, wie frei und glücklich der Mensch in allen Lebenslagen ist, wenn er in seinem Kreis schaffen und nützen kann. Das hilft über alles Schwere hinweg, was einem durch das Schicksal auferlegt wird.«

An Roses Hochzeitstag, als Martha Preller nach der Trauung der jungen Frau behilflich war, sich umzukleiden, sagte Martha mit einem kleinen, verlegenen Lachen:

»Frau Wendland, Ihr Hochzeitstag hat mir auch Glück gebracht. Georg Steinbeck hat mich vorhin gefragt, ob ich seine Frau werden will – na –, und ich habe nur zu gern ja gesagt. Und ich wollte Sie bitten, daß Sie bei Ihrer gnädigen Frau Tante ein gutes Wort für uns einlegen, damit wir bald heiraten können. Ich möchte aber gern noch meinen Dienst bei Ihnen behalten, damit wir noch ein bißchen sparen können, ehe Kinder kommen.«

Rose nickte ihr lächelnd zu.

»Ich spreche mit Tante darüber, Martha, und Sie können sich darauf verlassen, daß sich alles regeln wird. Tante sieht es gern, wenn Herr Steinbeck heiratet. Und ich freue mich sehr, Martha, daß nun auch Sie Ihr Glück gefunden haben.«

»Ich danke auch schön, Frau Wendland. Gotte doch, wie schön Sie aussahen im Brautkleid und Schleier – wie ein leibhaftiger Engel, und wie mein Georg Sie so gesehen hat, da hat er mich nachher gleich umgekriegt, hat mir einen Kuß aufgedrückt und hat gesagt: Jetzt warte ich auch nicht mehr länger, Martha, du mußt bald meine Frau werden.«

In diesem Augenblick trat Werner ein, um seine junge Frau abzuholen. Rose faßte seine Hand.

»Du kannst Martha Glück wünschen, Werner, sie hat sich mit Tantes Chauffeur verlobt und will bald heiraten.«

Werner reichte Martha, die ihn verschämt anlachte, die Hand. »Meinen herzlichen Glückwunsch, Fräulein Martha. Sie bekommen da einen tüchtigen, soliden Mann, auf den Verlaß ist.«

»Das weiß ich, Herr Doktor, und ich danke auch schön. Gotte doch, das haben wir uns alle nicht träumen lassen, als es auf dem Dampfer über das Meer ging, daß wir alle mitten hinein ins Glück fahren würden. Aber die Kartenlegerin hat es mir vorausgesagt.«

Martha hatte sich entfernt, und Werner zog seine junge

Frau in die Arme. »Meine Rose, meine schöne, stolze Rose, nun bist du endlich mein – ganz mein.«

»In alle Ewigkeit, mein Werner!«

Sie sahen sich tief in die Augen und küßten sich heiß und innig. Gleich darauf trat Josephine Wörth zu ihnen ins Zimmer.

»Ich wollte mich nur ganz heimlich von meinen lieben Kindern verabschieden. Unsere Gäste werden mich nicht gleich vermissen. Das Auto wartet auf euch am Hinterausgang und bringt euch zur Bahn. Nun fahrt ins Glück hinein, meine lieben Kinder, und kommt bald wieder heim zu eurer alten Mutter.«

Werner und Rose umarmten die alte Dame herzlich.

»Mutter! Ja, du bist unsere gute, liebe Mutter! Auf Wiedersehen!«

Sie nickte ihnen mit feuchten Augen zu und winkte stumm, sie möchten gehen.

Werner führte seine junge Frau hinunter zu dem Auto. Sie wollten eine kurze Hochzeitsreise antreten, nur für einige Tage.

Am Auto stand in seinem schmucken Lederanzug der Chauffeur Georg Steinbeck und neben ihm Martha Preller. Werner sagte, seiner jungen Frau beim Einsteigen helfend:

»Nun, los, Herr Steinbeck, wenn uns ein Bräutigam auf unserer ersten Fahrt in unsere Ehe fährt, das muß doch eine gute Vorbedeutung haben.«

»Das wird der liebe Gott schon fügen. Viel Glück auf den Weg, Herr und Frau Doktor!« rief Martha ihnen zu und warf dann verschämt ihrem Bräutigam eine Kußhand nach.

Rose und Werner saßen Hand in Hand, innig aneinandergeschmiegt, und fuhren dem Glück entgegen.

Hedwig Courths-Mahler

Da sah er eine blonde Frau

BASTEI LÜBBE

1

Die blonde Frau Regina stand am Fenster und blickte hinab auf die Straße. Ihre Gedanken weilten in der Vergangenheit. War es wirklich schon Jahre her, daß sie Werner Kroneggs Frau geworden war? Waren schon Jahre vergangen, voll Glück und Frieden?

Sie gedachte des Tages, da Werner Kronegg sie gefragt hatte, ob sie seine Frau werden wolle. Es war ein wundervoller Sommertag gewesen, alles hatte in Blüte gestanden, und sie hatte sich ihres jungen Lebens so recht von Herzen gefreut, weil sie wußte, daß Werner Kronegg sie liebte, wie sie ihn. Ein besonderer Umstand hatte dazu geführt, ihn das entscheidende Wort sprechen zu lassen, allein sie hatte seine Liebe längst gefühlt, wenn seine Augen, werbend und strahlend zugleich, in die ihren schauten.

Es war ihr Geburtstag gewesen, und Werner Kronegg hatte ihr einen Strauß roter Rosen geschickt mit einigen warm empfundenen Worten, die seine Gefühle durchblicken ließen. Sie stand glückstrunken über diese Blumen geneigt da. Er hatte ihr mitgeteilt, daß er im Laufe des Tages kommen würde, um seine Glückwünsche persönlich zu überbringen.

Gerade, als sie ihr glühendes Antlitz in seinen Blumen barg, wurde ihr ein Besuch gemeldet – Herr Oberingenieur Schrott, wie das Dienstmädchen ihr zuflüsterte.

Die Eltern waren ausgegangen, um eine notwendige Besorgung zu machen, und so war sie allein zu Hause. Schon hatte sie den Besuch abweisen lassen wollen, aber da trat Herr Schrott über die Schwelle mit einem wundervollen Blumenarrangement in der Hand.

»Sie dürfen mich nicht abweisen lassen, gnädiges Fräulein, ich muß Sie sprechen, um Ihnen meine ergebensten Glückwünsche zu Füßen legen zu können. Verzeihen Sie mir, wenn ich hier eindringe.«

Regina hatte sich sehr peinlich berührt gefühlt. Oberingenieur Schrott war ihr schon immer unsympathisch gewesen, aber seit er ihr so aufdringlich den Hof machte und sie mit seinen Zudringlichkeiten verfolgte, war er ihr geradezu verhaßt geworden. Sie konnte nicht aus dem Hause gehen, ohne daß er ihr über den Weg gelaufen wäre. Und eine heiße Leidenschaft glühte dann immer in seinen Blicken, ein zudringliches Begehren, das auf keine Ablehnung reagierte.

»Meine Eltern sind nicht daheim, Herr Doktor, und ich hatte dem Mädchen soeben gesagt, daß ich Sie nicht empfangen könne«, erwiderte sie kühl und stellte Werner Kroneggs rote Rosen sorglich in eine Vase. Es waren nur bescheidene Blumen im Vergleich zu dem pompösen Strauß, den ihr Doktor Schrott eben mit überschwenglichen Glückwünschen überreichte, allein diese sehr bescheidenen Blumen galten ihr tausendmal mehr.

Mit eifersüchtigen Augen hatte Schrott nach den roten Rosen hinübergesehen, denn er ahnte, von wem diese Blumen stammten. Mit glühender Eifersucht hatte er schon seit einiger Zeit bemerkt, daß der junge Ingenieur Kronegg von Regina bevorzugt wurde.

Schrott war reich und hatte eine glänzende Karriere gemacht, während Werner Kronegg noch schwer zu kämpfen hatte. Regina war vermögenslos, und ihren Eltern wäre es vielleicht willkommen gewesen, hätte ihre Tochter eine so glänzende Partie gemacht, allein Regina dachte nicht daran, ihre Liebe für Geld zu verkaufen.

Sie nahm Schrotts prachtvolle Blumen mit gezwungenen Dankesworten und gab sie dem Mädchen mit der Weisung, sie zu versorgen. Sie wollte das Mädchen möglichst im Zimmer behalten, um nicht mit Schrott allein sein zu müssen. In dessen Augen glühte wieder die begehrliche Leidenschaft, die Regina immer als eine Beleidigung empfand. Schrott aber drückte dem Mädchen verstohlen ein Geldstück in die Hand und machte ihm mit einem Wink begreiflich, es möge sich entfernen.

Regina hatte dies kleine Manöver nicht bemerken können, da sie sich abgewandt hatte, um einen Platz für die Blumen zu bestimmen. Das Mädchen stellte diese verständnisinnig lächelnd beiseite und sagte:

»Ich muß schnell erst mal in die Küche, gnädiges Fräulein, das Fleisch brennt sonst an.« Und ehe Regina sie halten konnte, war sie hinaus.

So war denn Regina mit dem Gast allein. Sie trat instinktiv nahe an die offene Tür, die auf eine kleine Veranda hinausging. Von dieser Veranda führte eine Treppe in den vor dem Hause liegenden Garten. Man konnte von der Straße aus auch durch diesen in die Wohnung gelangen.

Regina wollte mit dem Gast hinaus auf die Veranda gehen, weil sie sich dort sicher fühlte, aber Schrott faßte sie plötzlich bei der Hand und hielt sie im Zimmer zurück.

Und nun überfiel er sie mit einer so glühenden Liebeserklärung, daß sie vor Entsetzen nicht wußte, was sie sagen sollte. Er schilderte ihr das Leben, das sie als seine Frau an seiner Seite führen würde, mit glänzenden Farben und versprach ihr, jeden ihrer Wünsche zu erfüllen.

Ganz benommen von dieser glühenden Leidenschaft stammelte Regina, daß sie ihm nicht angehören könne, ihr Herz sei nicht mehr frei, und es tue ihr daher sehr leid, ihn abweisen zu müssen.

Das steigerte jedoch seine Leidenschaft bis zur Raserei. Er verschlang das schöne blonde Mädchen mit seinen Blicken und beschwor es, den andern aufzugeben, denn keiner könne sie so glücklich machen wie er; er sei reich und könne ihr ein herrliches Leben bieten.

Als Regina wieder nur stumm ablehnend den Kopf schüttelte, rief er außer sich:

»Ich weiß ja, wer Ihnen den Kopf verdreht hat, Regina, es ist Werner Kronegg. Was hat Ihnen dieser zu bieten? Er ist ein armer Schlucker, wird Sie in ein sorgenvolles, elendes Leben hineinreißen. Die Liebe, die Sie für ihn zu fühlen glauben, wird schnell verflogen sein. In den bitteren Lebenssorgen stirbt die Liebe. Seien Sie keine Törin, geben Sie Werner Kronegg auf, und werden Sie mein! Ich liebe Sie, liebe Sie unsagbar, ich werde der unglücklichste Mensch unter der Sonne, wenn ich Sie nicht erringen kann.«

Sie war vor ihm zurückgewichen. Seine Augen glühten wie die eines Wahnsinnigen. So weit sie konnte, wich sie zurück, aber er hielt sie fest und wollte sie schließlich, von seiner Leidenschaft übermannt, in die Arme reißen.

Da schrie sie laut auf.

»Sie Unverschämter, was erdreisten Sie sich! Lassen Sie mich los – oder ich schlage Sie ins Gesicht!« rief sie außer sich.

»Nur einen Kuß, Regina, damit Sie wissen, was Liebe ist! Sie müssen mir angehören, ich kann nicht von Ihnen lassen!«

Sie wandte alle Kraft an, um sich aus seinen Armen zu befreien.

»Lassen Sie mich los, oder ich rufe um Hilfe!« schrie sie auf, als er sie küssen wollte.

In diesem Moment erschien in der Verandatür Werner Kronegg, der schon beim Betreten des Gartens Reginas entsetzte Worte gehört hatte. Mit zwei Sätzen war er die Stufen der Treppe hinauf und stand im Zimmer.

Mit einem Griff riß er den Oberingenieur zurück.

»Ist das eine Art, mit Damen umzugehen, Herr Doktor Schrott?«

Regina hatte sich instinktiv an Werners Seite geflüchtet.

»Helfen Sie mir, befreien Sie mich von diesem Unverschämten, Herr Kronegg; er ist gegen meinen Willen hier eingedrungen und hat mich mit seinen Liebeserklärungen überfallen, obwohl ich ihm gesagt habe, daß ich seine Frau nicht werden kann.«

»Beruhigen Sie sich, liebes Fräulein. Ich freue mich, Ihnen zur rechten Zeit zu Hilfe gekommen zu sein. Herr Doktor Schrott wird sich entschuldigen und sich sofort entfernen.«

Schrott war ein Feigling. Zwar sprang ihm die Wut aus den Augen, aber Werners kraftvolle Erscheinung flößte ihm Furcht ein. Und sich vor Regina verbeugend, stotterte er eine Entschuldigung hervor. Dann wandte er sich mit verbissenem Grimm zum Gehen, aber in seinen Augen sprühte ein unbezähmbarer Haß.

Als sich die Tür hinter ihm geschlossen hatte, knirschte er zwischen den Zähnen hervor:

»Das sollst du mir büßen – du – und dein blondes Liebchen!«

Seine Liebesleidenschaft war plötzlich in Haß umgeschlagen, einen Haß freilich, der von wilder Begierde nicht frei war. Er begehrte Regina nach wie vor, und da er sie nicht besitzen konnte, wollte er sich rächen.

Regina, und Werner hatten sich, allein zurückgeblieben, eine Weile stumm gegenübergestanden, hatten sich in die

Augen gesehen und darin gelesen, wie teuer sie einander waren. Stumm hatte Werner die Arme ausgebreitet, und Regina war ihm ebenso stumm ans Herz gesunken. Sie hielten sich lange wortlos umschlungen und küßten sich. Und endlich sagte Werner in glückseligem Übermut:

»Regi, es ist ein großer Leichtsinn von mir, daß ich meinen Gefühlen Macht über mich gab. Aber ich sah in deinen schönen Augen, daß du mich liebst, wie ich dich – und –, mit Gottes Hilfe werden wir das Schicksal schon zwingen, wenn wir auch beide arm sind. Ich kann dir kein so glänzendes Los bieten wie Schrott, aber – auf Händen will ich dich tragen, meine Regi, und glücklich will ich dich machen, so wahr ich dich liebe! Willst du meine Frau werden?«

So hatte Schrotts Überfall sie schneller zusammengeführt, als sie geglaubt hatten. Und sie hatten es beide nicht bereut. War es auch ein bescheidenes Los, das Werner seiner Frau bereitet hatte, mußten sie auch noch heute oft die Rache Schrotts spüren, der leider Werners direkter Vorgesetzter war – glücklich waren sie doch über alle Maßen, geworden. Regina hatte ihrem Gatten ein Töchterchen geschenkt, das ihr Glück vollkommen machte.

Die kleine Ursula befand sich jetzt in der Schule, Werner auf seiner Arbeitsstätte, und Frau Reginas Gedanken schweiften sehnsuchtsvoll zu Gatten und Kind, während sie, ihrer wartend, am Fenster stand.

Aufatmend wandte sie sich dann wieder ihren hausfraulichen Geschäften zu, dabei immer hinauslauschend, ob die beiden sehnlich Erwarteten noch nicht kommen wollten, obwohl sie wußte, daß mindestens noch eine halbe Stunde vergehen würde, ehe Mann und Kind heimkamen.

»Hast zu schon gehört, Werner? Doktor Schlüter ist zum Oberingenieur befördert worden, und seine Entwürfe für die Brücke werden ausgeführt.«

Doktor Werner Kronegg zuckte leicht zusammen, und sein gebräuntes Gesicht verfärbte sich. Er richtete sich von seinem Zeichenbrett auf und sah seinen Freund, Doktor Brand, mit erschrockenen Augen an.

»Doktor Schlüter also? Man hat mich abermals übergangen?«

»Ja, Werner, obgleich dir Schlüter das Wasser nicht reichen kann, und obgleich deine Pläne genial sind, was niemand in Abrede stellt. Alle sind meiner Meinung darüber – alle, die was von der Sache verstehen. Und das Tollste ist, daß sich alle maßgebenden Persönlichkeiten für deinen Entwurf entschieden hatten und deine Pläne großartig fanden. Aber dein spezieller Freund, Herr Direktor Schrott, hat wieder gegen dich intrigiert. In einer langen, allerdings sehr klugen Rede hat er klargelegt, daß die Ausführung deiner Pläne bedeutend höhere Kosten verursachen würde als die Doktor Schlüters, und da sind sie dann alle zurückgeschreckt, die Herren. Der Geldpunkt ist doch immer das Maßgebende. Wenn nicht genug Dividende ausgeschüttet werden kann, dann ist nichts mit ihnen zu machen. Im übrigen bin ich aber durchaus nicht Direktor Schrotts Meinung, daß die Ausführung deiner Pläne kostspieliger ist als die Schlüters.«

Werner Kronegg lachte hart und bitter auf.

»Ich weiß bestimmt, sie kostete nicht einen Pfennig mehr; wenn ich die Sache in die Hand bekommen würde, könnte ich mich eher für das Gegenteil verbürgen. Das weiß Direktor Schrott auch ganz genau.«

Doktor Brand sah den Freund mitleidig an.

»Ich verstehe das alles nicht, Werner. Du bist unser tüchtigster und ein genialer Ingenieur – und kommst trotz aller Anstrengung nicht vorwärts, weil es anscheinend Direktor Schrott nicht will.«

Wieder lachte Werner Kronegg hart auf.

»Ich verstehe es sehr wohl. Direktor Schrott ist mein Feind und wird es immer wieder vereiteln, daß ich weiterkomme.«

»Daß er dir feindlich gesinnt sein muß, empfinden wir alle. Ich kenne ihn auch als rachsüchtigen Menschen. Ich habe dich noch nie gefragt, ob du eigentlich etwas mit ihm gehabt hast.«

Werner Kronegg strich sich das Haar aus der Stirn.

»Es ist eine private Angelegenheit, und sie liegt nun schon zehn Jahre zurück. Dir will ich es sagen, Heinz, unter Diskretion. Schrott hat sich damals um meine Frau beworben. Sie schlug seine Hand aus, obwohl er reich und schon Oberingenieur war, und wählte mich, den armen Ingenieur, der nichts hatte als sein Können und eine Anstellung, in der er gerade nur das nötigste verdiente. Seit jener Zeit haßt er mich, und ich weiß, daß ich hier bei unserer Gesellschaft nie vorwärtskommen werde, solange er am Ruder ist. Ich muß noch froh sein, daß er mich nicht entläßt, denn es ist schwer, woanders anzukommen.«

Mitleidig sah ihn Heinz Brand an.

»Das ist ja eine verteufelte Geschichte! Nun verstehe ich alles. Armer Kerl – wie schwer muß es dir all die Jahre geworden sein, alle Demütigungen zu ertragen, die er dir bereitet hat! Und dann noch gebunden sein! Sein Einfluß reicht leider sehr weit.«

Werner nickte.

»Das weiß ich, leider nur zu weit. Selbst wenn ich Aussicht hätte, hier in Deutschland bei einer andern Gesellschaft eine Anstellung zu bekommen, er würde mir auch das vergällen. Sonst wäre ich schon längst auf und davon. Aber ich habe Frau und Kind und darf sie nicht der Gefahr aussetzen, daß ich brotlos werde. Schrott würde mir jede Aussicht auf eine andere Anstellung verderben, das weiß ich. Er will mich in der Hand behalten, damit er seine Rache immer wieder an mir kühlen kann. Aber weiß Gott, lange ertrage ich das nicht mehr!«

Heinz Brand sah ihn eine Weile nachdenklich an, dann sagte er:

»Wenn du nicht verheiratet wärst, Werner, könnte ich dir eine großartige Stellung verschaffen, denn du hättest ganz das Zeug dazu, sie auszufüllen. Du könntest da sofort als Oberingenieur eintreten und viel Geld verdienen. Aber, es ist im Ausland und ist eine wilde Sache. Nichts für Weib und Kind!«

Werner sah ihn fragend an.

»Mach mir den Mund nicht wässerig! Was ist das für eine Anstellung?«

»Sie ist mir selbst angetragen worden, aber ich habe darauf verzichten müssen. Du weißt ja, daß ich verlobt bin, und Ellen ist die einzige Tochter ihrer Eltern. Sie würde nicht mit mir gehen. Da ich selbst, wie du weißt, vermögend bin, lockt es mich auch nicht so sehr, diese Stellung anzunehmen, obwohl es eine interessante Aufgabe ist. Aber Transvaal ist weit!«

»In Transvaal wäre diese Position zu vergeben?«

»Ja! Du weißt, ich habe einen Onkel, den einzigen Bruder meiner verstorbenen Mutter. Er ist als junger Mensch nach Transvaal ausgewandert, hat dort sein Glück gemacht und ist jetzt mit einem Engländer und einem Buren assoziiert.

Sie haben da eine große Wege- und Eisenbahnbau-Aktiengesellschaft gegründet und stehen an deren Spitze. Vandervelde, Körner & Co. heißt die Firma. Vandervelde ist der Bure, mein Onkel heißt Körner, und unter Co. versteht man Mister Dudleigh, den englischen Kompagnon der beiden.

Es ist sehr klug von meinem Onkel gewesen, sich einen englischen und einen Burenkompagnon zu wählen: so besitzt immer einer von ihnen die Sympathie einer bestimmten Partei, und auf diese Weise sind sie bei allen gut angeschrieben. Es ist nunmehr geplant, eine Autostraße zu bauen, die von Kapstadt nach Ostafrika gehen und von dort später bis nach Kairo weitergeführt werden soll. Zunächst also durch die ganze Südafrikanische Union. Mit einem Wort, ein großartiges Unternehmen. Die Straße wird weite Strecken durch das Gebirge führen, und der Bau, der schon im Gange ist, kommt nun bald an die schwierigen Stellen, wo ein kühner, genialer Mann hingehört. Daran fehlt es der Gesellschaft.

Mein Onkel weiß ja nun, daß wir hier bei der Gesellschaft vor allerlei ungewöhnliche Aufgaben gestellt worden sind, arbeiten wir doch in der gleichen Branche. Und so bekam ich einen Brief von ihm, in dem er mich bittet, entweder selbst zu kommen und diesen Posten anzutreten oder einen geeigneten Mann für ihn zu suchen. Mein Onkel traut mir anscheinend viel zu, und unter anderen Umständen würde es mich selbstverständlich reizen, nach Transvaal zu gehen. Aber daran ist bei mir nicht zu denken, es hieße für mich, die Verbindung mit Ellen Lund aufgeben, und das kann nicht in Frage kommen.

Meinem Onkel scheint viel daran zu liegen, für diesen Posten einen deutschen Ingenieur zu bekommen; er schreibt mir, daß sie unter den Oberingenieuren wohl Engländer und

Buren haben, aber keinen einzigen Deutschen. Nur einige deutsche Ingenieure sind angestellt, die aber noch zu jung für diesen Posten sind und nicht hinreichend fähig, ihn auszufüllen. Mein Onkel Justus will seinen Gesellschaftern wohl gern zeigen, daß die deutschen Ingenieure die tüchtigsten sind. Also, er hat mir gleich einen Vertrag in zwei Exemplaren mit eingesandt, der von der Gesellschaft unterschrieben ist. Ich brauche nur den Namen des Betreffenden einzufügen. Und nun habe ich mir schon den Kopf darüber zergrübelt, wem ich wohl die Qualitäten für diesen Posten zutraue, aber außer dir ist mir keiner eingefallen.«

Werner Kronegg sah ihn mit brennenden Augen an.

»Außer mir? Mir traust du diese Qualitäten zu?«

»Nur dir, Werner, denn ich weiß, daß du der geniale Ingenieur bist – trotz Herrn Direktor Schrotts Versuchen, dich zu unterdrücken. Aber – mein Onkel schreibt: ›Möglichst einen unverheirateten Mann‹, denn für eine Frau sind da unten die Lebensbedingungen sehr hart. Jedoch ist es kein Hindernis, wenn der Betreffende verheiratet sein sollte. Aber – ich möchte dich nicht dazu bereden, wegen deiner Frau und deines kleinen Töchterchens.«

Werner Kronegg hatte mit großen Augen und mit ernstem Gesicht zugehört. Er atmete schwer.

»Herrgott, Heinz, du läßt mich da einen Blick tun in das gelobte Land. Das wäre eine Aufgabe! Und eine Erlösung von jahrelanger Pein! Aber meine Frau? Und mein kleines Urselchen? Das Klima da unten?«

»Das Klima ist gut, zumal du ja fast nur im Gebirge zu tun haben würdest. Das würde mir keine Sorgen machen. Aber du mußt bedenken, es kann ja nur ein wildes Lagerleben in Betracht kommen. Die gesamten Lebensbedingungen sind für eine Frau und für ein Kind zu primitiv.«

Werner schüttelte heftig den Kopf, als wolle er sich selbst warnen, zuzugreifen.

»Nein, nein, das kann ich meiner Frau nicht zumuten.«

»Vielleicht könntest du aber Frau und Kind in einer Stadt in Transvaal unterbringen, immer in der nächsten Nähe der Arbeitsstätte? Das habe ich mir überlegt. Aber, wie gesagt, zureden will ich dir nicht, will dir nur sagen, daß du der richtige Mann wärst. Und – auf zehn Jahre hättest du ausgesorgt und wärest in der Lage, dort so viel zu verdienen, daß du dir Ersparnisse machen könntest, um dir damit später in Deutschland eine Existenz zu gründen. Überlege es dir, Werner, ich bringe dir morgen mal die Verträge mit, damit du sehen kannst, wie glänzend sie nach unseren Begriffen sind. Ich werde eine Woche auf deinen Bescheid warten.«

Werner strich sich hastig das Haar aus der Stirn.

»Ja, bitte, bringe sie mit! Wenn – wenn ich sie wenigstens benutzen könnte, diese Verträge, um Schrott zu zeigen, was mir andere Menschen zutrauen!«

Heinz Brand nickte.

»Ich stelle sie dir zur Verfügung, Werner, sieh zu, ob du etwas damit bei ihm erreichst. Ich würde an deiner Stelle nicht mehr ruhig zusehen, wie er dich schikaniert. Zeige ihm doch mal die Zähne! Wenn du dir alles gefallen läßt, denkt er, daß er dir alles bieten kann. Gehe gleich jetzt zu ihm! Frage ihn, weshalb Schlüter dir vorgezogen wird, warum du, der begabte Kopf, den anderen weichen mußt, die nicht halb so lange bei der Gesellschaft angestellt und jünger sind als du.«

Werners Augen leuchteten auf.

»Schon das müßte eine Wohltat sein! Ich danke dir, Heinz. Du hast recht, die Sache mit Schlüter schlägt dem Faß den Boden aus. Ich werde sofort zu Schrott gehen. Er soll wenigstens Farbe bekennen, warum er mich so schikaniert und Arbeiten, wie die Schlüters, den meinen vorzieht.«

Die Freunde besprachen noch einiges, und dann begab sich Werner Kronegg hinüber in das Direktionsgebäude der Gesellschaft und ließ sich bei Direktor Schrott in dringender Angelegenheit melden.

Er wurde sogleich vorgelassen. Direktor Schrott hatte, als Werner ihm gemeldet wurde, am Fenster gestanden. Er war nur etwa fünf Jahre älter als Werner, der fast das vierzigste Jahr erreicht hatte.

Ein haßerfüllter Blick flog über Schrotts Gesicht. Seine scharfen Züge bekamen etwas Lauerndes, und sein Mund verzog sich höhnisch. Er gab dem Kontordiener das Zeichen, Werner einzulassen, und sah ihm mit einem hämischen Lächeln entgegen.

Eine Weile standen sich die beiden Männer stumm gegenüber, Auge in Auge. Endlich kam es schroff über Schrotts Lippen:

»Was wünschen Sie, Herr Doktor Kronegg? Fassen Sie sich kurz, ich habe wenig Zeit.«

Werner richtete sich straff empor. Seine Augen sahen fest und forschend in die seines Feindes.

»Ich wollte mir nur erlauben, Herr Direktor, zu fragen, ob es wahr ist, daß mein Entwurf und meine Pläne zum Bau der neuen Brücke über die Hollerschlucht verworfen worden sind, und daß die des Herrn Doktor Schlüter angenommen wurden und ihm die Ernennung zum Oberingenieur eingebracht haben?«

Stechend und grausam war der Blick, den Schrott auf Werner richtete. Eine rachgierige Genugtuung lag darin.

»Ich weiß nicht, was Sie berechtigt, diese Frage an mich zu richten? Das Ergebnis des Wettbewerbs ist noch nicht offiziell geworden. Aber ich kann Ihnen ja immerhin verraten, daß es so ist. Ihre Arbeit ist nicht angenommen worden. Die Doktor Schlüters wird unter seiner Leitung ausgeführt, und er ist zum Oberingenieur befördert worden wegen seiner guten Arbeit.«

»Obwohl mein Entwurf und meine Pläne ohne Zweifel besser sind als die seinen, und obwohl ich bei meiner zehnjährigen Tätigkeit im Betriebe berechtigteren Anspruch auf Beförderung habe?« fragte Werner mit bebender Stimme.

Schrott nickte mit einem Lächeln, das man nur haßgesättigt nennen konnte.

»Jawohl, trotzdem. Was nützen uns Ihre sogenannten genialen Einfälle, wenn sie unausführbar sind, weil sie uns Unsummen kosten würden? Doktor Schlüters Entwurf ist für die Hälfte der Kosten herzustellen.«

Werner richtete sich mit einem Ruck empor. Er sah den funkelnden Haß in Schrotts Augen, und auch in seinem Innern stieg ein Gefühl des Hasses gegen diesen Mann empor.

»Obwohl diese Ihre Ansicht ziemlich vereinzelt dasteht, haben Sie es fertiggebracht, sie den maßgebenden Herren beizubringen. Es ist nicht wahr, daß meine Pläne kostspieliger sind. Ich verpflichte mich, den Beweis zu erbringen, daß ich meine Brücke mindestens ebenso billig herstellen kann, wie Doktor Schlüter die seine!«

»Dies Experiment würden Sie doch nur auf Kosten der Gesellschaft machen können, und zu Experimenten hat die Gesellschaft kein Geld.«

Werner stieg das Blut zu Kopfe. Er mußte erst eine Weile nach Fassung ringen, ehe er mit erregter Stimme sagte:

»Sie wissen sehr wohl, daß es kein Experiment sein würde, so gut, wie ich es weiß. Und ich weiß, weshalb Sie mich immer wieder unterdrücken und demütigen. Trotzdem möchte ich nicht so vor Ihnen stehen wie Sie vor mir. Weil ich, Gott sei es geklagt, von Ihnen abhängig bin, habe ich es mir all die Jahre hindurch gefallen lassen müssen, daß Sie auf eine so niedrige Weise Ihre Rachsucht an mir kühlen. Ich könnte noch so Hervorragendes leisten, Sie würden das nie zugeben. Sie würden den anderen maßgebenden Herren gegenüber nie zugeben, daß ich ein guter Ingenieur bin, der eine Beförderung längst verdient hat, würden immer Gründe finden, die mir Demütigungen eintragen, obwohl Sie genau wissen, daß ich der Gesellschaft, an die richtige Stelle gestellt, sehr viel nützen könnte. Sie wollen einfach an mir Rache üben, ganz gleich, um welchen Preis.«

Etwas wie Triumph blitzte aus Schrotts Augen. Aber so gern er Werner höhnisch ins Gesicht geschrien hätte, daß er recht habe, gab seine Klugheit das doch nicht zu. Er durfte nicht zugeben, daß er seine Macht mißbrauchte und den unstreitig tüchtigen Ingenieur zum Schaden der Gesellschaft aus persönlichen Rachegefühlen unterdrückte. Wenn er es auch nicht zugestand, blieb ihm gleichwohl freie Hand, Doktor Kronegg auch weiterhin zu demütigen und zu schikanieren. Das war seinem niedrigen Charakter ein Hochgenuß. Er konnte es diesem Manne nie verzeihen, daß er die Frau errungen, die er selbst in glühender Leidenschaft begehrt hatte – und die er noch heute begehrte.

Es flimmerte in seinen Augen, und es reizte ihn, noch mehr als bisher seine Macht zu gebrauchen und den Gegner zu erniedrigen. Er wußte, daß ihm das am besten gelingen würde, wenn er ihn in seiner Frau traf. Und so sagte er mit einem unglaublich hämischen Ausdruck:

»Mir scheint, Sie sind sehr arrogant, Herr Doktor.«

»Nichts liegt mir ferner, aber ich weiß, was ich wert bin.«

»Nun«, sagte Schrott mit einem widerlichen Lächeln, »es steht Ihnen ja frei, mich von Ihrem Wert zu überzeugen.«

»Ich wüßte nicht, was ich tun müßte, daß Sie von meinem Wert überzeugt sind.«

Wieder lächelte Schrott in seiner unangenehmen Weise.

»Ihnen selbst wird das freilich nie gelingen«, sagte er mit einem unbeschreiblichen Ausdruck, »aber – Sie haben ja eine schöne Frau – o ja, sie ist noch immer sinnverwirrend schön. Schicken Sie sie doch einmal in meine Privatwohnung – vielleicht gelingt es ihr, mich von Ihren Qualitäten zu überzeugen, wenn – nun ja, wenn sie sehr liebenswürdig zu mir ist. So schönen Frauen kann man doch nichts abschlagen!«

Da war es aber plötzlich mit Werners Selbstbeherrschung vorbei. Er wußte, fühlte, welche gemeine Niedrigkeit in diesen Worten lag, fühlte, daß jedes dieser Worte eine Beleidigung seiner Frau war, um ihn zugleich zu treffen. Aller Groll, den er jahrelang aufgehäuft hatte, brach sich nun Bahn, da Schrott selbst davor nicht haltmachte, seine Frau, seine heißgeliebte Frau zu beleidigen. Mit einem Satz war er dicht vor Schrott, packte ihn, würgte ihn mit den Händen am Halse und schüttelte ihn in ungebändigter Wut hin und her wie einen Sack.

»Du Schuft, du ehrloser, feiger Schuft, glaubst du, daß ich dir auch das hingehen lasse wie alles andere? Du willst diese Frau geliebt haben, die du jetzt mit deinem gemeinen Gerede besudeln willst? Die Hirnschale sollte ich dir einschlagen, du gemeiner Lump. Aber hingehen lasse ich dir das nicht, und wenn es mich meine Stellung kostet!«

So stieß er heiser vor Zorn hervor. Und dann ohrfeigte er ihn rechts und links und nochmals rechts und links.

Schrott bekam unter seiner würgenden Hand kaum Luft

und konnte keinen Ton hervorbringen. Mit glasigen Augen starrte er in das bleiche, zornentstellte Gesicht des andern. Feige, wie alle niedrigen Naturen, wagte er sich nicht zu rühren, um sich zu befreien. Es hätte ihm, Werners kraftvollen Fäusten gegenüber, auch wenig genützt.

Mit einer letzten schallenden Ohrfeige warf Werner seinen Feind in einen Sessel. Dann reckte er sich, wie befreit aufatmend, und wischte sich die Hände ab, als habe er etwas Schmutziges angefaßt.

»Ah, das hat gutgetan! Das hat mir Erleichterung geschafft! Und das sage ich Ihnen, noch ein so unflätiges Wort gegen meine Frau – und Sie sind ein toter Mann, das merken Sie sich, Sie erbärmliche Kreatur!«

Schrott hatte während dieser letzten Worte mühsam nach Luft gerungen. Nun sprang er auf und lief zum Telefon, um Hilfe herbeizurufen. Mit einem harten Griff riß Werner ihm den Hörer weg.

»Lassen Sie das, rufen Sie lieber keine Hilfe herbei, ich bin jetzt nicht in der Stimmung, Sie zu schonen, und – ich möchte nicht den Namen meiner Frau mit dem Ihren zusammen nennen. Schon das wäre eine Beleidigung für sie. Sie haben Ihre Züchtigung weg, und Sie haben sie reichlich verdient. Nur so kann man einen Schuft behandeln. Damit ist die Sache für mich erledigt.«

Schrott war nun wieder Herr seiner Stimme.

»Aber nicht für mich! Sie sind entlassen, Herr Doktor Kronegg, fristlos entlassen! Sie haben sich tätlich an einem Vorgesetzten vergriffen. Ich werde auch dafür sorgen, daß Sie so leicht keine andere Stellung bekommen werden!« stieß er heiser hervor.

Aber er war zu feige, die Hand gegen Werner zu heben oder sich nur an das Telefon heranzuwagen.

Werner stand ihm aufrecht gegenüber. Ein schneidendes Lachen kam aus seiner Brust.

»Das weiß ich, Herr Direktor Schrott. Kreaturen wie Sie tun keine Gemeinheit halb. Immer ganze Arbeit. Lange genug haben Sie sich bemüht, mich und meine Familie zu kränken und ins Unglück zu stürzen, nur weil eine edle Frau sich Ihnen versagte. Schließlich aber ist es ja auch eine Erlösung, von einem Schurken, wie Sie es sind, nicht mehr abhängig sein zu müssen. Sie werden Ihre Strafe schon noch bekommen, und wenn es soweit ist, dann denken Sie an mich!«

Mit einem verächtlichen Blick auf Schrott verließ Werner das Zimmer.

Schrott sah ihm eine Weile zähneknirschend nach. Endlich erhob er sich und rief durch das Haustelefon den zweiten Direktor des Werkes herbei.

Absichtlich ließ er seine Kleider in der Unordnung, in die sie durch Werners Angriff geraten waren. Der Kragen war halb abgerissen, und die Krawatte hing gelöst herab. So empfing er den zweiten Direktor, der ihn fassungslos anstarrte.

»Mein Gott, was ist geschehen?«

Schrott zuckte die Achseln.

»Sie sehen, Herr Direktor Wend, daß ich in etwas derangierter Verfassung bin.«

»Allerdings! Wie ist das zu erklären? Vor etwa einer Viertelstunde sah ich Herrn Doktor Kronegg zufällig in Ihr Büro treten.«

»Ganz recht, und Doktor Kronegg war es, der mich so zugerichtet hat. Aus Wut darüber, daß seine Entwürfe und Pläne nicht angenommen wurden, sondern die von Doktor Schlüter, und daß dieser zum Oberingenieur befördert ist, fiel er über mich her. Ich hatte Mühe, ihn abzuschütteln und hinauszuwerfen.«

»Unerhört! Das ist ja ganz unerhört! Wohin soll das führen? Was fällt denn diesem Menschen ein?«

»Er ist ein ganz renitenter, undisziplinierter Mensch. Sie haben ihm zwar immer die Stange gehalten, Herr Direktor. Nun sehen Sie aber wohl ein, daß wir solches Gelichter hier im Betrieb nicht gebrauchen können. Tätlicher Überfall auf einen Vorgesetzten – das ist allerhand, nicht wahr? Ein nettes, nachahmenswertes Beispiel für unsere Arbeiter, die sich ohnedies gern renitent zeigen, wenn ihnen mal was nicht paßt.«

»Ich bin ganz außer mir. Nie hätte ich das Doktor Kronegg zugetraut! Ich hielt ihn immer für einen besonnenen, tüchtigen Menschen. Ich bin ja nur kaufmännischer Direktor, aber auch die anderen Herren, die was davon verstehen, fanden seine Entwürfe immer großartig. Aber daß er Sie überfallen hat – das darf man selbstverständlich nicht hingehen lassen. Sie werden Strafantrag gegen ihn stellen?«

Schrott winkte hastig ab, während er seinen Anzug wieder in Ordnung brachte.

»Nein, nein, es ist nicht nötig, daß im Betriebe etwas von dieser Affäre bekannt wird. Ich habe ihn einfach hinausgeworfen und bin nicht gerade glimpflich mit ihm umgesprungen. Außerdem habe ich ihn fristlos entlassen. Morgen ist der Monat um, er bekommt nur bis Ende dieses Monats sein Gehalt ausgezahlt, nicht einen Pfennig mehr. Das habe ich ihm schon mitgeteilt.«

»Das ist allerdings das mindeste, was er verdient hat. Wenn Sie Strafantrag stellen würden, käme er sicherlich ins Gefängnis.«

»Nein nein, ich will ihn nicht ins Gefängnis bringen, schließlich hat er Frau und Kind.«

»Das ist sehr großmütig von Ihnen. Und vielleicht haben Sie auch recht, daß es besser ist, wenn über diese Sache nichts bekannt wird. Es könnte böses Blut machen, denn es ist sonderbar – die Leute hängen an Kronegg. Er hat eine Art, mit ihnen umzugehen, die ihn eigentlich zu einem tüchtigen Vorgesetzten machen würde. Schade ist es doch um ihn. Da Sie ihn entlassen und hinausgeworfen haben, ist Ihnen ja schließlich Genugtuung geworden ...«

»Sehr richtig! Sie erledigen wohl bitte das Nötige. Schikken Sie gleich Gehalt und Zeugnis hinüber. Das Zeugnis wird selbstverständlich seinem Verhalten angepaßt. Ich mag nichts mehr damit zu tun haben.«

Direktor Wend verbeugte sich.

»Selbstverständlich nehme ich Ihnen das ab, Herr Direktor!«

»Danke! Sie sorgen bitte auch dafür, daß diese Angelegenheit unter den führenden Persönlichkeiten der Gesellschaft bleibt.«

»Gewiß, ich werde es nur den maßgebenden Herren melden.«

Die beiden Herren besprachen nun noch einige geschäftliche Dinge, dann verabschiedete sich Wend.

Schrott blieb allein. Er blähte sich befriedigt auf.

So, mein Bürschchen, nun bist du erledigt! Dachte er. Nun kannst du mit deiner schönen Frau betteln gehen. Daß du keine andere Stellung bekommst, dafür werde ich sorgen. Nun wird die schöne Frau Regina erst merken, wie unklug sie war, meine Bewerbung auszuschlagen und sich an diesen Habenichts zu hängen!

Er empfand das Gefühl einer gewissen Befriedigung. Aber im tiefsten Innern wurmte es ihn, daß Werner Kronegg ihn so gebeutelt und geohrfeigt hatte.

Langsam war Werner Kronegg zu seinem Büro zurückgekehrt. Mit starrem, finsterem Gesicht sah er vor sich hin. Er wußte, was es für ihn und seine Familie bedeutete, fristlos entlassen zu werden. Er hatte in all den Jahren keine Ersparnisse machen können, er war froh gewesen, wenn sein Gehalt ausreichte für das Nötigste, und das war nur möglich gewesen, weil er eine tüchtige, sparsame Frau hatte.

Regina! – Das Herz tat ihm weh, wenn er an sie dachte, an seine tapfere, unverzagte Frau, die freudig alle Sorgen mit ihm getragen hatte, die nie murrte, wenn es auch noch so knapp zuging, und die immer noch für Sonnenschein in seiner bescheidenen Häuslichkeit sorgte.

Arme Regina! Nun kommen noch schlimmere Tage für dich und Urselchen!

Er wußte, daß Schrott dafür sorgen würde, daß er, in Deutschland wenigstens, keine andere Stellung fand. Schrott brauchte ja nur zu sagen, daß er sich tätlich an seinem Vorgesetzten vergriffen hatte. Das genügte, um ihm den Boden vollends unter den Füßen wegzuziehen.

In seinem Büro angekommen, suchte er langsam seine Arbeitsutensilien zusammen, vertauschte den Arbeitsrock mit seinem Straßenanzug, immer seinen quälenden Gedanken nachhängend, und packte sein Bündel. Als er noch damit beschäftigt war, trat Heinz Brand wieder bei ihm ein.

»Nun, Werner, hat dein Gang einen Erfolg gehabt?«

Werner sah ihn mit großen, brennenden Augen an.

»Ja, Heinz – ich bin fristlos entlassen worden.«

Und er erzählte dem Freund rückhaltlos alles, was geschehen war. Dieser legte ihm die Hand auf die Schulter.

»Recht hast du getan, Werner! Schrott ist ein Schurke und hat mehr als diese Ohrfeigen verdient. Aber was nun?«

Werner atmete auf.

»Wenn ich nun wirklich von deinem Anerbieten Gebrauch machte, Heinz, wenn ich dich bitten würde, meinen Namen in den Vertrag zu setzen, den dir dein Onkel geschickt hat?«

Heinz faßte seine Hand.

»Du brauchst nur zu wollen, Werner. Niemand ist für diese Stellung besser geeignet als du.«

»Also wäre es wirklich dein Ernst?«

»Ja doch!«

»So werde ich dich vielleicht beim Wort nehmen, Heinz, denn Schrott wird dafür sorgen, daß ich hier in Deutschland nirgendwo ankomme. Aber laß mich bitte erst mit meiner Frau sprechen. Sie muß entscheiden. Ich muß überhaupt erst einmal meine Gedanken sammeln, die Wut über diesen Schurken hat mich etwas aus dem Gleichgewicht gebracht.«

»Das kann ich dir nachfühlen. Überlege erst ruhig mit deiner Frau, und dann laß mich wissen, was ihr beschlossen habt. Und noch eines, Werner: Wenn du wegen dieser verdammten Geschichte in pekuniäre Verlegenheit kommen solltest, so stehe ich dir zu Verfügung, das weißt du. Wir sind Freunde. Im gleichen Falle würde ich mich auch ohne weiteres an dich wenden. Du weißt ja, daß meine verstorbenen Eltern mich in die angenehme Lage versetzten, daß ein paar Tausender mich nicht in Verlegenheit bringen. Versprich mir, daß du dich nur an mich wenden willst, wenn du Geld brauchst!«

Mit einem kräftigen Druck faßte Werner seine Hand.

»Hab' Dank! Vorläufig brauche ich dich nicht, aber – es könnte sein, falls wir nach Transvaal gingen. Ich würde doch Reisegeld brauchen.«

»Das ist selbstverständlich alles vorgesehen. Ich brauche nur zu depeschieren, und es wird dir sofort telegrafisch Reisegeld erster Klasse und was sonst noch nötig ist, angewiesen. Auch Vorschuß kannst du in beliebiger Höhe haben. Darüber mache dir keine Sorge.«

Sie besprachen noch einiges. Heinz Brand berichtete Werner in kurzen Worten, was er von Transvaal wußte. Dann fügte er noch hinzu:

»Wie ich dir schon sagte, könntest du deine Frau und deine Tochter zur Not in Pretoria oder in sonst einer Stadt in Transvaal, die deiner Arbeitsstätte möglichst nahe liegt, unterbringen. Dann könntest du sie wenigstens an den Sonntagen aufsuchen. Das wird sich freilich erst an Ort und Stelle entscheiden lassen. Es wäre doch immerhin besser, als wenn du sie hier zurücklassen müßtest.

Ob es ratsam wäre, deine Frau und deine Tochter in dem Zeltlager unterzubringen, in dem du mit den Arbeitern kampieren mußt, das kann man vorher nicht wissen. Du weißt ja, daß dieses Lager von Zeit zu Zeit abgebrochen und je nach dem Fortschreiten der Arbeit weiterverlegt werden muß.

Ein leichtes Leben wird es so oder so nicht für dich und deine Familie, das muß ich dir zu bedenken geben, aber – eine ähnlich gute Stellung wirst du in Deutschland nicht finden. Pekuniäre Sorgen wirst du bei dem hohen Gehalt nicht mehr haben. Auf zehn Jahre würdest du fest verpflichtet, mit steigenden Bezügen. Und du würdest eine ganz andere, völlig selbständige Stellung haben, in der du vor allem auch eine berufliche Befriedigung finden würdest.

Ich selbst würde diese Position ohne Besinnen angenommen haben, wenn ich nicht verlobt wäre. Meine und meiner Braut Vermögensverhältnisse gestatten mir, dieses selten günstige Angebot ablehnen zu können. Keinem Menschen gönne ich es mehr als dir, denn für dich wäre es eine Erlösung aus drückender Situation. Du trittst sogleich als Oberingenieur ein und hättest große Chancen, emporzukommen. So leid es mir tun würde, dich hier zu verlieren, würde es mich doch zugleich freuen, wenn du mit einem Schlage aus der ganzen Misere herauskämst. Du hast das Zeug dazu, dort unten eine führende Stellung einzunehmen. Mit den Leuten verstehst du auch umzugehen wie kein zweiter. Also, wie gesagt, es könnte alles klar sein, wenn der eine Punkt nicht wäre: deine Familie. Du mußt das mit deiner Frau besprechen. Ich will dir nicht zu- und nicht abreden, habe dir nur Für und Wider klargestellt.

Sobald du dich entschieden hast, laß es mich wissen, ich werde dann, wenn du annimmst, sofort an meinen Onkel schreiben, wie es kommt, daß du in deinen Jahren und nach mehr als zehnjähriger Dienstzeit hier noch als Ingenieur herumläufst. Mein Onkel soll auf alle Fälle klarsehen, denn es ist durchaus nicht ausgeschlossen, daß Schrott, falls er erfährt, wohin du gehst, versuchen wird, dir auch dort einen Knüppel zwischen die Beine zu werfen. Das werden wir vereiteln. Also – überlege dir alles und benachrichtige mich. Und vergiß nicht, Werner, daß ich dir gern mit jeder Summe zur Verfügung stehe. Und, bis auf weiteres, auf Wiedersehen!«

Die Freunde drückten sich die Hände. Heinz Brand mußte an seine Arbeitsstätte zurückkehren. Als Werner wieder allein war und gerade aufbrechen wollte, kam ein Kontordiener und brachte ihm einen Brief von Direktor Wend. Als der Diener wieder hinaus war, riß Werner das Kuvert auf. Es enthielt sein Gehalt für den abgelaufenen Monat und die schriftliche Bestätigung seiner fristlosen Entlassung wegen tätlicher Beleidigung eines Vorgesetzten. Dabei lag ein Zeugnis, das nichts enthielt als die Daten seines Antritts und seiner Entlassung. Wenn es nun auch für Werner sprach, daß er über zehn Jahre im Betrieb angestellt gewesen war, so sprach doch gegen ihn, daß er es in all der Zeit nicht weitergebracht hatte, und daß man ihm kein anerkennendes Zeugnis ausstellte.

Werner biß die Zähne zusammen und steckte alles zu sich. Dann nahm er sein Paket und verließ seine bisherige Arbeitsstätte für immer.

2

Frau Regina Kronegg lief geschäftig in ihrer kleinen, freundlichen und vor Sauberkeit blitzenden Wohnung hin und her. Sie kam ohne ständige Hilfe aus, denn das Gehalt ihres Mannes erlaubte ihr nicht, sich ein Mädchen zu halten. Es kam nur gelegentlich zwei Stunden eine Frau, die ihr die gröbste Arbeit abnahm. Alles andere taten Frau Reginas fleißige Hände selbst. Sie hatte dabei auch noch Zeit, für ihr Töchterchen und sich die Garderobe anzufertigen und hübsche Handarbeiten zu machen. Sie trug über einem schlichten, aber sehr kleidsamen blauen Leinenkleid eine Schürze, die immer schnell abzulegen war, wenn ein Besuch erschien oder wenn ihr Mann nach Hause kam. Dann war sie stets schmuck und adrett angezogen. Die Ärmel des Kleides hatte sie bis zu den Ellenbogen aufgeschlagen, um ungehindert im Haushalt und in der Küche arbeiten zu können. Dennoch sah diese schöne Frau dabei aus wie eine Fürstin, die einmal zum Zeitvertreib das Hausmütterchen spielen will.

Sie war eine schlanke, vornehme Erscheinung, mit schönen, ausgeglichenen Bewegungen. Der feine Kopf mit dem reichen blonden Haar, das in natürlichen Wellen das schöne Gesicht umrahmte, saß frei und stolz auf den feingeformten Schultern. Das Schönste an ihr waren die Augen, wundervolle graue Sterne, die lebensvoll aus dem lieben Gesicht leuchteten und von ganz dunklen Brauen und Wimpern umgeben waren. Das gab ihrem Gesicht einen aparten Reiz im Kontrast zu dem blonden Haar, das einen satten Goldton hatte. Wenn diese hell und warm leuchtenden Augen aufsahen, erschrak man fast vor ihrem intensiven Strahlen.

Die kleinen, schön geformten Hände waren, obwohl sie soviel und nicht immer leichte Arbeit leisten mußten, sorgsam gepflegt; es wäre auch schade gewesen, wären sie vernachlässigt worden. Und es war ein erfreulicher Anblick, wie schnell und geschickt jede Arbeit von Regina getan wurde.

Ab und zu sah sie erwartungsvoll nach der Uhr, und als endlich die Flurglocke läutete, lief sie schnell zur Tür und öffnete. Ein kleines, siebenjähriges Mädchen mit einer Schulmappe stand draußen. Das war Ursula, ihr einziges Kind. Mit einem Jubelruf sprang das Mädchen an der Mutter empor, die es voll zärtlicher Inbrunst in die Arme zog.

»Tag, Mutti! Da bin ich wieder! Vati schon zu Hause?«

»Nein, mein Liebling, noch nicht!«

»Oh, und ich habe mich so beeilt, weil ich erst noch mit meinen Schulfreundinnen gespielt hatte und mir dachte, ich könnte schon zu spät kommen. Aber nun komme ich wohl noch zurecht, um den Tisch zu decken und mit auftragen zu können?«

»Ganz gewiß kommst du noch zurecht.«

Die Mutter half Ursula aus dem Mantel und nahm ihr das weiche Mützchen vom Kopf. Dann wurde das blonde Haar, das einige Schattierungen heller war als das der Mutter, mit Kamm und Bürste bearbeitet. Währenddessen berichtete Ursula allerlei kleine Schulerlebnisse. Danach drückte Ursula die Mutter wieder stürmisch an sich und sagte schließlich mit einem Stoßseufzer:

»Hab' ich einen Hunger, Mutti!«

Frau Regina lachte. Ihre schönen Augen leuchteten warm und zärtlich in das reizende Kindergesicht, das dem ihren sehr ähnlich war. Ursula hatte die gleichen hell leuchtenden Grauaugen unter dunklen Brauen und Wimpern wie die Mutter und versprach einmal ebenso schön zu werden wie diese.

»Mußt schon noch ein Viertelstündchen warten, Ursula. Schnell, wasch dir die Hände, dann kommst du in die Küche und hilfst mir ein wenig. Wenn du den Tisch gedeckt hast, wird Vati schon kommen. Dann können wir gleich essen.«

»Was gibt es denn heute, Mutti?« erkundigte sich Ursula sehr interessiert, da sie, wie alle gesunden Kinder, stets einen guten Appetit hatte.

»Grießsuppe, Koteletten mit Rosenkohl und einen winzigen Zwiebackpudding für das Leckermäulchen.«

»O fein, Mutti! Gar so winzig wird er hoffentlich nicht sein?«

»Wir werden sehen!«

»Ich komme schnell in die Küche!«

»Erst die Hände gründlich waschen und die Fingernägel in Ordnung bringen – sonst gibt es nichts zu essen.«

Ursula umschlang die Mutter lachend.

»Herzensmutti, ich nehme die Nagelbürste, sieh nur, einen ganz kleinen Tintenfleck habe ich am Zeigefinger.«

Lachend sprang Ursula in das Badezimmer. Inzwischen ging ihre Mutter in die Küche, um die letzte Hand an das Mittagessen zu legen, das, wie immer, mit viel Liebe und Sorgfalt zubereitet wurde. Sie war noch nicht ganz fertig, als ihr Mann nach Hause kam. Schnell lief sie hinaus, um ihn zu begrüßen.

»O Werner, habe ich mich mit dem Essen verspätet? Oder kommst du etwas früher heim als sonst?«

Wie immer zog er seine Frau innig in seine Arme und küßte sie.

»Ein Viertelstündchen komme ich wohl zu früh, Regi.«

»Dann will ich mich beeilen, damit du nicht warten mußt. Urselchen hat auch schon gedrängt. Wie gewöhnlich hat sie großen Hunger, wenn sie aus der Schule kommt.«

Während Regina das sagte, sah sie forschend in ihres Mannes Gesicht. Und sie bemerkte, daß er sehr bleich war und seine Augen seltsam brannten.

»Werner«, sagte sie mit etwas unsicherer Stimme, »du siehst aus, als fühltest du dich nicht wohl.«

Mit schmerzlicher Zärtlichkeit sah er sie an. Wieder überfielen ihn Angst und Sorge um Weib und Kind.

»Ich hatte Ärger, Regi, aber jetzt nichts mehr davon, ich erzähle dir später alles.«

Sie nahm seine Hand und drückte sie an ihre Wange.

»Sag' mir nur eines, Werner: Ist dein Entwurf für die Brücke über die Hollerschlucht angenommen worden?«

Er atmete schwer auf.

»Nein, Regi, Schlüters Entwurf wurde gewählt. Er baut die Brücke und ist zum Oberingenieur ernannt worden.«

Sie wurde blaß.

»Oh, nun weiß ich, weshalb du so bedrückt aussiehst, Werner! Daran ist sicher wieder Schrott schuld, ich weiß es.

Alles Böse kommt uns von ihm. Wirst du nie Anerkennung für deine Arbeiten finden?«

Sie sah, wie es in seinem Antlitz zuckte, und streichelte seine Hand. Er versuchte, ein ruhiges Gesicht zu zeigen. Zu dem, was er seiner Frau zu sagen hatte, brauchte er eine ruhige Stunde.

Jetzt kam Ursula aus dem Badezimmer und sprang jubelnd an dem Vater empor.

»Vati, lieber Vati!«

Er hob sie empor und küßte sie innig.

»Mein Urselchen«, sagte er zärtlich mit halberstickter Stimme. Ursula lachte ihn an, sie merkte nicht, wie Mutter und Vater bedrückt waren.

»Vati, Koteletten mit Rosenkohl gibt es und Zwiebackpudding. Hast du auch so großen Hunger?«

Er nickte lächelnd.

»Wie ein Bär, Urselchen«, versuchte er zu scherzen.

Regina verschwand mit einem sorgenvollen Blick auf den Gatten in der Küche. Ursula ging mit dem Vater ins Eßzimmer und deckte schnell und geschickt den Tisch.

»Sieh doch, Väterchen, wie schnell ich schon den Tisch decken kann! Und nichts fehlt, alles ist da!«

Etwas geistesabwesend hatte Werner seiner Tochter zugesehen und nickte nun.

»Ja, Urselchen, du wirst einmal ein tüchtiges, fleißiges Hausmütterchen.«

»So, nun ist alles fertig, jetzt gehe ich hinaus zur Mutter und helfe, damit du schnell etwas zu essen bekommst.«

Aber erst umarmte und küßte Ursula den geliebten Vater noch einmal, wobei freilich ihre Lippen mehr die Nase trafen als den Mund. Dann lief sie hinaus.

Mit trüben Augen sah sich Werner in dem schlichten, aber

behaglichen Wohnzimmer um. Wie lange noch würden Frau und Kind sorglos unter diesem Dach weilen dürfen?

Ein tiefer, schwerer Seufzer entfloh seiner Brust, er stützte den Kopf in die Hand und sah reglos grübelnd vor sich hin, bis seine Frau mit Ursula eintrat, Regina mit der Suppenterrine, Ursula mit dem großen Schöpflöffel. Forschend flog Frau Reginas Blick zu Werner hinüber, aber sie zwang sich zur Heiterkeit und tat, mit Ursula scherzend, die Suppe auf. Lachend stellte sich dann Ursula vor den Vater hin und machte voll schelmischer Grandezza einen Knicks.

»Herr Doktor, die Suppe ist aufgetragen, und wir bitten zu Tisch.«

Werner richtete sich mit einem erzwungenen Lächeln auf und ließ sich von seinem Töchterchen zu Tisch führen.

Des Kindes wegen plauderten die Eltern scheinbar ganz heiter miteinander, aber nur Ursula sprach der Mahlzeit mit Vergnügen zu.

Frau Reginas Blicke streiften immer wieder in banger Sorge das Gesicht ihres Mannes. Sie kannte ihn zu gut, um nicht zu wissen, daß er nur schwer seiner deprimierten Stimmung Herr bleiben konnte. Aber sie sprach kein Wort darüber. In Gegenwart des Kindes vermieden die Eltern stets, von ihren Sorgen zu sprechen.

Als die Mahlzeit eingenommen worden war, räumte Frau Regina, von Ursula unterstützt, das Geschirr hinaus in die Küche. Sie begab sich dann mit Ursula in das Nebenzimmer und besprach mit ihr die Schularbeiten. Als nun Ursula über diesen Arbeiten saß, ging Regina wieder zu ihrem Mann hinüber, der inzwischen ruhelos auf und ab gegangen war. Sie trat zu ihm und legte die Arme um seinen Hals.

»Nun sag' mir alles, was dich drückt, mein lieber Werner. Ich fühle, du hast Schweres auf dem Herzen.«

Er zog sie an sich und sah ihr mit brennenden Augen ins Gesicht.

»Vor dir kann ich nichts verbergen, wenn ich es auch wollte, meine Regi. Komm, setz dich zu mir. Ich habe dir viel zu sagen – leider Schweres und Unangenehmes.«

Er zog sie neben sich auf die Couch. Sie streichelte in einer mütterlichen, liebevollen Art über sein Haar.

»Sprich dir nur alles vom Herzen, Werner. Wenn du Schweres zu tragen hast, tragen wir es gemeinsam, dann wird es jedem von uns leichter.«

Er drückte ihre Hand an seine Wange.

»Für mich wird schwerer, was ich auch dir auferlegen muß. Und jetzt kommt es härter als bisher, meine kleine Frau, jetzt wirst du allen Mut zusammennehmen müssen. Und das Schwerste gleich zuerst: Ich bin entlassen worden – fristlos entlassen.«

Regina wurde bleich, vermochte aber trotzdem ruhig zu scheinen.

»Wie ist das gekommen, Werner?« fragte sie leise.

Er streichelte gerührt ihre Hände.

»Hab' Dank, daß du nicht mit Tränen und Klagen über mich herfällst, wie es wohl viele Frauen in solchem Falle tun würden, mein tapferer Lebenskamerad!«

Sie versuchte zu lächeln.

»Daß ich das bin, daran darfst du nie zweifeln, Werner. Was uns trifft, trifft uns gemeinsam, und schon darin liegt ein Trost. Sprich dich aus, rede dir alles vom Herzen herunter, ich merke ja, daß du fast erstickst an deinem Jammer, mein armer lieber Mann.«

Er barg eine Weile sein zuckendes Gesicht in ihren Händen. Dann faßte er sich und berichtete, was er heute morgen erfahren hatte, und daß er danach zu Schrott gegangen sei.

Er verschwieg ihr jedoch, als er ihr seine Aussprache mit Schrott schilderte, welches beleidigende Ansinnen dieser an ihn gestellt hatte.

»Ein Wort gab das andere, Regi, ich sagte ihm ins Gesicht – mußte es ihm einmal sagen, daß ich den Grund kenne, weshalb ich nicht vorankomme, und daß ich das nur ihm und seiner Rachgier, seiner gemeinen, niedrigen Rachgier zu danken habe. Er hielt es gar nicht einmal der Mühe wert, das zu leugnen, und wurde so niederträchtig gemein, daß ich es nicht mehr ertragen konnte. Ich vergaß, daß ich für Weib und Kind still sein und mich beherrschen mußte, vergaß alles, nur das eine nicht, daß ich ihn in die hämische Fratze schlagen mußte. Wie einen räudigen Hund habe ich ihn geschüttelt, während ich ihn einen feigen, gemeinen Schurken nannte, und habe ihn rechts und links geohrfeigt – mit einer wahren Wonne habe ich das getan, Regi, mit einer erlösten Freudigkeit, die mit nichts zu vergleichen ist. Und dann habe ich ihn in einen Sessel geschleudert und mir die Hände abgewischt, als hätte ich ein giftiges Reptil angefaßt.«

Er atmete tief auf, und seine Augen glühten.

»Kannst du begreifen, Regi, was das für eine Wohltat für mich war? Kannst du verstehen, daß ich ihm endlich einmal heimzahlen mußte, was er mir Jahr um Jahr angetan hat? Deinetwegen und Ursulas wegen habe ich bisher alles geschluckt, wenn ich auch fast daran erstickte. Du weißt nicht, Regi, wie ich darunter gelitten habe, daß dieser Schuft mich in jeder Weise zu knebeln versuchte und mir die Freude an der Arbeit nahm. Als ich ihm gegenüberstand, stieg der ganze Groll gegen ihn in mir auf, mir war, als könnte ich den Anblick seines rachsüchtigen Gesichts nicht mehr ertragen. Ich konnte mich nicht länger beherrschen, ich mußte ihm an die Gurgel, und wenn ich nicht an dich und unser Kind gedacht hätte, so hätte ich ihn erwürgt. Der feige Hund hat sich nicht einmal gewehrt, die Augen traten ihm in seiner Angst aus dem Kopf. Und erst als ich gehen wollte, keifte er wie ein altes Weib, daß ich fristlos entlassen sei, und daß er es mir unmöglich machen würde, eine andere Anstellung zu bekommen. Ich verließ ihn voll Genugtung, daß ich ihn gezüchtigt hatte, wie er es verdiente. Nein – er hätte Schlimmeres verdient. Aber für ihn mag's wohl Strafe genug gewesen sein, daß ich ihn so klein gesehen habe, und daß sich der Schimpf, von mir geohrfeigt worden zu sein, nicht mehr abwaschen läßt. Erst als ich wieder draußen war, wurde mir klar, was für Kummer und Sorge ich damit über dich gebracht habe, meine Regi.«

Sie faßte seine Hände und sah ihn groß an.

»Wie gönne ich dir diese Genugtuung, Werner! Denke nicht an mich, o mein Gott, ich kann es dir nur zu wohl nachfühlen, wie es in dir gärte. Ich habe mit dir gefühlt, wie du gelitten hast unter seiner niedrigen Rachsucht. So leid hast du mir getan, und schon oft lag es mir auf der Zunge, dir zu sagen: Wirf ihm doch alles vor die Füße, löse dich aus dieser Stellung. Aber ich wußte ja, wie schwer es für dich sein würde, eine andere Stellung zu bekommen. Wären wir allein gewesen, ich hätte nicht geschwiegen – aber –, ich dachte an Urselchen. Ihretwegen schwieg ich. Glaube mir, es wirkt auch auf mich wie eine Befreiung, daß du Schrott endlich einmal heimzahlen konntest, was er dir getan hat.«

Er atmete tief auf und küßte ihre Hände.

»Meine gute Regi, wie danke ich dir für diese Worte! Aber darüber mußt du dir nun klarwerden, daß Schrott es mir unmöglich machen wird, in Deutschland eine andere Stellung zu bekommen.«

Sie atmete tief und schwer.

»Ich habe es mir klargemacht, Werner. Aber was auch kommt, du sollst dir keinen Vorwurf machen. Du hast wahrlich ertragen, was du konntest. Mehr zu ertragen, hätte dich deine Selbstachtung gekostet.«

Werner erzählte ihr nun, daß Direktor Wend, der, wie er wußte, immer auf ihn gehalten hatte, ihm mit dem Gehalt ein völlig wertloses Zeugnis geschickt hatte.

»Auf dieses Zeugnis hin wird unbedingt jeder bei der Gesellschaft anfragen, weshalb ich entlassen worden bin, wenn ich mich um eine Stelle bemühen sollte. Und man wird sagen, daß man mich entlassen hat, weil ich mich an einem Vorgesetzten vergriff. Damit bin ich gerichtet. In Deutschland werde ich ganz gewiß keine Anstellung als Ingenieur mehr finden. Und deshalb – nur deshalb wage ich es, Regi, mit dir von einem Vertrag zu sprechen, den ich sofort abschließen könnte, durch Heinz Brands Vermittlung. Aber dieses Engagement würde mich nach Transvaal führen.«

Jetzt zuckte Frau Regina doch zusammen und wurde sehr bleich.

»Nach Transvaal? So furchtbar weit?«

Er sah, wie sie nach Fassung rang, und legte den Arm um sie.

»Das läßt selbst meine tapfere Regi verzagen. Ich habe es befürchtet und wollte nicht annehmen, bevor ich mit dir gesprochen hatte.« Er erzählte ihr nun von diesem Angebot, und als er fertig war, fragte er leise:

»Was soll ich tun, Regi – annehmen oder ablehnen? Es liegt bei dir.«

Sie erschauerte, und ihre Augen sahen in die seinen.

»Werner – ach, mein Gott, das soll doch heißen, daß du dich von uns trennen willst?« fragte sie heiser.

Er streichelte ihre kalten Hände.

»Auch das würde bei dir liegen, Regi. Ich vermag den Gedanken an eine Trennung von euch nicht zu fassen, aber ich wage es auch nicht, dich zu überreden, mich mit Ursula zu begleiten. Ich muß aber doch Geld verdienen, ich kann euch doch nicht hungern lassen«, stieß er gequält hervor.

Da hob sie in angstvoller Frage den Kopf.

»Du sagst, es liegt bei mir? Würdest du uns denn mitnehmen wollen, mitnehmen dürfen?«

Er strich ihr sanft über das blasse Gesicht, über die flehenden Augen.

»Ob ich euch mitnehmen will – Herrgott –, wie kannst du daran zweifeln? Und ob ich darf? Ja, Regina – es handelt sich nur darum, ob du mit mir in eine Wildnis ziehen willst.«

Da kam die Farbe wieder in ihr Gesicht, die Augen leuchteten wieder. Sie warf sich in seine Arme.

»Oh, dann ist ja alles gut, dann sage ich mit tausend Freuden ja! Nimm diese Stellung an, die dir Befriedigung, endlich Befriedigung in deinem Beruf bringen wird. Nur nimm uns mit, laß uns nicht allein!«

Aufatmend zog er sie an sich.

»Nur davor hast du gebebt, meine Regi?«

»Nur davor, ich glaubte, du wolltest ohne uns reisen.«

»Du weißt doch, daß ich das nie wollen würde, weißt, was es mich gekostet hätte, ohne dich und mein kleines Urselchen zu reisen. Aber ich durfte dir nicht zureden. Und ich darf dir nicht verhehlen, daß ihr kein leichtes Leben dort unten haben werdet. Dieser Straßenbau führt weiter und weiter nordwärts, von Kapland aus bis hinauf nach Ostafrika. Die Arbeiter sind, wie mir Heinz Brand berichtete, in großen Zeltlagern untergebracht, und diese Zeltlager müssen, je weiter die Straße vorwärtsschreitet, immer wieder weiter nach Norden verschoben werden. In den Zelten hausen immer eine Anzahl Arbeiter zusammen. Die Ingenieure bewohnen je zwei und zwei ein Zelt. Auch ich müßte in einem Zelt hausen, wenn auch allein, und ich wage nicht daran zu denken, Regi, daß ihr beide, du und Ursula, dort mit mir hausen müßt, mitten unter Menschen, unter denen sicherlich manches böse Element ist, und von aller Zivilisation weit entfernt.«

Sie faßte seine Hände und sah ihn flehend an.

»Es werden ja Menschen sein, Werner, und keine wilden Tiere. Und wir würden zusammensein. Alles andere läßt sich ertragen, viel leichter jedenfalls als eine Trennung von dir.«

Liebevoll strich er ihr das Haar aus der Stirn.

»Heinz Brand, der euretwegen ebenfalls in Sorge war, meinte, es wäre vielleicht möglich, euch immer in einer der Zeltstadt zunächst gelegenen Stadt einzuquartieren, so daß ich euch wenigstens an den Sonntagen sehen könnte. Das wäre jedenfalls immer noch besser, als wenn ich euch ganz zurücklassen müßte.«

Mutig und zuversichtlich sah sie ihn an.

»Nein, nein, wir bleiben, wo du bleibst. Ich lasse dich nicht allein, will auch nicht mit Ursula allein bleiben.«

»Du vergißt aber, daß Ursula im Lager keinen Schulunterricht haben könnte.«

Sie lächelte, schon ganz befreit von aller Angst und Sorge.

»Hast du vergessen, daß ich vor unserer Verheiratung das Lehrerinnenexamen abgelegt habe? Du weißt doch, wie gern ich Ursula in allen Fächern selbst unterrichtet hätte, wenn hier nicht der Schulzwang wäre. Ich habe doch Ursula schon von klein auf in der englischen und französischen Sprache unterwiesen, damit sie beide Sprachen mit ihrer Muttersprache zusammen lernt. Oh, ich werde Ursula selbst unterrichten. Und ich werde dir eine leidlich behagliche Häuslichkeit schaffen, wenn auch nur in einem Zelt.«

Er zog sie an sich und bedeckte ihren Mund und ihre Augen mit Küssen.

»Du bist ein tapferer Kamerad, Regi! Gott mag geben, daß wir es nie zu bereuen brauchen, wenn ich dich und das Kind mit mir nehme. So will ich denn diese Stellung annehmen, und wir werden dann an Ort und Stelle sehen, wie wir uns am besten einrichten. Droht euch im Lager irgendeine Gefahr, oder muß eure Gesundheit darunter leiden, dann mußt du eben mit Ursula in der nächsten Stadt bleiben. Ist es nicht nötig, dann um so besser. Alle drei Jahre habe ich drei Monate Urlaub, dann können wir doch immer einmal mit der zivilisierten Welt in Berührung kommen. Aber – auf zehn Jahre muß ich mich verpflichten, Regi – auf zehn lange Jahre.«

Unverzagt sah sie ihn an.

»Es werden zehn Jahre sein, Werner, in denen wir keine pekuniäre Not kennen werden. Und nach diesen zehn Jahren wird unsere Ursula siebzehn Jahre alt sein. Dann haben wir wohl so viel gespart, daß wir nach Deutschland zurückkehren und uns dort eine Existenz gründen können.«

»Ich kann dich nur bewundern, Regi, wegen deiner Tapferkeit.«

Sie schüttelte lächelnd den Kopf.

»All meine Tapferkeit ging kläglich in die Brüche, als ich fürchten mußte, daß du uns allein zurücklassen würdest. Seite an Seite mit dir schreckt mich nichts, mein Werner.«

»Und Ursula?«

Regina atmete tief auf.

»Ursula? Du sagst doch, das Klima dort unten sei günstig. Es wird uns an nichts fehlen als an Komfort, den wir entbehren können. Auch Ursula! Sie ist ein Kind und wird sich leicht in die veränderten Verhältnisse finden. Und der liebe Gott wird schon helfen. Ist der Aufenthalt in dem Zeltlager wirklich gesundheitsschädlich, dann muß ich eben mit dem Kinde in der nächsten Stadt wohnen. Aber hoffentlich bleibt uns das erspart. Vielleicht ordnet sich alles viel leichter, als wir es jetzt annehmen. Wir wollen froh und unverzagt sein und fest daran glauben, daß alles gutgeht. Kommt Zeit, kommt Rat! Sei froh, daß du nun endlich einen Wirkungskreis findest, in dem du deine Kräfte regen, deine Kenntnisse und Fähigkeiten verwenden kannst. Ich freue mich mit dir darüber, mein Werner.«

In tiefer Rührung zog er sie an sich.

»Meine mutige Frau, mein guter Kamerad, wie danke ich dir, daß du mir alles so leicht machst! Ich habe gebangt vor der Stunde, in der ich dir das alles sagen müßte, und nun stehe ich fast beschämt vor deiner Unverzagtheit. Wenn mir der liebe Gott nur hilft, daß ich euch da unten ein lebenswertes Dasein schaffen kann!«

»Es wird schon gutgehen, Werner. Transvaal ist doch immerhin ein zivilisiertes Land, gar so schlimm kann es nicht werden. Wahrhaftig, ich freue mich, ein Stück von der Welt zu sehen, neue Verhältnisse kennenzulernen und neue Eindrücke zu sammeln. Ich habe gar keine Angst, daß ich mich dort unten nicht zurechtfinden würde. Mache dir also keine Sorge!«

So sprach Frau Regina ihrem Mann Mut zu, wenn ihr auch das Herz nicht ganz so unverzagt in der Brust schlug, wie sie sich den Anschein gab, um Werner nicht noch mehr Sorgen zu machen. Sie sah ein, daß es der einzige Weg war, um aus Not und Sorge herauszukommen, wenn er diese Stellung annahm.

Im frohen Eifer holte Regina das Konversationslexikon

herbei und schlug »Transvaal« auf. Die beiden studierten eifrig das darüber Gesagte und waren froh, bestätigt zu finden, daß das Klima in Transvaal, hauptsächlich auf dem Hochplateau, wo Werner meist zu tun haben würde, sehr günstig sei. Auch sonst klang alles recht zufriedenstellend.

Werner zog seine Frau in die Arme. »O Regi, vielleicht haben wir dort unten doch ein wenig mehr Glück als hier!«

Froh und zuversichtlich sah sie ihn an.

»Ich glaube ganz fest daran. Mir ist, als wäre dies eine Schicksalswende für uns, als müsse von jetzt an alles besser werden. Wie sehr will ich Doktor Brand danken, daß er dir diese Stelle verschafft hat! Du mußt ihn gleich heute abend zu uns bitten, wenn er Zeit für uns hat. Er soll uns von Transvaal erzählen – alles, was er nur weiß. Sicherlich steht er schon lange mit seinem Onkel in Briefwechsel, und dieser wird ihm doch mancherlei berichtet haben.«

Die beiden Gatten empfanden mehr und mehr das Gefühl wohltuender Befreiung in sich aufsteigen.

Sie saßen noch Pläne schmiedend zusammen, als Ursula eintrat.

»Fertig mit Schularbeiten, Mutti! Willst du, bitte, einmal nachsehen, ob ich Fehler gemacht habe?«

Damit reichte sie der Mutter ihr Schulheft. Dann sah sie erstaunt auf den Vater.

»O Vati, du bist ja noch zu Hause? Mußt du nicht wieder in das Büro?«

Er hob sie empor.

»Nein, Urselchen – ich habe Ferien!«

»Oh, fein! Aber wie schade, daß ich nicht auch Ferien habe!«

»Du wirst welche bekommen. Ich gehe zu deinem Lehrer und bitte dich frei.«

Ein wenig zweifelnd sah sie ihn an.

»Meinst du, daß er das tut, Vati?«

»Ganz gewiß! Und dann machen wir zusammen eine große, große Reise.«

Ursula jauchzte auf.

»Ist das wahr, Vati?«

»Glaub' es nur.«

»Aber Mutti geht auch mit?«

»Ach, mein Urselchen, was sollten wir beide wohl ohne Mutti anfangen?«

Sie umschlang ihn und küßte ihn.

»Ja, ohne Mutti wäre ich auch gar nicht mitgereist! Wo reisen wir hin?«

»Weit, weit fort!«

»Mit der Eisenbahn oder mit dem Omnibus?«

»Erst mit der Eisenbahn, dann auf einem großen Dampfer, und dann wieder mit der Eisenbahn.«

Wieder jauchzte Ursula laut auf.

»Wie wunder-wunderschön! Hast du das gehört, Mutti?«

Frau Regina nickte lächelnd und umschlang Mann und Kind zugleich.

»Ja, ich habe alles gehört, mein Liebling.«

»Wirst du auch nicht bange sein, wenn es so weit fortgeht, Urselchen?« fragte der Vater.

»Bange? Wenn ich mit euch reise? Ich freue mich schon sehr darauf. Und der Dampfer muß ganz toll schaukeln, weißt du, das mag ich so gern.«

Die Eltern mußten lachen, und Frau Regina sagte, Ursulas Köpfchen streichelnd:

»Ich lege doch mehr Wert auf eine ruhige Fahrt, Ursula.«

»Ach, Mutti, kannst du das Schaukeln nicht vertragen?

Das ist schade. Also Vati, dann wollen wir doch den Dampfer lieber ruhig fahren lassen, ohne Schaukeln.«

»Wir werden das dem lieben Gott anheimstellen müssen. Darüber habe ich nicht zu bestimmen. Aber hoffentlich richtet er sich mehr nach Muttis Wünschen als nach den deinen.«

Werner Kronegg rief in der Wohnung seines Freundes Doktor Brand an, sobald er annehmen konnte, dieser würde zu Hause sein. Er meldete sich auch sogleich.

»Ich wollte dir nur sagen, Heinz, daß ich das Engagement nach Transvaal annehmen werde. Meine Frau und meine Tochter werden mich begleiten. Hast du eine Stunde Zeit für uns heute abend, oder bist du mit deiner Braut verabredet?«

»Ich bin frei und komme gern.«

»Das freut mich. Mache dich aber gefaßt, daß meine Frau dir die Seele aus dem Leibe fragen wird über Transvaal.«

Heinz Brand lachte.

»Kann ich mir denken, ich werde gewappnet sein. Da habe ich einen ganzen Packen Briefe von meinem Onkel, in denen er mir mancherlei über Transvaal berichtet hat, was ich zum Teil schon wieder vergessen habe. Diese Briefe bringe ich mit, um daraus alle für euch interessanten Stellen vorzulesen.«

»Das ist lieb von dir. Wann dürfen wir dich erwarten?«

»Wenn ich eine Tasse Tee bei Frau Regina bekomme, werde ich gleich aufbrechen.«

»Famos! Du bekommst Tee, so viel du willst.«

»Ich freue mich, aus deinem Ton zu hören, daß du den Ereignissen jetzt schon etwas gefaßter gegenüberstehst.«

»Dank dir, mein lieber Heinz, und meiner tapferen Frau. Sie war wirklich sehr mutig.«

»Das habe ich von Regina nicht anders erwartet. Also, in einer halben Stunde bin ich bei euch. Auf Wiedersehen!«

»Auf Wiedersehen, Heinz.«

Pünktlich traf Doktor Heinz Brand in der Wohnung seines Freundes ein. Er hatte hier schon manche behagliche Stunde mit dem Freunde und seiner Frau verplaudert. Vor seiner Verlobung war er öfter hier gewesen. Jetzt hatte er nicht mehr soviel Zeit dazu. Da er erst seit wenigen Wochen verlobt war, widmete er alle Freistunden jetzt seiner Braut, und es war ein Zufall, daß er gerade heute frei war.

Als er mit den Freunden am Teetisch saß und sich, wie sonst, von Frau Regina ein wenig verwöhnen ließ, besprachen sie die schwebende Angelegenheit.

»Also, du bist entschlossen, nach Transvaal zu gehen, Werner?«

»Ja, Heinz, meine Frau hat mir nicht die geringsten Schwierigkeiten gemacht. Nur einen Moment war sie sehr unglücklich – als sie glaubte, ich würde allein gehen und sie mit Ursula hier zurücklassen.«

Heinz Brand nickte Frau Regina lächelnd zu.

»Das kann ich mir denken. Aber als du ihr sagtest, daß sie dich begleiten kann, hat sie sicherlich nicht mehr mit der Wimper gezuckt.«

»Stimmt genau, Heinz. Du kennst Regina!«

»Wäre schlimm, nach jahrelanger Freundschaft, wenn man sich da nicht kennen sollte. Also, ich soll euch nun beide verlieren, ihr lieben Menschen? Das ist in meiner Freude, daß ich dir durch dieses Angebot helfen kann, doch ein Wermutstropfen, mein lieber Werner.«

»Du wirst uns nicht so sehr vermissen, da du bald heiraten wirst.«

»Das ist auch mein einziger Trost. Und, wie gesagt, wie

die Dinge liegen, ist es für dich der einzige Ausweg, daß du außer Landes gehst. Deine plötzliche Entlassung hat heute in allen Büros der Gesellschaft ausgiebigen Gesprächsstoff gegeben. Es ist doch etwas durchgesickert, daß du Schrott an die Gurgel gefahren bist. Direktor Wend hat Andeutungen gemacht, aus denen hervorging, daß Schrott die Geschichte wesentlich anders erzählt hat. Da habe ich mir das Vergnügen gemacht, die Sache ein wenig richtigzustellen; und nach der Art zu schließen, wie es aufgenommen wurde, daß du Schrott geohrfeigt hast, gönnt man ihm diese Abfuhr von Herzen. Alle sind darüber einig, daß er dich ungerechterweise immer wieder übergangen hat, sogar Doktor Schlüter gab offenherzig zu, daß dein Entwurf und deine Pläne die seinen weit überragen. Ich soll dir Grüße von allen bestellen, auch von Schlüter, der dir sagen läßt, daß es ihm ehrlich leid tut, daß du unter seiner Beförderung leiden mußt. Du hättest deine Freude gehabt, Werner, wenn du hättest zuhören können! Keiner zweifelt daran, daß du unser tüchtigster und befähigster Ingenieur warst. Ich kann also meinem Onkel mit gutem Gewissen schreiben, daß ich ihm keinen besseren Mann hätte schicken können als dich. Ich werde auch nicht versäumen, ihm zu berichten, daß du mir in allen Dingen bei weitem überlegen bist.«

Mit strahlenden Augen hörte Frau Regina zu. Werner aber bekam eine rote Stirn.

»Du übertreibst in deiner Freundschaft zu mir, Heinz.«

»Nein nein, ich bleibe bei den Tatsachen. Noch heute abend schreibe ich an meinen Onkel und stelle ihm alles klar. Ich werde ihm auch ganz bestimmt das Urteil deiner Kollegen nicht unterschlagen. Um dich ganz zu beruhigen, werde ich ihn bitten, sofort Reisegeld für dich anzuweisen und telegrafisch Bescheid zu schicken, daß er mit deinem Engagement einverstanden ist, obwohl du verheiratet bist und Weib und Kind mitbringst.«

»Ich danke dir, Heinz! Hoffentlich kann ich dir meine Dankbarkeit eines Tages durch die Tat beweisen.«

»Mein Onkel wird mir in dieser Angelegenheit viel mehr zu Dank verpflichtet sein als du, denn schließlich leiste ich ihm den größten Dienst mit deinem Engagement. Hoffentlich geht alles nach Wunsch, so daß ich es nie zu bereuen brauche, dich zur Reise nach Transvaal veranlaßt zu haben.«

Werner richtete sich mit einem tiefen Atemzug auf.

»Schlechter kann es uns da unten, in einer gesicherten Stellung, gewiß nicht gehen als hier, wo ich wahrscheinlich keine neue Stellung finden würde. Ich muß dir gestehen, daß ich Jahre hinter mir habe, in denen auch meine arme Frau mit mir hat leiden müssen.«

Lächelnd sah Heinz Brand in Frau Reginas Gesicht.

»Und immer tapfer gewesen, Frau Regina – nie gemuckt?«

Regina lächelte, wie nur sie lächeln konnte.

»Sollte ich mich von meinem Mann beschämen lassen, der alles klaglos ertragen hat?«

»Nein – Sie hätten das nie getan! Was sagt denn aber Urselchen zu der ganzen Umwälzung?«

»Sie weiß nur von einer großen Reise in die weite Welt, und wie sie darüber denkt, werden Sie gleich von ihr selbst hören«, sagte Frau Regina lächelnd, erhob sich leise und öffnete behutsam die Tür zum Nebenzimmer.

Dort spielte Ursula mit ihren Puppen, und Doktor Brand hörte nun, als er hinüberlauschte, wie sie sagte:

»Daß du nicht weinst, Annedore, wenn wir abreisen! Auch du nicht, Bärbele! Ihr müßt tapfer sein und euch benehmen, daß ich meine Freude an euch habe. Ihr dürft mitkommen, Väterchen hat es erlaubt. Ich stricke euch mit Mutti noch warme Mützen, denn auf dem Dampfer ist es manchmal sehr windig, und ihr dürft nicht krank werden, sonst habe ich meine Not mit euch auf der Reise. Was man mit euch für Sorgen hat! – Staunen werdet ihr! Ich natürlich auch, weil ich noch nie auf einem Schiff gefahren bin und nun auf einem so großen Dampfer fahren soll. Was sagst du, Annedore? Wie groß so ein Dampfer ist? Bist du dumm – so hoch wie ein Haus. Ja, da machst du Augen, Bärbele, und das Mäulchen steht weit offen. Du bist eben ein dummes Kind. Annedore ist viel klüger, aber sie ist auch älter als du.«

Frau Regina zog lächelnd die Tür wieder zu. Auch die beiden Herren lächelten.

»So treibt sie es schon eine ganze Weile. Sie freut sich auf die Reise und ahnt nicht, daß sie die Heimat für immer verläßt.«

»Wir wollen nicht sagen, für immer, Frau Regina, – nur für zehn Jahre.«

Sie strich sich über die Stirn und sah sinnend vor sich hin.

»Nur zehn Jahre, sagen Sie, lieber Doktor. Zehn Jahre sind eine Ewigkeit, wenn sie vor uns liegen, und nicht viel länger als ein Augenblick, wenn sie vorüber sind. Wissen wir, ob wir die Heimat jemals wiedersehen werden?«

»Sie wollen doch nicht schwermütig werden, Frau Regina?«

Mutvoll lächelnd hob sie den Kopf.

»Nein, nein, das soll nicht schwermütig klingen. Aber wissen wir denn, ob wir in zehn Jahren noch leben, da jeder Tag unser letzter sein kann? Oder wissen wir, ob wir in zehn Jahren dort unten nicht so feste Wurzeln geschlagen haben, daß wir gar nicht wieder heimkehren möchten? Denken Sie an Ihren Onkel, der auch für immer dort geblieben ist. Nur in diesem Sinne meinte ich das. Ob hier oder dort, wir stehen überall in Gottes Hand, und wenn wir nur beisammen sind, so soll es mir da unten so gut gefallen wie woanders, wo ich mit meinen Lieben vereint sein kann.«

Heinz Brand küßte ihr tiefbewegt die Hand, während ihr Mann sie mit leuchtenden Augen ansah.

»Wie beneidenswert ist Werner trotz allem, da er einen solchen Weggenossen gefunden hat!«

Werner nickte ihm zu, und Regina sagte lächelnd:

»Ihre Braut wird ihnen auch so ein Weggenosse werden, lieber Doktor; sie hat Augen, die mir das verraten, wenn sie auch jetzt noch zu jung ist, um selbst zu wissen, wozu die Liebe zu Ihnen sie fähig machen wird.«

Ein weiches Lächeln spielte um Heinz Brands Gesicht.

»Meine kleine Ellen! Mag sie das Schicksal vor ähnlichen Kraftproben behüten, wie sie Ihnen zugemutet werden. Aber nun will ich Ihnen alles Wichtige aus den Briefen meines Onkels über Transvaal und die dortigen Verhältnisse vorlesen.«

Doktor Brand hatte seine Brieftasche hervorgezogen und entnahm ihr eine Anzahl Briefe. Sie lagen nach dem Datum geordnet, und er begann mit dem ersten, der obenauf lag. Er hatte diesen Brief schon vor Jahren erhalten; damals gehörte Transvaal noch den Buren. Sein Onkel schrieb, daß Transvaal reich an Flüssen sei und der Brückenbau sich daher lohne. Erst als Transvaal unter britische Regierung gekommen war, hatten es die beiden Kompagnons ratsam gefunden, noch einen dritten Gesellschafter in den inzwischen riesengroß gewordenen Betrieb aufzunehmen, und zwar einen Engländer. Das konnte mancherlei Nutzen bringen und hatte es getan.

Der Hauptsitz der Firma war in Pretoria, eine Filiale befand sich in Kapstadt und eine in Kimberley, denn sie führte nicht nur in Transvaal allein Arbeiten aus. Sie beschäftigte Tausende von Arbeitern, zumeist Eingeborene, Basutos und Betschuanen. Auch Chinesen waren als billige Arbeitskräfte neuerdings eingestellt worden, obwohl sich die Buren gegen die Einwanderung dieser Leute gesträubt hatten. Selbstverständlich befanden sich auch viele Weiße unter den Arbeitern. Alle Nationen waren vertreten; alle Ingenieure und Oberingenieure waren Weiße.

In dem letzten Briefe seines Onkels hieß es dann weiter:

»Ich wünsche dringend, da wir sowohl englische wie holländische Oberingeneure haben, nun auch einen deutschen Herrn einzustellen. Es ist nicht nur Nationalstolz von mir, wenn ich behaupte, daß die deutschen Ingenieure die tüchtigsten sind. Und wir brauchen eine ganz eminent tüchtige Kraft, jetzt, da wir die größten Schwierigkeiten der Autostraße zu bewältigen haben werden. Wir haben zwar schon einige tüchtige deutsche Ingenieure hier, aber das sind noch sehr junge Leute. Und da habe ich an Dich gedacht, lieber Heinz. Du hast das richtige Alter, und ich weiß, daß Du eine zielbewußte, energische und begabte Persönlichkeit bist. Du könntest hier eine führende Stellung einnehmen und würdest Dich sicherlich sehr bald einleben. Deine Eltern sind leider nicht mehr am Leben, und verheiratet bist Du auch nicht. Überlege Dir das einmal; Du würdest bei uns herzlich aufgenommen werden. Solltest Du aber nicht willens sein, Deutschland zu verlassen, so bitte ich Dich, für uns einen außerordentlich tüchtigen, energischen Mann zu engagieren, der den Posten ausfüllen kann. Es müßte jedoch ein Mensch sein, der schöpferische Ideen hat und die Initiative ergreifen kann, wenn sich unvorhergesehene Schwierigkeiten einstellen.

Wir beabsichtigen, die Autostraße, die später einmal, wenn sie ganz fertig ist, Kapstadt mit Kairo verbinden soll, durch die ganze Südafrikanische Union bis nach Ostafrika zu führen. Von Kapstadt bis Kimberley ist die Straße schon fertig, nun soll sie aber über das Hochplateau geführt werden, über die Draken- und die Magalisberge – über das ganze Hoog Veld. Da heißt es Felsen sprengen, Abgründe überbrücken und allerlei Schwierigkeiten überwinden. Eine imponierende Persönlichkeit müßte der Betreffende sein, denn es handelt sich darum, eine aus allen Rassen und Nationen zusammengewürfelte Arbeiterarmee zu kommandieren. Die Weißen darunter sind nicht am leichtesten zu behandeln, denn sie sind meist verwegene und wilde Gesellen, für uns wegen ihrer Kühnheit unentbehrlich, aber auch leicht geneigt zu Aufsässigkeiten. Dazu die Eingeborenen mit mancherlei Fehlern und Vorzügen. Es gehört also eine verständige und energische Persönlichkeit auf diesen führenden und verantwortungsvollen Posten, alles in allem ein ganzer Mann. Findest Du einen solchen, der auf zehn Jahre nach Transvaal gehen will, so mache ihn gleich dingfest.

Ich schicke Dir gleich einen fertigen und von unserer Firma unterzeichneten Vertrag nebst Duplikat mit. Du brauchst nur den Namen einzusetzen. Aus dem Vertrag wirst Du ersehen, wie hoch wir solch eine Persönlichkeit bewerten. Das Gehalt soll außerdem von Jahr zu Jahr steigen. Auch die übrigen Bedingungen sind, denke ich, sehr günstig. Ein vierteljähriger Urlaub alle drei Jahre wird garantiert, bei vollen Bezügen, und selbstverständlich Reise erster Klasse nach hier und nach Ablauf von zehn Jahren nach Deutschland zurück.

Je eher der von uns Benötigte kommen kann, desto lieber ist es uns. Ich denke doch, in Eurem Betriebe, durch den so viele kühne Bergbahnen und Straßen ausgeführt werden, müßte sich ein Mensch finden lassen, der sich für diese Stellung eignet. Eventuell stellen wir auch noch günstigere Bedingungen für ihn in Aussicht. Daß er nicht zu jung sein darf für diesen Posten, wirst Du verstehen, Mitte dreißig bis Anfang vierzig muß er mindestens sein. Am besten, wenn er unverheiratet ist, aber da die Deutschen meistens frühzeitig heiraten, wird es wohl schwerfallen, in diesem Alter einen ledigen Mann zu finden. Es soll also kein Hindernis sein, wenn er schon verheiratet ist. Nur müßte er dann eine vernünftige Frau haben. Komfort und Vergnügungen sind eben nicht zu schaffen in den Zeltstädten, die wir aufbauen und immer wieder verlegen müssen. Wenn wir oben in den Bergen längere Zeit an einer Stelle das Lager aufschlagen, dann ist der einzige Luxus dort allenfalls ein leichtes Holzhäuschen für die Oberingenieure. Aber oftmals ist nicht einmal das möglich. Dann muß auch ein Verheirateter – wir haben bisher nur einen bei uns – mit einem Zelt vorliebnehmen. Doch das ist bei den hier herrschenden Temperaturverhältnissen wenigstens nicht mit gesundheitlichen Gefahren verknüpft. Übrigens stehen den Oberingenieuren immer besonders große Zelte zur alleinigen Benutzung zur Verfügung, während die Ingenieure zu zweit kampieren und die übrige Mannschaft zu zehn Leuten in einem Zelt haust.

Also, wie gesagt, hat der Betreffende eine Frau, so muß es eine vernünftige Person sein, die sich sagt: Ich halte durch, denn mein Mann verdient hier ein Heidengeld, wie nirgends anders, und es lohnt sich schon, mal ein bißchen krummzuliegen.

So, mein lieber Heinz, nun sieh zu, ob Du so ein Prachtexemplar von einem Ingenieur auftreiben kannst, und dann lasse ihn nicht aus, denn mich gelüstet es, meinen Kompagnons zu beweisen, daß so etwas nur in Deutschland gedeiht. Das wäre eine große Genugtuung und Freude für mich.« –

Hier ließ Heinz Brand den Brief sinken.

»So, Herrschaften, soweit ist dieser Brief von Interesse für euch. Es ist wahrhaftig der längste, den mein Onkel jemals geschrieben hat. Inzwischen hat er wohl meinen Brief erhalten, in dem ich ihm meine Verlobung mit Ellen Lund mitgeteilt habe, und er wird sich nun schon denken können, daß ich nicht selbst kommen werde. Ich werde ihm noch heute depeschieren: ›Ersatz gefunden, Brief folgt.‹ Dann weiß er Bescheid. Wie lange Zeit wirst du brauchen, Werner, um mit den Deinen reisefertig zu sein?«

Werner sah seine Frau fragend an.

»Was meinst du, Regina?«

Sie überlegte.

»Ich denke, in vier Wochen können wir alles schaffen, früher kaum, da noch mancherlei erledigt werden muß.«

Werner nickte.

»Ja, Heinz, vier Wochen brauchen wir. Wir müssen unseren ganzen Hausstand auflösen. Am besten ist es, wenn wir die Möbel verkaufen und nur mit uns nehmen, was uns unersetzlich ist.«

»Das halte ich auch für das beste, Werner. Kommt ihr nach zehn Jahren zurück, dann seid ihr in der Lage, alles neu anschaffen zu können.«

Man beriet noch allerlei. Dann wurde Ursula herbeigerufen und durfte ein Weilchen mit Onkel Brand schäkern. Aufgeregt erzählte sie ihm, daß sie mit Vater und Mutter auf eine große, große Reise gehe, und versprach, ihm etwas Schönes mitzubringen. Doktor Brand küßte das Kind und sah ein wenig mitleidig in sein blühendes Gesichtchen. Was würde die Zukunft diesem reizenden Kinde bringen? Und für Frau Regina? Hatte er recht getan, dem Freunde dieses Engagement zu verschaffen?

Heinz Brand richtete sich empor. Er hatte das Beste gewollt für den Freund; mochte es das Schicksal fügen, daß auch das Beste für ihn und seine Familie dabei herauskam!

Der Abschied von dem Freunde würde ihm schwer werden, das wußte er – aber er durfte nicht weich werden! Man mußte an des Freundes Glück denken.

Heinz Brand blieb noch ein halbes Stündchen. Er hatte die beiden Exemplare des Vertrages mitgebracht und fügte nun Werners Namen ein.

Werner unterschrieb die Verträge, nahm den einen an sich und gab den andern dem Freunde, der ihn nebst einem Begleitschreiben gleich heute nach Pretoria absenden wollte.

Regina saß dabei, und als ihr Mann seinen Namen unter den Vertrag gesetzt hatte, flog es plötzlich über sie dahin wie ein leiser Schauer. Einen Moment hatte sie das Empfinden, als müsse sie den Gatten daran hindern, diesen Vertrag zu unterzeichnen, aber dann schalt sie sich selbst töricht und zwang mit Gewalt nieder, was sie bewegte.

Verstohlen flog ein Gebet aus ihrem Herzen zum Himmel empor, und dann war sie wieder ganz ruhig und heiter und verabschiedete sich mit herzlichen Dankesworten von Heinz Brand.

»Sie haben sich auch in dieser schweren Zeit als ein echter Freund bewährt, lieber Doktor. Gott lohne es Ihnen!«

»Er mag helfen, Frau Regina, daß ich nie bereuen muß, ein wenig Schicksal für Sie beide und Urselchen gespielt zu haben. Doch dafür keinen Dank.«

»Wie auch alles kommt, lieber Doktor, Sie haben das Beste gewollt. Geht es nicht gut aus, dann sollen Sie sich gewiß keine Vorwürfe machen. Gute Nacht, lieber Doktor! Wir sehen uns doch noch einige Male, ehe wir reisen?«

»Das ist selbstverständlich. Auch meine Braut wird kommen und Ihnen Lebewohl sagen. Gute Nacht, Frau Regina, gute Nacht, Werner! Gib mir noch einen Kuß, Urselchen, dann schlafe ich besser heute nacht.« Damit hob er Ursula empor und küßte sie herzlich, was sie sich lachend gefallen ließ.

Heinz Brand begab sich von Kroneggs aus sofort zum Telegrafenamt und depeschierte seinem Onkel: Oberingenieur engagiert. Brief unterwegs. Heinz.

Dann suchte er seine Wohnung wieder auf, um gleich heute abend noch ausführlich an den Onkel zu schreiben. Der Brief lautete:

»Mein lieber Onkel Justus!

Du wirst inzwischen meinen Brief erhalten haben, in dem ich Dir meine Verlobung mit Ellen Lund mitteilte. Fast vierzig Jahre bin ich alt geworden, ehe ich mich zu diesem entscheidenden Schritt entschloß. Meine Braut ist das einzige Kind ihrer Eltern, und es ist vollkommen ausgeschlossen, daß diese einwilligen würden, daß ich ihre Tochter so weit fortführe. Auch würde ich meiner jungen Frau ein solches Opfer nicht zumuten, da keinerlei Notwendigkeit dafür vorliegt. Wäre ich noch frei und ungebunden, hätte mich Dein Angebot reizen können, so muß ich aber darauf verzichten.

Doch laß Dir das nicht leid sein, ich werde Dir einen Ersatzmann stellen, dem ich in keiner Beziehung das Wasser reichen kann. Es freut mich für Dich und ihn, daß er eingewilligt hat, die Stellung bei Eurer Gesellschaft anzunehmen, was nur geschah, weil besondere Umstände ihn zwangen, hier bei uns seine Arbeit gerade jetzt niederzulegen. Es handelt sich um meinen besten Freund, Doktor Werner Kronegg, einen der kühnsten und tüchtigsten Ingenieure, die ich kenne. Er ist eine sehr imponierende Erscheinung, ruhig, besonnen, von rascher Entschlossenheit und zäher Energie. Seit zehn Jahren ist er bei unserer Gesellschaft angestellt, und wenn er in dieser ganzen Zeit nicht über den Ingenieur hinausgekommen ist, so ist das wahrlich nicht seine Schuld und ganz gewiß nicht Mangel an Qualitäten. Er hat nur das Pech gehabt, daß unser erster Direktor gerade die Frau begehrte, die Werner Kronegg heimgeführt hat. Sie zog Werner Kronegg vor, obgleich er nur ein armer Ingenieur war, während der andere bereits Oberingenieur war und ein großes Vermögen besaß. Daraus siehst du schon, welch seltene Frau sie ist. Direktor Schrott hat Werner Kronegg nie verziehen, daß er hinter ihm zurückstehen mußte, und hat seine Machtstellung in wahrhaft niedriger und gemeiner Weise mißbraucht, um ihn zu beleidigen, zu demütigen und ihn vor allen Dingen in seinem Fortkommen zu hindern.

Um seiner Familie willen hat Werner Kronegg bisher das alles ertragen. Aber heute morgen, als sich Werner endlich einmal bei Schrott über diese Behandlung beklagte und ihm ins Gesicht sagte, daß er seine Machtstellung mißbrauche, hatte Schrott die Frechheit, ihm zuzumuten, er möge seine Frau zu ihm in seine Privatwohnung schicken, und wenn sie dann sehr liebenswürdig zu ihm sein würde, könne er vielleicht Chancen haben, weiterzukommen. Da ist es meinem lieben Werner natürlich schwarz und rot vor den Augen geworden, und er hat Schrott rechts und links geohrfeigt, daß ihm Hören und Sehen vergangen ist. Und selbstverständlich hat der gemaßregelte Feigling Werner fristlos entlassen.

Schon vorher hatte ich mit Werner über die Wünsche Deiner Gesellschaft gesprochen, und ich wußte gleich, daß kein anderer als er der geeignete Mann für Euch sein würde. Seinesgleichen wirst Du nicht wieder finden, Onkel Justus, das kannst Du mir glauben. Er ist ein ganz hervorragender Konstrukteur, voller genialer Ideen, und verfügt über die nötige Tatkraft, sie zur Ausführung zu bringen. Schrott hat, von allem andern abgesehen, unserer Gesellschaft einen enormen Schaden zugefügt dadurch, daß er diese eminente Arbeitskraft nicht ausgenutzt hat; er hat sich eben nur durch seine gemeine Rachsucht leiten lassen.

Nachdem Werner Schrott nach Verdienst gezüchtigt hatte und dafür fristlos entlassen wurde, drohte ihm Schrott auch noch an, dafür sorgen zu wollen, daß er nirgends eine andere Anstellung finden würde. Das alles bestimmte Werner, mit seiner Frau über das ihm von mir angebotene Engagement nach Transvaal zu sprechen. Frau Regina hat nur daran gedacht, daß ihr Mann bei Euch endlich einen ihn befriedigenden Wirkungskreis erhalten wird, und hat ihm zugeredet, anzunehmen.

Diese Frau, mein lieber Onkel Justus, ist nicht nur eine schöne, sondern auch eine mutige, aufopferungsfähige und vernünftige Frau von hohem sittlichem Wert. Nichts kann sie schrecken, außer einer Trennung von ihrem Mann und ihrem einzigen Kinde. Gleich war sie bereit, ihren Mann zu begleiten. Sie wird tapfer durch dick und dünn mit ihm gehen. Dafür bürge ich. Ich verkehre seit zehn Jahren in ihrem Hause und weiß, daß sie ihrem Gatten auch in den schwierigsten Situationen tapfer zur Seite stehen wird.

Du wirst an Werner Kronegg eine hervorragende, zuverlässige Arbeitskraft haben, und seine Persönlichkeit wird sich auch bei Euren Arbeitern durchsetzen. Ich bin oft genug Zeuge gewesen, wie er es verstanden hat, die renitentesten Leute im Handumdrehen zur Vernunft zu bringen. Sie hängen ihm an, als habe er suggestiven Einfluß auf sie. Also, wie gesagt, er ist der rechte Mann für Euch.

Da er mein bester Freund ist und ich auch mit Frau Regina eine ehrliche Freundschaft halte, will ich nun auch noch ein gutes Wort bei Dir einlegen, daß Du ihm und seiner Frau nach Kräften behilflich bist, sich dort unten einzugewöhnen. Du wirst ihnen mit Rat und Tat beistehen und, soweit es in Deiner Macht steht, dafür sorgen, daß die beiden Gatten zusammenbleiben können.

Werner Kronegg ist so alt wie ich, wird also demnächst sein vierzigstes Lebensjahr vollenden. Frau Regina ist zweiunddreißig Jahre alt. Beide sind gesund und kräftig, und die kleine Ursula ist ein gut entwickeltes Kind, frisch und vergnügt. Weder Frau Regina noch ihr Gatte haben noch Eltern oder sonstige Verwandte, sind also vollständig unabhängig und können in kürzester Zeit die Reise nach Transvaal antreten.

So, mein lieber Onkel, nun weißt Du über diese Menschen, was Du wissen mußt. Hast Du sie erst kennengelernt, wirst Du finden, daß ich eher zuwenig als zuviel Gutes von ihnen berichtet habe. Auch Du wirst Deine Freude an diesen beiden prachtvollen Menschen haben. Ich bitte Dich, sofort nach Erhalt meines Briefes zu depeschieren, ob du einverstanden bist, daß Werner Kronegg die Position bei Euch einnimmt und seine Familie mitbringt. Ich zweifle ja nicht daran, da Du mir vollkommen freie Hand gelassen hast, aber für meine Freunde wird es eine Beruhigung sein, Dein Einverständnis zu haben. Auch die Reisekosten weisest Du wohl auf telegrafischem Wege an, damit sich die Abreise nicht unnötig hinauszögert.

Um noch etwas von mir zu berichten: Meine Hochzeit

wird in zwei Monaten stattfinden. Meine Braut und meine Schwiegereltern lassen sich Dir herzlich empfehlen, Dir und Deiner Familie.

Ich bitte Dich, Deiner lieben Familie meine herzlichsten Grüße zu übermitteln. Dir ebenfalls herzliche Grüße von

Deinem Neffen Heinz.«

3

Die nächsten Wochen vergingen Werner Kronegg und Frau Regina sehr schnell. Es gab allerlei zu erledigen, und die Reisevorbereitungen nahmen viel Zeit in Anspruch. Sie hatten ihre gesamte Wohnungseinrichtung an ein junges Brautpaar verkauft, das demnächst heiraten wollte und das auch in den Mietvertrag eintrat, froh, auf billige Weise zu allem Nötigen zu kommen. Frau Regina packte die gesamte Wäsche, die Garderobe und mancherlei ein, von dem sie sich nicht trennen mochte. So waren immerhin einige große Koffer nötig, um alles zu fassen. Ursula war ihr dabei eifrig behilflich, staunte aber immer wieder, was Mutti alles mit auf die Reise nehmen wollte.

Werner besorgte die Pässe für sich und seine Familie und erledigte sonst alle Formalitäten. In Gemeinschaft mit Heinz Brand suchte er dann den Dampfer für die Überfahrt aus und entschloß sich für einen ziemlich neuen Dampfer, der am fünfzehnten April vom Hamburg abgehen sollte. Bis dahin hoffte Heinz ein Telegramm von seinem Onkel zu haben und war überzeugt, daß das Reisegeld bis dahin auch zu Werners Verfügung stehen würde.

Da Werner aus dem Verkauf seiner Möbel und des Hausrates einiges Geld in den Händen hatte, konnten die Plätze rechtzeitig belegt werden. Von dem Freunde wollte Werner kein Geld annehmen, zumal er ohne dies auskommen würde. Er konnte auch noch einige nötige Einkäufe für seine Familie und sich machen – so zum Beispiel die nötigen Koffer, Kleidung und Reiseutensilien.

Acht Tage vor dem Abgang des Dampfers traf ein Telegramm von Justus Körner ein. Es lautete:

»Einverstanden. Erwarte Depesche, wann Kronegg und Familie ankommen. Reisegeld angewiesen Deutsche Bank.«

Der telegrafisch angewiesene Betrag war so bemessen, daß er nicht nur für Werner, sondern auch für seine Familie ausreichte. Werner blieb also der Erlös aus seinen Habseligkeiten als Notgroschen, soweit er nicht schon davon ausgegeben hatte.

Werner hatte mit seiner Frau beraten, ob es nicht angehe, daß sie auf dem Dampfer zweiter Klasse reisten und auf diese Weise Geld sparten. Die angewiesenen Reisegelder waren für die erste Klasse berechnet. Regina wollte darüber nicht bestimmen, und Werner überlegte dann, daß man doch wohl erster Klasse reisen müsse, denn er hatte auf dieser Reise schon die Firma Vandervelde, Körner & Co. zu repräsentieren.

»Und schließlich gönne ich es dir und Ursula, daß ihr wenigstens unterwegs allen Komfort genießen könnt. Du wirst ja dann leider für zehn Jahre auf alles, was Komfort heißt, verzichten müssen.«

Und so hatte er dann doch Plätze erster Klasse belegt.

Am vierzehnten April reiste er mit seiner Familie nach Hamburg ab. Heinz Brand war mit seiner Braut am Bahnhof, um Abschied von den Freunden zu nehmen. Sie hatten

Blumen für Frau Regina und Konfekt und Spielsachen für Ursula mitgebracht. Es war kein leichter Abschied; für beide Teile nicht. Heinz und Werner hielten sich immer noch fest bei den Händen, als sich der Zug schon in Bewegung setzte.

»Glück auf, Werner! Glück auf, Frau Regina! Behüt dich Gott, Urselchen! Alles Gute im fremden Lande!« rief Heinz den Freunden nach.

Frau Regina nickte mit feuchten Augen, und auch Werners Augen blickten traurig. Es war ja nicht nur ein Abschied von dem Freunde, sondern auch von der Heimat. War es ein Abschied für immer? –

Hand in Hand standen die beiden Gatten und richteten diese Frage an das Schicksal. Ihre Hände hielten sich mit festem Druck. Sie sahen mit umflorten Augen hinaus. Da draußen schwand die Heimaterde, die Türme der Heimatstadt standen wie Silhouetten in der Luft, dann verschwanden auch sie. Wie losgelöst von allem, was ihnen bisher lieb gewesen war, erschienen sich die beiden Menschen. Immer fester und krampfhafter wurde der Druck, mit dem sich ihre Hände umfaßten; es war, als müsse sich einer am andern halten.

So standen sie, in tiefes Abschiedsweh versunken. Die Heimat hatte ihnen nicht geben können, was sie brauchten. Draußen im fremden Lande mußten sie danach suchen.

Klein Ursula drückte das Näschen an die Fensterscheibe. Mit großen Augen schaute auch sie hinaus in die vorbeigleitende Landschaft. Wachte auch in ihrer jungen Seele ein unsicheres Begreifen auf, daß sie jetzt heimatlos geworden war? Das sonst so flinke Plappermäulchen war stumm und das sonst so frische Kindergesicht blasser als sonst.

Unruhig forschend sah sie zu den Eltern empor. Sie sah die Augen dieser beiden geliebten Menschen umflort, und in ihrem Herzen klangen die letzten Worte Heinz Brands nach: ›Alles Gute im fremden Lande!‹

Das begriff sie nicht, sie wußte ja nicht, daß es einen Abschied von der Heimat galt, vielleicht für immer.

»Alles Gute im fremden Lande«, flüsterte sie vor sich hin. Im fremden Lande? – Sie lauschte diesen Worten nach, und irgend etwas griff an ihr Herz. Ihr wurde mit einem Male angst und bang zu Sinn. Und plötzlich umschlang sie Vater und Mutter.

»Väterchen, Mutti! Wohin fahren wir denn?« fragte sie mit bebender Stimme.

Die Eltern schraken aus ihrer schmerzvollen Versunkenheit auf und umfaßten beide zugleich ihr Kind. Engumschlungen standen alle drei.

»Wir fahren weit, weit fort, in ein fremdes Land, Urselchen, aber wir bleiben zusammen, du, Vater und Mutti. Und wir wollen uns nun noch viel lieber haben als bisher«, erwiderte Werner Kronegg mit etwas rauher Stimme. Und er küßte seine Frau und küßte sein Kind und sagte tieferschüttert:

»Daß ich euch das nicht ersparen konnte, ihr meine Liebsten!«

Da schluckte Frau Regina tapfer ihre aufsteigenden Tränen hinunter, und ihre Augen strahlten gleich wieder hell und zuversichtlich.

»Wir fahren ins Glück, Werner, sei ganz getrost, wir fahren ins Glück«, sagte sie, das eigene Bangen beschwichtigend, »Alles, was quälend und drückend war, lassen wir hinter uns. Froh und unverzagt wollen wir vorausblicken. Gott wird weiterhelfen!«

Regina sah, wie Werner mit sich kämpfen mußte, wie Angst und Sorge um sie und Ursula immer wieder in ihm hochkamen – die Angst, ob er Weib und Kind nicht Elend brächte.

Da konnte sie wieder lachen – um ihm Mut zu machen. Ursula wurde schnell wieder vergnügt, und auch Regina zwang alles Bangen nieder, um dem Gatten über seine Sorgen hinwegzuhelfen. Sie scherzte und lachte, ließ sich nichts mehr anmerken, daß das Herz unruhig zuckte und schwer war. Und so half sie ihrem Gatten über die schwerste Stunde hinweg. Er fand sich wieder und reckte die kraftvolle Gestalt. Wozu sollte er bangen? War er nicht Manns genug, um Frau und Kind zu beschützen und ihnen jetzt ein sorgenloses Leben zu schaffen? Sein Blick wurde freier und seine Augen leuchteten auf, als sie in die Reginas sahen.

Er faßte ihre Hand.

»Mein tapferer Kamerad«, sagte er leise.

Und er wußte, nie hatte er seine Frau so tief und stark geliebt wie in dieser Stunde.

Klein Ursula hatte tausenderlei zu fragen. Nach Kinderart beobachtete sie scharf und sah zahllose Dinge forschend und fragend an. Warum die Telegrafendrähte so auf und nieder tanzten, was die Leute auf den Feldern machten, warum die meisten Kühe schwarzweiß gefleckt seien, und weshalb jedes Bahnwärterhäuschen ein kleiner Garten umgebe. Alles wurde Ursula zum interessanten Erlebnis. Und dann dachte sie wieder darüber nach, was es mit dem fremden Lande für eine Bewandtnis habe. Sie staunte mit offenem Mäulchen, als Vater und Mutter erzählten, daß sie in ein Land reisten, wo es Sommer war, wenn hier in der Heimat der Schnee auf den Feldern lag, wo schwarze Menschen wohnten, die nie weiß werden konnten, auch wenn sie sich mit Seife und Bürste abwaschen würden, und wo fremde Blumen blühten und andere Tiere lebten.

Das fremde Land!

Es wurde ein unerhörter Begriff für Ursula, dem sie immer wieder nachgrübelte und über das sie immer wieder Fragen an die Eltern richtete.

So kamen die drei Auswanderer in leidlich guter Stimmung in Hamburg an und begaben sich gleich an Bord des Dampfers. Er lag schon zur Abfahrt bereit und machte einen zuverlässigen, sehr freundlichen Eindruck. Alles war mit weißer Ölfarbe gestrichen, nur der Teil des Dampfers, der im Wasser lag, war schwarz gegestrichen. Das sah sehr lustig aus.

Eine hübsche Kabine wurde den Dreien angewiesen, in der zwei große Betten und ein Kinderbett standen. Hierher ließen sie die kleineren Koffer bringen, in denen ihre Reiseausrüstung untergebracht war. Die anderen Koffer blieben unausgepackt. Frau Regina hatte das praktischerweise so eingerichtet.

Man ging gleich daran, sich wohnlich einzurichten. Die Hauptarbeit fiel allerdings Frau Regina zu. Werner, nach Männerart etwas ungeschickt in solchen Dingen, wollte beim Auspacken helfen, aber Regina drückte ihn lachend in einen Sessel.

»So, da bleib' ruhig sitzen und schau zu, wie schnell ich das mit Urselchen in Ordnung bringe. Los, Urselchen, eins, zwei, drei! Du reichst mir zu, und ich bringe alles in Schränken und Schubfächern unter.«

Ursula machte ihre Sache sehr geschickt, und in knapp einer Stunde war man eingerichtet. Nun begab man sich auf Deck, um die Ankunft der anderen Passagiere zu beobachten und sich ein wenig auf dem Dampfer umzusehen, wobei Ursula wieder viel zu staunen hatte. Aber auch ihre Eltern fanden alles sehr interessant, denn es war auch für sie die erste Seereise, die sie unternahmen.

Bald darauf wurde auf Deck der Tee serviert, und Ursula tat sich gütlich an all den guten Dingen, die dazu gereicht wurden.

»Hier gefällt es mir, Mutti! Hier wollen wir recht lange bleiben. Oder müssen wir schon bald wieder aussteigen?«

»Nein, Ursula, noch lange nicht!«

»Erst heute abend wohl, wenn es ganz dunkel ist?«

Regina lächelte.

»Nein, wir bleiben viele Tage hier an Bord des Dampfers.«

»Oh! Viele Tage? Das ist fein! Und ich brauche all die Tage nicht zur Schule zu gehen?«

»Nein, aber lernen mußt du trotzdem jeden Tag mit Mutti«, erklärte der Vater.

Ursula nickte vergnügt. »Mit Mutti lerne ich gern, das macht mir viel Spaß. Aber, wenn wir den Dampfer verlassen, werde ich wohl in dem fremden Lande in eine andere Schule gehen müssen?«

»Wahrscheinlich wirst du von jetzt an immer bei Mutti lernen.«

Ursula strahlte. »Oh, dann will ich gern in dem fremden Lande bleiben.«

Und äußerst zufrieden mit dem Stand der Dinge, nahm sich Ursula einen leckeren kleinen Kuchen und verspeiste ihn mit Genuß.

Dann wurde wieder zugesehen, wie neue Passagiere an Bord kamen. Dabei verging die Zeit sehr schnell.

Als zum Abendessen geläutet wurde, begab man sich in den Speisesaal, und wieder war Ursula sehr zufrieden mit der Mahlzeit, ihre Eltern übrigens auch.

Die Nacht verbrachte Ursula in tiefem Schlafe, aber die Eltern lagen noch lange wach. Die ungewohnte Umgebung allein war es nicht, die sie am Einschlafen hinderte; allerlei sorgenvolle Gedanken ließen sich nicht so schnell verscheuchen. Und sehr frühzeitig standen die Eltern wieder auf. Auch Ursula wurde zeitig wach. Sie nahmen zusammen das Frühstück ein, das ebenfalls Ursulas Beifall fand, und gleich danach wurden die Anker gelichtet.

Sie gingen hinaus und lehnten an der Reling. Ein Rattern und Stoßen ließ den Schiffskoloß erbeben, die Sirene heulte laut auf, so daß sich Ursula erschrocken an die Mutter klammerte. Diese beruhigte sie lachend, und da lachte Ursula mit, zumal jetzt die Schiffskapelle das übliche: »Muß i denn, muß i denn zum Städtele hinaus« spielte, das dem Kind bekannt war.

Langsam setzte sich der Dampfer in Bewegung. Wieder erbebte er in allen Fugen, die Schrauben rauschten durch das Wasser und ließen Wellenkämme emporschäumen. Wie ein langer Schweif zog sich der Schaum der aufgerührten Wellen hinter dem Dampfer her.

Das alles war neu für Ursula und ihre Eltern. Ursula kam überhaupt lange nicht aus dem Staunen heraus, zuviel Neues drang auf sie ein. Sie jauchzte auf, als jetzt eine Möwenschar den Dampfer umflatterte, und sie vergnügte sich damit, ihnen Brotstückchen zuzuwerfen, die sie im Flug auffingen. Das alles war wunder-wunderschön.

Immer wieder jauchzte Ursula laut auf, und da wurden die anderen Passagiere erst auf sie und dann auf ihre Eltern aufmerksam. Dieses schöne, hochgewachsene Paar und das reizende Kind erregten das Interesse der Mitreisenden. Man versuchte, die Fühler nach ihnen auszustrecken, und auch sonst begann man sich zu orientieren, wer an Bord anwesend war und was für eine Art von Leuten nun in den nächsten Wochen zur Gesellschaft gehörte.

Sehr elegant und auserlesen war die Gesellschaft nicht, aber gediegen und nicht uninteressant. Freilich war die dritte Klasse von vielen etwas zweifelhaften Gestalten bevölkert. Menschen, die drunten in Südafrika Abenteuer suchten, die es nach den Diamantenfeldern trieb, oder die sonst auf irgendeine besondere Weise Geld machen wollten.

Werner Kronegg und seine Frau hielten sich vorläufig tunlichst zurück. Sie waren sich selbst genug.

Während der ganzen Reise hatten sie gute Fahrt, kaum, daß zuweilen die Wogen etwas heftiger gegen die Bordwand klatschten. Die Sonne schien immer wärmer, je mehr man sich dem Äquator näherte. Helle Sommerkleider kamen zum Vorschein, und bis zum späten Abend saßen die Passagiere auf Deck und sahen zu dem prächtigen Sternenhimmel empor.

Ursula war auf dem Dampfer bald ganz zu Hause. Sie hatte viele Freunde unter den Passagieren gefunden. Es waren wenige Kinder an Bord, aber doch genug, daß Ursula einige Spielgefährten hatte. Aber auch unter den Erwachsenen hatte Ursula ihre besonderen Freunde, die sich gern mit dem reizenden kleinen Mädchen beschäftigten.

Auch ihre Eltern hatten sich an einige sympathische Menschen angeschlossen, vor allen Dingen an einen deutschen Arzt, der vor vielen Jahren nach Kapland ausgewandert war und in Kapstadt eine sehr gute Praxis hatte. Er war in Begleitung seiner Frau, war mit ihr jetzt einige Zeit in Deutschland zu Besuch gewesen und hatte bei dieser Gelegenheit einen Ärztekongreß besucht. Auch seine Frau war eine Deutsche; er hatte sie sich vor zehn Jahren von Deutschland mitgebracht, als er sich damals in der Heimat aufhielt. Er war ein angehender Fünfziger, während seine Frau kaum vierzig Jahre zählen mochte.

Regina pflegte diese Bekanntschaft hauptsächlich deshalb, weil sie von dem Ehepaar allerlei über das Leben in der Südafrikanischen Union erfahren wollte. Und gern gaben die Herrschaften ihr über alles Auskunft. Er hieß Doktor Franzius und war während des Burenkrieges beim Roten Kreuz gewesen. Er kannte das Transvaal der damaligen Zeit sehr genau, wußte aber, daß sich seither unter dem Regime der Engländer manches verändert hatte, teils zum Guten, teils zum Bösen. Er behauptete, daß es noch immer zu allerlei kleinen Aufständen käme, immer noch würden auch Kämpfe zwischen Buren und Kaffern ausgefochten, doch das sei mehr Geplänkel als wirklicher Ernst. Selbstverständlich gäre es unausgesetzt unter der Bevölkerung, aber das sei überall so, wo man einem Volke Gewalt angetan habe. Im großen ganzen sei es in Transvaal ruhig und sicher.

Der kluge, wohlunterrichtete Arzt wußte auch, daß die Südafrikanische Union von etwa vier Millionen Bantunegern, einer Viertelmillion Asiaten und etwa anderthalb Millionen Weißen bevölkert sei. Der Sitz der Regierung sei Pretoria, das Parlament aber tage in Kapstadt, und der Gerichtshof befinde sich in Blomfontein. So sei auf jede dieser Städte ein Teil des Glanzes gefallen, damit sie nicht neidisch aufeinander blicken müßten, meinte er mit seinem trockenen Humor. Sehr interessant erzählte er auch von den Diamantgruben in Kimberley.

»In den Diamantgruben liegen die Diamanten im sogenannten Blaugrund verborgen, einer Art Serpentingestein. Im Anfang hat man die Diamanten nur an der Oberfläche des Blaugrunds gegraben, später aber ist man immer tiefer eingedrungen, als man merkte, daß es sich lohnte, und schließlich hat man in dreihundert Meter Tiefe die ergiebigsten Fundstellen entdeckt. Jetzt werden diese Gruben ganz systematisch ausgebeutet; es ist da unten alles elektrifiziert und mit allen Finessen der Technik versehen. Zu Beginn unseres Jahrhunderts ist der Ruhm der Diamantgruben von Kimberley durch die fünfhundert Kilometer nordöstlich davon entfernt liegende Premier-Diamantmine verdunkelt worden. Man hat in dieser neuen Mine die größten Diamanten gefunden, unter anderem auch den Cullinan, der dreitausendundzwanzig Karat wog, also einundeinviertel Pfund. So, meine verehrten Herrschaften, jetzt habe ich Ihnen einen ganzen Vortrag gehalten und bin beinahe so geschwätzig geworden wie ...«

Er sprach nicht weiter, lachte ein wenig und sah halb verlegen und halb amüsiert zu seiner Frau hinüber.

Werner Kronegg und seine Frau waren aber Doktor Franzius ebenso dankbar für diesen Vortrag, wie sie auch den etwas langatmigen Berichten seiner Gattin mit nimmermüdem Interesse lauschten. Sie suchten sich aus alledem heraus, was für sie besondere Bedeutung hatte, und wurden so doch immerhin informiert über ihre neue Heimat.

Doktor Franzius kannte auch die Firma Vandervelde, Körner & Co. und nickte beifällig, als er hörte, daß Werner dort engagiert sei.

»Eine sehr solide, leistungsfähige und in der ganzen Südafrikanischen Union rühmlichst bekannte Firma. Das ist ein gutfundiertes Unternehmen, Sie brauchen sich keine Sorge zu machen, daß da irgend etwas faul sein könnte«, sagte er.

So vergingen die Wochen sehr schnell, in denen man an Bord des Dampfers zusammen war. Für Frau Regina war der Komfort dieser Reise wie ein Geschenk des Himmels. Es war ein wohliges Ausspannen aller Kräfte. Sie genoß das um so mehr, als sie sich sagen mußte, daß es auf Jahre hinaus das letzte Mal war, daß sie in so beschaulicher Ruhe alle Bequemlichkeiten des Daseins genießen durfte. Es waren herrliche Ferienwochen für die kleine Familie, die auch Werner mit Inbrunst genoß.

Eines Tages sagte Werner zu seiner Frau:

»Das alles werde ich mir erst nachträglich verdienen müssen, Regi. Diese wundervolle Reise ist gewissermaßen ein Vorschuß auf meine künftigen Leistungen.«

Sie umfaßte seinen Hals und sah ihn stolz und liebevoll an.

»Du wirst nichts schuldig bleiben, mein Werner, das weiß ich gewiß.«

Und täglich hörten sie durch Doktor Franzius und seine Frau Neues und Interessantes von ihrem Reiseziel.

Als man eines Tages wieder einmal auf Deck plaudernd zusammensaß, erzählte Frau Franzius, daß die höchste Stelle der Drakensberge, die auf der Grenze zwischen Natal und Transvaal liege, aussehe wie eine vom lieben Gott gemeißelte Büste des Ohm Krüger. Es sei ganz gewiß wahr, daß die Felsschrunden und Vorsprünge eine große Ähnlichkeit mit dem Gesicht Ohm Krügers aufwiesen, und daraus wollte Frau Doktor Franzius den Beweis herleiten, daß Transvaal vom lieben Gott von Anfang an den Buren zugedacht sei.

Ihr Gatte meinte mit überlegenem Lächeln, die von den Buren behauptete Ähnlichkeit mit Ohm Krüger sei ein wenig zweifelhaft. »Mir scheint, mit gleicher Sicherheit könnte man behaupten, daß dies Gesicht dem englischen König gleiche. Die Buren schwören freilich darauf, der liebe Gott habe da oben ihren Ohm Krüger verherrlicht.«

Aber er habe jedenfalls von dieser Ähnlichkeit nichts feststellen können. Da wurde seine Gattin ärgerlich und schalt ihn einen Ignoranten.

Der alte Herr lächelte.

»Nicht zanken, Suschen! Sieh mal, wir sind hier das älteste Ehepaar und müssen darum allen mit gutem Beispiel vorangehen. Sei gut, ich werde mich auch bemühen, mehr und mehr von der Ähnlichkeit mit Ohm Krüger herauszufinden.«

Da war Frau Susanne gleich wieder versöhnt. Sie lachte und zog Ursula an sich, die müdegespielt herbeikam und zu ihrer Mutti wollte. Ursula war seit der Äquatortaufe ein wenig schreckhaft geworden. Diese hatte am Tage vorher stattgefunden, und es war wie gewöhnlich dabei nicht ohne einige Roheiten seitens der Matrosen abgegangen. Zum Glück hatte Doktor Franzius Werner einen Wink gegeben, wie er sich und seine Familie von allzu großen Belästigungen loskaufen konnte. Werner hatte den Matrosen einiges spendiert und war mit Frau und Kind so ziemlich glimpflich davongekommen. Ursula hatte aber leider einige tolle Szenen mit ansehen müssen und war sehr aufgeregt gewesen. Immer wieder fragte sie ängstlich, ob nun niemand mehr so scheußlich getauft würde.

Alle hatten die Eltern unterstützt, Ursula von diesem Ereignis abzulenken, und doch kam sie immer wieder darauf zurück. Frau Regina wurde dabei das Herz sehr schwer. Würde sie ihr Kind im fremden Lande, inmitten einer Schar verwilderter Männer immer davor schützen können, daß sein weiches Herz nicht beunruhigt würde?

Sie beruhigte Ursula, und es gelang ihr schließlich auch, indem sie dem Kinde die ganze Angelegenheit als ein Spiel hinstellte, wobei sich niemand etwas Böses denke.

Aber je ruhiger Ursula wurde, desto unruhiger wurde Frau Regina innerlich selbst, obwohl sie das niemand merken ließ. Je näher sie ihrem Reiseziel kamen, desto banger klopfte ihr Herz. Was würde sie in dem Zeltlager erwarten?

Würde sie Ursula beschützen und behüten können vor allerlei Roheiten verwilderter Männer?

Niemals legte sie ihrem Mann diese Frage vor. Sie zeigte ihm nicht, wie bange ihr mehr und mehr zumute wurde. Immer schien sie heiter und zuversichtlich.

Dreißig Tage nach der Abreise von Hamburg legte der Dampfer in Swakopmund an. Hier verließ eine Anzahl der Passagiere den Dampfer, aber es kamen wieder neue dazu, die von Swakopmund nach Kapstadt fahren wollten. Nach kurzem Aufenthalt wurde die Reise zum Kap der Guten Hoffnung fortgesetzt.

Werner Kronegg hatte mit seiner Familie Kapstadt erreicht. Hier verließen sie den Dampfer. Schon von weitem, vom Dampfer aus, hatten sie den Tafelberg liegen sehen, dieses prägnante Wahrzeichen von Kapstadt. Die eigenartige, abgeplattete Formation dieses Berges, dessen Plateau meist von weißen Wolken bedeckt ist, als sei ein riesiges Tischtuch über eine Riesentafel gebreitet, hat diesem Berg seinen Namen gegeben. Eigenartig steil und senkrecht fallen die Felswände rings um das Plateau ab. Der Berg wirkt, obwohl er nur tausend Meter hoch ist, geradezu gigantisch, weil er direkt über der Meeresfläche emporsteigt.

Werner und Regina hatten sich herzlich von Doktor Franzius und seiner Gattin verabschiedet, noch ehe sie den Dampfer verließen, denn diese wurden von ihren Freunden aus Kapstadt erwartet und würden nach der Landung von allen Seiten in Anspruch genommen sein. Doktor Franzius hatte Kroneggs noch gesagt, sie sollten in einem von ihm bezeichneten und unweit der Ankunftsstelle gelegenen Hotel absteigen.

Sie wollten erst am übernächsten Tag weiterfahren und gaben gleich ein Telegramm an Justus Körner auf, das ihre genaue Ankunftszeit meldete. Das große Gepäck ließen sie gleich weitergehen, so daß sie bis zu ihrer Ankunft in Pretoria sich nicht darum zu kümmern brauchten.

Eine Weile standen sie in dem sie umgebenden Menschengewühl und hielten Umschau nach einem Kofferträger. In diesem Augenblick trat ein junger Mann an sie heran. Er mochte die Mitte der Zwanzig erreicht haben.

»Darf ich Ihnen meine Dienste anbieten, mein Herr?«

Werner wandte sich erstaunt um. Die ersten Worte, die hier im fremden Lande an ihn gerichtet wurden, waren in deutscher Sprache gesprochen worden. Auch Regina wandte sich dem jungen Mann zu und sah ihn erstaunt an. –

»Sie sind ein Deutscher?« fragte Werner.

»Ja, Herr, ich bin, gleich Ihnen, mit diesem Dampfer eingetroffen, doch ich kam erst in Swakopmund an Bord. Und begreiflicherweise bin ich Ihnen an Bord nicht zu Gesicht gekommen, da ich in der dritten Klasse reiste.«

»Also Sie kommen aus Südwestafrika?«

»Jetzt, ja! Ich versuchte vergeblich, in Südwest lohnende Arbeit zu finden. Es glückte mir nicht. Man sagte mir, in Transvaal sei eher Arbeit zu finden, entweder in den Minen oder bei dem großen Autostraßenbau. Da bin ich erst einmal nach Kapstadt gefahren und will sehen, daß ich von hier weiterkomme. Denn mein letztes Geld habe ich für die Fahrt nach Kapstadt ausgegeben. Ich muß mir erst etwas verdienen, ehe ich die Reise fortsetzen kann. Darf ich Ihre Koffer tragen, damit ich mir eine Kleinigkeit verdienen kann?«

Werner sah seine Frau an. Sie stand neben ihm und sah den blonden jungen Menschen, der ein sympathisches, offenes Gesicht hatte, freundlich und mitleidig an. Unter diesem Blick stieg dem jungen Mann jähe Röte in die Stirn.

»Es ist doch schließlich gleich, wer uns die Koffer trägt, Werner«, sagte sie bittend.

Oh, Regina Kronegg, kam dir wohl ein Ahnen, wie hoch dir diese Menschenfreundlichkeit angerechnet wurde, und wieviel Segen sie dir bringen sollte? –

Werner nickte und lächelte ein wenig.

»Gut, Landsmann, tragen Sie uns die Koffer ins Hotel, das gleich hier in der Nähe liegt. Haben Sie denn wenigstens noch Geld genug, um ein Unterkommen für diese Nacht zu finden?«

»Nein, mein Herr! Aber es wird nicht das erstemal sein, daß ich eine Nacht im Freien kampieren muß; wenn ich nur so viel heute verdiene, daß ich mir etwas zu essen kaufen kann. Das Weitere sei dem Himmel anheimgestellt.«

Reginas Interesse an dem jungen Menschen wurde immer stärker. Sie merkte sehr wohl, daß er sich für einen Arbeiter sehr gebildet ausdrückte, und daß er durchaus nicht aussah wie ein Mensch niedrigster Herkunft. Sie sah ihren Mann bittend an und flüsterte ihm zu:

»Werner, mir scheint, diesem jungen Mann ist die deutsche Heimat auch etwas schuldig geblieben. Er hat ein ehrliches Gesicht und gute, offene Augen. Laß das erste, was wir auf fremder Erde tun, eine gute Tat sein. Sieh, ob du diesem deutschen Jungen helfen kannst. Mir ist, als müsse uns das Segen bringen.«

Lächelnd nickte ihr Werner zu.

»Ich will sehen, was sich tun läßt, Regi«, sagte er und wandte sich dann an den jungen Mann.

»Warum haben Sie uns deutsch angesprochen?«

»Weil ich einige deutsche Worte von Ihnen auffing, und weil Sie mit einem deutschen Dampfer angekommen sind.«

»Und Sie sind nur der deutschen Sprache mächtig?«

Der junge Mann sah in Frau Reginas teilnahmsvolle Augen, und wieder stieg jähe Röte in seine Stirn.

»Nein, ich spreche auch perfekt Englisch und ziemlich gut Französisch.«

»Wie heißen Sie?« fragte Werner weiter.

»Tommy Reiner.«

»Oh, Mutti, ist das Tom der Reimer?« fragte Ursula, die diesem Gespräch gelauscht hatte.

Ihre Mutter, die eine sehr schöne Stimme hatte, sang daheim oft die Löwesche Ballade von Tom dem Reimer. Der ähnliche Klang dieses Namens hatte das Kind daran erinnert.

Tommy Reiner fuhr zu Ursula herum, die er bisher kaum beachtet hatte, und ihre Eltern mußten lachen.

»Nein, Urselchen, du hast falsch verstanden, der junge Mann heißt Tommy Reiner«, belehrte der Vater, und zu Tommy gewandt fuhr er fort: »Tommy ist ein bei uns wenig gebräuchlicher Vorname.«

Tommy Reiner lachte, daß man alle seine weißen Zähne sah.

»Es ist nur eine Abkürzung für Thomas. Ich heiße eigentlich Thomas Reiner. Aber – meine Mutter nannte mich Tommy, und – weil ich so allein in der Fremde bin, will ich wenigstens diesen Namen führen, mir ist, als müsse dann meine Mutter mir nahe sein. Menschen gegenüber, die ich nicht leiden mag, nenne ich mich Thomas.«

Werner und seine Frau sahen sich an. Der junge Mensch gefiel ihnen immer mehr. Er sprach mit so warmer Stimme von seiner Mutter – das konnte kein schlechter Mensch sein.

Werner sagte nun mit einem Lächeln:

»Da Sie sich uns gegenüber Tommy nannten, können wir wohl annehmen, daß wir nicht zu den Leuten gehören, die Sie nicht leiden mögen?«

Tommys Blick flog bewundernd zu Frau Regina hinüber, dann blickte er lächelnd in Ursulas reizendes Gesicht, und zuletzt traf sein Blick groß und klar in Werners Augen.

»Erlassen Sie mir darauf die Antwort, ich möchte nicht den Anschein erwecken, als wollte ich Ihnen schmeicheln.«

Werner nickte ihm zu.

»Gut, Tommy Reiner, kommen Sie mit uns zum Hotel. Dort können Sie uns erzählen, wie Sie aus der Heimat hierher verschlagen worden sind, und wenn der gute Eindruck, den Sie auf uns machen, bleibt, dann können Sie übermorgen mit uns nach Transvaal reisen – vorläufig als unser Diener. Und dann werden wir weitersehen.«

Tommys Augen leuchteten auf, aber er sagte nichts. Er griff nach den beiden immerhin nicht leichten Handkoffern, die er aufhob, als seien es leere Attrappen.

»Oh, willst du das beides tragen, ist das nicht zu schwer für dich?« fragte ihn Ursula.

Unter den freundlich sorgenden Kinderaugen bekam Tommy wieder eine rote Stirn.

»Ich kann dich auch noch mit tragen, kleines Fräulein«, sagte er, nahm beide Koffer in eine Hand und hob mit dem andern Arm Ursula empor. Lachend sah er in ihr Gesicht, und sie lachte mit. Gegen ihre sonstige, ein wenig scheue Art Fremden gegenüber blieb sie ruhig auf seinem Arm sitzen.

»Bin ich dir nicht zu schwer, Tom der Reimer?« fragte sie, in seine blauen Augen blickend.

Er schüttelte lachend den Kopf.

»Du bist so leicht, kleines Fräulein.«

»Ich heiße doch nicht kleines Fräulein, ich heiße Ursula.«

»Darf ich dich so nennen?«

»Gewiß, alle Menschen nennen mich so.«

»Dann mußt du auch Tommy zu mir sagen.«

»Tommy ist ein hübscher Name, er klingt, wie du aussiehst. Ich dachte erst, du seiest Tom der Reimer, von dem meine Mutti ein schönes Lied singen kann.«

»Ich kenne das Lied auch, aber es ist mir nie eingefallen, daß mein Name so ähnlich klingt.«

»Du mußt es mir auch einmal vorsingen – ich kann es auch schon beinahe, paß mal auf:

Der Reimer Thomas lag am Bach,
am Kieselbach bei Huntley-Schloß.«

So sang sie ziemlich richtig vor sich hin.

Er nickte. Aber jetzt trat Regina an seine Seite:

»Ursula kann laufen, Sie brauchen sie nicht zu tragen«, sagte sie in ihrer gütigen Art.

Tommy blickte sie mit strahlenden Augen an.

»Mir macht das gar nichts, gnädige Frau; bitte, lassen Sie mich das Kind tragen – ich möchte mir irgendwie Ihre Güte verdienen.«

Regina staunte wieder über seine gewählte Ausdrucksweise, die in einem so starken Kontrast zu seiner abgetragenen Kleidung stand.

»Tommy ist stark, Mutti«, sagte Ursula anerkennend.

»Du darfst aber diesen jungen Mann nicht du nennen, Ursula«, mahnte die Muter.

Ursula sah die Mutter fragend an.

»Soll ich ihn lieber Onkel Tommy nennen? Onkel nennt man doch immer du?«

Ursula hatte nach Kinderart viele Wahlonkel. Die Mutter zögerte eine Weile und blickte in Tommys Gesicht. Sie hatte Ursula auch diese Vertraulichkeit verbieten wollen, denn immerhin war der junge Mensch ihnen ganz fremd, und wenn er ihr auch einen sehr sympathischen Eindruck machte, so war doch immerhin Vorsicht geboten. Es lag wohl etwas von ihren Bedenken im Ausdruck ihrer Augen; aber da sah sie, daß der junge Mann sie mit einem seltsam flehenden Blick ansah, einem Blick, in dem etwas wie Hunger nach ein wenig Güte und Verstehen lag.

Und da lächelte sie ihm zu und sagte zu Ursula:

»Nun, meinetwegen, wenn es dir erlaubt wird, so nenne unseren jungen Landsmann immerhin du und Onkel.«

Sie erschrak fast vor dem dankbaren Aufstrahlen von Tommys Blauaugen.

Während Ursula nun zutraulich mit ihrem neuen Onkel plauderte, sagte Regina zu ihrem Mann:

»Werner, dieser junge Mann ist bestimmt nicht, was er scheint, er hat eine so gewählte Ausdrucksweise, spricht Englisch und Französisch und hat unbedingt eine gute Erziehung genossen.«

»Ja, Regi, ich bin ganz deiner Meinung. Vermutlich ist er eine entgleiste Existenz.«

»Aber ganz gewiß kein schlechter Mensch, das verraten seine ehrlichen, offenen Augen. Wir wollen uns seiner annehmen.«

»Wenn er bei näherer Betrachtung wert ist, daß wir ihm helfen, gewiß. Aber erst möchte ich ihm doch ein wenig mehr auf den Zahn fühlen. Gerade, weil wir selbst fremd in diesem Lande sind, müssen wir vorsichtig mit neuen Bekanntschaften sein.«

Da nickte sie ihm zu. »Du hast schon recht. Aber wenigstens sorge dafür, daß er ein Unterkommen für die Nacht findet. Er ist der Sohn einer deutschen Mutter, wer er auch sonst sein mag.«

»Sei unbesorgt, das kann ich dir versprechen, denn das verpflichtet uns zu nichts.«

Sie kamen zu dem bezeichneten Hotel. Hier erhielten sie

Zimmer und wurden sehr gut aufgenommen, als Werner sagte, daß Doktor Franzius sie hierhergeschickt habe. Auch für Tommy Reiner fand sich ein Zimmerchen. Als Werner ihm sagte, dies sei für heute nacht für ihn bestimmt, sah Tommy mit einem dankbaren Blick zu Regina hinüber. Er wußte, daß er alles ihrer Fürsprache zu danken hatte.

Seine Augen flogen immer wieder zu der schönen, gütigen Frau hinüber. Sein Herz klopfte laut und stark. Eine schwärmerische Bewunderung und Verehrung für sie wurde in dieser Stunde geboren. Gern hätte er ihr die Hand geküßt, aber er wagte es nicht.

»So, Herr Tommy Reiner, nun ziehen Sie sich in Ihr Zimmer zurück, damit Sie sich ein wenig erfrischen können«, sagte Werner lächelnd, »Gepäck haben Sie wohl nicht bei sich?«

Tommy atmete tief auf.

»Ich habe all meine Habseligkeiten in einem Pappkarton verwahrt, und den gab ich am Hafen einem Matrosen in Verwahrung, weil ich annahm, daß er mir im Wege sein würde, wenn ich Geld verdienen wollte. Wenn Sie gestatten, hole ich ihn mir gleich, ich habe etwas saubere Wäsche darin.«

Dabei sah er recht beschämt auf seine Hemdärmel, die unter den etwas zu kurzen Ärmeln seines abgetragenen Rockes zum Vorschein kamen.

»Gut! Wenn Sie sich dann umgezogen und erfrischt haben, können Sie mit uns speisen.«

»Ich danke Ihnen sehr, mein Herr. Hoffentlich kann ich einmal wettmachen, was Sie Gutes an mir tun«, stieß Tommy heiser hervor und rannte davon, um seine Habseligkeiten zu holen.

Als er nach einer halben Stunde in den Speisesaal trat, wohin ihn Werner hatte rufen lassen, hatte er ein reines Hemd angezogen und die kurzen Beinkleider sauber abgebürstet. Den abgetragenen Rock hatte er nicht übergezogen. So sah er viel besser aus. Seine schlanke, kraftvolle Gestalt hielt sich so frei und ungezwungen, daß Frau Regina ihrem Gatten einen Seitenblick zuwarf, als wollte sie fragen: Was sagst du nun zu meinem Schützling?

Tommy hatte seinen blonden Haarschopf eifrig mit Kamm und Bürste bearbeitet. Sein gebräuntes, schmales Gesicht erschien noch brauner, wenn man in seine blauen Augen sah, oder wenn die weißen Zähne sichtbar wurden. Alles in allem bot er einen sehr erfreulichen Anblick.

»Nehmen Sie Platz, Herr Reiner«, sagte Regina freundlich.

Mit einer fast weltmännisch eleganten Verbeugung ergriff er nun doch ihre Hand und führte sie respektvoll an die Lippen.

»Ich danke Ihnen sehr, gnädige Frau, daß Sie mir das gestatten«, sagte er.

»Onkel Tommy, hast du auch so großen Hunger?« fragte Ursula.

Er lachte ein wenig verlegen. Ihm knurrte der Magen.

»Ja, kleine Ursula, Hunger habe ich schon, ich glaube, das ist bei mir nie anders.«

Bescheiden setzte er sich etwas entfernt von seinen Gastgebern nieder.

»Ich bitte sehr um Verzeihung, wenn ich ohne Rock am Tisch Platz nehme, aber der einzige, den ich besitze, ist in ziemlich fragwürdiger Verfassung, und damit wagte ich erst recht nicht, bei Tisch zu erscheinen.«

»Nun, Sie sehen sauber und ordentlich aus. Wir werden bald in Verhältnisse kommen, wo auch wir weder Zeit noch

Lust haben werden, zu Tisch besondere Toilette zu machen. Bitte, langen Sie zu«, sagte Werner ruhig.

Das Essen wurde jetzt aufgetragen, und mit einem heimlichen Lächeln sahen sich Werner und Regina an, als sie merkten, wie gründlich Tommy seine Portion vertilgte. Aber er aß mit so guten Manieren, daß Frau Regina darin wieder einen Beweis erblickte, daß er aus einer wirklich guten Familie stammte.

Als er fertig war, fragte ihn Werner:

»Sind Sie gesättigt, oder möchten Sie noch eine Portion essen?«

Tommys Stirn rötete sich wieder. Verlegen sah er nach Frau Regina hinüber.

»Verzeihen Sie, daß ich so gefräßig erscheine, aber – es ist schon lange her, daß ich mich an so guten Dingen mal richtig satt gegessen habe. Ich habe in letzter Zeit viel hungern müssen.«

Mitleidig sah Frau Regina zu ihm hinüber.

»Wollen Sie noch etwas haben? Genieren Sie sich nicht.«

Er lachte ein wenig.

»Ich danke sehr, ich wollte nur nichts umkommen lassen, deshalb habe ich so gründlich aufgeräumt. Aber ich bin vollkommen gesättigt. Nochmals tausend Dank für Ihre Güte. Ich bitte Sie nur, mir zu vergönnen, daß ich das alles abarbeiten kann, denn – es ist mir ungewohnt, mir etwas schenken zu lassen.«

Es lag etwas in diesen Worten, was nun auch Werner Kronegg veranlaßte, seine Reserve diesem jungen Manne gegenüber aufzugeben.

»Nun, ich werde Ihnen schon Gelegenheit geben, alles abzuarbeiten. Ich kann es Ihnen sehr wohl nachfühlen, daß Sie uns nichts schuldig bleiben wollen. Nun rücken Sie nur etwas näher, meine Frau und ich haben schon längst herausgefunden, daß Sie nicht sind, was Sie auf den ersten Blick zu sein schienen. Wenn Sie wollen, erzählen Sie uns, wie Sie hierher verschlagen worden sind.«

Tommy bekam einen roten Kopf, dann sah er erst Frau Regina forschend an und blickte dann Werner fest und klar in die Augen.

»Ja – Ihnen kann ich es sagen; ich fühle, Sie werden Verständnis für meine Lage aufbringen. Sie, gnädige Frau, haben so gütige Augen, und Ihr Herr Gemahl sieht aus, als könne man Vertrauen zu ihm haben. Zuerst gestatten Sie mir, Ihnen meinen Paß vorzulegen, mein Abgangszeugnis vom Gymnasium, einige Belege, daß ich an der Landwirtschaftlichen Hochschule mehrere Semester studiert habe, und was ich sonst noch an Papieren bei mir habe.«

Bei diesen Worten entnahm er einem Lederbeutel, den er unter dem Hemd auf der Brust trug, eine abgegriffene Brieftasche und breitete die darin enthaltenen Papiere vor Werner aus. Während dieser sie prüfte, zog Tommy aus der Brieftasche noch eine etwas vergilbte Photographie. Die hielt er Regina mit einem bittenden Blick hin.

»Das ist das einzige Bild von meiner verstorbenen Mutter, das ich besitze, gnädige Frau.«

Regina nahm das Bild und sah in ein edel gebildetes, durchgeistigtes Frauengesicht.

»Ihre Mutter ist tot?«

»Ja, gnädige Frau – sonst würde sich mein Leben wohl anders gestaltet haben.«

Mit einem forschenden Blick auf Tommy gab Werner Kronegg ihm seine Papiere zurück. Tommy steckte alles wieder zu sich, und dann begann er zu erzählen.

Seine Stimme klang erst rauh und leise, die Worte kamen

ihm schwer über die Lippen; aber nach und nach löste sich seine Zunge unter Frau Reginas teilnahmsvollen Blicken.

»Sie werden vielleicht nicht begreifen, was es für mich bedeutet, daß Sie sich meiner so gütig annehmen. Seit Jahren hat kein Mensch mehr so freundlich und teilnahmsvoll zu mir gesprochen, wie Sie es tun. Ich war ein verbitterter, trotziger Geselle geworden und habe mich immer tiefer in meinen Groll hineingesteigert. Was ich in mir habe unterdrücken müssen, bis ich so weit kam, wie ich heute bin, das kann mir kaum ein Mensch nachfühlen. All meinen Stolz habe ich niederringen müssen, wie einen Feind, der mir das Leben nehmen wollte. Denn oft erschien es mir leichter, mich umzubringen, als meinen Stolz zu bezwingen. Nicht um die Welt hätte ich in all der Zeit einem Menschen offenbart, was mich aus der Heimat trieb und was mir am Herzen nagte. Ihnen gegenüber kommt es mir nun doch über die Lippen, wenn es mir auch immer noch schwerfällt.

Es ist jetzt über zwei Jahre her, daß ich Deutschland verlassen habe. Gleich zuerst will ich Ihnen das Schlimmste sagen: ich bin von meinem Vater aus dem Hause gewiesen worden, er hat mich hinausgejagt – aber, bei Gott im Himmel, bei dem Andenken an meine unvergeßliche Mutter, es ist mir Unrecht damit geschehen – obgleich –, ja – obgleich ich die Hand gegen meinen Vater erhoben habe.«

Er hielt inne, weil er sah, wie Frau Regina leise zusammenzuckte und ihr Kind an sich zog, das mitleidig in sein zuckendes Gesicht blickte.

»Warum ist Onkel Tommy so traurig, Mutti?« fragte Ursula leise.

Regina drückte des Kindes Köpfchen an ihre Brust und sagte: »Sei still, Ursula, er will uns etwas erzählen, und du darfst nicht stören.«

Tommy mußte erst eine Weile nach Fassung ringen, ehe er fortfahren konnte:

»Sie sind zusammengezuckt, gnädige Frau, weil ich die Hand gegen meinen Vater erhoben habe. Ich will Ihnen erzählen, wie das gekommen ist. Mein Vater war, ehe er meine Mutter heiratete, schon einmal verheiratet gewesen. Aus seiner ersten Ehe stammte mein Halbbruder Kurt. Er ist zehn Jahre älter als ich und – er hat meine Mutter gehaßt vom ersten Tage an, da sie in meines Vaters Haus kam. Er hat auch mich so gehaßt vom ersten Moment an, da ich das Licht der Welt erblickte, weil er schon als Kind so berechnend war, daß ihn der Gedanke aufbrachte, wir würden ihm sein Erbe schmälern. Und je älter er wurde, um so tiefer fraß sich der Haß gegen uns in sein Herz.

Mein Vater liebte diesen seinen ersten Sohn so abgöttisch, stand so sehr unter seinem Einfluß, daß ich später nie begriffen habe, wie er sich zu einer zweiten Heirat entschließen konnte. Mein Bruder hatte schon als Knabe einen sehr kräftigen Willen, daß er sich meinen Vater geradezu unterjochte.

Mein Bruder begegnete meiner Mutter schon im Anfang ihrer Ehe mit einem so deutlich zur Schau getragenen Haß, daß sie entmutigt einsah, sie würde dieses Kind niemals für sich gewinnen, soviel Mühe sie sich auch geben möchte. Als ich nach dem zweiten Ehejahre meiner Eltern geboren wurde, zeigte Kurt seine Abneigung gegen mich sogleich sehr deutlich. So kam meine Mutter eines Tages dazu, durch mein lautes Schreien angelockt, als Kurt an meinem Babybettchen stand und mit einem schweren Schlüssel auf meinen Kopf schlug. Als sie ihm entsetzt den Schlüssel abnahm und ihn fragte, weshalb er das getan habe, erwiderte er wütend: ›Ich will den da totmachen.‹

Damals hat mein Vater meinen Bruder das erste und letzte Mal geschlagen, als meine Mutter ihm das berichtete. Kurt gab es nach dieser Tracht Prügel auf, mich totzumachen, aber der Haß gegen meine Mutter und mich fraß sich immer tiefer in seine Seele hinein.

Mein Vater beging den Fehler, ihm gewissermaßen durch sein Verhalten abzubitten, daß er sich hatte hinreißen lassen, ihn zu prügeln. Das hat mir meine Mutter später erzählt. Er liebte Kurt eben über alles.

Als Kurt erwachsen war, verstand er es besser, seine Gefühle vor uns zu verbergen. Scheinbar begegnete er uns freundlicher. Hauptsächlich in meines Vaters Nähe heuchelte er diese Freundlichkeit, was ihn jedoch nicht hinderte, meiner Mutter und mir heimlich viele schlimme Streiche zu spielen. Beschwerte meine Mutter sich deswegen meinem Vater gegenüber, dann wurde mein Vater zornig auf sie und mich, fragte, was sie eigentlich noch verlange, Kurt sei doch sehr liebenswürdig und freundlich, und sie müsse nicht jede harmlose Kleinigkeit aufbauschen. Meine Mutter kam nie aus der Angst heraus, daß mein Bruder auch vor einem wirklichen Verbrechen nicht zurückschrecken würde, um uns aus dem Wege zu schaffen. Diese heimliche, unausgesetzte Furcht hat wohl Grund gelegt zu einem schweren Herzleiden, das meine Mutter sich zuzog. Zumindest wurde dies Leiden dadurch verschlimmert.

So verging Jahr um Jahr, und ich habe an diese Zeit nur die Erinnerung, als schwebe immer irgendeine Gefahr, ein Verhängnis über meiner Mutter und mir. Wie es Kurt gelang, den Vater meiner Mutter und mir nach und nach vollends zu entfremden, so daß er kaum noch Notiz von uns nahm, das weiß ich nicht. Sicherlich arbeitete er mit den verwerflichsten Mitteln. Einmal, als ich ungefähr zwölf Jahre zählte, hörte ich zufällig meinen Bruder zu meinem Vater sagen: ›Laß dich scheiden von dieser Frau, Vater! Du bist nun doch wohl endlich davon überzeugt, daß sie dich nur deines Reichtums wegen geheiratet hat.‹

Ich muß hier bemerken, daß mein Vater ein sehr reicher Mann ist. Zwei große Güter gehören ihm, dazu eine große Zuckerfabrik und eine Konservenfabrik. Früher hatte er bisweilen davon gesprochen, daß mein Bruder nach seinem Tode das größere Hauptgut und die dazugehörige Zuckerfabrik erben solle, während mir das kleinere Gut und die weniger bedeutende Konservenfabrik zufallen sollten. Ich muß dabei bemerken, daß Kurts Mutter meinem Vater das große Gut als Heiratsgut in die Ehe gebracht hatte, allerdings in ziemlich verwahrlostem Zustand und mit einer bedeutenden Hypothek belastet. Diese Hypothek hatte mein Vater abgelöst und hatte Langenfurt, so hieß das Gut, auf die Höhe gebracht. Ich fand es ganz selbstverständlich, daß mein Bruder als der Erstgeborene besser bedacht werden sollte als ich, und sah darin keine Ungerechtigkeit meines Vaters. Kurt aber neidete mir, daß ich überhaupt etwas erben sollte; er wollte am liebsten alles an sich reißen. Je älter und verständiger ich wurde, desto deutlicher erkannte ich, daß Kurt nur deshalb so sehr gegen meine Mutter und mich intrigierte, weil er meinen Vater dazu bringen wollte, mich mit dem geringsten Pflichtteil abzufinden. Um jeden Preis wollte er wenigstens das erreichen, daß er erst einmal Langenfurt ganz für sich bekam, und dann von allem übrigen, was mein Vater zu vererben hatte, den Hauptanteil. Denn ich hörte ein anderes Mal zufällig, wie er zu meinem Vater sagte: ›Langenfurt stammt doch von meiner Mutter, während Thomas' Mutter absolut nichts mit in die Ehe brachte. Es wäre sehr ungerecht von dir, Vater, wenn du mir Langenfurt bei der

Erbteilung anrechnen würdest, es gehört mir doch schon als mütterliches Erbe.‹

Die Folge dieses Gesprächs war, daß mein Vater Kurt auch noch die Konservenfabrik zusprach, die damals anfing, sehr zu florieren. Mir sollte also demnach nur das kleinere Gut Hartau zufallen.

Ich brachte, offen gestanden, dieser Angelegenheit wenig Interesse entgegen, es erschien mir immer peinlich und herzlos von meinem Bruder, wenn er mit dem Vater von seinem Tode redete. Vielleicht bin ich immer ein wenig leichtblütig gewesen, sonst hätte ich mir wohl auch in all den widrigen Verhältnissen meinen guten Humor nicht bewahrt, durch den ich Mutter und mir über viel Trübsal hinweghalf. Wenn Kurt damals zu mir gesagt hätte: Wenn du mir dein ganzes Erbe abtrittst, werde ich alle Feindseligkeiten gegen deine Mutter und dich aufgeben, ich hätte sofort zugesagt, denn im Grunde litt ich sehr unter der gehässigen Weise meines großen Bruders, der mich demütigen wollte, sooft er mich sah.

Meine Mutter aber kränkte es sehr, daß mein Vater mich so benachteiligen wollte und daß er überhaupt so lieblos gegen mich war. Und eines Tages sagte sie ihm das in aller Ruhe, wie sie ja überhaupt nie die Selbstbeherrschung verlor. Da fuhr aber mein Vater ganz unmotiviert auf und schrie sie wütend an: ›Sei doch nicht gar zu habgierig! Ihr werdet den Hals schon noch vollkriegen!‹ Da ging meine Mutter totenblaß aus dem Zimmer; mein Vater sah ihr eine Weile etwas beklommen und unsicher nach; da lachte mein Bruder spöttisch auf und sagte:

›Vater, da hast du es einmal deutlich gesehen, wie man auf dein Erbe spekuliert.‹

Ich sprang auf, rot vor Zorn, und rief ihm zu: ›Schäme

dich – wenn jemand auf ein Erbe hier spekuliert, so ist es meine Mutter ganz gewiß nicht.‹

Er nahm mich beim Kragen und führte mich zur Tür, öffnete sie und schob mich hinaus.

›Raus mit dir, mein Bürschchen; mache du dich hier nicht so mausig, du hast kein Recht dazu, verstanden, absolut kein Recht!‹

Ich sah mit einem bittenden Blick zu meinem Vater zurück, aber er wandte sich ab. Was mein Bruder mit seinen Worten meinte, habe ich nicht verstanden, aber zweifelsohne hingen sie mit irgendeiner Infamie seinerseits zusammen. Ich knirschte mit den Zähnen und fühlte mit bitterer Beschämung, daß ich noch zu jung war, um meine Mutter wirksam beschützen zu können.

Meine Mutter hat nie mehr ein Wort über diese Erbschaftsangelegenheit mit meinem Vater gesprochen, sie wurde aber immer stiller und trauriger, und es wollte mir nur selten noch gelingen, ein Lächeln auf ihr Gesicht zu zaubern. Ich war noch verschiedene Male Zeuge, wie mein Vater meiner Mutter wehe tat. Sie schwieg dazu, aber ihre Augen blickten dann so schmerzlich, daß es mir das Herz umdrehte. Und – in meiner Seele war deshalb oft ein bitterer Groll gegen meinen Vater. Was er meiner Mutter antat, war mir noch schmerzlicher als sein Verhalten mir gegenüber, das immer sehr hart und lieblos war.

Immer mehr wurde uns der Vater durch Kurt entfremdet, und Kurts Augen flogen jetzt oft wie im höhnischen Triumph zu uns herüber, wenn wir bei Tische saßen. Außerhalb der Tischzeiten kam mein Vater kaum noch mit meiner Mutter und mir zusammen. Je fremder uns der Vater wurde, um so inniger hielten Mutter und ich zusammen.

In jener Zeit stellte der Arzt bei meiner Mutter ein schweres Herzleiden fest und machte zur Bedingung, daß ihr jede Unruhe und Aufregung erspart werden müsse. Ich war in banger Sorge um die Mutter, sah sogar in den Augen meines Vaters etwas wie Besorgnis. Aber Kurt zog ihn mit sich fort und redete auf ihn ein, und danach schien Vater kaum noch auf Mutters Leiden zu achten. – Und mein Bruder legte es geradezu darauf an, meine Mutter zu ärgern und aufzuregen. Wieder und wieder erschreckte er sie mit allerlei Alarmnachrichten, die sich hinterher als erfunden herausstellten.

Kurt entschuldigte sich nachher immer mit besonderer Liebenswürdigkeit, die er sonst nie für uns hatte. Mutter und ich sprachen nie darüber, aber wir wußten beide, daß Kurt in böser Absicht meine Mutter zu erschrecken suchte.

Er war auch bei unseren Leuten nicht beliebt, alle fürchteten ihn, und er zeigte schon damals gern, daß er der Herr über alles sei. Er war ein sehr ansehnlicher Mensch; ich glaube, bei den Frauen galt er für einen schönen Mann, aber er hatte auch den Frauen gegenüber eine Art, die mir widerwärtig war. An eine Heirat schien er nicht zu denken; er sagte einmal frivol zu einem seiner Bekannten, er kenne keine Frau, die reich genug sei, ihn zu reizen.

Meine Mutter litt dauernd unter Atemnot und starkem Herzklopfen, und meine Sorge um sie wurde immer größer. In jener Zeit hatte ich mein Abitur gemacht und danach sollte ich die Landwirtschaftliche Hochschule besuchen. Als ich aber dorthin abreisen sollte, wurde mir das Herz sehr schwer, weil ich meine arme Mutter mit einem lieblosen Gatten und einem haßerfüllten Stiefsohn allein lassen sollte. Ich fühlte, wie sehr sie bei dem Gedanken an eine Trennung von mir litt, aber sie sprach es nicht aus, um mir das Herz nicht noch schwerer zu machen. Ich glaube aber, sie hat sich sehr gefürchtet vor diesem Alleinsein mit Vater und Kurt.

Ich kam nur in den Ferien heim, und jedesmal bei meiner Wiederkehr fand ich Mutter elender und schwächer, aber sie klagte nie. Sie war immer nur sehr glücklich, wenn sie mich wiedersah, während mein Vater kaum noch Notiz von mir nahm. Ich sah ihn und den Bruder nur bei den Mahlzeiten, und auch da nicht immer.

Meine Mutter hatte schon seit Jahren ein eigenes Schlafzimmer, weil sie ihres Leidens wegen immer eine Dienerin bei sich haben mußte, die ihr, wenn sie einen Anfall bekam, hilfreich beistehen mußte. Diese Dienerin hieß Christine. Sie war schon mit meiner Mutter nach Langenfurt gekommen und hatte bereits bei den Eltern meiner Mutter eine Stellung gehabt.

Christine war damals schon in der Mitte der Vierzig und hing sehr an meiner Mutter. Ich war sehr froh, daß diese treue, zuverlässige Person um sie war. Christine schlief in einem kleinen Raum neben dem Schlafzimmer meiner Mutter, und die Tür dazwischen blieb nachts offen stehen, so daß meine Mutter nur zu rufen brauchte, um Christine an ihrer Seite zu haben. Christine hing auch an mir sehr. Während meiner Ferienaufenthalte daheim wich ich kaum von der Seite meiner Mutter und war jedesmal dem Schicksal dankbar, daß ich sie noch am Leben traf.

So kam ich wieder eines Tages in den Ferien heim. Ich muß hier gestehen, daß ich, von meiner jungen Freiheit berauscht, ein bißchen leichtsinnig gelebt hatte. Obwohl mein Vater mir einen anständigen Wechsel zahlte und in dieser Beziehung nicht knauserig war, hatte ich mich doch zu sehr als Sohn eines reichen Mannes gefühlt und etwas zu flott gelebt. So kam es, daß ich diesmal beichten mußte, ich hätte zweitausend Mark Schulden gemacht. Es war an sich für unsere Verhältnisse keine hohe Summe, aber es war mir doch fatal, Vater zu beichten, zumal auch diesmal Kurt in Vaters Gesellschaft war.

Ich hatte mehr und mehr verlernt, an die Liebe meines Vaters zu glauben, aber ich glaubte nicht, daß er es so schwernehmen würde, daß ich Schulden gemacht hatte. Mich irritierte nur Kurts hämisches Gesicht. Mein Vater schlug es mir rundweg ab, meine Schulden zu bezahlen; er sagte mir, daß ich mit meinem Wechsel gut auskommen könne, was ja auch der Fall war, und daß ich die Schulden nach und nach von meinem Wechsel abzahlen solle. Ich erklärte ihm, daß ich die Summe einem Freunde schulde, der sie zu seinem Studium brauche, und bat ihn nochmals, mir das Geld zu geben. Der Vater sagte kurz und kalt: ›Ausgeschlossen, nicht einen Pfennig bekommst du über deinen Wechsel.‹

Betrübt verließ ich ihn, viel betrübter über seinen harten, kalten Ton als über seine Weigerung überhaupt. Ich mußte nun meiner Mutter beichten, was ich nicht gern tat, um sie nicht aufzuregen, und ich gab ihr mein Wort, daß es nie wieder vorkommen werde. Mutter sagte mir auch sogleich zu, daß sie mir das Geld verschaffen werde; – ich erfuhr erst später, daß sie Christine ein wertvolles Schmuckstück hatte übergeben müssen, das diese verkaufen sollte, um das Geld für mich zu beschaffen.

Zu jung und leichtlebig, um wegen Geld und Geldeswert mir den Kopf lange heiß zu machen, war ich froh, daß ich den Betrag von Mutter bekommen würde, und ich gab mich ganz der Freude hin, wieder mit Mutter zusammensein zu können.

Aber dann geschah etwas, was mir immer noch wie ein böser Traum erscheinen will. Am andern Morgen saß ich mit Mutter beim Frühstück, und als gleich darauf Kurt erschien, war er gegen uns besonders freundlich, was uns freilich immer unheimlich zu sein pflegte. Er machte seine Scherze mit mir, neckte mich, daß ich zu flott gelebt habe und nun krummliegen müsse, und frühstückte mit gutem Appetit. Mir war bei seinen Scherzen ziemlich flau zumute, sein Gesicht zeigte dabei einen ungewöhnlich hämischen Ausdruck.

Plötzlich kam mein Vater mit großer Erregung ins Zimmer gestürzt, trat mit zornentstelltem Gesicht vor mich hin und sagte: ›Du hast mir zweitausend Mark aus meinem Schreibtisch entwendet!‹

Ich sprang auf und verteidigte mich in erregter Weise. Daß mein Vater mir einen Diebstahl zutraute, brachte mich fast von Sinnen. Meine Mutter hatte einen Schreckensruf ausgestoßen. Ich sah mich nach ihr um, erschrocken daran denkend, daß sie nicht aufgeregt werden sollte. Sie hatte sich erhoben und sah mich schmerzerfüllt an.

›Mutter, um Gottes willen, Mutter, du glaubst doch nicht, daß ich das getan habe!‹ rief ich verzweifelt.

Sie richtete sich hoch auf und trat neben mich.

›Nein, mein Sohn, du nicht – du nicht –, das weiß ich. Aber der dort – dein Bruder –, der hat das Geld entwendet – um dir zu schaden. Christine hat ihn diese Nacht mit einer Taschenlampe aus dem Arbeitszimmer deines Vaters schleichen sehen. Sie sollte mir ein Medikament aus der Hausapotheke holen und sah ihn. Sie war so erschrocken, daß sie glaubte, es seien Einbrecher im Hause, und sie versteckte sich in ihrer Angst. Da hat sie Kurt gesehen, und sie erzählte es mir gleich und meinte, er habe sicherlich etwas Böses vorgehabt, denn er sei wie ein Dieb davongeschlichen. Ich weiß, Kurt hat das Geld genommen, gerade zweitausend Mark, weil er wußte, daß deine Schulden sich so hoch beliefen. Er will den Verdacht auf dich lenken, um dich vollends aus dem Herzen deines Vaters zu verdrängen; – er ist der Dieb!‹

So sagte sie hart und laut, meine Hand mit krampfhaftem Druck fassend. Kurt hatte die Farbe verloren, faßte sich aber schnell und sagte höhnisch auflachend:

›Ein nettes Komplott mit einer Dienerin, Vater!‹ mein Vater aber hatte einen roten Kopf bekommen, als meine Mutter seinen Lieblingssohn beschuldigte, ein Dieb zu sein. Außer sich vor Zorn stürzte er auf meine Mutter los, und ehe ich es hindern konnte, schlug er sie ins Gesicht.

›Lügnerin!‹ schrie er sie an.

Meine Mutter taumelte, von dem Schlag betäubt, in ihren Sessel zurück. Da faßte mich eine so besinnungslose Wut, ein so heftiger Zorn, daß ich mich auf meinen Vater stürzte und – ihn ins Gesicht schlug – so – wie er meine Mutter geschlagen hatte. Der Aufschrei meiner Mutter brachte mich zur Besinnung.

›Tommy, nicht deinen Vater schlagen!‹ rief sie in höchster Seelenangst. Ich ließ von meinem Vater ab, außer mir über mich selbst, und stürzte meiner Mutter zu Füßen.

›Verzeih, Mutter, aber ich mußte es tun, weil er dich schlug!‹ rief ich.

Kurt wollte sich nun, die Gelegenheit benutzend, an mir vergreifen, ich schüttelte ihn ab, und er taumelte zurück. Er hatte wohl nicht erwartet, daß ich so kräftig geworden sei.

›Bleib mir vom Leibe, sonst schlage ich dich nieder!‹ schrie ich ihn an, ganz außer mir vor Erregung.

Da hörte ich meines Vaters Stimme wieder. Er hatte sich gefaßt und stand hoch aufgerichtet da.

›Hinaus, hinaus aus meinem Hause! Für solche Brut ist kein Platz hier. Geh mir aus den Augen, elender Kerl! Du bist mein Sohn nicht mehr, du hast mich geschlagen, du bist ein gemeiner Dieb. Nichts habe ich mit dir zu schaffen, hinaus mit dir!‹

Ehe ich nur ein Wort erwidern konnte, sah ich, daß meine Mutter wie leblos zurücksank. Ich achtete auf nichts mehr als auf sie, alles, außer ihr, war mir plötzlich gleichgültig. Ich hob sie empor und trug sie auf ihr Zimmer. Dort legte ich sie auf ihr Bett und rief Christine herbei. Mit ihrer Hilfe brachte ich Mutter wieder zum Bewußtsein. Währenddessen berichtete mir Christine auf meinen Wunsch noch einmal genau, wie sie meinen Bruder in der Nacht gesehen und beobachtet hatte. Auch mir blieb kein Zweifel, daß Kurt das Geld entwendet hatte, um mir bei meinem Vater zu schaden.

Meine Mutter bat mich, als sie sich ein wenig erholt hatte, das Haus zu verlassen. Sie hatte meines Vaters Worte noch gehört und sagte leise:

›Für uns ist kein Platz mehr in Langenfurt, Tommy; ich habe es längst gewußt, daß Kurt nicht eher Ruhe geben wird, bis er uns hinausgetrieben hat. Geh, mein Sohn, fahre zu Tante Grete‹ – so hieß die Schwester meiner Mutter, unsere einzige Verwandte – ›und sage ihr, was hier geschehen ist. Sobald ich mich erholt habe, folge ich dir. Nur gehe jetzt, ich bitte dich! Mir ist angst, daß sonst noch größeres Unheil geschieht.‹

Ich nahm Christine das Versprechen ab, nicht von der Seite meiner Mutter zu weichen. Dann nahm ich zärtlichen Abschied von meiner Mutter.

›Gott mit dir, mein Tommy! vergiß nicht, daß kein Mensch verloren ist, der sich nicht selbst verliert. Deiner Mutter Segen wird immer bei dir sein und doppelt über dich wachen, da dein Vater dich verstoßen hat!‹

So sagte sie zu mir – es waren die letzten Worte, die ich von ihr gehört habe.«

Tommy mußte eine Pause machen. Die Erinnerung an den Abschied von seiner Mutter packte ihn allzu heftig. Er wurde blaß und starrte vor sich hin.

Stumm saßen ihm seine Zuhörer gegenüber, aber Frau Reginas Hand faßte nach der seinen und drückte sie.

»Armer Junge!« sagte sie leise, in herzlicher Teilnahme.

Er senkte sein Gesicht auf ihre Hand hinab und verharrte so eine Sekunde. Dann hob er den Kopf. Sie sah, wie die Muskeln in seinem Gesicht zuckten.

Dann fuhr er fort:

»Ich verließ Langenfurt, packte schnell das Notwendigste in einen Handkoffer, nur etwas Wäsche und einen Anzug, und begab mich zu meiner Tante. Sie bezog nach dem Tode ihres Gatten eine kleine Pension und lebte bescheiden, aber sorglos in ihrem kleinen Heim.

Meinen Vater hatte ich nicht wiedergesehen; ich ließ ihm durch einen Diener sagen, wenn er mir noch etwas mitzuteilen habe, so möge er mir Nachricht in die Wohnung von Tante Grete senden. Ich erzählte meiner Tante nun, was geschehen war, und sie tröstete mich nach Kräften. Auch sie hätte mir nicht zugetraut, daß ich einen Diebstahl begangen haben könne. Die Unruhe um meine Mutter wurde immer größer, und am nächsten Morgen bat ich meine Tante, sie möge nach Langenfurt hinausfahren und nach meiner Mutter sehen.

Tante Grete machte sich auch, von meiner Unruhe angesteckt, auf den Weg. Sie war kaum fort, als ein Bote aus Langenfurt kam und mir von meinem Vater einen Brief brachte. Diesen Brief will ich Ihnen zu lesen geben – ich trage ihn immer bei mir.«

Mit bebenden Händen öffnete Tommy noch einmal den Lederbeutel auf seiner Brust und entnahm seiner Brieftasche einen Brief. Er lautete:

»An Thomas Reiner! Deine Mutter ist diese Nacht gestorben, sie ist einem Herzschlag erlegen, nachdem ich gestern abend noch eine kurze Unterredung mit ihr gehabt habe. Ich will mich nicht ganz freisprechen von der Schuld an diesem traurigen Ereignis – ich habe sehr bereut, sie geschlagen zu haben, und habe ihr das gestern abend abgebeten. Es war das erste Mal, daß ich die Hand gegen Deine Mutter hob, und Du wirst wissen, daß Du allein an alledem die Hauptschuld trägst. Wie Du mich ins Gesicht zu schlagen wagtest, so hast Du auch gewagt, mich zu bestehlen. Daß Deine Mutter in ihrer blinden Liebe zu Dir meinen Sohn Kurt beschuldigte, mir die zweitausend Mark aus meinem Schreibtisch entwendet zu haben, verzeihe ich ihr, verzeihe ihr auch, daß sie ihre Dienerin Christine veranlaßte, falsche Aussagen zu machen, um Dich zu entlasten. Doch dies Komplott war zu durchsichtig für mich. Ihr hättet es Euch sparen können. Du wirst ja ganz genau wissen, wo das Geld geblieben ist, das Du mir entwendet hast. So bist Du durch Deinen Diebstahl auch am Tode Deiner Mutter schuldig geworden. Die Aufregungen haben sie getötet. Da Du Dich auch an mir vergriffen hast, hört jede Gemeinschaft zwischen uns auf, wie ich Dir schon gestern sagte. Sieh zu, wie Du mit den gestohlenen zweitausend Mark weiterkommst. Ich werde Deine Schulden noch bezahlen, und damit Schluß für immer. Ich habe nur einen Sohn, und der heißt Kurt. Dich will ich nie mehr wiedersehen.

Hermann Reiner.«

Die beiden Gatten hatten diesen Brief zusammen gelesen und sahen Tommy Reiner mitleidig an. Es lag etwas in seiner ganzen Art, daß sie ihm jedes Wort glauben mußten. Tommy steckte den Brief wieder fort, als sie ihn ihm zurückgaben. Dann fuhr er in unterdrückter Erregung fort:

»Wie ich die nächsten Tage verbracht habe, weiß ich nicht mehr. Daß mein Vater mich verstoßen hatte, machte in jenen Tagen kaum Eindruck auf mich. Alles ging unter im Schmerz um meine Mutter. Ich empfand es fast als eine Erleichterung, daß ich meinem Vater und meinem Bruder nicht zu begegnen brauchte, denn ich wäre vielleicht nicht Herr über mich geblieben. Daß ich am Tode meiner Mutter schuldlos war, wußte ich, so wie ich lieber gestorben wäre, als daß ich meinem Vater Geld entwendet hätte. Ich habe, seit ich Langenfurt verließ, oft vor der bittersten Not gestanden, habe hungern und darben müssen, aber nie wäre ich auf den Einfall gekommen, mich durch einen Diebstahl vor dem Verhungern zu schützen. Es gibt eben Dinge, die man gemäß seiner Wesensart nicht tun kann, und ich glaube, auch zum Dieb muß man geboren sein.

Tante Grete kam erst am zweiten Tage von Langenfurt zurück, tief erschüttert über den Tod ihrer einzigen Schwester. Trotzdem tat sie alles, was sie tun konnte, um mich zu trösten. Christine begleitete meine Tante; sie war von Kurt plötzlich entlassen worden, weil sie ihn verleumdet hätte. Er hatte ihr für ein Vierteljahr Lohn auszahlen lassen. Meine Tante hat Christine seit jener Zeit bei sich behalten, sie war froh, die alte treue Dienerin, die schon in ihrem Elternhause gedient hatte, bei sich zu haben.

Christine erzählte uns noch, daß sie ihre Herrin nicht verlassen habe – so, wie ich es ihr geboten –, aber dann sei mein Vater gekommen und habe sie hinausgeschickt, weil er mit seiner Frau etwas zu besprechen habe. Er sei kaum eine Viertelstunde bei meiner Mutter gewesen, und als Christine darauf wieder zu meiner Mutter ins Zimmer getreten sei, habe diese in einer tiefen Ohnmacht gelegen. Sie habe furchtbare Atemnot gehabt und sei dann in der Nacht gestorben, ohne noch ein Wort zu sprechen.

Christine hatte meinen Vater geweckt, als sie sah, daß meine Mutter tot war, und hatte ihm davon Mitteilung gemacht. Mein Vater ist sehr bleich geworden und ist mit ihr gegangen, und als später alles im Hause wach geworden war, sei Herr Kurt gekommen, habe den Vater fortgeführt und dabei zu ihm gesagt: ›Wie die Dinge liegen, ist es das beste so.‹ Eine halbe Stunde später hat Kurt Christine rufen lassen und ihr mitgeteilt, daß sie entlassen sei. Darauf hat Christine gesagt: ›Lassen Sie mich nur noch meine Herrin aufbahren, das soll kein anderer tun, niemand als ich soll sie anrühren.‹ Und als meine Tante kam, hat sie Christine schon dabei gefunden, wie sie meiner toten Mutter den letzten Liebesdienst erwies.

Meine Tante sagte mir weiter, Christine habe von meiner Mutter einen Brillantanhänger erhalten, um ihn zu Gelde zu machen, damit die Mutter mir das Geld geben könnte, um meine Schulden zu bezahlen. Sie hatte nicht genügend Barmittel zur Verfügung gehabt, und den Vater hatte sie selbstverständlich nicht darum bitten wollen. Meine Tante hatte Christine geheißen, den Anhänger meinem Vater zurückzugeben und ihm zu sagen, wie sie dazu gekommen sei; denn da meine Mutter als ganz armes Mädchen nach Langenfurt gekommen war, stammte all ihr Schmuck und was sie sonst besaß, von meinem Vater.

Als meine Mutter am dritten Tage beerdigt wurde, war ich mit Tante Grete auf dem Friedhof. Dort stand ich meinem

Vater und meinem Bruder zum letzten Male gegenüber – wir haben kein Wort gewechselt.

Als wir von der Beerdigung in das Heim meiner Tante zurückkehrten, beratschlagten wir, was ich nun wohl beginnen könne. Daß ich mein Studium nicht fortsetzen konnte, war mir klar, denn ich war absolut mittellos. Auch waren die Aussichten für einen Landwirt ohne Mittel nicht sehr günstig. Meine Tante hatte nur wenig Geld von ihrer Pension sparen können. Diese fünfzehnhundert Mark stellte sie mir gern zur Verfügung. Sie erzählte mir, daß ein Vetter ihres verstorbenen Gatten als junger Mann auch ganz mittellos nach Afrika ausgewandert sei und dort sein Glück gemacht habe. Er besitze dort eine große Farm und habe ihr unlängst geschrieben, daß es ihm sehr gut gehe und daß es ihm nur an einem tüchtigen Verwalter fehle; er würde sonst sehr gern einmal wieder nach Deutschland kommen.

Ich weiß nicht, wie mir darauf plötzlich der Gedanke kam, nach Afrika zu gehen. Mir erschien es leichter, nötigenfalls im Auslande zu hungern als daheim, wo ich immer an gefüllten Fleischtöpfen gesessen hatte. Und so war ich schnell entschlossen, nach Südwestafrika zu gehen und mich an den Vetter meines verstorbenen Onkels zu wenden. Ein Paar kräftige Arme konnte dieser sicherlich brauchen, und arbeiten wollte ich, ganz gleich, welcher Art die Arbeit war. Ich wollte sogleich abreisen und von Swakopmund aus erst an den Vetter meines Onkels schreiben. Seine Farm befand sich eine Tagereise weiter ins Land hinein.

Nach einem herzlichen Abschied von meiner Tante reiste ich dann nach Hamburg. Da ich mit meinen fünfzehnhundert Mark keine großen Sprünge machen konnte, reiste ich im Zwischendeck. Sie dürfen nicht vergessen, daß ich, trotz allem Bösen, das ich daheim erfahren hatte, doch stets in sehr guten, fast luxuriösen Verhältnissen gelebt hatte. Jetzt reiste ich auf die billigste Art in ein fremdes Land, in eine ungewisse Zukunft hinein. Ich hatte weiter kein Gepäck als den Handkoffer, den ich von zu Hause mitgenommen hatte, und darinnen einen Anzug, ein Paar Stiefel und etwas Wäsche. Sonst besaß ich nur das, was ich auf dem Leibe trug.

In Hamburg verkaufte ich noch meine goldene Uhr und einen Siegelring. Das waren die einzigen Wertstücke, die ich noch besaß. Ich erhielt vierhundert Mark für beides. So besaß ich, als ich in Hamburg an Bord ging, noch zwölfhundert Mark, denn die Seereise kostete über fünfhundert Mark, und die Reise nach Hamburg hatte ich doch auch bezahlen müssen. Statt der goldenen Uhr kaufte ich mir eine billige, denn eine Uhr mußte ich haben.

Mit zwölfhundert Mark traf ich vor zwei Jahren in Swakopmund ein. Ich suchte ein bescheidenes Hotel auf und schrieb von da an den Vetter meines Onkels. Ich bat ihn, mir umgehend Nachricht zu senden, ob er mir auf seiner Farm eine Anstellung geben könne, welcher Art sie auch sei.

Inzwischen versuchte ich in Swakopmund irgendwelche Arbeit zu finden, aber das war sehr schwer. Es war ein Überangebot von Arbeitern vorhanden, und bekam ich doch im Hafen oder sonstwo etwas zu tun, dann wurde es schlecht bezahlt, denn die schwarzen Arbeitskräfte waren viel billiger und anspruchsloser. Mit dem, was ich verdiente, kam ich auch bei den bescheidensten Ansprüchen nicht aus, ich mußte von meinem kleinen Kapital dazunehmen, was mir sehr schwer fiel. Deshalb wartete ich sehnsüchtig auf Nachricht vom Vetter meines Onkels. Endlich, nach einigen Wochen erst, erhielt ich einen Brief. Er war aber nicht von diesem Vetter, sondern – von seiner Witwe. Er war kurz vorher an einer Blutvergiftung gestorben. Seine Witwe teilte mir mit, daß sie die Farm weit unter Preis habe verkaufen müssen, und daß sie mit ihrer Tochter nach Deutschland zurückreisen wolle. Sie könne mir also weder eine Anstellung geben noch sonst irgendwie helfen. Das war ein schwerer Schlag für mich.

Dann habe ich mich zwei Jahre in Südwest herumgeschlagen, ich vegetierte auf eine Weise, die ich Ihnen nicht weiter schildern will. Vor keiner Arbeit habe ich mich gescheut, aber wenn ich auch mal wochenweise Arbeit hatte, so verdiente ich doch nicht so viel, daß ich auf noch so bescheidene Art auskommen konnte. Immer mehr ging von meinen Notgroschen drauf. Es wollte mir nichts glücken. Da hörte ich zufällig von Transvaal, von den Diamantminen und von dem Bau einer großen Autostraße, bei dem immer neue Leute eingestellt würden, und ich faßte den Entschluß, nach Transvaal zu gehen.

Ich hatte inzwischen mein Geld aufgezehrt und mußte also meinen besseren Anzug, den ich wie einen Schatz gehütet hatte, und meinen Handkoffer verkaufen, um Geld in die Hand zu bekommen für die Seereise nach Kapstadt.

Mit meiner Tante Grete war ich in Briefwechsel geblieben, aber ich wollte der guten alten Dame das Herz mit meinen Sorgen nicht schwermachen; ich schrieb ihr, daß der Vetter gestorben wäre und daß ich auf seiner Farm also nicht ankommen könnte, daß ich aber andere Arbeit gefunden habe. Sie möge mir nicht böse sein, wenn ich ihr die fünfzehnhundert Mark vorläufig noch nicht zurückzahlen könne. Sie antwortete mir sehr liebevoll, ich möge mich darum nicht sorgen, sie rechne gar nicht damit, daß ich das Geld zurückerstatte, wünschte mir alles Gute und sprach mir Mut zu. Nun habe ich ihr vor meiner Abreise von Südwest geschrieben, daß ich nach Transvaal ginge, und sie möge weitere Nachrichten zurückhalten, bis ich ihr eine neue Adresse angegeben hätte.

Und nun bin ich hier und will es als ein gutes Omen ansehen, daß ich gleich bei meiner Ankunft gute Menschen fand, die freundlich und hilfsbereit waren. Einmal muß doch das Pech aufhören, das mich bisher verfolgt hat.«

Damit schloß Tommy Reiner aufatmend seine Erzählung. Frau Regina faßte mitleidig seine Hand.

»Nur Mut, Herr Reiner! Der liebe Gott verläßt keinen ehrlichen Menschen, der arbeiten kann und arbeiten will.«

Mit einem verehrungsvollen Blick sah er sie an.

»Mir wollte oft scheinen, gnädige Frau, als habe er mich ganz verlassen. Sie wissen wahrscheinlich nicht, wie einem Menschen zumute ist, der Jahr um Jahr unter dem Druck eines tödlichen Hasses gelebt hat.«

Regina und ihr Gatte sahen sich an mit großen Augen. Sie atmeten tief auf. Dann sagte Werner Kronegg heiser:

»O ja, wir können es Ihnen sehr wohl nachfühlen. Auch uns trieben Haß und Rachgier eines bösen Menschen aus der Heimat. Aber das erzählen wir Ihnen vielleicht später einmal. Sagen Sie uns nur – haben Sie nie mehr etwas von Ihrem Vater gehört? Sein Verhalten erscheint uns so wenig väterlich Ihnen gegenüber, daß man doch annehmen müßte, er hätte es später bereut.«

Mit einem bitteren Lächeln schüttelte Tommy den Kopf.

»Nie hat mein Vater wieder ein Wort an mich gerichtet. Meine Tante schrieb mir, sie komme nie mehr mit ihm zusammen, aber sie habe gehört, daß er noch immer gemeinsam mit Kurt auf Langenfurt hause.

Nur ein einziges Mal, etwa ein halbes Jahr nach meiner Abreise, hat Tante meinen Vater zufällig getroffen, und da hat sie ihm erzählt, daß ich in Südwest sei, um mir dort eine Existenz zu gründen. Sie hatte gehofft, daß er inzwischen mir gegenüber milder gestimmt sein könne, aber er hat nur gesagt: ›Das tut dem Bürschchen sehr gut, daß er den Ernst des Lebens kennenlernt. Es ist ihm bisher zu gut ergangen. Nun mag er die Früchte seines Betragens ernten. Für mich existiert er jedenfalls nicht mehr.‹ – Darauf hat meine Tante ihn gefragt, ob er ganz vergessen habe, daß er mein Vater sei, aber er habe sie nur mit einem seltsamen Blick angesehen, habe dann die Schultern gezuckt und sei ohne ein weiteres Wort davongegangen. Meine Tante hat ihm noch nachgerufen, wenn er sich wieder einmal darauf besinne, daß auch ich sein Fleisch und Blut sei, dann möge er zu ihr kommen, sie werde ihm dann meine Adresse sagen. Das hat Tante aus ihrem guten Herzen heraus getan, mir zuliebe, aber sie hätte es sich sparen können.

Aber – nun will ich Sie nicht länger mit meinen Angelegenheiten belästigen. Es ist auch schon spät, und Ihr kleines Töchterchen ist eingeschlafen; ich werde es auf Ihr Zimmer hinauftragen.«

Werner reichte ihm die Hand.

»Vor kurzem bin auch ich von Haß und Rachgier eines Mannes so weit getrieben worden, daß ich mit meiner Familie mittellos dem Nichts gegenüberstand. Ein Freund verschaffte mit eine gute Anstellung in Transvaal. Ich bin bei der Firma Vandervelde, Körner & Co., die, wie Sie wohl wissen, die große Autostraße baut, auf zehn Jahre als Oberingenieur verpflichtet worden. Und wie mir Hilfe in der Not wurde, so werde ich versuchen, auch Ihnen zu helfen. Meine Frau bat für Sie, sie sagte mir: ›Laß es eine gute Tat sein, was wir zuerst auf fremder Erde tun, das wird uns Segen bringen.‹ Nun, irgendwie werde ich Ihnen voranhelfen können, ich muß nur erst selbst sehen, wie mein Wirkungskreis beschaffen ist. Vorläufig gehen Sie mal mit uns nach Transvaal, und damit Sie sich nichts schenken lassen müssen, engagiere ich Sie als Diener für alles. Irgendeinen dienstbaren Geist müssen wir an Ort und Stelle haben, und warum sollen Sie nicht dieser Diener sein? Ich verspreche Ihnen, mich, so gut ich kann, für Sie zu verwenden, wenn wir erst an Ort und Stelle sind. Und damit Sie wissen, mit wem Sie es zu tun haben: Ich bin Doktor Kronegg.«

Tommy sprang mit einem Satz empor. Sie sahen, wie er gegen seine aufsteigende Weichheit kämpfte. Blaß und rot wurde er abwechselnd. Er ergriff Reginas Hand und preßte seine Lippen darauf.

»Sie hat mir meine Mutter in den Weg geschickt, ich weiß es! Dank, innigsten Dank, daß Sie für mich gebeten haben, verehrte gnädige Frau! Wenn mir der liebe Gott nur dazu helfen mag, daß ich Ihnen eines Tages vergelten kann, was Sie an mir tun.«

Und sich zu Werner wendend, faßte er auch dessen Hand.

»Ich will nicht viele Worte machen, Herr Doktor. Alle meine Worte wären doch zu arm, Ihnen meine Dankbarkeit auszudrücken. Welche Art Arbeit Sie auch für mich haben, ich werde froh und zufrieden sein.«

»Nun, ich hoffe, daß ich Sie in nicht zu langer Zeit Ihren Kenntnissen und Fähigkeiten entsprechend beschäftigen kann. In einem so großen Betrieb, wie der ist, in dem ich angestellt bin, wird sich ja auch für einen halbfertigen Studenten der Landwirtschaft ein Posten finden. Kräftig und gesund sind Sie, und auf den Kopf sind Sie auch nicht gefallen. Es wird schon gutgehen, nur Mut!«

»Kraft habe ich, und arbeiten will ich, wenn man mir nur Arbeit gibt«, sagte er mit einem befreiten Atemzug.

Ursula, die im Arm ihrer Mutter eingeschlafen war, schrak auf und sah in sein lachendes Gesicht.

»Ach, Onkel Tommy, nun lachst du wieder, das ist gut. Es gefiel mir gar nicht, daß du so traurig warst, und da bin ich, glaube ich, eingeschlafen.«

»Ja, kleine Ursula, ganz fest hast du geschlafen und es nicht gemerkt, daß inzwischen die Elfenkönigin bei Tom dem Reimer war.«

Sie sah ihn fragend, ein wenig verschlafen an.

»Die Elfenkönigin? Saß sie auf einem weißen Roß?«

»Das erzähle ich dir ein andermal. Ich fahre nämlich mit euch nach Transvaal – deine lieben Eltern erlauben mir, mit euch zu gehen.«

Ursula lachte ihn verschlafen an.

»Das ist fein, Onkel Tommy, ich mag dich gern leiden. Aber ich bin so müde – ich möchte zu Bett gehen, Mutti.«

»Ich trage dich hinauf, Ursula, damit du mit deinen müden Beinchen nicht mehr die Treppe hinaufzulaufen brauchst.«

Und er hob sie empor und trug sie hinauf. Dann fragte er Frau Regina, ob er noch etwas tun könne. Sie schüttelte lächelnd den Kopf.

»Heute nicht mehr. Morgen sehen wir uns Kapstadt an, dann begleiten Sie uns. Gute Nacht, Tommy Reiner. Kopf hoch!«

Wieder küßte er ihr die Hand.

»Gute Nacht, gnädige Frau, gute Nacht, Herr Doktor. Nochmals tausend Dank! Ich kann noch nicht zu Bett gehen, ich muß erst noch eine Weile im Freien herumstreifen und mein Glück genießen.«

Damit entfernte er sich.

Er lief ganz planlos in der fremden Stadt umher, weiter und weiter, sah mit hellen, frohen Augen um sich und atmete in tiefen Zügen die frische Luft ein. Es hatte sich nach Dunkelwerden schnell abgekühlt. Der Himmel spannte sich in leuchtender Klarheit über der Stadt. Millionen Sterne funkelten. Er dachte an Frau Regina, an ihr schönes, gütiges Gesicht, das einen so tiefen Eindruck auf ihn gemacht hatte.

»Du bist die Himmelskönigin,
Du bist von dieser Erde nicht!«

So sang er leise vor sich hin. Und dann lachte er glücklich. Ihr Diener sein, immer in ihrer Nähe sein dürfen – in der Nähe dieser wunderschönen, gütigen Frau mit den hellleuchtenden Grauaugen.

So froh und glücklich war Tommy Reiner lange nicht gewesen, vielleicht noch nie in seinem Leben.

Auch an die kleine Ursula dachte er mit Entzücken, und für Werner Kronegg empfand er eine große Verehrung und Hochachtung. Er fühlte, diesem Mann konnte man vertrauen. Wie schön war es, daß er Menschen gefunden hatte, die ihm das einsame Herz wärmten! So verlassen war er noch heute morgen gewesen, und nun gab es drei Menschen, die lieb und gut zu ihm waren.

»Mutter, liebe Mutter, gelt, du hast mir diese Menschen in den Weg geschickt? So liebe, gute Augen hat Frau Regina, wie du sie hattest, Mutter. Eine wundervolle Frau! Und ein wertvoller Mann! Und dazu das kleine Urselchen! Dank, meine liebe Mutter, Dank dir! Nun bin ich doch nicht mehr allein.«

So sagte er verträumt vor sich hin, ganz aufgelöst vor Glück – weil er ein paar liebe, gute Menschen gefunden hatte.

Erst nach einigen Stunden kehrte er ins Hotel zurück,

warf sich in sein Bett und streckte sich wohlig aus. Der Duft des reinen Linnen war ein seltener Genuß für ihn. Er hatte schlimme Schlafstellen kennengelernt in den letzten zwei Jahren.

4

Am nächsten Morgen erwartete er seine neuen Gebieter unten im Vorraum des Hotels. Obwohl es ziemlich kühl war, hatte er wieder seinen abgetragenen Rock beiseite gelassen, da er annehmen durfte, daß er mit Kroneggs frühstücken würde. Als sie bald darauf herunterkamen, sprang ihm Ursula lachend entgegen.

»Oh, Onkel Tommy, wie gut, daß du da bist, ich glaubte, ich hätte nur von dir geträumt!«

Er faßte behutsam ihr Händchen, das sie ihm reichte.

»Guten Morgen, Ursula. Hast du gut geschlafen die erste Nacht im fremden Lande?«

Sie sah fragend zu ihm auf.

»Ist dies das fremde Land?«

»Ja, Ursula.«

Jetzt trat Frau Regina heran und begrüßte ihn mit freundlichem Lächeln.

»Ich habe Ihnen einen Wettermantel und einen Rock meines Mannes auf Ihr Zimmer legen lassen, Tommy Reiner; er kann beides gut entbehren, und der Rock wird Ihnen passen. Gestern abend war es sehr kühl geworden, und ich sorgte mich, daß Sie sich erkälten könnten. Das darf nicht sein. Ihre Gesundheit ist das einzige Vermögen, das Sie besitzen.«

Wunderlich weich war Tommy ums Herz bei ihren Worten und unter ihrem gütigen Blick.

»Ich könnte losheulen wie ein Schuljunge, gnädige Frau, weil sich ein Mensch um mich sorgt. Das bin ich so gar nicht mehr gewöhnt. Ich danke Ihnen.«

Sie lächelte, wie nur Regina Kronegg lächeln konnte, so voll Güte und Verständnis.

»Daran werden Sie sich nun wieder gewöhnen müssen; da Sie jetzt zu uns gehören, müssen Sie sich auch gefallen lassen, daß ich mich um Ihr Wohlergehen kümmere, so gut es geht, Herr Reiner.«

Er sah sie bittend an.

»Bitte, nennen Sie mich einfach Tommy; einen Diener tituliert man nicht mit Herr.«

Sie lachte ein wenig und sah ihren Mann an, der ebenfalls herangetreten war und ihr nun zunickte.

»Nun gut, wir werden Sie Tommy nennen, mein Mann und ich – nicht, weil wir einen Diener in Ihnen sehen, sondern weil Sie nun unser Schützling sind.«

Ach, wie war dem armen Tommy so himmlisch wohl zumute! Er glaubte jetzt wieder an sein Glück; es hatte ihn zu diesen liebenswerten Menschen geführt. Nun konnte es ihm gewiß nicht mehr schlechtgehen. Und alle Verehrung für Frau Regina und ihren Gatten, die er doch nicht in Worte fassen konnte, ließ er auf die kleine Ursula ausströmen, deren getreuer Ritter er von diesem Tag an wurde. Es war reizend, wie selbstverständlich sich Ursula das gefallen ließ, und wie sie es ihm durch eine Zuneigung vergalt, die von Tag zu Tag größer werden sollte. Onkel Tommy sollte bald einen festen Platz neben Vater und Mutter in ihrem kleinen Herzen einnehmen. –

Nach dem Frühstück brach man auf, um die Stadt zu besichtigen. Tommy sah jetzt in einem Rock von Werner, der ihm wie angegossen paßte, sehr anständig aus. Seine kraftvolle, schlanke Gestalt, der elastische Gang und die freie Haltung des Kopfes gaben ihm etwas Vornehmes, trotz der schlichten Kleidung.

Kapstadt mit seinen soliden Steinhäusern und den regelmäßigen Straßen unterschied sich im Grunde wenig von europäischen Städten. Nur sah man viele schwarze Gesichter auf der Straße. Ursula staunte gewaltig über die schwarzen Menschen. Daß manche davon halb nackt herumliefen, störte sie nicht; sie meinte naiv, der liebe Gott habe den Schwarzen wohl gleich dunkle Kleider auf die Haut gemalt.

Sehr interessant war sonst der Rundgang durch die Stadt nicht, sie hatte so wenig Fremdartiges. Man besichtigte die Universität und ging ein Stündchen in dem städtischen Park spazieren. Unterwegs wurde eine Erfrischung eingenommen.

Für Tommy war es ein wundervolles Gefühl der Zusammengehörigkeit, daß er so selbstverständlich überall dabeisein durfte. Er kam sich nicht mehr einsam und verlassen vor und hatte das Gefühl, daß nun alles für ihn besser werden würde.

Am Abend saß er wieder mit Frau Regina und ihrem Gatten zusammen. Sie plauderten nun schon wie gute Freunde, und Kroneggs erzählten Tommy mancherlei aus ihrer Vergangenheit.

Sie gingen an diesem Abend bald zur Ruhe, da sie am nächsten Morgen sehr zeitig aufbrechen mußten.

Sie fuhren über Kimberley nach Pretoria. Im Gegensatz zu der kahlen, öden Gegend um die Diamantminen wurde das

Land weiter nordöstlich landschaftlich sehr schön. Man kam in die Nähe der Drakensberge, die mit Recht die Schweiz von Südafrika genannt werden. Es ging durch das Basutoland, das im Osten und im Norden von den Drakensbergen begrenzt wird. Bergriesen, über dreitausend Meter hoch, stiegen empor. Die höchsten Felsen, Zacken und Spitzen waren mit Schnee bedeckt.

Dann ging es auf der Hochebene weiter, auf der Pretoria liegt, mehr als dreizehnhundert Meter über dem Meeresspiegel.

Als die Reisenden in Pretoria ankamen, staunten sie über den sehr zivilisierten Eindruck, den auch diese Stadt, die Hauptstadt von Transvaal, auf sie machte. Doktor Kronegg suchte mit seiner Familie und dem unermüdlich dienstbeflissenen Tommy ein Hotel auf. Gleich von hier aus meldete er der Firma Vandervelde, Körner & Co. seine Ankunft und wurde gebeten, sich am nächsten Vormittag vorzustellen und sich bei Herrn Körner melden zu lassen. –

Seine Frau und seine Tochter unter Tommys Schutz zurücklassend, machte sich Werner am nächsten Vormittag auf den Weg.

Er wurde von Justus Körner sehr freundlich empfangen. Dieser sah forschend an Werners imponierender Gestalt empor, die die seine nahezu um Haupteslänge überragte. Fast eine Stunde unterhielt er sich mit ihm, besprach alles Nötige mit ihm, und sein Gesicht sah immer zufriedener aus, je länger er sich mit Werner unterhielt. Es wollte ihm schon in dieser Stunde gewiß erscheinen, daß seine Firma mit dem Engagement Werner Kroneggs einen guten Griff gemacht habe. Selbstverständlich erkundigte sich der alte Herr eingehend nach seinem Neffen, und Werner konnte ihm die beste Auskunft geben und ihm die Grüße übermitteln, die Heinz Brand ihm für den Onkel aufgetragen hatte.

Endlich fiel es Justus Körner ein, daß Doktor Kronegg seine Frau und sein Töchterchen mitgebracht hatte.

»Sie haben Ihre Familie wohl im Hotel gelassen, Herr Doktor?«

»So ist es, Herr Körner.«

»Nun, wir wollen einmal ganz ruhig über diese Sache sprechen. Ganz offen, Herr Doktor, es wäre mir lieber gewesen, wenn Sie unverheiratet gewesen wären, aber immerhin habe ich lieber eine tüchtige verheiratete Kraft als eine weniger tüchtige, die noch ledig ist. Vorläufig liegt Ihr Wirkungskreis auf Hoog Veld. Das ist eine weite Grasebene, auf einem Hochplateau, aus dem die hohen Bergriesen emporstreben. Von hier aus muß die Autostraße teilweise über die Drakensberge geführt werden, die Sie ja auf Ihrer Reise passiert haben. Bis zu diesem Punkt sind wir mit der Straße ohne nennenswerte Schwierigkeiten gekommen, aber nun gilt es, schroffe Abgründe zu überbrücken und gewaltige Felsmassen zu sprengen. Diese schwierigen Arbeiten zu leiten, eignet sich keiner unserer Oberingenieure, Ihnen wird diese Aufgabe zufallen; hoffentlich fühlen Sie sich ihr gewachsen.«

Werners Augen strahlten auf.

»Das ist es, was ich suche, Herr Körner; je schwerer die Aufgabe, um so befriedigender ist es, sie zu lösen.«

»Gut, das gefällt mir. Alle Pläne und Messungen, soweit sie fertig sind, stehen Ihnen zur Verfügung, gewissermaßen als Grundlage, auf der Sie weiter aufbauen können. Die Zeltstadt unserer Arbeiter, deren Führer Sie werden sollen, liegt auf Hoog Veld in der Nähe der Berge, die Sie bezwingen sollen. Das Klima ist dort das gesündeste von ganz

Transvaal, in dieser Beziehung können Sie also für Ihre Familie ganz außer Sorge sein. Es ist beinahe europäisch, vielleicht etwas schroffer im Wechsel der Temperaturen zwischen Tag und Nacht. Sie werden dort manche Pflanze finden, die daheim auch gedeiht. In den Tälern haben wir hier mehr tropische Vegetation, man baut da Zuckerrohr, Zitronen, Orangen, Kaffee und dergleichen an.

Also, das Klima von Hoog Veld wird Ihnen und Ihrer Familie gewiß zusagen – anders aber wird es mit den übrigen Lebensbedingungen sein. Komfort ist so gut wie nicht zu schaffen. Die einzige Vergünstigung, die ich Ihnen gewähren kann, ist, daß ich Ihnen am Eingang der Zeltstadt ein kleines Holzhäuschen zur Verfügung stelle. Es enthält nur ein Wohnzimmer, ein Schlafzimmer und eine Küche. Aber eine Veranda ist vorhanden, und hier werden sich Ihre Frau und Ihr Töchterchen wohl in der Hauptsache aufhalten. Die Einrichtung ist allerdings sehr primitiv, ich konnte nur das Nötigste zur Stelle schaffen. Das alles ist eine Ausnahmevergünstigung, die ich Ihnen nur zubilligen konnte, weil mein Neffe mir auf die Seele gebunden hat, es möglich zu machen, Sie nicht von Ihrer Familie zu trennen und dafür zu sorgen, daß Ihre Angehörigen den Wechsel zwischen Zivilisation und Wildnis nicht gar zu schwer empfinden. Deshalb habe ich getan, was ich konnte. Primitiv genug wird der Aufenthalt für Ihre Familie immerhin noch sein, da Sie an europäische Verhältnisse gewöhnt sind.«

»Ich bin Ihnen sehr dankbar für Ihre Bemühungen, Herr Körner, aber ich bin gewiß, daß meine Frau sich in alles fügen wird, und meine Tochter wird bei der Fülle aller neuen Eindrücke gar nicht dazu kommen, etwas zu vermissen. Wenn wir nur beisammenbleiben können! Ein schützendes

Dach über meiner Familie ist ein Komfort, mit dem wir kaum gerechnet hatten, und wir werden ihn um so dankbarer empfinden. Meine Frau würde auch mit einem Zelt zufrieden gewesen sein.«

»Nun, dazu wird es vermutlich auch noch kommen. Wenn wir mit dem Straßenbau erst weiter nach Norden vorrücken, werden Sie in noch unwirtlichere Gegenden kommen, in denen Sie sich doch mit einem Zelt begnügen werden müssen. Aber bis dahin hat sich Ihre Familie wohl schon an das Nomadenleben gewöhnt. Nun aber noch ein Punkt – wie wird es mit dem Schulunterricht Ihrer Tochter werden? Ich halte es für das beste, wenn Sie sie in eine der Farmerschulen schicken; es sind solche vorhanden.«

»Das wird nicht nötig sein. Meine Frau ist geprüfte Lehrerin und wird unsere Tochter selbst in allen Fächern unterrichten.«

»Oh, das erleichtert die Angelegenheit, dann sind Sie diese Sorge los. Als, mein lieber Herr Doktor, jetzt werde ich Sie erst einmal meinen beiden Kompagnons, Mijnheer Vandervelde und Mister Dudleigh, vorstellen. Ich hoffe, daß Sie auf die beiden Herren denselben günstigen Eindruck machen werden wie auf mich.«

Werner verneigte sich dankend.

Bald darauf stand er mit Justus Körner vor dessen beiden Kompagnons. Er bemerkte sofort, daß zwischen den drei Herren das beste Einvernehmen herrschte.

Während Justus Körner sehr energisch, zielbewußt und von raschen Entschlüssen war, zeigte Mijnheer Vandervelde trotz großer Beständigkeit ein gewisses Phlegma, und Mister Dudleigh besaß einen trockenen Humor und große Zähigkeit in der Verfolgung eines Zieles. So ergänzten sich die drei Kompagnons in der glücklichsten Weise. Vandervelde war ein Hüne von Gestalt, Körner hatte einen gedrungenen Wuchs, und Dudleigh war groß und hager und nie ohne seine Shagpfeife zu sehen.

Werner machte auch auf die beiden anderen Herren einen sehr günstigen Eindruck. Sie fühlten ihm vorsichtig erst ein wenig auf den Zahn, verstrickten ihn in ein Kreuzfeuer von allen möglichen Fragen und stellten auf diese Weise ein richtiges kleines Examen mit ihm an. Er bestand dieses Examen tadellos und ließ sich durch nichts verblüffen, und Justus Körners Gesicht wurde immer strahlender, während Vandervelde behaglich schmunzelte und Dudleigh befriedigt an seiner Shagpfeife sog.

Um seine Frau und Tochter bekümmerten sich die beiden nicht, das war Körners Privatressort.

Die Herren ließen nun die Karten und Pläne über den Straßenbau bringen und vertieften sich mit Werner darin. Sie zeigten ihm, welche Schwierigkeiten überwunden werden mußten, wie weit man gekommen war, und wo von der Hauptstraße kleinere Nebenstraßen abbiegen sollten. Werners Gesicht zeigte angespannteste Aufmerksamkeit und gesammelte Energie. Er verblüffte die Herren durch verschiedene Einwände und durch kühne Vorschläge, die seine Genialität durchblicken ließen.

Die drei Kompagnons sahen sich an und schmunzelten. Körner aber strahlte immer mehr. Ja, die deutschen Ingenieure! Er hatte es ja immer gewußt, daß hier ein Deutscher her mußte.

»Na?« fragte er die beiden Kompagnons.

Vandervelde nickte zufrieden, und Dudleigh stieß ein all right! zwischen den Zähnen und der Shagpfeife hervor. Und dann schmunzelten sie wieder alle drei. Sie wußten nun, das war ihr Mann.

Sie händigten Werner die Pläne und Karten aus und besprachen noch allerlei mit ihm.

Werner erfuhr, daß ihn am andern Tag ein Angestellter der Firma mit seiner Familie an seinen Bestimmungsort auf Hoog Veld bringen würde.

»Die Zeit ist knapp, mein lieber Herr Doktor, und wir haben schon schmerzlich auf Sie gewartet. Unsere anderen Oberingenieure arbeiten unten in den Tälern und kommen Ihnen mit der Zeit entgegen. Ihnen haben wir die schwierigsten Aufgaben stellen müssen. Sie werden uns hoffentlich in jeder Hinsicht zufriedenstellen. Wie ist es, fühlen Sie sich der Ihnen gestellten Aufgabe nach Einsicht der Pläne gewachsen?« fragte Körner.

Werner richtete sich auf und reckte sich in den Schultern. Seine Augen leuchteten. Klar und zuversichtlich sah er die Herren an.

»Ich glaube, daß ich Sie zufriedenstellen kann, meine Herren. Was habe ich für Menschen unter den Arbeitern?«

»Die kühnsten und verwegensten Kerle haben wir für Sie ausgesucht – aber – es sind wohl auch die schwierigsten. Es kommt alles darauf an, daß Sie sich gleich zu Anfang den nötigen Respekt verschaffen. Es ist ein zusammengewürfeltes Volk. Es sind alle Rassen vertreten. Montags müssen Sie ein Auge zudrücken, denn über Sonntag suchen die meisten die nächsten Städte auf. In der Zeltstadt fehlt es an Alkohol und Weibern. Das genießen sie dann an den Sonntagen, und montags sind sie dann nicht so ganz auf der Höhe. Da muß man ein wenig nachsichtig sein.«

Werner lächelte.

»Das ist bei uns daheim auch nicht viel anders.«

»Gut, gut; mir scheint, Sie werden schon mit ihnen fertig

werden. Außer an den Montagen aber müssen Sie strenge Zucht halten.«

»Streng, aber gerecht, meine Herren, damit kommt man immer am weitesten.«

»Richtig! In der Mehrzahl sind es eingeborene Basutos und Betschuanen. Auch einige Asiaten sind darunter. Die Weißen sind in der Minderzahl; diese Leute bekommen wir nicht in solchen Mengen, wie wir sie brauchen. Am schwersten ist es, intelligente, gebildete Weiße in den Betrieb zu bekommen, und da haben wir immer unsere Not. Die Ingenieure, die unter Ihrer speziellen Leitung arbeiten sollen, sind drei Engländer, zwei Buren, ein Schweizer und ein Deutscher, alle tüchtig, aber noch sehr jung. Auch die werden Sie gelegentlich in Schach halten müssen. Auch da heißt es: imponieren! Wir haben schon vorgearbeitet, haben Wunderdinge über Sie im Lager verbreiten lassen. Es ist sehr gut, wenn Sie gewissermaßen gleich von Anfang an ein Nimbus umgibt. Das hilft da viel.«

Werner mußte ein wenig lachen.

»Ich danke Ihnen für Ihre Fürsorge, meine Herren, doch hoffe ich, auch ohnedies mit den Leuten fertig zu werden. Ich habe immer gefunden, daß man in dieser Beziehung am meisten durch ein gutes Beispiel wirkt.«

Körner klopfte ihm auf die Schulter.

»Bravo, Herr Doktor! Das ist auch meine Meinung.«

Werner glaubte nun, für Tommy Reiner etwas tun zu können.

»Sie sprachen davon, daß es schwer hält, intelligente, gebildete Weiße hierherzubekommen?«

»Ganz recht. So fehlt uns sehr notwendig ein junger Mann, der Ihnen helfen kann, die Lohntabellen zu führen und Ihnen sonst allerlei Arbeiten abzunehmen, die Sie zuviel Zeit kosten.«

Werners Augen strahlten auf.

»Da kann ich vielleicht Rat schaffen. Es ist von Kapstadt aus ein junger Deutscher mit mir hierhergekommen, der Arbeit sucht, ganz gleich welcher Art. Er hat das Abitur glänzend bestanden und hat einige Semester auf der landwirtschaftlichen Hochschule studiert. Familienverhältnisse waren schuld, daß er sein Studium nicht hat beenden können. Er ist dann nach Südwest gegangen, um sich eine Existenz zu gründen, was ihm aber nicht gelungen ist. Nun wollte er es in Transvaal versuchen. Er ist ein sehr intelligenter, energischer Mensch, sechsundzwanzig Jahre alt, gesund, arbeitswillig und anstellig. Er wird sich zweifelsohne gut verwenden lassen.«

Die Herren nickten beifällig.

»Gut, gut! Wird angenommen, zumal auf Ihre Empfehlung. Stellen Sie ihn an, wie und wo Sie ihn brauchen können, an Arbeit wird es nicht fehlen. Er kann dann morgen gleich mit nach Hoog Veld fahren. Setzen Sie ihm ein Viertel von dem Gehalt aus, das Sie selber beziehen; unsere Ingenieure bekommen ein Drittel«, sagte Vandervelde.

Dudleigh nahm die Shagpfeife aus dem Mund.

»Damit das Kind einen Namen hat, stellen wir den jungen Mann offiziell als Doktor Kroneggs Sekretär an. Er wird allerlei schriftliche Arbeiten für Sie zu erledigen haben, Doktor. Sie werden ihn gut gebrauchen können.«

Werner freute sich, als sei ihm selbst etwas Gutes geschehen.

»Das wird eine große Freude für den jungen Mann sein. Wann darf er kommen und sich Ihnen vorstellen?«

»Eine Vorstellung ist nicht nötig, unsere Zeit ist knapp. Ihre Empfehlung gilt. Wir schicken morgen früh mit unserem Angestellten die schriftliche Bestätigung seines Engagements als Sekretär. Gelegentlich kommen wir zum Lager, dann können Sie ihn uns vorstellen«, sagte Justus Körner.

Mister Dudleigh brummte sein: All right!, und Vandervelde nickte zufrieden.

Dann zogen sich Vandervelde und Dudleigh nach einem Händedruck zurück, und Justus Körner blieb mit Werner allein. Er erkundigte sich noch etwas näher nach Tommy und war sichtlich zufrieden, daß wieder ein Deutscher mehr im Betrieb angestellt war. Werner berichtete, was er sagen durfte, ohne Tommys Vertrauen zu verletzen. Die beiden Herren besprachen noch verschiedenes, und Justus Körner stellte in Aussicht, in nächster Zeit ins Lager zu kommen, um zu sehen, wie Werner sich zurechtfand.

»Dann stellen Sie mir diesen Thomas Reiner vor, und dann werde ich ja auch Ihre Frau und Ihre Tochter kennenlernen. Vorläufig werden Sie also ein leidlich annehmbares Heim für Ihre Familie haben, und da Sie an dieser Stelle mindestens ein Jahr zu tun haben, wenn nicht länger, ehe die Zeltstadt wieder verlegt werden muß, wird sich ja alles einrichten lassen. Ich lasse Sie morgen in meinem Wagen zum Lager fahren. Ihr Gepäck kann dann mit einem Lastauto befördert werden. Das wird unser Angestellter alles besorgen. Sie werden stundenlang fahren müssen und bei dieser Gelegenheit gleich merken, wie nötig eine Autostraße ist. Und jetzt muß ich Sie verabschieden, Doktor, ich muß zu einer Konferenz ins Regierungsgebäude. Die Herren von der Regierung darf man auch hier nicht warten lassen.«

Er verabschiedete sich von Werner.

Regina hatte voll Unruhe die Rückkehr ihres Mannes erwartet. Immer wieder trat sie an das Fenster ihres Hotelzimmers und spähte hinaus.

Hinter ihr saß Tommy mit Ursula am Tisch und schnitt ihr aus Zeitungspapier tanzende Püppchen, die Ursula viel Spaß machten. Jedes dieser Püppchen mußte selbstverständlich einen Namen haben, und das kostete viel Kopfzerbrechen. Aber Tommy wußte auch da immer wieder Rat. Ab und zu sah er verstohlen zu Frau Regina hinüber. Er wußte nun schon genug von ihr und ihrem Gatten, um begreifen zu können, wie besorgt sie dessen Rückkehr entgegensah.

Aber endlich – endlich kündete ihm ein erlöster Seufzer Frau Reginas, daß Werner in Sicht war. Da wurde auch Tommy das Herz wieder leichter.

Als Werner gleich darauf ins Zimmer trat, wollte sich Tommy zurückziehen, um nicht zu stören. Werner hielt ihn aber lachend am Arm fest.

»Hiergeblieben, Tommy! Auch mit Ihnen habe ich zu reden.«

Er berichtete seiner Frau zunächst, daß sie ein Holzhäuschen bewohnen würden.

»Es ist zwar sehr klein, enthält nur Wohn- und Schlafzimmer und eine kleine Küche, aber es ist doch ein festes Haus und kein Zelt.«

Regina fiel ihrem Manne glückstrahlend um den Hals.

»Ein festes Haus und kein Zelt! Oh, Werner, wie froh bin ich darüber!«

Werner berichtete nun, daß man schon am nächsten Morgen zum Lager aufbrechen würde, und was sonst noch von Wichtigkeit war. Dann sagte er lächelnd:

»Du wirst dich aber ohne Tommy als Mädchen für alles behelfen müssen, Regi. Herr Körner hat mir gesagt, du würdest zwei aus dem nächsten Eingeborenendorfe stammende Basutofrauen zur Bedienung vorfinden. Tommy müssen wir leider aus unseren Diensten entlassen.«

Da wurde Tommy sehr blaß, aber er brachte kein Wort hervor, wagte auch nicht zu fragen, was nun aus ihm werden solle. Er glaubte, der schöne Traum, in Gemeinschaft mit Menschen leben zu können, die ihm so schnell lieb geworden waren, sei ausgeträumt.

Statt seiner fragte Frau Regina, mitleidig zu Tommy hinübersehend:

»Und Tommy? Was soll aus Tommy werden?«

Werner wandte sich Tommy zu, und er sah, daß in seinem Gesicht die Muskeln vor unterdrückter Erregung zuckten, und daß ein bitteres, stummes Weh in seinen Augen lag. Lachend faßte er ihn bei beiden Schultern und schüttelte ihn ein wenig.

»Tommy? Der geht mit uns – als mein Sekretär!«

Entgeistert sah Tommy ihn an. »Als was?« fragte er fassungslos.

»Als mein Sekretär – oder als mein Adjutant, wie Sie es nennen wollen. Man kann bei der Firma Vandervelde, Körner & Co. intelligente junge Deutsche mit guter Schulbildung, wenn sie fleißig und leistungsfähig sind, gut gebrauchen, und für Ihre Qualitäten habe ich mich verbürgt. Sie sollen offiziell als mein Sekretär angestellt werden, müssen unter anderem die Lohntabellen führen und allerlei schriftliche Arbeiten erledigen. Ich will schon dafür sorgen, daß Sie der Firma nützen und Ihr Geld verdienen. Denn Sie bekommen ein sehr anständiges Gehalt.«

Und er nannte Tommy die Höhe seiner monatlichen Bezüge. Es war mehr, viel mehr, als Tommy im ganzen letzten Jahr verdient hatte.

Tommy hatte wie gelähmt dagesessen, hatte nur mit großen, ungläubigen Augen in Werners Gesicht gestarrt. Dann wich die Blässe aus seinem Gesicht, er bekam einen puterroten Kopf, und plötzlich sprang er auf, ohne ein Wort zu sagen, und lief aus dem Zimmer.

Verdutzt sah ihm Werner nach.

»Was ist denn mit ihm?«

Lachend faßte Frau Regina seine Hand, während ihre Augen feucht blinkten.

»Ach, Werner, merkst du denn nicht, daß ihm das Wasser aus den Augen schoß? Er muß erst seine Fassung wiedererlangen, die Freude hat ihn umgeworfen.«

Werner lachte. »Wie du ihn schon kennst, Regi! Ihr Frauen habt das wirklich besser heraus als wir Männer. Aber er ist wirklich ein prachtvoller Bursche, und ich freue mich, daß ich mich so erfolgreich für ihn verwenden konnte.«

Regina nickte.

»Es freut mich ebenfalls von Herzen, Werner. Ich gestehe ganz offen, dieser junge Mensch hat mir viel Sympathie abgenötigt. Mir ist, als gehöre er schon ganz zu uns. Und wie herrlich, mein Werner, daß du, der bisher so abhängig war von einem kleinlichen, rachgierigen Menschen, nun hier Schicksal spielen kannst für einen Menschen, der auch unter Haß und Neid zu leiden hatte. Ist dir das nicht ein Hochgefühl?«

Er zog sie an sich.

»Ja, Regi, das ist eine Wohltat für mich. Überhaupt, wie man mir hier entgegenkommt, das läßt mich aufatmen. Ich freue mich, freue mich unbeschreiblich auf meine Arbeit. Es wird nicht leicht sein, aber ich kann doch endlich zeigen, was ich zu leisten vermag. Und gottlob ist es für dich und Ursula nicht gar zu trostlos.«

Und er berichtete nun ausführlich, was er mit Körner und dessen Kompagnons besprochen hatte. Reginas Augen strahlten immer heller. Sie sah ihren geliebten Mann befreit von schwerem Zwang und daß sie sich nicht von Mann und Kind zu trennen brauchte.

»Wie herrlich, Werner, daß wir ein Häuschen haben werden! Wenn es auch noch so klein ist, ich will es uns schon behaglich machen.«

Er strich ihr das Haar aus der Stirn.

»Du wirst freilich die einzige weiße Frau im Lager sein, Regi; nur einige eingeborene Frauen sind noch da, die für die Arbeiter waschen und andere Arbeiten verrichten. Gekocht wird für die Arbeiter und auch für die Ingenieure in einer großen Zeltküche, von einigen Betschuanen, die übrigens vorzüglich kochen sollen. Und zu den eingeborenen Basutos und Betschuanen kommen ihre Frauen aus den nahen Eingeborenendörfern. Die weißen Arbeiter aber verleben ihr Weekend immer in den nächstgelegenen Ortschaften. Da wird es zuweilen sehr bunt zugehen, aber es ist besser, daß sie sich fern vom Lager austoben. Eine große Beruhigung ist es mir, daß auch ein Arzt und einige Sanitäter im Lager stationiert sind.«

Die beiden Gatten besprachen noch mancherlei, als es leise an die Tür klopfte und auf den Hereinruf Tommy wieder ins Zimmer trat. Der blonde Haarschopf war wild zerwühlt, und die Mütze in seiner Hand zerknüllt.

»Verzeihen Sie, Herr Doktor, daß ich so formlos davonstürmte. Aber – Herrgott, ich bin doch so gar nicht gewöhnt, daß es mir gutgeht! Und ich weiß auch, daß ich das alles nur Ihnen zu verdanken habe ... Sie haben ein gutes Wort für mich eingelegt, sonst hätten die Herren gar nicht daran gedacht, mir eine so günstige Stellung anzubieten«, sagte er mit bebender Stimme und noch immer nach Fassung ringend.

Werner legte ihm die Hand auf die Schulter.

»Ich habe gar nicht viel zu sagen brauchen, Tommy; man nimmt, wie gesagt, im Betrieb gern gebildete Weiße. Aber wenn Sie selbst gekommen wären, um nach Arbeit zu fragen, hätten Sie wahrscheinlich Ihr Licht zu sehr unter den Scheffel gestellt. Es wäre Ihnen sicherlich nicht eingefallen, sich auf Ihr Abitur und auf Ihre Studienzeit zu berufen.«

»Nein, das habe ich in all der Zeit nicht getan.«

»Sehen Sie wohl, vielleicht hätten Sie schon in Südwest etwas gefunden, wenn Sie das getan hätten. Nun, jedenfalls freut es mich, daß Sie nun eine Stellung haben.«

Tommy zerdrückte ihm fast die Hand.

»Nie vergesse ich Ihnen das, Herr Doktor! Ich danke Ihnen von ganzem Herzen. Wenn ich das nur einmal wettmachen könnte!«

»Nicht danken, Tommy. Ganz ehrlich, es ist auch etwas Egoismus meinerseits dabei, wenn ich versuche, Sie bei uns festzuhalten. Ich bin froh, daß Sie mit uns gehen, denn so haben meine Frau und Ursula doch einen Beschützer, falls ich einmal nicht zur Stelle bin. Es wird zuweilen wild genug im Lager zugehen, und sollten meine Frau und meine Tochter einmal Schutz brauchen, dann rechne ich auf Sie, Tommy.«

Dieser sah mit einem Blick schrankenloser Ergebenheit auf Frau Regina. Dann nahm er plötzlich Ursula empor, die noch mit den Püppchen aus Zeitungspapier spielte, und preßte sie an sich.

»Keiner soll wagen, Ihrer Frau Gemahlin oder Ihrem Töchterchen ein Haar zu krümmen!«

Das klang nicht pathetisch, ganz schlicht und ernst kam es über seine Lippen. Werner wußte, das war so gut wie ein Schwur.

Tommy setzte Ursula behutsam wieder nieder. Zart und

sanft strich er über ihr blondes Haar. Sie sah lächelnd zu ihm auf.

»Oh, Onkel Tomy, wie sehr hast du mich an dich gedrückt! Es tat ein bißchen weh, aber nur ein ganz klein wenig. Väterchen drückt mich auch zuweilen so toll. Männer müssen das wohl immer tun, weil sie so groß und so stark sind. Wenn Mutti mich umfaßt, drückt sie mich auch ganz fest, aber es ist doch ganz sanft und weich in ihren Armen.«

Tommy lachte gerührt.

»Und in meinen Armen war es nicht so sanft und weich, kleine Ursula?«

»Oh, du hast so harte, feste Arme, und deine Hände sind auch so hart und fest, wie die von Väterchen, da kannst du nicht weicher zufassen. Ihr seid nur so schrecklich stark, da muß man dann ein bißchen Weh aushalten, sonst könnt ihr einen ja gar nicht liebhaben. Es ist auch gar nicht schlimm.«

Die drei Erwachsenen sahen sich gerührt in die Augen. Klein Ursula hatte gar keine Ahnung, wie klug sie gesprochen hatte.

Werner berichtete nun, daß sie morgen früh mit dem Wagen des Herrn Körner abgeholt werden sollten, und daß die Koffer erst mit dem Lastauto nachkommen würden, das die Lebensmittel brachte.

Tommy sah an sich hinunter und blickte Werner unruhig an.

»Na, Tommy, was haben Sie denn noch auf dem Herzen?«

Er wollte nicht mit der Sprache heraus, aber die verständnisvolle Frau Regina ahnte, wo ihn der Schuh drückte.

»Tommy will dich gewiß bitten, Werner, daß du ihm einen kleinen Vorschuß auszahlst. Ich wette, er fühlt sich nicht behaglich in deinem Rock und deinem Wettermantel.

Nun er in Aussicht hat, ein großes Gehalt zu beziehen, möchte er sich auch entsprechend ausstatten, solange er noch hier in Pretoria die Möglichkeit dazu hat. Ich kann ihm auch nachfühlen, daß er als Sekretär ein bißchen netter angezogen sein möchte. Hab' ich's erraten, Tommy?«

Er war rot geworden, sah sie aber mit strahlenden Augen an.

»Sie sind nicht nur eine sehr gütige, sondern auch eine sehr kluge und verständnisvolle Frau. Das war es wirklich, was ich auf dem Herzen hatte.«

Werner lachte.

»Nun, soviel wie Sie brauchen, werde ich wohl noch in meiner Reisekasse haben. Da, Tommy! Das muß aber reichen.«

Er gab Tommy zwei Zehnpfundnoten, also vierhundert Mark.

»O nein, so viel will ich nicht ausgeben.«

»Nun, mir scheint, daß Sie so allerlei brauchen, um auch äußerlich als Gentleman auftreten zu können. Nehmen Sie nur! Einen anständigen Anzug und einen warmen Mantel müssen Sie haben, auch Schuhe und noch etwas Wäsche. Und dann einen praktischen, festen Arbeitsanzug und ein Köfferchen als Ersatz für Ihren ziemlich ramponierten Pappkarton. Ich wette, da bleibt nicht viel von dem Gelde übrig.«

Tommy sah sorgenschwer auf das Geld in seiner Hand und fuhr sich durch den Haarschopf.

»Ich werde handeln, wenn man mir zu hohe Preise abnehmen will«, sagte er entschlossen. »Aber, was ich noch fragen wollte: wie ist es denn in Zukunft mit meiner Adresse?«

»Lassen Sie einfach unter Ihrem Namen an die Firma adressieren. Herr Körner hat mir gesagt, daß die Firma unsere Post immer nachschickt, dahin, wo wir uns aufhalten.«

Wieder ein wenig rot werdend, fragte Tommy:

»Ob ich adressieren lassen darf: Herrn Sekretär Thomas Reiner? Wissen Sie, Herr Doktor, ich möchte gern meiner Tante mitteilen, daß ich hier eine Anstellung als Sekretär gefunden habe. Das klingt doch nach etwas, und die gute Seele wird dann ein wenig beruhigter über mein Schicksal sein. Ich werde ihr auch schreiben, daß ich nun anfange, zurückzulegen, sobald ich meine Schuld bei Ihnen getilgt habe, Herr Doktor, um meiner Tante die fünfzehnhundert Mark zurückzuzahlen.«

Regina und Werner sahen sich gerührt an. Es war bezeichnend für Tommy, daß er jetzt zuerst an die alte Dame dachte und daran, ihr das geliehene Geld zurückzuzahlen.

»Selbstverständlich, Tommy, lassen Sie ruhig adressieren: Herrn Sekretär Thomas Reiner.«

Tommy notierte seine volle Adresse in sein Notizbuch. Das hielt er Ursula lachend unter die Augen:

»Sieh dir das an, Ursula, das bin ich! Kannst du das lesen? So eine gewichtige Persönlichkeit bin ich jetzt: Sekretär der Firma Vandervelde, Körner & Co. Fein sieht das aus, was?«

Ursula buchstabierte langsam die Adresse, dann sagte sie lachend:

»Das bist du gar nicht! Du bist Onkel Tommy und kein Sekretär Thomas Reiner. Thomas klingt überhaupt nicht schön.«

»Siehst du wohl, der Ansicht bin ich auch, deshalb höre ich mich lieber Tommy nennen. Du hörst es doch auch lieber, wenn du Urselchen genannt wirst, statt Ursula.«

»Weißt du denn, was Ursula heißt, Onkel Tommy?«

»Nun?«

»Ursula heißt: die kleine Bärin. Das hat mir Onkel Brand gesagt.«

»Oh, da muß man sich vor dir graulen, wenn du eine kleine Bärin bist«, neckte er.

Ursula begann ein ganz schreckliches Gebrumm, machte große Augen und zog Stirn und Mäulchen finster zusammen. Dann trottete sie in drolliger Schwerfälligkeit auf ihn zu.

Lachend hob er sie empor.

»Meine kleine Bärin, wie sehr machst du mich fürchten«, sagte er weich und zärtlich.

Ihre Eltern sahen lachend zu und freuten sich, daß Tommy und Ursula sich so gut verstanden.

Aber dann setzte Tommy Ursula nieder.

»Jetzt will ich gehen und meine Einkäufe machen.«

»Warten Sie nur noch ein paar Minuten, Tommy, dann gehen wir mit.«

Tommy wartete gern, und nach zehn Minuten machten sie sich alle auf den Weg. Tommys Einkäufe wurden gemeinschaftlich gemacht. Er erstand alles, was er brauchte, und danach blieb ihm nur eine kleine Summe übrig.

Dann kamen sie an einem Geschäft vorüber, in dem allerlei musikalische Instrumente feilgehalten wurden. Tommy und Ursula blieben vor der Auslage stehen und betrachteten die Instrumente. In Tommys Augen blitzte etwas wie Verlangen auf, und als Regina mit ihrem Gatten dazutrat, sagte er tief aufatmend:

»Ob so ein Banjo sehr teuer ist?«

»Spielen Sie denn Banjo, Tommy?«

»Ja, ein Studienfreund hat es mich gelehrt – und wir haben viel zum Banjo gesungen. Und ich dachte mir, im Lager wird es gar keine Gelegenheit zum Musizieren geben. Würden Sie es für sehr leichtsinnig halten, wenn ich mir das Banjo kaufte?«

Frau Regina und ihr Gatte sahen sich lächelnd an.

»Ich würde mich sehr freuen, Tommy, Sie zuweilen zum Banjo singen zu hören«, sagte Regina.

Da war Tommy schon in dem Geschäft drinnen, und nach einer Weile kam er freudestrahlend mit dem erstandenen Banjo wieder heraus.

»Es hat gerade noch gereicht!« jubelte er.

Über das ganze Gesicht strahlend, ging er, in der einen Hand den Handkoffer mit seinen Einkäufen, in der andern das Banjo tragend, neben Regina und ihrem Gatten dahin und sagte lachend:

»Ganz Langenfurt und Hartau, samt der Zuckerfabrik und der Konservenfabrik, hätten mich nicht so glücklich gemacht, wenn ich alles bekommen hätte, wie dieser Koffer mit seinem Inhalt und dieses Banjo dazu.«

Regina fand es rührend, daß Tommy sich klaglos in sein Schicksal gefunden hatte, daß er so unbeschwert an sein verlorenes Erbe dachte. Auch Werner wurde der junge Tommy immer sympathischer.

Vergnügt und zum erstenmal wieder ganz sorglos, schlenderten alle vier durch die Straßen Pretorias und gingen dann langsam wieder zu dem Hotel zurück. Dort versuchte Tommy gleich einmal, wie es sich auf dem Banjo spielte.

Ursula hockte neben ihm und sah ihm zu. Und da sang er ihr allerlei kleine, lustige Liedchen vor. Das klang so nett, daß auch Regina und Werner mit Vergnügen lauschten.

Zuletzt sang Tommy, ganz verträumt vor sich hinsehend:

»Der Reimer Thomas lag am Bach,
Am Kieselbach bei Huntley-Schloß.
Da sah er eine blonde Frau,
Die saß auf einem weißen Roß.

Sie saß auf einem weißen Roß,
Die Mähne war geflochten fein,
Und hell an jeder Flechte hing
Ein silberblankes Glöckelein.
Und Tom der Reimer zog den Hut,
Er fiel aufs Knie, er grüßt und spricht:
»Du bist die Himmelskönigin,
Du bist von dieser Erde nicht.«
Die blonde Frau hält an ihr Roß:
»Ich will dir sagen, wer ich bin,
Ich bin die Himmelsjungfrau nicht,
Ich bin die Elfenkönigin!
Nimm deine Harf' und spiel und sing',
Und laß dein bestes Lied erschall'n –
Doch wenn du meine Lippe küßt,
Bist du mir sieben Jahr verfall'n.«
»Wohl sieben Jahr, o Königin,
Zu dienen dir, es schreckt mich kaum!«
Er küßte sie, sie küßte ihn,
Ein Vogel sang im Eschenbaum.
»Nun bist du mein, nun zieh mit mir,
Nun bist du mein auf sieben Jahr!«
Sie ritten durch den grünen Wald,
Wie glücklich da der Reimer war!
Sie ritten durch den grünen Wald
Bei Vogelsang und Sonnenschein.
Und wenn sie leicht am Zügel zog,
So klangen hell die Glöckelein.«

Leise spielte er noch eine Weile auf dem Banjo. Frau Regina hatte den Schluß der Ballade leise mitgesummt. Ursula klatschte froh in die Hände.

»Schön hast du das gesungen, Onkel Tommy! Mutti kann das Lied auch singen, gelt, Mutti?«

Regina lachte.

»Ja, Urselchen, aber nicht so schön wie Onkel Tommy. Ich glaube, es war ein sehr netter Einfall von Ihnen, Tommy, daß Sie das Banjo erstanden. Nun werden wir im Lager doch zuweilen ein wenig musizieren können.«

Tommy riß sich von seinen Gedanken los.

»Ja, ich freue mich darauf. Und ich werde auch Sie gern zu Ihren Liedern begleiten, gnädige Frau.«

Werner nahm die Hand seiner Frau.

»Es wird mir eine Freude sein, Regi, wenn du das Singen nicht ganz verlernst.«

Tommy sah Regina auffordernd an.

»Wollen Sie gleich probieren, ob ich Sie gut werde begleiten können?«

Sie schüttelte lächelnd den Kopf.

»Ich glaube, es ist jetzt Zeit, das Nachtmahl einzunehmen. Ursula darf nicht so spät zu Bett kommen, und wir anderen auch nicht, da wir morgen früh aufbrechen müssen.«

So trug Tommy sein Banjo in sein Zimmer hinüber, und dann speisten sie zusammen.

Als Kroneggs sich zurückgezogen hatten, schrieb Tommy noch ausführlich an seine Tante Grete. Der Brief sollte heute abend noch aufgegeben werden. Er wußte ja nicht, ob er später so leicht Gelegenheit hatte, Post befördern zu lassen.

Am nächsten Morgen kam Mister Pot, der Angestellte der Firma, der Werner Kronegg mit seiner Familie und Tommy zum Lager bringen sollte. Mister Pot meldete, daß das Auto bereitstehe, und überreichte Tommy das Schreiben der Firma, in dem sein Engagement bestätigt war.

Tommy hätte am liebsten einen Luftsprung gemacht. Dann nahmen alle in dem Auto Platz, das von einem schwarzen Chauffeur gesteuert wurde. Mister Pot setzte sich zu dem Chauffeur. Die Handkoffer, die mitgenommen werden mußten, wurden hinten festgeschnallt, und sein Banjo hielt Tommy vorläufig in der Hand, bis alle untergebracht waren, Regina und Werner im Fond, Tommy und Ursula auf den beiden Klappsitzen. Nachher stellte er das Banjo zwischen sich und Ursula aufrecht gegen die Rückwand.

Die Fahrt war keine reine Freude, trotz der herrlichen landschaftlichen Reize. Die Wege waren wirklich sehr schlecht, und es war hohe Zeit, daß eine Straße angelegt wurde.

Man fuhr immer höher auf das Plateau hinauf. Im Norden sah man zuweilen die Zand Riverberge und Waterberge auftauchen, und den Ostrand der Hochebene schlossen die Drakensberge ab.

Als man schon einige Stunden gefahren war, sah man in der Ferne vereinzelte Bergriesen sich von dem Plateau erheben, den Witwatersrand und die Magaliesberge, die durch ein enges Tal getrennt waren. Wasser floß nach allen Seiten von den Bergen herab.

Immer reizvoller und mannigfaltiger wurde die Gegend, aber auch immer menschenleerer. Schließlich kamen sie in eine ganz jungfräuliche Wildnis, und nach einer fünf Stunden langen Fahrt tauchte endlich in der Ferne die Zeltstadt auf, mitten in der Hochebene, aber nahe einer hohen, steil aufsteigenden Gebirgskette. Auch von diesen Bergen floß nach allen Seiten Wasser herab, und so war für das Lager immer genügend Trinkwasser und Waschwasser vorhanden.

Die Berge waren, wie Werner bekannt war, aus Granit

und kristallinischem Schiefer gebildet, er wußte auch, daß es ein schwieriges Material war, das er durch Sprengungen zu bewältigen hatte und über das hinweg er kühne Brücken bauen sollte. Aber Schwierigkeiten, die er kannte, waren für ihn schon keine mehr. Er war ganz unverzagt und freute sich auf den Kampf mit diesen Bergriesen.

Die Sonne stand jetzt hoch am Himmel, es war warm, aber nicht unerträglich. Und nun kamen sie an die Zeltstadt heran.

Es war wirklich eine kleine Stadt für sich. Hunderte von grauen Zelten waren in markierten Reihen aufgebaut, von Straßen durchzogen. Am nächsten an die Berge heran standen die großen Zeltkantinen, Vorratszelte und ein großes Zelt, in dem die Ingenieure die Pläne zeichneten. Dicht daneben standen vier größere Zelte für die Ingenieure, in denen diese immer zu zweit wohnten. Rechts davon, etwas abseits vom Lager, ziemlich nahe an dem Fuß eines hohen Berges und gleichsam in dessen Schutz, befand sich ein Holzhäuschen. Es hatte richtige Fenster und Türen und eine Veranda neben der Eingangstür. Das war das Wohnhaus für Doktor Kronegg und seine Familie.

Reginas Blicke flogen über die große Zeltstadt hinweg, und ihr Herz krampfte sich zusammen in einem unerklärlichen Angstgefühl.

Aber das war schnell überwunden. Wie im Gebet sah sie zu den Bergen empor und fühlte sich wieder mutiger. Ihr ganzes Fühlen und Denken war eine heiße, innige Bitte an das Schicksal, daß ihr und ihren Lieben hier ein friedliches Leben beschert sein möge.

Es war gerade Mittagspause, und das während der Arbeitszeit wie ausgestorben daliegende Zeltlager war jetzt von Hunderten von abenteuerlichen Gestalten belebt.

Als die Autohupe ertönte, drängte alles nach der Seite, von der das Auto kam. Neugierige Gesichter in allen Farben wurden sichtbar. Und nun bemerkten die Ankommenden, daß sich eine Gruppe junger Männer von den Zelten löste und zum Holzhaus hinüberschritt. Sie steckten alle in kurzen Beinkleidern, hohen Stiefeln und grauen Hemden, deren Kragen weit offen waren. Auf den Köpfen trugen sie breite Schutzhüte. Das waren die sieben Ingenieure, die unter Werners Leitung arbeiten sollten.

Als das Auto vor dem Holzhaus vorfuhr, standen die Ingenieure vor dem Eingang und nahmen, als sie Regina erblickten, sofort die Hüte ab. Von dem Lager herüber wurde das alles neugierig beobachtet. Von dem neuen Oberingenieur waren Wunderdinge erzählt worden, und alle sahen ihm mit gespanntem Interesse entgegen.

Werner hatte sich im Wagen erhoben. Seine Augen blickten musternd über die Ingenieure hinweg. Elastisch sprang er aus dem Wagen, half seiner Frau beim Aussteigen, während Tommy Klein Ursula heraushob, und trat dann zu den sieben Herren heran.

Der eine von ihnen trat einige Schritte vor.

»Gestatten Sie mir, Herr Oberingenieur, Sie, zugleich im Namen meiner Kollegen, willkommen zu heißen. Ich erlaube mir, Ihnen die Herren vorzustellen. Ich bin Hans Harland, ein Deutscher, dies ist Doktor Bendheim, ein Schweizer, dies die Doktoren Mister Brown, Mister Colman, Mister Howart, alle drei Engländer, und dies die Doktoren Mijnheer Vaughan und Mijnheer Swaart, Buren.«

Werner schüttelte allen die Hände und begrüßte sie mit einigen freundlichen Worten. Die beiden Buren fragte er, ob sie Englisch sprechen könnten, und sie erwiderten, daß sie

Englisch und Deutsch vollständig beherrschten. Von den Engländern sprach jedoch nur einer Deutsch, und so sagte Werner ruhig und bestimmt:

»So werden wir untereinander die englische Sprache als Umgangssprache wählen, da wir sie alle verstehen. Ist es Ihnen recht?«

Sie waren alle einverstanden.

In englischer Sprache, die er vollkommen beherrschte, stellte Werner den Herren seine Frau und seine kleine Tochter vor. Die jungen Ingenieure blickten bewundernd auf die schöne weiße Frau und ihr reizendes Töchterchen, das sie freundlich anlachte. Alle machten eine tadellose Verbeugung.

Regina begrüßte sie, ebenfalls in englischer Sprache, mit einigen freundlichen Worten und bat sie, ihr zu helfen, daß sie sich in den neuen Verhältnissen zurechtfinden könnte. Das versprachen sie alle mit Begeisterung, so daß Tommy gleich ein wenig eifersüchtig wurde. Er stand im Hintergrund neben Ursula und hielt sein Banjo umklammert.

Werner stellte nun Tommy den Herren vor.

»Dies ist Tommy Reiner, mein Sekretär, den mir die Firma zur Hilfe und Unterstützung beigegeben hat. Er ist deutscher Student, hat an der Landwirtschaftlichen Hochschule studiert, konnte aber sein Studium nicht beenden, weil es ihm seine Verhältnisse nicht erlaubten. Er ist in jeder Beziehung ein Gentleman, und ich hoffe, die Herren werden ihn als guten Kollegen betrachten.«

Tommys Hand wurde von den Ingenieuren geschüttelt. Er lachte sie an, zeigte dabei seine prachtvollen weißen Zähne und ließ seine treuherzigen Blauaugen strahlen. Da hatte er gleich gewonnenes Spiel. Man sprach ihn auf sein Banjo an, er erfuhr, daß im Lager noch eine Laute und eine Ziehharmonika existierten, das seien die einzigen Musikinstrumente, außer einem Grammophon, das den Arbeitern gehöre und das einen schauderhaften Ton habe.

Mister Brown war der Inhaber der Laute und bis jetzt der einzige Ingenieur, der ein Zelt allein bewohnte. Nun sollte er es mit Tommy teilen, und man würde das Zelt das Musikzelt nennen. Doktor Bendheim versicherte, daß er wunderschön auf dem Kamm blasen könne, und so stünde der Bildung eines Orchesters nichts im Wege.

»Ich plädiere für ein Kabarett!« meinte Mijnheer Vaughan. »Wir anderen können singen und deklamieren.«

Tommy nickte. »Machen wir!« sagte er lakonisch.

Mister Brown schüttelte ihm nun noch einmal die Hand.

»Auf gute Zeltkameradschaft!«

»All right!« sagte Tommy.

Die Ingenieure verabschiedeten sich nun, sie wollten Tommy in sein Zelt begleiten und dann mit ihm in die Kantine zum Essen gehen.

»Onkel Tommy, du kommst aber wieder!« rief Ursula bittend.

Er nickte ihr zu.

»Gleich nachher, Ursula!«

Sie sah ihm nach, bis er in seinem Zelt verschwunden war; es stand nicht weit entfernt. Darüber war sie froh. Sie hatte ihr kleines Herz an Tommy gehängt und wollte ihn nicht verlieren.

Doktor Kronegg ging nun mit Frau und Tochter auf das Haus zu. Sie sahen, daß aus dem Schornstein eine leichte Rauchwolke emporstieg, und jetzt erschien auf der Veranda eine junge Basutofrau mit einem ganz angenehmen, intelligenten Gesicht. Sie war in ein dunkelblaues Leinenkleid von einfachstem Schnitt gehüllt.

»Das Essen ist bereit, Mistreß«, sagte sie in englischer Sprache.

Regina sah angenehm überrascht in das schwarze, lachende Gesicht, aus dem die weißen Zähne herausblitzten.

»Sie sprechen englisch?«

»Yes, Mistreß.«

»Wie heißen Sie?«

»Waramba, Mistreß.«

Jetzt trat Mister Pot heran.

»Reden Sie Waramba mit du an, sie sind es gewöhnt. Waramba und Darina sind junge Basutofrauen, die als Mädchen schon in Pretoria in englischen Häusern gedient haben. Sie sollen Ihnen im Haushalt zur Hand gehen, das hat Mister Körner so bestimmt. Ihre Männer sind als Arbeiter beim Straßenbau angestellt und wohnen drüben in der Zeltstadt in der Abteilung für Schwarze. Sie dürfen nicht mit den Weißen zusammenwohnen, essen auch in einer Extrakantine. Sie sind im nächsten Eingeborenendorfe beheimatet und freuen sich, daß sie bei Ihnen arbeiten können, denn sie verdienen sich gern etwas. Nachts finden sie Unterschlupf in dem Zelte, wo ihre Männer wohnen und wo noch einige Basutofrauen mithausen, die hier im Lager für die Mannschaft waschen. Sie können ganz über Waramba und Darina verfügen, brauchen sie aber nicht zu verpflegen, sie gehen zum Essen in die Kantinen, wo ihre Männer essen. Mister Körner hat angeordnet, sie sollten heute für Sie ein Mahl bereithalten; wie Sie es später mit Ihrer Küche halten wollen, können Sie selbst bestimmen. Sie bekommen drüben in der Kantine alle Lebensmittel, und zwar zu sehr billigen Preisen, weil die Firma alles im großen einkauft und es ohne Preisaufschlag abgibt. Haben Sie jetzt noch Befehle für mich?«

Regina und Werner verneinten.

»Dann gehe ich jetzt mit dem Chauffeur auch zum Essen in die Kantine. Nach dem Essen, ehe wir wieder nach Pretoria zurückfahren, werde ich nochmals nachfragen, ob Sie noch Aufträge für mich haben.«

»Bitte, bestellen Sie nur Herrn Körner meinen ergebensten Dank für seine Fürsorge; ich hoffe, ihn noch persönlich abstatten zu dürfen«, sagte Regina.

Mister Pot verneigte sich und ging mit dem Chauffeur davon.

Sie gingen in die Kantine, wo die Weißen auf primitiven Bänken vor großen, ebenso primitiven Tafeln saßen, während in dem anderen Kantinenzelt die Schwarzen nach ihrer Gewohnheit mit ihren Eßnäpfen auf dem Boden hockten. – Werner begab sich nun mit Frau und Tochter in das Häuschen. Von der Veranda aus betraten sie einen kleinen Vorraum, aus dem je eine Tür in das Wohnzimmer und die Küche führte. In das Schlafzimmer konnte man nur durch das Wohnzimmer gelangen.

Aus der Küche lugte ein schwarzer Frauenkopf, der alle weißen Zähne zeigte.

»Das ist Darina, Mistreß«, sagte Waramba. »Sie hat noch in der Küche zu tun. Sie hat in Pretoria für eine englische Familie gekocht und versteht das sehr gut.«

»Und du, Waramba? Warst du nicht auch in Pretoria in einem englischen Haushalt?«

»Ja, Mistreß, aber ich hatte nichts mit der Küche zu tun. Ich soll hier die Zimmer sauberhalten und Mistreß sonst zur Hand gehen. Darf Waramba jetzt das Essen auftragen, Mistreß?«

»Noch fünf Minuten, Waramba, wir wollen uns wenigstens erst die Hände waschen. Wo ist Wasser?«

Waramba führte sie durch das Wohnzimmer in das Schlafzimmer. Hier standen zwei weißemaillierte Metallbetten, vollständig ausgestattet mit leinenüberzogenen Decken und Kissen, und davor ein ebenso ausgestattetes Kinderbett, das nach Belieben verlängert werden konnte. Neben den Betten stand ein freilich sehr kleiner Waschtisch mit Waschgeschirr. Daneben zwei große Eimer, der eine leer, der andere, wie der Waschkrug, mit Wasser gefüllt. Auf einem kleinen, ganz roh zusammengezimmerten Tischchen stand auf einem Tablett eine große Wasserflasche mit drei Gläsern. An der Wand waren zwei große Schränke, einer für Kleider, der andere für Wäsche. Vor jedem Bett befand sich ein Sesselchen aus Bambusgeflecht und über dem Waschtisch ein Spiegel. Das war die gesamte Ausstattung des Schlafzimmers. Auf dem roh gezimmerten Fußboden lag eine Kokosmatte. Die zwei kleinen Fenster waren nur mit einem Rouleau aus Strohgeflecht versehen. Gardinen fehlten.

Regina warf einen schnellen Blick um sich und benutzte dann als erste das Waschgeschirr. Sie probierte das Wasser in der Wasserflasche, es war kühl, frisch und quellklar. Es mundete vorzüglich. Dies Wasser wurde direkt vom Bergquell geholt. Schnell hatte sie sich und Ursula erfrischt, und nun leerte sie die Waschschüssel in den leeren Eimer und füllte sie aus dem Krug von neuem für ihren Mann.

Als auch er fertig war, gingen alle drei in das Wohnzimmer hinüber. Sie hatten noch kein Wort miteinander gesprochen; selbst Ursulas Plaudermund war in der fremden Umgebung verstummt.

Im Wohnzimmer stand in der Mitte auf einer bunten Kokosmatte ein schlichter, rechteckiger Tisch, auf dem ein grobes, anscheinend ganz neues Tischtuch lag. Einfache Teller und Bestecke für drei Personen luden zur Benutzung ein. Vier Bambussessel umgaben den Tisch. An der einen Wand stand eine grobgezimmerte, braungebeizte Anrichte, in der Regina einiges Geschirr, Gläser und Tassen entdeckte. An der andern Wand hatte ein einfacher Diwan Platz gefunden. Regina freute sich, daß sich eine sehr hübsche selbstgearbeitete Diwandecke in ihrem Koffer befand, die sie nicht hatte zurücklassen wollen. Wie gut, daß sie sie mitgenommen hatte!

Über dem Tisch hing eine Petroleumlampe, auf der Anrichte standen einige Kerzenleuchter, und unter den beiden Fenstern hatte eine lange Bank Platz gefunden. Darunter könnte man die Koffer verstauen, dachte Regina. Auch hier im Wohnzimmer hingen keine Gardinen an den Fenstern, und Regina war froh, daß sie in ihrem großen Gepäck auch Gardinen, allerlei gestickte Decken und Kissen und genügend Haus- und Leibwäsche mitführte.

Werner sah sie unruhig fragend an.

»Das ist allerdings alles sehr primitiv, Regi«, sagte er mit rauher Stimme.

Sie lachte ihn tapfer an.

»Aber, Werner, was willst du noch mehr? Ich finde alles über Erwarten komfortabel. Warte nur, wenn erst unsere Koffer da sind, dann soll alles bald ein anderes Aussehen bekommen. Laß nur erst Gardinen an den Fenstern hängen. Schnell werde ich mit Kissen und Decken Behagen schaffen. Zum Glück habe ich so allerlei eingepackt, was mir hier herrlich zustatten kommt. Auch unsere silbernen Eßbestecke werden uns nicht fehlen und vieles andere, womit wir hier alles verschönern können. Und dann sieh hier aus dem Fenster, Werner – dies herrliche Gebirgspanorama! Da hat uns der liebe Gott so viel Schönheit aufgebaut, daß wir uns ohne weiteres wohl fühlen müssen. Gelt, Urselchen, wir beide wollen es uns schon in dieser Sommerfrische behaglich machen? Weißt du, damals an der Ostsee, in dem Fischerdörfchen, da war es auch nicht viel komfortabler, und wie glücklich haben wir uns da gefühlt!«

So sprach sie sich selbst und ihrem Gatten Mut zu. Er zog sie in seine Arme und küßte sie.

»Meine tapfere Regina! Ich weiß, du wirst trotzdem viel entbehren müssen.«

Sie sah ihn mit strahlenden Augen an. »Nichts, was mir unersetzlich wäre, mein Werner; ich habe dich und das Kind.«

»Und Onkel Tommy auch!« sagte Ursula strahlend.

Vater und Mutter mußten lachen.

»Selbstverständlich, Onkel Tommy auch, der gehört ja jetzt zu uns, gelt, Urselchen?« sagte der Vater.

Ursula nickte ganz ernsthaft.

»Ja, er gehört zu uns und soll nie wieder von uns gehen, Väterchen. Ich hab' ihn doch lieb, beinahe so lieb wie dich und Mutti. Habt ihr ihn nicht auch lieb?«

»Doch, Urselchen.«

Jetzt brachte Waramba eine Schüssel mit Gemüse und einen Teller mit Fleisch, dazu eine Speise, die eine Art Mehlklöße vorstellen sollte. Es schmeckte nicht schlecht, aber doch nicht so, wie sie es gewöhnt waren.

Werner machte ein etwas klägliches Gesicht, und Regina mußte lachen.

»Nur keine Angst, Werner, von morgen an koche ich selbst«, sagte sie, nun wirklich schon ganz heiter.

Er sah sie erleichtert an.

»Willst du dir wirklich die Mühe machen?«

Sie lachte. »Aber, Werner, habe ich nicht gekocht, solange wir verheiratet sind? Weshalb soll das auf einmal anders werden? Ich werde ja ohnedies hier wie eine Prinzessin leben; mit zwei Dienstboten! Wenn ich da nicht mal kochen soll, weiß ich ja gar nicht, was ich den ganzen Tag über tun soll.«

Nach Tisch ging sie in die Küche hinaus und sah befriedigt, daß wenigstens alle notwendigen Geräte vorhanden waren. Es war ein sehr kleiner Raum. Ein eiserner Herd stand darinnen, der mit Holz geheizt wurde. Außerdem ein Tisch, ein Schrank, und an der Wand ein Topfbrett.

Gleich nach Tisch begab sich Werner mit den Ingenieuren zur Arbeitsstätte. Auch Tommy war in seiner Begleitung. Man hatte ungefähr eine Viertelstunde zu gehen, bis man zur Stelle war.

Werner hatte sich gestern und auch heute auf der Fahrt in die Pläne vertieft und war nun leidlich im Bilde. Es gelang ihm, seine Ingenieure durch einige treffsichere Bemerkungen zu verblüffen. Ruhig und bestimmt übernahm er sofort die Leitung. Er ordnete an, was zu tun sei, prüfte das Gestein und sah eine Weile den Arbeitern zu.

Es waren wilde, verwegene Gesellen. Halb neugierig, halb erwartungsvoll blickten sie zu ihm auf.

Werner sah, daß eine Gruppe dieser Arbeiter, die das herabgefallene Gestein zerkleinern sollte, das zu Schotter verwendet werden sollte, dabei sehr umständlich und durchaus nicht rationell zu Werke ging. Er trat heran, nahm ruhig einem der Leute das Werkzeug aus der Hand und zeigte ihnen, wie ganz anders der Meißel angesetzt werden mußte.

»Probiert es so, das kostet die halbe Kraft und schafft doppelt«, sagte er.

Die Arbeiter sahen ihm verblüfft zu, versuchten dann, wie er es ihnen gezeigt hatte, und staunten; es ging wirklich viel leichter.

Daß Werner mit scharfen Augen erkannt hatte, wie das Gestein geformt war, und daß es so am besten zerkleinert werden konnte, erschien diesen Menschen wie ein Wunder, und Werner hatte ihnen gleich gewaltig imponiert.

Bei einer anderen Gruppe, die Erde aufwarf, zeigte er einem der Männer, daß er eine ganz falsche Haltung hatte, die leicht müde machte und ebenfalls zuviel Kraft verbrauchte.

»Stemmen Sie den linken Fuß fest in die Erde, und fassen Sie den Spaten weiter unten an, Sie sollen sehen, wieviel leichter und müheloser das geht.«

Er hatte ja in seiner früheren Stellung Gelegenheit genug gehabt, die Arbeiter zu beobachten, und hatte ihnen viele solcher kleiner Kunstgriffe abgelauscht. Das kam ihm nun zustatten.

So ging es weiter. Seinen scharfen Augen entging nichts. Und Werner bekam schon an diesem ersten Tage nicht nur die Arbeiter, sondern auch die Ingenieure in seine Hand. Außerdem merkten die Arbeiter bald, daß Werner auch ein Herz für den Geringsten unter ihnen hatte und daß er streng, aber gerecht war. Arbeiter und Ingenieure spürten vom ersten Tage an, daß er zu ihrem Führer alle Fähigkeiten besaß, und das war vorläufig einmal die Hauptsache.–

Nach diesem Rundgang begab er sich mit den Ingenieuren und Tommy in das große Arbeitszelt, in dem Zeichentafeln aufgestellt waren, Karten und Pläne an den Wänden hingen und allerlei Gesteinsproben herumlagen. Die Pläne wurden aufgelegt und besprochen. Werner gab den Ingenieuren Anweisungen.

Tommy war voll Bewunderung für Werner. Hatte er ihm schon bisher voll Hochachtung und Vertrauen gegenübergestanden, so bewunderte er nun sein Talent, so vielen Menschen bei seinem so schwierigen Werke ein Führer zu sein.

Und diese Bewunderung sollte von Tag zu Tag größer werden.

Werner forderte jetzt die Lohntabellen, die bisher einmal von diesem, ein andermal von jenem geführt worden waren. Auf den ersten Blick erkannte er, daß sie schlecht in Ordnung waren.

»Da müssen Sie einen andern Zug hineinbringen, Tommy. Damit können Sie gleich beginnen. Ich denke, Sie finden sich da schnell zurecht, als Landwirt mußten Sie doch auch für viele Arbeiter Lohntabellen führen.«

Tommy stand stramm, seine Blauaugen strahlten.

»Ja, Herr Doktor, das kann ich, und das will ich schnell in Ordnung bringen.«

»Gut, Sie setzen sich dann mit den Kolonnenführern in Verbindung, geben am Wochenschluß jedem den Lohn für seine Kolonne und rechnen mit ihnen ab. Bitte, meine Herren, rufen Sie mir doch einmal die Kolonnenführer zusammen, ich möchte sie mir ansehen und einige Worte mit ihnen sprechen.«

Das geschah, und gleich darauf stand eine Schar von Männern vor dem Arbeitszelt. Es waren zum Teil prachtvolle Gestalten, malerisch in ihrer Verwilderung. Es waren jedenfalls die intelligentesten unter den Leuten. Werner hielt eine kurze Ansprache, sagte ihnen, daß er strenge Disziplin halten werde, daß aber jeder zu seinem Rechte kommen solle. Wenn sie irgendwelche Wünsche oder Beschwerden haben sollten, möchten sie sich immer direkt an ihn wenden. Dann stellte er ihnen Tommy als seinen Sekretär vor, der die Lohnangelegenheiten mit ihnen regeln werde.

So gab es für Tommy gleich Arbeit, und er war froh darüber. Auch mit dem Kantinenwirt sollte er abrechnen und die Lieferung der Lebensmittel überwachen.

Werner fragte die Kolonnenführer, ob die Arbeiter bisher gut verpflegt worden seien, und einer von ihnen antwortete, man sei im ganzen zufrieden, nur fehle es an frischem Fleisch. Die Lastautos kämen wöchentlich nur einmal, um Lebensmittel zu bringen, und so bekomme man höchstens an zwei Tagen frisches Fleisch, die übrigen Tage Gepökeltes oder Geräuchertes.

Werner meinte, daß darin wohl kaum Abhilfe geschaffen werden könne. Tommy hatte das mit angehört, und in seinen Augen erschien ein nachdenklicher Zug. Er sagte aber nichts, ließ sich nur allerlei durch den Kopf gehen. Schließlich hatte er sich gründlich über die vorhandenen Vorräte an Konserven und Kolonialwaren informiert, hatte sich mit dem Kantinenwirt und den Köchen, die für die Arbeiter kochten, eingehend unterhalten und kam nun nach Ablauf der ersten Woche zu Werner.

»Herr Doktor, ich möchte einmal etwas mit Ihnen besprechen«, sagte er.

Es war der neunte Tag, seit sie im Lager waren, und zwar ein Sonnabend, nach Feierabend. Tommy wurde nach Feierabend fast täglich im Hause des Oberingenieurs erwartet. Er beschäftigte sich dann ein Stündchen mir Ursula, schnitzte ihr Spielzeug, fertigte für Frau Regina allerlei Geräte an, die sie brauchte, und war darin sehr erfinderisch. Auch musizierte er allein oder mit Frau Regina und lehrte auch Ursula allerlei Lieder, die sie zur Begleitung des Banjo singen mußte. Werner saß dann schmunzelnd dabei und freute sich mit seiner Familie an dem angenehmen, immer vergnügten und hilfsbereiten Gesellschafter.

Werner sah ihn lächelnd an.

»Nun, Tommy, was haben Sie denn wieder auf dem Herzen? Sie machen ein so schlaues Gesicht, daß ich annehme,

Sie möchten mir wieder irgendeine praktische Neuerung für das Lager vorschlagen.«

Tommy lachte.

»Diesmal ist es, glaube ich, wirklich eine praktische Neuerung. Sie wissen doch, Herr Doktor, daß die Leute so wenig frisches Fleisch bekommen.«

»Ja, Tommy, das weiß ich, leider aber kann ich da keine Abhilfe schaffen. Meine Familie und ich müssen ja auch fünf Tage in der Woche gepökeltes oder geräuchertes Fleisch essen, und wenn wir weiter vorwärtsdringen, werden wir noch seltener frisches Fleisch bekommen.«

»Dafür will ich eben Abhilfe scharfen, Herr Doktor.«

Erstaunt sah Werner ihn an.

»Sie sind ja ein großer Praktikus, Tommy, aber wie Sie das zuwege bringen wollen, da doch die Lastautos nicht öfter kommen können, möchte ich wissen.«

»Das eben wollte ich Ihnen einmal vortragen. Wenn wir wollen, können wir jeden Tag frisches Fleisch haben, und die Lastautos brauchen in Zukunft nur alle drei bis vier Wochen zu kommen. Nun habe ich mir die Sache mit der Fleischbelieferung durch den Kopf gehen lassen und habe meine Beobachtungen angestellt. Ich verstehe mich auf Viehzucht. Es gibt hier in den Küchen so viele Abfälle, daß wir davon gut eine Anzahl Schweine großfüttern könnten. Auch für Hühner ist der Abfall ein vortreffliches Futter. Wenn wir also statt des geschlachteten Viehes lebendes hierherschaffen ließen, könnten wir eine richtige Viehzucht anlegen. Ich würde das gern mit einigen Basutofrauen besorgen, die ich mir anlernen würde. Dann könnten wir täglich frisches Fleisch haben, weil wir nur nach Bedarf zu schlachten brauchten. Das junge Vieh, das wir hier mästen würden, ist viel billiger als schlachtreifes. Auch Rinder können wir hier halten, die weite Grasebene gibt das schönste Futter. Das Klima ist hier oben so, daß das Vieh immer im Freien sein kann. Raubtiere gibt es nicht, und man brauchte nur eine Art Viehkral durch einige Barrieren abzugrenzen, alles Kleinigkeiten. Wir hätten dann frische Eier, frische Milch und Sahne und könnten auch selber buttern. Das lohnte sich doch für so viele Menschen. Und alle würden sich freuen, immer frisches Fleisch zu bekommen und würden gepökeltes und geräuchertes ab und zu als Delikatesse ansehen.«

Werner hatte interessiert zugehört. Nun klopfte er Tommy auf die Schulter.

»Sie sind ja ein Genie, Tommy! Das leuchtet mir alles ein. Aber ich will da nicht vorgreifen. Denken Sie sich das mal noch ein bißchen gründlicher aus, und dann reden Sie selbst mit Herrn Körner, der in der kommenden Woche hierherkommen will. Es sollte mich freuen, wenn Ihnen Ihr Plan gelänge. Sie würden sich damit unentbehrlich machen. Ich glaube wirklich, Sie haben da einen famosen Einfall, der Sie außerdem im ganzen Lager noch beliebter machen wird, als Sie es ohnedies schon sind.«

Auch Frau Regina, der man dann den Plan vortrug, fand ihn vortrefflich. Tommy war ganz verlegen, so viel Schmeichelhaftes hörte er bei dieser Gelegenheit.

Werner riet ihm, vorläufig mit niemand darüber zu sprechen, damit er nicht etwa Hoffnungen erwecke, die vielleicht doch nicht erfüllt werden könnten. Denn immerhin mußte erst einmal die Firma eine große Summe anlegen für die Beschaffung des nötigen Viehes, wenn sie sich später auch sehr gut rentieren würde.

Diese Angelegenheit wurde für heute beiseite gelegt; es gab noch so viel Wichtiges zu besprechen und zu tun. Tommy hatte für Ursula ein Tischchen und einen Stuhl gezimmert, damit sie ihre schriftlichen Aufgaben bequem erledigen konnte. Ursulas Jubel und Frau Reginas dankbarer Blick erschienen ihm königlicher Lohn. Was er beiden an den Augen absehen konnte, tat er.

Frau Regina hatte nun schon so viele Verschönerungen in dem kleinen Häuschen angebracht, daß die Zimmer viel behaglicher aussahen. Es sah wirklich alles sehr hübsch und freundlich aus; fleißig und froh schaltete und waltete sie, von Ursula unterstützt, in dem kleinen Hause, das von Waramba und Darina tadellos in Ordnung gehalten wurde. Und sie wirkte auch in dieser Umgebung wie eine Fürstin in der Verbannung. Tommy sah oft voll strahlender Bewunderung auf sie, wenn sie so selbstverständlich alle Arbeiten verrichtete.

5

Justus Körner war zum Lager gekommen, und Werner hatte ihm Tommy vorgestellt. Er hatte ihm berichtet, welche Arbeiten er ihm zugeteilt hatte, und daß er diese zur vollen Zufriedenheit erledigte.

»Er hat Ihnen auch selbst einen Vorschlag zu machen, Herr Körner, aus dem Sie ersehen können, mit welchem Interesse Thomas Reiner bei seiner Arbeit ist und welch einen hellen Kopf er hat«, sagte Werner zu ihm.

Justus Körner hatte daraufhin Tommy eine Weile scharf beobachtet. Die Persönlichkeit dieses frischen, jungen Menschen sagte ihm sehr zu.

»Er mag mir also später seinen Vorschlag unterbreiten;

jetzt will ich erst einmal sehen, wie weit Sie mit den Arbeiten gekommen sind.«

Werner führte ihn hinüber zu dem Berge, wo er in den letzten Tagen Sprengungen vorgenommen hatte. Es war ein beträchtliches Stück Arbeit schon in der kurzen Zeit geleistet worden, und Justus Körner konnte das sehr wohl beurteilen. Er beobachtete auch Werner im Verkehr mit den Leuten und mit den Ingenieuren und merkte mit hoher Befriedigung, daß hier der rechte Mann am rechten Platz stand. Er kargte auch nicht mit dem Ausdruck seiner Zufriedenheit.

Nach der Besichtigung der Arbeitsstätte war es Mittagszeit geworden, und Werner bat seinen Chef, mit ihm das Mittagessen einzunehmen und bei dieser Gelegenheit zu gestatten, daß er ihn mit seiner Frau bekannt mache.

Justus Körner willigte sofort ein. Er war selbst ein wenig gespannt, die von seinem Neffen so sehr gerühmte Frau Regina kennenzulernen.

Regina war darauf vorbereitet, daß ihr Mann Herrn Körner als Gast mitbringen würde, und hatte, wie immer, die Mahlzeit selbst bereitet. Sie hatte auf den schlichten Tisch eines ihrer schönen Damasttischtücher gebreitet, hatte mit Ursula zusammen einen schönen Blumenstrauß gepflückt und ihn in einem einfachen Steintopf ohne Henkel, den sie mit einem roten Band umwunden hatte, auf den Tisch gestellt. Ihre schönen, ererbten Silberbestecke waren aufgelegt, und die Servietten waren zierlich gefaltet. Die einfachen, weißen Teller sahen nicht schlecht aus, und vor allen Dingen war alles blendend sauber.

Justus Körner staunte, welches Wunder diese Frau vollbracht hatte in ihrer bescheidenen Häuslichkeit. Noch mehr staunte er ihre Schönheit an. Wie eine Fürstin sah sie aus, als sie ihn an der Schwelle ihres Hauses begrüßte, obwohl sie nur ein schlichtes weißes Kleid trug, ohne jeden Schmuck. Ihr wundervolles Haar und die herrlichen, dunkelumsäumten Grauaugen, die dem Gast so ruhig und freundlich entgegensahen, frappierten ihn. Wahrhaftig, diese Frau war zu schade, ungewürdigt in einer Wildnis zu verblühen! Und doch schien sie heiter und zufrieden, schien nichts zu vermissen.

Mit ihrer ruhigen Würde bat sie ihn zu Tisch. Ursula erschien, machte ein artiges Knickschen und eroberte Justus Körner ebenso schnell wie ihre schöne Mutter.

Er speiste mit Behagen die einfachen, aber mit viel Liebe und Verständnis bereiteten Gerichte und fragte Regina, ob sie nicht sehr enttäuscht gewesen sei von dieser primitiven Häuslichkeit, die sie allerdings schon bedeutend verschönert habe.

»Ich kann Ihnen nur sagen, Herr Körner, daß ich angenehm enttäuscht war. Wir fühlen uns sehr wohl in diesem kleinen Wigwam, den wir Ihrer Güte verdanken.«

Er wehrte fast verlegen ab.

»Ich habe so wenig tun können.«

»Oh, ich weiß, daß es sehr viel heißt, was Sie getan haben, nun ich die Verhältnisse überblicke. Ich möchte Ihnen so recht von Herzen danken, daß Sie uns dies Heim geschaffen haben.«

»Wird es Ihnen nicht zu langweilig hier sein? Wäre es nicht besser gewesen, Sie wären in einer Stadt geblieben?«

»Langweilig, wo mein Mann und meine Tochter sind? O nein, Herr Körner! Ich werde lieber mit meinem Mann in einem Zelt kampieren, als ohne ihn in einem Palast.«

»Und auch ein Zelt werden Sie ihm zu einem Paradiese machen«, sagte Justus Körner galant.

Frau Regina hatte an ihm einen neuen Bewunderer gefunden.

Er plauderte ein Stündchen angeregt mit der nicht nur schönen, sondern auch klugen und geistvollen Frau und ihrem ebenso klugen Mann, ehe er sich entfernte. Er suchte jetzt mit Werner zusammen das Arbeitszelt auf, in dem Tommy über den Lohntabellen saß.

»Also, Herr Reiner, wie mir der Herr Oberingenieur sagte, haben Sie mir einen Vorschlag zu machen.«

Tommy hatte sich erhoben und stand in seiner bescheidenen, aber ungezwungenen Haltung vor dem Chef. Er berichtete ihm von der Unzufriedenheit der Leute darüber, daß sie so wenig frisches Fleisch bekämen, und erklärte Justus Körner, wie leicht diesem Übelstand abzuhelfen sei, und welche Summen sich außerdem dabei ersparen ließen. Er legte eine ganz klare und übersichtliche Berechnung vor und fügte hinzu, daß er diese ganze Viehzucht mit Hilfe einiger Basutofrauen gern betreiben würde, um sich in seiner neuen Stellung noch nützlicher als bisher machen zu können. Es bliebe ihm genug Zeit, um alles in Ordnung zu halten.

Aufmerksam hörte Justus Körner zu und sah unverwandt in Tommys sympathisches Gesicht. Als dieser mit seinem Vortrag zu Ende war, nickte Körner zufrieden. Es leuchtete ihm sofort ein, daß dies wirklich ein sehr kluger und praktischer Gedanke war. Es ließ sich auf die vorgeschlagene Weise nicht nur viel Geld sparen, sondern man konnte auch die Arbeiter besser und wunschgemäßer beköstigen. Das war sehr wichtig. Er stellte noch einige Fragen an Tommy, überlegte eine Weile und sah ihn lächelnd an.

»Mir scheint, daß wir an Ihnen eine recht tüchtige Kraft gewonnen haben, und es freut mich, daß Sie mit so viel Interesse bei der Sache sind. Ihr Vorschlag leuchtet mir ein.

Aber meinen Sie wirklich, daß Sie diese kleine Viehzucht rationell betreiben können? Dazu gehören doch immerhin Kenntnisse.«

Tommy lachte.

»Die habe ich sozusagen schon mit der Muttermilch eingesogen, Herr Körner. Ich bin der Sohn eines Landwirts, wir haben eine ausgedehnte Viehzucht betrieben, und außerdem habe ich Landwirtschaft studiert. Ich bürge Ihnen für eine durchaus rationelle Lösung dieser Frage.«

»Also einverstanden, Herr Reiner, ich lege alles vertrauensvoll in Ihre Hände. Bereiten Sie hier schon alles vor. Die Basutofrauen lassen Sie sich aus dem nächsten Eingeborenendorfe kommen, und das Vieh wird im Laufe der nächsten Woche eintreffen.«

Zu Werner sagte er dann, als sie allein waren:

»Dieser junge Deutsche ist ein intelligenter und strebsamer Mensch. Er wird uns wirklich eine ganze Menge Geld sparen, und außerdem werden die Wünsche unserer Arbeiter befriedigt, was immerhin wichtig ist. Ich bin Ihnen sehr dankbar, Herr Doktor, daß Sie uns den jungen Mann mitgebracht haben. Und wenn die Sache mit der Viehzucht wirklich einschlägt, bekommt er dasselbe Gehalt wie die Ingenieure.«

Werner freute sich über diese Anerkennung Tommys, und als dieser am Abend, wie immer, im Holzhaus eintraf, sagte er ihm, was Körner über ihn gesagt hatte.

Tommy bekam einen roten Kopf und blickte zu Frau Regina hinüber. Die lächelte ihm gütig zu.

»Ja ja, Tommy, es merken noch andere Leute als wir, was Sie für ein Juwel sind.«

Da griff Tommy nach seinem Banjo, das immer im Holzhaus aufbewahrt wurde, und stimmte ein Lied an.

Sie sangen bei Mondenschein draußen auf der Veranda deutsche Lieder, und da lauschten die Leute drüben im Lager und vergaßen ihre wilden Reden. –

Monate waren vergangen, seit die Familie Kronegg und Tommy zum Lager gekommen waren. Die Arbeiten waren rüstig vorwärtsgeschritten, und Tommys Viehzucht stand in voller Blüte.

Frau Regina schaltete froh und zufrieden im Holzhaus. Auch sie war von früh bis spät fleißig. Sie kochte und buk für ihre Familie, unterrichtete Ursula, hielt ihre, Ursulas und ihres Mannes Garderobe instand und hatte auch sonst allerlei zu tun.

Im ganzen Lager wurde die schöne weiße Frau verehrt; kein frecher Blick wagte sich an sie, kein gemeines Wort. Mancher kam zu ihr, der irgendwelche Hilfe brauchte, und allen kam sie gütig und verständnisvoll entgegen.

Auch Ursula wurde von all den wilden Männern liebevoll verehrt. Die Basutos hatten für Ursula den Namen »die weiße Blume« aufgebracht, und Regina hieß im ganzen Lager »die gute Königin«. Ihren Namen Regina hatten sie richtig in »Königin« übersetzt.

Werner wurde mehr und mehr die Seele des Unternehmens. Er hatte sich nicht nur Respekt bei allen verschafft, sondern genoß auch große Hochachtung. Sie wußten alle im Lager, daß er bei aller nötigen Strenge sehr gerecht und immer auf das Wohl der Arbeiter bedacht war. Aber auch Tommy hatte sich eine gute Stellung verschafft. Er war allgemein beliebt, bei den Ingenieuren sowohl wie bei den Arbeitern. Immer war er lustig und vergnügt, hatte für jeden ein Scherzwort, und alle wußten, daß sie es ihm zu verdanken hatten, daß die Kost jetzt viel besser war und daß es jeden Tag frisches Fleisch gab.

Mit den Ingenieuren stand Tommy auf einem ganz kollegialen Ton. Wenn er auch nach wie vor die meiste freie Zeit im Holzhause verbrachte, so widmete er sich doch auch zuweilen den Ingenieuren.

Unter Tommys Leitung war wirklich eine Art Kabarett entstanden, das jede Woche einmal in der Kantine Vorstellungen gab. Dann konnte jeder der Arbeiter zuhören. Mit der Zeit fand sich auch unter den Leuten dieser und jener, der irgendein kleines Talent hatte, und der wurde dann ermutigt, im Kabarett aufzutreten.

Auch Werner kam an den Kabarettabenden zuweilen auf ein Stündchen in die Kantine herüber und freute sich, konstatieren zu können, daß dies Kabarett den Arbeitern einige Unterhaltung und Anregung bot.

An allen übrigen Abenden und die Sonntage über war Tommy gerngesehener Gast im Holzhause.

Es war rührend, wieviel Mühe sich Tommy immer wieder gab, Frau Regina und Ursula irgendeine Freude zu bereiten oder ihnen eine Erleichterung zu schaffen. Er beteiligte sich auch an Ursulas Erziehung und Ausbildung. Er gab ihr Gesangs- und Turnunterricht, oft auch einen sehr wirksamen Anschauungsunterricht. Und er verfertigte ihr immer wieder allerlei Spielzeug, sei es ein Bettchen für ihre Puppen, einen kleinen Wagen, um die Puppenkinder spazierenfahren zu können, und dergleichen. Auch begleitete er sie auf kleinen Spaziergängen, hauptsächlich sonntags früh, wenn die Mutter in der Küche zu tun hatte und der Vater über seinen Plänen grübelte.

Eines Tages hatte Tommy für Ursula einen großen Papierdrachen gemacht und ließ ihn mit ihr zusammen an einem hellen Mittag, während seiner Mittagspause, fliegen. Dieser schwebende Papierdrache erregte nicht nur Ursulas Begeisterung, auch die Arbeiter amüsierten sich darüber, und vor allem staunten die Basutos und die Betschuanen dies Kunstwerk an. Und, wie Kinder, fingen viele von diesen Männern an, sich ebenfalls solche Drachen zu machen, nachdem ihnen Tommy gezeigt hatte, wie sie es anfangen mußten. Von den Weißen kannten viele aus ihrer Jugendzeit diese Spielerei; sie fingen nun wieder an, sich damit zu ergötzen. So konnte man zuweilen eine ganze Menge solcher Drachen in der klaren Luft herumfliegen sehen, und Papier und Bindfaden wurden gesuchte Artikel.

Ursulas wegen, und auch, um selbst in der Übung zu bleiben, wurde im Holzhause jede Woche in einer anderen Sprache gesprochen, eine Woche deutsch, eine englisch und eine französisch. Und dann wurde Mijnheer Vaughan, der eine Buren-Ingenieur, gebeten, allen vieren Unterricht in der holländischen Sprache zu geben. So dauerte es gar nicht lange, bis man auch diese Sprache beherrschte, und dann wurde auch eine Woche holländisch gesprochen.

Tommys Viehzucht war auch für Ursula eine Quelle der Freude. Oft durfte sie ihn zu dem Viehkral begleiten, während die Arbeiter bei der entfernter liegenden Arbeitsstelle waren. Tommy hatte wirklich eine sehr glückliche Hand, er war eben der geborene Landwirt. Die Basutofrauen hatte er sich tadellos eingedrillt. Es gedieh alles prächtig; Futter, das überhaupt nichts kostete, war in Fülle vorhanden. Und stolz und glücklich versorgte Tommy Frau Regina mit frischen Eiern, Butter, Milch und köstlicher Sahne, die für Ursulas Leckermäulchen geschlagen und etwas gesüßt wurde. Auch Käse bereitete Tommy mit seinen Basutofrauen, und alle diese Artikel fanden reißenden Absatz. Jeder suchte sich gut mit Tommy zu stellen, um von diesen Leckerbissen abzubekommen.

Ohne Tommy, davon war nicht nur Ursula überzeugt, würde es nur halb so schön im Lager gewesen sein.

Werner wußte sehr wohl, was für eine große Stütze er in allen Dingen an Tommy hatte, und er freute sich, als ihm Justus Körner bei seinem letzten Besuch im Lager Weisung gab, Tommys Gehalt zu erhöhen. So bekam dieser nun genausoviel wie die Ingenieure und war stolz und froh darüber. Seine Schuld bei Werner hatte er längst getilgt, nun sparte er, um seine Schulden an Tante Grete zurückzuzahlen.

Am herrlichsten für Familie Kronegg und Tommy war immer der Sonntag. Dann war es im Lager still und friedlich. Fast alle Arbeiter flogen aus, um die zunächst liegenden Ortschaften aufzusuchen, wo es Alkohol, Vergnügen und Weiber gab. Auch die Basutos suchten ihre Eingeborenendörfer auf. Im Lager selbst gab es Alkohol nur auf Anordnung des Arztes als Medizin, sonst nicht, weil man schlimme Erfahrungen damit gemacht hatte.

So war sonntags das Lager wie ausgestorben. Auch die Ingenieure waren dann zumeist fort.

Tommy begleitete ab und zu die Ingenieure, wenn sie ihn gar zu sehr mit seiner Bravheit neckten, aber das kam nur selten vor. Meistens blieb er mit Kroneggs zusammen, die ihm ganz zur Familie geworden waren. Vormittags widmete er sich dann Ursula, sang und spielte mit ihr, bis Frau Regina die Mahlzeit auftragen ließ. Sie bereitete den beiden Männern immer ihre Lieblingsspeisen, heimatliche Gerichte, die ihnen besonders mundeten. Abwechselnd blieben Waramba und Darina sonntags zur Bedienung da.

Nach Tisch aber machte man zu viert gemeinsame Ausflüge in die Berge. Man lagerte sich, war man müde geworden, auf den grünen Matten, plauderte oder las in einem mitgebrachten Buche. Zuweilen wurde auch ein kurzes Schläfchen gemacht.

Eines Sonntags hatten sie wieder einen Ausflug in die Berge unternommen. Sie lagerten sich im Sonnenschein auf einer Matte. Feierliche Stille herrschte ringsum. Nur selten waren weiter oben auf den Bergen Springböcke zu sehen, denn die Sprengungen mit ihrem Getöse vertrieben die scheuen Tiere. An den stillen Sonntagen tauchten sie wohl zuweilen weiter unten auf, immer in Herden, aber sobald sie Menschen witterten, flohen sie davon.

Jetzt hatte schon seit einigen Wochen keine neue Sprengung stattgefunden, und das mochte wohl die Tiere verlockt haben, wieder in größeren Rudeln herunterzukommen.

Frau Regina und Werner waren müde geworden und legten sich zu einer Siesta im Schatten eines Gesträuches nieder. Aber Tommy und Ursula wollten nichts von Ruhe wissen. Sie tollten umher, Tommy begann auf allen Vieren herumzukriechen und stieß ein grausliches Gebrumm aus, denn Ursula wollte Bär und Bärin mit ihm spielen. Auch sie kroch auf allen vieren über den weichen Rasen und begann ebenfalls schrecklich zu brummen. So krochen sie aufeinander los und unterhielten sich in einer tiefen Brummsprache. Das nannten sie die Bärensprache, und es war sehr interessant, daß sich die Bären je nach der Woche bei diesem Spiel in verschiedenen Sprachen unterhielten. Er redete Ursula dann mit »Meine kleine Bärin« an und sie ihn mit »Mein großer Brummbär«.

Dabei kamen sie ins Tollen und Jauchzen, kollerten durcheinander und erzählten sich in der Bärensprache lustige Sachen, wobei sie immer lauter wurden. Werner, der gern schlafen wollte, beschwerte sich über den Lärm, und Tommy sah, daß auch Frau Regina schläfrig war. Da faßte er Ursula resolut um die Taille und stellte sie auf die Füße.

»Ausgebrummt, Urselchen, Vater und Mutter wollen schlafen. Komm, setz dich zu mir, wir wollen jetzt auch ein wenig ruhen.«

Ursula war aber nicht für Ruhe. Sie wuschelte seinen blonden Schopf noch viel wilder durcheinander, als es beim Bärenspiel schon geschehen war, und sagte leise in Tommys Ohr:

»Ich gehe Blumen pflücken, Onkel Tommy; sieh, da oben auf dem Abhang die schönen Blumen!«

»Aber nicht zu nahe an den Abhang heran, Urselchen.«

»Nein, nein, ich bleibe mitten im Blumenfeld.«

Tommy nickte. Da oben konnte er Ursula immer im Auge behalten, wenn er hier sitzen blieb.

Tommy saß nun ganz still, sah abwechselnd zu Ursula hinauf oder hinüber zu Frau Regina; auf diese mit einem ganz andächtigen Ausdruck. Er fühlte in seinem Herzen wieder einmal stark und tief das Glück, in der Nähe dieser Frau leben zu dürfen. Ein Glück war es für ihn, daß er ihr dienen durfte, daß sie so lieb und gut zu ihm war. Sie hatte etwas mütterlich Gütiges ihm gegenüber. Wenn sie ihm zuweilen lächelnd über seinen blonden Schopf strich, schloß er die Augen und fühlte sich unsagbar glücklich. Er liebte sie – ja –, er liebte sie, aber wie man die Sonne liebt oder die Sterne. Daß sie nur da war, erschien ihm als ein Glück, und daß er in ihrer Nähe leben durfte. Und daß er sie so lieben durfte, so wunschlos und rein, das hielt ihn von mancher Torheit zurück. Er fand keinen Gefallen an dem tollen Treiben, das die Arbeiter und auch die Ingenieure sonntags aus dem Lager lockte. Wenn er sie einmal begleitete, dann tollte er ein paar Stunden mit ihnen herum und knüpfte wohl auch vorübergehend eine kleine Liebelei an mit einer gefälligen Schönen, aber nachher hatte er immer ein Gefühl der Beschämung. Er wagte dann nicht, in Frau Reginas Augen zu sehen, und vergrub sich montags in seine Arbeit. Auch von Ursula hielt er sich dann fern, bis er über diesen moralischen Kater hinweg war.

So saß er nun, friedlichen Gedanken nachhängend, zu Füßen der verehrten Frau und teilte seine Aufmerksamkeit zwischen ihr und Ursula.

Eine Weile hatte er nicht zu Ursula hinaufgesehen, die nun schon einen großen Strauß Blumen gepflückt hatte. Er war ins Träumen gekommen. Plötzlich schreckte ihn ein seltsames Geräusch auf, ein schnell näherdringendes dumpfes Dröhnen. Er hob den Kopf und schaute zu Ursula hinauf, und da erblickte er oberhalb ihres Standortes eine große Herde Springböcke, die im wilden Lauf von oben herabkam und gerade auf das Blumenfeld zustürmte, in dem Ursula stand.

Sofort erkannte Tommy die Gefahr. Wenn die Herde so weiterstürmte, riß sie Ursula mit sich fort und vielleicht auf den Abgrund zu. Die Springböcke konnten wohl solch einen Abgrund im Sprung nehmen, ohne zu Schaden zu kommen – aber wenn sie das Kind hineinrissen?

Unwillkürlich stieß Tommy einen lauten Schreckensruf aus. Darüber erwachten Werner und Regina. Aber ehe sie sich völlig ermunterten und sich über die Gefahr klar wurden, in der ihr Kind schwebte, war Tommy schon aufgesprungen und raste in weiten Sätzen hinauf zu dem Blumenfeld. Er wußte, daß es keinen Zweck mehr hatte, Ursula auf die Gefahr aufmerksam zu machen. Ehe sie begriff, um was es sich handelte, wäre sie schon überrannt und zum Abgrund gedrängt worden, denn Tommy sah, daß die Springböcke direkt auf den Abgrund zuhielten und Ursula überrennen würden, wenn es ihm nicht gelang, vor ihnen bei ihr zu sein und die Tiere zur Seite zu scheuchen. Vor dem ruhig in gebückter Haltung stehenden Kind schienen sie nicht zu scheuen.

Wie ein Pfeil flog er hinauf, während die Springböcke nun ganz nahe an Ursula herangekommen waren. Auch sie wurde jetzt aufmerksam auf das Geräusch, das die einherstürmende Herde verursachte. Sie wandte sich um und stand vor Schreck wie erstarrt da, unfähig, sich zu rühren. Hätte sie geschrien oder sich heftig bewegt, hätte sie die Tiere wohl zur Seite scheuchen können. So aber stürmten diese in geschlossener Masse auf sie zu, schon die ersten rissen sie nieder, dem Abgrund zu. Aber nun war auch Tommy schon bei ihr, sprang laut scheuchend den Tieren entgegen und riß Ursula zu sich empor. Er wurde selbst ein Stück mit fortgerissen, aber durch sein Schreien und seine heftigen Bewegungen waren die Tiere erschreckt worden und wichen etwas zur Seite aus. Er wurde im letzten Anprall zu Boden geworfen, hielt aber Ursula hoch, daß sie nicht verletzt werden konnte. Dadurch hatte er aber nicht mehr die Gewalt über seinen eigenen Körper und schlug mit dem Kopf auf ein Stück Gestein, das bei den Sprengungen hierhergeschleudert worden war.

Die Gefahr war nun vorüber. Die Tiere setzten mit graziösen Sprüngen über den Abgrund hinweg und waren gleich darauf verschwunden. Ursula war leichenblaß geworden vor Schrecken, blieb aber noch immer stumm und hielt ihre Blumen krampfhaft in der Hand.

Hätte Tommy nicht im letzten Moment Ursula an sich gerissen und die Tiere zur Seite gescheucht, so wäre das Kind unweigerlich in den Abgrund gerissen worden, hinunter auf das durch die Sprengungen abgelöste Gestein.

Das hatten die Eltern, aus ihrem Schlafe aufgeschreckt,

ebenso erkannt wie Tommy. Bleich und atemlos kamen sie nun bei den beiden an und sahen entsetzt, daß Tommy mit blassem Gesicht still dalag, und daß aus einer Wunde an der Stirn Blut floß. Das sah nun auch Ursula, und das löste die Erstarrung, die sie befallen hatte. Sie schrie laut auf.

»Onkel Tommy – oh – Onkel Tommy blutet, Mutti!«

Regina riß erst einmal ihr Kind aufschluchzend in die Arme und küßte es, als sei es ihr neu geschenkt worden. Aber dann beugte sie sich zu Tommy hinab, den ihr Gatte leicht aufgerichtet hatte. Ursula sah er heil und unverletzt in Sicherheit, nun galt seine Sorge zuerst dem Retter seines Kindes.

»Schnell, Regi, feuchte dein Taschentuch da drüben an dem Quell!«

Regina eilte davon. Mit einem triefendnassen Tuch kehrte sie zurück und drückte es auf die blutende Wunde an Tommys Stirn.

Unter dem Einfluß des kühlen Wassers kam Tommy schnell wieder zu sich. Seine Augen suchten Ursula, und er sah sie blaß und erschrocken, aber heil und unverletzt vor sich stehen. Er lachte ein wenig. Und dann sagte er noch etwas benommen:

»Die verdammten Springböcke haben mich wahrhaftig umgerannt!« Er strich sich über die Stirn, sah an seinen Händen die Blutspuren und fuhr fort: »Was ist denn das?«

»Tommy – lieber Tommy –, Sie sind beim Fall auf einen Stein aufgeschlagen. Wie fühlen Sie sich?« fragte Regina besorgt.

Tommy aber lachte.

»Wahrhaftig, ich habe wie ein schreckhaftes Jüngferchen die Besinnung verloren. Herrgott, hatte ich eine Angst um Urselchen! Die Biester hätten sie ja beinahe in den Abgrund gerissen. Gottlob, daß ich noch rechtzeitig zur Stelle war.«

Er wollte aufstehen, aber Werner hielt ihn fest.

»Bleiben Sie ruhig, Tommy, das Blut muß erst gestillt werden.«

»Onkel Tommy, lieber Onkel Tommy, tut es sehr weh?« fragte Ursula, tapfer ihren Schreck überwindend.

Er zog ein finsteres Gesicht und brummte wie ein Bär, um sie zum Lachen zu bringen.

»Das ist doch zum Lachen, Urselchen – ein Bär und eine Bärin haben sich von einer lumpigen Herde Springböcke umreißen lassen! Gar nicht weh tut es, ich fühle gar nichts. Lieber Herr Doktor, nun lassen Sie mich schon aufstehen. Frau Doktor, Sie sind ja ganz blaß geworden. Es ist ja, gottlob, alles gut abgelaufen.«

Regina hatte ihr Tuch nochmals am Quell naß gemacht und wusch vorsichtig die Wunde aus. Dann band sie das nasse Tuch mit dem Taschentuch ihres Mannes fest um Tommys Stirn. Er hielt ganz still, schloß die Augen, atmete den Duft ihres Haares ein.

»Ist Ihnen auch gewiß nicht übel, lieber Tommy? Sie müssen das gleich sagen; ich bin bange, daß Sie sich eine Gehirnerschütterung zugezogen haben.«

Aber so süß es für Tommy auch war, daß sie sich um ihn sorgte, wollte er sie doch von ihrer Unruhe befreien. Lachend sprang er auf und hob Ursula strahlend empor.

»Du, Urselchen, es wäre doch eine schreckliche Blamage für uns gewesen, wenn uns die Springböcke ins Bockshorn gejagt hätten, wo wir doch so schrecklich starke und fürchterliche Bären sind, gelt? Hast du große Angst gehabt, als sie auf dich losstürzten?«

»Nur ein bißchen, aber da warst du auch schon gleich bei mir. Tut es auch wirklich nicht sehr weh, Onkel Tommy?«

»Wirklich nicht. Deine gute Mutter hat mir ja einen feinen Verband gemacht, nicht wahr?«

Sie sah ihm mit einem ernsthaften Blick in die Augen. Ein wenig blaß war sie noch. Und dann legte sie ihm plötzlich die Arme um den Hals und küßte ihn auf den Mund, ohne etwas zu sagen. Es dämmerte ihr wohl, was er für sie getan hatte.

Tommy war es ganz wunderlich zumute, als sich die weichen Kinderlippen auf die seinen drückten. Das hatte Ursula noch nie getan; sie küßte niemand als ihre Eltern, und er hätte nie gewagt, ihre Lippen zu berühren. Um die aufsteigende Weichheit zu bekämpfen, meinte er forsch:

»Jetzt habe ich Hunger und Durst. Ich glaube, wir gehen heim. Soviel ich weiß, hat deine Mutti Napfkuchen gebacken, danach habe ich ein großes Verlangen.«

Und Ursula auf dem Arm haltend, stieg er schnell den Abhang hinunter. Werner lief ihm nach und wollte ihm Ursula abnehmen, aber Tommy sträubte sich.

Regina war ihnen nachgekommen und sagte jetzt mit schwacher Stimme:

»Ich bin so matt von dem Schrecken, wir wollen erst noch ein wenig rasten.«

Kaum hatte sie das halblaut hervorgebracht, da sank sie plötzlich zwischen den beiden Männern haltlos zusammen. Ihr Mann konnte sie gerade noch in seinen Armen auffangen. Tommy war nicht weniger erschrocken als Werner. Schnell stellte er Ursula auf die Füße und wandte sich zu Werner.

»Was ist das, Herr Doktor?« fragte er angstvoll.

»Anscheinend eine Ohnmacht. Meine Frau war wohl zu sehr erschrocken, als sie Ursula in Lebensgefahr sah. Sie wird sich so lange gegen ihre Schwäche gewehrt haben, bis es nicht mehr ging.«

Behutsam legte er Regina auf den Rasen nieder. Aber da kam sie schon wieder zu sich, und als sie die besorgten Gesichter der Männer und Ursulas Tränen sah, die nun hervorstürzten, sagte sie lächelnd:

»Es ist nichts, keine Sorge! Mir war nur so seltsam, als ich Urselchen in Gefahr sah, nachdem ich aus dem Schlummer emporschreckte; es war, als würde mir das Herz mitten durchgerissen. Und als ich das Tuch für Tommy anfeuchtete, war mir, als wanke der Boden unter meinen Füßen. Da habe ich mich zusammengerissen und wollte nicht schwach werden, und nun ist es doch geschehen; aber es ist schon vorbei. Ich fühle mich wieder ganz gut.«

Werner sah ihr besorgt in das blasse Gesicht.

»Meine Regi, wie hast du mich erschreckt!« sagte er mit bebender Stimme.

Sie richtete sich tapfer auf und strich ihm lächelnd über die Augen.

»Es ist das erstemal in meinem Leben, daß ich eine Ohnmacht hatte. Du bist eben so etwas von deiner Frau nicht gewöhnt. Und Sie, lieber Tommy, Sie sehen jetzt blasser aus als vorher, Sie sollten auch erst noch ein Weilchen rasten.«

Tommy atmete tief auf. Er sorgte sich namenlos um Regina. Sie würde doch um Gottes willen nicht krank werden? Und da Regina nun wieder ganz wohl schien und ihrem Gatten lachend die Sorge verscheuchte, atmete Tommy wieder auf. Es hatte doch wohl nichts auf sich. Aber er fragte Frau Regina doch, ob sie Schmerzen habe. Seine Mutter hatte nach jener Ohnmacht über Schmerzen in der Herzgegend geklagt. Er wollte besorgt feststellen, ob das auch bei ihr der Fall sei.

Aber Frau Regina behauptete lächelnd, daß sie keinerlei

Schmerzen verspüre. Daß sie dabei nicht ganz bei der Wahrheit blieb, um ihren Gatten nicht zu beunruhigen, ahnte er nicht. Regina hatte wirklich in der Herzgegend einen leisen, stechenden Schmerz; sie legte ihm jedoch keine Bedeutung bei.

Sie blieben noch ein Viertelstündchen auf der Wiese liegen und suchten einander alle Sorgen fortzuscherzen. In fröhlichster Stimmung trat man dann den Heimweg an. Die Schmerzen in Reginas Brust waren verschwunden, und Tommy achtete nicht darauf, daß seine Wunde brannte.

Zu Hause angekommen, legte ihm Regina einen regelrechten Verband an, denn auch der Arzt war heute nicht im Lager. Regina machte das sehr geschickt und sorgsam. Und Tommy hielt still mit geschlossenen Augen und sagte leise:

»Gute Königin!«

Sie sah ihn erstaunt an.

»Meinen Sie mich damit, Tommy?«

»Ja, gute Königin!«

»Warum nennen Sie mich so?«

»Wissen Sie nicht, daß Sie im ganzen Lager diesen Namen haben?«

»Nein. Wie komme ich dazu?«

»Regina heißt doch Königin. Und daß Sie eine gute Königin sind, das haben die Leute sehr schnell herausgefunden. Und Urselchen heißt bei den Basutos: die weiße Blume.«

»Ich?« fragte Ursula.

»Ja, du. Aber ich bleibe doch lieber dabei, dich meine kleine Bärin zu nennen. Da ich dein großer Brummbär bin, passen wir besser zusammen; mit einer weißen Blume weiß ich nichts anzufangen«, scherzte er.

Frau Regina bereitete den Tee und trug ihn, von Ursula unterstützt, auf. Auch der große Napfkuchen wurde aufgetragen, und Tommy tat ihm alle Ehre an, so daß Werner nach einer Weile lachend sagte:

»Ihr Appetit hat jedenfalls nicht gelitten, Tommy – wir können also doch außer Sorge sein.«

Auch Ursula schlug tapfer eine Bresche in den Napfkuchen. Sie war viel eher als die drei Erwachsenen über das Erlebnis hinweg. Sie ahnte allerdings nicht einmal, daß sie in ernster Lebensgefahr geschwebt hatte, und daß sie es nur Tommy verdankte, daß sie heil und unversehrt geblieben war. Das erfuhr sie erst einige Jahre später von ihrer Mutter, und da machte es allerdings einen tieferen Eindruck auf sie, als es jetzt geschehen wäre. Ihre Eltern aber wußten, daß sie Tommy das Leben ihres Kindes dankten, und drückten ihm immer wieder die Hand.

»Wie gut, Tommy, daß wir Sie mit nach Transvaal nahmen! Nun sind Sie der Lebensretter unseres Kindes geworden«, sagte Werner, als Ursula es nicht hören konnte.

Tommy war glücklich, daß er ein wenig von seiner großen Dankesschuld hatte abtragen können und – daß er Frau Regina einen grenzenlosen Schmerz hatte ersparen können. Das war ihm ein herrliches Gefühl.

Ursula blieb heute ganz still an Tommys Seite sitzen. Als er sein Banjo nahm und singen wollte, nahm es ihm Regina aus der Hand.

»Heute nicht, Tommy, es strengt Sie zu sehr an.«

Tommy hatte begonnen, Ursula Unterricht im Banjospielen zu geben, und sie war eine eifrige, lernbegierige Schülerin. So durfte sie oft ein wenig klimpern. Aber heute tat sie das nicht: Onkel Tommy würde sonst Kopfweh bekommen. Er barg gerührt sein Gesicht in ihren blonden Locken.

Ursula hatte die Hälfte der Blumen, die sie gepflückt und

trotz aller Unruhe nicht von sich gelassen hatte, ihrer Mutter gegeben. Die andere Hälfte erhielt Tommy.

»Weil du dir so weh getan hast, Onkel Tommy, sonst sind ja Blumen nichts für Männer«, sagte sie.

Tommy verwahrte den Strauß sorglich. Er stand erst in seinem Zelt in einem Wasserglas, und als er welk geworden war, legte Tommy einige Blüten davon in seine Brieftasche, zum Andenken daran, daß ihm Ursula an dem Tage, da sie diese Blumen gepflückt hatte, freiwillig einen Kuß gegeben, und daran, daß er sie hatte retten können und somit seine Dankesschuld zum Teil wenigstens hatte abtragen können.

Zuweilen, aber sehr selten, erhielt man Nachrichten aus Deutschland. Werner hatte von Doktor Brand einige Briefe bekommen. In einem dieser Briefe schrieb Heinz Brand, Direktor Schrott sei schwer krank geworden, man nehme an, daß sich ein böses Krebsleiden bei ihm herausgestellt habe. Jedenfalls müsse er operiert werden.

Auch sonst berichtete Heinz Brand allerlei, was die Freunde interessieren konnte. Er äußerte seine Freude darüber, daß sie sich in Transvaal so gut eingerichtet hätten und zufrieden wären. Auch seine Vermählung mit Ellen Lund zeigte er an, wobei er seinem Bedauern Ausdruck gab, daß die Freunde seiner Hochzeit nicht hätten beiwohnen können. Und einige Monate später meldete er in einem Briefe, daß Direktor Schrott nach langem, schmerzhaftem Leiden gestorben sei. Obwohl die Operation scheinbar gut verlaufen wäre, habe das bösartige Leiden schnelle Fortschritte gemacht, und er habe einen schweren Tod gehabt.

Das löste allen Groll, den Werner noch gegen Schrott gehegt hatte, auf.

Regina fühlte ebenso.

Tommy hatte von seiner Tante Grete regelmäßig Briefe bekommen. Die alte Dame hatte erst in heller Aufregung geschrieben, wie entsetzt sie gewesen wäre, als sie hörte, daß es Tommy so schlecht ergangen sei. Aber nun freute sie sich um so mehr, daß es ihm gutging, und daß er eine so gute Anstellung hatte. Als Tommy ihr dann die ersten fünfhundert Mark geschickt hatte als Abzahlung für seine Schuld, hatte sie geschrieben, sie habe ja gar nicht damit gerechnet, das Geld jemals wiederzuerhalten, und er möge sich doch nicht etwa Entbehrungen auferlegen; sie brauche das Geld nicht, sie habe ja ihre Pension.

Aber Tommy schrieb ihr darauf:

»Ich will niemand etwas schuldig bleiben, Tante Grete, auch Dir nicht. Gönne mir doch das Hochgefühl, ein ganz freier Mann zu werden! Ich hoffe, Dir nach einigen Monaten den Rest der Schuld bezahlt zu haben. Du brauchst nicht zu fürchten, daß ich mir deshalb Entbehrungen auferlege, ich verdiene gut und verbrauche hier fast nichts.

Wenn ich Dir alles zurückgezahlt habe, beginne ich zu sparen, und Du wirst es noch erleben, daß ich eines Tages als reicher Mann nach Hause komme. Aber damit hat es noch eine ganze Weile Zeit. Voraussichtlich werde ich Transvaal auch in den nächsten zehn Jahren nicht verlassen, denn so lange bleiben meine Freunde hier. Doktor Kronegg steht so lange unter Vertrag, und ich glaube bestimmt, daß die Firma mich vorher auch nicht entläßt.

Meine Chefs sind zufrieden mit meinen Leistungen, und ich werde mir immer Mühe geben, mir ihre Zufriedenheit zu erhalten. Ich mag gar nicht ausdenken, daß ich meine Freunde je verlassen müßte, sie sind in Wahrheit jetzt meine Familie. Außer Dir habe ich ja keinen Menschen, der zu mir gehört.« –

In ihrem ersten Briefe nach Transvaal hatte Tante Grete Tommy mitgeteilt, daß Kurt sich mit Georgina Donald, der Tochter des Kommerzienrats Donald, verlobt habe, und schrieb darüber:

»Das wird ja eine Partie nach seinem Geschmack sein, denn die Braut ist das einzige Kind ihres schwerreichen Vaters. Es erscheint mir ausgeschlossen, daß Kurt ein wärmeres Gefühl für irgendeinen Menschen hegen kann. Ihn hat ganz gewiß nur Georgina Donalds Reichtum bestochen; er hat ja nie genug.

Du wirst Dich vielleicht noch an Georgina Donald erinnern. Als Du die letzten Jahre das Gymnasium hier besuchtest, trafst Du sie zuweilen auf dem Schulweg. Sie ist erst zwanzig Jahre alt, und Dein Bruder steht doch schon im siebenunddreißigsten Jahre, aber er muß es ihr doch wohl angetan haben, denn ihr hat es zweifelsohne nicht an anderen Bewerbern gefehlt, wenn sie auch nicht gerade eine Schönheit ist. So reichen Mädchen fehlt es nie an Freiern. Aber Deines Bruders blendende Erscheinung hat sie wohl bestochen.

Sie kann mir leid tun, denn wenn sie eines Tages erkennen wird, wem sie ihre Hand zugesagt hat, dann wird es nicht ohne schwere Enttäuschungen abgehen.«

Einige Monate später schrieb Tante Grete dann in einem andern Briefe:

»Georgina Donald hat die Verlobung mit Deinem Bruder wieder gelöst. Vermutlich sind ihr inzwischen die Augen über seinen wahren Wert aufgegangen. Man kann ihr nur Glück wünschen, daß es noch nicht zu spät war. Was vorgefallen ist, weiß ich nicht. Dein Bruder wird dabei weiter nichts zu bedauern haben als ein mißglücktes gutes Geschäft. Wenn ihm morgen eine ähnliche gute Partie geboten wird, hat er alles wieder verschmerzt.« –

Auch von seinem Vater berichtete Tante Grete zuweilen, wenn sie etwas hatte in Erfahrung bringen können. Und eines Tages schrieb sie ihm:

»Ich habe gestern Deinen Vater gesehen, er begegnete mir auf der breiten Treppe zum Dom. Er sieht gar nicht gut aus, sein Haar ist fast weiß geworden, und seine Augen blicken wie die eines Menschen, der nie mehr froh werden kann. Er grüßte mich, und es war, als wollte er stehenbleiben und mich anreden, aber dann ging er doch vorüber, ohne es zu tun. Wie gern hätte ich ihm gesagt, daß es Dir gut geht, daß Du eine geachtete Stellung einnimmst und Dich tüchtig und unverzagt durchs Leben schlägst – aber ich wollte nicht die Initiative ergreifen.

Vom Langenfurter Milchmann hörte ich, daß der alte gnädige Herr in Langenfurt kaum noch etwas zu sagen habe; Herr Kurt spiele sich als der alleinige Herr auf, und er sei gar nicht beliebt bei den Leuten, was mich nicht wundernimmt. Wenn Dein Vater eines Tages den wahren Wert seines Lieblingssohnes erkennen sollte, würde er aus allen Himmeln fallen. So ungerecht und lieblos er sich auch gegen Deine arme Mutter und Dich benommen hat, will ich ihm doch das nicht wünschen; die Enttäuschung würde zu schmerzhaft sein. Nur Deinetwegen wünschte ich, daß Dein Vater endlich erkennen möge, wie ungerecht er Dir gegenüber immer gewesen ist.«

Aber Tommy wußte, das würde nie eintreten. Kurt würde nie zulassen, daß der Vater sich wieder an ihn wandte. Manchmal kam es über ihn wie eine drängende Sehnsucht, an den Vater zu schreiben und seine Verzeihung zu erflehen. Aber wenn er daran dachte, daß der Vater Kurt seinen Brief zeigen und daß dieser dann hämisch bemerken würde: Es ist ihm nur um das Erbe zu tun, nicht um deine Verzeihung – dann verging ihm diese Sehnsucht.

Und mehr und mehr wuchs er im Herzen mit Werner Kronegg und seiner Familie zusammen. Zwischen dem Vater und ihm lag eine Welt, obwohl er Blut von seinem Blute war, aber mit diesen Menschen verband ihn die innigste Harmonie, und sie standen seinem Herzen nahe. –

6

So waren Jahre vergangen. Das Zeltlager war schon einige Male weiter nach Norden verlegt worden, als die Autostraße vorwärtsschritt. Werner hatte Felsen gesprengt und über Abgründe Brücken gebaut.

Aber sooft auch das Lager weiterverlegt wurde, immer machte es Tommy möglich, daß Frau Reginas Holzhäuschen mit weitergeführt wurde. Alle halfen gern dabei; die »gute Königin« und die »weiße Blume« sollten ihr Heim behalten.

Werners Einfluß auf seine Leute war und blieb sehr stark. Er beherrschte den ganzen Straßenbau; seine Chefs gaben ihm vollkommen freie Hand und waren restlos mit ihm zufrieden, ebenso mit Tommy, dessen Unentbehrlichkeit sie erkannten. Tommy war der beliebteste Mensch im ganzen Lager, und wo er weilte, gab es nur frohe Mienen.

Als zwei Jahre vergangen waren, brach der Weltkrieg aus, und Werner Kronegg, Tommy, der deutsche Ingenieur Hans Harland und eine Anzahl deutscher Arbeiter sollten in ein Internierungslager gebracht werden. Aber die Chefs wurden bei der Regierung in Pretoria vorstellig und behaupteten, den Straßenbau nicht weiterführen zu können, wenn ihnen ihr erster Oberingenieur, ihre besten Fachleute und Arbeiter gefangengesetzt würden. Da der Regierung sehr viel an der Vollendung des Straßenbaues lag, so blieb diesen Deutschen die Internierung erspart, weil man sie eben zu nötig brauchte.

Als diese Nachricht im Lager eintraf, hatte Frau Regina zum zweitenmal in ihrem Leben eine kurze Ohnmacht. Sie hatte große Angst gehabt, daß ihr Gatte ihr genommen werden könne, und daß sie mit Urselchen im fremden Lande allein hätte bleiben müssen. Tommy wäre dann ja auch nicht zu ihrem Schutze dagewesen. Sie hatte sich all die Zeit über gut beherrscht, hatte ihre Angst und Not tief in sich verschlossen, um ihrem Gatten das Herz nicht noch schwerer zu machen. Als aber die befreiende Nachricht eintraf, versagte das Herz seinen Dienst, und sie brach zu ihres Gatten und Tommys Schrecken ohnmächtig zusammen.

Auch diesmal kam sie bald zu sich – aber diesmal hatte sie nicht die Kraft zu lachen; sie weinte, weinte sich alle Angst und Not vom Herzen, so daß Werner und Tommy ratlos standen und Ursula sich nicht anders zu helfen wußte, als mitzuweinen.

Werner, Tommy und der deutsche Ingenieur Hans Harland hatten ihr Ehrenwort verpfänden müssen, das Lager nicht zu verlassen, wenigstens nicht über die nächste Ortschaft hinaus, solange der Krieg dauerte. Und sie hielten dies Ehrenwort um so leichter, als sie einsahen, daß sie doch nicht nach Deutschland kommen konnten. Deshalb kam es auch nicht dazu, daß Werner den ihm vertraglich zugesagten Urlaub nach Ablauf des dritten Jahres antreten konnte. Werner und Tommy waren ihren Chefs auch viel zu dankbar, daß diese sich für ihre Freiheit verwendet hatten, als daß sie sich sehr darüber gegrämt hätten. Dazu kam, daß die Firma ihnen die Urlaubszeit doppelt bezahlte.

Und so konnten sie ungestört weiterarbeiten.

Allerdings war ihnen das Herz schwer, wenn sie hier und da Nachricht bekamen, wie es in Deutschland und überhaupt in Europa zuging.

Post aus Deutschland gab es selbstverständlich nicht, und sie durften auch keine Post dahin befördern lassen. Wenn sie auch nicht gefangen waren, wußten sie doch, daß sie scharf überwacht wurden. Tommy konnte wenigstens durch Mijnheer Vaughans Vermittlung über Holland seiner Tante einen Gruß senden und ihr mitteilen lassen, daß er gesund und frei sei, sie möge sich nicht sorgen. Von ihr hörte er jedoch während der ganzen Kriegszeit nichts.

Tommys unverwüstliche gute Laune, seine Frische und Unverzagtheit halfen über das Schlimmste hinweg. Und die Arbeit war ein Trost.

Immer weiter wurde die Autostraße nach Norden geführt, obgleich tausend Schwierigkeiten überwunden werden mußten. Werners Genialität siegte über alle Schwierigkeiten, und zuweilen half ihm auch Tommys praktischer Sinn.

Tommy entwickelte immer mehr Fähigkeiten, er war ein wahrer Segen für das Unternehmen, und seine Chefs waren so zufrieden mit ihm, daß sie auch ihm schon einige Male das Gehalt erhöht hatten.

Werner wie Tommy sparten fleißig und freuten sich, jeden Monat ein hübsches Sümmchen zurücklegen zu können. Das gesparte Geld sollte ihnen nach den abgelaufenen zehn Vertragsjahren ermöglichen, sich in Deutschland eine neue Existenz gründen zu können. Darüber sprachen sie oft miteinander. Länger als zehn Jahre wollten sie nicht in der

Fremde bleiben. Werner wollte nicht, daß Ursula, wenn sie erwachsen sein würde, in diesen unzivilisierten Verhältnissen weiterlebte, und auch für seine Frau wünschte er dringend die Heimkehr.

Und dabei wußte er nicht einmal, daß Regina ein Geheimnis vor ihm hatte. Nach jener zweiten Ohnmacht hatte sie ohne Werners Wissen den Arzt rufen lassen. Auch Ursula hatte sie entfernt für die Zeit, da der Arzt bei ihr war. Und sie hatte ihm über ihre beiden Ohnmachten berichtet und über einen seltsamen Schmerz in der Herzgegend. Der Arzt hatte sie untersucht und ein Herzleiden bei ihr konstatiert.

»Sie brauchen sich darum keine Sorgen zu machen, Frau Kronegg, Sie können mit diesem Leiden sehr, sehr alt werden. Nur eine große Aufregung könnte Ihr Leiden verschlimmern und für Sie ernste Folgen haben«, hatte der Arzt gesagt.

Regina hatte tapfer gelächelt.

»Ich danke Ihnen, Herr Doktor. Nun bin ich wenigstens im Bilde und weiß, was diese dummen Beschwerden zu bedeuten haben. Aber ich bitte Sie dringend, meinem Mann nichts von dieser Konsultation und Ihrem Befund zu sagen. Er darf nicht durch Sorgen und Unruhe von seiner Arbeit, die alle geistigen und körperlichen Kräfte in Anspruch nimmt, abgelenkt werden. Ich will mich schon selbst in acht nehmen, daß sich mein Leiden nicht verschlimmert. Nicht wahr, Sie versprechen es mir?«

Wer hätte Frau Regina etwas abschlagen können, wenn sie so bittend die Hände faltete! Der Arzt versprach es also und sagte lächelnd :

»Ich habe Frauen gekannt, die ihrem Gatten wegen eines viel geringeren Leidens das Leben schwermachten. Ich bewundere Sie, liebe Frau Kronegg, mehr noch als bisher. Ihr Herr Gemahl ist beneidenswert, daß er solch eine Frau besitzt!«

Regina lachte ein wenig.

»Machen Sie mir keine Komplimente, lieber Doktor, das wollen wir doch nicht im Lager einführen.«

»Ich bin ja schon still. Also, ich schweige gegen Ihren Gatten, denn ich sehe selbst ein, die Angst um Sie würde ihm seine Ruhe rauben, die wir alle so nötig brauchen. Denn er ist nun einmal die Seele dieses Unternehmens. Aber – versprechen Sie mir, sich vor jeder Aufregung zu hüten!«

»Ich verspreche es.«

Der Arzt verließ Regina, und sie sah ihm lange mit versonnener Miene nach. Also, ein krankes Herz hatte sie? Wie lange schon?

Aber sie richtete sich schnell aus ihrer Versunkenheit auf. Nur nicht ängstlich werden, das konnte sie gewiß nicht brauchen. Und – sie konnte sehr alt dabei werden, das hatte der Doktor gesagt.

So behielt sie ihre Heiterkeit und achtete nicht sehr auf die kleinen Anfälle ihres Leidens, wenn sie sich einmal bemerkbar machten. Niemand außer ihr und dem Arzt wußte darum.

So gingen die Jahre hin.

Frau Regina hatte sich so an das Lagerleben gewöhnt, daß sie kaum etwas entbehrte. Und auch Ursula, die immer holder und lieblicher emporblühte in der Freiheit, in der sie aufwachsen durfte, und die sich fleißig mit Onkel Tommy in allerlei Sportarten übte, entbehrte nichts. Sie hatte ihre Eltern und Onkel Tommy, musizierte mit ihm, lernte alles spielend, was die Mutter und Tommy ihr beibrachten, und fand, daß es nirgends so schön sein könne wie im Holzhäuschen, das immer behaglicher ausgestattet wurde. Sie spielte jetzt das Banjo fast besser als Tommy, und sie sangen beide dazu.

Frau Regina ließ sich immer seltener hören, aber Tommy und Ursula sangen um so fleißiger. Und noch immer sangen sie gern die Löweschen Balladen –, »Tom der Reimer« und »Heinrich der Vogler« am liebsten. Und all die vielen deutschen Volkslieder sangen sie, weil diese Volkslieder ihnen wie ein Trost und wie Grüße aus der Heimat schienen.

Tommy wußte jetzt manchmal nicht, wer ihm lieber und teurer war, Frau Regina oder Ursula.

Das Zeltlager stand jetzt in Rhodesia; bis hierher war die Autostraße fertiggestellt worden. Das schwierigste Gelände war überwunden, und es gab jetzt nicht mehr so viele Hindernisse. Und hier traf eines Tages die Kunde von der Beendigung des Krieges ein.

Spurlos waren die Jahre nicht an den Freunden vorübergegangen. Werner Kronegg war nun ein Mann am Ausgang der Vierzig, und sein Haar war an den Schläfen schon sehr grau. Frau Regina war noch immer schön, und man merkte ihr nicht an, daß sie schon nahe an die Vierzig herangekommen war.

Alles in allem hatte man doch ein glückliches Leben geführt, wenn es auch ein Leben ohne Komfort und ohne Vergnügungen gewesen war. Aber vielleicht war es gerade dies einfache, naturgemäße Leben, das Frau Regina kaum hatte altern lassen. Ihr Herzleiden, das noch immer ihr Geheimnis war, hatte ihr keine großen Beschwerden gemacht.

Tommy stand nun schon im zweiunddreißigsten Lebensjahre und war ein echter, rechter Mann geworden, der trotzdem übermütig und vergnügt wie ein Junge sein konnte, zumal wenn er mit Ursula zusammen war, deren Spielgefährte er auch jetzt noch war. Sie sollte nicht zwischen all den so viel älteren Leuten verkümmern, sein Urselchen, seine kleine Bärin, und deshalb tollte er oft genug mit ihr herum.

Er verehrte Frau Regina nach wie vor, und niemand stand seinem Herzen näher, niemand stand ihm höher als sie. Aber auch Ursula wuchs ihm immer mehr ans Herz. Sein Verhältnis zu ihr hatte manche kleine Änderung erfahren. Jetzt spielte er nur noch selten Bär und Bärin mit ihr, sie trieben dafür allerlei Sport.

Ursula stand nun im vierzehnten Lebensjahr, und da sie sehr gut entwickelt war, konnte man sie nicht unbedingt mehr als Kind ansehen. Aber mochte sie äußerlich fast schon einer Erwachsenen gleichen, so war ihr Wesen dennoch ganz kindlich geblieben.

Im Verlauf des nächsten Jahres kam Tommy des öfteren in seltsame Stimmungen, es gab zuweilen in seinem Herzen eine Revolution, und dann wußte er nicht, ob er Frau Regina lieber hatte oder Ursula. Die Kleine blühte zu einem entzückenden Backfisch heran und wurde ihrer Mutter von Tag zu Tag ähnlicher.

Ursula las jetzt mit Vorliebe Bücher, in denen Helden geschildert wurden. Die Mutter hatte nach und nach für Lektüre gesorgt. Wenn in diesen Büchern geschildert wurde, daß ein Mann eine große, gute Tat vollbrachte, sagte sie sich: »Das hätte Tommy auch getan!«

Ja, in ihrem Innern nannte sie ihn jetzt nur noch »Tommy«. »Onkel Tommy« sagte sie nur, wenn sie mit ihm oder von ihm sprach. Der Onkeltitel störte sie in irgendeiner Weise. Wurde sie sich dessen einmal bewußt, dann wurde sie rot und wußte wieder nicht warum. Das Herz klopfte ihr dann oft, als habe sie ein Unrecht begangen. Aber so glatt ihr das »Onkel Tommy« auch im Verkehr mit ihm über die Lippen kam, in ihrem Herzen blieb er jetzt einfach Tommy – Tommy, der Held.

Und Tommys Verhalten ihr gegenüber nahm mehr und mehr etwas Ritterliches an. Noch immer verkehrten sie miteinander in der alten, lieben Vertraulichkeit, aber sie hatte doch jetzt zuweilen einen anderen Ton. Das aber war sicher: Noch immer kam Ursula mit der alten Vertraulichkeit in allen kleinen Nöten zu Tommy, wenn sie die Eltern nicht damit behelligen wollte. Und immer wußte er Rat, immer half er ihr und machte oft fast Unmögliches möglich.

Auch nach Ablauf des sechsten Jahres kam es nicht dazu, daß Werner Kronegg und Tommy einen Urlaub nehmen konnten, denn da war der Krieg noch nicht zu Ende. Und nun, nachdem der Krieg schon über ein Jahr zu Ende war, wagte Werner einfach nicht, das Lager zu verlassen, denn es waren mit den Jahren immer schwierigere Leute unter den Arbeitern eingestellt worden, und Werner fürchtete, daß Unruhen ausbrechen könnten, wenn er auch nur für kurze Zeit fortgehen würde.

So verzichteten sie alle auf einen Urlaub und sparten, soviel sie konnten, für die Zukunft.

Nach wie vor war Tommy fast jeden Abend im Holzhäuschen. Dann saßen die vier Menschen plaudernd zusammen. Auch Ursula saß dann still und ruhig auf ihrem Platz, gleich ihrer Mutter mit einer Handarbeit beschäftigt. Oder sie musizierten, wobei abwechselnd Tommy und Ursula das Banjo spielten.

Ursula hatte eine süße, weiche Stimme, einen Mezzosopran. Wenn sie allein sang, was immer öfter geschah, dann saßen alle lauschend da und sahen in Ursulas liebliches Gesicht. Und wenn sie dann über das Banjo hinweg zuweilen traumverloren in Tommys Augen blickte, überkam ihn ein tiefes Sehnen, dem er keinen Namen geben konnte.

Wie schön und liebenswert erschienen ihm solche Stunden! Seine Augen ruhten dann auf Ursulas schmaler Gestalt, auf ihrem blonden Köpfchen, das sich so anmutig über das Instrument neigte. Er erschrak jetzt zuweilen, wenn sie unvermutet vor ihn hintrat, über die große Ähnlichkeit mit ihrer Mutter. Ihr früher viel helleres Haar hatte jetzt auch den satten Goldton bekommen wie das ihrer Mutter, und die grauen Augen leuchteten genauso strahlend in Liebe und Güte unter den dunklen Brauen und Wimpern hervor wie die der Mutter.

Ursula war auch schon so groß wie ihre Mutter, nur war diese mit den Jahren etwas voller geworden, während Ursula sehr schlank war.

Ihre Erziehung konnte in allen Fächern als vollendet angesehen werden. Die Mutter hatte sie alles gelehrt, was sie selbst wußte, und hatte auch stets dafür gesorgt, daß die Umgangsformen in ihrem Hause in keiner Weise vernachlässigt wurden. Auch sprach Ursula, wie die Eltern und Tommy, geläufig Französisch, Englisch und Holländisch.

Von Deutschland kamen keine guten Nachrichten, obgleich der Krieg nun zu Ende war. Tommy hatte, sobald es wieder möglich war, an seine Tante geschrieben, und diese hatte ihm nun auch schon einige Briefe geschickt. Sie war glücklich, nach so langer, schwerer Zeit wieder von ihm zu hören, daß es ihm gutgehe.

In ihrem letzten Briefe berichtete sie von einer kürzlich erfolgten Begegnung mit seinem Vater, und daß er nach Überwindung einiger Verlegenheit sie angesprochen und gefragt habe, ob sie wisse, wie es Tommy gehe. Sie habe ihm berichtet, daß sie während der ganzen Kriegszeit nichts von ihm gehört, daß er aber nun wieder geschrieben habe. Es gehe ihm tadellos, er bekleide noch immer seine sehr gute Stellung und habe sich so unentbehrlich gemacht, daß seine Firma ihn sogar vor der Gefangenschaft habe behüten können. Er habe ihr längst die fünfzehnhundert Mark zurückgezahlt, mit denen er damals die Reise nach Südwest angetreten habe. Sie habe betont, daß dies das einzige Geld gewesen sei, das Tommy besessen habe.

»Ich habe ihm das ausdrücklich gesagt, damit er Bescheid weiß, daß Du durchaus nicht die zweitausend Mark bei Dir gehabt hast, die aus seinem Schreibtisch verschwunden gewesen waren. Und denke Dir, Dein Vater hat auf all das kein Wort erwidert. Es war, als wolle er noch etwas sagen, ich merkte, wie er mit sich rang, aber er ging dann doch stumm weiter. Er hat jetzt ganz weißes Haar, und seine sonst so kraftvolle Gestalt ist gebeugt, als habe er eine schwere Last zu tragen. Ich kann Dir sagen, mein lieber Junge, er hat mir leid getan, trotz allem, was er an meiner armen Schwester und Dir gesündigt hat. Dein Herr Bruder mag ihm das Leben nicht wenig zur Hölle machen, man hört so allerlei.« –

Diese Worte hatten Tommy tief ins Herz getroffen. Es stieg heiß und würgend in ihm auf. Er wußte, fühlte, daß er seinen Vater noch immer liebte.

Darüber sprach er sich auch mit seinen Freunden aus. Stets gab er ihnen die Briefe Tante Gretes zu lesen.

Sie schrieb von der schweren Zeit der Not, die Deutschland hinter sich und vermutlich noch vor sich hatte. Tante Gretes Pension wollte kaum noch für das Nötigste reichen, wenn sie auch etwas aufgewertet war. Sie mußte sich mancherlei Entbehrungen auferlegen, um nur die alte Christine behalten zu können, von der sie sich nicht trennen wollte.

Selbstverständlich ließ Tommy auf diese Nachricht hin

Tante Grete von seinem schon recht netten Bankguthaben jeden Monat etwas anweisen. Er bestimmte einfach, daß ein Viertel seines Gehaltes an sie geschickt werden sollte. Da er das Geld in englischen Pfundnoten überweisen ließ, war das eine große Hilfe für Tante Grete, und sie schrieb in ihrem nächsten Brief ganz aufgeregt darüber. Es sei so lieb und gut von ihm, aber das könne sie doch nicht annehmen. Darauf schrieb er ihr, das müsse sie einfach; er könne es gut entbehren und freue sich, ihr auf diese Weise vergelten zu können, daß sie ihm damals mit all ihren Ersparnissen geholfen habe.

So verging wieder ein Jahr, und es war ein sehr schweres Jahr auch für die Freunde im Lager. Bisher hatte Werner Kronegg noch immer für Ruhe und Frieden unter seinen Leuten sorgen können, er hatte sie stets fest in den Händen gehabt, und sie waren willig seinen Weisungen nachgekommen. Jetzt aber merkte er seit einiger Zeit, daß die Arbeiter renitent wurden, aufsässige Reden führten und bei jeder passenden und unpassenden Gelegenheit mit Streik drohten.

Es waren, wie schon gesagt, nach dem Kriege viele neue Menschen im Lager eingestellt worden, und seither hatte es schon immer ein wenig gekriselt, aber so schlimm wie jetzt war es noch nie gewesen. Tommy konnte nichts anderes ermitteln, als daß der Geist des Aufruhrs ausgebrochen zu sein schien, und daß die Mißstimmung unter den Arbeitern sich wie eine ansteckende Krankheit weiterverbreitete.

Da es beim Bau der Straße um keinen Preis zu Stockungen kommen sollte, bestimmte Werner seine Chefs, den Lohn der Leute etwas zu erhöhen. Sie wollten erst nicht darauf eingehen, behaupteten, die Löhne seien ohnedies ganz unverhältnismäßig hoch und daß damit nur eine Weile Ruhe geschaffen werden würde. Hätten die Arbeiter das erreicht, würden sie binnen kurzer Zeit neue Forderungen stellen, und das würde eine Schraube ohne Ende sein.

Werner konnte ihnen nicht unrecht geben, gab aber wiederum zu bedenken, daß man unbedingt erst einmal aus dem schwierigen Berggelände herauskommen müsse. Es sei dringend notwendig, die eingearbeiteten Leute so lange zu halten.

So wurde also die Lohnerhöhung von den Chefs bewilligt, und eine Weile blieb Ruhe. Aber das dauerte nicht lange. Es begann von neuem zu gären. Aber diesmal gelang es Tommy herauszubekommen, daß die Aufwiegelei hauptsächlich von zwei Männern ausging, die sich als Perser ausgaben. Sie hatten Flugschriften verteilt und agitierten heimlich und unablässig.

Als Tommy das herausgebracht hatte, nahm man die beiden vermeintlichen Perser scharf aufs Korn. Werner meldete den Tatbestand seinen Chefs und bat darum, daß man Polizei ins Lager sende und in aller Stille die beiden Agitatoren durch Verhaftung unschädlich mache. Das wurde zwar alles geheimgehalten, aber es ergab sich, daß die beiden im ganzen Lager ihre Spitzel verteilt hatten. Sie bekamen Wind – und nun hielten sie es für die höchste Zeit, den Aufstand sofort in Szene zu setzen.

Es gelang ihnen auch, die Arbeiter so weit zu verhetzen, daß diese sofort die Arbeit niederlegten und sich zusammenrotteten; sie stellten Forderungen, die unmöglich erfüllt werden konnten, und nahmen eine bedrohliche Haltung an.

Werner wußte, was auf dem Spiele stand, und daß es diesmal ernster war als je. Nur ein sicheres Auftreten seinerseits konnte bis zum Eintreffen der Polizei die Ruhe aufrechterhalten. Er wünschte sehnlichst, seine verhetzten Leute zur Vernunft zu bringen. War er doch immer gut mit ihnen ausgekommen, ehe die Aufrührer ins Lager gekommen waren. Ganz fest war er davon überzeugt, daß Ruhe und Ordnung wieder einkehren würden, sobald die beiden Hetzer und ihre Helfer dingfest gemacht worden waren.

So beschloß er, dem aufgeregten Haufen entgegenzutreten und ihn zur Vernunft zu bringen. Aber er sorgte sich um seine Frau und seine Tochter. Darum schickte er Tommy zu ihnen ins Holzhäuschen.

»Meine Frau und meine Tochter dürfen nicht ohne Schutz sein, während ich zu den Arbeitern spreche. Man weiß nicht, was die Aufrührer im Sinne führen. Haben Sie Ihren Browning, Tommy? Ich fürchte, daß doch diese oder jene Waffe ins Lager geschmuggelt worden ist, obgleich es streng verboten ist, daß die Arbeiter Waffen haben. Ihre Haltung ist entschieden drohend. Jedenfalls werde ich so unauffällig wie möglich die Ingenieure und den Arzt zu meinem Hause hinüberdirigieren. Gelingt es mir nicht, die Leute zur Vernunft zu bringen, folge ich euch, und wir müssen daran denken, uns in meinem Hause zu verbarrikatieren, bis Polizei oder Militär eintrifft.«

Tommy wurde von widerstreitenden Empfindungen hin und her gerissen. Es zog ihn, zum Schutz von Mutter und Tochter hinwegzueilen, und doch widerstrebte es ihm, Werner allein zu lassen. Er fürchtete, daß Kronegg diesmal nicht durchdringen würde, denn er hatte allerlei bedrohliche Anzeichen bemerkt.

Das Lager mit dem Holzhäuschen lag etwa zehn Minuten von der Stelle entfernt, wo sich die Arbeiter zusammengerottet hatten. Während Tommy nun doch davonging, um den beiden Frauen zu Hilfe zu kommen, blickte er sich noch einige Male um. Er sah, daß sich Werner schnell den verhetzten Arbeitern näherte, sich mit einem Satz auf einen abgesprengten Felsblock schwang und mit lauter Stimme zu sprechen begann. Tommy merkte auch noch, daß sich die aufgeregte Haltung der Leute unter Kroneggs Worten wieder zu beruhigen begann, und eilte nun etwas beruhigter zu dem Holzhause.

Hier wurde er von Regina und Ursula mit unruhigen Fragen empfangen. Sie hatten wohl gemerkt, daß es wieder einmal kriselte. Waramba hatte außerdem davon gesprochen, daß die Männer etwas Schlimmes vorhätten, die gute Mistreß möge auf der Hut sein. Auch der »Herr«, wie Werner von den Leuten genannt wurde, möge vorsichtig sein. Weiter war aus Waramba nichts herauszubringen.

Regina zwang sich mit allen Kräften zur Ruhe, sie dachte an ihr krankes Herz und wollte sich nicht aufregen. Sie atmete auf, als Tommy kam, und faßte seinen Arm.

»Tommy, wissen Sie, was das alles zu bedeuten hat?« fragte sie, nachdem sie ihm erzählt hatte, was Waramba ihr berichtet hatte.

Tommy machte ein möglichst harmloses Gesicht.

»Die Leute sind wieder einmal aufgehetzt worden, aber Sie müssen sich nicht sorgen. Ihr Gatte schickt mich her zu Ihnen, damit ich Ihnen sagen soll, daß es nicht viel auf sich hat. Er spricht jetzt zu den Leuten, und nachher kommen die Ingenieure her und der Herr Doktor auch. Wir wollen dann gemeinsam beraten, was wir tun können, um Ruhe zu schaffen, bis die beiden Hetzer verhaftet werden. Also keine Sorge, gute ›Königin‹«, suchte er sie zu beruhigen, während er selbst gar nicht so ruhig war und immer angespannt hinauslauschte.

Frau Regina sank in einen Sessel.

»Ich weiß nicht, Tommy, warum mir so angst ist, als drohe uns eine Gefahr. Die Leute sind nie so renitent gewesen wie jetzt. Gnade uns Gott, wenn mein Mann seinen Einfluß auf sie verliert! Immer habe ich all die Jahre im tiefsten Innern eine heimliche Angst empfunden, wenn ich auf die wilden Männer blickte.«

Ursula hatte mit großen Augen zugehört. Ihre schlanke Gestalt streckte sich.

»Onkel Tommy, kann es denn sein, daß die Leute Schlimmes vorhaben, wie Waramba sagt – Schlimmes gegen Vater, der es doch immer so gut mit ihnen meint?«

Er legte den Arm um ihre Schulter.

»Sei ganz ruhig, Ursula, der liebe Gott wird das bestimmt nicht zulassen. Ich sah deinen Vater vor den Leuten stehen. Und ich merkte, wie sie gleich ruhiger wurden und die drohende Haltung aufgaben. Sie verehren ihn ja alle, selbst die Wildesten unter ihnen, weil sie wissen, daß er es gut mit ihnen meint. Wenn nur erst die beiden Kerle fort sind, dann wird schnell wieder Ruhe werden wie zuvor. Ich wollte bei Vater bleiben, aber er schickte mich fort, damit ich euch beruhigen sollte. Ich bleibe hier, bis die Ingenieure mit Vater hierherkommen.«

Er plauderte scheinbar harmlos mit Mutter und Tochter, die sich auch beruhigen ließen. Aber dabei lauschte er doch immer wieder voll heimlicher Unruhe hinaus. Er trat auch zuweilen an die offene Tür und sah dann die Ingenieure drüben im Lager auftauchen. Sie winkten ihm zu und machten ihm Zeichen, daß sie bei den Zelten bleiben würden.

Übrigens fehlten noch zwei Ingenieure, die waren wohl bei Werner. Das beruhigte Tommy einigermaßen. Als er, etwas ruhiger geworden, wieder einmal auf die Veranda heraustrat, fiel plötzlich ein Schuß. Er zuckte zusammen und machte eine Bewegung, als wolle er hineilen, dahin, wo Werner war, ihm zu Hilfe. Aber er hielt sich zurück, er durfte die Frauen jetzt nicht allein lassen.

Da fiel ein zweiter Schuß und gleich hinterher ein dritter – und dann war Totenstille.

Tommy sah, wie einige Ingenieure dahin liefen, wo Werner sich befand, und zwei von ihnen kamen näher an das Haus heran. Tommy legte beschwörend die Hand auf den Mund, zum Zeichen, daß sie nichts verraten sollten. Aber da kamen Mutter und Tochter schon auf die Veranda gestürzt.

»Was war das, Tommy?« fragte Frau Regina mit blassen Lippen und angstvollen Augen.

»Onkel Tommy, das waren Schüsse«, sagte Ursula mit bleichen Lippen, als Tommy schwieg.

Er fühlte selbst eine heiße Angst um Werner in sich aufsteigen. Am liebsten wäre er davongelaufen, um zu sehen, was da geschehen war.

Aber nun erscholl plötzlich in die atemberaubende Stille hinein ein lautes Rufen und Schreien. Sie zuckten alle zusammen, und die beiden Ingenieure kamen instinktiv näher und faßten nach ihren Revolvern. Auch Tommy zog seinen Browning, machte ihn schußbereit und steckte ihn wieder zu sich. Ursula hängte sich angstvoll an seinen Arm.

»Onkel Tommy, wenn nur Vater nichts geschieht!«

Tommy führte die beiden leichenblassen Frauen in das Haus zurück. Er verbarg seine Erregung unter gutmütigem Schelten.

»Frau Regina, muß ich mit Ihnen zanken? Wie können Sie sich so aufregen? Und wenn es wirklich Schüsse gewesen sind, wer kann wissen, wozu sie gefallen sind! Die Arbeiter haben jedenfalls keine Schußwaffen, nur die Ingenieure und Ihr Gatte. Vielleicht haben sie die aufsässigen Leute damit zurückgeschreckt. Sehen Sie nur Urselchen an, ganz blaß ist sie geworden, und Sie auch. Tapfer, Frau Regina, tapfer, Urselchen! Setzen Sie sich ruhig hierher, und verlassen Sie auf keinen Fall dies Zimmer. Ich werde einen der Ingenieure, die ich draußen sah, hinüberschicken und nachsehen lassen.«

Kraftlos sanken die beiden Frauen in einen Sessel und nickten ihm wortlos zu. Schnell ging er hinaus. Er wollte sich mit den beiden Ingenieuren verständigen und unverzüglich an die Befestigung des Holzhauses gehen, denn er war nicht im Zweifel, daß es drüben etwas Ernstes gegeben habe.

So trat er vor das Haus und gab den beiden Ingenieuren ein Zeichen, näher zu kommen. Sein Blick flog über das Lager hinweg, und plötzlich zuckte er zusammen. Da drüben sah er einen Haufen Menschen kommen, in der Richtung auf das Holzhäuschen zu. Er hörte sie erregt miteinander sprechen, alle die Arbeiter, die da im geschlossenen Zug herbeikamen, aber – wie Aufruhr sah das nicht mehr aus.

Auch die beiden Ingenieure sahen jetzt die Menge herbeikommen und stellten sich neben Tommy auf. Unwillkürlich zogen sie alle drei ihre Waffen, bereit, das Holzhäuschen zu verteidigen.

Aber dann steckten sie ihre Waffen wieder ein; sie erkannten, daß da keine Aufrührer nahten, sondern nur erregte und betroffene Menschen. Sie erblickten vor dem Haufen zwei Männer, deren Hände man auf den Rücken gefesselt hatte, und diese beiden Männer wurden durch die Ingenieure abgeführt.

Aber – wo war Werner Kronegg? Tommy sprang mit einem Satz über die Verandabrüstung und lief in großen Sätzen auf den Menschenhaufen zu. Er war nahe bei der Gruppe angekommen und – jetzt stockte sein Schritt, seine Augen weiteten sich vor Entsetzen. Hinter den Ingenieuren sah er eine Anzahl Männer eine Art Bahre tragen. Und auf der Bahre lag lang ausgestreckt ein menschlicher Körper. Langsam und bedächtig trugen die Arbeiter die Bahre, und alle anderen folgten, sichtlich in tiefer Betroffenheit.

Da kam wieder Bewegung in Tommys Gestalt.

»Werner!« schrie er auf wie ein Verzweifelter.

Keinen anderen Namen fand er jetzt für den Freund. Der Mann, der mit bleichem Gesicht und geschlossenen Augen auf der Bahre lag, war sein Freund, sein bester, einziger Freund, wenn er ihn auch immer als seinen Vorgesetzten betrachtet hatte. Jetzt war er nur sein Freund, um den er bangte – und –, den sie der Frau, die er verehrte, so ins Haus tragen mußten.

»Was ist geschehen?« schrie er die Ingenieure an.

Mr. Brown deutete auf die beiden gefesselten Männer, Es waren die Agitatoren, die sich als Perser ausgegeben hatten. »Sie haben auf ihn geschossen, die verdammten Kerle, weil er die aufständischen Arbeiter wieder zur Ruhe gebracht hatte. Die Hunde wußten, daß er ihre Pläne immer wieder zuschanden gemacht hatte. Sie wollten das Losbrechen des Aufruhrs hier erzwingen und schossen aus dem Hinterhalt auf ihn. Obwohl Harland und ich sie scharf im Auge behielten, konnten sie drei Schüsse abgeben, ehe wir sie festnahmen. Einer von den Schüssen hat nur getroffen – aber leider nur zu gut.«

Tommy warf sich auf den einen der Gefesselten und schüttelte ihn, außer sich vor Schmerz und Wut.

»Ihr Schurken, ihr elenden Hunde!«

Die Ingenieure rissen ihn zurück.

»Ruhe, Tommy! Die Leute werden ihre Strafe bekommen. Wir wollen den anderen nicht neuen Anlaß zum Tumult geben. Denken Sie an die Frauen. Was geschehen ist, hat die anderen zur Besinnung gebracht. Als sie Doktor Kronegg fallen sahen, wurden sie mit einem Male ernüchtert. Das hatten sie alle nicht gewollt, dazu verehren sie ihn im Grunde viel zu sehr. Jetzt helfen Sie uns, seine Frau und seine Tochter schonend vorzubereiten, davor fürchten wir uns am meisten«, sagte Mr. Brown.

Tommy riß sich zusammen. Mit großen, brennenden Augen starrte er auf Werner.

»Lebt er?« fragte er heiser.

»Ja, er lebt – er ist nur bewußtlos. Der Arzt wird gleich mit allem Nötigen hier sein. Bitte – bereiten Sie die gute Königin und die weiße Blume vor.«

Da gab sich Tommy einen Ruck. Er warf noch einen schmerzlichen Blick auf Werner, der wie leblos auf der Bahre lag, und ging dann schnell zum Haus hinüber.

Frau Regina saß reglos im Sessel, die Hand fest auf das Herz gedrückt, als wollte sie es beruhigen. Mit großen, angstvollen Augen sah sie zu ihm auf. Ursula aber flog ihm entgegen und umfaßte seine beiden Arme.

»Onkel Tommy!«

Wieviel Angst und Sorge lag in diesen Worten! Frau Regina aber vermochte kein Wort hervorzubringen, sie wußte, fühlte, daß etwas Entsetzliches geschehen war.

So sehr sich Tommy auch bemühte, ruhig zu scheinen, sah er doch leichenblaß aus. Und wenn Tommy so aussah, dann mußte er ihr schlimme Botschaft bringen.

Sie hob stumm, verzweifelt die Hände zu ihm auf. Diese Gebärde erschütterte Tommy. Den Arm um Ursula legend, trat er mit ihr zu ihrer Mutter heran, ihre Hand fassend.

»Frau Regina, jetzt müssen Sie stark sein«, stieß er heiser hervor.

Sie sank erbleichend zurück und wollte dann aufspringen, aber ihre Kräfte versagten.

»Reden Sie doch! Was ist geschehen?« schrie sie auf.

Und Ursula sah ihn bange und zaghaft an.

»Onkel Tommy –?«

Er würgte die aufsteigende Schwäche hinunter. Jetzt durfte er sich nicht gehenlassen.

»Kommen Sie, Frau Regina, komm, Urselchen, wir müssen schnell das Bett für Vater richten, ein – ein Unfall ist ihm zugestoßen.«

Nun war Regina mit einem Satz empor.

»Lebt er?« fragte sie mit versagender Stimme.

»Ja, ja – er lebt, er lebt«, stieß er hervor, erleichtert, daß er ihr wenigstens das Schlimmste nicht antun mußte.

Frau Regina richtete sich straff empor. Die alte Tapferkeit war wieder da.

»Sei still, Urselchen, Vater lebt, alles andere wollen wir tragen. Komm, hilf mir schnell sein Lager richten.«

Sie eilten beide in das Schlafzimmer, mit fliegenden Händen alles Nötige ordnend.

Tommy trat hinaus vor das Haus, wo der Zug inzwischen angekommen war. Alle, die ihn begleitet hatten, standen stumm da, auch die, die vorher am lautesten gemurrt hatten. Werners eindringliche Rede hatte sie schon zur Vernunft gebracht; er hatte ihnen klargemacht, daß sie sich nur alle unglücklich machen würden, wenn sie auf die Hetzredner hörten. Da war einer nach dem anderen zur Vernunft gekommen. Und als dann die Schüsse aus dem Hinterhalt fielen, als sie den immer hochverehrten Mann fallen sahen, hatten sie sich auf die Täter stürzen wollen, und die Ingenieure hatten Mühe gehabt, diese vor der Lynchjustiz zu retten. Die Leute hatten geholfen, die beiden Aufwiegler zu fesseln.

Andere hatten sich um Werner gekümmert und ihm eine Bahre bereitet. Einige waren zum Arzt gelaufen, und alle waren tief betroffen, daß ihr allzeit verehrter Anführer das Opfer dieser Unruhe geworden war.

Werner wurde ins Haus getragen. Regina wankte ihm, bleich, mit im Schmerz versteinerten Zügen entgegen. Ursula lehnte, die Hände auf die Brust gepreßt, an der Tür.

Tommy und Regina halfen den Verwundeten betten. Dann scheuchte Tommy alle hinaus, außer dem eben angekommenen Arzt und den Sanitätern.

Der Arzt wandte sich besorgt zu Frau Regina.

»Nehmen Sie sofort eine von diesen Pillen«, gebot er energisch und schob Regina eine Glasröhre mit weißen Pillen in die Hand.

Und dann bat er sie und Ursula, hinauszugehen, bis er den Verwundeten untersucht und verbunden hatte.

Regina beugte sich über den Gatten und küßte seinen Mund.

»Mein Werner!«

Sie stieß es verzweifelt hervor, und dieser Ruf hatte wohl das Bewußtsein des Verwundeten erreicht. Er schlug die Augen auf, sah mit einem großen Blick um sich, sah in Reginas Augen und Ursulas Augen. Und dann lächelte er.

»Es ist nichts!« sagte er mühsam, um sie zu beruhigen. Und dann fragte er leise:

»Wo ist Tommy?«

Tommy trat vor, mit blassem, zuckendem Gesicht. Der Verwundete sah ihn an mit einem Blick, in dem Tommy las: Verlaß meine beiden liebsten Menschen nicht! Er nickte, er habe ihn verstanden. Da sagte Werner leise:

»Es ist gut, Tommy.«

Der Arzt ging ans Werk, Tommy begleitete die beiden

Frauen ins Wohnzimmer und bat sie, sich zu beruhigen, er werde ihnen gleich Bescheid bringen, so schnell wie möglich, sobald die Untersuchung beendet sei. Dann trat er wieder ins Schlafzimmer.

Nun begann die Untersuchung. Man mußte Werner etwas emporheben, damit der Arzt die im Rücken befindliche Einschußwunde untersuchen konnte. Vorn, dicht unter dem Herzen, war das Geschoß wieder herausgekommen. Mit ernstem Gesicht legte der Arzt den Verband an. Dann streiften sie Werner ein Nachthemd über und legten ihn bequem zurecht.

Werner hatte verschiedene Male aufgestöhnt, war aber wieder ohne Bewußtsein.

»Doktor?« fragte Tommy beschwörend.

Der Arzt richtete sich auf. Bekümmert sah er Tommy an. »Es ist wenig Hoffnung – die Lunge und das Herz. Wenn das letztere auch nur gestreift ist, so ist doch die Verletzung lebensgefährlich. Wir müssen Frau Regina schonen, so lange es geht – ich sorge mich um sie ebensosehr wie um ihren Gatten. Im Vertrauen, ihr Herz ist nicht intakt.«

Ein trockenes Schluchzen rang sich über Tommys Lippen; das war zuviel für ihn. Werner und Regina gefährdet? Er wußte, was ein Herzleiden bei solchen Aufregungen zu bedeuten hatte.

Dieser schluchzende Laut brachte Werner zur Besinnung. Er öffnete die Augen, sah in Tommys qualzerrissenes Gesicht und – wußte genug. Er sah zu dem Arzt auf.

»Wie lange noch?« fragte er mühsam.

»Sie werden es hoffentlich gut überstehen, Herr Oberingenieur, aber – wenn Sie irgendwelche Bestimmungen zu treffen haben – man muß immer in Bereitschaft sein.«

Werner schloß einen Moment die Augen. Er dachte an

Frau und Kind. Aber dann faßte er sich. Groß und ernst sah er zu Tommy auf und reichte ihm die Hand.

»Tommy – mein Freund –, auf dich ist Verlaß – ich bitte dich –, bringe meine Frau und meine Tochter in die Heimat zurück. Das Geld auf der Bank – laß es bei einer englischen Bank, es wird für das Nötigste reichen. – Du verläßt meine Frau und Ursula nicht, Tommy?«

Tommy kniete an seinem Bett nieder, damit der Verwundete leiser sprechen konnte. »Werner, wenn du uns genommen würdest, was Gott verhüten möge, dann kehre ich sofort mit deiner Frau und Ursula heim. Sei ganz ruhig, nie verlasse ich sie. Sie gehören zu mir, was auch kommen mag. Aber Gott wird helfen, du wirst, mußt uns erhalten bleiben.«

Wie ganz selbstverständlich kam ihm in dieser Stunde das Du Werner gegenüber in den Mund.

»Sind die Arbeiter ruhig?«

»Ganz ruhig. Du hast sie zur Besinnung gebracht. Die beiden Verbrecher, die auf dich geschossen haben, sind festgenommen.«

Wieder drückte Werner ihm die Hand. Dann sagte er sehnsüchtig :

»Regi! Ursula!«

Tommy verstand. Er rief die Frauen herüber. Regina kniete neben dem Lager ihres Mannes nieder – und zwang sich zu einem Lächeln. Wie schmerzhaft dies Lächeln war, wußte sie nicht.

»Mein Werner, daß du mir nur in die Augen blickst! Wie sehr danke ich dem Schicksal dafür! Wir werden dich schon gesundpflegen. Sag, hast du Schmerzen?«

Mit liebevollem Blick sah er zu ihr auf.

»Nein, nein! Ach, Regi, daß ich nicht besser für dich und

Urselchen sorgen konnte, daß ihr im fremden Lande seid! Aber Tommy ist bei euch, Tommy – er verläßt euch nicht, er hat es mir gelobt.«

Regina barg das zuckende Gesicht auf der Decke seines Lagers. Ursula kniete neben ihr nieder, umfaßte sie und streichelte dem Vater die Hand.

»Väterchen, mein liebes, gutes, du wirst wieder gesund, nicht wahr?«

Er sah sie mit einem innigen Blick an.

»Wie Gott will, mein Urselchen! Sei tapfer, du – du mußt Mutti helfen.«

Ursula erhob sich plötzlich und warf sich in Tommys Arme. Er drückte sie fest an sich, sah mit einem Blick voll Liebe auf sie hinab und berührte in scheuer Zärtlichkeit ihr Haar mit seinen Lippen.

Das sah der Kranke. Und es leuchtete plötzlich in seinem Blick auf. Sterbende sind zuweilen hellsichtig – und Werner Kronegg war ein Sterbender. Es flog ein schönes, befreites Lächeln über sein Gesicht. Er wußte, seine Tochter würde in guter Hut sein – und ihre Mutter auch.

Frau Regina sah mit bangen Augen in das Gesicht ihres Mannes, und er wußte nur eines, daß er ihr Trost geben mußte.

»Meine Regi, schön war es doch, du und ich – wir waren beide zusammen immer eins. Und mein Werk – ich durfte es schaffen – habe nicht umsonst gelebt. Mußt nicht traurig sein, wenn es zu Ende ist – ich bleibe doch bei dir, nichts kann uns trennen –, nie verlieren wir uns, was auch kommen mag, denn wir sind eins geworden im Denken und Fühlen. So tapfer warst du immer, meine süße Frau! Sei es auch jetzt – mache es mir leicht.«

Sie bäumte sich auf in wildem Schmerz, wollte laut und

verzweifelt aufschreien, aber sie biß die Lippen zusammen, daß sie bluteten – und dann lächelte sie.

»Mein Werner!«

Es lag so viel Liebe, so viel Opfermut in diesen Worten, daß Tommy die Zähne zusammenbeißen mußte, um seine Fassung nicht zu verlieren. Noch immer hielt er Ursula in seinen Armen, die sich in dieser bitteren Not zu ihm geflüchtet hatte, als könne es nicht anders sein. Und über ihr Köpfchen hinweg sah er in Werners Augen. Es lag ein Gelöbnis in seinem Blick, ein heiliges Versprechen, einzustehen für die beiden hilflosen Menschen, die Werner zurücklassen mußte.

Tommy hörte, daß draußen eine Bewegung entstand. Der Arzt hatte den Leuten gesagt, wie schwer Doktor Kronegg verwundet sei, und daß kaum Hoffnung bestehe, ihn am Leben zu erhalten. Und da, als sie sich gerade sehr ernüchtert zerstreuen wollten, traf mit einigen Lastautos eine militärische Abteilung ein, mit ihnen die drei Chefs.

Tommy eilte hinaus und kam gerade zurecht, um den Chefs, die mit Bestürzung von der Verwundung Werners gehört hatten, über dessen Befinden Bericht zu erstatten. Sie waren sehr betrübt, zu spät zu seiner Rettung zu kommen.

Justus Körner wollte gleich zu ihm hineingehen, aber Tommy bat ihn, den Verwundeten jetzt nicht aufzuregen, er sei mit Frau und Tochter allein und habe sicherlich noch mancherlei mit ihnen zu besprechen.

Ab und zu eilte Tommy immer wieder zum Holzhaus hinüber, um nach den Frauen und dem Verwundeten zu sehen. Ursula erwartete ihn einmal im Wohnzimmer und sagte ihm, der Vater habe das Bewußtsein eben wieder verloren. Mutter weiche nicht von seinem Lager. Aber sie sei jetzt hier herübergekommen, um ihn etwas zu fragen.

Er zog sie an sich.

»Was willst du mich denn fragen, Urselchen?« fragte er zärtlich.

»Sag' mir, Onkel Tommy, muß Vater sterben?«

Es lag ein herzzerreißendes Flehen in ihrer Stimme.

Er strich sanft über ihre Augen.

»Gott mag geben, mein Urselchen, daß er uns erhalten bleibt. Aber – wir müssen tapfer sein, schon um deiner Mutter willen.«

Sie sah traurig zu ihm auf.

»Wir ohne Vater – Onkel Tommy, das geht doch gar nicht!«

Er strich ihr das Haar aus der Stirn.

»Was auch kommen mag, Urselchen, ich verlasse euch nicht, das habe ich dem Vater versprochen. Sei tapfer! Es tut mir bitter weh, daß ich euch leiden sehe und nicht helfen kann.«

»Guter Onkel Tommy, ich will gern tapfer sein – aber –, manchmal ist es zu schwer.«

Ihre Stimme brach. Er streichelte ihre Hände.

»Mein armes kleines Urselchen! Geh' wieder hinüber zu Vater und Mutter, sie brauchen dich beide. Ich muß wieder hinaus zu den Chefs, es ist noch allerlei zu ordnen.«

Sie nickte ihm zu, zwang sich, ein ruhiges Gesicht zu machen, und begab sich in das Schlafgemach.

Tommy ging wieder zum Lager hinüber. Da kam ihm Justus Körner entgegen.

»Herr Reiner, ich habe vorhin in der Aufregung ganz vergessen, daß ich ein Telegramm für Sie mitgebracht habe. Hier ist es.«

Tommy sah verwundert auf das Telegramm. Er öffnete es und las:

»Dein Vater und Bruder Autounfall. Beide tot. Du einziger Erbe. Schnelle Heimreise nötig. Drahtantwort. Tante Grete.«

Tommys durch die letzten Ereignisse aufgestörtes Empfinden ließ es eine Weile nicht zu, daß er begriff, was ihm gemeldet wurde.

Sein Vater tot? – Das war das erste, was er endlich zu fassen vermochte. Es riß mit Gewalt an seinem Herzen und ließ ihn die Stärke dessen erkennen, was ihn trotz allem Geschehenen und Gewesenen innerlich an seinen Vater gebunden hatte; aber zugleich erfaßte er auch, wie schwer er an dem Bewußtsein der Entfremdung zwischen ihnen beiden getragen hatte. Der Tod des Bruders berührte ihn kaum. Dessen haßerfülltes Wesen hatte lange schon jedes Gefühl in ihm erstickt, das er für seinen Bruder hätte empfinden müssen.

Und bei all diesen Empfindungen vermochte er gar nicht daran zu denken, daß er nun mit einem Male ein reicher Mann geworden war.

Justus Körner hatte ihn forschend angesehen.

»Sie haben hoffentlich keine schlimme Nachricht erhalten, Herr Reiner?«

Fast geistesabwesend sah ihn Tommy an.

»Mein Vater und mein Bruder sind bei einem Autounfall tödlich verunglückt. Gestatten Sie, daß ich mich jetzt zurückziehe – ich – es ist ein bißchen viel auf einmal.«

Und er taumelte davon, ließ Justus Körner stehen und ging auf das Holzhaus zu, dorthin, wo er seit Jahren für alles, was ihn bewegte, Verständnis fand.

7

Ganz still war Tommy in das Krankenzimmer getreten und hatte sich neben Werners Bett auf einen Sessel fallen lassen. Er hielt die inhaltschwere Depesche noch immer in der Hand.

Regina achtete, in ihren Schmerz versunken, nicht auf ihn. Ihre Augen hingen an den bleichen Antlitz ihres Gatten. Werner lag wieder bewußtlos und holte mühsam Atem.

Aber Ursula merkte Tommy an, daß ihm etwas Schweres auf dem Herzen lag. Sie trat an seine Seite.

»Onkel Tommy, bringst du uns noch mehr Schweres?« fragte sie leise.

Er lehnte den Kopf an ihre Schulter.

»Ich habe eine Nachricht von daheim, Urselchen.«

Da wandte auch Frau Regina den Kopf nach ihm.

»Was ist Ihnen, Tommy?«

Er reichte ihr stumm die Depesche. Sie las, drückte seine Hand und sagte:

»Ach, Tommy, nun werden auch Sie uns verlassen?«

Ursula zuckte leise zusammen und wurde bleich.

»Nein! O nein, Onkel Tommy, das tust du nicht!« stieß sie mit versagender Stimme hervor.

Er schüttelte den Kopf.

»Du weißt es, Urselchen. Da – lies!«

Ursula las das Telegramm, und als sie es ihm dann zurückgab, streichelte sie scheu über seine Stirn.

»Onkel Tommy, ich weiß, daß sie beide böse zu dir waren, und daß dein Vater dich verstoßen hat. Ich kann sie nicht bedauern, sie haben dir zu wehe getan«, sagte sie leise.

»Und doch schmerzt es mich, daß mein Vater tot ist.«

»Ja«, sagte sie ernst, »sonst wärest du nicht du.« –

Jetzt öffnete Werner Kronegg die Augen und blickte alle drei nacheinander fragend an.

»Ist es Abend geworden?«

»Ja, Werner. Wie fühlst du dich?«

»Erträglich, Regi, ich habe wenig Schmerzen. Wie geht es draußen, Tommy?«

»Es ist alles ruhig, die Leute sind jetzt ganz vernünftig, du hast sie zur Ruhe gebracht. Die drei Chefs sind auch hier; sie möchten dich gern sehen, Werner. Willst du, daß sie kommen?«

»Ja, rufe sie.«

»Sogleich, Werner, aber erst möchte ich dir noch etwas sagen. Ich habe ein Telegramm von zu Hause; mein Vater und mein Bruder sind bei einem Autounfall ums Leben gekommen.«

Und jetzt kam es Tommy plötzlich zum Bewußtsein, daß er nun ein reicher Mann, ein Großgrundbesitzer war. Wie eine jähe Freude brach das in ihm auf, weil er plötzlich begriff, daß das nicht nur für ihn wichtig war. Und so fuhr er fort:

»Es kommt mir jetzt erst so recht zum Bewußtsein, Werner – ich bin jetzt der Erbe von Langenfurt und Hartau, von allem, was mein Vater hinterließ. Nun kannst du ganz ruhig sein. Wenn du erst gesund bist, reisen wir alle heim. Alles, was mein ist, gehört auch euch. Ihr kommt mit mir nach Langenfurt. Man muß dich von deinem Vertrag entbinden – hörst du, Werner, du mußt ganz ohne Sorge sein –, verstehst du mich?«

Werner verstand ihn. Tommy wußte wohl, daß er nicht mehr heimreisen würde – er wollte ihm nur sagen, daß Regina und Ursula bei ihm in Langenfurt eine Heimat finden würden. Ein befreites Leuchten flog über Werners blasses Gesicht.

»Guter Tommy, ich verstehe! Du wirst Wort halten, ich weiß es. Gott lohne es dir.«

Die beiden Männer sahen sich an und verstanden sich. Sie reichten sich die Hände, und Tommy sagte:

»Ich habe so viel Dank an euch abzutragen, Werner. Sei ganz unbesorgt, ich reise nicht allein ab, das verspreche ich dir.«

Werner atmete auf. Er wußte nun, daß Tommy seine Frau und seine Tochter mit auf seine Güter nehmen würde, und daß sie dort vor aller Not und Sorge geschützt sein würden.

»Sprich nicht von Dank, Tommy! Wer zu danken hat, das weiß ich besser.« Gleich nach diesen Worten verließ Werner wieder das Bewußtsein.

Tommy blieb noch eine Weile bei den Frauen und suchte sie zu trösten, dann ging er, die Chefs herbeizuholen. Sie mußten zur Stelle sein, falls Werner wieder zu sich kommen sollte.

Mit tiefbewegtem Gesicht traten die drei Herren an das Lager des Mannes, der ihnen ein so pflichtgetreuer Angestellter gewesen war. Er hatte in wahrhaft genialer Weise die Bergstrecke bezwungen. Jetzt würde die Straße nur noch durch die Ebene führen. Das war ein Kinderspiel im Vergleich zu dem, was Werner geschaffen hatte, und das würden auch die anderen Oberingenieure leisten können. Aber es schmerzte sie, diesen genialen Mitarbeiter zu verlieren. Der Arzt hatte ihnen gesagt, daß Dr. Kronegg im günstigsten Falle noch die Nacht überleben würde; an eine Rettung sei nicht zu denken.

Sie mußten fast eine Stunde warten, bis Werner wieder zu sich kam.

Mit klaren, aber matten Augen sah Werner zu ihnen empor.

»Meine Herren, es tut mir leid, daß ich Sie nicht aufrecht begrüßen kann.«

Sie drückten ihm tiefbewegt die Hand.

»Wir sind tief erschüttert, lieber Herr Doktor, Sie verwundet zu sehen. Leider kann es Ihnen nichts helfen, wenn wir Ihnen versichern, daß die Täter hart bestraft werden«, sagte Justus Körner.

»Da man sie festgenommen hat, wird nun Ruhe sein. Die anderen waren nur verhetzt – ich bitte sehr darum, daß sie nicht bestraft werden.«

»Darüber machen Sie sich keine Sorge, Herr Doktor, die anderen sollen straffrei ausgehen. Aber wir wollen Sie nicht aufregen, wir stehen hier, um Ihnen zu danken. Sie haben mehr getan als Ihre Pflicht. Es schmerzt uns sehr, daß Sie dafür leiden müssen:

Doch jetzt müssen Sie wieder Ruhe haben. Wir bleiben bis morgen im Lager und sehen morgen früh noch einmal nach Ihnen.« Damit verabschiedeten sie sich, traurig, daß sie nicht helfen konnten. Tommy begleitete sie bis vor das Haus. Dort sagte er zu ihnen:

»Meine Herren, darf ich Sie um meine sofortige Entlassung bitten?«

Sie sahen ihn betroffen an.

»Wie, Herr Reiner, auch Sie sollen wir verlieren?«

»Sie haben doch gehört, Herr Körner, daß mein Vater und mein Bruder bei einem Autounfall ums Leben gekommen sind. Mich ruft die Pflicht heim, ich werde ein großes Erbe zu verwalten haben. Und leider hat der Arzt kein Hehl daraus gemacht, daß Doktor Kronegg kaum den morgigen Tag überleben kann. Ich habe ihm versprochen, seine

Frau und Tochter sicher nach Deutschland zu geleiten, wenn er die Augen geschlossen hat. Und ich habe Doktor Kronegg und seine Familie seit Jahren als meine eigene Familie angesehen – so gehören sie auch jetzt zu mir, was auch kommen mag. Ich werde gottlob in der Lage sein, in jeder Beziehung für sie einstehen zu können. Das weiß auch Doktor Kronegg.«

»Selbstverständlich dürfen wir Sie unter diesen Umständen nicht halten, so leid es uns auch tut, eine so tüchtige Kraft einzubüßen.«

»Es wird auch ohne mich weitergehen. Es läuft ja jetzt alles von selbst. Nötigenfalls engagieren Sie einen Ersatz für mich. Ich werde viel leichter zu ersetzen sein als Doktor Kronegg.«

»Sie sind uns beide unersetzlich, wir haben nicht vergessen, was wir Ihnen beiden zu danken haben. Aber wir dürfen in diesem Falle nicht egoistisch an uns denken. Wenn es so weit ist, daß Sie abreisen wollen, lassen Sie es uns wissen. Wir werden Ihnen dann ein Auto schicken, damit Sie mit den Damen wenigstens bis zur nächsten großen Bahnstation fahren können. Doch nun für heute gute Nacht.«

»Gute Nacht, meine Herren!«

Es war eine bange Nacht, die diesem Tage folgte, nicht nur für den Verwundeten, sondern auch für die drei, die ihn liebten und sich um ihn sorgten.

Werner kam kaum noch zum Bewußtsein, und nun brach auch Frau Regina völlig zusammen, da sie ihm nicht helfen konnte. Sie hatte verschiedene Ohnmachten und starke Schmerzen in der Herzgegend, obgleich sie immer wieder die Medizin nahm, die der Arzt ihr gegeben hatte. Schließlich mußte Ursula sie zu Bett bringen, weil sie sich nicht mehr aufrecht halten konnte.

Tommy kam wieder ins Schlafzimmer, als Ursula ihm meldete, daß die Mutter zu Bett gebracht sei.

»Ich fürchte mich ohne dich, Onkel Tommy, bitte laß mich nicht allein mit den Eltern«, bat Ursula.

Und auch Frau Regina streckte ihm wie hilfesuchend die Hände entgegen, als er wieder eintrat. Er setzte sich an Werners Lager, während Ursula sich an das Bett der Mutter setzte.

Der Arzt kam noch einige Male während der Nacht. Er bat Frau Regina immer wieder dringend, sich zu beruhigen. Tommy mußte immerfort an seine verstorbene Mutter denken, wenn er Frau Reginas blasses Antlitz sah.

Werner stöhnte zuweilen auf, ohne sich dessen bewußt zu sein, dann schreckte Frau Regina jedesmal empor, als müsse sie ihm zu Hilfe eilen, und beugte sich über ihn, liebevoll seinen Namen flüsternd.

Ursula zuckte jedesmal schmerzvoll zusammen, sobald der Vater stöhnte und die Mutter sich so qualvoll aufbäumte. Tommy sah sie dann beschwörend an, stand auch zuweilen auf und streichelte ihre kalten Hände.

Diese Nacht vergaßen die beiden jungen Menschen nie. Inniger als bisher fühlten sie sich miteinander verbunden.

Dazwischen dachte Tommy immer wieder an seinen Vater. Hatte er wenigstens in seiner Todesstunde einen einzigen versöhnlichen Gedanken für seinen verbannten Sohn gehabt? Es war ihm nicht vergönnt gewesen, am Sterbelager seines Vaters zu weilen – aber hier starb ein Mensch, der ihm mehr gewesen war als sein leiblicher Vater. Und neben ihm lag die Frau, die er verehrt hatte; und diese Frau starb tausend Tode um den Mann ihrer Liebe.

Er saß dabei und konnte nicht helfen, ihm nicht und ihr nicht, so gern er es auch getan hätte, er konnte nur wachen in sorgender Liebe, mit Ursula zusammen.

Ja, Tommy Reiner war das Herz in seinem ganzen Leben nur einmal so schwer gewesen wie in dieser Nacht – das war, als seine Mutter starb und er aus dem Vaterhause verbannt wurde. Werner Kronegg und seine Familie bedeuteten ihm jetzt Heimat und Familie. Und außerdem war ihm Frau Regina die Verkörperung des Ideals, das jeder rechte Mann im Herzen trägt. Ja, er hatte Frau Regina geliebt mit einer treuen, reinen, aufopfernden Liebe vom ersten Tage an, da er sie in Kapstadt gesehen hatte und ihr gütiges Lächeln ihn wieder zu einem Menschen machte.

In dieser Stunde aber starb diese Liebe, wie etwas, das nicht mehr sein durfte, das von ihm abfiel, wenn er in ihr leiddurchwühltes Gesicht blickte. Jetzt sah er nicht mehr das Weib in ihr, sondern Ursulas Mutter, die in diesen Stunden auch ihm zu einer Mutter wurde. Ihm war, als könne er nur noch wie ein Sohn für sie fühlen. Sie wurde in dieser Leidensnacht für ihn eins mit der verlorenen eigenen Mutter.

Eine unendliche, schmerzvolle Zärtlichkeit für Ursula füllte sein Herz. Sie erschien ihm viel älter, gereifter als bisher. Diese furchtbaren Stunden hatten das Kindliche, das sie noch gehabt hatte, abgestreift.

So verging die Nacht in quälenden Gedanken, in Angst und Not, und der kommende Tag stieg mit Frühlichtgrau vom Berge herab. Und dann, nach einer Weile, fiel ein verlorener Sonnenstrahl ins Zimmer, über die Betten der beiden Gatten, über ihre bleichen, blutleeren Gesichter.

Plötzlich, wie von diesem Sonnenstrahl geweckt, richtete sich Werner Kronegg empor und rang mit gurgelndem Ächzen nach Luft. Regina fuhr auf und beugte sich über ihn.

»Werner, mein Werner!«

Werners Augen öffneten sich weit, sahen in die Augen seiner Frau mit einem letzten bewußten Blick.

»Regi, meine Regi! Mein Urselchen!«

Schwer rangen sich diese Worte von seinen Lippen, dann schoß plötzlich ein dicker Blutstrom über die Lippen und färbte sein Bett und sein Hemd. Wie hilfesuchend blickte er um sich, sah in Tommys Augen – und ein Lächeln flog über sein Gesicht, ein befreites Lächeln. Dann sank er zurück mit gebrochenen Augen.

Regina warf sich über ihn, mit einem Schrei, der Tommy und Ursula erzittern ließ. Und als sie begriff, daß ihr geliebter Mann tot war, da brach ihr Herz. Sie sank über ihm zusammen – selbst eine Tote.

Tommy beugte sich über sie, während er Werner die Augen schloß.

»Frau Regina! Frau Regina!«

Sie antwortete nicht, hörte ihn nicht mehr. Er lief zur Küche, wo Waramba neben dem Herd hockte.

»Schnell, Waramba, schnell zum Arzt! Er soll kommen, schnell, schnell!«

Tommy lief ins Schlafzimmer zurück, während die Basutofrau davonrannte zum Arzt. Er kam gerade noch zurecht, um Ursula in seinen Armen aufzufangen, die erst jetzt begriffen hatte, was geschehen war.

Tommy trug sie hinüber in das Wohnzimmer, damit sie den schrecklichen Anblick nicht mehr vor Augen haben sollte. Er legte sie auf den Diwan und kehrte schnell noch einmal ins Schlafzimmer zurück, um Frau Regina die Augen zu schließen. Er wußte nun, daß auch sie nicht mehr am Leben war.

Tief erschüttert eilte er wieder zu Ursula zurück. Sie sah ihn angstvoll an.

»Väterchen! Mutti!«

Er streichelte ihr Haar.

»Gleich kommt der Arzt, mein armes Urselchen, sei doch ruhig.«

Mit einem herzzerreißenden Blick sah sie ihn an.

»Er kann nicht mehr helfen, Onkel Tommy – ich – ich weiß, daß ich sie beide verloren habe. Wie grausam – oh – wie grausam!«

Er konnte keine Worte finden, um sie zu trösten; auch in ihm war alles wund und weh. Er mußte selbst nach Fassung ringen.

Dann kam der Arzt und bestätigte, daß Ursula Vater und Mutter in derselben Minute verloren hatte. Ein Herzschlag hatte Frau Reginas Leben beendet, als sie sah, daß ihr Gatte tot war, ein wohltätiger Herzschlag, der sie wieder mit ihm vereinte. –

Tommy wußte nicht, wo ihm der Kopf stand. Er war selbst so maßlos erschüttert, daß es ihm schwerfiel, Ursula in dieser schweren Stunde Halt und Stütze zu sein. Sie saß verstört an den Betten ihrer Eltern, sah mit verzweifeltem Blick auf die leblosen Gestalten und streichelte ihnen die kalten Hände. Tommy trug sie schließlich auf einen Wink des Arztes wieder hinüber ins Wohnzimmer; sie sollte sich von diesem Bilde des Grauens trennen. Der Arzt und die beiden Sanitäter befreiten inzwischen die beiden Toten von der blutbefleckten Wäsche, kleideten sie frisch ein und betteten sie friedlich nebeneinander.

Während dieser Zeit rührte sich Tommy nicht von Ursulas Seite. Er streichelte ihr Haar, suchte ihre kalten Hände zwischen den seinen zu wärmen und nun fand er auch Trostworte:

»Fasse dich doch, mein armes Urselchen, sieh nicht so starr vor dich hin! Ich sorge mich namenlos um dich. Du mußt tapfer sein, wie deine liebe Mutti es immer war. Denke nicht immer an das Schreckliche, denke nicht an das, was du verloren hast, sondern daran, daß sie nun beide wieder vereint sind. Deine Mutter konnte den Vater nicht allein lassen, sie liebte ihn so sehr. Das Herz brach ihr, als sie sah, daß er sie verlassen hatte; so schnell sie konnte, wollte sie ihm folgen.

Denke daran, Urselchen, wie tapfer sie all die Jahre war; sie hat dich und den Vater nie merken lassen, daß sie ein krankes Herz hatte, um euch nicht zu bekümmern. So tapfer hat sie trotz allem in der Wildnis ausgeharrt. Alles ertrug sie ohne Murren, was einer Frau so schwer zu tragen ist.

Und wie lieb hatte sie auch dich, wie lieb hatte dich der Vater! Daran mußt du denken. Wie schön ist es doch für dich, zu wissen, daß die Eltern dich allezeit so sehr geliebt haben. So voll Güte waren sie zu dir.

Sieh, auch ich habe fast zu gleicher Zeit meinen Vater verloren, und – er ist von mir gegangen ohne ein einziges gutes Wort. Er hatte sich losgesagt von mir, wollte nichts mehr von mir wissen. Das tut weh, glaube es mir. Und die Mutter mußte ich auch hergeben, den einzigen Menschen, der mich lieb hatte. Als sie mir genommen wurde, war mir, als würde mir das Herz in Stück gerissen. So wird dir jetzt auch zumute sein, meine arme kleine Bärin, und das tut mir weh um dich.

Ich kann dich auch gar nicht so trösten, wie ich es möchte, denn auch ich bin ganz vernichtet vor Schmerz um diese beiden Menschen, die ich so sehr geliebt habe. Wir müssen es nun gemeinsam tragen, du und ich, müssen einander trösten und aufrichten, so gut es geht. Aber du darfst mir nicht noch mehr Sorgen machen dadurch, daß du dich krank machst. Du mußt tapfer sein, mein Urselchen! Sprich doch ein Wort!«

So redete er in seiner Angst und Unruhe auf sie ein. Und da warf sie sich an seine Brust und fand endlich erlösende Tränen, die das Grauen und die Verzweiflung in ihrer Seele lösten.

»Ach, lieber Onkel Tommy, was soll nun aus mir hier im fremden Lande werden, nun ich nicht Vater und Mutter mehr habe?«

»Du hast doch mich, Urselchen, wir gehören doch zusammen, wie – wie Bruder und Schwester, die ihre Eltern verloren haben. Und wie Geschwister werden wir alles gemeinsam tragen. Du kommst mit mir nach Deutschland, sobald wir deine Eltern zur letzten Ruhe bestattet haben. Ich habe es deinem Vater versprochen, daß ich dich nie verlassen werde, niemals! Du gehst mit mir nach Langenfurt – ich habe dir ja oft erzählt, wie schön es dort ist. Herrlichen Wald gibt es da; das Land ist so schön, Urselchen. Und um das Herrenhaus liegt ein schöner, alter Park, darin ist ein kleiner stiller See, auf dem wir im Winter Schlittschuh laufen. Da wird es dir schon gefallen. Wir holen Tante Grete und die alte Christine nach Langenfurt; du weißt, wie gut sie zu mir gewesen sind, und das will ich ihnen nun vergelten. Täglich werden wir von deinen Eltern sprechen, und sie werden immer bei uns sein. So, mein Urselchen, weine dich aus, das schafft dir Erleichterung. Und ein schönes Grabmal lassen wir den Eltern setzen. Weißt du, wo wir sie zur ewigen Ruhe betten? Da oben auf dem letzten Berge, den dein Vater bezwungen hat, soll Vater mit Mutter schlafen, da soll er Wache halten über das von ihm geschaffene Werk. Ja, da oben auf der vordersten Spitze, von der aus man die ganze Straße übersehen kann, dort soll er mit Mutti ruhen. Und alle die Menschen, die in künftigen Zeiten die wunderschöne Autostraße entlangfahren werden, sollen dort oben das Denkmal stehen sehen und sich sagen: Der da oben ruht, hat uns die schöne Straße geschaffen, und neben ihm liegt seine Frau, die so treu war, daß sie auch im Tod nicht von ihm lassen konnte.«

So fand er die rührendsten Worte, um dem verwaisten Kinde das Weh aus dem Herzen zu lösen. Ihre Tränen flossen unter seinen liebevollen Worten unaufhörlich, aber diese Tränen lösten den furchtbaren Druck von ihrer jungen Seele, und ein süßer Trost war es ihr doch, daß sie bei Tommy bleiben durfte, und daß er sie nie, nie verlassen würde.

Inzwischen hatten der Arzt und die Sanitäter alle Spuren des grauenvollen Geschehnisses entfernt, und die toten Eltern lagen schön und friedlich nebeneinander. Sie setzte sich zu ihnen und sah nur immer in ihre Gesichter. Unsagbar schön sah Frau Regina aus, der Tod hatte sie gleichsam verjüngt, und ihr Goldhaar umgab das Haupt wie ein Heiligenschein. Daneben das brünette, edle Antlitz Werner Kroneggs, mit den festen, energischen Zügen, die im Tode noch von einem festen Willen kündeten.

Jetzt kamen auch die drei Chefs, denen die Kunde vom Tode dieser beiden Menschen gebracht worden war. Auch sie standen tief ergriffen am Lager der beiden stillen Schläfer.

Ohne ein Wort entfernten sie sich dann. Nun war niemand mehr im Hause als Tommy und Ursula.

Die beiden Basutofrauen waren geflohen wie aufgescheuchte Tiere. Sie trugen die Botschaft vom Tode des »Herrn« und der »guten Königin« durch das ganze Lager, wo sich eben die Leute zur Arbeit rüsten wollten.

Als Tommy zu Ursula trat, sah sie mit feuchten Augen zu ihm auf.

»Onkel Tommy, siehst du, wie süß und lieb Mutti aussieht, und wie friedlich mein guter Vater neben ihr liegt! Sieht es nicht aus, als schliefen sie nur?«

Er legte den Arm um ihre Schulter, froh, daß sie das Grauen überwunden hatte und ruhiger geworden war.

»Sie schlafen auch nur, Urselchen. Und so schön und friedlich, wie sie hier vor uns liegen, wollen wir sie für immer in unserer Erinnerung behalten. Sie sind aller Not, allem Leid entrückt – und sind beieinander. Tröstet dich das ein wenig?«

Sie barg das Gesicht an seiner Brust.

»Es war so furchtbar, als ich sie hier im Blute liegen sah, das muß ich vergessen lernen. So, wie sie jetzt vor uns liegen, so will ich mir ihr Bild einprägen. Laß mich ruhig allein mit ihnen, du wirst mancherlei zu ordnen haben.«

Er strich ihr liebevoll das Haar aus der Stirn.

»Du bist deiner Mutter Tochter, meine tapfere Ursula. Bleibe ruhig bei deinen Eltern. Ich will hinübergehen und alles wegen der Beerdigung mit den Chefs besprechen. Sobald ich kann, komme ich wieder zu dir.«

Sie nickte ihm vertrauensvoll zu, und er ging schnell davon.

Die Arbeit ruhte vollständig an dem Tage, da Werner Kronegg und seine Gattin zur letzten Ruhe bestattet wurden. Alles, was im Lager lebte, hatte sich so festlich wie möglich hergerichtet.

Acht Männer trugen jeden der Särge, die mit selbstgewundenen Kränzen geschmückt waren. Die Träger wechselten ab, wenn ihnen die Last zu schwer wurde, denn es ging bis zu dem höchsten Punkte des Berges.

Tommy und Ursula folgten als erste den Särgen, von einem Missionspfarrer geleitet, den man aus einem der Eingeborenendörfer herbeigeholt hatte. Hinter ihnen schritten die drei Chefs, danach die Ingenieure und der Arzt, und diesen schlossen sich die Arbeiter an.

So ging es langsam aufwärts, und alle Gesichter zeigten tiefe Bewegung. »Der Herr« und »die gute Königin« wurden zu Grabe getragen, und die »weiße Blume« folgte mit blassem Gesicht den Särgen.

Oben auf dem Gipfel des Berges war ein Grab geschaufelt worden. Von hier aus konnte man wirklich die Autostraße ein gutes Stück überblicken.

Die beiden schlichten Särge wurden versenkt, und der Pfarrer hielt eine ergreifende Rede. Danach schritten alle am Grabe vorüber und warfen den letzten Gruß hinab. Tommy hatte das alles angeordnet; ganz auf deutsche Art sollten diese beiden Toten hier im fremden Lande bestattet werden. Er hielt Ursula im Arm und stützte sie, als der Jammer noch einmal wild in ihr aufstieg. –

Dann war alles vorüber. Langsam entfernten sich die Leute. Die Chefs und die Ingenieure sprachen Ursula noch einmal ihr Beileid aus. Dann gingen auch sie, und Tommy stand mit Ursula allein an dem bereits zugeschaufelten Grabe. Ursula kniete nieder und betete, und Tommy ließ sie eine Weile ungestört. Dann hob er sie auf und führte sie davon.

Er hatte mit den Chefs genau besprochen, wie das Denkmal beschaffen sein sollte, das über dem Grab der beiden Gatten aufgestellt werden sollte, und die Chefs verbürgten sich für eine schöne und würdige Ausführung. Sie versprachen ihm auch, nach Fertigstellung eine Photographie davon machen zu lassen und diese nach Langenfurt zu senden.

Schon am nächsten Tage traten Tommy und Ursula ihre Heimreise an. Ursula hatte außer ihren Sachen nur einige Andenken an die Eltern eingepackt.

An Tante Grete hatte Tommy ein Telegramm folgenden Inhalts aufgegeben: Reise 18. April ab Kapstadt. Weiteres von Hamburg. Tommy.

Das genügte vorläufig. Tommy und Ursula fuhren mit Justus Körner in dessen Auto bis zur nächsten Bahnstation. Hier verabschiedeten sie sich herzlich von ihm und fuhren mit der Bahn nach Kapstadt, wo sie sich an Bord der »Wangoni« begeben wollten.

In Kapstadt begaben sie sich in dasselbe Hotel, in dem sie damals mit den Eltern gewohnt hatten. Am andern Morgen machten sie einen Spaziergang. Sie kamen am Hafen an der Stelle vorüber, wo Tommy damals seine Dienste als Kofferträger angeboten hatte.

»Erinnerst du dich, Urselchen?«

Sie nickte mit einem schwachen Lächeln.

»Ja, Onkel Tommy, hier nahmst du unsere Koffer in die eine Hand und mich auf den andern Arm und trugst mich zum Hotel.«

»Ja, und auf dem Weg dahin nanntest du mich zum erstenmal ›Onkel Tommy‹. Erst fragtest du mich, ob ich Tom der Reimer sei. Und ich hatte von dieser Stunde an wieder eine Familie, hatte Menschen, die gut zu mir waren. Deine herrliche Mutter gab mir am Abend einen Wettermantel von deinem Vater, daß ich nicht frieren sollte. Weißt du, wie mir da war, wie wundervoll das Gefühl für mich war, daß sich ein Mensch um mich sorgte?«

Sie streichelte seine Hand.

»Guter Onkel Tommy!«

Er zog ihren Arm durch den seinen, und sie gingen weiter, manche Erinnerungen auffrischend. Da sagte Tommy lächelnd:

»Also, Urselchen, jetzt müssen wir uns eine neue Reiseausstattung anschaffen. So wie wir sind, können wir nicht auf Europa losgelassen werden. Du siehst wohl hier schon an den uns Begegnenden, daß wir uns neu einkleiden müssen.«

Verzagt sah sie ihn an.

»Ach, Tommy, das habe ich auch schon bemerkt. Aber – ich habe doch kein Geld, und ohne Geld bekommt man doch keine neue Reiseausrüstung.«

Er wollte gar nicht das Gefühl in ihr aufkommen lassen, daß er von jetzt an alle Ausgaben für sie bestreiten würde. Es stand fest bei ihm, daß er das nicht unbedeutende Erbe, das ihre Eltern ihr hinterlassen hatten, nicht anrühren würde. Aber das brauchte sie nicht zu wissen.

Tommy hatte mit Justus Körner besprochen, daß er Ursulas Geld auf der Englischen Bank liegenlassen und daß er, sobald sie zu Hause waren, die Vormundschaft übernehmen werde, damit er imstande sei, ihre Geldangelegenheiten ordnen zu können.

Nun sagte er scheinbar harmlos:

»Aber Urselchen, du hast doch Geld, dein Vater hatte ja ein Bankkonto. Davon werden wir einfach abheben, was du brauchst. Das besorge ich schon, darum brauchst du dich nicht zu kümmern, denn mit Geld weißt du kleine Wilde doch nicht umzugehen.«

Sie glaubte ihm ohne weiteres. Was wußte sie von Geld und Geldeswert!

So gingen sie dann aus einem Laden in den andern und kauften ein, was sie haben mußten. Und dabei erinnerten sie sich an den Tag in Pretoria, wo Tommy sich neu ausstaffiert und das Banjo zum Schluß gekauft hatte. Das Banjo befand sich übrigens in ihrem Reisegepäck, davon wollten sie sich nicht trennen.

Einige Stunden später hatten sie sich in ganz kultivierte Menschen verwandelt und alles eingekauft, was sie für die Reise brauchten.

Als sie sich dann im Hotel zum erstenmal in modischer Kleidung gegenüberstanden, sahen sie sich an und mußten lachen.

»Ach, Onkel Tommy, wie seltsam du aussiehst mit den langen Hosen und dem steifen Kragen!«

Lachend sah er an sich hinunter.

»Nicht wahr, ein komischer Anblick ist so ein zivilisierter Weltbürger. Aber sei ganz ruhig, auf dem Dampfer werde ich in der Hauptsache wieder in Shorts gehen, wenn auch nicht wieder in den alten. Aber einen Smoking habe ich außer diesem Anzug auch noch erstanden, das ist nötig, wenn wir auf dem Dampfer sind.«

Erstaunt sah sie ihn an.

»Ein Smoking? Was ist denn das, Onkel Tommy?«

Er lachte wieder.

»Ach so, Urselchen, so ein Ding kennst du ja noch gar nicht. Du wirst in dieser Beziehung noch viel lernen müssen. Also, ein Smoking ist ein schwarzer Abendanzug, den man mit einem weißen Oberhemd und einem steifen Kragen trägt. Ich werde ihn immer tragen müssen, wenn du das hübsche schwarze Seidenkleid trägst, das wir für dich als Abendkleid gekauft haben. Ein Glück, daß ich wenigstens noch nicht gezwungen bin, einen Frack zu tragen.«

»Ein Frack? Was ist denn nun das wieder?«

»Oh, Urselchen«, scherzte er, »ein Frack ist eine närrische Angelegenheit. Denke dir einen langen schwarzen Rock, der vorn über dem Bauch abgeschnitten ist und dafür hinten fast bis in die Kniekehlen herabhängt. Wenn der europäische Gesellschaftsmann recht feierlich aussehen will, dann zieht er den Frack an. ›Von der Wiege bis zur Bahre, ist der Frack das einzig Wahre.‹ So sagten wir als Studenten. Zu allen feierlichen Gelegenheiten muß man ihn anziehen: bei Hochzeiten und Kindtaufen, bei allen Arten von Abfütterungen, bei Bällen und so weiter. Nur begraben läßt man sich nicht im Frack – aber vielleicht kann man das auch erreichen, wenn man eine dahingehende letztwillige Verfügung hinterläßt. Jeder spottet über das Kleidungsstück, aber niemand, der zur Gesellschaft gehören will, kann ohne einen Frack auskommen. Spottsüchtige Menschen nennen ihn Schniepel oder Zwangsjacke, aber er triumphiert über alles. Siehst du, Urselchen, das ist der Frack!«

Sie mußte lachen.

»Wirst du in Deutschland auch einen Frack tragen?«

»Ich werde wohl nicht darum herumkommen, genau wie du, wenn du in Gesellschaft gehen wirst, dekolletierte Ballroben tragen mußt. Aber das sind Sorgen, die für uns noch in weiter Feme liegen; vorläufig hast du für den Dampfer zwei nette schwarze Abendkleidchen und einige hübsche andere Sächelchen, die einen Backfisch gut kleiden.«

Ursula sah ihn fragend an.

»Ich muß schon wieder fragen, Onkel Tommy – was ist ein Backfisch? Warum nennst du mich so?«

Er atmete tief auf, froh, ihr ein kleines Lächeln abgenötigt und sie ein wenig abgelenkt zu haben.

»Ein Backfisch? Ja, Urselchen, so heißen daheim alle jungen Mädchen, die die Kinderschuhe noch nicht ganz vertreten haben und doch schon ahnen lassen, daß sie eines Tages junge Damen werden. Warum diese etwas unfertigen Wesen als Backfisch bezeichnet werden, weiß ich auch nicht, aber jedenfalls wirst du in Deutschland in diese Rubrik mit eingereiht werden.«

»Aber in deinen Augen bin ich doch kein Backfisch, Onkel Tommy?«

»Nein, Urselchen, mit einem deutschen Backfisch hast du wirklich nicht viel gemein. Im Grunde ist das eine schreckliche Kategorie von weiblichen Wesen, wenn sie auch zuweilen ganz amüsant sind. Als Primaner habe ich mich sogar einmal regelrecht in einen Backfisch mit blondem Wuschelhaar und Hängezopf verliebt.«

Sie zuckte leise zusammen und sah ihn unsicher an.

»Verliebt?« fragte sie atemlos und betroffen.

»Ja, Urselchen«, sagte er lachend.

»Oh, was ist denn aus diesem Backfisch geworden, den du geliebt hast?«

»Keine Ahnung, Urselchen, wahrscheinlich die glückliche Frau eines andern.«

Mit großen Augen sah sie in sein Gesicht.

»Onkel Tommy, hat sie dich denn nicht auch geliebt?«

»Ich denke doch«, sagte er lächelnd.

»Und – du hast sie verlassen?«

»Nein – sie mich.«

Sie wurde ganz blaß.

»Mein Gott, ist dir da nicht das Herz gebrochen? Wenn man jemand liebt, muß man ihn doch immer lieben, solange man lebt.«

Er streichelte gerührt ihre Hand.

»Meine kleine Bärin, über solche Dinge wirst du dir noch oft dein Köpfchen zerbrechen müssen. Manchmal reicht so eine Liebe gar nicht weit – weil es eben nicht die rechte Liebe ist.«

»Aber du bist doch gewiß sehr, sehr unglücklich gewesen?« fragte sie fast beschwörend.

»Nicht so sehr, Urselchen, es ging bei mir eben auch nicht

tief. Weißt du, in so einen Backfisch verliebt man sich nur so zum Zeitvertreib, es ist eine Kinderei. Heutzutage würde ich mich natürlich in so einen Backfisch nicht mehr verlieben können, auch nicht für kurze Zeit. Wie gesagt, es sind ganz schreckliche kleine Wesen, diese Backfische.«

Ursula war ganz still geworden und ein wenig blaß. Von diesem Gespräch blieb ihr mancherlei haften: daß Onkel Tommy schon einmal verliebt gewesen war und daß sie nun in Deutschland ein Backfisch sein würde und – daß er fand, daß Backfische ganz schreckliche kleine Wesen wären, über die man spotten mußte. Darüber mußte sie grübeln.

Und noch eine Frage legte sie sich vor: Wie das wohl sein mußte, wenn man verliebt war? Sie stand dem Leben trotz aller erworbenen Kenntnisse absolut unerfahren gegenüber. Wohl hatte ihr die Mutter im letzten Jahr zuweilen ein Buch gegeben, in dem die Liebe der Menschen zueinander verherrlicht war. Und das war immer eine starke, treue, feste Liebe gewesen, die nur mit dem Tode zu Ende gewesen war. Und die Helden dieser Erzählungen hatte sie im Geiste mit Tommy verglichen und hatte sich mit einem seltsamen, wunderlichen Gefühl gesagt, daß auch Tommy eines Tages wohl eine Frau so lieben würde, daß Tommy dieser Frau bis zum Tode getreu sein würde. Und nun war er schon einmal, vor langer, langer Zeit, verliebt gewesen und – er konnte darüber scherzen!

Tommy ahnte nicht, was er angerichtet hatte mit diesem Bekenntnis. Er sprach schon längst von etwas anderem, während sie immer noch über das alles nachgrübelte. Und mitten in eine Erzählung hinein, über ein Erlebnis, das Tommy vor Jahren in Südwest gehabt hatte, fragte sie plötzlich:

»Wie lange ist man denn ein Backfisch, Onkel Tommy?«

Er sah sie verdutzt an.

»Aber, Urselchen, denkst du noch immer daran? Ich denke, so mit achtzehn Jahren ist man darüber hinaus.«

Sie seufzte erleichtert auf.

»Dann bin ich bald damit fertig, ich bin doch schon fast sechzehn Jahre.«

»Wirklich? Schon fast sechzehn?«

»Ja doch, fünfzehneinhalb genau.«

Er sah sie verblüfft an. »Wie ist denn das möglich?«

»Ja, wußtest du das denn nicht?«

»Ich habe nicht gezählt, Urselchen – aber, ja –, es sind ja schon acht Jahre her, daß wir uns kennen – richtig –, du wirst am 20. Oktober sechzehn Jahre alt. Da muß ich doch gleich mal nachzählen, wie alt ich inzwischen geworden bin. – Wahrhaftig, schon über vierunddreißig Jahre. – Das ist ja ganz schrecklich – ich fühle mich noch wie fünfundzwanzig, und dabei werde ich wohl demnächst schon graue Haare bekommen.«

Sie mußte lachen. Aber mit leuchtenden Augen sah sie ihn an und sagte ebenfalls scherzend:

»Ja, ja, Onkel Tommy, du bist schon ein würdiger alter Herr.«

Das klang ihm aber plötzlich gar nicht lieblich. Er nahm es durchaus nicht scherzhaft, sondern sehr ernst, daß sie ihn schon als alten Herrn taxierte. Wahrhaftig, er konnte beinahe ihr Vater sein, neunzehn Jahre war er älter als sie – neunzehn Jahre!

Dies Rechenexempel verstimmte ihn ein wenig; er wußte nicht warum. Mit seltsam forschenden Blicken sah er Ursula heimlich von der, Seite an, und er merkte zum ersten Male, daß sie nicht mehr wie ein Kind wirkte. Und wieder sah er, wie sehr sie ihrer Mutter ähnlich war. So, wie Ursula jetzt, mußte ihre Mutter in Ursulas Alter ausgesehen haben.

Das alles beunruhigte ihn seltsam, er wurde sehr ernst und nachdenklich. Ursula fiel das nicht auf, waren sie doch beide in den letzten Tagen sehr ernst und bedrückt gewesen. Sie wurde wieder sehr traurig. Es quälte sie allerlei, nicht nur der Gram um ihre Eltern. Irgend etwas anderes erfüllte sie mit tiefer Traurigkeit, sie konnte sich nur nicht darüber klar werden, was es war.

»Ich will nun meine Sachen einpacken, Onkel Tommy, und du wirst auch noch in deinen Koffer packen müssen, was du neu gekauft hast«, sagte sie und ging in ihr Zimmer zurück.

Dann speisten sie zusammen, und danach ging es an Bord der »Wangoni«.

8

Langsam gewöhnte sich Ursula an Bord daran, mit anderen Menschen zusammenzusein. Im Anfang war sie sehr scheu und wäre am liebsten nicht aus ihrer Kabine herausgekommen, aber Tommy drang darauf, daß sie auf Deck kam, ins Freie. Er suchte ihr ein geschütztes Plätzchen und hielt sich erst mit ihr von allem Verkehr zurück.

Bei den Mahlzeiten kam es aber dann ganz von selbst, daß sie diese und jene Bekanntschaft machten, und allmählich taute Ursula auf und wurde freier und ungezwungener im Wesen. Sie staunte, daß alle Menschen, mit denen sie in Berührung kam, so gut und freundlich waren. Das sagte sie auch Tommy. Er ließ sie dabei. Weshalb sollte er ihr sagen, daß all diese Freundlichkeit und Güte nur leere Form war?

Es hätte ihr vielleicht nur Angst gemacht, wenn er ihr gesagt hätte, daß all diese Freundlichkeit nur Heuchelei war. Sie selbst wußte ja nichts von höflichen Lügen und sprach immer aus, was sie dachte, wenn sie überhaupt sprach. Denn sie war zu strenger Wahrhaftigkeit erzogen worden. Da sie aber von allen Menschen nur Liebes und Gutes dachte, kam sie nicht in Verlegenheit. Sie wäre entsetzt gewesen, wenn sie schon jetzt hätte erkennen müssen, wie verlogen und unecht das gesellige Leben war.

Ihre echte Herzensgüte und ihr feiner Takt bewahrten sie trotz ihrer Unerfahrenheit vor jeder Entgleisung, und wenn sie auch etwas schüchtern war, so merkte ihr doch kein Mensch an, daß sie seit ihrer Kindheit in einer Wildnis, fern von allem geselligen Verkehr, gelebt hatte.

Damit Ursula die nötige frische Luft und Bewegung hatte, machte Tommy täglich mit ihr lange Spaziergänge an Deck, oder sie beteiligten sich an den sportlichen Spielen. Dabei konnte Ursula viel Bewunderung ernten.

Daß auch Tommy eine sehr interessante Erscheinung war, konnte man aus der Art entnehmen, wie die Damen ihm entgegenkamen. Seine gut trainierte, schlanke Gestalt mit den gewandten Bewegungen, das energische, sympathische Gesicht mit den guten, strahlenden Blauaugen und seine ganze männlich-liebenswürdige Art bestrickten sehr. Er war auch hier eine sehr beliebte Erscheinung, nicht nur bei den Damen, die ihm mehr oder minder deutlich entgegenkamen, sondern auch bei den Herren, denen er mit seiner Frische und ruhigen Bestimmtheit imponierte.

Die Damen umflatterten ihn bald wie die Motten das Licht, und das begann Ursula aufzufallen. Tommy konnte sich kaum all der Liebenswürdigkeiten erwehren, wenn er nicht unhöflich sein wollte. So gut es ging, zog er sich aus der Affäre. Aber Ursula begann sehr unruhig zu werden, wenn die Damen sich wieder und wieder in seine Nähe drängten, ihn mit so sonderbar werbenden Blicken ansahen, die ihr, sie wußte nicht warum, das Blut ins Gesicht trieben.

Sie ahnte nicht, wie unangenehm Tommy das alles war, und wie er dem immer wieder zu entgehen suchte, sie fühlte nur, daß es ihr wehe tat. Sie wurde blaß und still und zog sich scheu zurück, wenn die Damen zu ihm herantraten.

Aber sobald sie einmal nicht in Tommys Gesellschaft war, wurde sie sofort von den Herren umringt, denen Ursulas knospenhafter Liebreiz sehr wohl auffiel.

Sie sagten ihr Komplimente, die sie entweder nicht verstand oder die sie verlegen machten. Ihre schüchterne Verlegenheit war aber wieder ein Reiz mehr und schaffte ihr immer neue Bewunderer.

Bemerkte das Tommy, hielt es ihn nicht mehr im Kreise seiner Verehrerinnen. Er konnte sich dann ziemlich schroff losmachen und trat an Ursulas Seite. Es waren ziemlich drohende Blicke, die aus seinen Augen sprühten, und dann fanden es die Herren zumeist geraten, sich zurückzuziehen.

»Was wollten denn die Laffen von dir?« fragte er einmal bei einer solchen Gelegenheit Ursula, als sie wieder allein waren.

Sie zuckte lächelnd die Achseln.

»Ach, mir scheint, sie schwatzen viel törichtes Zeug, um mir eine Freundlichkeit zu erweisen. Denke dir, wie drollig, der eine sagte, ich sei eine kleine Schönheit, der andere verglich mein Haar mit eingefangenen Sonnenstrahlen, und ein dritter behauptete, meine Augen strahlen wie Sterne.«

»So!« sagte er mit strenger Miene. »Und das hat dir natürlich sehr gefallen.«

»Ich habe darüber lachen müssen; aber das war wohl nicht

recht, denn schließlich wollten sie mir damit doch wohl nur eine Freundlichkeit sagen.«

Ihre Harmlosigkeit entwaffnete und beruhigte ihn zugleich. Aber er hielt es doch für gut, zu sagen:

»Das sind so gesellschaftliche Komplimente. Es ist in der Gesellschaft üblich, den Damen kleine Schmeicheleien zu sagen. Im Grunde meinen sie es gar nicht so.«

»Aber dann sind sie doch unwahr, Onkel Tommy?«

Er biß sich auf die Lippen. Um keinen Preis hätte er eingestanden, daß es Eifersucht war, was er empfand, wenn er Ursula von den Herren umringt sah. Aber er sagte sich, daß es schwer sein würde, Ursula vor mancherlei Gefahren zu behüten, wenn er ihr nicht nach und nach die rosige Brille von den Augen nahm, durch die sie alle Menschen betrachtete.

»Freilich ist es unwahr, Urselchen. In der Gesellschaft geben sich die meisten Menschen ganz anders, als sie in Wirklichkeit sind. Alle wollen gefallen, alle wollen sich in einem günstigen Lichte zeigen, und so spielen alle ein wenig Komödie. Du mußt nicht alles glauben, was sie dir sagen.«

Harmlos sah sie zu ihm auf.

»Ich habe auch gar nicht glauben können, was sie mir immer vorschwatzten. Ich weiß doch, daß ich nicht schön bin – einer meinte gar, ich sei die Schönste hier an Bord. Aber ich habe doch auch Augen im Kopfe und sehe sehr wohl, daß viel schönere Damen an Bord sind, als ich kleines wildes Mädel. Ich konnte nur nicht begreifen, weshalb sie mir so törichte Sachen sagten. Nun weiß ich es – sie wollen mir dadurch gefallen. Aber ich kann nicht sagen, daß mir das gefällt.«

Tommy war zwar durchaus der Ansicht der Herren, daß

Ursula die Schönste an Bord sei, aber das sprach er selbstverständlich nicht aus – er meinte, aus erzieherischen Gründen. Und doch hätte er es sehr gern gesagt. Nur fiel ihm ein, daß er neunzehn Jahre älter sei als sie, und daß er ihr alter Onkel Tommy sei, der gewissermaßen noch als ihr Erzieher wirken mußte. Er fühlte sich indes in dieser Rolle gar nicht wohl, hätte lieber – ja –, was hätte er statt dessen wohl am liebsten getan? Diese Frage beantwortete er sich nicht.

Statt dessen sagte er sehr pädagogisch:

»Übrigens bist du noch gar keine Dame, der man Komplimente machen darf, sondern nur ein Backfisch.«

Da zuckte es leise und schmerzlich in ihrem Herzen. Nur ein Backfisch? Und Backfische wären schreckliche kleine Wesen, so hatte er gesagt.–

Sie mußte wieder einmal sehr viel nachdenken, zum Beispiel darüber, wie es ihr wohl gefallen haben würde, wenn Tommy ihr gesagt hätte, daß sie die Schönste sei. Ihr Herz klopfte rebellisch, als sie sich diese Frage vorlegte. Und traurig sagte sie sich: Er sagt nur, daß ich ein Backfisch bin –.

Dabei ging sie langsam neben Tommy her über die Deckpromenade. Und mitten aus ihren Gedanken heraus fragte sie ihn plötzlich:

»Machst du den Damen auch solche Komplimente, Onkel Tommy?«

Er lachte und schob seinen Arm durch den ihren.

»Nein, Urselchen, so poetisch drücke ich mich nicht aus. Und dann darfst du nicht vergessen, daß ich auch acht Jahre in der Wildnis gelebt habe und etwas verwildert bin. Ich muß vieles erst wieder lernen.«

Sie sah mit ihren helleuchtenden Grauaugen bittend zu ihm auf.

»Ach nein, Onkel Tommy, bitte, bleibe nur so, wie du

bist. Ich möchte gar nicht hören, daß du so unwahre Sachen sagst.«

Er drückte ihren Arm an sich.

»Hast recht, Urselchen, wir zwei wollen diese verlogene Komödie nicht mitmachen, gelt?«

Strahlend nickte sie ihm zu, so strahlend, daß ihm das Herz plötzlich rebellisch zu klopfen begann.

Sie blieben dann in der Nähe der Musik an der Reling stehen und sahen auf das Meer hinaus. Aber dabei wurden sie gestört durch eine Dame, die Tommy in ein Gespräch zog.

Ursula zog sich gleich wieder scheu zurück und ließ sich in einen der Liegestühle nieder. Sie zog ein Buch hervor und begann zu lesen, das heißt, sie gab sich den Anschein, es zu tun.

Über das Buch hinweg sah sie immer wieder verstohlen zu Tommy und der Dame hinüber. Diese war jung und, nach Ursulas Begriff, sehr schön.

Das Herz tat ihr weh. Diese schöne Dame hatte es gut, sie war kein Backfisch, kein schreckliches kleines Wesen, sondern eine richtige Dame. – Und – mein Gott – wie sie Tommy ansah!

Ursula erschrak vor diesem Blick, in dem sich ein so unverhülltes Entgegenkommen aussprach, daß sie für diese junge Dame errötete, ohne doch zu wissen, warum. Sie fühlte nur instinktiv, daß diese junge Dame sich durch diesen Blick preisgab.

Erschrocken senkte sie die Augen auf ihr Buch und wagte nicht mehr aufzusehen. Aber sie hätte am liebsten bittere Tränen geweint.

Gleich darauf kam aber Tommy wieder zu ihr. Auch er hatte den Blick gesehen, mit dem ihn die junge Dame ansah – und – er wußte nichts damit anzufangen. Ziemlich schroff verabschiedete er sich, setzte sich an Ursulas Seite nieder und war gut und liebevoll wie immer zu ihr.

Da ließ sie alle Sorgen und Kümmernisse fahren. Warum grämte sie sich denn? – Wenn sie auch nur ein Backfisch war, Onkel Tommy war doch lieb und gut zu ihr. Und das würde immer so sein, ganz gewiß. –

Die Dame, die Tommy so kurz abgefertigt hatte, sah mit einem schillernden Blick hinter ihm her und trat dann auf eine Gruppe anderer Damen zu, die auch zu Tommys Verehrerinnen gehörten. Sie plauderten scheinbar sehr freundlich miteinander, und doch gönnte keine der andern einen Blick, ein Wort Tommys. Sie beobachteten ihn alle heimlich. Er war ein interessanter Mann, der interessanteste an Bord. Es war wirklich kein Wunder, daß man sein Herz an ihn verlor. Nur schade, daß er sich immer so ablehnend verhielt, daß er mit einem Scherz darüber hinwegging, oder gar das Gespräch schroff abbrach, wenn man ihm zu deutliche Avancen machte! Und was er nur an diesem kleinen Mädchen hatte, mit dem er sich immer beschäftigte, gegen das er so ritterlich und artig war?

Ja, sie waren alle neidisch auf Ursula. Es mußte doch einen Grund haben, daß er so unverwundbar war, gefeit gegen die geschicktesten Angriffe? Daß er mit keiner von ihnen eine Ausnahme machte, das wußten sie, beobachteten sie ihn doch scharf im Verkehr mit den anderen. Nur zu diesem kleinen Mädchen in den schlichten schwarzen Kleidern war er ganz anders.

Sie nannte ihn aber immer nur Onkel Tommy. War er wirklich ihr Onkel? Sie hatte gleichfalls für niemand Augen als für ihn und ließ alle anderen Herren abfallen. Nur ihren Onkel Tommy sah sie immer mit strahlenden Augen an.

Darüber klatschten die Damen ein wenig, während sie die

beiden beobachteten, wie sie angeregt miteinander plauderten. Sie sahen dann, wie Tommy Ursula, als der Tee serviert wurde, artig mit allem versorgte, ihr sorgsam allerlei gute Sachen aussuchte und sie ihr auf den Teller legte.

Wie gern hätten sie sich auch so von ihm verwöhnen lassen! Aber er hatte für niemand Augen als für das kleine Mädel.

Was war zwischen den beiden? – –

Der Klatsch, der nirgends üppiger blüht als an Bord eines Überseedampfers, streckte seine scheußlichen Fangarme nach den beiden jungen Menschen aus, die vollkommen ahnungslos blieben.

Eines Tages, als Ursula mit einem Buch allein auf Deck saß, während Tommy seine gymnastischen Übungen im Turnsaal machte, setzte sich eine der Damen zu ihr und plauderte scheinbar harmlos mit ihr. Und im Laufe des Gesprächs fragte sie wie beiläufig:

»In welcher Weise sind Sie eigentlich mit Herrn Reiner verwandt, Fräulein Kronegg?«

Unbefangen sah Ursula in ihr gespanntes Gesicht.

»Wir sind gar nicht verwandt, Fräulein Bardach.«

Diese horchte auf. Ein unbeschreiblicher Ausdruck lag in ihren lauernden Augen.

»Gar nicht verwandt? Aber Sie nennen ihn doch Onkel und du?«

»Nun ja, so nenne ich ihn schon von klein auf. Er war der Freund meiner verstorbenen Eltern und ist auch mein Freund.«

»So, so? Wie interessant! Und Sie reisen ganz allein mit ihm?«

»Ja, da ich meine Eltern verloren habe, stehe ich ganz allein. Ich habe nur Onkel Tommy, der mir gehört.«

Ein häßliches, neidisches Lachen kam über Fräulein Bardachs Lippen.

»Wie drollig! Er ist Ihr Freund, und er gehört Ihnen?«

»Ja, gewiß, wir gehören zueinander.«

»Nun, Sie sind sehr jung und anscheinend sehr vertrauensselig. Ich würde an Ihrer Stelle nicht so fest darauf bauen, daß er für immer Ihnen gehört. Eines Tages wird die Freundschaft einen Knacks bekommen, und er wird eine andere heiraten. So gehen solche Freundschaften immer aus.«

Ursula wurde blaß. In ihren Augen lag ein tiefes Weh. Aber sie sagte tapfer:

»Warum sagen Sie mir das, Fräulein Bardach?«

»Gott, Kindchen, Sie tun mit leid in Ihrer Unerfahrenheit. Sie sind noch so jung, und man muß Sie warnen. Wenn Ihre Mutter noch lebte oder Ihr Vater, würden sie nicht dulden, daß Sie so allein mit ihm in der Welt herumreisen.«

Ursula richtete sich mit einem Ruck empor. Sie empfand jetzt das feindliche in Fräulein Bardachs Reden.

»Sie irren sehr, Fräulein Bardach! Meine Eltern haben es gewollt, daß ich mit Onkel Tommy nach Deutschland reise. Und keinem Menschen haben sie mehr vertraut als ihm, wie auch ich keinem Menschen größeres Vertrauen entgegenbringe als ihm. Er ist der edelste, beste und zuverlässigste Mensch, den es auf der Welt gibt. In seinem Schutz bin ich sicher und geborgen. Ich brauche Ihre Warnung nicht, Fräulein Bardach, und ich fühle, daß sie nicht aus einem ehrlichen Herzen kommt.«

Damit erhob sich Ursula und ging davon.

Fräulein Bardach sah ihr mit einem hämischen Blick nach, und als gerade eine Gesinnungsgenossin von ihr vorüberging, sagte sie zu ihr:

»Man sollte es nicht glauben, so ein junges Ding – und schon so verdorben!«

Die beiden Damen tuschelten eifrig miteinander und besprachen in wenig schöner Weise Tommys Verhältnis zu Ursula.

Und so wurde ein häßlicher Klatsch an Bord inszeniert. Er fand willige Verbreitung bei Tommys und auch bei Ursulas erfolglosen Bewunderern und Verehrerinnen.

Tommy ahnte zum Glück nichts davon, denn Ursula hatte ihm nichts von Fräulein Bardachs Reden erzählt.

Tommy konstatierte nur mit Befriedigung und Genugtuung, daß die Damen ihn nicht mehr so bestürmten, und er glaubte, daß sie das Nutzlose ihrer Bemühungen eingesehen hatten.

In Ursulas Herzen aber blieb von diesem Gespräch ein Stachel zurück, der wieder und wieder schmerzte.

»Eines Tages wird die Freundschaft einen Knacks bekommen, und er wird eine andere heiraten.«

So hatte Fräulein Bardach gesagt, und das wollte Ursula nicht wieder aus dem Kopf. Daß ihre Freundschaft mit Tommy einen Knacks bekommen würde – wie sich Fräulein Bardach ausgedrückt hatte –, fürchtete Ursula nicht, dazu kannte sie ihn viel zu gut. Aber – daß er eines Tages eine andere heiraten würde – das konnte sie nicht verwinden. Dahin würde es wohl einmal kommen, und das quälte sie unsagbar. Konnte es denn sein, daß Tommy, ihr Onkel Tommy, eine andere Frau lieber, viel lieber haben würde als sie, so lieb, daß er sie zu seiner Frau machte, und daß sie selbst einsam würde beiseite stehen müssen?

Dieser Gedanke ängstigte und quälte sie, und sie wußte nicht einmal, warum. Sie war viel zu unerfahren, um zu ahnen, daß ihr junges Herz sich langsam, aber sicher einer ganz anderen Liebe öffnete, als sie sie bisher für Tommy empfunden hatte.

Daß sie das alles Tommy gegenüber aber nicht aussprechen durfte, das sah sie trotz aller Unerfahrenheit ein. Das sagte ihr der Instinkt des erwachenden Weibes.

Es dauerte eine ganze Zeit, bis Ursula darüber einigermaßen wieder zur Ruhe gekommen war. Sie schob die quälenden Gedanken energisch von sich, zumal Tommy sich ihr jetzt, da man seine Gesellschaft nicht mehr so viel suchte, wieder ganz ungestört widmen konnte. Es blieb ihm und Ursula erspart, zu erfahren, in welch häßlicher Weise der Klatsch sich mit ihnen beschäftigte.

Zu Beginn der letzten Reisewoche kam die »Wangoni« in einen heftigen Sturm. Die Passagiere waren fast alle seekrank und vergaßen, sich mit ihren Nebenmenschen zu befassen. Alle hatten reichlich mit sich selbst zu tun.

Tommy und Ursula blieben von dieser unangenehmen Krankheit verschont. Tapfer ging Ursula immer wieder mit Tommy auf Deck. Tommy hielt sie fest und stützte sie, daß sie einen Halt hatte, und sie fühlte sich wie immer bei ihm sicher und geborgen. Mit großen Augen sah sie hinaus auf die entfesselten Elemente.

»Bist du nicht bange, Kerlchen?« fragte er sie zärtlich, während ihre schlanke Gestalt sich Schutz suchend an ihn schmiegte.

»Nein, Onkel Tommy, du bist ja bei mir«, erwiderte sie und sah ihn vertrauensvoll an.

Da stieg es in ihm hoch wie eine warme Welle. Am liebsten hätte er sie auf den Mund, auf die vertrauenden Augen geküßt, aber er hielt sich zurück. Er durfte die eigene Unruhe nicht in das Herz dieses vertrauenden Kindes verpflanzen. Sie war ihm anvertraut und für ihn ein Unantastbares

Heiligtum. Sie sah doch in ihm nichts weiter als den guten Onkel Tommy, der schon ihre Kindheit behütet hatte – nichts weiter. So glaubte er. Der Altersunterschied von neunzehn Jahren stand wie ein geheimes Warnungszeichen vor ihm.

Aber er fühlte mit einer schmerzhaften Entsagung diesen Unterschied, und er hätte viel darum gegeben, wenn er wenigstens zehn Jahre jünger gewesen wäre. Zwar fühlte er sich noch so jung, als seien die Jahre in Transvaal spurlos an ihm vorübergegangen, und er machte auch einen jüngeren Eindruck, aber das galt nicht für ihn. Er zählte eben vierunddreißig Jahre und Urselchen erst fünfzehn. Und das paßte nicht zusammen. Ursula war ja noch ein Kind, ein ahnungsloses, unerfahrenes Kind, dem er keine Fesseln anlegen durfte, das eines Tages unbefangenen Herzens seine Wahl treffen sollte. Er durfte ihre Unerfahrenheit nicht ausnutzen, um sie an sich zu binden. Wie sollte er sonst vor ihren Eltern bestehen, die ihr Geschick vertrauensvoll in seine Hände gelegt hatten? Nein, nein – er mußte sich mit der Rolle des guten Onkels begnügen –, und wenn sie ihrer Mutter noch viel ähnlicher werden würde.

Als der Sturm vorüber war, tauchten an Deck langsam blasse Menschen wieder auf, die noch unter den Folgen der Seekrankheit zu leiden hatten. Und die Passagiere, die keine Freude am böswilligen Klatsch fanden, begegneten Ursula und Tommy in der alten, freundlichen Weise. Um die anderen aber kümmerten sie sich nicht.

Aber nie vergaß Ursula, was Fräulein Bardach ihr gesagt hatte. Und sie fragte sich heimlich immer wieder, ob es denn sein könne, daß Tommy heiraten werde, daß eines Tages eine andere, fremde Frau ihm näher – viel näher stehen würde als sie.

Doch alle diese Gedanken kamen ihr nur, wenn Tommy nicht bei ihr war. Hauptsächlich abends, wenn sie in ihrer Kabine lag und auf den Schlaf wartete, schwirrten sie durch ihren Kopf, und ihr junges Herz klopfte dann erregt und unruhig. Sie fand dann nur Ruhe, wenn sie in ihren Gedanken Zuflucht suchte bei ihren toten Eltern. Nein, nein, die Eltern würden es nicht zulassen, daß Tommy sie verließ um einer anderen Frau willen! Sie konnte ja nicht leben ohne ihn – nein, das konnte sie ganz bestimmt nicht. Dann wollte sie lieber sterben und zu ihren Eltern gehen.–

Bei strahlendem Sonnenschein kamen sie in Hamburg an. Tommy gab ein Telegramm an Tante Grete auf, das ihre Ankunft für den nächsten Nachmittag meldete. Das heißt, Tommy meldete nur seine Ankunft, er teilte Tante Grete nicht mit, daß er in Begleitung Ursulas kam. Das im Telegramm zu erklären, war zu umständlich. Tante Grete würde es noch früh genug erfahren, wenn er mit Ursula eintraf. Er war froh, daß in Zukunft Tante Grete als Anstandsdame in Aktion treten konnte. Man war eben nicht mehr in Transvaal, im Zeltlager, wo einen alle Menschen kannten, und wo man sich nicht den Kopf zerbrach über seine Beziehungen zu Ursula. Sie wirkte eben doch nicht mehr wie ein Kind, das hatte er zur Genüge auf dem Dampfer erkannt, wenn sich die Herren mit Komplimenten um sie scharten. Im Hotel hatte man ihn so seltsam forschend angesehen, als er den Meldezettel ausgefüllt hatte, daß ihm einen Moment die Röte ins Gesicht gestiegen war.

Und in Langenfurt, da mußte eben unbedingt eine Anstandsdame zur Stelle sein. Es ging nicht an, daß er allein mit Ursula zusammen auf Langenfurt hauste, das wußte er.

Ursula behelligte er mit solchen Erwägungen nicht, er wollte ihre Unbefangenheit nicht trüben.

Am andern Morgen reisten sie weiter und trafen am Spätnachmittag bei Tante Grete ein.

Auf dem Bahnsteig flatterte eine sehr schlanke, sehr zierliche alte Dame aufgeregt den Zug entlang und sah allen Herren forschend ins Gesicht. Als sie endlich Tommy erblickte, blieb sie erst einen Moment betroffen stehen, als traue sie ihren Augen nicht. Sie hatte doch Tommy zehn Jahre nicht gesehen.

Aber ehe sie sich klarwerden konnte, ob dieser imponierende Herr wirklich ihr Neffe war, hatte er sie schon umschlungen und hob sie ein wenig mit seinen starken Armen empor.

»Tante Grete – liebe Tante Grete!«

Sie bekam nasse Augen.

»Oh, Tommy, lieber Tommy, du bist es also doch! Lieber Gott, wie sehr hast du dich verändert, ich hätte dich fast nicht wiedererkannt!«

»Aber du dich gar nicht, Tante Grete! Ein bißchen weißer ist dein Haar geworden, aber sonst, Gott sei Dank, siehst du noch recht frisch und kregel aus.«

»Mein guter Junge, nun sei erst mal herzlich willkommen in der Heimat. Mein Gott, die Freude, dich wiederzusehen! Daß ich das noch erleben durfte! Daß du heimkommst, und nicht als der verlorene Sohn, sondern als Herr von Langenfurt! Gott hat doch alles herrlich geführt, mein lieber, lieber Junge! Aber das besprechen wir alles daheim.«

»Ja, Tantchen. Aber jetzt sperr erst einmal die Augen auf! Jetzt will ich dir meine Reisebegleiterin vorstellen. Das ist Ursula Kronegg, von der ich dir schon so viel geschrieben habe.«

Und er schob Ursula vor. Ursula war fast einen Kopf größer als die alte Dame. Die alte Dame sah entzückt in Ursulas gerötetes Gesicht.

»Ursula Kronegg? Das kleine Urselchen? Ach, Sie liebes, reizendes kleines Fräulein, wie sehr freue ich mich. Sie kennenzulernen! Ich weiß, Sie und Ihre lieben Eltern haben meinem Jungen so viel Liebes und Gutes erwiesen. Gott lohne es Ihnen. Aber – wo sind Ihre Eltern, sie sind doch sicherlich auch mit hier?«

Ursula fühlte sich gleich zu der alten Dame hingezogen. Sie hatte durch Tommy so viel Liebes und Gutes von ihr gehört. Aber die Frage nach ihren Eltern trieb ihr das Wasser in die Augen, sie war doch etwas aus dem Gleichgewicht.

Tommy faßte Tante Grete unter dem Arm.

»Ursulas Eltern sind ihr beide durch einen jähen Tod entrissen worden, am gleichen Tage, da dein Telegramm eintraf. Deshalb ist Ursula mit mir gekommen, und ich stelle sie unter deinen Schutz, Tantchen.«

Erschrocken faßte die alte Dame Ursulas Hand.

»Mein armes, liebes Kind, so Schweres ist über Sie gekommen! Das wird auch für dich ein schwerer Verlust gewesen sein, mein lieber Tommy.«

»Ja, Tantchen, meine liebsten Menschen habe ich hergeben müssen, die mir im fremden Lande eine Heimat schufen. Doch darüber sprechen wir, wenn wir bei dir daheim sind. Komm, laß uns jetzt gehen – komm, Urselchen.«

Er führte die beiden Frauen die Bahnhofstreppe hinab ins Freie. Hier rief er einen Wagen an und gab einem Kofferträger den Gepäckschein. Er half den beiden Damen einsteigen und blieb vor dem Wagen stehen, bis das Gepäck gebracht wurde.

Seine Brust hob sich in tiefen Atemzügen. Heimatluft!

Dann wurden die Koffer gebracht. Er stieg ein, und sie fuhren davon.

Die erste Stunde in Tante Gretes Heim verging ein bißchen erregt und kunterbunt. Es gab soviel zu fragen und zu sagen. Der reizend gedeckte Kaffeetisch mit den schönen alten Porzellantassen, dem silbernen Kuchenkörbchen, in dem herrlich duftende Waffeln aufgeschichtet waren, und der ebenso herrlich duftende Napfkuchen konnten vorläufig von Tommy nur flüchtig gewürdigt werden.

Auch die alte Christine mußte begrüßt werden. Sie konnte sich nicht satt sehen an dem stattlichen jungen Herrn, der in der Fremde ein richtiger Mann geworden war.

Tante Grete berichtete von dem Tode von Tommys Vater und Bruder. Sie hatten, wie oft, eine gemeinsame Autofahrt von Langenfurt nach Hertau gemacht. Kurt hatte unbedingt an diesem Tage den Wagen selbst steuern wollen, und der Chauffeur war in Langenfurt geblieben. Halben Wegs an einer Brücke war ihnen ein Bauer, der eine Kuh vor sich hertrieb, entgegengekommen, und die Kuh war gerade an der Brücke plötzlich mitten im Wege stehengeblieben, so daß das Auto eine scharre Kurve hatte nehmen müssen. Ob nun der Motor irgendwie versagt hatte oder ob Kurt nervös gewesen war – kurzum, das Auto hatte nach des Bauern Bericht plötzlich einen Satz zur Seite gemacht, war dabei zu weit an die Böschung gekommen, wo die Brücke über den Fluß führte, und war hart an der Brükke vorbei, sich überschlagend, die hohe Böschung hinabgestürzt, nachdem der Wagen einen Meilenstein gestreift hatte. Vater und Sohn hatte man nur als Leichen unter dem Auto hervorziehen können; der schwere Wagen hatte sie erdrückt.

Sofort nach dem Unfall hatte man Tante Grete nach

Langenfurt gerufen, da sie als einzige Verwandte der beiden Verunglückten bekannt war. Als sie hinauskam, hatte man die beiden Toten schon aufgebahrt. Es war alles gerichtlich versiegelt worden, der Betrieb der Güter und der beiden Fabriken war in den Händen der bewährten Angestellten geblieben. Der Notar hatte Tante Grete nach Tommys Adresse gefragt, und sie hatte sich erboten, ihm Nachricht zu senden.

Der Notar wisse, daß Tommy heute ankomme, berichtete Tante Grete weiter, und werde ihn morgen früh in Langenfurt erwarten, um alles Nötige mit ihm zu besprechen. Daß Tommy als einziger Erbe in Frage komme, hatte ihr der Notar gesagt.

Ein bißchen atemlos vor Aufregung hatte Tante Grete das alles erzählt und dabei immer wieder Tommys Hände und Ursulas Wangen gestreichelt.

Ursula saß ein wenig benommen, aber doch frohen, leichten Herzens dabei, denn sie fühlte, Tante Grete war lieb und gut, und zu ihr konnte man Vertrauen haben. –

Dann brachte Christine frischen Kaffee. Sie erzählte von den sündhaften Preisen; die »Inflation«, wie sie es nannte, sei ein noch größeres Unglück als der Krieg; all ihre Ersparnisse seien fort, und Frau Geheimrat habe auch rein alles verloren, und die Pension reiche nicht hin und nicht her. Wenn Herr Tommy nicht die englischen Pfunde geschickt hätte, sähe es noch viel schlimmer aus. Aber Kuchen hätte doch gebacken werden müssen bei so einem Festtag, wo der Herr Tommy nach so langen Jahren wieder in die Heimat gekommen sei.

So erleichterte Christine ihr Herz und gab acht, daß Herr Tommy und das kleine Fräulein, das er mitgebracht hatte, ordentlich zulangten und immer gefüllte Tassen hatten.

Tommy tat dem Napfkuchen und den Waffeln alle Ehre an und behauptete, so gut habe ihm lange nichts mehr geschmeckt. Auch Ursula ließ sich nicht lange nötigen und lobte beides, womit sie sich bei Christine einschmeichelte, ohne es zu wissen und zu wollen.

Es war sehr behaglich in dem Altfrauenheim, in dem alles vor Sauberkeit blitzte und blinkte. Und Tante Grete erzählte immer weiter.

»Siehst du, mein lieber Tommy, es gibt einen gerechten Gott im Himmel. Was hat dein böser Bruder Kurt alles für Schlechtigkeiten begangen, um dich um dein Erbe zu bringen und alles an sich zu reißen! Was hat er nun davon? Das strafende Schicksal hat ihn erreicht, Gott hat alle seine Anschläge zunichte gemacht. Dir wird nun alles gehören, und das freut mich von Herzen. Ich bedauere nur, daß meine arme Schwester das nicht erlebt hat«, sagte sie zum Schluß.

Tommy machte ein ernstes Gesicht.

»Trotz alledem hätte ich gern auf das Erbe verzichtet, wenn ich von meinem Vater noch ein gutes Wort hätte hören können. Daß er gestorben ist, ohne von meiner Unschuld überzeugt worden zu sein, wird mir immer auf der Seele brennen.«

»Ach, mein lieber Tommy, wenn dein Vater in seiner großen Liebe zu Kurt nicht mit Blindheit geschlagen gewesen wäre, hätte er doch deine Unschuld erkennen müssen. Aber lassen wir die Toten ruhen. Jetzt bist du der Herr von Langenfurt und Hartau, und niemand kann dir das Erbe streitig machen.«

Tommy faßte ihre Hand.

»Du mußt aber zu mir nach Langenfurt ziehen, Tante Grete, und Christine auch, das versprichst du mir!«

Fast erschrocken sah sie ihn an.

»Ich? In dieses vornehme Gutshaus? Ach, Tommy, was soll ich denn da? Da ist eine alte Frau wie ich doch nur im Wege.«

»Ganz gewiß nicht, Tante Grete! Das wäre auch nicht der Fall, wenn ich dich nicht so nötig brauchte.«

»Aber, mein liebes Jungchen, wozu brauchst du mich alte Frau?«

»Gerade eine würdige alte Dame brauche ich sehr nötig, ganz abgesehen davon, daß ich dich und Christine auch mal ein bißchen verwöhnen möchte. Du mußt jetzt in Langenfurt die Rolle der Repräsentantin übernehmen.«

»Du lieber Gott, du wirst ja wohl bald eine junge Frau heimführen. Ich und repräsentieren? Wir haben all die Jahre so still für uns hingelebt, Christine und ich.«

»Trotzdem wirst du eine sehr würdige Repräsentantin sein, das weiß ich. Wir werden vorläufig auch ganz ruhig und still in Langenfurt leben, ich sehne mich durchaus nicht nach dem Trubel eines geselligen Lebens, wenigstens vorläufig nicht. Aber – vor allen Dingen brauche ich dich als Anstandsdame für Urselchen; du siehst doch ein, daß ich nicht mit ihr allein in Langenfurt hausen kann, wenn ich auch ihr alter Onkel Tommy bin und demnächst ihr Vormund sein werde.«

Etwas betroffen sah Tante Grete nach den beiden jungen Menschen hinüber.

»Lieber Gott – dann freilich, wenn Ursula mit in Langenfurt wohnen soll.«

»Aber Tantchen, wo soll sie denn sonst bleiben?«

»Darüber habe ich noch nicht nachgedacht. – Sie steht ja aber wohl ganz allein im Leben, und da du ihr Vormund wirst, mußt du dich ihrer auch annehmen, was du ja schon aus Dankbarkeit gegen ihre Eltern tun würdest. Aber – ob sie nicht vorläufig besser in einem Pensionat untergebracht wäre?«

Ursula zuckte leise zusammen und wurde sehr blaß. Tommy aber faßte lächelnd ihre Hand.

»Ausgeschlossen, Tantchen! Ursula bleibt, wo ich bleibe. Sie würde es nicht ertragen, unter fremden Menschen zu leben, und ich habe ihrem Vater, versprochen, sie nicht von mir zu lassen. Nein, nein, meine kleine Bärin, sieh nur nicht so erschrocken aus – Tante Grete hat ja keine Ahnung, wie fest wir zusammenhalten müssen. Und du brauchst nicht in Sorge zu sein, Tante Grete, daß Ursula nötig hätte, noch etwas in einem Pensionat zu lernen. Sie weiß mehr als andere junge Mädchen in ihrem Alter, du darfst sie nicht mit einem deutschen Backfisch vergleichen. Freilich ist sie eine kleine Wilde; im Zeltlager haben wir keine vornehme Gesellschaft gehabt. Auch ich bin in manchen Dingen ein bißchen verwildert, aber das werden wir beide bald abgestreift haben. Du, liebe Tante, wirst uns schnell den nötigen geselligen Schliff beigebracht haben. Du darfst nicht vergessen, daß Ursula in allen Dingen ihre Mutter zum Vorbild gehabt hat – und die war Dame bis in die Fingerspitzen und hat das auch im Lager zwischen Hunderten von rauhen Männern nie verleugnet. Man nannte sie »die gute Königin«, und wahrlich, eine Königin hätte sich nicht anders benehmen können. Urselchen braucht nichts als einige Anleitung, was die gesellschaftliche Form anbelangt. Und das haben wir bald intus, gelt, Urselchen? Tante Grete wird uns das schnell beigebracht haben, falls wir es nicht allein herausfinden. Wie gesagt, es ist ganz ausgeschlossen, Tantchen, daß wir uns trennen, Ursula und ich. Wir – wir hängen so fest zusammen – wie – Geschwister. Nicht wahr, Urselchen?«

Sie hielt seine Hand fest und legte ihre Wange darauf.

»Guter Onkel Tommy, nein – du schickst mich nicht fort?« sagte sie mit bebender Stimme.

Die alte Dame sah forschend auf die beiden jungen Menschen, und ein gütiges Lächeln lag auf ihrem Gesicht. Sie zog Ursula in ihre Arme.

»Ich habe es gut gemeint, kleine Ursula. Und selbstverständlich komme ich mit nach Langenfurt, wenn ihr mich nötig habt. Nur lästig fallen wollte ich nicht.«

Ursula fiel ihr impulsiv um den Hals.

»Ich will Ihnen auch gar nicht viel Mühe machen, liebe, liebe Frau Geheimrat!«

»Davor habe ich auch gar keine Angst. Aber die ›Geheimrätin‹ sperren wir gleich mal erst in die Rumpelkammer. Wenn das dein Onkel Tommy ist, dann bin ich deine Tante Grete so gut wie die seine. Und damit basta.«

Sie küßte Ursula herzlich auf den Mund und strich ihr das Haar aus der Stirn. Und dann sagte sie lächelnd über die Schulter zu Tommy:

»Ich kann es dir wahrlich nicht verdenken, daß du sie nicht von dir lassen willst, sie ist ein entzückendes Geschöpf. Aber das solltest du eigentlich nicht hören, Ursula – es könnte dich eitel machen.«

»Meine kleine Bärin weiß gar nicht, was Eitelkeit ist, Tante Grete. Es ist aber auch nicht nötig, daß sie es lernt.«

Es wurde noch viel geredet. Man saß bis nach dem Abendessen zusammen, das Christine sehr festlich gerichtet hatte. Dann sagte Tommy:

»Jetzt müssen wir gehen, Urselchen, sonst kommen wir zu spät ins Hotel.«

Kopfschüttelnd sah ihn die alte Dame an.

»Aber Tommy, du kommst wirklich aus der Wildnis! Erfurt soll wohl kopfstehen, wenn du mit einer jungen Dame ins Hotel gehst? Nein, nein, Urselchen bleibt hier bei mir. Ich hatte mein Gastzimmerchen für dich richten lassen, mein Junge, aber das wird nun Ursula benutzen, bis wir nach Langenfurt übersiedeln. Geh du ruhig allein zu dem Hotel. Du wirst morgen den ganzen Tag in Langenfurt zu tun haben, was soll das Kind dann im Hotel mutterseelenallein anfangen? Sie ist bei mir viel besser aufgehoben, bis du ihr in Langenfurt eine Heimat bieten kannst.«

Tommy sah Ursula lächelnd an.

»Ja, Urselchen, das wird wohl so sein müssen. Das ist die gerühmte Zivilisation. Du wirst noch dein blaues Wunder erleben, was sich in einem zivilisierten Lande alles nicht schickt! Mir kommt so die Erinnerung wieder an hundert Sachen, die verboten sind – man weiß nicht, warum. Aber fügen wir uns, gelt? Unsere Trennung soll nicht lange dauern, das verspreche ich dir. Ich bringe morgen gleich alles in Langenfurt in Ordnung, und sobald alles erledigt ist, hole ich dich mit Tante Grete. Christine kann dann hier den Hausstand in aller Ruhe auflösen. Wir lassen die Möbel und alles nach Langenfurt schaffen, Tante Grete, und du richtest dir dort dann einige Zimmer ganz so ein, wie du es gewöhnt bist, damit du dich auch behaglich fühlst.«

Die alte Dame seufzte erleichtert auf.

»Das ist mir sehr lieb. Weißt du, Tommy, wenn man so alt geworden ist in einer liebgewordenen Umgebung, dann vermißt man sie nicht gern. Wenn ich aber meine Möbel und Christine in Langenfurt habe, werde ich sehr zufrieden sein; denn sonst ist der Tausch für mich ja vorteilhaft. Du wirst staunen, Urselchen, wie schön es in Langenfurt ist.«

Ursula sah dankbar zu der alten Dame hinüber. »Davon hat mir Onkel Tommy schon viel erzählt.«

»Also du bleibst bei Tante Grete, Urselchen, bis ich dich hole.« Tommy verabschiedete sich von Tante Grete. Dann zog er Ursula liebevoll in seine Arme und streichelte ihr Haar.

»Gute Nacht, Urselchen, schlaf gut und sei nicht bange! Bei Tante Grete bist du in guter Hut. Ich hoffe, daß du schon morgen abend mit Tante Grete in Langenfurt schlafen kannst. Gute Nacht, Tante Grete, vielen Dank für alles! Gute Nacht, Urselchen! Auf Wiedersehen morgen!«

9

Tommy Reiner fuhr am nächsten Morgen erwartungsvoll nach Langenfurt. Er hatte telefoniert und um einen Wagen gebeten. Der Chauffeur war sofort gekommen.

Während er durch die wohlbekannte Gegend dahinfuhr, gedachte er des Tages, da er diese Strecke das letzte Mal auf seinem Rade, als ein Verbannter, Verstoßener gefahren war. Und als er sich dem Vaterhause näherte und den schönen, vornehmen Barockbau vor sich liegen sah, flogen seine Blikke zu den Fenstern empor, hinter denen die Zimmer seiner Mutter lagen.

»Mutter, liebe, teure Mutter!« sagte er vor sich hin, und seine Augen umflorten sich. Es war, als begrüße er seine Mutter nach langer Trennung.

Man war auf sein Kommen vorbereitet, da er den Wagen verlangt hatte. Die Leute standen auf der breiten Steintreppe; sie wollten den neuen Herrn begrüßen. Oben unter dem Portal stand ein schlanker, weißhaariger alter Herr mit einem frischen Gesicht. Tommy erkannte ihn sogleich, es war Justizrat Nimrod, der Notar seines Vaters.

Justizrat Nimrod kam Tommy entgegen, als er ausstieg, und reichte ihm die Hand.

»Gestatten sie mir, Herr Reiner, daß ich Sie als erster als den neuen Herrn von Langenfurt und Hartau begrüße.«

Mit einem ernsten Blick sah Tommy in das kluge, sympathische Gesicht des alten Herrn.

»Ich danke Ihnen, Herr Justizrat. Es ist sehr freundlich, daß Sie sich bemüht haben, den verlorenen Sohn zu begrüßen. Ich nehme an, daß Sie als alter Freund meines Vaters wissen, daß mein Vater mich verstoßen hatte«, sagte Tommy ein wenig bitter.

Der Justizrat legte ihm die Hand auf die Schulter.

»Lassen Sie keine Bitterkeit in sich aufsteigen, mein lieber Herr Reiner. Der liebe Gott hat schließlich doch alles zum besten für Sie gefügt.«

»Sie wissen doch vermutlich, weshalb ich mein Vaterhaus verlassen mußte, vor nunmehr zehn Jahren?«

»Den wahren Grund kenne ich erst seit ganz kurzer Zeit; und ich kann mir sehr wohl denken, wie es in Ihnen ausgesehen hat, all die Jahre – und vielleicht auch jetzt noch aussieht.«

Tommy atmete tief auf.

»Vielleicht doch nicht ganz, Herr Justizrat. Sie sagen mir, daß der liebe Gott schließlich doch alles noch zum besten für mich gefügt hat, und Sie meinen vermutlich damit, indem er mich zum Erben von Langenfurt machte. Aber das löscht nicht aus, daß ich nicht mit meines Vaters Einwilligung hier stehe. Ich werde es nie verwinden, daß er mich für einen Dieb hielt.«

Mitleidig sah der alte Herr in sein zuckendes Gesicht und ergriff seine Hand.

»Ich hoffe, daß diese Last von Ihrer Seele genommen wird, Herr Reiner. Noch ehe Sie den ersten Schritt wieder über die Schwelle Ihres Vaterhauses tun, will ich Ihnen eine Mitteilung machen, die Sie mit anderen Gefühlen erfüllen wird. – Ihr Vater starb mit dem Bewußtsein Ihrer Unschuld, und er hatte im Sinne, gutzumachen, was er an Ihnen getan hat.«

Tommy zuckte zusammen und sah ihn mit großen Augen an, während eine tiefe Blässe sein Gesicht überzog. »Was sagen Sie da? Ist das wahr, Herr Justizrat?« fragte er, atemlos vor Erregung.

»Ja, ja, es ist wahr! Einige Tage vor seinem Tode war Ihr Vater bei mir. Er erzählte mir erst an diesem Tage ausführlich, was damals geschehen war, bevor Sie das Vaterhaus verließen. Und danach berichtete er mir, wie er dahintergekommen sei, daß Sie schuldlos waren. Das hat ihn sehr niedergedrückt, und er wollte gutmachen, nur wußte er nicht, wie er sich mit Ihnen in Verbindung setzen könnte – ohne daß es Ihr Bruder Kurt erfuhr. Aber – davon jetzt nichts mehr – Sie sollen das alles durch Ihres Vaters eigene Worte hören.«

Tommy fuhr auf, und jähe Röte schoß in seine bleich gewordenen Wangen.

»Durch meines Vaters eigene Worte? Wie meinen Sie das?«

»Er hat mir an jenem Tage, als er mir alles beichtete, einen Brief zur Verwahrung übergeben, für den Fall, daß es ihm nicht möglich sein würde, Sie vor seinem Tode wiederzusehen und sich mit Ihnen auszusprechen. Er fühlte sich schon längere Zeit sehr leidend und vermutete wohl, Ihre Rückkehr nicht mehr zu erleben. Was er einige Tage vorher in Erfahrung gebracht hatte, gab ihm den letzten Stoß, und er hätte wohl nicht mehr viel länger gelebt, auch wenn er nicht bei jenem Autounfall den Tod gefunden hätte. Er hat also alles, was Sie wissen müssen, niedergeschrieben. Doch davon später. Jetzt kommen Sie – betreten Sie frohen und freien Herzens Ihr Vaterhaus, und fühlen Sie, daß der Segen Ihres Vaters bei Ihnen ist.«

Tommy mußte die Zähne zusammenbeißen, um seine Fassung nicht zu verlieren. Was der Justizrat ihm sagte, traf ihn bis ins tiefste Herz. Der Segen seines Vaters war bei ihm? Der Vater hatte erfahren, daß er unschuldig war? – Das erschütterte ihn tief.

Wie im Traume richtete er sich auf, sah sich um, sah all die Leute – hier an der Schwelle des Hauses, das er einst als ein Verfemter, Verbannter verlassen hatte –, um ihn als Herrn zu begrüßen. Mit einem ernsten Blick sah er sie an, grüßte sie mit einem stummen Neigen des Kopfes und winkte ihnen mit der Hand zu.

Dann stieg er an der Seite des Justizrates die breite Steintreppe empor. Es war ein großer, feierlicher Moment für ihn, als er nun die Schwelle überschritt.

Mutter! – So rief sein Herz, als müsse sie teilnehmen an diesem feierlichen Moment. Und dann rief sein Herz einen andern Namen – voll Liebe und Ergriffenheit: Vater!

Aber lange hatte er nicht Zeit, seinen Empfindungen nachzuhängen. In der großen Halle standen alle seine Angestellten, die Verwalter von Langenfurt und Hartau, die Geschäftsführer der beiden Fabriken und alle die anderen, die jahrelang auf ihrem Posten waren und von denen er die meisten noch kannte.

Er trat vor sie hin und sah sie an, und aus manchem Auge grüßte ihn ein froher Schein. Die kleine Tochter des Langenfurter Verwalters, die kurz vor seiner Entfernung aus dem

Vaterhause geboren worden war, reichte ihm einen Strauß und sagte ein kurzes Verschen auf, das einen Willkommensgruß aller enthielt. Er nahm den Srauß und hob das Kind empor.

»Das ist herangewachsen, seit der Zeit, wo ich nicht hier war!« sagte er bewegt.

Einer der Männer trat nun vor, begrüßte ihn und betonte, daß sie ihn freudigen Herzens willkommen hießen. Sie alle waren froh, daß er und nicht sein Bruder Kurt als Herr hier stand, denn Kurt war nicht beliebt gewesen.

Es war sehr feierlich. Tommy sprach die Hoffnung aus, daß sie freudig mit ihm arbeiten und daß alle bei ihm bleiben würden.

Er atmete auf, als die Feierlichkeit vorüber war. Mit freundlichen Worten forderte er die Herren auf, nachher mit ihm zu speisen. Er habe jetzt erst einiges Wichtige mit Herrn Justizrat Nimrod zu verhandeln; bei der Mittagstafel hoffe er sie alle wiederzusehen. Dann zog er sich mit dem Justizrat in das Arbeitszimmer seines Vaters zurück, das rechts neben der Halle lag.

Als Tomy mit dem alten Herrn allein war, bat er ihn:

»Nun sagen Sie mir alles, Herr Justizrat.«

Sie saßen einander gegenüber, und der Justizrat berichtete nun, daß einige Tage vor seinem Tode Tommys Vater ihn um die Mittagszeit in seiner Privatwohnung aufgesucht hätte. An jenem Tage aber hatte er gesagt:

»Ich muß dich allein und unbelauscht sprechen – in Langenfurt wird, wie ich jetzt glauben muß, jeder meiner Schritte, jedes meiner Worte von Spionen belauscht.«

Der Justizrat fuhr fort:

»Ich war über diese Worte sehr erstaunt. Nicht, daß ich Ihrem Bruder Kurt eine niedrige Spionage nicht zugetraut hätte – sondern daß ihr Vater das wußte und es aussprach. Er erzählte mir zunächst, was an jenem Tage geschehen war, als Sie aus Langenfurt verbannt wurden, und vieles andere, was Sie, mein lieber Herr Reiner, in dem Briefe Ihres Vaters finden werden. Er übergab mir an jenem Tage diesen Brief an Sie, mit der Weisung, ihn Ihnen nach seinem Tode auszuliefern, wenn es ihm nicht vergönnt sein sollte, Sie vorher wiederzusehen. Auch sagte er mir, daß sein Testament, das er vor Jahren gemacht hatte und das Ihren Bruder zu seinem Universalerben einsetzte, Sie aber nur mit dem geringsten Pflichtteil abfand, vernichtet werden müsse, und daß er ein anderes Testament zu machen gesonnen sei. Er diktierte mir dies andere Testament, wonach Ihnen das Rittergut Hartau und die Konservenfabrik zufallen sollten, während Kurt Langenfurt und die Zuckerfabrik zugewiesen wurden. Das vorhandene beträchtliche Barvermögen sollte Ihnen und Ihrem Bruder zu gleichen Teilen zufallen.

Dringend bat er mich, dies neue Testament so abzufassen, daß von keiner Seite daran gerüttelt werden könne. Daß er damit Ihren Bruder meinte, war mir klar.

Es war an jenem Tage im Wesen Ihres Vaters etwas – ich kann es nicht anders als Furcht vor Kurt bezeichnen. Sie werden das alles in dem Briefe Ihres Vaters bestätigt finden, und ich bemerke, daß ich in Gegenwart Ihres Vaters in diesen Brief Einsicht nahm; er wünschte es, damit ich alles begreifen und verstehen könne. Dadurch, daß Ihr Bruder zugleich mit Ihrem Vater ums Leben kam, sind Sie nun der Universalerbe Ihres Vaters geworden. Aber ich nehme an, daß es Sie doch freuen wird, daß Ihr Vater durch sein neues Testament, das ich Ihnen samt dem Briefe hiermit aushändige, gutzumachen suchte, was er in seiner blinden Liebe zu Kurt gesündigt hatte.

Wir werden heute nicht Zeit finden. Sie in alle Einzelheiten Ihres Erbes einzuführen, das wird Tage, vielleicht Wochen brauchen. Jedenfalls gehören Sie jetzt zu den reichsten Großgrundbesitzern, zumal Ihr Vater auch, allerdings auf besonderen Wunsch Ihres Bruders, sein gesamtes Vermögen in ausländischen Banken angelegt hat.

Also, hier haben Sie Brief und Testament, damit will ich Sie jetzt allein lassen. Ich habe noch allerlei Geschäftliches mit Ihren beiden Verwaltern und mit den Geschäftsführern der Fabriken zu erledigen. Es ist mir lieb, daß ich die Herren alle hier habe.«

»Sie speisen doch nachher mit uns, Herr Justizrat?«

»Gern, ich bleibe noch einige Stunden hier. Sollten Sie mich brauchen, so lassen Sie mich nur rufen.«

Tommy war allein. Aufgeregt ging er einige Male im Zimmer auf und ab, um sich zu beruhigen. Erst jetzt fühlte er sich wieder daheim – jetzt, da er wußte, daß seines Vaters Segen bei ihm war. Endlich nahm er am Schreibtisch in dem hohen Sessel Platz und öffnete das Schreiben seines Vaters. Dann las er:

»Mein lieber Sohn Tommy!

Es ist wohl das Schwerste für einen Vater, wenn er sein Kind um Verzeihung bitten muß. Vor diesem Muß stehe ich heute mit schwer bedrücktem Herzen. Was mich schon lange wie ein banger Zweifel quälte, ist nun Gewißheit in mir geworden. Ich habe die Beweise, daß Du es nicht gewesen bist, der damals die zweitausend Mark aus meinem Schreibtisch entwendete. Du bist unschuldig, und folglich bin ich schuldig, ganz allein schuldig am jähen Tode Deiner Mutter, schuld an so vielem, was ich Dir und ihr angetan habe.

Du bist unschuldig aus Deinem Vaterhause verbannt worden, mein Tommy – denn daß Du in jähem Zorn die Hand gegen mich erhobest, als Du sahst, daß ich Deine Mutter schlug, das habe ich Dir von Herzen verziehen. Du wolltest Deine Mutter verteidigen, wolltest den Schlag, den ich ihr zugefügt hatte, zurückgeben. Du konntest nicht anders handeln.

Ich muß Dir sagen, daß ich keine frohe Stunde mehr hatte seit Deiner Mutter Tod. Ich hatte freilich schon lange vorher keine frohe Stunde mehr, weil mir ein böses Gift ins Herz geträufelt worden war, das alles in mir zerfraß, was ich einst für Deine Mutter und Dich gefühlt hatte. Die Liebe, die ich trotz allem im tiefsten Herzen für Deine Mutter und Dich empfand, habe ich wie einen bösen Feind bekämpft – weil ich glauben mußte, sie sei dieser Liebe nicht wert, und Dir käme sie nicht zu.

Erst seit kurzer Zeit weiß ich, daß ich von Kurt mit kalter Berechnung gegen Dich und Deine Mutter aufgewiegelt worden bin. Schon seit einiger Zeit plagten mich Zweifel, ob er nicht falsches Spiel mit mir, mit uns allen gespielt habe. Nun weiß ich es endlich gewiß: es waren Lügen, verruchte Lügen und verbrecherische, betrügerische Beweise, die mir in die Hände gespielt wurden und die mich glauben machten, daß Deine Mutter mich betrogen und – daß Du wahrscheinlich nicht mein Sohn seist.

Ich will Dir nicht Einzelheiten berichten, denn es kommt mich schwer an, Kurts schmähliche Machenschaften vor Dir Aufzudecken. Trotz allem, was er mit angetan hat, liebe ich ihn noch immer. Aber ich weiß jetzt, daß er mir mit Bedacht dieses Gift in die Seele geträufelt hat, um Dich von Deinem Platze zu verdrängen und alles für sich allein zu erraffen.

Die scheinbaren Beweise, die Deine Mutter in meinen Augen schuldig erscheinen ließen und die mich zweifeln ließen, ob Du mein Sohn seist, haben sich als Fälschungen erwiesen. Eine Kreatur Kurts, die eingeweiht war und mich betrügen half, ließ mich in der Todesstunde rufen und beichtete mir, daß alles Lug und Trug gewesen und daß Deine Mutter mir nie untreu war.

Warum ich Deiner Mutter ihre scheinbare Treulosigkeit nicht vorhielt, weiß ich nicht. Ich konnte es nicht über mich gewinnen, ein Wort darüber über meine Lippen zu bringen; aber es fraß wie Gift an mir, daß ich ihr meinen Groll nicht ins Gesicht schreien konnte. Heute bin ich froh darüber, daß ich es nie getan, denn es hätte Deine Mutter aufs tiefste kränken müssen. Freilich wäre sie dann aber vielleicht in der Lage gewesen, die Wahrheit ans Licht zu bringen. Genug, ich weiß jetzt, daß Du ganz gewiß mein Sohn bist und daß die Stimme in meinem Herzen, die trotz all meiner Zweifel sehnsüchtig nach Dir rief, die Stimme des Blutes ist.

Ich war jedenfalls damals mit Blindheit geschlagen, als ich in erbittertem Groll die Hand gegen Deine Mutter erhob und mich darein verrannte, daß Du der Dieb der zweitausend Mark wärst. Bitter habe ich später bereut, daß ich Dir die zweitausend Mark zur Begleichung Deiner Schuld nicht gab und Dich so, meiner Ansicht nach, dazu trieb, das Geld zu entwenden.

Erlasse es mir. Dir die Szene zu schildern, die sich zwischen Deinem Bruder und mir abspielte, als jener Mitwisser mir in seiner Todesstunde gebeichtet hatte. Er hat geleugnet, alles geleugnet, hat behauptet, jener Mann sei nicht bei klaren Sinnen gewesen und habe mir etwas vorphantasiert. Dabei blieb er, obwohl ich ihm die gefälschten Beweise von Deiner Mutter Schuld vorlegte.

Und – ich muß leider gestehen, daß etwas wie Furcht in mir ist vor Kurt. Es ist etwas in seinem Wesen, das mit suggestiver Kraft meinen eigenen Willen unterbindet. Ich kann nicht dagegen ankommen. Wenn Du wüßtest, was für ein großer Aufwand von Kraft meinerseits dazugehört, daß ich Dir diese ganze Beichte ablege. Du würdest es nicht begreifen. Aber vielleicht ist es die nun wieder wachgewordene Liebe zu Dir, die mich befähigt, diese Kraft aufzubringen, um niederschreiben zu können, was geschah, und um ein neues Testament zu machen, das Dich wieder in die Rechte meines Sohnes einsetzen soll. –

Ich weiß, gottlob, daß es Dir gutgeht. Deine Tante Grete hat mir auch gesagt, daß Du Dich zu einer geachteten Stellung emporgearbeitet hast – und eines Tages sollst Du auch Dein väterliches Erbe erhalten. Wenn ich es nicht mehr erlebe, daß Du heimkommst, dann verzeihe Deines Vaters Schwäche, sein Unrecht.

Ich fühle, daß Kurt mich überwachen läßt, daß er jeden meiner Schritte kontrolliert, aber ich werde doch Mittel und Wege finden, ein neues Testament zu machen und dieses Schreiben, das ich nachts vollende, in Deine Hände gelangen zu lassen. Denn – nun weiß ich auch, daß Du an dem Diebstahl unschuldig bist. Seit gestern weiß ich auch das, und wieder war es eine Fügung Gottes, die mir die Beweise Deiner Unschuld in die Hände lieferte. Und Kurt selbst war es, der sie mir brachte, ohne es zu ahnen. –

Gestern saß ich in meinem Arbeitszimmer und machte gerade eine Sendung für die Bank zurecht, was Kurt wußte. Er trat bei mir ein und hielt einige Tausendmarkscheine in der Hand, die jetzt, wie alles Geld, so sehr im Wert gesunken sind.

»Bitte, schicke diese Scheine mit zur Bank, Vater, ich fand sie in meinem Schreibtisch, wo sie wohl schon lange liegen, ohne daß ich darauf geachtet habe.«

Damit legte er die Scheine neben mir nieder, und da ich

noch mit meinen Einzahlungen zu tun hatte, legte ich einen Briefbeschwerer darauf. Kurt ging wieder hinaus, ohne daß ich noch etwas mit ihm gesprochen hätte.

Und es war, als sollten jetzt innerhalb weniger Tage all seine Machenschaften ans Licht kommen.

Ich muß hier weiter zurückgreifen. Am Tage, bevor Du, durch meine Verblendung gezwungen, Dein Vaterhaus verlassen mußtest, hatte ich eine größere Zahlung in Tausendmarkscheinen erhalten und legte sie vorläufig in meinen Schreibtisch. Ehe ich sie hineinlegte, sah ich zufällig auf dem obersten dieser Scheine die Nummer 1++971++864. Wie man oft auf etwas Nebensächliches besonders achtet, fiel mir auf, daß diese Nummer genau das Datum meiner Geburt ergab: denn ich bin am 19.7.1864 geboren. Ich schrieb in Gedanken versunken mit einem Bleistift ganz klein auf den äußersten Rand dieses Tausendmarkscheins 19.7.1864. Dann schob ich ihn mit den anderen in meinen Schreibtisch. Am nächsten Morgen, als ich mir dieses Kuriosum nochmals betrachten wollte, fehlte dieser Schein, und als ich nachzählte, fehlte noch ein zweiter. Was dann geschah, weißt Du. –

Als ich nun gestern mit meiner Geldangelegenheit fertig war, nahm ich die Scheine unter dem Briefbeschwerer hervor. Es waren vier Scheine. Und auf dem untersten dieser Scheine erblickte ich – die Nummer 1++971++864. Ich stutzte, sah mir den Schein genau an – und entdeckte an dessen Rande die winzigen Zahlen, die ich damals daraufgezeichnet, also 19.7.1864. Es durchzuckte mich wie ein Schlag: Da hatte ich nun auch den Beweis in den Händen, daß Kurt der Dieb dieser Scheine gewesen war! Er hatte sie durchaus nicht nötig gehabt, sonst hätte er sie ausgegeben. Nur um Dich in schlimmen Verdacht zu bringen, hatte er sie mir entwendet. Jahr um Jahr hatte er sie unbenutzt in seinem Schreibtisch liegenlassen und wohl ganz vergessen, auf welche Weise er sie an sich gebracht hatte.

Bei dieser Erkenntnis faßte mich ein solcher Zorn, daß ich in sein Zimmer hinüberlief und ihm den Diebstahl auf den Kopf zusagte, ihm erklärend, wodurch ich den Beweis seiner Schuld gefunden habe. Aber er leugnete auch diesmal, sagte achselzuckend, dieser Schein sei wohl zufällig in seine Hände gekommen, Geldscheine pflegten doch ihre Besitzer zu wechseln. Und er sah mich wieder so durchdringend und bezwingend an, daß ich stumm davonging.

Aber ich weiß nun doch, daß Du schuldlos bist, daß er das Geld genommen hat und nicht Du. Und ich will gutmachen an Dir. Morgen früh gehe ich, während Kurt sich in der Fabrik befindet, zu meinem Freunde, Justizrat Nimrod, lege ihm eine Beichte ab, damit Du eines Tages an ihm eine Stütze hast, und mache ein neues Testament. Kurt wird erst nach meinem Tode erfahren, daß ich ein anderes Testament zu Deinen Gunsten gemacht habe, denn – wie ich Dir schon sagte, ich fürchte mich vor ihm. Es ist schlimm, daß ich das eingestehen muß, aber es ist leider Tatsache.

Wenn Du eines Tages Dein Erbe antrittst, dann wird Kurt mehr denn je Dein Feind sein, aber er wird Dir dies Erbe nicht entreißen können. Benutze dann diesen meinen Brief als Waffe gegen ihn; aber ich bitte Dich, tue alles, was in Deiner Kraft steht, um es nicht zu feindlichen Zusammenstößen zwischen Euch kommen zu lassen. Tue es mir zuliebe, daß Du ihm möglichst ausweichst.

Und trachte nicht danach, ihn für all seine Machenschaften zu bestrafen, glaube mir, er wird seiner Strafe auch ohnedies nicht entgehen. Schon hat er kaum noch einen Freund, selbst unsere Angestellten sind alle gegen ihn aufgebracht und halten nur meinetwegen noch aus. Und seine Braut – er war mit Georgina Donald verlobt – hat sich mit Abscheu von ihm losgesagt, weil sie mancherlei erfahren hat, was ein schlimmes Licht auf ihn warf.

So gern ich Dich, mein Sohn Tommy, noch einmal wiedersehen möchte, glaube ich doch, daß mir das nicht vergönnt sein wird. Ich fühle, die Aufregungen haben meine letzte Lebenskraft aufgezehrt – und Transvaal ist weit. So soll Dir wenigstens dieser Brief sagen, wie es in mir aussieht, und wie sehr ich bereue, daß ich mich gegen Dich und Deine Mutter habe einnehmen lassen.

Vielleicht lasse ich Dir diesen Brief durch Justizrat Nimrod zugehen, vielleicht aber erhältst du ihn erst nach meinem Tode. Wie dem auch sei – vergib Deinem verblendeten Vater, mein Sohn! Ich habe bitter und schwer gebüßt, glaube es mir. Und der liebe Gott mag mit Dir sein auf allen Deinen Wegen.

Leb' wohl, mein Sohn. Mein Segen begleitet Dich auf allen Wegen. Vergiß nicht ganz

Deinen schmerzgebeugten Vater.«

Tief erschüttert hatte Tommy dies Schreiben zu Ende gelesen. Nun erst vermochte er die ganze Größe der Niedertracht seines Bruders zu ermessen, und es wurde ihm schwer, sich zu sagen, daß man die Toten nicht richten solle. Daß Kurt nicht einmal davor zurückgescheut war, die Ehre seiner Mutter anzugreifen, erbitterte ihn aufs tiefste. Jetzt begriff er erst ganz, wodurch es Kurt gelungen war, ihm und der Mutter den Vater zu entfremden.

Armer Vater! Arme Mutter! Ein Bösewicht hatte ihr Leben zerstört. Sie waren ein Spielball in Kurts verbrecherischen Händen gewesen.

Noch einmal las er langsam den Brief seines Vaters durch,

aufgewühlt bis ins Innerste seines Seins. Dann drückte er das Schreiben inbrünstig an seine Lippen, wie er wohl die Hände des Vaters jetzt geküßt haben würde, hätte er ihn am Leben getroffen.

Aber eine schwere Last war doch von seiner Seele genommen worden. Nie hätte er es ganz verwunden, wenn er ohne seines Vaters Segen wieder ins Vaterhaus zurückgekehrt wäre.

Lange Zeit blieb er in Gedanken versunken sitzen. Dann erhob er sich und ließ Justizrat Nimrod rufen. Als dieser erschien, besprachen die beiden Herren mancherlei, was notwendig besprochen werden mußte. Der Justizrat erbot sich, alles Amtliche für Tommy zu regeln, soweit er es nicht unbedingt selbst tun mußte.

Bis zum Mittagessen waren sie über das Nötigste im reinen. Dann folgte eine gemeinsame Mahlzeit mit den leitenden Angestellten. Bei dieser Gelegenheit wurde allerlei Geschäftliches besprochen. Nach dem Essen hatte Tommy eine kurze Konferenz mit den beiden Gutsverwaltern, die er bat, vorläufig alles im alten Sinne zu verwalten, und mit den Geschäftsführern der Fabriken, denen er einen baldigen Besuch der Werke versprach.

Dann machte er einen Rundgang durch das ganze Haus und fand, daß so ziemlich alles beim alten geblieben war.

Der Hausmeister, der die Oberleitung über den Haushalt führte, begleitete ihn, um seine Wünsche zu notieren. Tommy bestimmte, daß er die Zimmer seines Vaters bewohnen würde. Die darüberliegenden Zimmer sollten für Ursula bereitgehalten werden. Es waren Zimmer, die seine Mutter zum Teil bewohnt hatte und von denen aus man eine herrliche Aussicht auf den Park genoß. Sie waren sehr geräumig und sehr vornehm ausgestattet. Das Schlafzimmer seiner

Mutter sollte auch Urselchens Schlafzimmer werden; es befand sich gerade über seinem Schlafzimmer.

Tante Grete sollte vorläufig einige andere Zimmer seiner Mutter bewohnen. Später sollten für sie die rechts an Ursulas Zimmer angrenzenden Räume bis zum Eckzimmer mit ihren Möbeln eingerichtet werden. Die Möbel, die aus diesen Zimmern zu entfernen waren, sollten in die früher von seinem Bruder bewohnten Zimmer gestellt werden, während er sämtliche von jenem benutzten Möbel in die Gastzimmer oder auf den Speicher zu stellen befahl. Tommy wollte diese Möbel nicht mehr sehen, um nicht an Kurt erinnert zu werden.

Auch ein lebensgroßes Gemälde seines Bruders verbannte Tommy auf den Speicher, er konnte den Anblick dieses schönen, aber bösen Gesichtes nicht ertragen; es hätte ihm alle Lebensfreude vergällt.

Bei der Bestimmung der Zimmer für Ursula stockte er einen Augenblick. Was sollte er dem Hausmeister sagen, für wen diese Gemächer bestimmt wären? In welcher Eigenschaft sollte er Ursula der Dienerschaft vorstellen? Seiner Dienerschaft? – Er mußte lachen. Wie lange war es denn her, daß er sich ganz und gar selbst hatte bedienen müssen? Nun mußte er sich wieder daran gewöhnen, sich bedienen zu lassen, das gehörte nun einmal zu seiner jetzigen Stellung. Also – wie führte er Ursula ein?

Da fiel ihm ein, daß er doch die Vormundschaft über Ursula übernehmen müsse. Also – sie war sein Mündel. Und ruhig und bestimmt sagte er:

»Diese Zimmer sind für mein Mündel, Fräulein Kronegg, bestimmt, und die daneben liegenden Zimmer bis zum Eckzimmer werden für meine Tante, Frau Geheimrat Tiers, eingerichtet, und zwar mit ihren eigenen Möbeln, die demnächst hergebracht werden. Über ihre Verteilung verfügt meiner Tante Dienerin Christine. Bis zum Eintreffen der Möbel logiert Frau Geheimrat Tiers in den Zimmern, die auf der andern Seite an die meines Mündels grenzen. Der Salon über dem Portal soll noch zu den Zimmern meines Mündels gehören. Wenn mein Mündel Änderungen treffen will, wird sie es selbst bestimmen.«

»Sehr wohl, gnädiger Herr«, erwiderte der Hausmeister, der alles notiert hatte.

Tommy mußte still in sich hineinlachen, als er sich ausmalte, wie Ursula sich wohl in diesen Prachtzimmern fühlen würde.

Oh, meine kleine Bärin, wie wirst du deine Augen aufsperren und staunen! Dachte er, und es wurde ihm warm und wohlig zumute, weil er ihr eine so schöne Heimat bieten durfte. Ursulas wegen freute er sich über seine Erbschaft mehr als seinetwegen.

»Die Zimmer müssen heute abend noch in Ordnung sein, da die Damen schon heute eintreffen werden.«

»Sehr wohl, gnädiger Herr, ich werde sogleich veranlassen, daß alles für die Damen gerichtet wird.«

Wieder lachte Tommy in sich hinein. So, nun war Urselchen offiziell als Dame gewertet. Oh, sie würde es schon lernen, hier als Dame aufzutreten, sie müßte nicht die Tochter ihrer Mutter sein!

Gut soll es deine Tochter haben, liebe, gütige Frau Regina. Und du, Werner, mein Freund, du sollst mit deinem Tommy zufrieden sein. Nichts soll mir höher stehen als das Wohl deiner Tochter. Ich will euch schon meinen Dank abtragen, ihr beiden lieben, teuren Menschen. Schlaft ruhig und friedlich in fremder Erde! –

Da fiel ihm plötzlich ein Gedanke schwer aufs Herz.

Wenn Urselchen nun eines Tages mit einem fremden Mann, den sie liebte, fortziehen würde? Er seufzte tief auf, aber dann schob er diesen Gedanken weit von sich. Nicht daran denken, jetzt noch nicht – noch lange nicht, das würde ja noch lange Zeit haben. Sie war ja noch so jung. Jahrelang würde sie noch ihm gehören, ihm allein. Nur nicht vorzeitig sich mit der Angst herumplagen, daß er sie eines Tages hergeben müsse.

Er eilte zu dem Justizrat hinüber, der eben mit seinen Geschäften für heute fertig war.

»Haben Sie noch einige Minuten Zeit für mich, Herr Justizrat?«

Dieser sah nach der Uhr.

»Wenn es nicht zu lange dauert! Ich muß jetzt noch einige wichtige Dinge erledigen. Morgen früh komme ich wieder heraus. Aber wenn Sie noch etwas Nötiges haben – bitte.«

»Sie können dann gleich mit mir zusammen im Wagen fahren, Herr Justizrat, denn ich will meine Tante abholen und mein Mündel. Über diese junge Dame möchte ich noch mit Ihnen sprechen. Ihre Eltern sind vor unserer Abreise von Transvaal beide an einem Tage gestorben, der Vater wurde erschossen, als er aufrührerische Arbeiter beruhigen wollte, und die Mutter starb vor Aufregung an einem Herzschlag. Ich bin diesen beiden Menschen so großen Dank schuldig, daß ich es für meine Pflicht halte, mich ihrer Tochter anzunehmen. Sie soll in meinem Hause eine Heimat haben, und ich will ihr Vormund werden. Sie ist erst fünfzehn Jahre alt. Ich möchte Sie nun bitten, mir in dieser Angelegenheit behilflich zu sein, damit das alles glatt erledigt wird.«

Der Justizrat hatte sich in seinem Beruf abgewöhnt, über etwas erstaunt zu sein. Er sagte ruhig:

»Das wird sich wohl ohne große Schwierigkeiten machen lassen. Wenn Sie mir gelegentlich die Papiere Ihres Mündels ausliefern wollen, sowie den Totenschein und die Personalien von dessen Eltern, will ich das schnell in die Wege leiten.«

»Das soll geschehen, Herr Justizrat.«

»Es wird jedenfalls für Sie behaglicher sein, wenn Sie nicht ganz allein in Langenfurt hausen.«

»Das denke ich auch. Und meine Tante wird in Langenfurt mein Mündel unter ihren mütterlichen Schutz nehmen.«

»Dazu wird sich Frau Geheimrat Tiers vorzüglich eignen. Ich bin ihr übrigens noch besonders zu Dank verpflichtet, daß sie es übernahm, Sie so schnell herbeizurufen. Ich hätte keine Ahnung gehabt, wo ich Sie hätte suchen sollen.«

»Sie ist die ganze Zeit mit mir in Briefwechsel geblieben. Und sie hat an mich geglaubt, als ich beschuldigt wurde, ein Dieb zu sein. Nur ihr danke ich es, daß ich wenigstens eine kleine Summe zur Verfügung hatte, als ich ins Ausland ging. Nun soll sie es gut bei mir haben.«

»Das ehrt Sie, mein lieber Herr Reiner.«

»Aber nun wollen wir aufbrechen, Herr Justizrat, wenn es Ihnen recht ist.«

Wenige Minuten später fuhren die Herren im Auto davon.

Ursula hatte am Abend nicht so bald einschlafen können. Sie war nicht daran gewöhnt, daß vor ihren Fenstern Autos und Wagen vorüberfuhren. Endlich entschlummerte sie aber doch und schlief weit in den Morgen hinein.

Als Christine an ihre Tür klopfte und ihr sagte, Frau Geheimrat wolle mit ihr frühstücken, fuhr sie erschrocken empor und sah sich verschlafen in dem freundlichen Zimmerchen um.

»Ich komme gleich, Christine!« rief sie hinaus.

Sie beeilte sich mit dem Anziehen und stand bald vor Tante Grete. Diese sah ihr lächelnd entgegen.

»Guten Morgen, Ursula! Gut geruht?«

»Oh, liebe Tante Grete, ich muß um Entschuldigung bitten, daß ich so lange geschlafen habe. Hätte Christine mich nicht geweckt, schliefe ich wohl jetzt noch.«

»Das ist recht, Jugend braucht Schlaf. Es tut mir leid, daß ich dir nur ein so winziges Schlafzimmerchen zur Verfügung stellen kann.«

Ursula küßte ihr die Hand. Ein Lächeln flog über ihr Gesicht.

»Mir erschien es sehr groß! Unsere Stübchen im Holzhaus waren auch nicht größer und mußten doch für die Eltern und mich ausreichen. Sie waren viel primitiver eingerichtet.«

Tante Grete staunte.

»Noch primitiver?«

»Aber ja! Du mußt bedenken, daß unser Holzhäuschen im Laufe der Jahre viele Male weitertransportiert werden mußte. Je weiter die Autostraße geführt wurde, desto weiter mußten wir ziehen. Und doch waren wir froh und glücklich, daß wir dieses feste Häuschen hatten, wir hätten sonst in einem Zelt kampieren müssen. Onkel Tommy mußte mit Mister Brown in einem Zelt wohnen.«

»Ja, ja, davon hat mir Tommy geschrieben. Lieber Gott, ein recht mühevolles Leben habt ihr da unten geführt.«

»An Mühen und Sorgen hat es freilich nicht gefehlt, aber es war auch sehr schön. Wir hatten einander doch. Und die Eltern waren so voll Liebe und Güte zu mir und auch zu

Onkel Tommy. Jeden Tag war er bei uns, sooft er nur ein Stündchen Zeit hatte. Und an den Sonntagen war er von früh bis spät unser Gast.«

Tante Grete wurde nicht müde, zu fragen und zu lauschen, und Ursula mußte erzählen und berichten – auch vom Tode ihrer Eltern –, aber da versagte ihr die Stimme, und die Augen standen voll Tränen. Tante Grete zog sie an sich.

»Mein armes kleines Mädelchen, wieviel Schweres hast du schon ertragen trotz deiner Jugend! Aber nun mußt du dich nicht so sehr grämen, damit machst du nichts ungeschehen und schadest nur deiner Gesundheit. Das würde Onkel Tommy sehr betrüben. Warte nur, wenn du erst in Langenfurt bist! Schön, wunderschön ist es da. Ich wage noch gar nicht zu glauben, daß auch ich in dieser herrlichen Umgebung leben soll.«

»Aber das ist doch selbstverständlich! Onkel Tommy wird doch seine geliebte Tante Grete mit sich nehmen. Etwas anderes würde ihm gar nicht ähnlich sehen. Er ist ein so lieber, guter, großherziger Mensch, es gibt keinen, der ihm gleicht, seit mein lieber Vater tot ist. Sie waren beide einander ähnlich im Wesen und in der Gesinnung. Onkel Tommy war immer heiter und froh, und das machte allen das Herz so leicht. Mutti sagte immer: ›Unser Pflegesohn Tommy ist ein rechtes Gottesgeschenk für uns und für das ganze Lager.‹ Das habe ich auch empfunden, von klein auf. Als ich noch klein war, spielte er mit mir, weil ich keine Spielgefährten hatte, er schnitzte mir Spielzeug und tollte und lachte mit mir. Je größer ich wurde, desto mehr sah ich ein, was ich ihm zu danken hatte und was für ein guter, zuverlässiger Freund er mir war.«

Und Ursula schwärmte weiter von Tommy, mit strahlenden Augen und innigem Ausdruck. Immer neue kleine Züge aus dem Leben im Lager berichtete sie von ihm, um der Tante zu beweisen, was für ein Prachtmensch er sei, wie er für alle immer Rat gewußt und wie er für alle gesorgt hätte.

Aber Tante Grete entnahm ihrem Bericht noch viel mehr; die erfahrene Frau hörte aus Ursulas Worten, wie tief Tommy in ihrem jungen Herzen saß und welcher Art das Gefühl war, das, wohl noch unbewußt, in ihr keimte. Und sie sagte sich: Noch ist sie ein Kind, aber wie lange noch? Und Tommy? – Er scheint ebenfalls mit ganzer Seele an dem Kinde zu hängen. Gott gebe, daß alles zum besten geführt wird. Man muß sorgsam sein mit dieser jungen Menschenknospe, und – mein lieber Tommy wird noch viel Geduld haben müssen, ehe sie sich ganz für ihn erschließt. Ich müßte gar keine Menschenkenntnis haben, wenn sie sich je einem andern Manne zuwenden – und wenn Tommy je für eine andere Frau ein tieferes Interesse haben würde.

Tante Grete dachte gar nicht daran, daß Tommy neunzehn Jahre älter war als Ursula; ihr galt dieser Altersunterschied nichts, denn sie wußte, daß eine rechte Liebe davor nicht haltmacht.

Sie hütete sich, irgend etwas von ihren Gedanken laut werden zu lassen, denn sie wußte, daß man an so zarte Dinge nicht rühren dürfe. –

So plauderten die beiden lange zusammen. Tante Grete mußte von Tommys Jugend erzählen, von seinen Schuljahren und von der Zeit, da er noch ganz klein war. Sie holte eine Menge Fotos herbei, die Tommy als Baby, dann mit den ersten Hosen, auf dem Schaukelpferd, mit der Schulmappe, später als Gymnasiasten, dann als Einjährigen und zuletzt als Studenten zeigten. Ursula war mit Auge und Ohr dabei. Lange und voll Andacht betrachtete sie auch ein Bild von Tommys Mutter.

»Sie hat ein gutes und liebes Gesicht, und Tommy hat dieselben Augen wie seine Mutter.«

»Ja, er sah früher seiner Mutter ähnlicher als seinem Vater, aber jetzt, da sein Gesicht männlicher geworden ist, sieht er doch seinem Vater sehr ähnlich. Nur die Augen – die sind ganz die seiner Mutter.«

So vergingen einige Stunden. Dann begleitete Ursula Tante Grete zu einigen Besorgungen in die Stadt.

Dabei erkannte Tante Grete verwundert, wie ahnungslos Ursula allem gegenüberstand, was Geld und Geldeswert bedeutete. Sie hatte ja nie kennengelernt, was Einkäufe waren. Wenn sie auch zuweilen in der Kantine für die Mutter etwas geholt hatte, so war dies immer in einem Buche aufgeschrieben worden und wurde monatlich bezahlt. Auch daß Ursula den einfachsten Fragen des täglichen Lebens fremd gegenüberstand, merkte die alte Dame. Aber Ursula begriff schnell und leicht, was man ihr sagte, und merkte sich alles.

Dahingegen staunte Tante Grete über den reichen, positiven Wissensschatz, den Ursula in sich aufgespeichert hatte. Sie plauderte in französischer Sprache mit ihr und freute sich, wie leicht und elegant diese Sprache über Ursulas Lippen perlte. Im Englischen konnte die alte Dame nicht annähernd mit ihr Schritt halten, obgleich sie auch diese Sprache zu beherrschen glaubte.

Aber immer, wenn sie eine Weile von etwas anderem gesprochen hatten, kam Ursula wieder auf Tommy zurück, weil ihre Gedanken ihn unaufhörlich umkreisten. Was Onkel Tommy wohl jetzt tun möge, ob er schon in Langenfurt sei, ob er auch keinen Ärger habe, und wann er wohl zurückkommen werde.

Je weiter der Tag vorschritt, desto unruhiger wurde sie. Erwartungsvoll sah sie immer wieder zum Fenster hinaus.

So viele, viele Menschen gingen da unten vorüber, und immer wieder suchte sie zwischen all den Menschen nach Tommy.

So war es Spätnachmittag geworden, und plötzlich richtete sich Ursula schnell auf und lauschte hinaus.

»Onkel Tommy kommt!« rief sie freudig erregt.

»Aber Kindchen, wie kommst du denn darauf?« fragte Tante Grete.

Ursula preßte die Hand aufs Herz.

»Ich fühle es, Tante Grete.«

Sie eilte an das Fenster und sah unten ein Auto stehen. Es hatte wirklich Tommy gebracht, aber er war schon ins Haus getreten und lief in großen Sätzen die Treppe empor.

Das reine Sturmläuten drang durch das stille Altfrauenheim, und ehe Christine herbeieilen konnte, war Ursula schon an der Flurtür und schloß auf. Tommy fing sie in seinen Armen auf.

»Meine kleine Bärin! Meine kleine Bärin, wie lange waren wir voneinander getrennt!« sagte er, hob sie empor und trug sie ins Wohnzimmer.

»War das Kind artig. Tantchen?« fragte er, Ursula zärtlich ansehend und ihr das Haar aus der Stirn streichend.

»Sehr lieb und artig, Tommy«, erwiderte Tante Grete lächelnd.

»Hast du dich nach mir gebangt, Urselchen?«

Glückselig sah sie zu ihm auf.

»Ein wenig doch. Aber Tante Grete war sehr lieb und gut zu mir.«

»Ist auch ganz in Ordnung so – ich habe mich auch nach dir gebangt. Aber es gab vielerlei zu tun und zu besprechen; mir brummt der Kopf ein wenig, und die ersten Wochen werde ich kaum zur Besinnung kommen. Und ihr müßt heute schon mit mir nach Langenfurt, gleich nachher – es ist alles zu eurem Empfang bereit, ist das nicht fein, Urselchen?«

Sie nickte nur, weil sie vor Freude nicht zu sprechen vermochte, und drückte unablässig seine Hand.

»Also wirklich schon heute, Tommy?« fragte Frau Geheimrat seufzend.

Er umfaßte sie lachend.

»Ergib dich in dein Schicksal, Tantchen! Du wirst auf deine alten Tage von einem jungen Mann entführt – mit Extrapost.«

»Nun ja doch, wir kommen mit.«

»Ging alles gut, Onkel Tommy?« fragte Ursula.

»Alles am Schnürchen, Urselchen! Ich habe euch so viel zu erzählen. Kommt, setzt euch zu mir. So froh und glücklich bin ich – ich habe einen Brief von meinem Vater, der Justizrat gab ihn mir. Denkt euch, Vater wußte, daß ich unschuldig war!«

»Oh, Onkel Tommy, wie konnte dein Vater nur daran zweifeln?«

Er strich über ihr Haar.

»Gelt, Urselchen, du hättest an mich geglaubt, was auch gegen mich gesprochen hätte? Und deine lieben Eltern glaubten mir und Tante Grete auch. Aber mein armer Vater – kommt, ich lese euch seinen Brief vor, ihr beide müßt ihn kennenlernen. Dann werdet ihr wissen, wie alles gekommen ist.«

Erwartungsvoll setzten sie sich zu ihm, und Tommy las den Brief seines Vaters vor.

Ursulas Augen glänzten vor Freude; sie wußte, wie froh dieser Brief Tommy machen mußte. Und Tante Grete faltete die Hände, wurde bald blaß, bald rot und fuhr mit einem Ruck empor, als Tommy vorlas, daß Kurt ihre Schwester verunglimpft hatte.

»Dieser böse, böse, Mensch! Nun verstehe ich erst, weshalb dein Vater so hart zu meiner armen Schwester war – und zu dir.«

Tommy las weiter, und als er zu Ende war, weinte die alte Dame vor Bewegung.

»Wie wunderbar sind Gottes Wege, mein lieber Tommy!«

Ursula faßte Tommys Hand.

»Ich weiß, Onkel Tommy, wie glücklich es dich macht, daß dein Vater nicht im Groll auf dich starb, und daß er dir seinen Segen hinterlassen hat.«

»Ja, Urselchen, das ist mir viel, viel mehr wert als die ganze Erbschaft. Und nun freut sie mich erst. Ach, Urselchen, die schönen Zimmer, die ich dir ausgesucht habe und die nun dein eigenes kleines Reich sein sollen – du wirst staunen! Meine Mutter benutzte sie einst. Und daneben wohnt Tante Grete, auch in ehemaligen Zimmern meiner Mutter. Wenn ihre Sachen erst draußen sind, dann bekommt sie die Räume rechts neben dir, bis zum Eckzimmer, weißt du. Tantchen? Und ich wohne im Parterre, in den Zimmern meines Vaters, sie liegen unter den deinen, Urselchen, da kann ich dich gut bewachen. Und ich habe auch schon beantragt, daß ich dein gesetzlicher Vormund werde, und du, Urselchen, wirst mein Mündel. Dann heißt es Order parieren, verstehst du!

Sie lachte ein wenig. »Tue ich das nicht immer?«

Er schüttelte sie ein wenig an den Schultern. »Ja, schon, als wir noch Bär und Bärin miteinander spielten, da hast du pariert, wenn ich gebrummt habe.«

»Ja, du warst schon im Lager darauf aus, dir in der Bärensprache Respekt bei mir zu verschaffen. Ich werde meinen gestrengen Herrn Vormund in jeder Weise respektieren.«

Er zog die Stirn ein wenig zusammen. Dieser betonte Respekt stellte ihm gleich wieder den Altersunterschied von neunzehn Jahren vor die Augen. Das gefiel ihm gar nicht. Schnell sprach er von etwas anderem.

Dann brachte Christine Kaffee und Kuchen, und nun berichtete Tommy auch dieser treuen Seele von dem Brief seines Vaters.

»Somit ist auch Ihre Ehre wieder reingewaschen worden, Christine, und Vater wußte, daß Sie doch die Wahrheit gesagt hatten. Und ich werde schon gutmachen, was Sie um meinetwillen haben erdulden müssen.«

»Ist schon wettgemacht, Herr Tommy, da ich mit nach Langenfurt darf und mich nicht mehr hier alle Tage über die teuren Butterpreise ärgern muß.«

»Sie sollen es gut haben, Christine. Aber nun machen Sie mal Tantes Koffer fertig; wir wollen gleich fortfahren, sobald wir Kaffee getrunken und ein tüchtiges Stück von Ihrem famosen Napfkuchen gefuttert haben. Weißt du noch, Urselchen, so einen Riesennapfkuchen hatte deine gute Mutter gebacken, als wir damals heimkamen, nachdem die Springböcke uns beide fast in den Abgrund gerissen hatten.«

Ursula faßte seine Hand, und ihre Augen sahen voll inniger Dankbarkeit in die seinen.

»Ja, Onkel Tommy, damals hast du mir das Leben gerettet. Ich habe es damals nicht gewußt, aber Mutti hat es mir später erzählt.«

Er wurde ernst.

»Ich glaube, Urselchen, damals hat das Herzleiden deiner Mutter begonnen. Als die Gefahr vorüber war, bekam sie eine schwere Ohnmacht.«

Sie mußten Tante Grete von jenem Abenteuer erzählen. Aber dann stand Tommy auf.

»Jetzt geht es nach Langenfurt! Der Wagen wartet unten. Ich bin schon ganz ungeduldig, Ursula alles zu zeigen, da muß es ein bißchen schnell gehen.«

Er war frisch und betriebsam und beging in seiner Freude, Ursula und die Tante »heimholen« zu können, allerlei Torheiten. »Du wirst staunen, kleine Bärin, wie schön es daheim ist. Wenn doch deine Eltern uns hätten begleiten können! Weißt du, Urselchen, Langenfurt wäre der richtige Rahmen für deine stolze, schöne Mutter gewesen. Und wir hätten alle so gut Platz gehabt, und Vater hätte mit mir arbeiten können. Aber wir wollen uns nicht traurig machen. – Komm, mein Mädchen, setz' dein Hütchen auf! Du, in Langenfurt steht alles in voller Blüte. Der Flieder duftet wundervoll. Hast du eigentlich eine Ahnung, was Flieder ist und wie er duftet?«

»Nein, Tommy, nur aus deiner und Muttis Erzählung.«

»Ich lasse dir einen großen Buschen auf dein Zimmer stellen. Rein närrisch kann man werden von dem Fliederduft. Der weckt alle Erinnerungen an das, was einem lieb war und lieb ist. Jetzt sind wir gleich daheim, Urselchen – denn richtig daheim bin ich erst, wenn du dabei bist. Du wirst Langenfurt auch wie deine Heimat lieben lernen. Du weißt ja gar nicht, was es heißt, eine Heimat zu haben, mein kleiner Wildling!«

Sie atmete tief auf.

»Nein, Onkel Tommy, ich habe keine andere Heimat, als wo du bist. Und da werde ich immer, immer gern sein.«

Mit einem seltsam forschenden Blick sah er sie an.

»Immer?«

Diese Frage entfuhr ihm, aber er sprach gleich wieder von

etwas anderem. Sie hatte aber diese Frage gehört, und ein leises Erschrecken durchzuckte sie. Was meinte Onkel Tommy mit dieser Frage? Meinte er, daß sie nicht für immer in Langenfurt bleiben könne?

Er ließ ihr aber gar keine Zeit, über diese Frage nachzugrübeln. Er half ihr und der Tante in die Mäntel und griff dann nach den beiden Gepäckstücken. Er wollte sie hinuntertragen. Aber dann stellte er sie lachend wieder nieder.

»Nein, das darf ich mir jetzt nicht mehr leisten, Urselchen; es schickt sich jetzt nicht mehr für mich, daß ich mein eigener Gepäckträger bin. Eine schnurrige Welt ist das, Urselchen! Wir werden noch manchmal darüber stolpern, daß wir nicht alles selbst tun dürfen.«

»Warum darf man das nicht, Onkel Tommy?«

Er lachte.

»Denke dir, Urselchen, in unserer deutschen Heimat ist es für manche Menschen fast eine Schande, wenn sie eine Arbeit verrichten, die sie hier eine niedrige nennen. Gelt, das kannst du nicht begreifen.«

»Nein, das verstehe ich nicht.«

»Ich auch nicht, Urselchen, aber es ist nun mal so.«

Sie gingen hinunter, und er schickte den Chauffeur hinauf, damit er die Koffer herunterhole. Der Chauffeur machte ein unbeschreibliches Gesicht, als man ihm zumutete, Koffer zu tragen. Tommy lachte laut auf.

»Urselchen, der Chauffeur darf nicht wieder veranlaßt werden, Koffer zu tragen, ich glaube, das geht gegen sein Standesbewußtsein. Man muß in Zukunft einen Diener mitnehmen, wenn man etwas zu tragen hat«, spottete er.

Er half den Damen einsteigen, und als der Chauffeur mit den Koffern wieder herunterkam und noch immer ein beleidigtes Gesicht machte, sagte Tommy lächelnd:

»Sie haben sich hoffentlich nicht Schaden getan? Waren Ihnen die Koffer zu schwer?«

»Nein, gnädiger Herr, aber das ist nicht meine Arbeit.«

»So, so? Wenn ich das gewußt hätte, hätte ich sie lieber selber heruntergetragen.«

Damit nahm er dem Chauffeur die Koffer ab und verstaute sie selbst neben dem Führersitz.

»Es ist hoffentlich nicht unter Ihrer Würde, daß Sie neben den Koffern sitzen müssen – Herr Chauffeur?«

Dieser nahm etwas betreten auf seinem Führersitz Platz, ohne zu antworten. Tommy aber setzte sich lachend zu den beiden Damen in den Wagen.

»Urselchen, Urselchen, wir sind doch recht wenig von der Kultur beleckt! Was werden wir alles noch lernen müssen! Tante Grete, mich dünkt, du wirst eine schwere Aufgabe haben.«

»Davor ist mir nicht bange, mein Junge.«

Ursula strich leise liebkosend über die Polster des schönen Autos.

»Was für ein herrlicher Wagen, Onkel Tommy!«

»Nicht wahr, der sieht manierlicher aus als der von Justus Körner. Der reine Salon, wie? Hast du eine Ahnung, was für ein reicher Mann ich geworden bin?«

Sie sah in seine blitzenden Augen.

»Ich weiß nur, daß dir viel, viel leichter ums Herz ist, seit du deines Vaters Brief gelesen hast, und das allein ist wichtig.« Und leise dämmerte ihr dabei der Unterschied auf, der zwischen ihr, dem armen, weltfremden kleinen Mädel, und ihm, dem reichen Erben, bestand. Dieser Unterschied wurde ihr noch fühlbarer, als sie bald darauf den stolzen, schönen Barockbau erblickte.

Die Dienerschaft in ihrer vornehmen, schlichten Livree,

von der sie empfangen wurden, beängstigte sie geradezu. Als sie die mächtige Halle betrat, sah sie sich mit großen Augen um. Sie sagte kein Wort, wurde nur sehr blaß und sah scheu zu Tommy auf.

Das Herz klopfte ihr bis zum Halse hinauf, als sie neben ihm und Tante Grete nach der breiten, teppichbelegten Treppe im Hintergrund der Halle hinschritt. Scheu und schüchtern sah sie sich am Fuß der Treppe um. Tommy mochte wohl ahnen, was in ihr vorging, und schickte die Diener fort. Sie unter den Arm fassend, fragte er zärtlich:

»Was macht meine kleine Bärin für große, ängstliche Augen? Bist du bange, Urselchen?«

Sie seufzte tief auf.

»Das ist ja ein Schloß, Onkel Tommy, da gehöre ich nicht hinein.«

»Doch, du gehörst hinein und wirst dich bald an die neue Umgebung gewöhnt haben. Keine Angst, Urselchen, auch hier wird mit Wasser gekocht. Sieh dir das Treppengeländer an, darauf bin ich als Junge oft heruntergerutscht. Famos ging das! Das würde dir auch gefallen. Ich darf es jetzt leider nicht mehr tun – wenigstens nicht, wenn es jemand sieht. Aber vielleicht tun wir es einmal, wenn niemand dabei ist.«

Einen Moment siegte das Kind in ihr. Verlangend ruhte ihr Blick auf dem Geländer. Tommy sah diesen Blick und lachte.

»Ein anderes Mal, Urselchen, wenn meine vornehme Dienerschaft aus dem Wege ist.«

Sie nickte und stieg neben ihm hinter Tante Grete her die Treppe hinauf. Und dann stand sie in ihren Zimmern und staunte die Pracht an. Wie schön das alles war, wie wunderschön! Die herrlichen geschnitzten Möbel, die schwellenden Polster, die kostbaren Brokatvorhänge und das von einem breiten Baldachin überdachte Bett, das so breit war, daß man kreuz und quer darin liegen konnte.

In diesem Bett lagen mit kostbaren Spitzen garnierte Kissen und seidene Daunendecken. Da drüben am Fenster stand der reizende Frisiertisch mit dem großen, ovalen Spiegel und an der Wand der Waschtisch mit eingelassenen Bekken.

»Da hast du warmes und kaltes Wasser nebeneinander, Urselchen; und hier neben dem Schlafzimmer liegt ein kleines, hübsches Badezimmer«, sagte Tommy, sich an Ursulas Staunen weidend.

Sie gingen weiter, durch die beiden anderen für Ursula bestimmten Zimmer; einen reizenden Empiresalon und ein entzückendes Wohnzimmer mit schwarzen Ebenholzmöbeln und purpurroten Polstern und Vorhängen.

Ursula atmete hastig und gepreßt.

»Ach, Onkel Tommy, das ist doch alles wie in einem Märchen, weißt du, in dem Buch von Mutti! So große, große Zimmer und so kostbare Möbel! Und darin soll ich wohnen?«

»Ja doch, Urselchen, aber sonst steht dir selbstverständlich noch das ganze Haus zur Verfügung«, erwiderte Tommy, glücklich, daß er sie so verwöhnen konnte.

Aber da sank Ursula plötzlich haltlos in einen Sessel, preßte die Hände vor das Gesicht und schluchzte auf, daß ihr ganzer Körper geschüttelt wurde.

Erschrocken trat Tommy zu ihr.

»Urselchen, was ist dir?«

Sie antwortete nicht, sie schluchzte nur immer weiter und hielt seine Hand krampfhaft fest. Betreten sah er die alte Dame an, die ihm begütigend zuwinkte.

»Ich glaube, Ursula zu verstehen, Tommy. Du kannst

nicht begreifen, was sie so sehr aus der Fassung bringt, weil du hier in angestammte Verhältnisse zurückgekehrt bist. Aber Ursula kommt hierher aus der Wildnis, jedenfalls aus ganz schlichten Verhältnissen. Ihre Lebensbedingungen waren ziemlich primitiv. Nun wird das Kind von der Pracht in deinem Hause einfach überwältigt. Nicht wahr, kleine Ursula, das ist es, was dich so fassungslos machte?«

Ursula hatte sich mühsam gefaßt. Nun sah sie mit feuchten Augen und zuckendem Gesicht auf in Tommys Gesicht.

»Was Tante Grete sagt, mag wohl auch auf mich gewirkt haben – aber es kam plötzlich eine große Angst über mich, daß – daß du mir fremd werden könntest, Onkel Tommy. Ich spürte mit einem Male, daß ich nicht hierhergehöre, und daß du im Grunde nie zu uns gehört hast. Hier ist deine Heimat, hier hast du Wurzeln geschlagen. Ich aber bin ein fremder Eindringling, das spürte ich, und das tut so weh, daß ich weinen mußte, weil ich doch zu dir gehören möchte, immer und immer.«

So kam es erregt über ihre Lippen, und in ihren Augen lag die stumme Angst, daß er ihr entfremdet werden könne. Ihr Onkel Tommy war plötzlich ein stolzer, vornehmer Herr geworden. Er war der Besitzer dieses Märchenschlosses und vieler Reichtümer. Sie aber war ein armes, heimatloses Kind, ein Vogel, der aus dem Nest gefallen war und nicht fliegen konnte.

Tommy war sehr blaß geworden bei diesem Schmerzensausbruch. Er zog sie zu sich empor und sah sie mit ernsten, fast strengen Augen an.

»Das will ich nie wieder von dir hören, Ursula! Du ein fremder Eindringling? Warum tust du mir so weh? Weißt du nicht, daß mich all die Pracht ringsum nur freut, weil ich dir hier eine schöne Heimat bieten darf? Und weil ich damit wettmachen will und kann, was ich deinen Eltern schuldig bleiben mußte? So wie ich in eurem kleinen Häuschen mich zu Hause fühlte, so, wie ich damals von der Armut deiner Eltern ohne langes Zaudern annahm, daß sie viel für mich zahlten – die Reise nach Transvaal, meine ganze Ausrüstung und alles, was damit zusammenhing –, so sollst und mußt auch du ohne törichte Bedenken und ohne Hemmungen dich hier zu Hause fühlen. Du darfst nicht kleinlich abwägen, wer mehr gibt und mehr nimmt, hörst du, Ursula? Und kleinlich wäre es, wenn du jetzt anfangen wolltest zu rechnen. Hat deine herrliche, großzügige Mutter je gerechnet, wenn sie mich für wert hielt, zu ihrer Familie zu gehören? Hat sie mich je spüren lassen, daß ich heimatlos und arm war? Hat dein Vater das je getan? Hast du selbst erst lange überlegt, ob ich wert sei, dein Onkel Tommy zu sein? Ich heiße dich jetzt im Namen deiner lieben Mutter, deines verehrten Vaters in meinem Hause willkommen und will nie, nie wieder hören, daß du dich hier fremd fühlst. Nie wieder darfst du mir so wehe tun!«

Sie sah in sein blasses, erregt zuckendes Gesicht und warf sich in seine Arme.

»Verzeihe mir, es war dumm von mir – und undankbar, daß ich dir die Freude so verdorben habe. Verzeihe mir, lieber, guter Onkel Tommy, es hat mich so sehr überwältigt, all die Pracht. Und ich danke dir für dies liebe, schöne Willkommen, will dir immer dankbar sein für alles Gute, das Du an mir tust. Bitte, bitte, sei wieder gut, ich wollte dir gewiß nicht weh tun – o mein Gott, nein, nie möchte ich das. Verzeihe mir, sei gut!«

Tiefe Rührung zuckte in seinem Gesicht. Er war froh, daß er wieder gut und zärtlich zu ihr sein durfte.

Allzugern hätte er sie fest in seine Arme genommen und

sie nie wieder von sich gelassen. Süße kleine Ursula, liebe kleine Bärin – wie schlimm, wie schlimm, daß du nicht zehn Jahre älter bist, oder ich zehn Jahre jünger! Ich hab' dich ja lieb, mein süßes kleines Mädel, teures Ebenbild deiner Mutter. Ja, Urselchen, ich liebe dich, nicht mehr wie einst, als ich dein treuer Spielkamerad war, nein, nein, mit einer ganz andern Liebe, das ist mir nun klar geworden. Aber diese Liebe muß ich fest in mich verschließen, du darfst nichts davon ahnen. Ein Unrecht wäre es, wenn ich deine Jugend, deine Unerfahrenheit ausnutzen wollte, um dich für alle Zeit an mich zu binden. Kannst du es nachfühlen, süße kleine Ursula, wie sehr dein armer Onkel Tommy wird leiden müssen, wenn du ihm eines Tages entgleiten wirst, um einem Jüngeren deine Liebe zu schenken?

Noch zwei Jahre, Urselchen, dann bist du ein Jungfräulein, wirst deiner Mutter noch ähnlicher sein als jetzt. Und dann werden sie kommen, die fremden Männer, und dich umwerben, und ich werde stumm beiseite stehen müssen. Dann wirst du mir fremd werden wollen, weil du einem andern Manne alles geben wirst, was nicht für mich bestimmt sein wird – weil ich zu alt für dich bin.

So jagten die Gedanken durch Tommys Hirn, während er leise beruhigend über ihr Haar strich. Endlich hatte er so viel Festigkeit erlangt, daß er ruhig sagen konnte:

»So ist es recht, Urselchen! Froh und heiter sollst du sein und dich zu Hause fühlen. Ich weiß, daß du mir nicht wehe tun wolltest, aber du hast es getan und darfst es nie wieder tun. Nun sprechen wir aber nicht mehr davon, das vergessen wir ganz schnell. Komm, jetzt wollen wir erst einmal Tante Grete in ihre Zimmer hinüberführen.«

Tante Grete hatte die beiden jungen Menschen mit ernsten, sinnenden Blicken angesehen. Sie ahnte nicht, mit welchen Hirngespinsten sich Tommy herumquälte; sie glaubte nur, er wollte sich noch Reserve auferlegen, weil Ursula zu jung war, um ihr von seiner Liebe sprechen zu können. Denn daß er sie liebte, wie sie ihn, das entging dieser erfahrenen Frau nicht.

Nun richtete sie sich schnell auf. Lächelnd sah sie in Tommys Augen.

»Mein lieber Junge, du darfst Ursula nicht mißverstehen. Ich habe auch ein wenig nahe an das Wasser gebaut und hätte eben am liebsten mit Ursula um die Wette geweint. Du ahnst ja nicht, was es auch für mich heißen will, daß ich in Langenfurt eine Zuflucht finde, denn diese schrecklichen Kriegsjahre haben mich ganz dicht an eine schwere Lebensnot herangebracht. Und nun soll ich wieder ruhig und sorglos leben können, soll in diesem schönen, feudalen Hause wohnen und alle Annehmlichkeiten einer gesicherten Häuslichkeit genießen – siehst du, da kann man sich schwer gegen eine tiefe Rührung wehren.«

Ursula umarmte die alte Dame.

»Gelt, Tante Grete, wir wollen Onkel Tommy nicht enttäuschen, wir wollen jetzt ganz tapfer sein.«

Die alte Dame zwang sich zur Ruhe und lächelte.

»Ich bin schon wieder ganz gefaßt – und du zum Glück auch, Urselchen. Nun wollen wir Tommy Freude machen, indem wir uns selber freuen.«

Tommy öffnete nun die Verbindungstür zwischen Ursulas und Tante Gretes Zimmern.

»Ich habe mir gedacht, es würde euch lieb sein, wenn die Zimmer nebeneinanderliegen. Ihr könnt dann, falls ihr es wollt, nachts die Verbindungstür offenlassen; dann habt ihr beide nicht das Gefühl, allein zu sein. Denn außer euch schläft hier in der ersten Etage kein Mensch, nur die alte

Christine wird künftighin ihr Zimmer in deiner Nähe haben, Tantchen. Mein Schlafzimmer befindet sich gerade unter dem Ursulas.«

Er verließ die beiden Damen, damit sie sich etwas erfrischen konnten.

»Auf halb acht Uhr habe ich das Abendessen bestellt, bis dahin werdet ihr ja fertig sein. Ich lasse euch pünktlich von einem Diener abholen. Aber blanke, frohe Augen will ich dann bei euch beiden sehen!«

Dann war Ursula allein. Wohl stand die Verbindungstür zu Tante Gretes Zimmer offen, sie hörte diese auch leise hantieren, aber sie war doch allein. Aufatmend trat sie an das Fenster und schaute mit großen Augen in den alten, schönen Park hinaus, der im Schein des Abendlichtes dalag. Die Mondsichel war schon zu sehen. Ursula faltete die Hände. Ein inniges Gebet stieg zum Himmel empor, daß er ihr helfen möge, sich Tommys Liebe und Güte immer wert zu zeigen. Und dann sprach sie in Gedanken zu den Eltern, wie sie es oft tat, seit diese nicht mehr am Leben waren:

»Ihr seid bei uns mit eurer Liebe, ich fühle es, euer Segen ist bei uns. Wir werden euch nie vergessen, liebe Eltern, ich nicht und Tommy nicht. Wie schön, wie lieb er von euch sprach! Er ist ein so wundervoller Mensch. Tommy – Tommy!«

Wie ein Hauch flüsterte sie seinen Namen – Tommy, nichts als Tommy. In ihrem Herzen war er ja nicht mehr Onkel Tommy, nicht der Vormund; nichts, nichts – als Tommy. Und sie wußte nicht einmal, warum sie ihn bei sich selbst nicht anders nennen konnte.

10

Als Tommy mit den beiden Damen später in dem schönen, vornehmen Speisezimmer saß, hatte Ursula wieder viel zu staunen. Die mit einem zart gelblich getönten Damasttuch gedeckte Tafel, mit ihrem kostbaren Porzellan, Kristall und Silbergerät, blendete sie fast. Obwohl sie keine Ahnung hatte, wie wertvoll das alles war und wie gediegen die ganze Einrichtung des Speisezimmers, fühlte sie doch instinktiv, daß dies alles einen großen Wert repräsentierte.

Es war aber staunenswert, wie leicht und geschickt sie sich in alles fand. Sie war es zwar nicht gewöhnt, an so einer vornehmen Tafel zu speisen, kannte viele dieser Geräte nicht und wußte nicht, wie sie gebraucht wurden, und doch beging sie nicht den geringsten Fehler. Sie verzog auch keine Miene über die gutgeschulte Dienerschaft, die bei Tisch aufwartete, und wenn sie einmal nicht genau wußte, wie sie dies oder das anfassen sollte, sah sie immer aufmerksam zu Tante Grete hinüber, die mit der Haltung einer großen Dame bei Tisch saß. Und dann ging alles gut; es war für Ursulas Intelligenz kein Kunststück, alles abzulauschen, was sie tun und lassen mußte.

Tante Grete staunte, wie ruhig und sicher sich Ursula benahm.

Nach Tisch saß man noch ein Stündchen plaudernd in einem reizenden Salon zusammen, der zu den Gesellschaftsräumen gehörte, und da brachte Tommy die Rede auf Ursulas Ausstattung.

»Liebe Tante Grete, Ursula besitzt nur das Allernötigste an Garderobe, was wir in Kapstadt für die Seereise angeschafft haben. Mir scheint, daß man uns da auch nicht gerade die neuesten Sachen angedreht hat. Ich möchte dich deshalb herzlich bitten, in den nächsten Tagen mit Ursula in die Stadt zu fahren und alles zu beschaffen, was sie hier brauchen wird. Du hast die Güte, dich auch später darum zu kümmern, was sie braucht, um so auftreten zu können, wie es in den Rahmen meines Hauses paßt. Urselchen, du wirst tief in deinen Beutel greifen müssen – einige hundert Pfund werden wohl draufgehen.«

Er dachte nicht daran, Urselchens kleines Vermögen anzugreifen. Aber er wollte Ursula das Gefühl der Unabhängigkeit geben, sie sollte sich nicht bedrückt fühlen. Vor allen Dingen aber wünschte er, daß niemand ahnen sollte, daß sie hier ganz auf seine Kosten leben würde, auch Tante Grete nicht.

Unruhig forschend sah Ursula ihn jetzt an.

»Hab' ich denn so viel Geld, Onkel Tommy?«

Auch Tante Grete sah ihn fragend an. Er lachte.

»Aber Urselchen, was denkst du denn? Deine Eltern haben doch ein ganz hübsches Vermögen zusammengespart, das sollte für euch alle drei reichen, wenn ihr nach Deutschland zurückgekehrt wäret. Nun wird es doch für dich allein als Nadelgeld ausreichen? Dein Vater hat das Geld in englischen Pfund angelegt, es ist vor Entwertung geschützt. Von den Zinsen dieses Vermögens kannst du sehr wohl alle deine Bedürfnisse bestreiten. Du brauchst gar nicht einmal allzu sparsam zu sein. Ich weiß, daß es dir sehr angenehm sein wird, wenn du ganz unabhängig von mir bist und nicht erst um alles zu fragen brauchst. Tante Grete, du kannst also für Ursula alles sehr nett und elegant aussuchen. Sie muß eine ganze Anzahl hübscher Kleider haben, Wäsche, Schuhe, Hüte, Strümpfe und alles, was zur Ausstattung einer eleganten jungen Dame gehört; da weißt du besser Bescheid als wir beide.«

Ursula hatte tief aufgeatmet.

»Bin ich froh, Onkel Tommy, daß ich nicht so arm bin, wie ich dachte! Ich habe ja gar nicht gewußt, daß die Eltern soviel gespart haben.«

»Nun ja, du kleine Prinzessin aus der Wildnis, du weißt doch, wie wenig die Eltern in Transvaal gebraucht haben. Fast das ganze große Einkommen deines Vaters ist gespart worden. Also, schaffe dir ruhig an, was du dir wünschst; wenn du mal zuviel ausgibst, dann sage ich es dir schon und werde rechtzeitig bremsen.«

Sie drückte die Hände aufs Herz.

»Wie gut, o wie gut, daß ich dir nicht auch noch mit solchen Ausgaben lästig fallen muß! Ich war schon sehr bange deswegen.«

Er runzelte die Stirn und sah sie strafend an.

»Das war schon wieder eine kleine Entgleisung! Lästigfallen wirst du mir bestimmt nie mit irgend etwas. Ich hätte mich gefreut, alle deine Ausgaben bestreiten zu dürfen, aber ich kenne dich doch und weiß, wie ängstlich du sein würdest. Am Ende würdest du mir dann hier mit abgetragenen Kleidern herumlaufen, nur, um mir ja keine Kosten zu verursachen. Ich will aber, daß du immer sehr hübsch und elegant gekleidet sein sollst, wie sich das für mein Mündel geziemt. Tante Grete wird dich schon geschmackvoll und hübsch ausstaffieren. Nicht wahr, Tantchen, du fährst so bald wie möglich mit Ursula in die Stadt und stattest sie aus! Bunte Kleider soll sie vorläufig noch nicht tragen. Wenn wir unsere Trauer auch nicht durch schwarze Kleider zu dokumentieren brauchen, so wollen wir uns doch hauptsächlich an Weiß halten – Weiß kleidet Ursula übrigens sehr gut. Und da wir auf den Sommer zugehen, ist Weiß auch das praktischste.«

Tante Grete erklärte sich mit allem einverstanden. Auch Ursula stimmte allem bei. Als Tommy die Summe nannte, die Tante Grete anlegen könnte, staunte sie. Für so vermögend hatte sie Ursula nicht gehalten.

Tommy sagte lachend:

»Übrigens, Tante Grete, wenn du dich in Unkosten stürzen mußt, um mein Haus zu repräsentieren, dann weißt du, daß ich selbstverständlich dafür aufkomme; du kannst dich also auch gleich mit ausstatten.«

Die alte Dame lächelte.

»Das ist sehr lieb, mein Junge, aber da ich schon hier auf deine Kosten ein herrliches Leben führe, wüßte ich gar nicht, was ich mit meiner Pension anfangen sollte. Als Nadelgeld reicht sie herrlich weit, und so alte Damen wie ich brauchen keinen großen Kleiderbestand, um würdig repräsentieren zu können. Ich ziehe es vor, in diesem Punkte, gleich Ursula, unabhängig von dir zu sein. Sollte ich später, wenn du dein Haus Gästen öffnest, einmal besonderen Aufwand nötig haben, dann werde ich mich vertrauensvoll an dich wenden.«

Er küßte ihr die Hand.

»Ich füge mich deinem Willen, Tante Grete.«

Als Ursula an diesem Abend in ihrem riesigen, baldachinüberdachten Bette lag und sich erst gar nicht auf diesem luxuriösen Lager zurechtfinden konnte, gingen die Gedanken kraus und kunterbunt durch ihren Kopf. Sie konnte wieder nicht so bald einschlafen, obwohl hier alles ringsum ruhig war. Ein Gedanke kam ihr immer wieder und erfüllte sie mit einer andächtigen Freude: sie war in Tommys Haus, er schlief direkt unter ihrem Zimmer. Und einige Zimmer weiter schlief die gute, liebe Tante Grete mit dem schönen, weißen Haar und den lieben, gütigen Augen. Sie war also in guter Hut – und durfte bei Tommy bleiben. Sie legte sich auf die andere Seite und lächelte verträumt.

»Gute Nacht, Tommy, lieber, lieber Tommy!« dann schlief sie ein.

Tante Grete hatte ganz reizende Kleider und Toilettengegenstände für Ursula ausgesucht. Es machte ihr Freude, Ursulas Reize in das richtige Licht zu rücken.

Es war begreiflicherweise für Ursula eine sehr aufregende Sache, all diese Dinge anzuprobieren. Sie ahnte nicht, wie entzückend sie darin aussah. Tommy mußte alles besichtigen und sein Urteil abgeben. Seine Augen leuchteten auf, wenn Ursula immer wieder in einem anderen hübschen Kleide vor ihm stand. Weiß dominierte, aber auch ein paar hübsche schwarze Kleider und ein entzückendes Taftkleid, schwarz und weiß kariert, waren darunter.

Ursula sah in der modischen Kleidung erwachsener und damenhafter aus als bisher, aber auch noch viel reizender, und Tommy mußte seine ganze Selbstbeherrschung aufbieten, um sie nicht in seine Arme zu ziehen und sie zu küssen.

Er überlegte dabei, daß er, obwohl Ursula doch sehr vertraulich mit ihm verkehrte, bisher von ihr nur einen einzigen Kuß bekommen hatte. Das war damals gewesen, als er sie vor dem Sturz in den Abgrund bewahrt hatte, als die Springböcke auf sie losgestürmt waren. Als er sie dann auf den Arm nahm und sie den Abhang hinuntertrug, hatte sie ihn geküßt und ihm nachher einen Teil ihrer Blumen abgegeben, von denen er immer noch einige in seiner Brieftasche verwahrte. Wenn er aber jetzt manchmal sehnsüchtig an sie dachte und die Augen schloß, war ihm, als fühle er wieder die zarten, weichen Kinderlippen. Und dann ergriff ihn ein

Sehnen danach, ihre Lippen möchten noch einmal die seinen berühren.

Dieses Sehnen überfiel ihn auch jetzt, als er sie in den reizenden Kleidern vor sich sah und ihre Blicke immer wieder fragend an seinem Gesicht hingen, ob er auch zufrieden sei. –

Täglich ließ er ihr Blumen auf ihre Zimmer stellen. Was sich nur in seinen Gärten vorfand, sollte für sie blühen.

Mit beiden Füßen sprang Tommy in seinen neuen Beruf als Gutsherr und Fabrikherr hinein. Resolut faßte er zu, und keine Arbeit war ihm fremd. War er doch in diesem Milieu aufgewachsen. So merkten seine Untergebenen bald, daß sie ihm nichts vormachen konnten, aber sie fühlten auch, daß es jetzt ein ganz anderes Arbeiten war als unter seines Bruders Kurt Regime.

Es dauerte nicht lange, so war Tommy auf seinem Besitz ebenso beliebt, wie er es im Zeltlager gewesen war. Alle fühlten, daß er sich vor keiner Arbeit scheute, und daß er jede Arbeit als wertvoll taxierte. Und die Freudigkeit, mit der er selbst schaffte, übertrug sich auch auf seine Arbeiter. Es gab keine mürrischen Gesichter; wo er weilte, herrschte Frohsinn und Arbeitsfreudigkeit.

Wenn er im Auto nach Hartau oder zu den Fabriken oder auf die Felder fuhr, begleitete ihn Ursula meist, denn sie fand es herrlich, im Auto zu fahren. Aber was hätte sie nicht herrlich gefunden, wenn sie es in Tommys Gesellschaft tun konnte!

Des Abends saßen er und sie mit Tante Grete zusammen, und dann wurde, wie früher im Holzhäuschen, geplaudert oder musiziert. Das Banjo kam auch hier zu Ehren. Aber da Ursula merkte, daß Tommy sie auch gern zu Tante Gretes Klavierbegleitung singen hörte, studierte sie sich während seiner Abwesenheit mit Tante Grete verschiedene Lieder ein. Auch »Tom der Reimer« wurde so einstudiert, und damit überraschte Ursula Tommy eines Abends. Und er saß dabei mit geschlossenen Augen und lauschte.

Er erinnerte sich des Abends in Kapstadt, da er noch nicht hatte zur Ruhe gehen können, weil er zu erregt war über das Glück, Menschen gefunden zu haben, die ihn als zu sich gehörend betrachteten. Ganz deutlich entsann er sich, daß er an jenem Abend, an Regina Kroneggs Schönheit und Güte denkend, vor sich hin gesungen hatte:

»Du bist die Himmelskönigin,
Du bist von dieser Erde nicht!«

Ach, wie glücklich hatte ihn damals der Gedanke gemacht, daß er diese Menschen gefunden hatte, daß diese liebe, schöne Frau für ihn ein gutes Wort eingelegt hatte. Und nun stand da drüben, in seinem Hause, ihre Tochter, die immer mehr ihr Ebenbild wurde, und sang:

»Er küßte sie, sie küßte ihn.
Ein Vöglein sang im Eschenbaum.«

Wie ihm das Herz weit wurde! Urselchen – verkörperter Frühling –, süßes, liebes Geschöpf!

Oft mußte sie ihm des Abends vorsingen, entweder zum Banjo oder zu Tante Gretes Begleitung auf dem Flügel. Zuweilen sang er auch selbst, allein oder mit Ursula zusammen, wie sie es so oft im Lager getan hatten. Tante Grete lauschte dann mit Andacht auf die beiden jungen Stimmen, in denen ein stilles Sehnen lag. Wundervolle Abende waren das, voll Harmonie, wie einst die Abende im Holzhause – und doch so ganz anders. –

Mit großer Freude hatte Tommy wieder zu reiten begonnen. Er besaß zwei prachtvolle Halbblüter, und Ursula stand mit leuchtenden Augen dabei, wenn er aufstieg und davonritt. Tommy aber fand, daß es ihm eine doppelte Freude sein würde, zu reiten, wenn ihm Ursula dabei Gesellschaft leisten würde. Eines Tages fragte er lächelnd:

»Wie ist es, Ursula, hättest du nicht auch Lust, zu reiten?«

Sie lachte und atmete schnell.

»Sehr, sehr große Lust. Ich beneide dich, wenn ich dich dahinfliegen sehe, herrlich muß es sein. Aber erstens habe ich kein Pferd, zweitens kein Reitkleid, und drittens kann ich nicht reiten.«

Er machte ein scheinbar schwer nachdenkliches Gesicht.

»Hm! So mußt du erstens ein Pferd haben, zweitens ein Reitkleid – und drittens mußt du reiten lernen. Das Pferd ist vorhanden – es steht ein zahmer, bedächtiger Gaul in meinem Stall, der als Damenpferd geeignet ist. Er muß jeden Tag vom Reitknecht bewegt werden, und da du dich immer gern nützlich machst, könntest du das eigentlich tun. Du sparst dem Reitknecht eine Arbeit. Das Reitkleid ist schnell beschafft – und reiten wirst du sehr schnell lernen. Ich werde dein Lehrer sein und dir Unterricht geben. Willst du?«

Sie jauchzte auf. Wußte sie doch, ganz abgesehen davon, daß sie sehr gern reiten möchte, daß sie Tommy dann auf seinen Ritten würde begleiten dürfen.

So wurde schnell ein Reitkostüm bestellt, und der Unterricht begann. Daß Tommy das Reitpferd nur für Ursula gekauft hatte, ahnte niemand.

Sie war eine eifrige und sehr talentvolle Reiterin, freundete sich mit ihrem Goldfuchs sehr schnell an und wußte bald, was eine gute Reiterin wissen muß. Es dauerte gar nicht lange, da konnte sie Tommy auf seinen Ritten begleiten, und sie jauchzte laut auf, wenn es im schnellen Ritt über die Felder ging.

Wie wenig ruhig Tommy dabei war, wenn er sie vom Pferde hob oder ihr Hilfen beim Reiten gab, oder wenn er Seite an Seite mit ihr dahinflog, das ahnte sie nicht. Er dachte dann nicht an den Altersunterschied und hätte mit ihr um die Wette jauchzen mögen. Sie gaben ein schönes Paar ab, wenn sie nebeneinander dahinritten, und Tante Grete stand oft am Fenster und sah ihnen nach.

Die Tante war nun längst in ihrer altgewohnten Art eingerichtet und fühlte sich ganz zu Hause in Langenfurt. Sie lebte förmlich auf bei dem sorgenlosen Leben in Gemeinschaft mit den beiden jungen Menschen, die ihr lieb und teuer waren. Und Christine konstatierte mit Befriedigung, daß Frau Geheimrat längst wieder in ihre Kleider hineingewachsen war und nächstens wohl dieses und jenes ein bißchen weiter machen lassen müßte.

Langsam bahnte sich auch einiger Verkehr für die drei Menschen an. Frau Geheimrat Tiers war eine bekannte und beliebte Persönlichkeit, und war sie zuweilen mit Ursula in der Stadt, um Einkäufe zu machen, wurden auch immer gleich einige Besuche gemacht. Ursula wurde dann als »das Mündel meines Neffen« vorgestellt und überall gut aufgenommen. Die Besuche wurden gern erwidert, denn jeder war gespannt, den neuen Herrn von Langenfurt kennenzulernen. So fanden sich immer mehr Besucher in Langenfurt ein, trotz der großen Entfernung von der Stadt.

Auch Justizrat Nimrod erschien oft in Langenfurt, meist geschäftlich, aber er blieb dann oft zu Tisch und zu einem Plauderstündchen mit Frau Geheimrat und mit Ursula, die sein altes Herz im Sturm gewonnen hatte. In seiner Begleitung befand sich zuweilen sein Sohn Georg, der ebenfalls Jurist und seit kurzem Sozius seines Vaters geworden war, dessen Praxis er eines Tages übernehmen sollte. Doktor Georg Nimrod war ein hübscher, frischer junger Mann von sechsundzwanzig Jahren, sehr elegant, sportlich gewandt und ein ausgezeichneter Gesellschafter.

Zuweilen kam er auch ohne seinen Vater, um Geschäftliches mit Tommy zu besprechen, und dann bat Tommy ihn regelmäßig, zu Tisch zu bleiben.

Ursula mochte Doktor Georg Nimrod sehr gut leiden; er erinnerte sie zuweilen in seiner frischen, natürlichen Art an Tommy, und das genügte schon bei ihr als gute Empfehlung. Sie freundete sich schnell mit ihm an, und wenn sie dann heiter und vergnügt mit ihm plauderte, wurde Tommy oft sehr still und nachdenklich. Daß dieser junge Mann reichlich acht Jahre jünger war als er, und daß Ursula ihn gern leiden mochte und gar keinen Hehl daraus machte, krampfte ihm das Herz zusammen.

Zuweilen blieb Doktor Nimrod auch zu einer Partie Tennis, wobei es immer sehr lustig zwischen ihm und Ursula zuging. Tommy stand dann betrübt abseits, kam sich schrecklich alt vor und neidete Georg Nimrod seine Jugend. Wie jung er selbst noch war, und wieviel jünger er wirkte, wußte er selber nicht.

War Ursula mit Tommy allein oder doch nur in Tante Gretes Gesellschaft, konnten er und sie zuweilen noch genauso übermütig herumtollen wie früher im Lager; dann brummten sie sich auch zuweilen noch in der Bärensprache an.

Das Treppengeländer war heimlich mehr als einmal als Rutschbahn benutzt worden, wenn die Dienerschaft und Tante Grete aus dem Wege waren, und Tommy strahlte vor Freude, sah er seine kleine Bärin so vergnügt. Immer wieder fragte er sie, ob sie sich in Langenfurt wohl fühle. Und sie bejahte das mit strahlenden Augen.

Die Trauer um die Eltern verblaßte, wenn diese beiden geliebten Menschen auch weder von Ursula noch von Tommy vergessen wurden. Nur einmal brach diese Trauer noch wild und schmerzlich hervor – als Justus Körner, seinem Versprechen gemäß, die Photographie von dem Denkmal auf Werners und Reginas Grab schickte. Tommy und Tante Grete mußten alles aufbieten, um sie wieder zu beruhigen.

Aber sonst fühlte sie sich von Tag zu Tag heimischer in Langenfurt, was kein Wunder war, da sie nicht nur von Tommy und Tante Grete mit Liebesbeweisen verwöhnt wurde, sondern weil auch die gesamte Dienerschaft alles tat, was sie Fräulein Ursula an den Augen ablesen konnte.

Für Tommy wurde Ursula mehr und mehr Lebensinhalt. An ihrem sechzehnten Geburtstag hatte er ihr einen großen Gabentisch aufgebaut und freute sich an ihrer Freude. Er konnte sich gar nicht denken, daß sie jemals von Langenfurt fortgehen könne. So bescheiden war er schon, daß er sich vom Schicksal nichts anderes wünschte, als daß sie wenigstens immer bei ihm bleiben möge. Wenn ihn zuweilen die Angst überfiel, daß ein anderer Mann sie ihm eines Tages entführen könnte, dann verkroch er sich wie ein weidwundes Tier in der Einsamkeit seines Arbeitszimmers.

Und doch sagte er sich, es hieße sich an ihr versündigen, nähme er sie egoistisch für sich allein in Anspruch. Er betrachtete es als seine Pflicht, sie mit anderen jungen Männern zusammenzubringen. Sie sollte ihre Jugend nicht vertrauern, sollte Geselligkeit genießen, tanzen und vergnügt sein. Nur durfte er nicht daran denken, daß ein anderer sie eines Tages fortholen würde und er dann entsagend beiseite stehen müsse.

11

Über zwei Jahre waren vergangen, seit Ursula in Langenfurt lebte. Sie war nun eine reizende junge Dame geworden und rutschte nicht mehr mit Tommy das Treppengeländer herunter. Aber sie begleitete ihn nach wie vor auf seinen Ritten und Ausfahrten, und es bestand noch immer das alte, herzlich vertrauliche Verhältnis zwischen ihnen.

Tommy hatte wieder mit der Gesellschaft Fühlung genommen. Er verkehrte in all den Familien, die früher seinen Umgang gebildet hatten. Der interessante junge Herr von Langenfurt fand überall offene Türen. Nicht nur, weil er der reiche Großgrundbesitzer war, sondern auch, weil er ein charmanter und liebenswerter Mensch war, dem ohnedies die Herzen zuflogen.

Er und Tante Grete hatten Ursula in die Gesellschaft eingeführt, und diese hatte sich mit Leichtigkeit deren Umgangsformen angeeignet. Wenn sich die jungen Damen brennend für Tommy interessierten, so taten es die jungen Herren nicht weniger für sein schönes Mündel.

Nun war Ursulas achtzehnter Geburtstag herangerückt, und Tommy hatte beschlossen, diesen Tag durch ein großes Fest in Langenfurt besonders zu feiern. Schon einige Monate vorher hatte er darauf gedrungen, daß Ursula Tanzunterricht bekam. Sie willigte erst ein, als sich Tommy bereit erklärte, ebenfalls an diesem Tanzunterricht teilzunehmen. Er meinte, die neuen Gesellschaftstänze habe auch er nicht gelernt, und es sei ganz gut, wenn er in die Geheimnisse dieser Tänze eingeweiht würde.

»Wenn ich auch schon ein ganz alter Onkel bin, Urselchen«, hatte er gesagt, »so werde ich doch manchmal in die

Verlegenheit kommen, einen dieser Tänze tanzen zu müssen. Dann ist es gut, wenn ich mich nicht blamiere, sonst verlierst du am Ende den Respekt vor mir.«

Sie lachte ihn an.

»Oh, Onkel Tommy, ich werde so wenig jemals den Respekt verlieren, wie du dich jemals blamieren wirst. Du kannst alles viel besser als andere Menschen. Aber das ist ja kein Wunder, da du schon ein so schrecklich alter Herr bist. Wie viele graue Haare hast du denn schon?«

»Ach, Urselchen, wenn ich nicht blond wäre, sondern schwarz, dann würde es schauerlich klar werden, wie viele graue Haare ich schon habe. Zum Glück verschwinden sie in meinem hellen Haar«, seufzte er.

Sie sah prüfend zu ihm empor, und das Herz klopfte ihr unter seinem Blick bis zum Halse hinauf. Aber auch sie beherrschte sich und sagte scheinbar gleichmütig:

»Also, du willst wirklich mit mir Tanzstunde nehmen?«

»Ja, um dir Mut zu machen. Ich muß doch Ehre mit dir einlegen, wenn ich dich im Winter zum Ball führe. Schauderhaft, Urselchen, daß ich dann schon ganz offiziell zu den Ballvätern gehören werde.«

Schelmisch lachte sie ihn an.

»Oh, du wirst der jugendlichste Ballvater sein, den es gibt.«

Und so hatten sie miteinander Tanzstunde genommen. Der beste Tanzlehrer war zweimal wöchentlich nach Langenfurt herausgekommen, und in dem großen Festsaal wurde dann fleißig geübt, während Tante Grete all die modernen Tänze auf dem Flügel spielte. Sie behauptete dabei immer wieder, keiner dieser Tänze könne den Vergleich mit einem Wiener Walzer aufnehmen. Auf ihren Wunsch mußte Tommy mit Ursula jedesmal zum Schluß einen Walzer tanzen. Daran hatte sie ihre Freude.

Und bei einer Festlichkeit, zu der sie geladen waren, bestand Ursula dann die Feuerprobe. Ursula hatte alle Scheu vor der Gesellschaft verloren; wie ein richtiges junges Mädchen freute sie sich auf diesen ersten Ball. Und sie wurde von allen Seiten zum Tanze aufgefordert. Tommy stand dabei und sah ihr mit brennenden Augen nach, wenn sie im Arm eines Tänzers vorüberflog. Das Herz tat ihm weh, als er sich vorrechnete, daß die jungen Herren viel besser zu ihr paßten als er, und daß er eben doch zu alt für sie sei.

Ursula aber wartete und wartete, daß Tommy sie auch einmal zum Tanz holen sollte, und sah mit betrübten Augen, daß er eine der Damen nach der andern zum Tanze führte. Sie ahnte nicht, daß er nur gewissenhaft alle Pflichttänze ohne Freude absolvierte.

Plötzlich kam aber dann Ursula zu ihm, als ein neuer Tanz begann. Hold und frisch stand sie vor ihm. Nur ein wenig blaß war sie, und ihre Augen brannten.

»Onkel Tommy, es ist Damenwahl – willst du nicht einmal mit mir tanzen? Noch keinen einzigen Tanz hast du mit mir getanzt«, sagte sie mit leiser Klage in der Stimme.

Das erregte ihn seltsam. Er legte den Arm um sie.

»Du warst doch so sehr umringt, Urselchen – ich glaubte, du würdest lieber mit den jungen Herren tanzen.«

Sie schüttelte heftig den Kopf.

»O nein, ich tanze am liebsten mit dir!«

Er hätte vor Glück laut aufschreien mögen und mußte doch ganz still sein.

»Mit mir, mit deinem alten Onkel Tommy?« fragte er mit leise bebender Stimme.

»Ja doch, mein alter Onkel Tommy führt am besten von all den Herren hier. Und die anderen reden alle so viel dummes Zeug. Du glaubst nicht, was sie für Torheiten vorbringen, einer wie der andere. Und so komisch sehen sie alle im Frack aus! Weißt du noch, wie du mir in Kapstadt erklärtest, was ein Frack sei? Ich muß mir immer das Lachen verbeißen, wenn ich daran denke.«

Ach, wie war Tomy selig, daß Ursula nichts anderes an den jungen Herren herausfand, als daß sie Torheiten schwatzten und komisch aussahen!

Lachend erwiderte er: »Oh, Urselchen, ich habe ja auch einen Frack an, und ich erscheine dir wohl auch als komische Figur?«

Sie schüttelte den Kopf.

»Nein, du nicht! Du siehst im Frack sogar imponierend und vornehm aus, wenn ich dich auch viel lieber in deinen Arbeitskleidern oder im Reitdreß sehe. Darin erinnerst du mich immer an Transvaal.«

»Offen gestanden, darin fühle ich mich auch bedeutend wohler als im Frack. Also, die jungen Herren schwatzen dir Torheiten vor?«

»Ja, es ist gerade so, als wenn sie alle dasselbe auswendig gelernt hätten und es hersagten. ›Gnä' Fräulein tanzen himmlisch‹ – ›Gnä' Fräulein tragen eine entzückende Robe, sicher aus Paris‹ – ›Darf ich Ihnen sagen, gnä' Fräulein, daß Sie die aparteste Haarfarbe haben, die ich je gesehen habe‹ – ›Gnä' Fräulein sind entschieden Ballkönigin.‹ Das haben sie mir bisher alle gesagt, nur Doktor Nimrod nicht. Der macht eine rühmliche Ausnahme und spricht ganz vernünftig mit einem. Mit ihm verstehe ich mich sehr gut.«

Das war ein Wermutstropfen in Tommys Glücksbecher.

»So, mit Doktor Nimrod verstehst du dich gut?«

»Ausgezeichnet, er ist auch sehr lustig und natürlich.«

»Sagte er dir nicht auch solche Komplimente?«

»Nein, gottlob nicht. Er hat so reizende Einfälle, man

muß immer über ihn lachen. Übermorgen kommt er wieder nach Langenfurt, ich freue mich darauf. Gelt, Onkel Tommy, du magst ihn auch sehr gern?«

Tommy war es im Augenblick viel mehr danach zumute, Georg Nimrod ins Pfefferland zu wünschen. Aber er sagte so ruhig wie möglich:

»Ja, er ist ein sehr angenehmer junger Mann, er ist auch tüchtig und fleißig – und so jung, Urselchen, so beneidenswert jung.«

Und er hörte plötzlich auf zu tanzen, zog ihre Hand durch seinen Arm und ging mit ihr weiter. Er hatte es plötzlich nicht mehr ertragen, sie im Arm zu halten, ohne seiner Sehnsucht, sie an sich zu pressen, folgen zu dürfen. Ein wenig erschrocken sah sie zu ihm auf.

»Bist du schon müde, Onkel Tommy?«

Er zwang sich zu einem Lächeln.

»Es ist so heiß im Saal, und es sind so viele Menschen hier.«

Sie nickte zustimmend.

»Wollen wir heimfahren? Ich glaube, Tante Grete ist auch müde.«

»Hast du schon genug von deinem ersten Ball?«

»Wenn du nicht mehr mit mir tanzen willst, Onkel Tommy – ja.«

Er bohrte sich den Dolch ins Herz.

»Vielleicht tanzt Doktor Nimrod noch mit dir, er ist gewiß auch ein guter Tänzer?«

»Keiner kommt dir gleich, Onkel Tommy. Ich habe schon zweimal mit Doktor Nimrod getanzt, und er sagt, mehr als zweimal dürfte ein Herr nicht mit einer Dame tanzen, ohne aufzufallen. Ist das nicht ein Unsinn, wenn man auch gern mit einem Herrn viel öfter tanzen möchte?«

Tommy glaubte, sie meine Doktor Nimrod damit; keine Ahnung sagte ihm, daß sie nur an ihn dabei dachte.

»Ja, Urselchen, solche Torheiten gibt es viele im geselligen Leben, da muß man Komödie spielen, ob man will oder nicht.«

Sie sah forschend zu ihm auf.

»Du hättest vielleicht auch viel lieber immer mit einer Dame getanzt, als jeden Tanz mit einer andern?«

Er spürte nicht die heimliche Angst in ihrer Frage und seufzte leise.

»Ja, Urselchen, am liebsten hätte ich nur mit einer einzigen getanzt«, murmelte er.

Er sah nicht, wie sie blaß wurde und nach Fassung rang.

»Onkel Tommy!«

»Was denn, Urselchen?«

»Willst du mir nicht die Dame zeigen, mit der du am liebsten den ganzen Abend getanzt hättest?«

Es zuckte in seinem Gesicht, aber er zwang sich zum Lachen.

»Die zeige ich dir vielleicht später einmal.«

Und mit diesen Worten tat er unbewußt Ursula so weh, wie sie ihm vorhin weh getan hatte, als er glaubte, sie habe von Doktor Nimrod gesprochen.

»Wir wollen nach Hause fahren, wenn es dir recht ist, Onkel Tommy«, sagte sie blaß und müde.

»Wirklich, ist das dein Ernst?«

»Ja, gewiß!«

Da führte er sie zu Tante Grete hinüber, die bei den Müttern saß.

»Wir wollen heimfahren, Tante Grete, es wird zu spät für dich, und wir haben fast noch eine Stunde Weges!«

Die alte Dame blickte die beiden prüfend an.

»Ist es euch nicht leid, schon so früh aufzubrechen?«

»Nein, nein, wir haben genug. Ursula ist auch müde.«

Er führte die Damen zur Garderobe, legte ihnen die Pelzmäntel um und führte sie zum Auto. Und dann fuhren sie heim.

Nun war Ursulas achtzehnter Geburtstag herangekommen, zu dessen Feier Tommy ein Festsouper und einen Ball geben wollte. Wieder hatte er ihr einen reichen Gabentisch aufgebaut, und sie sagte ganz benommen:

»Wie soll ich denn das alles wieder wettmachen, Onkel Tommy?«

Sie war seit jenem Ballabend etwas stiller und versonnener geworden, und Tommy ahnte nicht, daß er daran schuld war. Er suchte den Grund ihres veränderten Wesens in ihrem Verhältnis zu Doktor Nimrod, während sie sich immer wieder fragte, wer wohl die Dame sei, mit der Tommy am liebsten ganz allein getanzt hätte.

»Du stickst mir zum Geburtstag ein Hauskäppchen und eine Schlummerrolle«, scherzte er ein wenig bitter.

Mit einem seltsamen Blick sah sie ihn an.

»Warum kokettierst du eigentlich immer mit deinem Alter, Onkel Tommy?«

»Aber Urselchen, Ehre, wem Ehre gebührt. Ich bin doch schon ein alter Herr, schon siebenunddreißig Jahre.«

»Aber, aber so jung – so jung bist du noch, kein Mensch würde dich für siebenunddreißig Jahre halten! Du wirkst soviel jünger und frischer als die jungen Herren in der Gesellschaft.«

»Aber leider bin ich nun mal so alt«, seufzte er.

Schelmisch sah sie zu ihm auf.

»Aber Hauskäppchen und Schlummerrolle sticke ich dir erst, wenn du wirklich ein alter Herr bist. Das dauert aber noch sehr lange, und ich wüßte gern, womit ich dir schon früher eine Freude machen könnte, am liebsten gleich heute, gleich jetzt.«

Er nahm von dem Geburtstagstisch, auf dem außer seinen und Tante Gretes Gaben viele Blumen aufgebaut waren, die man ihr geschickt hatte – zum Beispiel auch ein von Doktor Nimrod stammendes reizendes Arrangement aus Veilchen und Maiblumen –, ein neues Banjo, das er ihr geschenkt hatte, weil das alte aus Afrika nicht mehr so recht in Ordnung war. Es war ein viel kostbareres Instrument. Das reichte er ihr lächelnd.

»Sing uns ein Lied, Ursula, dann machst du mir eine große Freude.«

»Oh, das kannst du doch alle Tage haben.«

»Ja, und es freut mich immer. Aber heute habe ich besonders großes Verlangen, dich singen zu hören. Ich werde dann die Augen schließen und mir einbilden, wir säßen wieder zusammen im Holzhäuschen.«

Sie nahm das Banjo und betrachtete es aufmerksam.

»Das ist gewiß ein sehr wertvolles Instrument, Onkel Tommy, viel schöner als das alte. Aber ich werde mir das alte treulich aufbewahren, denn ich weiß noch ganz genau, wie glücklich du warst, als du es in Pretoria kaufen konntest. Weißt du noch?«

Er nickte.

»Ob ich es noch weiß, Urselchen! So reich dünkte ich mich damals – so glücklich. Sing' ein Lied, Kind – eins von damals.«

Sie ließ sich in einen Sessel nieder, und ihre Finger glitten über das Banjo. Vor ihrem geistigen Auge sah sie das kleine Wohnzimmerchen im Holzhause, die Eltern saßen Hand in Hand auf der Fensterbank und Tommy rittlings auf dem

Hocker, den er selber gezimmert hatte; saß da in seinem Arbeitsanzug, mit den kurzen Beinkleidern und dem grauen Hemd, das den Hals frei ließ. Und das blonde Haar, das jetzt immer so glatt gescheitelt war, stand wild um seinen Kopf. Aber – damals gehörte er nur ihr und den Eltern, da gab es keine Dame, mit der er am liebsten einen ganzen Abend getanzt hätte.

Ein Zittern lief über sie hin. Nur nicht daran denken – sie richtete sich auf und begann zu singen:

»Traute Heimat meiner Lieben,
Sinn' ich still an dich zurück,
Wird mir wohl, und dennoch trüben
Sehnsuchtstränen meinen Blick.
Oh, so teure Bilder schweben
Aus der Ferne zu mir her – – –«

Sie brach plötzlich ab, die Stimme schlug ihr um, und sie mußte krampfhaft gegen die aufsteigenden Tränen kämpfen. So sah sie Tommy an, der mit blassem Gesicht vor ihr stand.

»Urselchen – aber Urselchen!«

Sie zwang sich zu einem Lächeln.

»Heute geht es nicht, Onkel Tommy, ich bin ein wenig weichmütig. Aber morgen, morgen singe ich dir so viele Lieder, wie du willst. Ich – ich mußte an die Eltern denken – da kamen die Tränen.«

Er nahm ihr das Banjo aus der Hand.

»Nun habe ich dich fast zum Weinen gebracht; ich bin ein richtiger Bär.«

Sie lachte schon wieder.

»Und ich eine Bärin, Onkel Tommy, darum passen wir so gut zusammen.«

Er seufzte tief auf und dachte: Wenn ich nur nicht fast zwanzig Jahre älter wäre als du, meine kleine Bärin, wie gut würden wir dann zusammenpassen! – Aber er sagte nichts, streichelte nur über ihr Haar und führte sie wieder zu ihrem Gabentisch.

Jetzt kam auch Tante Grete herbei, und sie sah Tommy lächelnd an, wenn Ursula zuweilen laut aufjauchzte vor Freude. Als dann Tante Grete mit Tommy eine Weile allein war, sagte sie:

»Herzerfrischend ist es, wie sie sich freuen kann. So etwas erlebt man mit den blasierten, modernen jungen Damen nicht mehr.«

Er nickte versonnen.

»Gottlob ist sie ein unverfälschtes Naturkind geblieben – und – ein Sonnenstrahl für ganz Langenfurt. Mir wird ganz angst, Tante Grete, wenn ich daran denke, daß sie eines Tages von Langenfurt fortgehen könnte.«

Mit einem seltsamen Blick sah sie zu ihm auf.

»Damit wird es ihr nicht besonders eilen.«

»Aber – einem andern könnte es eilen. Hast du nicht beobachtet, daß Doktor Nimrod sie unablässig mit seinen Augen verfolgt?«

»Das tun doch andere auch.«

»Aber bei ihm scheint es besonders ernst zu sein – und –, Ursula scheint ihn sehr gern zu haben.«

»Glaubst du?«

»Sie gesteht es ja ganz offen ein.«

Die alte Dame legte ihre Hand auf seinen Arm. Ein feines Lächeln zuckte um ihren Mund. Sie wußte, wie es in ihm aussah, ahnte, daß er ein wenig eifersüchtig auf Doktor Nimrod war. Sie bemerkte auch sehr wohl, wie ängstlich Ursula und Tommy voreinander verbargen, was sie füreinander fühlten, aber sie sagte sich immer wieder, es sei nicht gut, an so zarte Dinge zu rühren. Sie mußten selber zueinanderfinden. Die Liebe reift an solchen kleinen Widerständen. Aber ein wenig beruhigen wollte sie Tommy doch. Liebevoll sah sie in sein zuckendes Gesicht.

»Mein lieber Tommy, junge Mädchen sind ein schnurriges Volk. Sie beißen sich lieber die Zunge ab, ehe sie eingestehen, daß sie einen Mann gern haben – wenn sie ihn lieben. Mir scheint die Sache mit Doktor Nimrod sehr ungefährlich, wenigstens für Ursula, solange sie noch so offenherzig erklärt, daß sie ihn gern hat.«

Seine Augen leuchteten auf.

»Meinst du?«

Sie nickte energisch.

»Doktor Nimrod wird sich nach einer anderen Hochzeiterin umsehen müssen, wenn er heiraten will. Ursula wird ganz gewiß niemals seine Frau.«

Er atmete tief auf. Wenn Tante Grete recht hätte! – Aber, wenn es Doktor Nimrod nicht war, dann würde es ein anderer sein, irgendeiner würde kommen und ihm seine kleine Bärin fortholen. Ehe er etwas antworten konnte, war Ursula wieder bei ihnen. –

Am Abend strahlten alle Gesellschaftsräume im hellen Lichterglanz. Es war das erste Mal, seit Tommy Herr auf Langenfurt war, daß eine so große Festlichkeit stattfand. Alles, was in der Umgegend zur Gesellschaft gehörte, war geladen, und eine Absage hatte es überhaupt nicht gegeben. Sogar Kommerzienrat Donald mit seiner Frau und seiner Tochter Georgina hatten zugesagt. Tommy hatte vor einiger Zeit auch in dieser Familie seinen Besuch gemacht. Und er hatte zu ihm in seiner offenen Weise gesagt:

»Warum sollen wir uns aus dem Wege gehen. Ihr Fräulein

Tochter und ich, Herr Kommerzienrat? Wenn sie auch einmal meines Bruders Verlobte war und diese Verlobung löste, so liegt doch für mich kein Grund vor, sie deshalb zu meiden, und sie wird keine Veranlassung haben, mir aus dem Wege zu gehen. Wir werden uns zweifelsohne oft in Gesellschaft begegnen.«

Darauf hatte der Kommerzienrat gesagt:

»Ich bin überzeugt, daß meine Frau und meine Tochter ebenfalls nichts gegen einen Verkehr mit Ihnen einzuwenden haben, aber zur Zeit ist meine Tochter im Ausland. Meine Frau und ich werden uns freuen, wenn Sie uns einen Besuch machen, und wenn meine Tochter dann zurück ist und wir wieder in Gesellschaft gehen, werden wir uns immer gern begegnen.«

Vor einigen Tagen hatte der Kommerzienrat Tommy mitgeteilt, daß seine Tochter zurückgekehrt sei, und da hatte Tommy der Familie eine Einladung zu seinem Fest geschickt.

Ursula hatte sich rechtzeitig umgezogen, um mit Onkel Tommy und Tante Grete die Gäste empfangen zu können.

Tommy stand schon fertig im Empfangszimmer, als Ursula herunterkam. Seine Augen weiteten sich, als sie vor ihm stand. Nie hatte sie so schön ausgesehen wie an diesem Abend, und nie hatte sie ihrer Mutter so sehr geglichen. Das Herz schlug ihm wie ein Hammer in der Brust.

Sie trug ein duftiges Kleid aus ganz lichtblauem Velourschiffon: Um den Rocksaum zog sich eine Ranke von dunklen, blaugetönten Veloursornamenten. Um den Halsausschnitt war eine schmale Kante aus winzigen Perlen genäht. Der hauchfeine Stoff fiel über ein Unterkleid von weicher, schmiegsamer Seide. Vom Gürtel aus fiel der Rock in reichen Falten bis zur Erde. Arme und Schultern waren frei, und das wundervolle Haar, das im Lichterglanz metallische Funken zu streuen schien, wirkte sehr reizvoll und apart.

Tommy erschrak fast über Ursulas bezaubernden Anblick. Heute machte sie keinerlei kindlichen Eindruck mehr; sie erschien ihm wie eine Blume, die ihren Kelch geöffnet hat, um die Menschen durch ihren Anblick zu bezaubern.

»Urselchen, du gleichst einer Märchenfee. Wahrhaftig, auf die Gefahr hin, daß du mich auch komisch findest, wie die anderen Herren, wenn sie dir so etwas sagen, muß ich sagen, daß du entzückend aussiehst in diesem reizenden Kleid.«

Lachend drehte sie sich vor ihm um ihre eigene Achse.

»Gelt, Onkel Tommy, Kleider machen Leute! Ich finde auch, daß dies ein wundervolles Kleid ist, und nachdem ich es gesehen hatte, mochte ich kein anderes haben, obwohl es sündhaft teuer ist. Du weißt ja, was es kostet, ich habe dir ja die Rechnung vorgelegt. Es war wohl sehr leichtsinnig, daß ich es kaufte, aber ich werde dafür in der nächsten Zeit recht sparsam sein.«

Sie strich an dem hauchfeinen Stoff, der ihre schlanke Gestalt umgab, mit einem wohligen Gefühl herab.

»Köstlich faßt sich dieser Stoff an, Onkel Tommy, wie Blumenblätter. Fühle doch mal!«

Sie hob den weiten Rock ein wenig hoch und gab ihm den Stoff in die Hand. So stand er ganz dicht vor ihr, und der von ihr zu ihm emporsteigende Duft drohte ihm die Besinnung zu rauben.

»Herrlich!« sagte er leise. Aber dann trat er von ihr zurück. Er fürchtete zuweilen ihre Nähe, weil er sich nicht zutraute, seine Fassung zu behalten.

Nun kam auch Tante Grete in kostbarer schwarzer Spitzentoilette und sah, wie immer, sehr würdig und distinguiert aus mit ihrem schönen weißen Haar und der zierlichen Gestalt. Dann fuhren auch schon die ersten Wagen vor.

Tommy empfing die Gäste mit Tante Grete und Ursula, und es dauerte nicht lange, so füllten sich die Festräume mit einer auserlesenen Gesellschaft. Es blieb dem Gastgeber vorläufig wenig Zeit, sich mit seinen Gästen zu befassen, er hatte genug zu tun, sie nur erst einmal alle zu begrüßen. So konnte er auch mit Kommerzienrat Donald und dessen Frau nur einige Worte wechseln, und Georgina Donald, der er von ihrem Vater vorgestellt wurde, ebenfalls nur einige artige Worte sagen.

Bei der dem Ball vorangehenden Tafel hatte er keine Gelegenheit, sich näher mit Fräulein Donald zu befassen; sie saß zudem ein Stück von ihm entfernt an derselben Seite der Tafel, und so konnte er sie nicht einmal sehen. Sehr viel Interesse brachte er ihr auch nicht entgegen, sie hatte keinen besonderen Eindruck auf ihn gemacht bei der flüchtigen Vorstellung.

Tommy hatte es vermocht, Ursula Doktor Nimrod zum Tischherrn zu geben, obgleich Tante Gretes Worte, daß dieser ungefährlich sei, ihn nicht ganz überzeugt hatten. Aber Ursula saß ihm wenigstens gegenüber, und er konnte hören, daß sie sich heiter und angeregt, aber harmlos mit Doktor Nimrod unterhielt.

Nach der Tafel, als man sich in die Nebenräume begab, während der große Saal zum Tanz vorgerichtet wurde, servierten die Diener Mokka. Da huschte Ursula zu Tommy hinüber.

»Onkel Tommy, wirst du heute auch wieder den ganzen Abend nur mit anderen Damen tanzen?«

Seine Stirn rötete sich jäh.

»Heute ist dein Geburtstag, Urselchen, und du brauchst nur zu befehlen, wie oft ich mit dir tanzen soll.«

Ihre Augen strahlten.

»Doktor Nimrod hat mich heute zu drei Tänzen engagiert, er meint, an meinem Geburtstag müsse eine Ausnahme gemacht werden. Dann kannst du auch eine Ausnahme machen und – viermal mit mir tanzen.«

Er hätte sie am liebsten vor aller Augen in seine Arme gezogen und ihren Mund mit Küssen bedeckt, aber er sagte scheinbar bedächtig: »Viermal?«

»Ist dir das zuviel?« fragte sie erblassend.

»Mir nicht, aber dir vielleicht. Du wirst um Tänze bestürmt werden.«

»Deshalb komme ich gleich vorher zu dir – damit ich für dich reservieren kann.«

Es stieg heiß in ihm empor, aber er sagte ruhig:

»Gut – welche Tänze darf ich belegen?«

Sie machte das eifrig mit ihm aus. Und dann sagte sie mit einem scheuen Aufblick in sein Gesicht:

»Die Dame ist wohl heute abend auch hier, mit der du am liebsten alle Tänze tanzen möchtest?«

Er stutzte. Dann schüttelte er lächelnd den Kopf.

»Aber Urselchen, das war doch nur ein Scherz! Ich gebe dir mein Wort, daß ich sehr zufrieden bin, daß ich mit all den anderen Damen nur einen Pflichttanz zu tanzen habe.«

Sie senkte die Augen, damit er die heiße Freude darin nicht aufblitzen sehen sollte, und als Doktor Nimrod sie jetzt zum ersten Tanze holte, ging sie glücklich lachend mit ihm davon.

Und dieses glückliche Lachen löste wieder alle Qualen der Eifersucht in Tommys Herzen aus.

Während er durch die Reihen seiner Gäste ging, hier und da stehenbleibend, merkte er plötzlich, daß sich ein Paar dunkler Frauenaugen fest, ja beinahe gebieterisch, auf sein Antlitz heftete. Er stutzte und sah zu der Besitzerin dieser Augen hinüber – es war Georgina Donald. Da meinte er, daß er sich ihr eine Weile widmen müsse, und ging zu ihr hinüber.

Sie war eine schlanke, rassige Erscheinung, ziemlich groß. Ihr braunes Haar war ganz nach Männerart geschnitten. Sie mußte die Mitte der Zwanzig schon überschritten haben. Ihre Augen blickten ein wenig spöttisch über die Gesellschaft hinweg. Als sich aber diese Augen ihm jetzt wieder zuwandten, als er zu ihr trat, hatten sie einen eigenartig faszinierenden Ausdruck.

»Leider haben mir meine Pflichten als Gastgeber bisher verboten, mich, wie ich gewünscht hätte, ein wenig eingehender mit Ihnen zu unterhalten. Ich hoffe, Sie gestatten mir, das jetzt nachzuholen. Leider traf ich Sie nicht an, als ich Ihrer Familie meinen Besuch machte.«

Ihre Augen saugten sich gleichsam an seinem Gesicht fest.

»Ich habe es ebenfalls sehr bedauert. Sie verfehlt zu haben. Aber – wir können nachholen, was wir versäumt haben. Ich hätte nicht gedacht, daß ich jemals wieder in diesem Hause weilen würde, Herr Reiner. Sie wissen doch vermutlich, daß ich mit Ihrem Bruder Kurt verlobt war?«

»Ja, mein gnädiges Fräulein, aber ich hoffe, das wird für Sie kein Grund sein, daß wir uns aus dem Wege gehen.«

»Nein, gewiß nicht.«

»Ich weiß nicht den Grund, weshalb Sie die Verlobung mit meinem Bruder wieder gelöst hatten – aber ich vermute, daß er stichhaltig war.«

»Das war er.«

»Er wird Sie aber nicht gezwungen haben, diesem Hause fernzubleiben, da ich die Ehre habe, Sie vor mir zu sehen.«

Mit einem unbeschreiblichen Blick sah sie sich um.

»In diesem Hause, dessen Herrin ich hätte werden sollen. Aber – lassen wir das – geben Sie mir die Hand, Herr Thomas Reiner; wenn es Ihnen recht ist, wollen wir gute Freunde werden.«

Er verbeugte sich artig, obwohl sie ihm nicht sonderlich sympathisch war. Er vertrug schwer diese selbstherrliche, herrische Art der modernen jungen Damen, die bei ihr besonders stark ausgeprägt war. Es gefiel ihm nicht, wenn die Dame die Initiative ergriff, um die Art des gegenseitigen Verkehrs zu bestimmen. Trotzdem sagte er sehr höflich:

»Ich werde es als eine Auszeichnung betrachten, wenn Sie mich Ihrer Freundschaft für wert halten, mein gnädiges Fräulein. Sie waren, wie ich hörte, längere Zeit im Auslande?«

Sie nickte kurz.

»Ja, zwar nicht in Transvaal, aber doch auch ein ganz hübsches Endchen von der Heimat entfernt. Ich habe eine Autotour durch Rußland nach Persien gemacht.«

Er sah sie überrascht an.

»Dazu gehört für eine Dame ein ganz besonderer Mut. Ich bewundere Sie.«

Sie zuckte die Achseln.

»Früher war ich seßhafter – aber –, seit ich die Verlobung mit Ihrem Bruder gelöst habe, lösen mußte, treibt es mich ruhelos umher. Wissen Sie, weshalb ich mich freimachte?«

»Nein, mein gnädiges Fräulein«, sagte er – ein wenig betreten.

Forschend sah sie ihn an.

»Nun, Sie kannten Ihren Bruder doch wohl genug, um

das zu begreifen. Oder wundert es Sie, daß ich mich von ihm trennte, nachdem ich ihn besser kennengelernt hatte?«

»Nein«, sagte er kurz.

Sie strich sich über die Stirn.

»Ich liebte ihn zu sehr, als daß ich es ertragen hätte, an seiner Seite zu leben, nachdem ich erkannt hatte, daß er ein Rohling war. Ja – geliebt habe ich ihn, und es gehörte Kraft dazu, mich von ihm zu lösen, obwohl ich in ihm den Blender erkannte, den geborenen Bösewicht. Und – ich erkannte seine Wesensart, über die er mich getäuscht hatte, zum erstenmal, als – er von Ihnen sprach.«

»Von mir?« fragte er, wider Willen von ihrer Art gefesselt.

»Ja, von Ihnen. Er sprach so lieblos, so zynisch von Ihnen, sprach auch in so roher Weise von seinem Vater, daß ich plötzlich unter seiner blendenden Außenseite seinen wahren Charakter erkannte. Das war der erste Anstoß. Später erfuhr ich mehr über ihn, was mir den Mut nahm, seine Frau zu werden, obgleich ich noch immer nicht mit meiner Liebe zu ihm fertig war. Ich fühlte aber mehr und mehr, daß meine Liebe zu ihm nur eine äußerliche war, eine, die nur die Sinne in Anspruch nahm, nicht das Herz. Und mir begann vor dieser Ehe zu grauen, die mir, schon ehe sie geschlossen wurde, alle Illusionen unmöglich machte. Man will sich doch wenigstens selbst betrügen dürfen, wenn man eine Ehe schließt. – Ich war noch sehr jung damals, aber ich bin schon immer eine Natur gewesen, die nicht davor zurückschreckt, einen Irrtum zu korrigieren. So sagte ich ihm, daß es mir unmöglich sei, ihn zu heiraten, weil ich ihn als brutal, als einen Bösewicht – und –, einen niedrigen Erbschleicher erkannt habe.«

Tommy hatte mit einem seltsamen Empfinden diese sonderbare Beichte angehört, die aus Frauenmund fast abstoßend auf ihn wirkte, obwohl er Georgina ein gewisses Mitleid nicht versagen konnte.

Er zuckte zusammen bei ihren letzten Worten.

»Das haben Sie ihm gesagt – obwohl Sie ihn liebten?«

Ihre Augen blickten seltsam starr ins Leere.

»Ja, obgleich meine durch ihn aufgestörten Sinne noch nach ihm schrien. Begreifen Sie das?«

Er war ein wenig blaß geworden. In diesem Tone hatte noch nie eine Dame mit ihm gesprochen. Und so abstoßend sie auf ihn wirkte, wurde doch das Mitleid stärker in ihm, denn er fühlte, sie hatte gelitten, litt noch jetzt darunter, nach Jahren.

»Ich bemitleide Sie«, sagte er leise, weil er kein anderes Wort für sie fand. Er tat es wirklich, weil sie wohl durch die Schuld seines Bruders so viel von ihrer Weiblichkeit eingebüßt hatte.

In ihren großen, dunklen Augen glomm ein Licht auf, als hätten seine Worte etwas wie Wärme in ihr gelöst.

»Es waren keine schönen Jahre, die ich danach verlebt habe, Herr Reiner. Aber nie habe ich mit einem Menschen darüber gesprochen, auch mit meinen Eltern nicht. Das sind alte Leute, die mich nicht verstünden, und denen ich nur das Herz damit schwermachen würde. Ihnen gegenüber kommt es mir leicht über die Lippen, denn ich weiß, auch Sie haben gelitten unter den Schurkereien Ihres Bruders. Ja – ich weiß, wie ein Schurke hat er an Ihnen gehandelt. Ihr Vater tat mir leid, weil er so schwach war – wer so schwach ist, muß leiden. Es hat mir kolossal imponiert, daß Sie so beherzt in die Welt hinausgingen, ohne zu Kreuze zu kriechen. Von Ihrem Vater hörte ich einmal, daß Sie in Transvaal eine Autostraße bauen halfen. Das war mir sehr interessant, denn ich bin begeisterte Autofahrerin.«

»Das nahm ich an, als ich von Ihnen hörte, daß Sie eine so weite und gefährliche Reise im Auto zurückgelegt haben.«

Sie reckte sich, und ihre Augen blitzten.

»Ich liebe die Gefahr – weil ich wohl nichts zu verlieren habe als ein halbzerstörtes Leben.«

»Manchmal geht es bei einer Frau um mehr auf so einer Reise.« Sie zuckte die Achseln.

»Wie Sie sehen, bin ich unversehrt wieder hier. Ist die Autostraße in Transvaal fertig?«

»Noch nicht ganz. Von Kairo aus bauten sie uns in letzter Zeit entgegen. Die Straße soll, wenn sie fertig ist, von Kapstadt bis Kairo führen.«

»Fabelhaft! Die möchte ich einmal fahren. Sie müssen mir mehr davon erzählen.«

Da die Musik einen neuen Tanz begann und er das Gespräch nicht brüsk abbrechen wollte, bat er sie um diesen Tanz, womit er gleich wieder eine Pflicht erfüllte.

Während sie tanzten, berichtete er ihr, daß er nicht selbst mit an der Straße gebaut hatte, daß aber sein bester Freund, dessen Tochter sein Mündel sei, die schwierigste Strecke dieser Bahn gebaut und diese Aufgabe in genialer Weise gelöst habe.

»Oh, Ihr Mündel, dem zu Ehren Sie dieses Fest geben, wie ich hörte?« fragte sie interessiert.

»Ja, sie feiert heute ihren achtzehnten Geburtstag.« Georgina Donald seufzte.

»Ein herrliches Alter! Man ist da noch so jung und so dumm und hat noch so viel Freude am Leben.«

»Haben Sie die nicht mehr? Sie sind doch auch noch jung – in einem Alter, in dem man die Jugend bewußter genießt.«

Sie sah ihn groß an.

»Es ist alles so schal, wenn das Herz schweigt. – Ich möchte wohl, daß es noch einmal reden könnte.«

Der rätselhafte Blick ihrer Augen beunruhigte ihn ein wenig. Aber sie fuhr gleich darauf anscheinend gleichmütig fort:

»Ihr Mündel ist ein reizendes Geschöpf.«

Das machte sie ihm gleich wieder sympathischer. Aber er sagte anscheinend ruhig und onkelhaft:

»Ja, gefällt Sie Ihnen?«

»Sehr. Ihnen doch sicherlich auch?«

Es lag ein heimliches Forschen in ihrer Frage. Er war auf der Hut und sagte anscheinend harmlos:

»Sie ist mein Mündel, und als Vormund habe ich wohl die Verpflichtung, Gefallen an ihr zu finden. Ich kenne sie schon von Kind auf. Ich weiß nur, daß sie ein liebes, gutes Kind ist, dem meine väterliche Fürsorge gehört.«

Sie lachte. Es war ein hartes, sprödes Lachen.

»Für väterliche Gefühle einer jungen Dame gegenüber sind Sie doch noch zu jung.«

Er seufzte unmerklich.

»Ich bin siebenunddreißig Jahre alt und fühle mich noch zehn Jahre älter. Die Jahre in Transvaal zählen doppelt.«

»Oh, Sie müssen mir davon erzählen, viel, sehr viel. Sie wissen doch, daß Sie augenblicklich die interessanteste Persönlichkeit in der Umgegend sind? Wenn Sie wieder in der Stadt sind, müssen Sie uns besuchen, ich werde dann dafür sorgen, daß wir allein und ungestört sind.«

Sie sagte das so ruhig, als sei es die selbstverständlichste Sache von der Welt, daß eine junge Dame einen Herrn zu sich bat und ihm versicherte, daß sie mit ihm allein sein würde.

Tommy ging das aber nicht so glatt ein. Er hatte die Jahre, die gerade die Selbständigkeit der Frauen in Deutschland herbeigeführt hatten, draußen im fremden Land in der Wildnis verbracht und war auf diesen neuen Ton nicht eingestellt. Diese modernen, selbstsicheren und selbständigen Frauen waren nicht sein Geschmack. Die Entwicklung, die in dieser Zeit die Frauen durchgemacht hatten, überwältigte ihn ein wenig. Er konnte sich jedoch damit nicht abfinden.

»Ich werde mir gern die Ehre geben, mein gnädiges Fräulein, sobald ich wieder in der Stadt bin.«

Aber er war entschlossen, diesen Besuch, den er nicht gut vermeiden konnte, ohne unhöflich zu erscheinen, so kurz und so formell wie möglich zu gestalten. Er suchte sich vorzustellen, wie sie zu seinem Bruder gestanden hatte. Sie sagte, sie habe ihn geliebt, dann gab sie ohne jede weibliche Scheu zu, daß sie bei diesem Verlöbnis schließlich nur mit den Sinnen engagiert gewesen sei. Hatte sein Bruder auch dieser Frau gegenüber eine Schuld auf sich geladen – war es sein Werk, daß sie aus ihrer Ruhe gerissen worden war? So kalt Tommy auch seinem Bruder gegenübergestanden hatte, mußte er doch zugeben, daß selbst ihn zuweilen dessen blendendes Äußeres bestochen hatte. Wieviel mehr mußte das einer Frau so ergehen, die ihn liebte!

Und doch hatte sie die Kraft gehabt, sich von ihm loszusagen, als sie merkte, er sei ein roher, böser Mensch. Das zeugte von großer Kraft, und Georgina machte wirklich einen sehr kraftvollen Eindruck. Aber damals war sie viel jünger gewesen als heute, mußte also schon damals eine sehr selbständige Frau gewesen sein. Also, wie gesagt, Georgina Donald beschäftigte ihn, wenn er sie auch nicht besonders gut leiden mochte.

Sie hielt plötzlich inne und tanzte nicht weiter, weil sie merkte, daß seine Aufmerksamkeit ihr entglitt. Daß er sich im Grunde nur mit ihr beschäftigt hatte, ahnte sie nicht.

»Ich habe genug. Eigentlich ist diese Tanzerei Blödsinn. Bitte, kommen Sie hier in dies stille Nebenzimmer, da können wir ungestört noch ein wenig plaudern.«

Er hätte eigentlich das Gespräch mit ihr nicht weiterführen sollen, da er sich auch seinen übrigen Gästen widmen mußte, auch behagte ihm ihre diktatorische Art durchaus nicht, aber unhöflich konnte er einer Dame gegenüber, die sein Gast war, nicht sein. Und so führte er sie in das menschenleere Zimmer und ließ sich ihr gegenüber in einem Sessel nieder.

Sie fragte ihn ein wenig aus über sein Leben in Transvaal, und er gab ihr Bescheid.

Als sie so beide in die Unterhaltung vertieft waren, ging Ursula am Eingang des Zimmers vorbei und schaute hinein. Sie wußte, daß sie für den nächsten Tanz mit Tommy verabredet war, und hatte ihn gesucht. Nun sah sie ihn hier ganz allein mit einer jungen Dame sitzen, die ihn mit ihren dunklen Augen faszinierend anblickte. Tommys Gesicht konnte sie nicht sehen, er saß vornübergebeugt und scheinbar sehr vertieft in die Betrachtung dieser Dame. Erst hatte sie hineingehen und ihn mahnen wollen, daß er mit ihr tanzen müsse, aber das vermochte sie nicht. Irgend etwas hielt sie zurück. Etwas beklommen ging sie weiter.

Georgina Donald aber lauschte aufmerksam auf das, was Tommy ihr berichtete. Sie blickte ihn dabei unverwandt an, und – er gefiel ihr, gefiel ihr, wie seit ihrer Entlobung ihr noch nie wieder ein Mann gefallen hatte. Am liebsten hätte sie sich den ganzen Abend mit ihm unterhalten.

Aber jetzt begann die Musik zu dem Tanz aufzuspielen,

zu dem Tommy Ursula engagiert hatte – und da gab es für ihn kein Halten. Mitten in der Unterhaltung sprang er auf.

»Mein gnädiges Fräulein, Sie müssen mich jetzt entschuldigen, ich bin zu diesem Tanz versagt.«

Es zuckte ein wenig um ihren hübschen, aber etwas eigenwilligen Mund. Aber sie erhob sich sofort.

»Freilich, Sie haben Pflichten als Hausherr! Schade, es war für mich sehr interessant, mich mit Ihnen zu unterhalten. Aber das holen wir nach.«

Sie ging an seiner Seite in den Saal zurück. Tommy ahnte nicht, daß Ursulas Augen ihm unruhig und erwartungsvoll folgten. Hatte er vergessen, daß er diesen Tanz mit ihr tanzen wollte?

Tommy brachte Georgina Donald zu ihrem Platz zurück, verneigte sich artig und wandte sich dann ab, um Ursula zu suchen. Er erblickte ihr blaues Kleid auf der andern Seite des Saales und ging auf sie zu. Sie kam ihm schon entgegen.

»Oh, Onkel Tommy, ich fürchtete schon, du hättest vergessen, daß du mir diesen Tanz versprochen hast.«

Sein Herz jauchzte auf bei ihrem Anblick. Es war ihm, als wenn er nach langem Durst einen Trunk aus einem frischen Quell tun konnte, als er in ihr reizendes Gesicht sah. Gottlob, an ihr war nichts emanzipiert und unweiblich.

»So ein Rabenonkel werde ich doch nicht sein, Urselchen! Ich halte doch immer Wort, das weißt du. Ich sprach mit Fräulein Georgina Donald, der ehemaligen Braut meines Bruders. Sie wollte vielerlei wissen, und ich mußte beinahe ein wenig unhöflich sein, um mich freizumachen für diesen Tanz.«

Sie strahlte ihn wie erlöst an.

»Ach, daß du es nur nicht vergessen hast!«

»Wie amüsierst du dich, Urselchen, auf deinem Fest?«

»Herrlich, alle Welt hat mir gratuliert, und wenn all die guten Wünsche in Erfüllung gehen, dann kann es mir nie wieder schlecht gehen bis ins späte Alter hinein. Und Doktor Nimrod ist so gut gelaunt, daß man aus dem Lachen nicht herauskommt. Er tanzt nach dir am besten. An den anderen jungen Herren liegt mir nichts. Aber mit einigen jungen Damen habe ich mich herrlich unterhalten, sie waren reizend zu mir. Und ich wollte dich bitten, mir zu gestatten, daß ich sie mal zu einer Tennispartie einlade. Sie haben es mir sehr nahegelegt.«

Tommy lachte ein wenig. Ohne nur eine Spur eingebildet zu sein, ahnte er doch, daß die jungen Damen sich sehr für ihn interessierten, selbstverständlich, wie er meinte, weil er ein reicher Mann war. Daß er auch andere Anziehungspunkte für junge Damen haben könnte, daran dachte er gar nicht.

»So so, sie haben es dir nahegelegt? Dann lade sie meinetwegen ruhig ein, sooft es dir Spaß macht. Aber bitte, sorge dafür, daß ich immer vorher weiß, wann sie kommen, dann reiße ich aus.«

»Du magst sie nicht sehen? Dann vertreibe ich dich doch?«

»Bewahre, Urselchen, ich habe ja schließlich auch mal in Hertau oder in den Fabriken zu tun, dazu kann ich die Zeit immer famos verwenden.«

Sie lachte ihn an und freute sich, daß er für andere junge Damen so gar kein Interesse zeigte. Tommy aber war glücklich, daß er sie einen ganzen Tanz lang in seinen Armen halten durfte. Als der Tanz zu Ende war, sagte sie wichtig:

»Also, vergiß unseren nächsten Tanz nicht, Onkel Tommy!«

Er nickte ihr zu. »Keine Sorge!«

Und er sah ihr nach, wie sie zu einer Gruppe junger Damen herantrat und eifrig mit ihnen plauderte.

Georgina Donald hatte, als Tommy sie verlassen, interessiert hinter ihm hergesehen. Dieser Mann gefiel ihr ungemein. Sein elastischer Gang, die hohe, kraftvolle und sehnige Gestalt, seine stolze, freie Haltung, die klugen, freimütigen Augen, die schöngebaute Stirn und der schmallippige, charakteristische Mund, um den der Lebenskampf markante Linien gezogen hatte, dazu seine ganze männliche Art – das war doch etwas anderes als die jungen Laffen, die hier im Saal herumwimmelten und sich wie kleine Herrgötter vorkamen. Er war ein Mann, ein ganzer Mann, das fühlte sie, ein Mann, der ihr imponierte, ein Mann, dem gegenüber es lohnte, zu kapitulieren.

Sie sah, wie er mit Ursula tanzte – mit seinem Mündel. Unwillig zog sie erst die stolzen Augenbrauen zusammen. Wegen dieses kleinen Gänschens hatte er die Unterhaltung mit ihr unterbrochen? Aber dann erschien es ihr sehr gewissenhaft von ihm, daß er selbst sein Mündel hatte nicht warten lassen wollen. Das zeugte von zarter Rücksichtnahme gegen das weibliche Geschlecht, und das gefiel ihr sehr.

Als dann das Fest zu Ende war und die Gäste aufbrachen, verabschiedete Tommy sie an Tante Gretes und Ursulas Seite. Auch Kommerzienrat Donald mit Frau und Tochter traten zu ihnen heran.

Ein Blick aus Georgina Donalds Augen zuckte wie abwägend über Ursula hinweg. Diese erkannte in ihr die Dame, die mit Tommy in dem leeren Zimmer gesessen hatte. Das also war die ehemalige Braut von Tommys Bruder? Interessiert beobachtete Ursula Georgina – und plötzlich zuckte sie zusammen. Sie sah ganz deutlich, daß Georgina mit einem heißen, werbenden, leidenschaftlichen Blick in Tommys Augen sah, und daß sie ihm zulächelte wie in heimlichem Einverständnis.

Etwas in diesem Blick und in diesem Lächeln ließen Ursula erschauern. Sie wurde sehr blaß und konnte ihre Augen nicht von Georgina lassen. Diese wandte sich jetzt mit einem sehr liebenswürdigen Lächeln an Tante Grete.

»Liebe, verehrte Frau Geheimrat, Sie müssen uns bald besuchen und Fräulein Kronegg mitbringen! Ich habe leider gar keine Gelegenheit gehabt, mich besser mit ihr bekannt zu machen. Nicht wahr, Fräulein Kronegg, wir müssen uns näher kennenlernen, und ich darf bald Ihren Besuch erwarten?«

Ursula nickte und vermochte zu sagen, daß sie sich freuen würde. Mehr brachte sie nicht heraus, aber sie verwandte kein Auge von Georgina und sah, daß diese nochmals einen heißen, leidenschaftlichen Blick in Tommys Augen senkte. Und sie hörte, wie sie zu ihm sagte:

»Vergessen Sie nicht unsere Verabredung, ich erwarte Sie bald, sehr bald.«

Dann schritt sie mit ihren Eltern davon. Am Portal wandte sie sich noch einmal um und winkte Tommy lächelnd und verheißungsvoll zu.

Ursula wußte nicht, was plötzlich mit ihr geschehen war, sie fühlte einen wahnsinnigen Schmerz in ihrem Innern und hätte laut aufschreien mögen. Georginas Blick, der etwas so Faszinierendes, Besitzergreifendes gehabt hatte, weckte Angst in ihr. Und noch etwas war unter diesem Blick in ihr wach geworden – es hatte plötzlich mit grellem Licht beleuchtet, was sie selbst für Tommy empfand. Lange, lange war sie blind gewesen, hatte ihr eigenes Empfinden nicht gekannt, hatte nur gewußt, daß Tommy ihr von allen Menschen der liebste war. Sie hatte ihm das arglos gezeigt. Jetzt, mit einem Male, war ihr die Binde von den Augen gerissen, mit einem Male ging ihr das Mysterium des Weibes auf. Alles Kindliche hatte sie abgestreift, und unter jähem Erschauern fühlte sie, daß sie Tommy liebte. Tommy, Tommy, den Mann, nicht den einstigen Spielkameraden, nicht den Vormund – nur Tommy, den Mann.

Diese Erkenntnis überflutete sie in dieser Stunde mit solcher Gewalt, daß sie blaß und zitternd neben ihm stand und sich kaum auf den Füßen zu halten vermochte. Sie wagte nicht, ihn anzusehen.

Wie unter einem Banne stehend, hielt sie neben ihm und Tante Grete aus und wußte nicht, mit wem sie noch sprach, von wem sie sich verabschiedete. Sie lauschte nur in sich hinein und rang mit ihrer Erkenntnis und mit dem Schmerz, daß jene Frau gewagt hatte, Tommy so anzusehen, so besitzergreifend, so werbend – so – schamlos.

Nun waren endlich alle Gäste fort, und Ursula hatte nur den einen Wunsch, endlich allein sein zu dürfen. Leichenblaß stammelte sie, daß sie todmüde sei und sich sofort zurückziehen wolle.

Zärtlich besorgt sah Tommy sie an, ahnungslos, was in ihr vorging. Wohl hatte auch er den Blick Georgina Donalds seltsam gefunden, aber er hatte ihm keine besondere Beachtung geschenkt.

»Geh schlafen, Urselchen. So eine Geburtstagsfeier ist anstrengend, nicht wahr?« sagte er scherzend.

Sie zwang ein blasses, schattenhaftes Lächeln in ihr Gesicht, reichte ihm die kleine, kalte Hand und ging schnell die Treppe empor.

In ihrem Zimmer angekommen, zog sie sich rasch aus. Wie gewöhnlich verabschiedete sie sich von Tante Grete erst, als sie schon im Nachthemd war.

Die alte Dame war sehr müde und achtete nicht so wie sonst auf Ursula. Meist plauderten beide immer noch ein Weilchen zusammen, aber heute sagten sie einander schnell gute Nacht – weil sie müde waren, wie Tante Grete auch von Ursula glaubte.

Endlich war Ursula allein. Sie lag still und reglos auf ihrem Lager und starrte mit großen, brennenden Augen in das sie umgebende Dunkel. Die Hände hatte sie gefaltet und auf das Herz gepreßt, auf dieses rebellisch klopfende Herz. Sie lauschte in sich hinein. Es sang und klang darin so wundersam. Tommy! Tommy! Ich liebe dich, Tommy – ich liebe dich – ich liebe dich!

Sie hätte jauchzen mögen, und doch erschien es ihr fast wie eine Sünde. Kein Mensch durfte das ahnen. Sorgfältig mußte sie das vor aller Augen verbergen, zumal vor Tommy selbst. Wenn er ahnte –!

O mein Gott, wenn er ahnte, wie es in ihr aussah, was sollte dann werden? Sie würde sich vor ihm zu Tode schämen müssen. Und doch war es so wundersam, so herrlich, daß sie nun wußte, sie liebte ihn.

Nur das war nicht schön, wie sie es erfahren hatte. Sie schauderte fröstelnd zusammen, als sie wieder an den Blick Georgina Donalds dachte, an diesen Blick, der Tommy so brennend, so fordernd angeflammt hatte, so, als habe er ihr ein Recht dazu gegeben. Hatte er das getan? Es mußte doch wohl so sein, sonst konnte eine Frau doch nicht wagen, einen Mann so anzusehen; ja, er mußte ihr wohl ein Recht dazu eingeräumt haben, und das war wohl geschehen, als sie mit ihm so ganz allein in dem leeren Zimmer gesessen hatte.

Wieder rieselte es wie eisige Kälte über sie hin, ihre Zähne schlugen ihr wie im Fieberfrost aufeinander. Hatte er Georgina wirklich ein Recht gegeben – dann –, mein Gott, dann mußte er sie doch lieben?

Und dann kam ihr plötzlich nach langer Zeit wieder in den Sinn, was damals Fräulein Bardach an Bord der »Wangoni« zu ihr gesagt hatte – daß ihre Freundschaft eines Tages einen Knacks bekommen und daß er dann eine andere Frau heiraten würde.

Sie stöhnte leise auf. Vater im Himmel – Vater im Himmel, war es jetzt soweit? Würde Tommy eine andere Frau heiraten? Was sollte dann aus ihr werden?

O nein, nein, das durfte nicht sein, das würde sie nicht ertragen können – nein –, das konnte sie nicht – dann konnte sie nicht mehr leben. Lieber sterben! In Langenfurt konnte sie dann nicht mehr bleiben, denn mit ansehen müssen, wie er eine andere Frau an sein Herz nahm, wie sie dann von dieser andern Frau beiseite gedrängt werden würde, aus seinem Leben heraus, wie etwas Lästiges, Überflüssiges – nein –, das würde über ihre Kraft gehen – dann lieber, viel lieber den Tod.

So lag sie reglos, eine Beute widerstreitender Empfindungen. In aller Not überflutete sie dann wieder wie eine warme Welle die Erkenntnis, daß sie Tommy liebte – wie sie ihn liebte! In banger Sehnsucht rief ihre Seele nach ihm. Spürte er das nicht? Fühlte er nicht, wie sie mit dieser Liebe rang? Konnte er jetzt ruhig da unten liegen und schlafen? Aber – wie gut, daß er es nicht spürte, daß er nicht ahnte, wie es plötzlich in ihr aussah!

Sie mußte jetzt auch wieder daran denken, wie seltsam es sie in letzter Zeit immer durchschauert hatte, wenn er den Arm um sie legte – so heute beim Tanz. Lieber Gott, sie hätte doch immer vor Glück laut aufschreien mögen und hatte doch nicht gewußt, warum.

Jetzt wußte sie es – ja –, jetzt wußte sie es. Ein greller Blitz hatte in ihr Inneres geleuchtet – der begehrliche, fordernde Blick aus einem Paar dunkler Frauenaugen, die gebieterisch verlangten, was eine Frau doch nicht von einem Manne fordern darf – nicht einmal, wenn er sie liebte! O nein, auch dann nicht! Es war häßlich, daß gerade dieser Blick, der sie schamlos dünkte, den Schleier von ihrer Seele gerissen hatte. Nie, nie durfte ein Mensch ahnen, was sie heute in ihrem eigenen Innern entdeckt hatte.

Tommy – lieber Tommy –, geliebter Tommy, wenn du wüßtest, ahntest, was dein armes Urselchen für eine heiße Sehnsucht nach dir hat!

Tommy – Tommy –, kann es sein, daß du dein armes Urselchen verstoßen wirst? Sie will ja nichts, als immer bei dir sein, so wie bisher. Nur keine andere darf neben dir stehen, nicht diese Frau mit den fordernden Augen – auch keine andere –, dann lieber sterben – lieber drüben im Park in dem kleinen, stillen See liegen, an dessen Ufern ich so gern sitze. Ja, lieber auf dem Grunde des Sees liegen und schlafen, schlafen mit all der heißen Liebe für dich! –

So lag Ursula stundenlang und konnte nicht einschlafen. Der Tag begann schon zu grauen, und sie sah noch immer mit fieberhaft brennenden Augen vor sich hin und lauschte in sich hinein. Und immer klarer wurde es ihr, daß sie nicht weiterleben könnte, wenn Tommy eine andere heiratete.

Es war fast heller Morgen, als sie endlich einschlief. Aber noch im Traum begleiteten sie ihre Schmerzen und Nöte, ihre heiße Sehnsucht und ihre Eifersucht. Sie wachte schließlich mit einem Schrei auf, als sie träumte, daß Tommy mit einer Frau im Park um den See wandelte und diese Frau sie in den See hineinstieß. Ganz laut schrie sie da auf.

»Aber Kindchen, was ist denn mit dir?« hörte sie da Tante Grete fragen.

Sie erwachte und sah erschrocken in das liebe, gute Gesicht der alten Dame.

»Ach, Tante Grete – du –, mein Gott, ich habe wohl einen bösen Traum gehabt?«

»Das scheint mir auch so. Ich hörte dich stöhnen und wimmern, wie in höchster Not, und so kam ich herüber, um nach dir zu sehen. Da schriest du plötzlich laut auf.«

Ursula setzte sich auf und strich sich über das Haar.

»O liebe, gute Tante Grete, wie kann einem nur im Traum das Herz so weh tun?«

Die alte Dame setzte sich auf ihren Bettrand und faßte ihre Hände. Lächelnd streichelte sie diese.

»Was hat denn das Kind geträumt?«

Ursula konnte sie nicht ansehen und blickte zum Fenster hinaus.

»Ich – ich weiß es schon nicht mehr.«

»Ein Glück, daß man böse Träume so schnell vergißt, wenn man wach ist. Du hast dich, scheint es, gestern ein wenig überfreut auf deiner Geburtstagsfeier. Nun aber heraus aus den Federn, wir sind heute sehr spät daran. Komm, wir müssen sicherlich heute allein frühstücken, Tommy ist gewiß schon auf die Felder hinaus.«

Ursula erhob sich und kleidete sich schnell an. Dann ging sie mit Tante Grete hinunter. Hier waren schon alle Spuren des Festes beseitigt, und Tommy war wirklich schon fort. Er hatte aber einen Gruß an die Damen hinterlassen und die Bestellung, er sei zur Konservenfabrik gefahren und werde vor Mittag nicht wiederkommen. Darüber war Ursula zum ersten Male froh. So blieb ihr wenigstens Zeit, sich zu fassen und ruhiger zu werden.

Als Tommy um die Mittagszeit heimkehrte, war sein erster Ruf, wie gewöhnlich, nach Ursula. Sie kam ihm auch entgegen wie sonst. Sie schien ganz ruhig, vermochte sogar, ihn anzulächeln – aber sie verging fast an diesem Lächeln. Brennendes Verlangen durchzuckte sie, sich in seine Arme zu werfen und ihn zu bitten: Hab' mich doch lieb, wie ich dich liebhabe! Aber sie sprach nur über gleichgültige und belanglose Dinge mit ihm.

Er sah sie besorgt an; trotz all ihrer tapferen Selbstbeherrschung spürte er, daß sie anders war als sonst.

»Wie blaß du aussiehst, Urselchen! Du hast wohl noch nicht ausgeschlafen?« fragte er.

Sie atmete zitternd auf.

»Nein, Onkel Tommy, ich habe lange nicht einschlafen können. Es ging mir sehr viel im Kopf herum, das ganze Fest habe ich erst noch einmal durchdacht. Und als ich endlich eingeschlafen war, habe ich sehr schlecht geträumt, so daß ich im Traum laut aufgeschrien habe. Ich will es dir nur gleich selbst sagen, ehe es dir Tante Grete erzählt.«

Er hob ihren Kopf empor und blickte ihr in die müden Augen. Ganz seltsam verändert erschien ihm ihr Gesicht, so gereift, so gar nicht mehr kindhaft.

»Du willst mir doch nicht Sorgen machen, Urselchen? Du siehst ja ganz elend aus.«

Da hatte sie schon die Augen voll Wasser, trotz aller Selbstbeherrschung. Sein liebevoll besorgter Ton machte sie weich und hilflos. Besorgt sah er ihre Tränen, Sie löste ihren Kopf aus seiner Hand, weil sie seinen Blick nicht mehr ertragen konnte, und barg das Gesicht in ihrem Taschentuch. Aber das dauerte nur einen Moment, sie rang mit aller Kraft nach Fassung und zwang sich zu einem Lachen.

»Weißt du, Onkel Tommy, ich glaube, ich habe gestern abend zuviel getanzt und habe mich, wie Tante Grete sagt, an meinem Geburtstagsfest überfreut.«

Das milderte seine Sorgen noch nicht, aber er sagte sich, daß sie vielleicht wirklich nur übermüdet sei. Er zog ihren Arm durch den seinen und äußerte sehr onkelhaft und erzieherisch:

»Schön, so wird jetzt mal eine Weile nicht mehr getanzt. Das gibt es nicht, daß du mir über der Tanzerei ein blasses, nervöses Fräulein wirst. Erst müssen deine Augen wieder ganz klar und deine Wangen wieder rot sein, und – dann noch lange nicht.«

Sie nickte geduldig und einverstanden.

»Es ist vielleicht auch besser so, Onkel Tommy.«

Am nächsten Tag hatte sich Ursula wieder ganz in der Gewalt. Sie schien ruhig und heiter wie sonst, aber sie hatte doch etwas Fremdes, Unbestimmtes in ihrem Wesen, das ihm zu denken gab.

Er spürte in der nächsten Zeit mehr und mehr, daß sie nicht mehr mit der alten Offenheit und Zutraulichkeit zu ihm kam, fühlte, daß sie ihm etwas verbarg.

Vorsichtig sondierte er. Und so fragte er sie auch eines Tages, wann Doktor Nimrod wieder nach Langenfurt kommen würde. Da er dabei seinen Arm um ihre Schulter legte, schoß ihr, wie jetzt oft, wenn er sie berührte, das Blut in den Kopf. Er glaubte, dies geschehe, weil er von Doktor Nimrod sprach. Keine Ahnung kam ihm, daß sie, als er sie umfaßte, vor Glück hätte jauchzen und vor Schmerz hilflos weinen mögen –

»Doktor Nimrod? Oh, er hat jetzt einige Zeit mit einem Prozeß so viel zu tun, daß er nicht herauskommen kann.«

Also deshalb war sie so still und bedrückt, dachte er. Und das Herz krampfte sich ihm zusammen. Wieder stieg die Eifersucht gegen Doktor Nimrod jäh in ihm auf. Es war ihm nicht entgangen, daß Ursula viel reifer, weiblicher erschien als früher, und er fragte sich bedrückt, ob es Georg Nimrod sei, der diese Wandlung bei ihr hervorgerufen hatte.

So vergingen fast zwei Wochen. Schmerzlich empfand Tommy, daß Ursula sich immer mehr vor ihm verschloß – und daß ein seltsam sehnsüchtiges Leuchten zuweilen in ihren Augen lag, wenn sie sich unbeobachtet fühlte.

Innigst hatte er es herbeigesehnt, sie möge den Kinderschuhen entwachsen, und nun fiel es ihm doch beklemmend auf die Seele, daß sie es getan hatte. Es schmerzte ihn unsagbar, sie immer zurückhaltender werden zu sehen ihm gegenüber. Mit verbissenem Schmerz sagte er sich, jetzt gehöre wohl ihr ganzes Denken und Fühlen Georg Nimrod, so daß für andere Menschen nichts mehr übrigblieb.

Manchmal trieb es ihn geradezu aus dem Hause, wenn er diesen Blick in ihren Augen sah, der ihren Seelenzustand verriet. Ja, er sah, daß Ursula nicht mehr die alte war, fühlte, daß sie ihr Herz entdeckt und daß die Liebe darin ihren Einzug gehalten hatte. Aber nie fiel es ihm ein, daran zu denken, er selbst könne es sein, der ihr Herz erweckt hatte. Er konnte auch auf keinen andern schließen als auf Doktor Nimrod, und die Eifersucht plagte ihn furchtbar.

Als der junge Doktor Nimrod eines Tages wieder nach Langenfurt kam, war Ursula so auffallend heiter und lebhaft, wie sie es seit ihrem Geburtstag nicht mehr gewesen war. Sie lachte und plauderte mit ihm und benahm sich ihm gegenüber so freundlich und liebenswürdig, daß Tommy wirklich glaubte, die Sehnsucht nach ihm habe Ursula so still gemacht.

Mit glühender Eifersucht betrachtete er seinen anscheinend glücklichen Nebenbuhler und hatte keine Ahnung, daß Ursula nur deshalb so heiter und lebhaft erschien, weil sie sich in Gegenwart eines fremden Menschen sicherer fühlte.

So quälten sich die beiden Menschen gegenseitig, ohne es zu ahnen.

12

Eines Tages, als Tommy wieder einmal in der Stadt zu tun hatte, erinnerte er sich seines Versprechens an Georgina Donald, sie aufzusuchen, wenn er in der Nähe sei. Er durfte diesen Besuch nicht länger hinausschieben.

So fuhr er an der Villa Donald vor und ließ sich bei den Herrschaften melden. Wie sehnsüchtig Georgina ihn schon erwartet hatte, ahnte er nicht. Der Diener führte ihn zur ersten Etage und ließ ihn in ein Zimmer eintreten. Hier fand er nur Georgina vor. Sie trat ihm entgegen und reichte ihm mit festem Druck die Hand.

»Sie haben lange auf sich warten lassen, Herr Reiner.«

»Ich bin heute das erstemal wieder in der Stadt, mein gnädiges Fräulein, und habe nicht verfehlt, sogleich mein Versprechen einzulösen. Hoffentlich treffe ich auch Ihre verehrten Eltern an.«

Sie sah ihn mit einem seltsam forschenden Blick an.

»Leider müssen Sie mit mir vorliebnehmen. Vater ist in Geschäften fort, und Mutter leidet unter ihrer Migräne, die sie hindert, Sie zu empfangen. Ich hoffe, Sie sind nicht enttäuscht, mich allein anzutreffen.«

Sie trug ein sehr apartes, wirkungsvolles Teekleid aus türkisfarbener Seide mit Silberstickerei, das sie vorzüglich kleidete. Wenn sie auch keine Schönheit war, so war sie doch ganz gewiß eine interessante und faszinierende Erscheinung. Nur übte das auf Tommy keine Wirkung aus – sein Herz war gefeit.

»Ich wollte mein Wort einlösen, ein Weilchen mit Ihnen zu plaudern, und da Sie mir schon liebenswürdigerweise in Aussicht gestellt hatten, daß wir ungestört sein würden, brauche ich Ihre Frage sicherlich nicht weiter zu beantworten«, sagte er sehr förmlich.

Sie bot ihm einen Sessel an, schmiegte sich in einen andern und sah lächelnd zu ihm auf.

»Also, ohne Phrase, es freut mich, daß Sie gekommen sind. Man findet sehr selten einen Menschen, mit dem es sich lohnt, zu plaudern und – der einem sympathisch ist. Sie gehören zu diesen Ausnahmen«, sagte sie in ihrer aufreizend offenherzigen Art.

»Ich weiß nicht, womit ich diese Auszeichnung verdiene, mein gnädiges Fräulein.«

»Dadurch, daß Sie ein Mann sind. Es gibt nämlich betrüblich wenig Männer in unserer Zeit. Ich glaube, die wirklichen Männer sind beinahe alle ausgestorben.«

»Das wäre schlimm!«

»Es ist schlimm. Sehen Sie sich doch um. Die Frauen müssen heute entweder mit Knaben vorliebnehmen – oder mit Greisen.«

»Sie sehen zu schwarz.«

»Nein, nein, nur klar. Aber nun will ich erst den Tee bringen lassen. Ich habe mir von meiner Autoreise eine ganz besondere Qualität mitgebracht. Teeblüten, ich hoffe, er wird Ihnen munden. Und hier sind Zigaretten – russische –, habe ich auch mitgebracht. Rauchen Sie bitte gleich für mich eine mit an«, sagte sie.

Sie schob ihm die Zigarettendose und das Feuerzeug hin. Tommy wurde wieder ein wenig beklommen zumute. Georgina Donald war eine Frau, wie sie ihm noch nicht begegnet war. Daß sie so unbekümmert ausgesprochen hatte, daß er ihr gefiel, weil er ein Mann war, berührte ihn fast peinlich. Auch die Art, wie sie gebieterisch von ihm forderte, ihr eine Zigarette anzurauchen, mißfiel ihm, und doch hatte sie etwas an sich, das ihn interessierte.

Scheinbar gleichmütig, als sei er es gar nicht anders gewöhnt, rauchte er ihr eine Zigarette an und reichte sie ihr mit einer Verbeugung. Sie hielt ihm aber die Lippen hin, er mußte die Zigarette zwischen diese sehr roten Lippen schieben. Dabei sah sie ihn mit einem so leidenschaftlich fordernden Blick an, daß er fühlte, wie ihm das Blut in die Stirn schoß.

In ihrer ganzen Art, hauptsächlich in ihrem Blick lag etwas Werbendes, Verlangendes, aber das alles stieß Tommy eher ab, als daß es ihn reizte.

Er kam nicht von dem Empfinden los, sich durch sein Kommen in eine Gefahr begeben zu haben, so daß er auf der Hut sein müsse. Er wünschte sehnlich, daß er diesen Besuch schon hinter sich hätte.

Wenn er Georgina gegenüber nicht alle Rücksichten zu nehmen gehabt hätte, die sie als Dame der Gesellschaft von ihm fordern durfte, wäre ihm diese Begegnung vielleicht ganz amüsant erschienen, und er hätte sie abbrechen können, wann es ihm beliebte. So aber mußte er höflicherweise aushalten.

Der Diener hatte inzwischen auf einem eleganten Teewagen den Tee gebracht und füllte die Tassen. Solange er im Zimmer war, plauderte Georgina ganz harmlos. Dann winkte sie aber dem Diener zu, sich zu entfernen.

»Ich bin für niemand zu Hause«, sagte sie zu ihm. Er verschwand mit einer Verbeugung, ohne eine Miene zu verziehen.

Tommy hatte während der ganzen Zeit Georgina prüfend und forschend angesehen. Nun fragte sie kurz:

»Warum sehen Sie mich so an?«

Er hatte jetzt seine Scheu überwunden und zeigte ein leicht überlegenes Lächeln.

»Wie sehe ich Sie an?« fragte er.

»Abschätzend!« erwiderte sie kurz und scharf.

Er schüttelte, noch immer lächelnd, den Kopf.

»Nein, das ist nicht der rechte Ausdruck. Ich sah Sie an, wie man etwas ansieht, das einem neu und interessant ist.«

»Sie meinen, daß Ihnen die Art Frau, wie ich es bin, noch nicht begegnet ist?«

»So ungefähr.«

Sie warf den Kopf zurück.

»Ich war nicht immer so«, sagte sie mit einer seltsam verhaltenen Stimme, die ihm auf die Nerven ging, »aber ich bin zweimal hart von Männern enttäuscht worden. Ja – zweimal! Das erstemal von Ihrem Bruder, das zweitemal – nun –, lassen wir das. Ich habe jedenfalls keine freudigen Erinnerungen zu hegen. Meine Erfahrungen haben mich hart gemacht und kritisch. Beide Male war ich nur das Mittel zum Zweck, das Interesse der beiden Männer galt nur meinem Reichtum, und das Gemeine war bei beiden, daß sie mir vortäuschen wollten, daß es meiner Person galt. Aber schließlich bin ich doch kein Monstrum, bin ein Weib, ein Weib mit einem heißen Herzen. Sie würden nie eine Frau nur ihres Geldes wegen heiraten, Thomas Reiner, nicht wahr?«

»Halten Sie das für so sicher?« fragte er, nicht wissend, worauf sie hinauswollte.

»Ja, so etwas fühlt man.«

»Sicherlich glaubten Sie das auch bei den beiden Männern zu fühlen, die Sie so sehr enttäuscht haben.«

»Allerdings, sonst wäre ich ihnen nicht ins Netz gegangen, hätte mich nicht mit Ihrem Bruder verlobt und wäre nicht mit dem andern auch fast soweit gekommen. Aber – von Ihnen glaube ich das nicht.«

»Nun, Sie haben recht, nie würde ich um Geld freien. Das hätte ich nicht getan, als ich arm und heimatlos geworden war, und werde es jetzt noch viel weniger tun.«

Ihre Augen leuchteten zu ihm auf.

»Ich weiß es – und deshalb imponieren Sie mir so sehr.«

Er verneigte sich kühl.

»Sehr schmeichelhaft für mich – aber – wir wollten doch über Transvaal sprechen.«

Sie wurde ein wenig blaß.

»Das war eine Abfuhr! Ich verstehe, ich bin Ihnen gegenüber etwas zu weit gegangen. Aber, wie gesagt, ich bin ein Weib mit einem heißen Herzen und bin es müde, immer nur zu warten – zu warten, bis – also lassen wir das, sprechen Sie von Transvaal. Schnell, reden Sie!«

Sie hatte die letzten Worte rauh und herrisch hervorgestoßen, ihn mit einem gebieterischen Blick ansehend. Er erhob sich.

»Sie vergreifen sich im Tone, mein gnädiges Fräulein; ich habe nicht gelernt, einer Frau auf Kommando zu parieren. Sie gestatten, daß ich Sie von meiner Gegenwart befreie.«

Da sprang sie auf und vertrat ihm den Weg. Ihre Augen blickten jetzt weich, bittend, verschleiert.

»Nein – gehen Sie nicht, ich bitte Sie! Sie haben recht, o ja, Sie mußten so zu mir sprechen. Aber Sie dürfen nicht gehen, nicht so von mir gehen. Vergessen Sie doch nicht, daß Ihr Bruder es war, der mit seinen verlogenen Zärtlichkeiten das

Weib in mir erweckte, der mir mit einer falschen, gespielten Leidenschaftlichkeit Feuer ins Blut goß und mich dann durch seine Roheit und Gemeinheit zurückstieß! Ich bin damals fast von Sinnen gekommen, aber ich habe mich zusammengerissen und mich von ihm gelöst, weil ich erkannte, daß er ein böser Mensch war. Er hat mich auf dem Gewissen, wie er auch Sie auf dem Gewissen hatte. Vergessen Sie das nicht, das bindet uns aneinander. Sie dürfen mir nicht fremd werden, weil ich verdorben bin durch Ihren Bruder. Ich wäre eine gute, treue und fügsame Frau geworden, wenn er gewesen wäre, wie er mir scheinen wollte. Nun – nun bin ich ein unglücklicher Mensch. Ein zweiter Versuch, den ich machte, draußen in der Welt, brachte eine neue Enttäuschung. Aber: Ich war gewitzigt, nicht ganz so harmlos wie das erste Mal. Ich konnte mich lösen, ohne daß es große Wunden gab. Aber wie verzweifelt habe ich mich nach Liebe gesehnt! Auch ich möchte geliebt werden, um meiner selbst willen, nicht weil ich reich bin. Schenken Sie mir wenigstens Ihre Freundschaft! – Was die anderen an mir verdorben haben, das können nur Sie wiedergutmachen, nur Sie!«

Es war ein tiefes Bedauern in ihm. Jetzt, da sie sich weich und hilflos gab, konnte er nicht hart sein. So trat er wieder an seinen Sessel heran und machte eine Bewegung, sie zum Niederlassen in den ihren auffordernd.

»Also, ich werde Ihnen von Afrika erzählen.«

Mit einem befreiten Aufatmen ließ sie sich nieder. Sie gab die Schlacht noch nicht verloren. Sie sah nur ein, daß sie ihre Taktik ändern mußte.

Und er erzählte ihr ruhig und klar von Südwest. Nur von dem, was ihm einst Regina Kronegg gewesen und was ihm jetzt Ursula war, sprach er nicht. Er schilderte alles, von seinen Erinnerungen hingerissen, so lebendig, so dramatisch, daß Georgina mit wirklichem Interesse lauschte. Sie ließ dabei die Augen nicht von seinem Gesicht und sagte nur einmal, als er von dem wilden Lagerleben sprach:

»Ich hätte dabeisein mögen, das war doch Leben, Kampf – und schließlich Sieg. Oh, wie beneide ich Sie darum, daß Sie dort unten all Ihre Kräfte entfalten konnten!«

»Sie sprechen wie ein Mann«, sagte er lächelnd.

Und er fuhr dann fort und berichtete von seiner Heimreise mit Ursula, der Waise. Und als er von Ursula sprach, blitzte ein Gedanke in ihr auf, wie sie es anfangen müßte, um in steter Verbindung mit ihm zu bleiben.

Sie verlangte mit heißer Dringlichkeit nach diesem Manne, gerade nach diesem einen. Und sie wollte, mußte ihn gewinnen, um jeden Preis. Ihr Blut stand in Flammen für ihn, aber auch ihr Herz verlangte nach ihm. Auf die Art, wie sie es vorhin versucht hatte, war er nicht zu fesseln, das sah sie ein, nun wollte sie es auf andere Weise versuchen. Sie fühlte, daß Ursula Kronegg ihm viel galt, wenn sie auch weit davon entfernt war, anzunehmen, daß dieses halbe Kind einen so bedeutenden Mann wie ihn fesseln konnte. Ursula erschien ihr durchaus nicht gefährlich.

Erst hatte sie ihm imponieren und ihn dadurch für sich einnehmen wollen, deshalb hatte sie es mit ihrer herrischen Art versucht. Nun wollte sie andere Saiten aufziehen, um ihn in ihrem Netz zu fangen; sie spürte, daß sie mit Weichheit und Hilflosigkeit mehr bei ihm erreichen würde. So sagte sie denn, weich, scheinbar bis ins Innerste erschüttert:

»Das arme, arme Kind! Wie leid tut es mir, daß ich sie bisher so wenig beachtet habe! Das soll anders werden, ich muß Ihr Mündel näher kennenlernen, wir müssen einander fleißig besuchen. Auch Ihre Frau Tante möchte ich wieder häufiger sehen, ich habe sie sehr gern. Gleich in den nächsten Tagen werde ich den beiden Damen einen Besuch in Langenfurt machen und mich bemühen, auf einen vertrauten Fuß mit Ihrem Mündel zu kommen.«

Tommy dünkte das durchaus nicht erstrebenswert; wie sich Georgina Donald ihm gezeigt hatte, erschien sie ihm kein passender Verkehr für Ursula. Aber er konnte sie unmöglich zurückweisen, ohne unhöflich zu sein. Und im übrigen baute er darauf, daß Tante Grete schon dafür sorgen würde, daß sie auf Ursula keinerlei Einfluß nahm. So sagte er artig:

»Es wird meine Tante und mein Mündel freuen. Aber nun muß ich aufbrechen, ich darf Sie nicht länger belästigen.«

»Bitte, keine Phrase! Sie wissen, daß Ihr Besuch mir Freude gemacht hat. Es darf nicht der letzte sein. Ich hoffe, daß ich Sie auch in Langenfurt wiedersehe.«

Er erhob sich und verneigte sich vor ihr. Sie bot ihm die Hand mit einem weichen, hilflosen Lächeln, das ihn entwaffnete.

»Sagen Sie mir, daß Sie mir nicht mehr zürnen!«

»Ich tue es gewiß nicht.«

»Und Sie scheiden als mein Freund von mir?«

»Ich will mich bemühen, mir Ihre Freundschaft zu verdienen«, sagte er vorsichtig.

»Vergessen Sie nicht, daß Sie einen segensreichen Einfluß auf mich ausüben können. Ich brauche so nötig einen Menschen, der ein wenig gut mit mir ist.«

»Sie haben doch Ihre Eltern.«

Ein Seufzer kam über ihre Lippen.

»Die sind alt. Glauben Sie, daß diese alten Leute mich verstehen können? Bitte, versagen Sie mir Ihre Freundschaft nicht. Helfen Sie mir ein wenig, mich wieder im Leben zurechtzufinden.«

»Was dazu in meiner Macht steht, gern«, erwiderte er,

aber er dachte bei sich, daß er kein Talent in sich fühlte, diese problematische Natur zu verstehen.

Mit einer Verbeugung verließ er das Zimmer, nachdem er Georginas Hand leicht an die Lippen geführt hatte. Als er nach einigen Minuten wieder draußen im Freien stand, atmete er tief auf. Ihm war ein wenig zumute, wie dem Reiter über den Bodensee. Er wußte, daß er in einer großen Gefahr geschwebt hatte, und legte sich selbst das Gelübde ab, sich nie wieder von Georgina Donald zu einem Alleinsein mit ihr bestimmen zu lassen. In diesem Falle war entschieden Vorsicht der bessere Teil der Tapferkeit.

Einige Monate waren wieder vergangen. Der Winter mit mancherlei Geselligkeiten war vorüber, und im Langenfurter Park standen die Bäume im ersten Frühlingsgrün.

Zu Tommys großem Mißvergnügen hatte Georgina Donald es verstanden, sich förmlich in seinem Haus einzunisten. Bei jeder passenden und unpassenden Gelegenheit fuhr sie mit ihrem Auto, das sie selbst lenkte, vor dem Langenfurter Portal vor. Sie ließ es zumeist nicht mit einem kurzen Besuch bewenden, sondern setzte sich stundenlang fest. Sie spielte mit Tommy und Ursula Tennis, wobei dann zuweilen Doktor Nimrod als vierter teilnahm. Sie vertiefte sich mit Frau Geheimrat Tiers in allerlei Gesprächsthemen, die ihr im Grunde sehr langweilig waren, und ließ sich gern zum Mittagessen oder zum Tee bitten. Für Ursula legte sie eine geradezu schwärmerische Freundschaft an den Tag, und für den Langenfurter Park hegte sie eine so große Vorliebe, daß sie oft nur kam, um darin spazierenzugehen. Tommy entfernte sich, sooft er es unbemerkt tun konnte, aber er machte das sehr unverfänglich, konnte er doch jederzeit wichtige Geschäfte vorschützen.

Er begegnete Georgina in durchaus artiger und korrekter Weise – jedoch –, heimlich wünschte er sie oft ins Pfefferland. Sie gab es aber nicht auf, ihn bei jeder Gelegenheit zu treffen, und jetzt hatte sie immer eine weiche, schmiegsame Art, gegen die er eben machtlos war. Oft lud sie auch Tante Grete und Ursula ein; selbstverständlich galten diese Einladungen auch stets für Tommy, aber dieser konnte sich in den meisten Fällen mit wichtigen Geschäften entschuldigen.

Wie Ursula bei alledem zumute war, läßt sich schwer beschreiben. Sie war jedenfalls todunglücklich, sooft sie Georgina kommen sah, aber ebenso machtlos, es zu verhindern. Sie glaubte, daß Georgina auf Tommys Wunsch so oft nach Langenfurt käme. Zuweilen fing sie einen Blick Georginas auf, wenn diese Tommy ansah, daß ihr fast das Herz darüber in Stücke brach. Wie Tommy innerlich zu Georgina stand, wußte sie freilich nicht, aber sie nahm es als selbstverständlich an, daß er sie liebte. Sonst könnte sie ihn doch nicht so ansehen, meinte sie.

Nach einem der ersten Besuche Georginas in Langenfurt hatte Tommy Ursula gefragt:

»Wie gefällt dir Fräulein Donald, Ursula?«

Diese kannte Tommy viel zu gut, um nicht zu merken, daß er die Frage mit verhaltener Unruhe an sie gerichtet hatte. Sie glaubte aber, er wolle gern etwas Gutes über Georgina hören. Und obwohl sie im tiefsten Herzen bekümmert war, lächelte sie und sagte tapfer:

»Oh, sie ist eine sehr interessante und liebenswürdige Dame, sie ist so klug, so freundlich und so amüsant.«

»Also freust du dich an ihrer Gesellschaft?«

Am liebsten hätte Ursula außer sich aufgeschrien: Nein, ich verabscheue sie, sie quält mich, weil sie dich mit so schamlos eroberungssüchtigen Blicken ansieht, und ich hasse sie, weil sie dich liebt und weil du sie liebst! – Aber sie sagte nur, scheinbar ganz ruhig:

»Ja, ich freue mich, und Tante Grete mag sie, glaube ich, auch sehr gern.«

»Wen soll ich gern mögen?« fragte in diesem Augenblick Tante Grete, die eben dazukam.

»Georgina Donald«, erwiderte Tommy, seine Tante forschend und fragend ansehend.

Die alte Dame lachte ein wenig.

»Ach, weißt du, Tommy, mit solchen emanzipierten, modernen Frauen verstehe ich nicht viel anzufangen. Sie sucht sich ja möglichst meinem und Ursulas Ideenkreis anzupassen, aber ernst meint sie das nicht. Mir scheint, es geschieht nicht ohne bestimmte Absichten, daß sie so oft jetzt zu uns herauskommt und uns mit Einladungen überschüttet.«

Ursula sah ängstlich zu Tommy hinüber, was er wohl zu Tantes Bemerkung sagen würde. Sie sah, daß er die alte Dame lachend umarmte.

»Gutes, kluges Tantchen, das scheint mir auch so«, sagte er, befreit aufatmend.

Das war Ursula wie ein Pfeil ins Herz gedrungen. Sie glaubte, Tommy wollte damit sagen, daß Georgina nur seinetwegen kam, und daß sie sich nur seinetwegen bei ihr und Tante einschmeicheln wolle. Gewiß wünschte er sehr, daß Georgina ihr und Tante Grete gefiele – weil er sie wohl eines Tages zu seiner Frau machen würde. Und sie dachte wieder, daß sie das nicht zu überleben vermöge, ganz gewiß nicht.

So häuften sich die Mißverständnisse zwischen den beiden Liebenden. Ursula war auf Georgina eifersüchtig und Tommy auf Doktor Nimrod, der allerdings jetzt sehr deutlich Ursula den Hof machte.

Sie verbargen aber immer sorgfältiger ihre Liebe und spielten eine schmerzliche, quälende Komödie miteinander.

Aber so eifersüchtig Tommy auf Nimrod war, und so unglücklich er sich fühlte, in der Annahme, Ursula liebe ihn, nahm er sich doch fest vor, ihr keinerlei Schwierigkeiten zu machen. Als Vormund konnte er ja auch nichts gegen Georg Nimrod einwenden. Er war ein tüchtiger, gewissenhafter und anständig denkender junger Mann und nebenbei eine ausgezeichnete Partie. Hielt er also wirklich um Ursula an, würde Tommy es mit Fassung tragen und seinen Segen geben müssen. Ursula durfte um keinen Preis ahnen, welchen Schmerz sie ihm bereiten würde, denn das würde ihr weiches Herz bedrücken. Litt sie doch anscheinend schon jetzt bei dem Gedanken, daß sie ihn eines Tages verlassen würde, und daß ihn das – auch als Onkel und Vormund – ein wenig betrüben würde.

Die Angelegenheit mit Georgina machte ihm ebenfalls einige Schwierigkeiten. Er wußte, er müsse auf der Hut sein, um sich nicht in ihren Netzen zu verfangen, aus denen er nicht mehr herauskommen würde. Aber eine Gefahr, die man kennt, ist keine Gefahr mehr. Er wußte sehr wohl, daß Georgina das Interesse für Ursula und Tante Grete nur heuchelte, um unverfänglich möglichst oft in seiner Nähe sein zu können. Als er neulich nach jener Unterredung mit Ursula und Tante Grete mit letzterer allein war, hatte er gesagt:

»Liebes Tantchen, ich wollte vorhin in Ursulas Gegenwart nicht davon sprechen, aber dir möchte ich es doch sagen – du bist diskret und kennst mich –, ich glaube, Georgina Donald kommt meinetwegen.«

»Mein guter Junge, das habe ich längst gemerkt, aber auch ich wollte es in Ursulas Gegenwart nicht aussprechen.«

»Du bist eben eine kluge Frau, und ich bin sehr froh, daß du orientiert bist. Du wirst dafür sorgen, daß Ursula nicht zu intim mit Fräulein Donald wird, denn sie ist kein passender Umgang für sie. Außerdem mußt du mir ein wenig helfen, alle Klippen zu umschiffen. Ich möchte Fräulein Donald nicht gern vor den Kopf stoßen, denn schließlich hat sie, wie ich weiß, durch meinen Bruder viel gelitten.«

Tante Grete legte ihre Hand auf seinen Arm.

»Du kannst dich ganz auf mich verlassen, Tommy.«

Er setzte sich zu ihr.

»Da wir gerade allein sind, möchte ich noch etwas mit dir besprechen. Findest du nicht auch, daß Ursula in letzter Zeit sehr ernst und still, sehr verändert ist?«

Sie sah ihn mit einem seltsamen Blick an.

»Ja, seit ihrem Geburtstagsfest ist sie merklich stiller geworden.«

»Hast du eine Ahnung, welchen Grund diese Veränderung hat?«

Nun lächelte Tante Grete ihr gütiges, verstehendes Lächeln.

»Nun ja, mein Junge, sie ist eben kein Kind mehr und ist sich dessen bewußt geworden.«

Sein Herz klopfte laut und hart.

»Also, du hast es auch bemerkt?«

Er meinte damit, daß sie bemerkt habe, Ursula liebe Nimrod. Sie meinte etwas ganz anderes, sprach es aber, ihrem Vorsatz getreu, auch jetzt nicht aus und ahnte nicht, daß sie durch ihr Schweigen half, eine Mauer zwischen den beiden jungen Menschen aufzubauen.

Sie wußte, daß Ursula und Tommy einander liebten, und sah es als selbstverständlich an, daß sie eines Tages den Weg zueinander finden würden. Hätte sie eine Ahnung gehabt von der wechselseitigen Eifersucht beider, hätte sie doch wohl eingegriffen. Aber diese Eifersucht verbargen beide so gut, daß selbst die alte Dame nichts davon merkte. Sie nahm an, daß Tommy Ursula noch etwas älter und reifer werden lassen wollte, ehe er um sie warb, und fand das sehr vernünftig von ihm. Gut Ding will Weile haben, und es konnte ihrer Ansicht nach nicht schaden, wenn sich die Gefühle beider erst noch ein wenig vertieften. –

So war auch der Frühling vergangen und ein herrlicher Frühsommer herbeigekommen. Im Langenfurter Park grünte und blühte alles, daß es eine Lust war. Ursula liebte es jetzt sehr, allein im Park zu promenieren, und am meisten übte der kleine See Anziehungskraft auf sie aus. Mit welchen Gefühlen sie manchmal auf das stille Wasser blickte, ahnte kein Mensch. Aber immer häufiger malte sie sich aus, wie gut es sich auf dem Grunde dieses Sees ruhen müsse – wenn man mit seinem Herzeleid nicht mehr weiterleben konnte.

So saß sie eines Tages wieder auf ihrem Lieblingsplätzchen. Sie hielt wohl ein Buch in der Hand, aber sie las nicht; ihre Augen ruhten traurig und schwermütig auf der stillen Wasserfläche. Ihr war, als locke der Parksee: Komm herab, hier ist's so kühl!

Sie riß sich von diesem Gedanken los, als sie plötzlich leise Schritte auf dem Kiesweg hörte. Durch das sie verbergende Gebüsch lugend, erblickte sie Georgina Donald, in einem eleganten, hellen Sommerkleid. Ihren Staubmantel, den sie beim Fahren meist über ihren Kleidern trug, hatte sie wohl im Auto zurückgelassen. Sie hatte auch die Autokappe abgelegt und ging ohne Kopfbedeckung. Als ob sie schon hier zu Hause wäre, dachte Ursula schmerzlich.

Schon wieder sie? – Ursula war nicht imstande, sich bemerkbar zu machen, ein heimlicher Groll auf Georgina schnürte ihr das Herz zusammen. Man hatte ihr wohl im Hause gesagt, daß Ursula im Park sei.

Aber Ursula war gar nicht dazu aufgelegt, sich mit ihr zu unterhalten. Sie blieb regungslos in ihrem Versteck sitzen und sah, daß Georgina vorüberging, dem Parktor zu. Durch dieses pflegte Tommy meist zu kommen, wenn er auf den Feldern gewesen war.

Ursula seufzte leise. Sie vermied es jetzt soviel wie möglich, ihn auf seinen Ritten zu begleiten, und hatte immer wieder eine Entschuldigung gehabt, so daß er es schließlich aufgab, sie aufzufordern. Er glaubte, sie wolle das Haus nicht auf lange verlassen, für den Fall, daß Doktor Nimrod käme. Er war in seiner Eifersucht geradezu erfinderisch, um sich zu quälen.

Nun sah Ursula Georgina dem Parktor zuschreiten, hinausspähen und dann plötzlich wieder umkehren. Aber sie ging nicht weit in den Park hinein, sondern machte bald kehrt, und dann schritt sie wieder langsam auf das Parktor zu. Und – nun erblickte Ursula Tommy, der zu Pferde durch das Parktor kam. Sie sah, wie Georgina ihm entgegenging, vor ihm stehenblieb und mit ihm sprach.

Oh – sicherlich hatten sie sich verabredet, sich hier zu treffen, denn Tommy sprang vom Pferde, führte es am Zügel hinter sich her und ging langsam mit Georgina weiter.

Ursula tat das Herz zum Brechen weh. Mit leeren Augen sah sie hinter den beiden her. Müde erhob sie sich, um nun auch dem Hause zuzugehen, aber sie hielt sich in möglichst großer Entfernung von Tommy und Georgina. Sie konnte nicht hören, was sie miteinander sprachen. Ihr war, als könne sie kaum noch soviel Kraft aufbringen, um das Haus zu erreichen. Ihre Augen folgten den beiden unablässig. Sie schämte sich, daß sie sich nicht bemerkbar machte und sie gewissermaßen belauschte, aber sie fühlte sich außerstande dazu.

Nun sah sie, daß die beiden stehenblieben, daß Georgina erregt auf Tommy einredete und – daß sie dann plötzlich Tommys Hals umschlang, sich an seine Brust warf und ihn umklammerte.

Mehr sah sie nicht – mehr wollte sie auch nicht sehen. Sie wandte sich ab und floh auf einem schmalen Nebenweg wie gehetzt dem Hause zu. Als sie es erreicht hatte, eilte sie durch die Halle zur Treppe. Hier war ein Diener beschäftigt, das Geländer abzureiben.

Ursula gab sich einen Ruck und sagte, so ruhig sie konnte:

»Melden Sie Frau Geheimrat, daß ich starkes Kopfweh habe und nicht zu Tisch käme, ich will mich niederlegen.«

Der Diener verneigte sich und sagte sein: »Sehr wohl, gnädiges Fräulein.«

Ursula eilte weiter – und nun war sie endlich in ihrem Zimmer, endlich allein mit ihrer Verzweiflung, ihrem Jammer. Sie fiel, nachdem sie die Türen ihres Schlafzimmers abgeschlossen hatte, auf den Diwan, kraftlos, haltlos, vernichtet.

Ohne sich zu rühren, lag sie da, ganz überwältigt von ihrem wahnsinnigen Schmerz. Sie konnte nichts fühlen, nichts denken, als daß Tommy eine andere Frau in seinen Armen gehalten hatte, daß diese Frau also ein Recht hatte, ihn zu umhalsen.

So war es denn wahr, was sie so lange gefürchtet hatte, und doch traf sie diese Gewißheit auch jetzt noch unvorbereitet. Georgina Donald würde Tommys Frau werden – Georgina, die ihn mit so heißen, fordernden Blicken angesehen hatte.

So lag sie da, in einer wilden Verzweiflung. Sie rührte sich nicht, weinte und klagte nicht, lag nur wie vernichtet, wie aller Kraft beraubt, und krampfte die Hände in die Kissen des Diwans. Wehrlos ließ sie sich das Herz zerreißen von ihrer Qual und Not.

Nach einiger Zeit hörte sie, wie auf die Klinke der Verbindungstür gedrückt wurde, hörte, daß Tante Grete leise ihren Namen rief. Sie wollte wohl nach ihr sehen.

Aber es war Ursula unmöglich, ihr zu antworten. Sie konnte jetzt keinem Menschen ins Antlitz sehen, konnte kein Wort hervorbringen. Sie hätte ja nur aufschreien können in höchster Seelennot. Allein mußte sie sein – ganz allein mit ihrem Schmerz. Niemand durfte ahnen, wie vernichtet sie sich fühlte.

Leise ging Tante Grete wieder fort, im Glauben, daß Ursula schliefe.

Tommy war sehr wenig erfreut gewesen, als Georgina im Park plötzlich vor ihm aufgetaucht war. Er zweifelte nicht, daß sie ihm aufgelauert hatte. Dennoch begrüßte er sie artig.

»So allein im Park? Wo ist denn Ursula?«

»Ich weiß es nicht. Frau Geheimrat sagte mir, Ursula sei auf ihrem Zimmer oder im Park, sie selbst war im Haushalt beschäftigt und konnte mich nicht begleiten. So habe ich mich aufgemacht, um Ursula zu suchen, habe sie aber nicht gefunden. Sie scheint also doch auf ihrem Zimmer zu sein. Jedenfalls freue ich mich, mit Ihnen zusammenzutreffen. Bei meinen beiden letzten Besuchen hatte ich nicht das Glück, Sie zu sehen.«

Tommy wußte das sehr wohl; er hatte sich beide Male in seinem Arbeitszimmer eingeschlossen, wo er über seinen Rechnungsbüchern saß, als er sie vorfahren sah. Und er hatte seinem Diener Weisung gegeben, zu melden, daß er nach Hartau hinübergeritten sei.

»Ich bedauere, Sie verfehlt zu haben.«

»Um so mehr sind Sie jetzt verpflichtet, ein Weilchen mit mir zu plaudern; ich hoffe, Sie steigen ab und gehen mit mir durch den Park«, sagte sie weich und bittend.

Er konnte nicht anders, wenn er nicht schroff und unhöflich sein wollte, als ihren Wunsch zu erfüllen, und er tat es unbesorgt, weil sie so gut wie er wußte, daß sie im Park wahrscheinlich nicht ungestört sein würden. Jeden Augenblick konnte zum wenigsten ein Diener oder der Gärtner auftauchen.

So ging er plaudernd neben ihr her. Sie sprachen nur über Nichtigkeiten, und plötzlich blieb dann Georgina so vor ihm stehen, daß er nicht weitergehen konnte. Sie flammte ihn mit ihren heißen Augen an, so daß er merkte, sie war erregter, als sie es bisher hatte zeigen wollen.

»Wie lange wollen Sie noch mit mir solche belanglosen Phrasen dreschen?« stieß sie hervor.

Seine Stirn zog sich zusammen. Mit einem großen, ernsten Blick sah er sie an.

»Es tut mit leid, wenn Ihnen meine Unterhaltung nicht interessant genug erscheint, mein gnädiges Fräulein«, sagte er formell und kalt.

Das brachte sie vollends um ihre Vernunft.

»Wissen Sie, Tom Reiner, daß Sie mich mit Ihrer Kälte und Reserve noch zur Verzweiflung bringen werden?« sagte sie mit erregt zuckendem Gesicht.

Er sah sie halb mitleidig, halb abweisend an.

»Ich bitte Sie, sich zu beruhigen, gnädiges Fräulein; mir scheint, Sie sind wieder einmal sehr aufgeregt. Seien Sie doch vernünftig.«

Sie fuhr auf.

»Vernünftig – vernünftig? Wie ich dieses Wort hasse,

wenn Sie es aussprechen! Wissen Sie denn noch immer nicht, daß jeder Nerv in mir nach Ihnen schreit? Wissen Sie nicht, daß mich die Sehnsucht nach Ihnen wahnsinnig zu machen droht? Ich ertrage dies stille Abwarten nicht mehr. Ich bin doch keine Vogelscheuche. Sind Sie wirklich ein so kaltblütiger Mensch, der ruhig zusehen kann, wie eine Frau sich nach ihm verzehrt? Ich will dich haben, Tom Reiner, ich liebe dich, mein Gott, ich liebe dich, wie ich noch nie einen Mann geliebt habe! Sei barmherzig, gib diese kalte Reserve auf, mit der du mich zur Verzweiflung treibst. Tom – Tom – küsse mich – küsse mich, ich verschmachte nach dir!«

Sie warf sich plötzlich, ehe er es hindern konnte, in seine Arme und umfaßte seinen Hals, während sie ihm fordernd ihren Mund entgegenhielt.

Das war es, was Ursula gesehen hatte, was sie sinnlos vor Verzweiflung davongetrieben hatte, glaubend, daß Tommy jetzt Georgina küssen werde. Das hatte sie nicht auch noch mit ansehen wollen.

Aber Tommy reckte sich hoch auf, faßte mit festem Griff Georginas Arme und zwang sie von seinem Halse hernieder, so sehr sie sich auch dagegen wehrte. Sein Gesicht war wie versteinert. Männer können sehr grausam sein gegen Frauen, die sie nicht lieben und die sich ihnen aufdrängen.

»Kommen Sie zu sich, gnädiges Fräulein, Sie sind krank. Ich will Ihre Worte nicht gehört haben. Bitte, beruhigen Sie sich; es tut mit leid, daß ich Ihre Gefühle nicht erwidern kann.«

Sie stöhnte auf wie ein verwundetes Tier und riß an ihren Händen, wollte sich befreien, um ihn von neuem zu umfassen. Sie war wie von Sinnen vor Leidenschaft.

»Sind Sie denn ein Mensch von Stein?« keuchte sie. »Haben Sie doch Erbarmen mit einer Frau, die nicht ohne Sie leben kann, Tom, erbarmen Sie sich – erbarmen Sie sich!«

Und sie glitt an ihm nieder, als wollte sie vor ihm in die Knie sinken, aber er hielt sie fest und hob sie schnell wieder empor.

»Vergessen Sie doch nicht, daß jeden Augenblick hier jemand vorüberkommen kann! Was soll man denken, wenn wir in dieser Situation überrascht werden? Einer der Diener kann kommen oder meine Tante und mein Mündel. Was soll dann mit Ihnen geschehen?«

Ihre Augen glühten zu ihm auf.

»Käme doch jemand, sähe mich doch jemand in Ihren Armen! Hätten Sie den Mut, mich zu kompromittieren? Wenn Sie ein Ehrenmann sind, müssen Sie doch dann für mich eintreten.«

Das löschte alles Mitleid mit ihr aus; er sah, daß sie ihm eine Falle gestellt hatte, um ihren Willen durchzusetzen. Sie hatte sich verraten. Und das gab ihm seine Ruhe wieder; er wußte jetzt, was für ihn auf dem Spiele stand, und durfte sie nicht schonen.

Er hielt sie mit starken Armen weit von sich ab und sah ihr mit kalter Überlegenheit in das verzerrte Gesicht.

»Glauben Sie, daß ich ein Schwächling bin, der sich auf diese Weise von einer Frau seiner Freiheit, seines Willens berauben läßt? Da irren Sie sich. Wenn ich einmal heirate, werde ich mir meine Frau selbst aussuchen, dann will ich der Werbende sein, will mich nicht von einer maßlos herrschsüchtigen und leidenschaftlichen Frau unterjochen lassen. Veranstalten Sie eine solche Szene nie wieder, denn ich gebe Ihnen mein Wort, daß ich, würden wir überrascht, nicht für Sie eintreten würde – um keinen Preis! Wollen Sie Ihren Ruf unbedingt aufs Spiel setzen, so tun Sie es auf eigene Gefahr. Und nun kommen Sie endlich zur Vernunft!«

Sie stöhnte wild auf.

»O ihr Männer, ihr egoistischen, grausamen Männer! – Einer von euch ist so grausam wie der andere, nur jeder auf eine andere Art. Und ihr wollt dann zu Gericht sitzen über eine Frau, die sich einmal erkühnt, sich ihr Recht zu nehmen. Ihr habt gut zur Vernunft zu reden, ihr könnt euch ja immer nehmen, wozu euch euer Blut und eure Sinne treiben. Niemand sieht euch darum verächtlich an. Wir Frauen aber werden verachtet, wenn übermächtiges Gefühl uns einem Mann in die Arme treibt. Was habt ihr denn vor uns voraus? Welches Verdienst habt ihr, daß ihr euch so eine Vorzugsstellung anmaßt?«

Er atmete tief auf, sie noch immer von sich abhaltend.

»Ich sitze nicht zu Gericht über Sie, ich bedauere Sie tief, aber ich erwidere Ihre Gefühle nicht, und das muß Ihnen genug sein. Ein Mann wird auch nicht die Arme ausstrecken nach einer Frau, die sich ihm nicht gern schenkt. Auch der Frau stehen Mittel zu Gebote, um Liebe zu werben, sie muß es nur auf weibliche Art tun. Kommt ihr dann der Mann nicht entgegen, so muß sie verzichten, wie der Mann auch verzichten muß, wenn sich ihm die Frau, die er liebt und begehrt, versagt. Ich habe Ihnen nie einen Hehl daraus gemacht, Georgina Donald, daß ich nichts anderes für Sie empfinde als Mitleid. Sie haben mich nicht verstehen wollen, obwohl ich so deutlich war, wie ein Mann nur sein darf, ohne unritterlich zu sein. In Ihrer herrischen Art wollten Sie ertrotzen, was Ihnen nicht freiwillig geschenkt wurde. Damit haben Sie sich des Rechtes begeben, den ritterlichen Schutz zu genießen, den eine Dame von einem Manne erwarten darf. Deshalb muß ich Sie, vor allem in Ihrem eigenen Interesse, bitten, mein Haus zu verlassen und es nie mehr zu betreten.«

Wie von einem Schlage getroffen, fuhr sie auf und riß mit einem Ruck ihre Arme los.

»Das mir? Das mir! Wenn ich doch eine Waffe bei mir hätte, daß sich Sie niederschießen könnte!«

Gelassen zuckte er die Achseln.

»Es ist sehr gut für Sie, daß Sie keine Waffe bei sich haben, Sie würden sich nur unglücklich machen. Ich habe Sie in Ihrem eigenen Interesse gebeten, mein Haus nicht mehr zu betreten, denn wenn Sie Ihre Gefühle nicht beherrschen können, werden Sie sich nur immer von neuem aufregen und sich krank machen. Ich nehme zu Ihrer Entschuldigung an, daß Sie schon jetzt krank sind.«

Sie lachte heiser auf, schlug die geballten Fäuste gegen ihren Mund und biß sich auf die Knöchel.

»Ich hasse Sie – ich hasse Sie!« würgte sie hervor und sah ihn mit einem fast irren Blick an.

Er zuckte, müde dieser Szene, an der er schuldlos war, die Achseln.

»Das ist mir wahrlich lieber, als wenn Sie mich lieben. Mit Ihrer Liebe weiß ich nichts anzufangen, mit Ihrem Haß will ich schon fertig werden.«

Sie sah ihn noch eine Weile mit ihren glühenden Augen an, dann wandte sie sich ab und ging schnell davon. Sie betrat das Haus nicht mehr, warf sich in ihren Wagen, ohne ihren Mantel überzuziehen, und fuhr davon.

Langsam kehrte Tommy ins Haus zurück. Diese Szene mit Georgina Donald hatte ihn mehr erregt, als er gezeigt hatte. Immerhin ist es für einen Mann nicht leicht, sich der ungebetenen Leidenschaft einer Frau zu erwehren. So kam er in keiner erfreulichen Stimmung zu Hause an. Heute rief er nicht nach Ursula – ihm war, als wehe noch der unreine Atem der zügellosen Leidenschaft um ihn her. Es war ihm daher fast lieb, als er von Tante Grete hörte, Ursula würde nicht zu Tisch kommen, weil sie heftiges Kopfweh habe.

Die alte Dame sah ihn besorgt und forschend an.

»Du scheinst auch nicht ganz wohl zu sein, Tommy, du siehst blaß und abgespannt aus.«

Er atmete tief auf.

»Verzeih, wenn ich heute ein schlechter Gesellschafter bin – aber – ich hatte eine sehr ärgerliche Begegnung.«

Fragend sah sie ihn an.

»Wahrscheinlich mit Georgina Donald? Sie war hier im Hause und fragte nach dir. Ich sagte ihr darauf, du seiest auf den Feldern, würdest aber bald heimkommen. Dann fragte sie nach Ursula und wollte sie im Park suchen, sagte mir aber in ihrer seltsam herrischen Art, ehe sie hinausging: ›Sie werden mich heute zu Tisch bitten müssen, Frau Geheimrat, sonst bekomme ich nichts zu essen, da ich zu spät heimkommen werde‹. Nun, ich bin ja nachgerade an diesen Ton bei ihr gewöhnt, aber da sie davongefahren ist, ohne sich noch einmal sehen zu lassen, und da sie aus der gleichen Richtung kam, wie gleich darauf du, so gehört für mich nicht allzuviel Scharfsinn dazu, zu erraten, daß du mit ihr zusammengetroffen bist.«

»Es ist so, Tante Grete«, erwiderte er. Mehr nicht. Und die erfahrene, kluge Frau fragte auch nicht weiter. Sie sagte nur:

»Eine seltsame Art haben diese modernen Frauen und Mädchen. Und Georgina ist, soweit ich sie kenne, die seltsamste und – unsympathischste. Ich sehe es gar nicht gern, daß sie sich immer wieder in Ursulas Gesellschaft drängt, und ich bin froh, daß Ursula ihr gegenüber sehr zurückhaltend ist. Vor allen Dingen fürchte ich immer, daß Georgina

Ursula einmal in ihrer ungenierten Art verrät, daß sie eine große Vorliebe für dich hat.«

Weder die alte Dame noch Tommy ahnten, daß Ursula diese »Vorliebe« gründlich kennengelernt hatte und infolgedessen mit wilder Verzweiflung kämpfend oben auf ihrem Zimmer lag.

Tommy sagte nur ruhig und bestimmt:

»Du kannst ohne Sorge sein, Tante Grete, Georgina Donald wird nicht mehr nach Langenfurt kommen.«

Da wußte Tante Grete, daß es zwischen Tommy und Georgina eine böse Szene gegeben haben mußte, und daß Tommy wohl hatte deutlich werden müssen. Sie atmete erleichtert auf.

»Das ist auch besser so, Tommy. Ein Gewinn war dieser Verkehr für uns alle nicht.«

Nach Tisch zog sich Tommy in sein Arbeitszimmer zurück, nachdem ihm Tante Grete versichert hatte, daß sie noch einmal nach Ursula sehen wolle.

»Ich werde nur an ihrer Tür lauschen, um sie nicht zu wecken, wenn sie schläft, Schlaf ist die beste Medizin gegen Kopfweh«, sagte sie.

Und Tante Grete ging hinauf, drückte wieder leise auf die Klinke von Ursulas Schlafzimmertür und lauschte eine Weile. Es regte sich aber nichts. Ursula hörte wohl, daß die alte Dame draußen war, aber sie vermochte noch immer nicht, sich aus ihrer Lethargie aufzuraffen. –

Tommy aber ging, ehe er sein Arbeitszimmer aufsuchte, in sein Schlafzimmer und lauschte atemlos hinauf nach Ursulas Zimmer. Da sich nichts regte, nahm auch er an, sie schliefe. Keine Ahnung kam ihm, daß Ursula ihn mit Georgina in der verfänglichen Situation gesehen hatte. Aber selbst hätte er das gewußt, wäre er nicht auf den Gedanken gekommen, daß Ursula darüber so verzweifelt sein könne.

Immerhin war er heute in einer sehr deprimierten Stimmung; ihm war, als müsse sich noch etwas Unangenehmes ereignen. Irgend etwas lag wie ein Alb auf seiner Seele.

Tommy hatte sich endlich in seine Arbeit vertieft, als ihm Doktor Nimrod gemeldet wurde. Eine kleine Genugtuung zuckte in ihm auf – Georg Nimrod würde Ursula heute nicht zu Gesicht bekommen. Er schämte sich dieser Kleinlichkeit gleich wieder und empfing seinen Besucher mit so viel Freundlichkeit, wie er aufbringen konnte.

Nimrod machte einen sehr ernsten, feierlichen Eindruck. Forschend sah Tommy ihn an.

»Bringen Sie mir Geschäftliches, lieber Doktor?«

»Nein, Herr Reiner, heute nicht.«

»Dann bedauere ich, daß Sie mit meiner Gesellschaft vorliebnehmen müssen; meine Tante hält Siesta und wird vor der Teestunde nicht wieder erscheinen, und mein Mündel hat sich mit einem starken Kopfweh niedergelegt und ist nicht einmal zu Tisch heruntergekommen.«

»Es tut mir sehr leid, daß Fräulein Kronegg nicht wohl ist.«

Tommy schob ihm Zigarren und Feuerzeug zu.

»Wollen Sie ein Glas Wein trinken, Doktor?«

»Nein, ich danke Ihnen, Herr Reiner, ich möchte auch jetzt nicht rauchen, ehe ich nicht ein Anliegen vorgebracht habe, das mir am Herzen liegt und das mich heute nach Langenfurt geführt hat. Darf ich sprechen?«

Tommy saß einen Moment wie gelähmt, er riß sich aber zusammen.

»Bitte sehr, was haben Sie mir zu sagen?«

Das kam ein wenig rauh und heiser über Tommys Lippen.

»Ich danke Ihnen. Mein Anliegen gilt dem Vormund von Fräulein Ursula Kronegg, Herr Reiner.«

Tommy zuckte heimlich zusammen, sein Herzschlag setzte aus, und er fühlte, daß er die Farbe wechselte. Jetzt kommt, was ich so lange gefürchtet habe, dachte er und biß die Zähne zusammen. Mit Aufbietung aller Kraft zwang er sich aber wenigstens äußerlich zur Ruhe.

»Was also haben Sie mir in meiner Eigenschaft als Vormund Fräulein Kroneggs zu sagen?«

Doktor Nimrod zögerte noch einen Moment, dann richtete er sich, während er sich erhob, straff auf und sagte, seine Erregung bezwingend:

»Ohne Umschweife, Herr Reiner – ich bitte Sie um die Hand Ihres Mündels, Fräulein Ursula Kronegg.«

Eine Weile blieb es stumm, und Georg Nimrod ahnte nicht, was der ihm gegenübersitzende Mann in diesem Moment zu verwinden hatte.

Tommy mußte die wahnsinnige Erregung, die ihn befallen hatte, erst niederzwingen. Und er sagte ein wenig heiser, aber ruhig und beherrscht:

»Ist mein Mündel mit Ihrem Antrag einverstanden?«

Doktor Nimrod machte eine hastig abwehrende Bewegung.

»O nein, Herr Reiner, ich komme zuerst zu Ihnen. Mit Fräulein Ursula habe ich noch kein Wort über meine Liebe und meine Absichten gesprochen. Freilich nehme ich an, daß ich mich nicht immer habe so beherrschen können, daß sie nicht bemerkt haben sollte, wie ich ihr gegenüberstehe. Aber sie ist noch sehr jung und unerfahren, was ja den größten Reiz ihres Wesens ausmacht, und vielleicht ist sie ganz unbefangen geblieben. Aber ich hoffe dennoch, daß sie meinen Antrag nicht ablehnen wird. Sie ist immer sehr freundlich und liebenswürdig mir gegenüber gewesen, und ich gebe mich der beglückenden Hoffnung hin, ihre Einwilligung zu erhalten, meine Frau zu werden. Jedenfalls hielt ich es für meine Pflicht, mich zuerst Ihnen anzuvertrauen. Ich liebe Ihr Mündel schon lange, und nur Ursulas Jugend hielt mich bisher ab, Ihnen meine Werbung vorzutragen.

Ich bitte Sie inständig, Fräulein Ursula von meiner Werbung Mitteilung zu machen und diese durch Ihre Fürsprache gütigst unterstützen zu wollen. Meine Verhältnisse sind Ihnen bekannt, ich bin meines Vaters einziger Sohn und habe von meiner verstorbenen Mutter ein nennenswertes Vermögen geerbt, das sicher angelegt ist. Auch bin ich jetzt mit meinem Vater assoziiert und habe ein gutes Einkommen, das mich in die Lage setzt, meiner Frau ein sorgenloses Dasein zu schaffen und ihr alle Wünsche erfüllen zu können. Darf ich auf Ihre Fürsprache hoffen?«

Tommy hatte sich mühsam gefaßt. Ein wahnsinniger Schmerz krampfte ihm das Herz zusammen, und er hätte Nimrod am liebsten an die Luft gesetzt. Doch er wußte, er müsse sich in sein Schicksal ergeben, denn er zweifelte nicht, daß Ursula Nimrod liebte. So vermochte er es, scheinbar ruhig zu sagen:

»Ich werde meinem Mündel Ihren Antrag übermitteln, sobald sie wieder sichtbar sein wird. Ich werde Ihnen meine Einwilligung nicht vorenthalten, wenn sie Ihre Werbung annehmen will.«

»Ich danke Ihnen von Herzen, Herr Reiner. Darf ich hoffen, daß Sie mir ein Fürsprecher sein werden? – Ich weiß, Ihr Mündel gibt viel auf Ihren Rat.«

Tommy hätte am liebsten laut und bitter aufgelacht. Als Fürsprecher sollte er vermitteln! Der junge Mann ahnte nicht, was er damit von ihm verlangte. Er machte eine matte Bewegung mit der Hand.

»Auch der pflichttreueste Vater müßte Ihre Werbung gutheißen, er könnte keinen einwandfreieren Freier für seine Tochter finden.«

Doktor Nimrod streckte ihm die Hand entgegen.

»Ich danke Ihnen, Herr Reiner!«

Tommy legte seine Hand in die Doktor Nimrods. Sie war kalt und leblos. Das merkte dieser in seiner Aufregung jedoch nicht.

»Dann ist es wohl das beste, wenn ich mich jetzt wieder entferne. Wenn Sie gestatten, komme ich morgen wieder, um mir Fräulein Ursulas Antwort zu holen.«

»Wir werden Sie erwarten«, brachte Tommy mühsam hervor.

Georg Nimrod verabschiedete sich und verließ Langenfurt. Wie fast alle Männer war er befangen und beengt in der Rolle eines Freiers. Es lag sonst seiner frischen, zielbewußten Persönlichkeit gar nicht, vor etwas zurückzuschrecken, aber solche feierliche Werbung war eine verflixte Angelegenheit. Und so war er wahrhaftig froh, daß er jetzt wieder heimfahren durfte. Morgen würde sich die Angelegenheit bereits geklärt haben und dann alles viel leichter gehen. –

Tommy fiel nach Nimrods Weggang aufstöhnend in seinen Sessel zurück. Seine Züge wurden schlaff und fahl, nun er sich nicht mehr zu beherrschen brauchte. Er litt unsagbar unter dem Gedanken, Ursula, seine liebe kleine Bärin, an einen andern Mann abtreten zu sollen. Eine Erleichterung war es ihm, daß er jetzt wenigstens allein sein, daß er erst über das Schlimmste hinwegkommen und sich zur Ruhe zwingen konnte, ehe er mit ihr sprechen mußte.

Mit der Arbeit war es aus für heute, er vermochte sich

nicht zu konzentrieren. Nach einer Weile sprang er auf und lief ruhelos in seinem Zimmer auf und ab, wie auf der Flucht vor seinen Gedanken. Und immer wieder kam ihm mitten in seinem Schmerz die Erinnerung an die Szene mit Georgina Donald. Er sagte sich, daß sie vielleicht ebenso große Schmerzen hatte leiden müssen wie er. Aber gerade die Erinnerung an Georginas Haltlosigkeit sollte ihm helfen, sich selbst in der Gewalt zu behalten.

Ursula durfte nicht ahnen, was es ihn kostete, den Freiwerber für einen andern bei ihr zu spielen. Ganz leicht mußte er es ihr machen, sie durfte nicht durch seine Schmerzen und Nöte beunruhigt werden, denn es würde ihr weiches Herz bedrücken, wenn sie auch nur ahnte, daß sie ihm wehe tat, falls sie die Frau eines andern wurde.

Die Zeit nahte allmählich heran, den Tee zu nehmen; Tommy raffte sich auf und ging hinüber. Er war voll Unruhe, ob Ursula erscheinen würde. Aber er fand Tante Grete allein am Teetisch.

»Ursula schläft noch immer, ich habe keine Antwort bekommen. Ich werde sie auch ruhig bis zum Abendessen schlafen lassen, aber dann wecke ich sie, denn sie hat seit dem Frühstück nichts mehr genossen«, sagte sie.

Ziemlich schweigend nahmen beide den Tee ein.

Tommy erwähnte nichts von Doktor Nimrods Besuch und Anliegen, er vermochte noch nicht ruhig darüber zu sprechen – und übrigens, war es nicht sein Geheimnis?

Als er sich, gleich nachdem er eine Tasse Tee genommen hatte, wieder von Tante Grete verabschiedete, sagte diese, lächelnd zu ihm aufsehend:

»Was sind wir doch für trübselige Gesellschafter ohne das Kind, mein lieber Tommy! Was sollte aus Langenfurt werden, wenn sie nicht wäre?«

Das riß an Tommys Herzen. Wie bald würde Ursula nicht mehr in Langenfurt sein, öde und leer würde es werden!

Er ging auf Tante Gretes Worte nicht ein, sondern nickte nur mit einem erzwungenen Lächeln und ging dann.

Wieder schritt er ruhelos in seinem Zimmer auf und ab. Er quälte sich mit seiner Angst vor Ursulas Verlust. Immer wieder ging er in sein Schlafzimmer hinüber und lauschte hinauf, ob sich noch nichts in Ursulas Zimmer rührte. Aber alles blieb still.

Erst kurz vor der Abendmahlzeit hörte er oben Ursulas Schritte und atmete tief und schwer. Sie war also wach und würde zum Essen herunterkommen – und er würde ihr sagen müssen, daß Doktor Nimrod dagewesen sei und um ihre Hand angehalten habe.

13

Ursula hatte stundenlang reglos auf ihrem Diwan gelegen, unfähig, sich zu bewegen oder an etwas anderes zu denken als an ihr Liebesleid. Sie war machtlos, sich dagegen zur Wehr zu setzen, und dachte nur immer das eine: Ich kann es nicht ertragen, Tommy an der Seite einer andern Frau zu sehen – ich kann es nicht –, lieber will ich sterben. – Und der stille Parksee lockte. Warum war sie nur nicht gleich hineingelaufen, als sie sah, daß Georgina und Tommy sich umarmten? Dann wäre jetzt alles überwunden, dann würde sie jetzt ruhig schlafen und nichts mehr spüren von den qualvollen Schmerzen, die ihr das Herz zerrissen. Jetzt konnte sie nicht zum See gehen, jetzt war sie zu kraftlos, sich zu rühren.

Sie hörte, wie Tante Grete vor der Teestunde wieder leise an ihrer Tür klinkte und ihren Namen rief, aber sie rührte sich nicht. Sie vermochte es nicht, in eines andern Menschen Gesicht zu sehen. Und wieder lag sie lange, aber dann begann sie zu frieren.

Endlich erhob sie sich, weil ihr die Zähne vor Frost aufeinanderschlugen. Sie hüllte sich in ein warmes Tuch. Es war so kalt und frostig auf der Welt, trotz des warmen Junitages, seitdem sie wußte, daß Tommy einer andern gehörte.

Und da sie sich nicht erwärmen konnte, begann sie auf und ab zu gehen. Sie wunderte sich, daß ihre Füße sie noch trugen, und sagte sich, daß sie ja nun zum See hinübergehen könnte, um ihr Leid zu beenden. Aber da überkam sie eine so heiße, brennende Sehnsucht, Tommy noch einmal zu sehen, daß sie alle Kraft zusammennahm und antwortete, als Tante Grete vor dem Abendessen bei ihr anklopfte. Sich mühsam Haltung gebend, schritt sie zur Tür und öffnete.

»Aber Urselchen, du kleines Murmeltier, du hast ja den halben Tag verschlafen! Wie geht es dir, Herzenskind? Sind die bösen Kopfschmerzen fort?« fragte Tante Grete, zog Ursula in ihre Arme und fühlte ihr besorgt den Puls.

Ursula blieb ein Weilchen in ihren Armen; es war so gut, zu wissen, daß es noch einen Menschen gab, der sie liebhatte. Aber sie mußte die Zähne zusammenbeißen und um Fassung ringen, ehe sie erwidern konnte:

»Ganz fort sind sie noch nicht, liebe Tante Grete.«

»Du mußt ein wenig ins Freie, Kind! Fieber hast du gottlob, nicht, und jetzt ist es schon kühl draußen. Aber erst mußt du etwas essen, Kopfweh kommt auch zuweilen von einem leeren Magen. Nach dem Essen gehen wir noch ein halbes Stündchen spazieren, dann wird es schon besser werden.«

Ursula richtete sich auf, alle Kraft zusammennehmend. Nur Tommy noch einmal wiedersehen!

Ob Tante Grete schon wußte, daß Tommy und Georgina sich heiraten würden? Aber nein, sonst hätte sie davon gesprochen. Also sollte es wohl noch für eine Weile Geheimnis bleiben zwischen dem Brautpaar. Das war gut so, dann brauchte wenigstens sie nicht davon zu sprechen.

Die Sehnsucht nach Tommys Anblick überfiel sie. Sie erfrischte sich schnell ein wenig. Das geschah aber ganz mechanisch.

Als sie hernach mit Tante Grete hinunterging, nahm sie alle Kräfte zusammen, um Tommy ruhig begegnen zu können. Er durfte nicht ahnen, daß sie ihn mit Georgina im Park gesehen, durfte nicht wissen, was sie dabei empfunden hatte. –

Als sie mit Tante Grete ins Speisezimmer trat, kam Tommy ihr schon entgegen. Mit einem unruhigen Blick sah sie in seine Augen. Instinktiv spürte sie seine heimliche Erregung – brachte sie aber nur mit Georgina in Zusammenhang. Es kostete sie eine unerhörte Selbstüberwindung, nicht laut aufzuschluchzen.

»Ist dir wieder wohler, Ursula?« fragte er.

Sie fühlte, daß er bei dieser Frage ziemlich geistesabwesend war. Schmerzzerrissen sagte sie sich: Was gelte ich ihm noch – er denkt nur mehr an Georgina.

Sie brachte es aber fertig, zu sagen, daß es ihr besser gehe, wenn auch das Kopfweh noch nicht ganz vorüber sei. Sie saß ihm auch wie sonst bei Tisch gegenüber, zwang sich, einige Bissen zu essen, und sah ihn an, als wollte sie sich sein Gesicht für immer einprägen. Er unterhielt sich mit den beiden Damen, aber er sprach, als sei er mit seinen Gedanken weit fort; er sah Ursula kaum an, weil er es nicht ertragen konnte. Sie aber fragte sich verzweifelt: Wie lange werde ich es noch ertragen? Läge ich doch schon im Parksee!

Es war ein krankhaftes Sehnen in ihr nach diesem See. Das stille Wasser lockte immer wieder: Komm herab, hier ist's so kühl!

Sie wußte nicht, wie sie diese Mahlzeit überstanden hatte, und wollte sich gerade mit der Entschuldigung, daß ihr doch nicht ganz wohl sei und sie sich wieder niederlegen wolle, zurückziehen, als Tommy, sich aufraffend, sagte:

»Bitte, komm mit in mein Zimmer hinüber, Ursula, ich habe etwas mit dir zu besprechen, das ich nicht gern verschieben möchte. Du entschuldigst, Tante Grete, wenn wir uns ein Viertelstündchen zurückziehen?«

Die alte Dame war etwas verwundert, sagte aber nichts darüber, sondern nickte nur lächelnd. Sie sah den beiden jungen Menschen ein wenig bekümmert nach und dachte: Wenn Tommy nun nicht endlich das erlösende Wort spricht, werde ich ihm sagen müssen, daß Ursulas Gesundheit unter der heimlichen Erwartung und Erregung leiden muß. Es hat keinen Sinn mehr, daß sie sich beide quälen; mir scheint, das Kind ist reif genug geworden, um einen Heiratsantrag ohne Schaden zu überstehen.

Tommy führte Ursula in sein Arbeitszimmer und bat sie, ihr einen Sessel hinschiebend, Platz zu nehmen. Er war so tiefernst und so mit sich selbst beschäftigt, mußte so viel Mühe anwenden, um seine Haltung zu bewahren, daß er keine Zeit fand, Ursula wie sonst mit liebevoller Sorgsamkeit zu beobachten. Sonst hätte es ihm auffallen müssen, daß sie viel elender und jammervoller aussah, als ein leichtes Kopfweh gerechtfertigt hätte.

Ursula konnte sich kaum aufrecht halten und ließ sich kraftlos in den Sessel fallen. Mit mattem Blick sah sie zu ihm auf, trank sein Bild in sich hinein, während er unruhig hin und her ging. Jetzt wird er mir sagen wollen, daß er sich mit Georgina verlobt hat, dachte sie und biß sich auf die Lippen, daß sie schmerzten.

Plötzlich blieb er dann vor ihr stehen, holte tief Atem und sagte heiser, seine Erregung niederzwingend:

»Ich habe dir etwas von Wichtigkeit mitzuteilen, Ursula, und ich muß es heute noch tun, obwohl du dich nicht sehr gut fühlst. Vielleicht trägt das, was ich dir zu sagen habe, dazu bei, deinen Zustand günstig zu beeinflussen. Also, ohne Umschweife – Doktor Nimrod war heute nachmittag hier und – er hat um deine Hand angehalten, hat mich gebeten, sein Fürsprecher bei dir zu sein. Doch – das – wird kaum nötig sein; ich bin überzeugt, daß du seine Liebe erwiderst und ihm mit Freuden dein Jawort geben wirst. Daß er ein Mensch ist, der verdient, von einer Frau geliebt zu werden, brauche ich dir nicht zu sagen; er ist außerdem in der Lage, dir ein sorgenloses, angenehmes Leben zu schaffen. Morgen wird er kommen und sich dein Jawort holen, er wollte dich heute nicht stören, da du nicht wohl warst. Nicht wahr – du liebst ihn und wirst seine Werbung annehmen?«

Das alles sagte er schnell, wie etwas auswendig Gelerntes, nur ab und zu von einem hastigen Atemzug unterbrochen.

Ursula erfaßte zunächst nur das eine, daß er nicht von Georgina sprach. Erst langsam begriff sie den Inhalt seiner Rede und wurde noch bleicher als zuvor.

Sie lehnte den Kopf zurück und schloß die Augen, um ihn nicht mehr ansehen zu müssen. Er erschien ihr so fremd und kalt, und sie ahnte nicht, was ihn diese Kälte kostete.

Er sah sie gar nicht an, fürchtete sich vor dem Aufleuchten des Glücks in ihren Augen, sonst hätte er wohl merken müssen, wie verstört und elend sie ihm gegenübersaß.

Sie begriff nur eines – Tommy redete ihr zu, die Frau eines andern Mannes zu werden, Tommy konnte ruhig erwägen, sich von ihr zu trennen! Es kam ihm wohl sehr gelegen, daß sich Doktor Nimrod um sie bewarb, war ihm sicher lieb, daß sie aus seinem Hause kam, in dem kein Platz mehr für sie war; daß sie Langenfurt verließ, ehe er eine junge Frau heimführte. Ja – o ja – sie war ihm lästig!

Ein Schauer flog über sie hin, und als er jetzt schwieg, vermochte sie nicht zu antworten. Ihre Lippen bewegten sich, aber sie brachte keinen Laut hervor. Das veranlaßte ihn endlich, sie anzusehen.

Er sah ein bleiches, fast lebloses Gesicht vor sich und erschrak. Fühlte sie sich so tief erschüttert durch Doktor Nimrods Werbung? Wie sehr mußte sie ihn dann lieben!

Und zugleich sah er, daß sie ihrer Mutter nie ähnlicher gewesen war als in diesem Augenblick – aber sie erinnerte ihn nicht an die glückliche Frau Regina, sondern an die verzweifelte Frau, die um das Leben ihres Gatten bangte, damals, als man ihn ihr mit der Todeswunde ins Haus gebracht hatte. Sah so das Glück aus? –

»Ursula!« rief er, außer sich vor Unruhe.

Da zuckte sie zusammen und sah mit einem verzweiflungsvollen Blick in seine Augen, den er sich nicht deuten konnte, und erhob sich, den letzten Rest ihrer Kraft aufbietend. Wie aus weiter Ferne hörte sie ihre eigene Stimme, als sie sagte:

»Bitte, sage Doktor Nimrod, daß ich sehr unglücklich sei, ihm weh tun zu müssen. Es ist mir sehr schmerzlich – aber – ich kann seine Werbung nicht annehmen – nein – niemals!«

Er zuckte zusammen, und doch war ihm wie einem zum Tode Verurteilten, der begnadigt wird.

»Ursula – Ursula – liebst du ihn denn nicht?« fragte er mit versagender Stimme.

Wie ein Erschauern ging es wieder über ihren Körper. Sie sah ihn mit einem toten, leeren Blick an, als wolle sie sich sein Bild noch ein letztes Mal einprägen. Wieder rang sie mit sich, um sprechen zu können, aber es kam nur ein Schrei über ihre Lippen:

»Nein – nein, ich liebe ihn nicht!«

Und ohne eine Antwort abzuwarten, war sie plötzlich an der Tür, ging hinaus und floh wie ein gehetztes Wild, von ihrer Verzweiflung gejagt, hinauf in ihr Zimmer. Hier schloß sie sich wieder ein, und dann fiel sie kraftlos zu Boden. Ihre Hände krallten sich in den Teppich, und ein Wimmern kam über ihre Lippen.

Tommy wollte sich verheiraten und wünschte, daß sie aus dem Hause kam. Sie war überflüssig – lästig! Für sie war kein Platz mehr in dem Hause, in dem Georgina als Herrin einziehen würde. Und auch in seinem Herzen war kein Platz mehr für sie, auch hier war sie von Georgina verdrängt worden.

Nun war alles aus – nun blieb ihr wirklich nichts mehr als der Parksee –, sie konnte diesen furchtbaren Schmerz nicht ertragen. Nur erst ein wenig Kräfte sammeln, daß sie ausreichten für den letzten Weg, nur erst auf den Füßen stehen können, damit sie nicht zusammenbrach, ehe sie ihr Ziel erreicht hatte. Ach – dort würde sie Ruhe finden, dort würde alles schnell zu Ende sein, alle Schmerzen, alle Liebe – alles Leid.

Tommy – Tommy, mein geliebter, grausamer Tommy, hast du kein Plätzchen mehr in deinem Herzen für deine arme kleine Bärin? –

Ein Frostschauer nach dem andern flog über sie dahin. Wilde und qualvolle Gedanken stürmten auf sie ein. Fort – nur fort, nicht noch einmal in sein Antlitz sehen, nicht darin lesen müssen, daß sie ihm lästig war! Fort, hinüber in den stillen See, in dem sie ihr Leid ertränken konnte. Aber – erst mußte es ruhig sein im Hause; niemand durfte ahnen, was sie vorhatte, man würde sie sonst hindern. Und dann schrak sie zusammen. Jemand pochte heftig an ihre Tür und rüttelte an der Klinke.

»Ursula! Ursula!«

Es war Tommys Stimme. Wie angstvoll und besorgt klang sie! Er hatte wohl endlich erkannt, wie namenlos weh er ihr getan, und es tat ihm leid. O ja – ja – bedauern würde er sie, er war ja gut – so gut. Er hätte sie vielleicht auch nicht fortgeschickt, aber Georgina würde es fordern; sie wünschte gewiß, das fremde Mädchen aus dem Hause zu entfernen.

Sie biß die Zähne zusammen, um ihren Jammer zu ersticken. Sie rührte sich nicht. Endlich hörte sie Tommy sich wieder entfernen.

Dann kam Tante Grete, auch sie rief ihren Namen und rüttelte an der Tür, aber Ursula gab auch ihr keine Antwort. Gute, liebe Tante Grete, du wirst trauern um dein Urselchen, du magst Georgina auch nicht leiden, und diese wird Tommy unglücklich machen, wird ihn gar nicht verstehen und wird ihn nur anschauen mit ihren heißen, fordernden Augen, die so schamlos blicken können. Ja, Tante Grete, du wirst trauern um mich – und – auch Tommy wird trauern. Es wird ihm schon ein wenig weh tun, daß seine kleine Bärin lieber in den Tod ging, als fern von ihm weiterzuleben. Aber – er liebt Georgina, und diese wird nicht dulden, daß er lange um sie trauert, sie wird ihn alles vergessen machen – alles. Leb' wohl, Tommy, mein geliebter Tommy, leb' wohl, ich hab' dich so lieb – so lieb, daß ich nur im Tode Vergessen finden kann. –

So lag sie und lauschte hinaus, bis alles ruhig war. Da versuchte sie sich zu erheben. Es ging erst nicht, kraftlos fiel sie zurück, aber dann raffte sie alle Energie zusammen, und nun stand sie und sah wirr um sich.

Sie spähte durch das Fenster. Auch draußen war alles still. Ganz dunkel lag der Park, nur in der Nähe des Hauses war noch ein fahler Lichtschein – er fiel wohl aus Tommys Fenster hinaus auf die Terrasse. Mit zitternden Händen strich sie mechanisch über das wirre Haar und schritt langsam zur Tür. Doch plötzlich blieb sie stehen. Sie sah auf ihrem Nachttisch das große Notizbuch liegen, in das sie ihre Wäsche einzutragen pflegte. Ein Bleistift war daran mit einer Schnur befestigt. Sie riß ein Blatt aus dem Notizbuch und schrieb wie willenlos, einer Eingebung folgend:

»Mein lieber, lieber Tommy! Wenn ich fort muß, weiß ich nur einen Weg, den zu meinen Eltern. Ich verstehe, daß ich Dir lästig bin, ich sah dich heute mit Georgina im Park, sah sie in Deinen Armen. Da wußte ich schon, daß meines Bleibens hier nicht mehr sein würde. Ich will Dir ersparen, mir sagen zu müssen, daß ich Dein Haus verlassen muß, ehe Georgina einzieht. Ich könnte auch nicht bleiben, wenn Du mich nicht fortschicktest. Du wolltest mich mit Doktor Nimrod verheiraten – ich kann keinem andern Manne angehören, kann aber auch nicht ertragen, von Dir zu gehen, kann nicht fern von Dir weiterleben. So ist es das beste, ich gehe zu Vater und Mutter, dann bist Du aller Sorgen um mich ledig – und ich aller Schmerzen. Verzeihe mir, wenn ich Dich damit erschrecke – gönne mir die Ruhe –, mein Herz tut zu weh. Innigen Dank für die glücklichen Jahre in Deinem Hause; es war so himmlisch schön, daß ich es anders nicht mehr ertragen kann. Leb' wohl, Tommy – lieber, lieber Tommy. Alles Glück für Dich. Zum letzten Male – Deine Ursula, Deine kleine Bärin.«

Dies Blatt legte sie mit einem dumpfen Schmerzenslaut mitten auf ihren Nachttisch und sah sich noch einmal wie abschiednehmend im Zimmer um.

Dann ging sie leise, leise hinaus. Sie lauschte atemlos. Alles war still. Nur die kleine Notlampe, die nachts immer brennen blieb, warf einen schwachen Schein um sich. Er genügte ihr, die Treppe zu finden, und leise glitt sie die Stufen hinunter und eilte durch die Halle zum Portal hin. Da steckte innen der Schlüssel. Leise drehte sie ihn im Schloß und trat dann hinaus in die warme Sommernacht.

Jetzt war auch der Lichtschein in Tommys Zimmer erloschen – er schlief wohl auch, wie alles im Hause.

Tommy hatte, als Ursula sein Zimmer verlassen hatte, eine Weile fassungslos hinter ihr hergesehen. Eine unbeschreibliche Erregung hatte sich seiner bemächtigt, als sie fast herausschrie, daß sie Nimrod nicht liebe. Erst überflutete ihn eine heiße Glückseligkeit. Aber dann kam es ihm zum Bewußtsein, wie seltsam Ursulas Benehmen gewesen war, wie blaß und verstört sie ausgesehen hatte. War das nur ihr Kopfweh gewesen? Oder hatte es ihr gutes, weiches Herz erschüttert, daß sie Nimrod wehe tun mußte? Aber nein, etwas anderes mußte sie noch bewegt haben, etwas Seltsames, Rätselvolles. Weshalb sah sie ihn so sonderbar verstört an – so verzweifelt?

Plötzlich erfaßte ihn eine unklare Angst. Was war mit Ursula? War sie vielleicht doch kränker, als Tante Grete angenommen hatte? Er riß sich zusammen und stürmte hinter Ursula her, die Treppe hinauf, rüttelte an ihrer Tür und rief angstvoll beschwörend ihren Namen. Nichts regte sich. War sie schon wieder zu Bett gegangen?

Er eilte wieder hinunter, hinaus auf die Terrasse, und sah zu ihrem Fenster hinauf. Es brannte nur ein schwaches Licht in ihrem Schlafzimmer. Also war sie doch wohl schon zur Ruhe gegangen.

Die Unruhe trieb ihn zu Tante Grete, die im Wohnzimmer noch über ihrem Buche saß.

»Tante Grete!«

Erschrocken sah die alte Dame zu ihm auf, in sein blasses, zerquältes Gesicht.

»Mein Gott, was ist geschehen, Tommy?«

»Nichts, nichts, erschrick nur nicht, ich bin in Sorge um Ursula. Sie war so seltsam. Ich habe ihr etwas mitgeteilt – das nahm sie äußerst seltsam auf; dann ging sie schnell davon und hat sich wieder in ihrem Zimmer eingeschlossen.«

Die alte Dame sah seine große Erregung. Sie glaubte, Tommy habe Ursula von seiner Liebe gesprochen, habe ihr endlich erklärt, wie es um ihn stand. Und da war Urselchen vielleicht in mädchenhafter Befangenheit davongelaufen. Wußte man denn, was in so einem jungen Kopf vorging in so einer Situation?

»Hast du ihr etwas gesagt, was sie schmerzen oder betrüben könnte?«

»Nein, Tante, ich glaube eher das Gegenteil.«

Nun glaubte Tante Grete ganz sicher zu sein. Sie erhob sich.

»Sei nur ruhig, Tommy; junge Mädchen sind wunderliche Geschöpfe, man kennt sich in ihnen zuweilen nicht aus. Ich werde noch einmal nach ihr sehen, vermute aber, daß sie mich auch nicht einlassen wird. Laß ihr Ruhe bis morgen früh, dann wird sich alles klären.«

So suchte sie ihn zu beruhigen.

»Meinst du, daß man sie sich selbst überlassen kann? Sie schien mir seltsam erregt zu sein.«

»Laß ihr Ruhe bis morgen früh, Tommy. Krank ist sie nicht, ihr Puls ging ganz langsam – aber – man hat zuweilen Kopfweh, das unerträglich ist, und – wie gesagt, ich würde dir raten, laß sie erst zur Ruhe kommen, dann wird alles gut werden, glaub' es mir.«

Er küßte ihr die Hand, und sie zog sich nun auch zurück in ihr Schlafzimmer, nachdem sie noch einmal versucht hatte, bei Ursula Einlaß zu finden.

Sie lächelte ein wenig vor sich hin und schüttelte den Kopf. Ihr törichtes Jungvolk, bei euch muß immer alles möglichst kompliziert sein, was sich so einfach lösen ließe, dachte sie.

Nachdem sie einen warmen Morgenrock übergeworfen hatte, setzte sie sich mit einem Seufzer noch ein Weilchen im Dunkeln an ihr Fenster und sah in den stillen Park hinaus.

Tommy hatte sein Arbeitszimmer aufgesucht und ging wie zuvor ruhelos darin auf und ab. Immer wieder ging er in sein dunkles Schlafgemach hinüber und lauschte hinauf nach Ursulas Zimmer.

Lange regte sich nichts, aber dann hörte er ganz leichte Schritte über sich. Er sah nach der Decke, als wolle er sie mit seinem Blick durchbohren, und lauschte atemlos. Und dann war ihm, als höre er oben leise eine Tür gehen, als höre er leise huschende Schritte auf der Treppe und im Vestibül. Er trat von seinem Platz zurück und wollte hinausgehen. Da hörte er, wie leise der Schlüssel im Portal umgedreht wurde.

Schnell löschte er das elektrische Licht und trat an das offene Fenster, sich vorsichtig hinausbeugend. Er sah eine lichte, schlanke Gestalt sich von dem dunklen Portal lösen, sah, daß diese Gestalt, die er sofort als die Ursulas erkannte, über die Terrasse ging und zum Park hinüberschritt.

Behutsam, um sich nicht bemerkbar zu machen, stieg er aus dem Fenster auf die Terrasse und folgte ihr in einiger Entfernung, immer Deckung suchend, damit sie ihn nicht gewahr wurde, falls sie sich einmal umwenden sollte. Er mußte ergründen, was Ursula in der Nacht draußen im Park zu suchen hatte.

Ursula schritt mit tastenden Schritten weiter, das fahle Mondlicht fiel zuweilen auf ihr helles Kleid. Er folgte ihr vorsichtig in großer Unrast und Bangigkeit. Am Parkrand war sie stehengeblieben und schaute zum Hause zurück. Dabei hob sie die Arme, als winke sie einen Abschiedsgruß, und dann sanken die Arme schlaff und kraftlos nieder, und sie schritt weiter, in starrer Haltung, fast wie eine Schlafwandlerin. Ihr Gesicht hatte er nur einen Moment gesehen, es erschien sehr bleich in dem fahlen Mondlicht. Tiefer ging sie nun in den Park hinein.

Was hatte sie vor? Er mußte wissen, wohin sie zu dieser Stunde ging. Je weiter sie in den Park eindrang, desto schneller wurden ihre Schritte, es war fast, als fliehe sie vor etwas. Jetzt sah er sie nur noch zuweilen auftauchen, wenn das Mondlicht durch die Baumkronen fiel, und dann hatte er sie plötzlich ganz aus den Augen verloren. Es war, als sei die helle Gestalt untergetaucht in das Dunkel des Parkes. Er wußte aber, daß dort, wo sie verschwunden war, ein Seitenweg abbog, der zum See führte.

Zum See? –

Wie ein elektrischer Schlag ging es durch seinen Körper. Was wollte Ursula um diese Stunde am See? Ohne daß er sich auf diese Frage Antwort gab, rannte er plötzlich quer durch das Gehölz. Eine wahnsinnige Angst und Unruhe trieb ihn an, vor ihr zum See zu gelangen. Er fühlte instinktiv, daß er ihr einen Vorsprung abgewinnen mußte. Am Seeufer, dort, wo der Seitenweg einmündete, verbarg er sich dicht am Ufer im Gebüsch.

Und da sah er die lichte Gestalt wieder, sah sie mit schnellen Schritten näher kommen. Mit großen Augen sah er ihr entgegen, ohne einen Laut von sich zu geben. Jetzt sah er sie im Mondschein dicht vor sich, und das Herz blieb ihm fast stillstehen vor Schreck, als er in ihr blasses, verstörtes Gesicht sah.

Ohne zu zögern oder noch einen Moment zu stocken, schritt sie auf den See zu. Dicht am Ufer angelangt, hob sie die Arme und streckte die Hände wie im Gebet zum Himmel empor – und dann tat sie den letzten Schritt, der sie über das Ufer ins Wasser gleiten lassen sollte.

Aber da war er auch schon neben ihr und riß sie mit starken Armen zurück.

»Ursula – um Gottes willen – Ursula!« schrie er auf, vor Entsetzen heiser, in höchster Seelennot.

Sie hörte ihn nicht mehr. In dem Moment, da sie den letzten Schritt getan, war sie besinnungslos geworden und lag nun ohnmächtig in seinen Armen. Ganz verstört blickte er in ihr blasses, lebloses Gesicht.

»Urselchen! Mein Urselchen – warum – warum?« fragte er heiser und sah mit einem Blick voll inniger Zärtlichkeit auf sie hinab. Und alle Qual und Not seines Herzens verriet diese Frage.

Der Mond beleuchtete ihr Gesicht, und er preßte sie in heißer Angst an sich. Sie wie ein Kind auf den Armen tragend, eilte er mit ihr durch den Park zurück, dem Hause zu. In unglaublich schneller Zeit hatte er es erreicht. Der Angstschweiß stand ihm in großen Tropfen auf der Stirn.

Er eilte auf das Portal zu. Ursula hatte es nicht hinter sich abgeschlossen, es war offen. Schnell schaltete er die Beleuchtung für Halle und Treppenhaus ein und eilte mit ihr die Treppe hinauf, zu Ursulas Zimmer.

Und plötzlich, oben an der Treppe, stand Tante Grete mit blassem, erregtem Gesicht vor ihm. Sie hatte vom Fenster aus gesehen, daß Ursula das Haus verließ, und als sie emporgeschreckt war und sie anrufen wollte, sah sie auch schon Tommy hinter ihr hereilen. Sie schwieg nun, sah aber besorgt und unruhig hinter den beiden her. Erklären konnte sie sich nicht, was das bedeuten sollte, aber da sie sah, daß Tommy Ursula vorsichtig folgte, wußte sie das Kind wenigstens in guter Hut. Sie stand und spähte hinaus, und da sah sie dann nach einer Weile Tommy wieder auftauchen, sah, daß er eine weibliche Gestalt auf den Armen trug und mit ihr dem Hause zueilte. Da ging sie ihm voll Unruhe entgegen, stand mit ängstlichem Gesicht an der Treppe und sah ihn mit stummer Frage an.

»Still, still! Öffne mir ihr Schlafzimmer, niemand darf sie sehen«, flüsterte er heiser.

Tante Grete eilte voran in Ursulas Zimmer und schlug die Decke zurück. Tommy legte Ursula sorgsam nieder; es war, als lasse er sie nur ungern aus seinen Armen.

Erschöpft von seiner Aufregung und Angst, brach er an ihrem Lager nieder, beugte sich über sie und lauschte auf ihren Herzschlag. Gottlob, gottlob, sie lebte!

Tante Grete hatte sich von der andern Seite des Lagers her über Ursula geneigt, rieb ihre Schläfen mit Kölnisch Wasser und fühlte ihren Puls. Dann öffnete sie ihr das Kleid am Halse und strich ihr zärtlich besorgt über die Stirn. Alles das taten beide, ohne ein Wort zu reden. Endlich richtete die alte Dame sich auf und sah Tommy ernst in die Augen.

»Laß den Arzt holen, Tommy, es scheint mir nötig«, sagte sie leise.

Er sprang auf, sah sie voll brennender Unruhe an und eilte hinaus. Die Klingel schallte durch das stille Haus. Gleich darauf kam ein verschlafener Diener.

»Schnell, wecken Sie den Chauffeur, er soll sofort zur Stadt fahren und den Arzt holen, mein Mündel ist plötzlich erkrankt. Aber schnell, schnell!«

Man wußte im Haus, daß Ursula den ganzen Tag nicht wohl gewesen war, und so erschien es nicht verwunderlich, daß man einen Arzt brauchte. Tommy ging wieder in Ursulas Schlafzimmer zurück. Hier hatte Tante Grete Ursula schnell entkleidet und ihr ein elektrisches Heizkissen an die eiskalten Füße gelegt. Tommy stand neben ihr und starrte auf Ursula hinab.

»Noch immer ohnmächtig, Tante Grete?«

»Ja, mein Junge.«

Er fiel erschöpft neben Ursulas Lager in einen Sessel – und da erblickte er plötzlich das mit Ursulas Schriftzügen bedeckte Blatt Papier. Er nahm es an sich und las, was sie vor dem Verlassen des Zimmers niedergeschrieben hatte.

Als er gelesen hatte, sank er aufstöhnend in sich zusammen. Erschrocken sah sich die alte Dame nach ihm um.

»Tommy?«

Hilflos streckte er ihr das Blatt entgegen und starrte sie mit feuchtschimmernden Augen an.

»Tante Grete – deshalb – deshalb wollte sie in den See! Ich konnte sie nur im letzten Augenblick zurückreißen«, stieß er erschüttert hervor.

Tante Grete las, schüttelte den Kopf und sah ihn fragend an.

»Tommy, was ist das mit Doktor Nimrod? Und was will sie mit Georgina? Mein Gott, nun mußt du mir alles sagen.«

Er zog sie in eine Ecke des Zimmers und berichtete ihr flüsternd, daß Doktor Nimrod um Ursula angehalten, daß er ihr das gesagt und seinem Versprechen gemäß den Fürsprecher für Nimrod gemacht habe.

Sie strich ihm über den Kopf.

»Aber Tommy, mein lieber, törichter Junge – die Liebe macht doch den klügsten Menschen zuweilen zum Toren. Wie konntest du Ursula das antun?«

Er sah sie an, hilflos und betroffen, wie ein Schuljunge, der eine Dummheit gemacht hat.

»Tante Grete – ich glaubte doch, sie liebe ihn.«

Ein Lächeln huschte um den Mund der alten Dame.

»Deshalb hast du sie so lange gequält?«

»Gequält? Wie denn – was meinst du denn, Tante Grete?«

»Aber mein guter Junge, ist dir noch immer kein Licht aufgegangen? Liest du es denn nicht aus diesen Zeilen – ihre tiefe, heiße Herzensnot?«

Er faßte sie bei beiden Armen und drückte sie in seiner Erregung, daß sie schmerzten. Dann leuchtete es auf in seinen Augen.

»Mich, mich liebt sie? Tante Grete – Tante Grete –, das kann doch nicht sein – ich bin doch nur ihr alter Onkel Tommy?«

Sie streichelte seine Stirn.

»Mein armer Junge, wie habt ihr euch beide verrannt! Hätte ich mich doch lieber früher eingemischt! Aber ich dachte, ihr würdet euch selber zurechtfinden. Liest du denn nicht ihre ganze schmerzhafte Eifersucht auf Georgina Donald aus diesen Zeilen? Erkennst du daraus nicht ihre tiefe Herzensnot, weil du sie ihrer Meinung nach einem andern Manne ausliefern wolltest? Das Kind liebt dich mit jeder Faser seines Seins, so, wie du es liebst. Um das nicht zu erkennen, muß man wirklich blind sein, wie nur Verliebte es zuweilen sein können. Lieber Gott im Himmel, daß du sie nur noch retten konntest! Was wäre das sonst für ein Drama geworden, bloß weil ihr beiden törichten jungen Menschen Versteck miteinander spieltet und – weil ich an so zarte Dinge nicht rühren wollte.«

Seine Brust hob sich in zitternden Atemzügen. Auf den Fußspitzen ging er wieder hinüber an Ursulas Bett und sank neben ihm nieder. Er preßte das Gesicht in die Kissen, auf denen Ursulas Kopf ruhte. So lag er eine Weile, bis ins Innerste aufgewühlt.

Tante Grete trat hinter ihn und streichelte sein Haar. Er sah zu ihr auf mit feuchten Augen.

»Tante Grete, wenn sie Schaden genommen hat – mein Gott, wie soll ich das ertragen? So viel Glück zeigst du mir, daß mich die Angst, es verlieren zu müssen, ganz schwach macht.«

Sie beugte sich forschend über Ursula. Dann nickte sie ihm zu.

»Nur Mut, mein Junge, der liebe Gott wird schon weiterhelfen. Geh, hol den alten Portwein herauf, wir wollen ihr etwas einflößen, das wird nicht schaden.«

In großen Sätzen sprang er die Treppe hinab und holte den Wein aus dem Speisezimmer. Und als Tante Grete unter seiner Assistenz Ursula einige Tropfen eingeflößt hatte, bewegte sich diese endlich ein wenig und schlug die Augen auf. Mit fiebrigem Glanz in den Augen sah sie wirr um sich.

»Ach, nun bin ich doch im Himmel – trotz der großen Sünde!« flüsterte sie, ohne die beiden Menschen zu erkennen. Und dann sprach sie leise im Fieberwahn weiter: »Nun bist du mein – nun zieh mit mir –, ach, Tommy, mein geliebter Tommy – nun sind wir vereint –, wie schön ist's im Himmel! Ah – die Eltern – sieh doch – meine süße Mutti, wie schön – Väterchen! Verzeih – ich konnte nicht anders. – Nun laß dein bestes Lied erschall'n – doch – wenn du meine Lippen küßt – wenn du – o Tommy! Ist Georgina fort? Gottlob – ja – sie ist nicht hier. Tommy – bist du mir böse, mein lieber Tommy –, hab' ich dir doch ein wenig weh getan? Nicht gern – nicht gern – aber ich konnte es nicht ertragen – sie sieht mich mit so heißen Blicken an – oh – geh fort – geh fort – Georgina – sie stößt mich in das Wasser. Es ist so kühl. – Nimm deine Harf' und spiel und sing! Oh, mein Tommy, wie ich dich liebe! Wie kannst du nur deine arme kleine Bärin verstoßen – so weh – so weh tut mein Herz. Nur noch einmal sehen will ich dich – Tommy – ach wie weh tut mein Herz!«

So sprach sie abgerissen, mit seltsam ergreifender Stimme, während ihre Hände unruhig über die Decke hinstreiften, als suchten sie etwas.

Immer weiter sprach sie so, manchmal ganz unverständliche Worte, dann wieder klare Sätze. Nach Tante Grete rief sie, nach den Eltern und immer wieder nach Tommy. Und Georgina schien als Schreckgestalt in ihren Fieberphantasien aufzutauchen. Von Dingen sprach sie, die weit zurücklagen. Einmal sagte sie:

»Tommy – ach, Tommy, die Springböcke haben alle Georginas Gesicht. Sie wird dich nicht glücklich machen, oh, sie will uns hinunterreißen in den Abgrund! Hilf doch, Tommy, warum willst du mich forthaben aus deinem Hause – bist du mir sieben Jahr verfallen – nein – nicht sieben Jahr – hundert Jahre – hundert Jahre – immer – ewig – Nein, ich sage nie mehr Onkel zu dir – immer nur Tommy, wie ich es schon lange heimlich tat. Du darfst es nicht merken, wie sehr ich dich liebe. Fräulein Bardach hat es doch schon auf der

›Wangoni‹ gesagt – du heiratest eine andere. Sie lügt – nicht wahr – sie lügt – schicke sie fort! Du verbannst mich nicht – wo soll ich hin – nur in den See – in den See. Sieh doch, die schönen Kleider – gefall' ich dir, Tommy? Oh – lieber Tommy – lieber Tommy.«

Eine unsagbare Zärtlichkeit lag in ihren letzten Worten. Tommy saß zu ihren Füßen am Bett und biß die Zähne aufeinander, weil Wonne und Weh ihm die Brust zu sprengen drohten.

So vergingen Stunden. Tante Grete waltete ruhig am Krankenbett, und es gelang ihr, Ursula nach und nach zu beruhigen.

Ursulas Füße wurden warm und auch die Hände, und auf den heißen Kopf legte Tante Grete kühlende Kompressen. Alles tat sie allein, ließ sich höchstens von Tommy eine Handreichung leisten. Sie wollte nicht, daß die Dienerschaft etwas von Ursulas Fieberreden hörte.

Endlich traf der Arzt ein.

Die alte Dame berichtete ihm, daß Ursula schon seit einiger Zeit von Kopfweh geplagt gewesen und daß sie, als sie sich heute wegen einer Familienangelegenheit sehr erregt habe, ohnmächtig zusammengebrochen sei und im Fieber phantasiert habe. Jetzt sei sie etwas ruhiger geworden, aber bei Bewußtsein sei sie noch immer nicht.

Tommy ging ins Nebenzimmer, solange der Arzt die Kranke untersuchte. Dort trat dann nach einer Weile der Arzt zu ihm. Unruhig forschend sah Tommy ihm entgegen.

»Was haben Sie gefunden, Herr Doktor? Ist der Zustand besorgniserregend?«

Der Arzt sah ihn forschend an.

»Sie scheinen selbst sehr erregt zu sein, Herr Reiner; ich werde auch Ihnen eine beruhigende Medizin verschreiben müssen. Ihr Mündel leidet anscheinend mehr an einer seelischen Depression als an einer Krankheit des Körpers. Und sie ist in einem Alter, wo dergleichen zuweilen unliebsame Erscheinungen hervorruft. Doch sie hat, gottlob, eine gesunde und kräftige Konstitution und völlig gesunde Organe. Ich habe ihr etwas verschrieben, was gute Dienste in solchen Fällen leistet. Ich denke, in einigen Tagen ist alles überwunden. Das Fieber ist ja ziemlich hoch. Zu ernsten Besorgnissen aber sehe ich keinen Anlaß. Wenn Ihr Chauffeur mich jetzt zurückfährt, kann er gleich die Medizin aus der Apotheke mitbringen. Bis dahin habe ich Frau Geheimrat schon die nötigen Verhaltungsmaßregeln gegeben. Vorläufig ist die Hauptsache, daß die Patientin nicht erregt wird; sie muß beruhigt werden. Ich habe ihr deshalb ein Schlafmittel gegeben, sie wird nun einige Stunden schlafen, und das ist für sie die beste Medizin. Wenn sie wieder aufwacht, ist die andere Medizin da. Ich komme morgen vormittag noch einmal heraus. Bitte, beruhigen Sie sich also.«

Oh, welch ein schwerer Stein fiel Tommy nach diesem Bescheid vom Herzen!

Als der Arzt fort war, ging Tommy leise wieder in Ursulas Schlafzimmer zurück. Er fand sie viel ruhiger als vorher. Sie lag mit geschlossenen Augen da und war bald darauf fest eingeschlafen.

Tante Grete und Tommy begaben sich leise ins Nebenzimmer, ließen aber die Tür offenstehen und setzten sich so, daß sie Ursula im Auge behalten konnten.

Flüsternd sprachen sie über alles, was Tommy das Herz beschwert und was Tante Grete beobachtet hatte. Tommy erschien es wie ein schöner Traum, daß Ursula ihn liebte, daß er für sie nicht der alte Onkel Tommy mehr war, sondern nur Tommy – ihr geliebter Tommy.

Tiefe Rührung überfiel ihn immer wieder. Er konnte ja nun nicht mehr zweifeln, daß sie ihn liebte, wie er sie liebte. Es war ihm klargeworden, weshalb sie heute den ganzen Tag unsichtbar geblieben war. Sie hatte gesehen, wie Georgina Donald sich ihm in die Arme geworfen, und hatte das falsch gedeutet. Wie mußte sie gelitten haben, seine geliebte weiße Blume, seine geliebte kleine Bärin! Und dann hatte er ihr auch noch – Gott allein wußte, wie widerwillig – Doktor Nimrods Antrag überbracht und gar noch befürwortet. Verzweifelnd hatte sie da angenommen, sie sei ihm lästig, und er wolle sie forthaben. Und da wollte sie lieber den Weg in das dunkle Nichts gehen, weil sie eine Trennung von ihm nicht zu ertragen vermochte –

»Tante Grete, wie konnte sie nur annehmen, daß sie mir jemals lästig werden könne?«

Die alte Dame lächelte fein.

»Und wie konntest du glauben, daß sie von dir gehen würde, um einem andern Manne anzugehören?«

Er fuhr sich durch seinen blonden Schopf, daß er wieder einmal wild emporstand.

»Ich konnte doch nicht darauf verfallen, daß sie, dies junge Kind, mich, der ich fast zwanzig Jahre älter bin als sie, lieben könnte!«

»Als wenn die Liebe je nach dem Alter gefragt hätte! Ich hatte schon erkannt, daß sich dir ihr Herz ganz erschlossen hatte, als du sie mir von Transvaal ins Haus brachtest.«

»Wenn du mir doch einen Wink gegeben hättest!«

»Ja, mein Junge, wie man es macht, macht man es falsch. Es erschien mir alles viel zu zart, als daß man mit Worten daran rühren durfte. Daß ich durch mein Schweigen fast dazu beigetragen hätte, Ursula in den Tod zu treiben – lieber Gott, ich danke dir, daß du das nicht gewollt hast!«

»Ich – ich ganz allein wäre daran schuld gewesen«, stöhnte er auf.

»Schuld? Mein guter Junge, wo liegt da eine Schuld? Du hast es doch wahrlich gut mit ihr gemeint, wolltest ihr Glück auf Kosten des eigenen Glückes aufbauen. Mehr kann kein Mensch für den andern tun. Wie es scheint, hat Georgina Donald den Stein ins Rollen gebracht. Du weißt, daß sie mir nie sympathisch war. Nach allem, was du mir da gebeichtet hast, ist sie eher zu bemitleiden als zu verdammen. Schlecht ist sie nicht, nur zügellos, und auch daran mag dein Bruder Kurt die größte Schuld haben. Gott mag geben, daß sie zur Vernunft kommt und nicht noch mehr Torheiten begeht.«

»Ich kann ihr nicht helfen. Ich will versuchen, zu vergessen, daß sie fast mein Lebensglück zerstört und mein Urselchen in den Tod getrieben hätte.«

Die alte Dame nickte.

»Aber nun wollen wir einmal von einem andern sprechen, der auch zu leiden haben wird.«

»Du meinst Doktor Nimrod?«

»Ja, die unausbleibliche Enttäuschung wird ihn schmerzen, aber es wird ihm gottlob nicht an das Leben gehen. Er hat Urselchen sehr lieb – wer soll das Kind nicht liebhaben –, aber er ist ein frischer, unkomplizierter Mensch, und schwere seelische Konflikte liegen ihm kaum. Er wird betrübt sein, wird nicht gleich vergessen können – aber – eines Tages wird er mit einer andern glücklich werden.«

Tommy atmete auf.

»Wie war ich eifersüchtig auf ihn! Es hat mich Herzblut gekostet, sein Freiwerber sein zu müssen. Trotzdem tat ich es. Das muß ihn überzeugen, daß ich mich habe überwinden müssen. Nun muß er es ebenfalls tun.«

So sprachen sie noch über mancherlei in dieser Nacht,

während sie immer wieder in banger Sorge hinüberlauschten nach Ursulas Lager.

Ursula schlief bis zum nächsten Morgen, und als sie erwachte, saß Tante Grete an ihrem Bett. Diese hatte Tommy schließlich zur Ruhe geschickt mit dem festen Versprechen, ihm sofort ein Zeichen zu geben, wenn Ursula erwacht sei. Sie selbst hatte die Nacht im Lehnstuhl an Ursulas Lager verbracht.

Mit unklarem, fragendem Blick sah Ursula zu der alten Dame auf. Sie konnte sich, obgleich sie wieder bei Besinnung war, nicht gleich erinnern, was geschehen war. Mit ihrem ruhigen, gütigen Lächeln beugte sich Tante Grete zu ihr nieder.

»Nun, Urselchen, ausgeschlafen?« fragte sie, als sei nichts geschehen.

Ursula antwortete nicht. Sie sah mit einem grübelnden Ausdruck um sich. Ruhig flößte ihr Tante Grete die vom Arzt verschriebene Medizin ein. Es war ein Beruhigungsmittel für die Nerven. Gehorsam und willenlos schluckte Ursula.

Dann lag sie eine Weile ruhig da und sah grübelnd vor sich hin. Sie fragte sich, was geschehen war, daß sie, anscheinend krank, hier im Bett lag. Erst nach einer Weile sagte sie mit tonloser Stimme:

»Das kann doch nicht sein?«

»Was denn, Urselchen?« fragte die Tante, sanft über ihr Haar streichelnd.

»Daß ich hier in meinem Schlafzimmer liege – daß du hier bist, Tante Grete. Ich – ich war doch fort?«

»Du hast geträumt, Urselchen. Wo sollst du denn gewesen sein?«

Plötzlich richtete sich Ursula empor, und ihre Augen blickten unruhig, ängstlich.

»Nein – nein, das kann ich doch nicht alles nur geträumt haben?«

»Sicherlich hast du nur geträumt, und ein wenig krank warst du auch und hattest Fieber, da hat man böse Träume. Schlaf, mein Urselchen, schlafe dich gesund!«

Gehorsam schloß Ursula die Augen, aber nicht, um zu schlafen, sondern um erst einmal ruhig darüber nachdenken zu können, was geschehen war.

Und langsam dämmerte es – wurde alles wieder lebendig. Aber – mein Gott – sie war doch in den See gegangen – das hatte sie gewiß nicht geträumt. Tommy – ja, Tommy würde Georgina Donald heiraten –, Tommy hatte ihr gesagt, sie solle Doktor Nimrod ihr Jawort geben. Und da war sie vor Schmerz wie von Sinnen gewesen. Ja – hier auf dem Fußboden hatte sie gelegen und gewartet, bis sie Kraft haben würde, zum See zu laufen – und in den See hinein. Sie war doch auch fortgegangen – ja – und hatte erst noch etwas für Tommy niedergeschrieben. Dann aber war sie hinaus in den Park, ganz gewiß – und war in den See gelaufen –, aber – wie kam sie hierher?

Ängstlich forschend öffnete sie die Augen wieder und sah die alte Dame, die ganz still neben ihr gesessen hatte, an.

»Tante Grete!«

»Was denn, Liebling?«

»Tante Grete, wie komme ich hier in mein Bett?« fragte sie heiser.

Die alte Dame nahm ihre Hand. Sie wußte, daß man ganz behutsam mit ihr umgehen müsse.

»Ja, wie kommst du in dein Bett? Onkel Tommy hat dich hineingelegt, nachdem du in Ohnmacht gefallen warst. So arg hatten dir die bösen Kopfschmerzen zugesetzt, daß du nicht mehr wußtest, was du tatest. Und da bist du bewußtlos umgefallen, und Onkel Tommy hat dich hierhergetragen, und dann kam der Arzt und hat dir eine Medizin gegeben, weil schlimme Fieberdelirien dich quälten. Dann hast du die ganze Nacht geschlafen, und nun sind gottlob die bösen Fieberträume fort.«

Alles Geschehene stand auf einmal klar und deutlich vor Ursulas Geist da, bis auf das eine, wie sie hierher zurückgekommen war aus dem See.

Sie richtete sich plötzlich auf und machte eine Bewegung, als wolle sie fliehen. Die alte Dame drückte sie sanft in die Kissen zurück.

»Nur Ruhe, liebes Kind, mach uns nicht noch mehr Sorgen!«

Ursula schloß die Augen, aber ihr Gesicht zuckte vor verhaltener Erregung. Ihre Hände tasteten nervös auf der Dekke umher, und endlich sah sie mit einem verzweifelten Blick zu der alten Dame auf.

»Tante Grete, ich weiß nun wieder alles – und – ich wollte doch sterben.«

Tante Grete streichelte ihre Hände.

»Das hat der gute, liebe Gott nicht zugelassen, daß du uns einen so großen Schmerz zufügtest«, sagte sie ernst.

Angst brach aus Ursulas Augen.

»Ach, warum hat man mich nicht sterben lassen! Tante Grete, ich kann es doch nicht ertragen! Wie kam ich nur hierher?«

»Tommy hat dich hierhergetragen. Er sah, wie du aus dem Hause gingst. Er lief dir nach – und hat dich gottlob auffangen können, ehe du noch in den See stürztest. O Urselchen, wie hättest du uns unglücklich gemacht, wenn du so von uns gegangen wärst!«

Ursula fühlte wieder, wie der heiße Schmerz in ihr wühlte.

»Tante Grete – ach, liebe Tante Grete, ich kann doch nicht mehr leben, ich kann nicht! Aber – vielleicht sterbe ich, ohne – ohne – Tommy -- Onkel Tommy kann mich doch nicht mehr in seinem Hause gebrauchen – und wo soll ich hin?«

Die alte Dame hatte sich erhoben und gab mit der Glocke ein mit Tommy verabredetes Signal.

»Darauf, mein liebes Kind, wird dir Tommy selbst Antwort geben, sei ganz ruhig.«

Damit strich sie Ursula noch einmal zärtlich über das Haar und trat aus der Tür. Sie hörte Tommy schon die Treppe heraufstürmen.

»Sie ist wach und bei Bewußtsein, und sie weiß, was sie getan, und daß du sie zurückgeholt hast. Nun sage ihr alles andere. Je schneller sie von ihrer Herzensnot erlöst wird, desto eher wird sie gesund.«

Damit ließ sie Tommy ein und entfernte sich, um die beiden Liebenden allein zu lassen.

Er eilte an Ursulas Lager, kniete daneben nieder und umfaßte sie zärtlich. Sie wurde totenbleich und sah ihn mit verzweifelten Augen an.

»Mein Urselchen, meine süße kleine Bärin, mein kleines, dummes Mädel, wie unglücklich wolltest du deinen Tommy machen! So einen lieben, törichten Brief hast du mir geschrieben – einen Abschiedsbrief. Urselchen, Urselchen, sieh mich doch an! Es ist doch gar nicht wahr, daß ich Georgina Donald zu meiner Frau machen will. Sie hat sich mir an den Hals geworfen, ehe ich es hindern konnte. Das hast du gesehen. Hättest du nur länger verweilt, hättest du sehen müssen, wie ich sie zurückwies, und wie sie haßerfüllt davonstürmte, weil ich ihr sagte, daß ich sie nicht lieben könne und daß ich mir meine Frau selbst aussuchen würde.

Und dann kam am Nachmittag Doktor Nimrod. Ach,

Urselchen, was habe ich gelitten in meinem Wahne, daß du ihn liebtest, daß du mich würdest verlassen wollen! Aber ich wagte nicht, dich zu halten, dein Glück galt mir mehr als mein eigenes, und – so gewann ich es sogar über mich, sein Fürsprecher bei dir zu sein. Hast du denn gar nicht bemerkt, wie schwer mir das wurde, und wie glücklich ich war, als du mir sagtest, daß du ihn nicht liebtest? Aber ich glaubte dann noch immer nicht, daß du deinen alten Onkel Tommy lieben könntest, viel mehr lieben als alle anderen Menschen – so lieben, daß du lieber sterben wolltest als dich von ihm trennen! Urselchen, ich liebe dich – ach –, so lange schon – so sehr liebe ich dich –, du hättest mir das Herz gebrochen, wenn du wirklich für immer von mir gegangen wärest!

Aber ich habe dich mir wiedergeholt, habe dich zurückgerissen von der Schwelle der Ewigkeit. Mein bist du nun für alle Zeit, meine kleine Bärin, nun halte ich dich fest, für immer, als meine süße kleine Frau. Willst du es denn werden, Urselchen? Ich habe dich so lieb, daß ich auf eigenes Glück hätte verzichten können, wenn ich dich damit hätte glücklich machen können. Aber weh hat es getan, sehr weh! Groß war meine Sehnsucht, dich ganz für mich zu gewinnen, als meine süße kleine Frau – aber ich wußte doch, daß ich fast zwanzig Jahre älter bin als du. Sag' doch, Urselchen, hast du mich wirklich so lieb, daß du meine Frau werden willst?«

Zärtlich umfaßte er sie, als wolle er sie nie mehr loslassen.

Sie lauschte seinen Worten wie in seligem Traum, hörte sein Herz gegen das ihre klopfen und fühlte, daß er sie ganz anders in seinen Armen hielt als sonst. Sie sahen sich beide tief in die Augen und lasen aus ihren Blicken, wie sehr sie sich liebten.

Ursula vermochte vorläufig nicht zu reden, sie umfaßte nur seinen Kopf und sah ihn an in seligem Staunen. Rosige

Glut bedeckte ihr kurz zuvor noch so blasses Gesicht, und sie war schöner als je; sie war ein junges Weib, das im Leid gereift und nun unsagbar glücklich war.

Endlich vermochte sie zu sprechen.

»Kann es denn sein, Tommy – ach, Tommy, ich hätte ja doch sterben müssen, fern von dir. Tommy – mein Tommy –, halte mich, daß ich nicht versinke!«

Und halb ohnmächtig fiel sie in seine Arme zurück. Er erschrak.

»Urselchen, mein Urselchen!«

Aber schon kam sie wieder zu sich und lächelte ihn an, mit dem süßen, holden Lächeln, das sie von ihrer Mutter geerbt hatte.

»Mein Tommy – mein Tommy!« flüsterte sie zärtlich.

Und sie umfaßte seinen Hals. Da neigte er sich über sie und preßte seine Lippen auf die ihren.

In seliger Versunkenheit verharrten sie in diesem Kusse, und dabei fiel alles Leid und alles Weh von ihnen ab. Sie hielten einander umschlungen, als wollten sie sich nie wieder voneinander lösen. Und dann sahen sie sich glückstrunken in die Augen und küßten sich wieder, in fast schmerzlicher Inbrunst. Aber dann dachte Tommy daran, daß sie noch krank sei. Mit unendlicher Zärtlichkeit legte er sie in ihre Kissen zurück.

»So, mein Urselchen«, sagte er aufatmend, mit leuchtenden Augen, »nun mußt du erst wieder ganz gesund werden. Ich wollte dich nur nicht länger in deiner Herzensnot lassen.«

Sie lächelte ihm zu.

»Ich bin ganz gesund, Tommy, und will aufstehen.«

»Daraus wird nichts, Urselchen, erst muß der Arzt kommen und es dir erlauben.«

Sie streckte die Hände bittend zu ihm empor.

»Aber du bleibst bei mir!«

Er lachte glücklich und übermütig.

»Als wenn mich jetzt jemand hier vertreiben könnte, meine süße kleine Bärin!«

Er schob einen Sessel an ihr Lager und ließ sich nieder. Sie sah ihn ein wenig unsicher an.

»Tommy – weiß jemand – daß – daß ich so töricht war?«

Er küßte ihre Hand und strich ihr sanft über das Haar. In seinen Augen spiegelte sich noch einmal die Seelenangst, die er um sie ausgestanden hatte.

»Außer Tante Grete und mir niemand. Denke nicht mehr daran. – Gott hat es nicht gewollt, daß du mir verlorengingst. Nun bist du mein – auf hundert Jahr' –, immer und ewig, meine kleine Bärin.«

Und nun küßte er sie doch wieder, bis sie beide atemlos waren. Dann sagte Ursula leise:

»Mutter war bei mir – als ich – es tun wollte –, sie war bei mir in meiner Not, ich sah sie ganz deutlich im Mondlicht über dem See, sie kam auf mich zu, als wollte sie mich auffangen.«

Mit einem ernsten Blick sah er sie an.

»Deine Mutter? Ach, mein Urselchen, wie sehr gleichst du deiner lieben, schönen Mutter.«

Sie streichelte sein Haar.

»Wie wunderschön ist es, daß du mich liebst, mich ganz allein, mein Tommy. Mußtest du sehr hart sein gegen Georgina Donald?«

Er zuckte die Achseln.

»Anders ließ sie sich nicht abwehren.«

»Sie tut mir nun doch leid – ich – ich habe sie fast hassen müssen, weil ich glaubte, du liebtest sie.«

»Nein, mein Urselchen, ich liebe dich, die junge, junge Ursula, ich, dein alter Onkel Tommy.«

Sie sah strahlend zu ihm auf.

»Oh, du bist so jung – so jung – viel jünger als die jungen Herren alle, die mir fade Komplimente sagten und sich doch so greisenhaft blasiert aufspielten. Mein Tommy, mein junger, junger Tommy!«

Sie küßten sich wieder und konnten kein Ende finden. Aber dann trat Tante Grete ein.

»Jetzt ist es genug, ihr leichtsinniges junges Volk! Ursula ist noch eine Patientin. Jetzt muß sie erst etwas essen, und dann soll sie wieder schlafen, bis sie ganz gesund ist. Wir können keine kranke Hausfrau in Langenfurt gebrauchen.«

»Tante Grete! Tante Grete!«

»Was denn, Urselchen?«

»Ich bin so glücklich – alles Böse war nur ein Traum – ein schlimmer Traum!«

»Gottlob, und nun bist du wieder hellwach und vergißt den schlimmen Traum ganz schnell!«

Ursula hatte bald alle Folgen ihrer Herzensnot überwunden. Sie war gesund und frisch und blühte auf in ihrem jungen Glück. Es kam eine wundervolle Zeit für die beiden Liebenden. Sie machten beide rückhaltlos davon Gebrauch, daß sie einander nun zeigen konnten, wie ihnen ums Herz war.

Die Hochzeit sollte schon im Oktober stattfinden; Tommy behauptete lachend, er sei schon zu alt, um noch lange auf seine Hochzeit warten zu können. –

Doktor Nimrod hatte eine schwere Stunde, als Tommy ihm mitteilte, Ursula müsse seinen Antrag ablehnen. Offenherzig hatte ihm Tommy gesagt, daß gerade sein Antrag ihm selbst mit zu seinem Glück verholfen habe.

»Ich glaubte, Ursula liebe Sie, und war sehr eifersüchtig auf Sie, aber ich war trotzdem Ihr Fürsprecher, weil mir Ursulas Glück höher galt als das meine. Zürnen Sie uns nicht! Ich hoffe, daß Sie Ihre Enttäuschung verwinden lernen. Gönnen Sie mir ein Glück, das ich wahrlich schwer errungen habe.«

Doktor Nimrod war sehr blaß geworden, und es zuckte in seinem Gesicht. Aber nach einer Weile reichte er Tommy die Hand.

»Ich darf mich von Ihnen nicht beschämen lassen. Wenn es Fräulein Ursulas Glück gilt, muß ich mich bescheiden. Jetzt tut es freilich sehr weh, aber ich will mich bemühen, es zu verwinden. Sie werden verstehen, wenn ich in nächster Zeit nicht nach Langenfurt kommen werde.«

»Gewiß, aber – wenn Sie überwunden haben, lieber Doktor, dann sehen wir Sie wieder; wir möchten Sie beide nicht als Freund verlieren, weder meine Braut noch ich. Und wir hoffen und wünschen, daß Sie bald ein anderes Glück finden mögen, wie Sie es verdienen.«

Die beiden Herren schüttelten sich die Hände, und Doktor Nimrod fuhr davon, ohne Ursula wiedergesehen zu haben.

Einige Tage später erfuhr Tommy vom Kommerzienrat Donald, daß seine Tochter eine Reise um die Welt angetreten habe.

»Sie ist ein unruhiger Geist, und wir können sie nicht halten; meine Frau und ich, wir verstehen die Jugend von heute nicht mehr«, sagte der alte Herr seufzend.

Er hatte keine Ahnung, was zwischen seiner Tochter und Tommy vorgefallen war.

Er hörte erst nach zwei Jahren wieder etwas von Georgina –

und zwar durch sie selbst. Er erhielt einen Brief folgenden Inhalts von ihr:

»Sehr geehrter Herr Reiner!

Verzeihen Sie und vergessen Sie – ich war an jenem Tage halb von Sinnen und habe mich hinterher sehr geschämt, daß ich gewaltsam etwas Unmögliches erzwingen wollte. Wie groß die Unmöglichkeit war, erkannte ich erst, als ich durch meine Eltern erfuhr, daß Sie sich mit Ihrem Mündel Ursula verheiratet haben.

Ich bin jetzt wieder so vernünftig geworden, daß ich Ihnen Ihr Glück gönnen kann, obwohl ich Sie eine Zeitlang zu hassen wähnte. Dieser Haß war aber weiter nichts als das Bewußtsein, mich gedemütigt zu haben. Sie konnten nichts dafür.

Und nun will ich Ihnen auch sagen, daß ich doch noch ein Glück gefunden habe, wie ich es mir gewünscht habe; ich habe einen Mann gefunden, der mich liebt, obgleich er glaubte, ich sei eine arme Stenotypistin. In dieser Rolle trat ich hier auf, um einmal das Gefühl loszuwerden, daß alle Männer mich nur meines Geldes wegen umwarben. Sie waren der einzige Mann in meiner alten Sphäre, von dem ich das nicht glaubte – vielleicht war ich deshalb so sehr darauf erpicht, Ihre Frau zu werden.

Ich trat auf meiner Reise um die Welt als armes Tippfräulein auf, das sich überall sein Brot verdiente – und da ist mir hier in Kalifornien der Mann begegnet, der mich trotzdem liebte, so wie ich bin, mit all meinen Fehlern und Schwächen – und nachdem ich ihm nun alles gebeichtet habe, liebt er mich doch noch! – Können Sie verstehen, wie glücklich mich das macht? –

Ich werde hier in Kalifornien mit meinem Gatten leben – wir wollen nur zuweilen nach Deutschland reisen, um meine Eltern zu besuchen. Sie hoffe ich bei dieser Gelegenheit nicht wiederzusehen – weil Sie der einzige Mann sind, vor dem ich die Augen niederschlagen müßte.

Ich wünsche Ihnen alles Glück und bitte Sie, mir das meine ohne Groll zu gönnen.
Ihre Georgina Sarrow-Donald.«

Mit einem Lächeln reichte Tommy diesen Brief seiner jungen Frau, die ihm auf der Terrasse von Langenfurt gegenübersaß. Als Ursula gelesen hatte, atmete sie auf.

»Gottlob, Tommy, mir ist, als sei nun auch der letzte leise Schatten von unserem Glück geschwunden. Ich habe zuweilen an Georgina denken müssen und hatte trotz allem Mitleid mit ihr.«

Tommy stand auf und zog sie in seine Arme.

»Hat es dein gütiges Herz belastet, meine kleine Bärin? Das sieht dir ähnlich.«

Sie schmiegte sich in seine Arme und sah ihn mit den helleuchtenden Grauaugen an, aus denen tiefes, starkes Glück ihm entgegenstrahlte.

»Du bist doch auch froh, Tommy, daß sie ihren Frieden gefunden hat?«

»Ja, mein Urselchen, ich gönne allen Menschen von Herzen, daß sie glücklich sind, auch Georgina Donald. Wenn man selbst so unsagbar glücklich ist, möchte man auch andere Menschen glücklich sehen.«

Zärtlich lehnte sie ihre Wange an die seine.

»Bist du glücklich, mein Tommy?«

Er antwortete nicht, sah ihr nur tief in die Augen und küßte sie mit zärtlicher Inbrunst.

In diesem Moment trat Tante Grete zu ihnen heraus. Sie war in den zwei Jahren, wo sie sich an dem Glück dieser beiden Menschen freuen konnte, fast jünger geworden statt älter.

»Dacht' ich es doch, daß ich euch wieder in seliger Versunkenheit finden würde! Aber jetzt müßt ihr ein wenig Haltung annehmen. Ich sah soeben Doktor Nimrod mit seiner jungen Frau vorfahren, sie sind also von der Hochzeitsreise zurück und wollen euch guten Tag sagen.«

»Gottlob, oh, gottlob, Tante Grete, daß Doktor Nimrod, unser Freund, ein neues, schönes Glück gefunden hat! Komm, Tommy, wir wollen ihnen entgegengehen.«

»Ja, Urselchen – aber schnell erst noch einen Kuß!«

Strahlend vor Glück sahen sie sich an und preßten ihre Lippen aufeinander. Dann gingen sie ihren Gästen entgegen.

Eigentlich führt die vierzigjährige Jenny mit ihrer Familie ein eher beschauliches Leben auf dem idyllischen Lande. Doch in diesem Jahr gerät das friedliche Familienleben gehörig aus den Fugen: Die Kinder machen nichts als Ärger, und dann findet Jenny auch noch einen schmachtenden Liebesbrief im Jackett ihres Ehemannes Alan. Statt Alan jedoch zur Rede zu stellen, geht Jenny nun ebenfalls eigene Wege. Das hat fatale Folgen ...

›Judy Astleys Figuren sprühen vor Leben und sind zugleich so wunderbar normal, dass sich jeder in ihnen wiedererkennen kann.‹ *WOMAN AND HOME*

ISBN-3-404-14587-9

BASTEI LÜBBE